John le Carré

The Naïve and Sentimental Love

天真善感的愛人

約翰 · 勒卡雷

吳妍儀 譯

目錄

愛，獻給Sancreed的John Miller與Michael Truscott

海佛當

1

卡西迪心滿意足地在夕陽下開著車。在安全帶容許的範圍，他盡量把臉貼近擋風玻璃。他掃視著窄巷，提防看不到的危險，雙腳還猶豫不定地在油門和煞車之間交替。他旁邊的乘客席上，有張細心摺好的薩摩塞郡中部地圖擺在一只塑膠封套裡。而一個最新型的羅盤，則用吸盤固定在胡桃色的光面儀表板上。在擋風玻璃一角，有份房地產現狀說明書夾在卡西迪自己發明的鋁架上，由名氣響亮、營業所位於山崗西街的葛林堡和奧斯威特兩位房地產經紀人所提供。至於那個鋁架，則經過精確的調整，以配合他的視野。他如往常一般，拿出最大的專注力來開車，而且偶爾以音樂白癡常見的那種偷偷的認真，對自己哼上一曲。

他正穿越一處荒地。地面有層薄薄的霧氣，在排水溝和柳樹之間挪移，一陣陣滑過他那閃亮的引擎蓋。但前方的天空晴朗無雲，春日陽光讓逐漸迫近的山丘顯得蒼翠如綠寶石。他按了個鈕，降下電動車窗，把頭偏出窗外，探進氣流中。剎那間，他的鼻腔裡充滿了泥碳和發酵飼料的濃厚氣味。在汽車引擎沉穩的隆隆低響中，他聽到牛群的叫聲，以及牧牛工人對著牛群喊了幾句無傷大雅的侮辱。

「這就是田園詩啊，」他大聲宣布。「完全就是首田園詩。」

更棒的是，這還是首安全的田園詩。在這美麗的廣闊世界裡，唯一知道艾鐸．卡西迪人在何處的，只有他自己。

在他聽力可及之外、於他記憶中某個封閉的廂房裡，迴響著一位有志鋼琴家所彈出來的笨拙和弦：珊卓拉，艾鐸的妻子，正在提升她的藝術家層級。

「布里斯托傳來了好消息，」卡西迪的聲音壓過了音樂。「他們認為可以給我們一塊土地。當然，我們得先把它整平。」

「那很好啊。」他的妻子珊卓拉一邊這麼說，一邊小心地重新調整手指在琴鍵上的位置。

「那塊地距離小學有四分之一英里，距離綜合中學則有八百公尺。市政府那邊說，如果我們能把土地填平，再捐錢替學校蓋更衣室，他們就很有可能會在外圍道路上蓋一座天橋。」

她彈出一個刺耳的和弦。

「希望天橋不會太醜。都市計畫極為重要，艾鐸。」

「我知道。」

「我可以跟著去看看嗎？」

「呃，妳已經有妳的診所啦。」他試著以一種嚴厲的口氣提醒她。

另一個和弦。

「對。對，我有自己的診所要顧。」珊卓拉表示同意，她的聲音彷彿在輕快地唱出對位旋律。「所以你得自己一個人去，不是嗎？可憐的佩索普。」

佩索普是她對他的暱稱，他不記得這個名稱怎麼來的了。佩索普熊，可能是這個吧？熊是他們最喜歡的動物。

「我很遺憾。」卡西迪說。

「這不是你的錯，」珊卓拉說。「這是市長的問題，不是嗎？」

「淘氣的市長。」卡西迪說。

「淘氣的市長。」珊卓拉附和。

「他該打屁股。」卡西迪這麼認為。

「該打，該打。」珊卓拉開心地說著，臉上光和陰影對映。

他是個三十八歲的金髮男子，在某些光線角度下看起來還滿帥的。打扮討人喜歡又優雅，一如他的車。在他無懈可擊的西裝上，左側鈕釦孔到胸前口袋之間，有一條顯然是有用的細金鍊，但它真正用途何在，卻又不甚清楚。就美學而言，它完美地呼應色澤柔和的條紋布料；這條鍊子是整體服飾的一部分，把這位男士的頭腦連結到他的心，但看不出主宰的到底是何者。就體型和外表兩方面而言，他可稱得上是兩次大戰之間受過私人教育的英國中產階級標準典型，也就是一個曾感到戰場陰風吹過，卻從未親臨戰火的人。他腰粗腿短，是個永遠都尚未成形的地主鄉紳，具備了那些擺脫不掉的男孩特徵，雖顯得成熟但又帶著駑鈍，這一切都傳達出一個逐漸消失的希望：或許他的父母會為他享受的人生樂趣買單。這並不是說他很柔弱又缺乏男子氣概，可是很明顯的，他的嘴與臉上的其他部分相比極為突出，而下唇以下的部分又很立體。同樣明顯的是，他在開車時確實有某些女性化的裝腔作勢，像是把前額頭髮撥到一邊，或者頭往後揚、眨眨眼睛，就像有一陣突如其來的頭痛打斷了他的某些聰明念頭。如果這些裝腔作勢有任何意義可言，最有可能的就是反映出對這個偶爾顯得太刻薄的世界，他有種討喜的感性：是一種兼具慈父心態與孩子氣的同理心，而非中學時期遺留的任何討厭性向。

他顯然對於可報公帳的交際費用並不陌生。從他西裝背心底下逐漸突出的腰部（為了他的舒適與安全，他解開了褲子最上面的那顆鈕釦），還有白色袖釦的寬度（使他一看就知道不是做勞動工作的人），可以清楚看出這些免稅花費有多豐厚。在他的脖子和臉上已經有一層油亮的光澤，幾乎像是日曬的黃褐色；與其歸功於陽光，不如說是白蘭地的火焰。❶只有白蘭地酒杯、酒精爐和橙香醬可麗餅結合所產生的煙，才能夠準確地複製出這種油光效果。儘管有這種安逸體態的跡象，但卡西迪的外在很奇怪地帶有一種力量或能力，可以給他人產生一種不安的感覺。雖然他絕對和「悲慘可憐」沾不上邊，他身上卻有某些引人矚目之處，讓人覺得他在呼救；他表現出一種肉體上的衰殘尚未完全扼殺掉精神上動力的形象。

他愛車的內裝做了很多改變，呼應了卡西迪的風格，也就是一直要將自身周遭的環境保護到家：內裝的設計都是為了讓他不必面對碰撞後的可怕後果：不只是車體內壁、頂部和車門大量填入多層墊料，方向盤、已經在嵌在車門壁裡防止兒童開門的保護鎖、儲物箱、手煞車桿，甚至是特地隱藏的滅

---

❶ 原文flambé指的是加上酒之後點火出菜的烹調方式。

火器，每一樣都包上一層手縫皮革，中間再填入一種類似肌膚的柔軟材料，算準了要把最劇烈的衝擊減輕到如同一陣輕撫的程度。後車窗還有個電動遮陽板，周圍點綴著絲製小球，隨時保護這位好好先生的脖子不受強烈陽光的照射，視線也不會被其他車頭燈的有害閃光影響。至於儀表板，那簡直是個貨真價實的預防性急救醫藥箱：從警示閃光燈到道路結冰警示燈、備用電池、備用油顯示、長途旅行用油箱、輔助冷卻系統，儀表板上的開關簡直已經能夠預測自然界或工業界所知的任何災難了。卡西迪的車不只是個交通工具，從車子滿是襯墊的裝潢，甚至可以讓人聯想到子宮，而位在其中的車主還沒有進入這個嚴苛的世界。

「請問距離海佛當還有多遠？」

「啥？」

「**海佛當**。」他應該把地名拼出來嗎？這個路人很可能根本不識字。「海佛當。那棟大房子。那座莊園。」

吐著舌頭的嘴張開又閉起來一點點，不出聲地模仿那個名字的唸法。一隻髒兮兮的手臂直指著山丘。「前面直直開上去。」

「會很遠嗎？」卡西迪大聲問道，就像在對聾子說話。

「應該不出五分鐘就到了吧。應該要，但這部車不用。」

「多謝。祝你好運，伙計。」

在鏡子裡，他看到那鄉下人的棕色面孔凍結成一種滑稽的懷疑表情，目送他駛出視野。卡西迪想著，好吧，那傢伙今天算是開眼界了，而且兩先令不會讓他喝醉的。

他一面前進，整個大自然美景似乎都呈現在他眼前，農家花園裡嘻笑追逐的孩子們也停下他們的遊戲，盯著行駛而過的他。多棒的田園風光啊，他這麼想著，多麼原始，多麼有生命力。從大樹和灌木叢中，各種色澤層次的綠芽配合著時令綻放出能量；田野中有野生黃水仙和他不認得的其他花朵混雜在一起。離開村莊後，他爬上一座山丘。傾斜的林間空地取代了高高的田埂；下方，田地、平原、教堂與河流漸漸融入遠方的地平線之中。這般令人心神舒暢的景色讓他的情緒緩和下來，思索起自己這趟探索之旅。

我快樂的探索，就像晚餐後演講名嘴會說的臺詞。我極其愉悅的探索。

「探索**什麼**？」他腦中有個嘮叨不休的聲音問道。「是朝向某處的探索，還是從某處開始探索？」

卡西迪輕甩了一下頭，把這些咬文嚼字的說法擱到一旁。根本是廢話，他在心裡說。我是來買房子的。考察一番、評估價格，然後買下來。就算我沒事先告訴我太太，那也是我家的事。

「你會待在那裡過夜嗎？」珊卓拉隨口問道。鋼琴練習暫時中斷，他們就要吃完晚飯了。

「我們可能到五點左右都還沒辦法開始辦正事。」卡西迪這麼答覆，避免直接回答問題。「得看市長什麼時候有空。」一句安慰之詞：「我想我可能會帶本書去讀。如果妳能找本書給我。」

卡西迪這位野心勃勃的讀者與他的文化顧問兩人手牽著手，慢慢檢閱珊卓拉成排的書架。

「現在麼，」她認真考慮：「佩索普在布里斯托閒晃時，要讀什麼呢？」

「必須是我有點緊張時還能夠應付的讀物。」他提醒她。兩人都笑了。「而且不能是，」他回想起上次的選擇，「**不能是**珍．奧斯汀。」

他們決定挑本非文學類書籍，一本直截了當的書，適合疲憊又缺少幻想的佩索普。

「有時候，」珊卓拉俏皮地說：「我真懷疑你是不是有見到那些人。」

「我確實沒見到。」機智的卡西迪說，迫近到網前截擊對方的發球。「其實我的情婦是個金髮女子，有八呎高。❷」

「很性感嘛，」珊卓拉一邊說一邊親吻她忠實的男人。「她叫什麼名字？」

海佛當。

他希望在唸這個字的時候發音正確。一個人剛來到新環境時，唸錯地名這種事情，是會造成負面影響的。

海佛當。

第一個母音是該發長音還是短音？

有隻鴿子擋了他的道。他按喇叭。牠謹慎地撤退。

還有那個「當」字，到底是什麼意思？❸一位鄉紳應該要知道他的居住地名稱由來。「當」的意思是下降，或者是「英格蘭走下坡」的那個「下坡」？他揮舞著自得其樂的那種誇張手勢，就像突然想起一個機智的回答，而這種靈光乍現讓他眉毛一揚，帶著一種知性的優越感，默默地微笑起來。或許，這個「當」指的是羽絨，柔軟的絨毛？麻煩兩位回答我吧，山崗西街的葛林堡和奧斯威特先生。

海佛當。

儘管如此，這還是個漂亮的名字。雖說在這種狀況下，名字當然沒什麼意義。「豪宅」之類的詞也屬多餘。這裡不叫某某大宅，不叫某某邸，甚至也不叫海佛當莊園。就只是叫做海佛當：就像他牛津的導師可能採取的說法：卓越的概念，是不需要證明的。海佛當。如果有人曾對他提出這種要求的話，頗有可能會選擇這個名稱作為自己的頭銜。「你認識海佛當的小卡西迪嗎？好個了不起的人。倫敦的事業蒸蒸日上，卻放下一切，來到這裡。兩年後他的農耕事業就很成功了。他從一開始就該死的什麼都知道，真是渾帳。提醒你，他們確實說他在財務方面頗有一手。在地人當然很仰慕他，他做人慷慨到簡直過分了。」

他正打算照照鏡子，以便輕鬆愉快地擺出符合男爵形象的臉，這時卡西迪猛然轉了個方向。入口處的特徵是有一對細緻的尖石柱，上頭有著十六世紀傳下來的裝飾用怪獸塑像。在他的正前方是兩隻快要崩解的葛里芬塑像❹，鬱鬱寡歡地抓著紋章盾牌，直直伸進山毛櫸的黯綠樹蔭裡。牠們的腳被銹

---

❷ 接近兩百五十公分：是卡西迪誇張的說法。

❸ 海佛當（Haverdown）這個地名的後半段（down），作為名詞時有三種可能的意義：低處或下降位置、（水鳥或鴨的）羽絨，或者英格蘭南部常見的丘陵草原。

❹ Griffin，希臘神話裡有鷹頭、獅身和翅膀的怪獸，負責看守黃金，建築物上常常以這種怪獸的塑像做裝飾。

在石柱的基座上，雙肩疲憊地弓起。卡西迪仔細檢視那個邊緣捲起的紋章盾牌。一個早已腐蝕的對角十字紋構成中央的主題圖案，上方的三角區內則充滿羽毛或斜臥的蛇。羽毛象徵威爾斯，這個他倒是曉得，但那個對角線十字不是聖安德魯十字嗎？❺聖安德魯不是屬於蘇格蘭的那個高爾夫球場嗎？

換檔之後，他開上了車道。要有耐心。他會找個適當時機研究這件事，這會是冬季打發時間的消遣。他一直幻想自己是某個地方史學家，在鄉間圖書館之間瀏覽，啟發地方的考據研究，寄明信片給博學的教區牧師。

「或許，」珊卓拉在他們準備就寢時說：「下一次你去的時候，我可以一起去？」

「當然可以，」卡西迪說。「我們可以安排一場特別的旅行。」

「普通的就好了。」珊卓拉說，熄了燈。

一時間矮小的樹林包圍了他。他越過整片的藍色風鈴草，在樹叢間瞥見水氣的亮光。車道將他重新帶回陽光下，穿過一個廢棄農舍，沿著一道生鏽的鐵圍籬駛去。一個歪斜壞掉的路標把道路分成兩邊，來做生意的走左邊，訪客走右邊。我兩者皆是，卡西迪愉快地想著，他走了右側叉路。鬱金香在路邊排成一排，從蕁麻之間探出頭來。要是他可以及時除草，這裡多的是花莖，而且池塘邊實在是雜草叢生。蜻蜓在完整的百合葉表面上打轉，大燈心草長到幾乎都遮蔽了遊艇倉房。大自然多麼快地便重新占據自己地盤呀！卡西迪的欣喜之情逐漸高漲，大自然的意志多麼不可抗拒、多麼具有母性！

夾在傾圮的小教堂與只剩骨架的水果栽培溫室之間，海佛當突然從他眼前、在屬於它的草原高地上升起。

海佛當距離巴斯三十英里（到帕丁頓只需一小時四十分鐘），是一棟屬於紳士的宅邸，歷史悠久，列入保護文物，莊園宅邸暨主堡已經重新整建。配備齊全，可立刻入住，還有五個畜養欄及四十英畝的良好牧場。建築風格有部分屬於都鐸式，其他部分則可追溯到更早的年代。修復工程主要落在喬治時期，當時原有的主堡在阿弗瑞・德・瓦德比爾男爵的督導下，予以實質的重建。他做了許多細緻的增建，包括一座精緻的仿亞當風格螺旋梯，以及幾尊價值非凡的義大利製半身像，而本屋售價亦包含它們的價格。從早期開始，海佛當就是德・瓦德比爾家族的家園與堡壘。

本屋為喬治時期建築，地點完美，位於一處天然山背上，卓然出眾的南面靜靜固守著薩摩賽郡最雅致的景色。建築物本身為舊磚頭，在時間與天候的催化下更顯得古色古香，形成悅目的黃褐色調。中央的大型建築上端有巴斯石製成的矮三角牆。八個砂石階梯多年來已有無數足跡踏過，通向由六支獨立柱構成的彎曲門廊，精緻且氣象不凡。目前需要小幅整修的西側華麗小型圓頂，位於小教堂和水果溫室之間，營造出對稱的效果。養鴿場仍保持未受破壞的原始狀態，裡面有充足的空間，可以裝設暖氣設備，設置訪客住屋或紳士的密室。後花園裡有傳統姿態的鉛製愛神邱比特像，其價格請另行參

---

❺ 對角線十字紋（X形的十字）通常稱為聖安德魯十字，藍底白紋的聖安德魯十字代表蘇格蘭。

閱附錄。

早期建築包含精緻的城垛塔樓（原始階梯仍在）以及鐘樓（與一排都鐸時期貧民窟相接）。這些建築中央還有城堡式的大廳，和附有精緻地下室與舊護城河的膳堂。就整個英格蘭西部而言，這個大廳的精緻程度實屬一流。此廳的主要特色，在於其中有個表演陽臺，歷史可追溯至愛德華一世統治時期。根據地方上的傳說，當時的巡遊音樂家就在此處對海佛當的第一任主人雨果．德．瓦德比爾男爵獻上讚歌。一二六一年男爵犯下重罪，失去了貴族身分，此處才轉由他的幼子繼承，此後的租借使用狀況直到一七六〇年均無記錄。當年阿弗瑞男爵從國外歸來，重建其祖先居住地；這或許是在他的家族經歷宗教迫害而暫時遭驅散之後發生的事。花園根據傳統的英國庭園式樣來構思設計，完全呈現大自然的風貌，又不流於死板。目前花園需要整修。對本莊園有任何問題，請洽葛林堡先生。

卡西迪小心翼翼地把說明書放回架子上，再從後車窗旁巧妙設計的掛鉤上拿下一件輕便的喀什米爾羊毛外套。此時他碰巧回頭瞥向嬰兒座椅和遮陽簾的絲球墜飾後方，陷入一陣驚人的幻覺中——車道消失了。一條條黑暗隧道穿透的綠色厚牆圍住他的去路，切斷了他和外在世界的聯繫。他一個人在暗綠色的魔法洞窟之中；置身於默劇裡，成為他父親的貴賓；那是在他的童年時期，距今三十年前的事……

後來，他輕易地就解釋了這個視覺幻象。他對自己保證，是因為有一股水蒸氣，就像荒原之上的霧氣，停留在他的直視範圍下方，再加上光線可能受到樹葉顏色的影響，造成了某種假象。先前曾下過雨（確實下過），車道上又潮濕，還有角度偏低的陽光，導致一陣綠色的微光，讓路面雜草有了高過人的效果。也或許是他自己的問題，在長途開車之後轉頭太快，將在別處看到的景象錯置到這裡來……所以這是個很自然的巧合，形成原因就如同海市蜃樓。

儘管如此，有一瞬間，或者就艾鐸．卡西迪的內心感受而言，有更長的一段時間，他覺得自己好像被另一個世界給抓住了，而這個異世界比他所熟悉的那個還要難以控制。簡單來說，這個異世界能夠抽象地跳躍並令人驚慌失措；雖然在他再次檢視之後，車道很快又乖乖回歸到應有的正確位置上，但那個異世界的鮮活靈動（或者更確切地說，回憶起它有多鮮活靈動），還是讓他在椅子上坐了好一陣子才回過神來。所以，帶著疑惑，還有一絲殘存的脫節感，他終於打開車門，謹慎地用穿著鞋的一隻腳，踏上大地那變化無常的表面。

「好好享受吧，」珊卓拉，對他保護周到的配偶，在早餐時曾用她那種軍官式的聲音警告過他。「別讓他們對你頤指氣使。記得是你在施捨。」

「我盡量。」卡西迪帶著英倫豪傑的笑容承諾她。

他對此處的第一印象和愉快完全沾不上邊，反而覺得像踏入空襲現場。一陣強烈的晚風從東邊吹來，拍擊著他的耳膜，就像砲火在榆樹林裡亂竄。那些白嘴鴉在他頭上魯莽地盤旋著，對他擅闖的行為又是俯衝又是尖叫。房子本身已經受到襲擊。每道門窗都在低聲呻吟，憤慨地揮舞它已然無用的肢體，又在苦楚之中揮向毫無防備的牆壁。房屋底部散落著石頭和磚瓦碎片。一條掉落的電纜線越過他頭部的位置，沿著花園延伸過去。卡西迪抬起頭看著那條纜線，有那麼一刻他以為自己看到一隻死鴿子掛在纜線磨損的外皮上，結果只是某個粗心的吉普賽人留下的舊襯衫，因為一陣狂風而捲成一團。真古怪，他想著，漸漸鎮靜下來：看起來很像我的某件衣服，好幾年前會穿的那種，有條紋、附硬衣領，還有個很寬鬆的袖口。

他冷得要命。從車內看來如此溫和迷人的天氣，現在卻以一種頗不尋常的惡毒在攻擊他；野蠻的氣流吹膨了他的薄外套，又抨擊他那件訂做的輕薄西裝褲腳。對於他心中的幻想來說，此地的現實首次衝擊著他，如此突然、狂暴，所以卡西迪實際上還滿想立刻回到愛車的安全懷抱，只是遲來的鬥犬精神讓他打消了念頭。畢竟，如果他打算在這裡度過餘生，或許他該從現在就開始習慣這種天候。就他自己的標準來說，他已經開了很長一段路，一百英里左右吧，難道就只為了一陣微風，真的要考慮打道回府嗎？他毅然決然束緊領口，認真地開始進行他第一階段的視察。

他把這個程序稱為感受一下這個地方。這種程序他經常演練，其中涉及抽驗許多難以捉摸的元素。以環境背景為例，這裡顯得敵意重重或是氣氛友善？這裡提供的是人人渴望的幽靜，或是眾所避之的孤立？這裡會把屋主納入懷抱，或是讓他暴露在外？對他而言，這個問題最重要，如果說他是在這裡出生的，那樣有說服力嗎？

除了冷之外，他的初步印象並不差。庭園顯然讓宅邸的幾扇主窗有風景可看，而且綠意盎然的田園氣質，很有撫慰效果。樹木是落葉性的（這算是罕見的好處，因為他暗地裡覺得針葉林看起來太蕭瑟），歷史悠久，讓它們帶有一種父兄式的慈祥。

他側耳傾聽。

風勢漸止，白嘴鴉也慢慢地覓地棲息。來自海洋的霧氣尚未從荒原上散去，手鋸的刺耳聲響猶在與牲口的含糊鳴叫一較高下。他檢查了草場。那裡有很好的圍籬，如果沒有毒害小馬的紫衫木，就有廣闊的空間可以養小馬了。他在某處曾經讀過，或許是從柯貝特❻的書裡看來的。卡西迪為了拿到中學文憑，曾經讀過他的《鄉村漫遊》。紫衫木會讓小馬中毒，這是大自然漫無目標的殘酷行為之一，他一直對此印象深刻。

帕洛米諾馬❼，是這個字。

我應該養些帕洛米諾馬。不需要遮蔽處，栗子樹就可以遮風避雨。威爾斯種的最好，大家都告訴他，牠們是強健的動物，能自己照顧自己，飼養成本又低。脾氣也好：連城市人都可以徒手搬運牠們，不用怕馬匹反抗。

他嗅嗅空氣。

柴煙，潮濕的松木，還有一股難以名狀的霉味。這是疏忽所導致的氣味，我不會對此大肆批評。

---

❻ William Cobbett（1763-1835），英國政論家、新聞記者，抨擊英國政府漠視工人階級的權益，夢想重建沒有政黨、沒有工廠的老英格蘭。《鄉村漫遊》（*Rural Rides*）是他的名作。

❼ Palomino，一種身體金黃、鬃毛與尾巴銀白的馬。

最後，他冷靜地轉向主屋，投以批判性的專注。一陣深沉的靜默降臨在山頂，樹林中毫無動靜，襯衫動也不動地掛在纜線上。有好一段時間他保持原來的姿勢，像在祈禱。戴著手套的雙手在他小腹上方鬆弛地握在一塊兒，他的肩膀往後挺，金髮腦袋微微傾向一側，有如一名生還者在哀悼失去性命的同袍。

艾鐸．卡西迪，在他人生中第三十九次春天的黃昏時刻，勘查了好幾個英國世代所留下的建築物主體。

他還站在那裡的時候，陽光就逐漸消逝了。紅色的光芒在變形的風向標上反射，照映著窗上的玻璃，然後消失。這塊地，真如堅固的磐石，他以一股維多利亞時代王族的驕傲這樣想著。就像夜空映襯的山峰，不可征服且永恆不變，是英國歷史的礦脈露頭。一塊磐石，他再度重複；他浪漫的心，隨著記憶中模糊零落的英國豪傑史詩字句而怦然跳動：崛地而起，她的名字是英格蘭。一塊磐石，由數百年的時光塑造成形，由上帝的石匠雕刻，受到衪士兵的守護。

為了出生在這樣的地方，我有什麼代價不願付出？在這裡，我怎麼可能不變得比現在更偉大、更勇敢？要是能從這樣一個英雄年代的紀念碑中，產生出我的姓氏、信仰、祖先，甚至是職業：做一個現代的十字軍，不輕率無禮，而是帶著謙遜的勇氣，服膺於極明顯、不需界定的大義，那該有多好？要是能在屬於自己的護城河裡游泳，在膳堂裡烹調，在大廳裡用餐，在單人房裡沉思；要是能在我自己的地窖裡，在我祖先那些歷經戰爭風霜的家族軍旗之間漫步，培育幾個佃農、告誡不聽話的僕傭，穿著舒適破舊的粗布麻衣耕地，那該有多好？

這位夢想家的心靈之眼前方，逐漸浮現出一個影像。

聖誕夜這一天，光禿禿的樹木襯著落日。有個形單影隻的人，不算年輕，穿著昂貴但並不顯眼的衣服，正騎著馬穿過栗樹小徑上長長的陰影。馬兒很清楚牠身上背負著貴重的負擔，所以就算看到家園在望，還是溫馴順從。一盞燈籠在門廊喚著歸人，高興的僕從們急忙趕到門口。「艾鐸先生，這一趟騎得過癮吧？」「不賴啊，吉爾斯，不賴。不不，我自己來梳順牠的毛，謝謝你。晚上好，哈普克羅夫特太太。我相信慶祝活動已經開始了吧？」

而裡面呢？有沒有小孩？還是他的孫兒們使勁拉著他的手？有沒有一位溫婉的女士，穿著手工編織的粗呢長裙？有沒有一位夏娃，走下那座風格精緻的螺旋梯，柔細的手上還捧著一碗香料？有沒有年輕了十歲以上、不彈鋼琴、少了私下陰鬱性格、不質疑艾鐸男性至上權利的珊卓拉？有沒有一位生來過慣優渥生活，對他而言充滿新鮮感、機智、多變又愛慕著他的人？「親愛的，你一定凍壞了。我在圖書室裡生了火。來，我幫你脫掉靴子。」

幻想裡面沒有什麼內涵了。在這種狀況下，卡西迪堅持讓自己專注於外觀。

所以，接下來發生的事更讓他驚訝了：他正巧煩躁地往上望著一群打擾他沉思的躁動鴿子時，卻注意到一縷微弱但確實存在的柴煙從西側煙囪冒出來，還有一道真實存在的光，非常黃，像油燈一樣輕輕地搖曳，就照在他想像中已經跨入的那道門廊上。

「哈囉，愛人。」一個討人喜歡的聲音說。「現在是要找哪位？」

2

卡西迪對自己在危機時刻的沉著表現相當自豪。在商業界裡，他有著決斷迅速的名聲，他也自認當之無愧。在最近一次經營權爭奪戰期間，《泰晤士報商業新聞》指出他是「手腕靈活、溫和的調解者。」這種特質的建立，多多少少是因為他不畏任何危險，加上充分瞭解金錢的力量，這便是後盾。所以，卡西迪的第一個反應是忽略對方談吐的怪異，向那個男人道了聲晚安。

「老天爺，」那個聲音說。「是這樣嗎？」

他的第二步是輕鬆地走向他的車子，絕非想藉此逃跑，而是為了表明他是車主，理所當然也是可能買下這片地產的人。他也想到夾在鋁架上的房地產說明，如果他有必要提供佐證，這也能說明他不是一個有意非法入侵之人。他對於那些房地產經紀人沒什麼好印象。都是那些經紀人要他到這裡來，是他們向他保證說這棟大宅現在無人居住，但他們明天就要為這個疏忽付出很大的代價了。「這是由遺囑執行人授權的買賣，老兄。」奧斯威特沙啞低沉的聲音在電話上對他這麼說。那種好像有陰謀的愚蠢語調，似乎是房地產經紀人專用。「如果只出一半價錢，他們會砍斷你一隻手臂。」哼，在這場冒險的背後，卡西迪知道是誰該被砍斷一隻手臂。卡西迪背對著車，在他空下來的那隻手上明顯地展示那份說明書，很不自在地察覺到問話的那人正緊盯著他，燈籠毫無晃動的光芒顯示出這一點。

「這裡是**海佛當**，不是嗎？」他這次把a發成短音，對著樓梯上的人問道。他的語調無懈可擊，表現出困惑但並非狼狽，還有一股理所當然的憤慨以維持他的權威：他這位可敬的公民，在合法的商業行為中受到打擾了。

「我希望是，愛人。」燈籠那邊傳來不完全是開玩笑的回答。「我們現在想把它買下來，是吧？」

發言者的外表特徵仍隱藏在燈光之後，但從頭部與門楣的相對位置推測，卡西迪猜得到這個人跟他差不多高；屋內的一片漆黑讓他能夠看清對方肩膀的寬度，所以這人的體格應該也和他差不多。在他踏上那八個「多年來有無數足跡踏過的砂石階梯」時，他透過耳朵收集其他資訊。這男人的年齡也與他差不多，但更有自信，善於對軍隊演講或和死者打交道。此外，那個聲音也驚人地具有說服力。他甚至會說，那個聲音擁有戲劇性的張力、緊繃，遊走在輕柔的哄騙邊緣。卡西迪也察覺到（他對於社交上的「音樂」可是聽覺敏銳），對方的腔調有某種地方色彩，可能接近蓋爾語❽，但與其說是一種口音，還不如說有種愛爾蘭土腔——這完全不影響他對這個陌生人的血統教養產生好感。聖安德魯十字和威爾斯的羽翼：嗯，如果他沒弄錯的話，這裡就是愛爾蘭的天籟之音。他走到最上層臺階。

「呃，我確實在考慮要買下來。你的經紀人，葛林堡和奧斯威特，要我來這裡，並且寄給我……」他輕晃了一下那份蠟紙複本❾，指出證據就在他手上。「他們是否有與你聯絡過？」

「一個字也沒說。」燈籠那邊的人平靜地回答。「一聲不吭，連個弔唁信都沒有。」

---

❽ Gaelic，蓋爾語，塞爾特語系的一支，愛爾蘭及蘇格蘭高地區的塞爾特人所說的語言。

「但我幾乎一星期前就預約啦！我真的以為他們已經打過電話給你，或者用其他方式轉達過了。我是說，你真的不知道？」

「愛人，電話線斷啦。這裡是世界盡頭。只有哞哞叫的牛和啾啾叫的鳥，還有野生的白嘴鴉，當然，牠們在找可以吞下肚的東西，這群下流胚子。」

在卡西迪看來，現在更有必要讓對話有條理地進行下去了。

「但不管怎麼說，他們肯定可以**寫個信**來啊。」他抗議道，急於在他們之間插入一個共同敵人的鬼影。「我的意思是，這些人真是糟透了。」

卡西迪確實等了一會兒才聽到回應。

「或許他們不知道我們在這裡。」

在這整段對話過程，卡西迪都受到嚴密的監視觀察。那盞燈緩緩地照遍他的身體，首先端詳了他手工製的皮鞋、西裝，接著又開始解讀他那深藍色領帶上的花紋。

「老天爺，那是什麼？」那個柔軟的聲音問：「印地安花紋？」

「其實是一個用餐俱樂部。」卡西迪坦白地回答，很慶幸對方問了這個問題。「這個俱樂部叫做『低調人士』。」

一陣長長的沉默。

「喔，不會吧。」那聲音最後終於抗議了，表露出震驚。「哇，老天爺啊，這名字多可怕！我的意思是，老天在上，想想看尼采對這個會有什麼看法？你們接下來就會自稱骯髒的駱駝客了。」

卡西迪完全不習慣受到這種待遇。在他大把花錢的地方，甚至連簽名這種繁文縟節都免了，而在一般狀況下，別說是他的俱樂部，如果有人敢稍微質疑他的信用或為人，他早提出激烈的抗議。但這不是一般狀況：卡西迪心頭並沒有湧起一陣憤怒，反而再次屈服於不尋常的脫節感。就好像燈後的形影根本不是單獨的人，而是他自己的影子神祕地從落日餘暉深處反映出來；就好像在那盞不尋常的燈籠下有更輕快、更自由的另一個他，審視著乏味的自己。而且，「低調人士」確實是一批沒水準的人，他最近已經不止一次這樣想了。他把這怪異的想法擱到一邊，總算設法表現出一點魄力來。

「聽好，」他相當強勢地說：「我不想擅闖，下次我絕對可以再找時間回來。當然，這是假設你**想**賣這房子。」他補上的最後一句是為了加強效果。

那聲音並不急於安撫他。

「**你**沒有擅闖，愛人。」他終於開口，就好像提出一個經過考慮的判決。「你**很棒**，這是我的看法。前提是我沒唬你，我們已經很多年沒見到一個中產階級了。」

光線往下移。此刻一道紅色的落日光芒從小教堂的窗戶反射過來，像微弱的破曉那般射入門廊內部，讓卡西迪第一次看到他的審查者。和他先前已經推測到的一樣，對方長得很英俊。卡西迪身上彎

❾ 此書背景在一九七〇年代，當時沒有現在便宜的影印機，大量複製文件的方式是利用蠟紙複印，先以鋼頭針筆把要複製的內容寫在蠟紙上，然後把蠟紙壓在待印白紙上，再拿油墨滾筒滾過去。針筆刻過的地方油墨會透過去，其他地方則保持空白。

曲的線條，在他身上就是挺直的；卡西迪顯得虛弱的地方，他就顯得堅毅。卡西迪退讓，對方就勇往直前；卡西迪優柔寡斷，對方就堅定如石；他蒼白細緻的地方，在對方身上就顯得黝黑、急躁而熱切。在那張俊美的臉上，暗色的眼睛充滿活力地閃耀著；那個屬於蓋爾人的笑容點亮了臉上的特徵，顯得既具侵略性，又精明有見識。

到目前為止一切順利。然而卡西迪還在想，到底該把他放在這世界自然劃分的哪一個社會階級中？他將注意力轉移到男子的服裝上。這人穿著印度紳士偏愛的黑色外套，樣式介於晚禮服和軍用運動外套之間，但剪裁有明顯的東方味。他光著腳，而裹著下半身的似乎是條裙子。

「我的天啊。」卡西迪不由得脫口而出，然後幾乎要再接著說上幾句抱歉的話，像是「天啊，你洗澡洗到一半呢！」或者「瞧瞧我有多無禮，把你從床上叫起來了！」但這一刻燈籠卻突然地從他身上移開，照向車子。

根本不需要燈籠。蒼白的車身在半明半暗之中極為顯眼——卡西迪對於這種安全因素很注意——但審查者還是用那盞燈籠照著，與其說是為了觀察，不如說是為了讓光線撫摸似的緩慢移動，觸碰車子純淨的線條。就像他在不久之前，也是這樣仔細打量車主。

「這是你的吧，愛人？」

「是，這確實是我的。」

「確實是你自己的？完全屬於你的嗎？」

卡西迪輕鬆地笑了，推測對方是在委婉暗示分期付款的可能性。他不必分期付款，他把這種付款模式視為現代人的惡習。

「喔，是啊。我想這確實是唯一的可能性了，不是嗎？」

有一會兒審查者保持在極為專心的狀態下沒有回話，動也不動，燈籠在他手中輕輕地搖曳，他的眼睛則專注於那輛車。

「老天，」他最後輕聲說道：「老天啊。好個載運『低調人士』的靈車。」

卡西迪見過其他人讚嘆他的車。他甚至曾經鼓勵他們欣賞自己的車。比方說在某個星期六早晨，當他採購完畢，或者做完某些無趣的差事之後再回來，發現一小群狂熱車迷聚集在它優雅的車身旁，他常會講點這種車的歷史和特性給他們聽，並在原地展示它特別改造的某些部分。他認為這種寬闊的胸懷是自己最討人喜歡的一項特質：生命的確會造成差異與區別，但談到這種路上萍水相逢的事情，卡西迪認為自己其實和別人沒什麼差別。然而現在他這位東道主對他車子的興趣，卻屬於不同的性質。原則上，東道主的詢問像是在審查。這輛車的存在本身就有某種無形的價值，他卻對此做出了根本的質問，也更加重了卡西迪不自在的感覺。他覺得這輛車粗俗嗎？這輛車比他的差勁嗎？卡西迪很清楚上流階級喜歡展現自身財富，但這輛車的特殊性能避免這樣膚淺的指控嗎？畢竟某些人就是要擁有它。要是他們有屬於自己的海佛當就好啦，哈哈。或許他該提出幾句辯解？有幾句話是他在其他情形可能會冒險一試的：「這只是個小玩具罷了，真的……呃，我想它算是男人的貂皮大衣吧……當然，如果沒有公司我不可能開這種車……恐怕這是來自納稅人的禮物……」當他感覺到左臂被一股意料之外的力量抓住時，他還在考慮要不要走這一步。

「來吧，愛人。」那聲音勸誘他。「進來吧，我冷死了。」

「呃，如果你確定這樣不會不方便……」卡西迪開口說話時幾乎絆倒在腐爛的門檻上。

他從沒機會知道到底方不方便。沉重的門在他背後關上。燈籠消失。他站在陌生的屋裡，身邊一片漆黑，只有他的東道主用友善的手在引導他。

他等待眼睛逐漸適應黑暗，同時經歷了暫時失明者經常體會到的諸多幻象。他一開始發現自己置身於牛津的史卡拉電影院，擠過成排看不見的膝蓋、充滿歉意地踏過看不見的腳。有些腳僵硬，有些腳柔軟，但全都充滿敵意。在卡西迪有幸接受高等教育時，牛津有七個電影院，他只花一星期就走遍了。他想著，舞臺上的灰色簾幕馬上就會在我眼前打開，一個穿著時髦的黑髮女孩會出現，解開她的襯衫鈕釦，贏得我那些同學們激賞的口哨。

然而，在他還沒享受到類似的樂趣之前，突然間場景轉換到南坎辛頓的自然史博物館。在那裡他的其中一位繼母威脅著不要他了，原因是他手淫。「你就跟動物一樣糟糕，」她氣呼呼地對他說：「所以你最好加入牠們，永遠與動物為伍。」雖然現在他的視覺清晰了些，他卻發現有很多證據可以證實這些夢魘：讓人想起電影院的扎人沙發襯墊、刺鼻的動物剝皮與福馬林的氣味；麋鹿和牛羚的頭，在牠們最後受難時了無生氣的恐怖之中，朝下瞪著他；隱約可見蓋在白色防塵布下的巨大物體。

讓他逐漸放心下來的是，有些更熟悉的形象一再向他肯定這裡有人居住。一座老爺鐘、一個櫟樹餐具櫃、一張詹姆斯一世時代的餐桌、一個石頭砌的火爐，上面還交叉架擺著舊式步槍，以及熟悉且令人愉快的德．瓦德比爾家族紋飾。

「天啊。」卡西迪最後擠出一句話，希望他的聲音傳達出敬畏之情。

「喜歡嗎？」他的同伴問道，並從卡西迪不知道的地方又拾起那個燈籠，隨手讓光線灑在凹凸不平的石板上。

「棒極了。真的相當棒。」

他們在大廳裡。漏進來的一點灰色光芒標誌出百葉窗長長的輪廓。長矛、標槍和鹿角裝飾在高處，貨箱和破爛的書堆散布在地面。在他們正前方是厚實黑櫟木製成的陽臺樓座。在後面，有些石拱門通往陰暗的走廊開口處。真的有枯竭腐朽的氣味飄散著。

「想看其他部分嗎？」

「我很樂意欣賞。」

「全部嗎？優點缺點都要？」

「從頭到尾。這裡好極了。順便一問，那個陽臺樓座有多少年歷史？我應該知道的，不過忘了。」

「天啊，它的某些部分應該是從挪亞方舟時期就存在了，沒唬你。他們是這樣告訴我的。」

卡西迪很捧場地笑了，卻無法忽略，除了古物的熟悉氣味，他的東道主呼氣帶有威士忌的酒氣。

哈哈，他一邊想，一邊把心照不宣的微笑憋在肚裡。這些藝術家。隨便從他們身上的任何地方做切片抽樣，都不會有差別：頹廢、隨遇而安……但實際上，就某種境界而言，也相當了不起。

「請告訴我，」他們再轉個彎走進黑暗中，他很有禮貌地問：「這些家具也要賣嗎？」當他考慮到貴族的氣派時，聲音裡帶有一種新的英國風格。

「愛人，在我們搬走前不賣。我們至少得有得坐，對不對？」

「當然。不過以後呢？」

「自然要賣。留下任何你想要的。」

「只是些小東西，」卡西迪很謹慎地說。「老實說，我已經有很多家具了。就擱在那裡，你懂吧？」

「你是收藏家？」

「呃，算是吧，確實算是。但只有價格對的時候才買。」他加上一句同樣防衛性的註腳。如果有什麼事情是你們這些英國紳士真正懂得的，莫過於錢的價值了。「我說，你覺不覺得可以把燈提高一點？我什麼都看不到。」

斯文士兵和嗜殺平民的肖像在這條走廊上排列成行。很可惜光線只以一種飄忽不定的方式展示他們，因為卡西迪確定，如果有機會，他就能從這些多變的外表特徵裡，辨識出這位陪伴他的奇人。比方說，那種耀眼又古怪的微笑、從裡面亮起來的海盜眼睛，還有剪短的黑髮，尊貴地散落在那雙看來力道十足的雙眉上。

燈籠往下沉入一道短樓梯，再次把他留在最深沉的黑暗裡。

「沒完沒了。」卡西迪說著，發出一聲神經質的笑，然後繼續說：「我絕對沒辦法自己一個人看完房子。老實講我是滿怕黑的，一直都是。某些人不喜歡高處，我嘛，不喜歡黑暗。」事實上，卡西迪也不太喜歡高處，但在這裡似乎沒必要破壞這個對稱。「你們在這裡住很久了嗎？」他問。先前的一番告白，並沒有換來任何回應。

「十天。」

「我是說你們家族。」

光線暫時照亮了一個生鏽的鐵製外套掛鉤，然後又沒入地板。「喔！老天啊……很久了，老兄，很久很久。」

「是令尊，他把……」

卡西迪突然感到一陣不自在，唯恐他又唐突地誤闖了禁地：畢竟在黑暗中，不應該談論一個剛去世的人。拖延了好一陣子，他才得到答覆。

「**其實**是我叔叔。」那柔軟的聲音坦承，發出鬆了口氣的小聲嘆息。「但我們很親近。」

「真替你遺憾。」卡西迪喃喃說道。

「他是被一隻公牛給頂死的喔。」卡西迪的嚮導用一種較為活潑的語調繼續講下去，加重了他的特殊口音。「所以，至少一切去得很快。沒有什麼可怕的苟延殘喘──我的意思是，沒有一大堆鄉下人帶著麥片粥來探病之類的。」

「唔，那算是某種安慰了。」卡西迪說。「他很老了嗎？」

「很老。我是說那隻牛……」

「什麼？」卡西迪回話，覺得很迷惑。

燈籠似乎因為一陣突如其來的悲傷而搖晃起來。「喔，那隻牛自己就老得不得了啦。我是說，這有點像是慢動作的死亡。現在想想，還真不明白他們倆怎麼能剛好彼此撞上。」

喜劇顯然戰勝了悲劇，現在一陣小男孩似的狂笑衝上了看不到的天花板，光線也跟著那一陣陣笑聲開心地搖擺。一隻強壯的手同時快活地沉到卡西迪的肩頭。

「聽著，有你在這裡真好。好極了。你帶給我正面的力量，這點千真萬確。老天呀，我本來覺得好無聊，都讀約翰．鄧恩⑩給啾啾叫的鳥聽了，你想像一下吧。偉大的詩人心境，不過這算哪門子的聽眾啊。牠們看你那副德行，天啊。聽著，我有點喝的，你不介意現在來一些吧？」

卡西迪驚訝地發現，他感覺到在倫敦高等法院定義為大腿上部的那個部位，竟然有一絲確確實實的抽搐。

「你自己也喜歡三不五時來一杯啊？」

「確實如此。」

「特別是在你寂寞的時候，或者有幾分不得意的時候？」

「其他時候也喝，我可以向你保證。」

「別那麼做，」這陌生人急促地說，心情突然變了：「別保證任何事。」

他們下了兩階樓梯。

「你想，在這裡到底還能遇到誰呢？」他恢復了戲謔的口氣。「就連該死的吉普賽人都不跟你說話。你知道吧，天啊，這是階級，都是階級問題。」

「唉，要命。」卡西迪說。

那隻手還在引導他肩膀的方向。原則上卡西迪不喜歡被掌控，特別不喜歡被男人掌控，但這種接觸帶給他的困擾，卻比本來預期的要少。

「那這些地產呢？」他問道。「難道這些地產不再讓你忙不完嗎？」

到目前為止，一直讓卡西迪覺得充滿鄉村風味的柴煙芬芳，突然變得濃烈逼人。

「喔，他媽的地產。誰還要什麼見鬼的地產？填表格……狂犬病……汙染……美國空軍基地。都結束了，我告訴你。當然啦，除非你養水貂。貂皮業好得很。」

「對。」卡西迪同意，卻對於這段突然出現的農業問題奇特描述，感到有點摸不著頭腦。「對，我有聽說水貂可以賺上一大筆。」

「嘿，聽好。你虔誠嗎？」

「呃，一半一半……」

「在科克郡有個傢伙自稱是唯一的人間活佛，你聽過關於他的消息嗎？住在波敏山腰上的J・佛萊厄提。報紙上都是他的消息。你覺得這裡面有什麼值得思考的嗎？」

「我真的不知道。」卡西迪說。

---

⑩ John Donne（一五七三—一六三一），英國玄學派詩人。

卡西迪順從了同伴的心血來潮，讓自己停下來想想。那張黝黑的臉非常靠近他，而他突然之間感覺到一陣緊繃。

「只是你看看，我有寫信給他，向他挑戰來場決鬥。我以為你可能就是那個人。」

「喔，」卡西迪回答，「不是的，呃，我不是他。」

「不過你還是有他的一點特徵。你身上絕對有一點神性，我大老遠就感覺到了。」

「喔。」

「對，就是這樣。」

他們過了第二個轉角，進入另一條走廊，比第一個更長也更被人所忽略。在遠遠的另一端，一堵石牆上閃著紅色的爐火，渦狀的煙也透過敞開的大門朝他們裊裊而來。突然一陣倦意襲上，卡西迪有種怪異的感覺，好像自己正逆流而行。黑暗就像一陣陣溫暖的潮水，拖住他的腳。是煙，他想，是煙讓我頭昏了。

「該死的煙囪堵住了。我們想找人來修，不過他們永遠都不會來，對吧？」

「在倫敦也是這樣，」卡西迪表示贊同，很高興講到他最愛的話題。「你可以打電話、寫信，或者約時間要他們來，結果全都沒差別。他們想什麼時候來就來，想要多少就要多少。」

「狗雜種。天啊，我祖父鞭打過一大堆這種人。」

「恐怕你現在不能這麼做了。」卡西迪揚聲道，口氣儼然也希望社會秩序能夠簡化些。「他們的恨意會像一噸的磚頭一樣壓得你爬不起來。」

「我免費奉送你這句話：時候到了，可以再打一場仗了。你聽聽，他們說他大概有四十三歲。」

「誰？」

「神啊。科克郡的那個傢伙。他選擇這樣一個年齡可真夠怪的，你不覺得嗎？我是說，年輕一點或老一點都好啊。你看，這就是我跟他說的，誰會相信四十三歲的他是神？還有，當我看到那輛車，然後看到你……欸，你不能怪我，是吧？我是說，如果神想要開車，嗯，就會是你那輛賓利了……」

「這裡的僕傭問題怎麼處理？」卡西迪提出問題，好打斷他的話題。

「他媽的糟。他們要的就是香菸、電視還有打炮。」

「我猜他們覺得寂寞。和你一樣。」

卡西迪現在已經不再那麼緊張了。他同伴的辛辣語調在他前方迴響，雖然顯得離奇怪誕，卻還是讓人愉悅、安心；現在火光確實更近了，在他們往內探索的過程中，穿越這棟巨宅愈來愈幽暗的房間之後，看到這樣的火光讓他更為喜悅。然而他的沉著只是勉強占上風，隨後一股毫無徵兆的現象猛然擾亂了他。一陣突如其來的尖細音樂聲從邊門裡傳出，還有個女孩走過他們面前。

實際上卡西迪看到她兩次。

一回是在走廊盡頭上出現在煙霧火光中的剪影，另一回則是她停下來，轉頭看著他們時，在燈籠光線的直射下。她先看了一眼卡西迪，然後帶著冷靜懷疑的眼神望向拿燈籠的人。她的眼神直接，絕對不帶歡迎之意。她一隻手臂上搭著毛巾，另一手則拿著收音機。濃密的紅褐色頭髮紮在頭頂上，像是要避免弄濕似的；在他們短暫交換眼神時，卡西迪發現她聽的節目和他在車上放的一樣：法蘭克·辛納屈的精選集，主題環繞著男性的孤寂。在燈籠搖曳的光芒、閃爍的爐火和瀰漫的柴煙之中，這些印象顯得極為破碎，無法連貫。這女孩的外表、微微的遲疑、兩度的瞥視，在他的意識上一閃即逝。她一瞬間就消失在另一道門裡，但在她消失之前，卡西迪禁不住感到一股疏離（一個全然出乎意料的經驗，常會帶來這種感受），注意到她不只是漂亮，還赤身裸體。的確，這種景象是不太可能發生。一方面是因為很家常，但另一方面又很讓人困窘。這一幕對於卡西迪的幻想而言，效果是如此地不協調。若非有燈籠的光芒堅定地指出她確實有血有肉、存在於世，他很可能會把她完全摒除在外，開始懷疑她是否真的存在。

她是踮著腳尖走過的。她一定很習慣光著腳走路，因為每個腳印都分別在石板上留下圓點，就像小動物在雪地裡留下的印子。

3

很久以前，在一間大餐廳裡，有位上了年紀的女士偷了卡西迪的魚。她坐在他隔壁桌，面朝餐廳裡面；她一個動作就掃走了那條魚（用大量起司和海鮮作盤飾的一尾奶油白酒煨牛舌魚），把整條魚掃進她打開的方格花紋手提包裡。她的時間點抓得恰恰好。卡西迪當時剛好往上看，正在想心事——可能是想起一個女孩，但也可能是看到了他本來想點的一道菜——等他回過神、再度低頭看自己盤子的時候，那條魚就不見了，盤子上只剩一道粉紅色的醬汁，還有玉米粉、起司和蝦子碎屑所留下的一條濃稠痕跡，指著魚消失的方向。他的第一個反應是百般疑惑。難道他已經吃了那條魚，而且心不在焉到甚至不知滋味嗎？但他怎麼吃掉它的？大偵探自問。用手指嗎？他的刀叉都是乾淨的。或者，這條魚是個幻象：侍者還沒把它送上來，卡西迪看著的是前一個客人留下來的髒盤子。

然後他看見那個方格花紋的手提包。包包的把手扣得死緊，但一抹粉紅色汙痕留在扣夾的一個卡榫上，清晰可見，洩露了天機。叫侍者過來！他心裡想著：這位女士偷了我的魚。跟這小偷槓上！叫警察來打開她的手提包！

但她擺出那副老處女的冷靜，繼續喝她的開胃酒，一隻手輕輕地捲在餐巾裡，這對他來說太難應付了。他簽了帳單，靜靜地離開餐廳，再也不去那裡。

卡西迪跟著燈籠進入那個煙霧繚繞的客廳時，也經歷了同樣混亂的精神症狀。那女孩存在嗎？還是他的好色念頭創造了她？她是鬼嗎？比方說，某位德・瓦德比爾家族女繼承人，在洗澡的時候被魯莽的雨果男爵給謀殺了？但家族鬼魂不會留下腳印，也不會帶著收音機，更不會由那樣極其真實的肉體構成。假設那女孩是真的，他也看到了她，應不應該顧及禮貌並冒點風險，隨便說幾句話以表示他什麼都沒看到呢？暗示說那女孩出現的時候，他正在研究一幅肖像或者一處建築的特色。抑或問他的東道主是一個人獨居，還是有人在照料他？

正在絞盡腦汁考慮這個問題時，他聽到有人對他說了一句話，他還以為那是外國語。

「來口？」

卡西迪被霧氣隔絕的這種強烈印象，更加重了他的不真實感：巨大的火爐排放的滾滾濃煙與加農砲硝煙近似，瀰漫在石板地上，讓頭上的屋椽像是掛著沉重的蓋棺布幕。燈籠現在已熄滅，火爐是他們唯一的光源，而且火似乎是由引火用的細柴薪生起來的，但這裡的窗戶一如大廳的，緊緊關著。

「非常抱歉，不過我不太懂你的意思？」

「**來口**呀，愛人。來一口酒。**威士忌呀**。」

「喔！謝謝你。酒啊！來口。」他笑了。「對，我確實喜歡來口。說真的，要從巴斯開到這裡，是很長的一段路。嗯，滿煩的，你知道。那一大堆小巷子跟該轉的岔路。**來口**，哈哈。」

情婦？放蕩的女僕？亂倫的姊妹？一個從樹林裡偷偷摸摸進來的吉普賽娼妓？五英鎊讓人打一

砲，附帶事後免費洗個澡？

「你會想：乾脆用走的算了。」手上拿著玻璃杯，那個長長的身影在他面前從煙霧中升起，看起來很巨大。卡西迪想，如果我們身高相近，為什麼你現在塊頭大得多？「這要花費我們寶貴的八個小時，而且路上還有天底下所有的豪華轎車，幾乎要把我們逼進路邊的樹籬裡了。我告訴你，這些都足以讓人決定喝一杯。」他的土腔又更重了。「你還是不會這樣做吧，愛人？把我們擠到壕溝裡去，甚至還不停下來撿撿骨頭？」

可能是個應召女郎，由不知羞恥的應召站送來的？問題是：你在電話斷線的時候要怎麼召妓？

「當然不會。我是安全駕駛的信徒。」

「你現在是嗎？」

黑眼睛似乎隨著這個問題，更進一步侵入卡西迪不設防的意識中。

「聽著，我叫卡西迪。」他說。一方面是告知他的東道主，一方面也是向自己再確認一次。

「卡西迪？天啊，那是我聽過最可愛的名字。嘿，是你搶了那些銀行？⓫你的錢是這樣來的？」

「喔，恐怕不是。」卡西迪溫和地說。「我的工作，比搶劫還辛苦一點。」

卡西迪因自覺反駁得當而受到鼓勵，於是開始觀察對方，直率的程度就和他自己才剛剛接受的審

⓫ 湊巧與美國歷史上著名的銀行劫匪布區・卡西迪（Butch Cassidy, 1866-1909）同姓；布區・卡西迪和搭檔日舞小子（Sundance Kid, 1870-1909）搶銀行的事蹟，曾改編成電影「虎豹小霸王」。

查差不多。裹住他黝黑雙腿的那塊布料，不是裙子也不是浴巾，甚至不是蘇格蘭裙，而是一塊非常舊的窗簾。上面繡著褪色的蛇，邊緣就好像被一雙憤怒的手給扯裂了一樣。他用這件簾子圍到臀部，穿得前低後高，像要浸入恆河沐浴的男子。在黑夾克底下的胸膛是赤裸的，點綴著團團濃密的黑色胸毛，呈細線狀往下延伸到腹部，隨後又再度展開成一片坦蕩的陰影。

「喜歡嗎？」他的東道主一邊問，一邊遞給他一個酒杯。

「請再說一遍？」

「我的名字是**沙摩斯**，愛人。**沙摩斯**。」

沙摩斯。沙摩斯．德．瓦德比爾……該在《德布雷特貴族名錄》[12]上查查他的名字。

門口的方向傳出聲音，卡西迪聽到法蘭克．辛納屈唱著他在丹佛認識的某個女孩。[13]

「嘿，海倫。」沙摩斯往卡西迪肩頭後面喊道。「結果不是佛萊厄提，是卡西迪。**布區**．卡西迪。現在可憐的查理叔叔死翹翹了，他要來買這棟房子。卡西迪，你跟我現在是老友了，來和一位非常可愛的女士握個手吧，她以前屬於特洛伊[14]，現在屈就在這可惡的——」

「您好。」海倫說。

「——婚姻生活。」沙摩斯繼續說完。

她身上雖然稱不上是穿著整齊，但也算有所遮掩了。

妻子，他快快不樂地想。我早該知道的。這是海倫．德．瓦德比爾夫人。所有的希望都沒了。

就算是對卡西迪這樣拘謹的人來說，也沒有什麼好方法，可以用來向一位才剛在走廊裡瞥見她裸體的貴婦行禮致意。他能做到的最佳禮儀是一聲豬叫似的呼嚕聲，同時加上一抹淡淡的微笑，再眨眨眼；這種表情是向熟悉這種暗號的人表示，他是個性慾薄弱的近視眼，而到目前為止他眼前的這個人還沒引起過他的注意。就海倫來說，她兼具美貌與教養，還有時間在更衣室裡思考對策，以展現出莊嚴平靜的儀態。她穿著衣服時比沒穿還美，身上是一件素淨簡潔的家居長袍，高領包住了她高貴的頸項，蕾絲衣袖圍住了她纖細的手腕。紅褐色的頭髮就像茱麗葉的長髮一樣梳直了，但她還是光著腳。雖然他裝出近視的樣子，卻依舊沒辦法不注意到她沒穿內衣，胸脯在她走動時微微地顫動。臀部也同樣毫無拘束，而且隨著每個勻稱的步伐，一只光滑如大理石的潔白膝蓋就會端莊地從她袍子的縫隙探出頭來。真是太英國了！卡西迪鬆了口氣地暗自想道，真是個了不起的登場啊，可真謂氣勢驚人。她用食指和拇指做了個簡單動作，就關掉了收音機，然後把它放在沙發旁的茶几上，一面撫平上面的護套，彷彿那是上好的亞麻布料。接著她嚴肅地握了一下他的手，請他坐下。她接過一杯飲料，然後用

---

⑫ Debrett，一八〇二年第一度出版時的全名為 *Debrett's Peerage of England, Scotland and Ireland*，新版書名則為《德布雷特氏貴族和男爵及陛下授權證書持有者名鑑》（*Debrett's Peerage and Baronetage with Her Majesty's Royal Warrant Holders*）。

⑬ 這首歌名叫 Love's Been Good to Me，歌詞內容是一個男子的自述，雖然他漂泊不定卻始終快樂，因為他在愛情方面運氣不錯，在丹佛、波特蘭都曾遇到可愛的女子。

⑭ 此處沙摩斯把妻子說成是造成特洛伊滅亡的不貞希臘王后海倫。

一種低沉而近乎謙遜的聲調，為這一團亂表示歉意。卡西迪說他完全能理解，他知道這是為了要搬家，他自己過去幾年來也經歷過許多次這種場面。不知怎的，他不著痕跡地暗示自己每次遷徙都是搬到更好的地方。

「我的天，甚至是換個**辦公室**，當你有祕書和助理們、甚至自己的工人要照料時，就得花上好幾個月。確實就需要**好幾個月**。所以像是這裡……」

「你的辦公室在哪裡？」海倫客氣地問道。

卡西迪對她的評價又更高了。

「在南奧德麗街，」他立刻回答。「西側一號。其實就在公園巷外面。我們去年春天搬進去的。」他本來想再加上一句，或許她曾在《泰晤士報商業新聞》上讀到這個消息，但他很謙虛地忍住沒說。

「喔，多好啊。」她很淑女地整理她的裙襬，蓋住那對絕美的大腿，然後在沙發上坐下來。

她對丈夫表現得就比較冷淡。她的眼睛很少離開卡西迪的臉，他也沒忽略那雙眼睛機靈地表現出關注。一如往常，他是多麼瞭解一位美麗女性的感受啊！醉醺醺的丈夫已經是個夠沉重的責任了。但誰知道在過去幾個月裡，她的自尊還受過什麼樣的打擊——同律師爭執、對死者的許多責任、忍痛與家族僕從分別、從久未動用的抽屜裡清出破舊的紀念品？在這段時間裡，有多少可能買下這裡的人曾經粗魯地走過這些她年輕時使用的寶貴房間，嘴裡叨唸著他們粗魯的挑剔言詞，離開時甚至沒有留下一點希望？

我要減輕她的負擔，他決定了，我要主導接下來的談話。

他簡單扼要地說明了一下自己突然登門造訪的理由之後，很公平地歸罪於葛林堡和奧斯威特。「我不是針對他們，在那行他們是很好的人。我和他們打交道很多年了，當然也還會繼續來往，不過就像所有的老字號一樣，他們也變得自滿起來。太馬虎了。」講完好話，就要說不客氣的話了。「我是說，我一定會就事論事，向他們好好反映一下。」

沙摩斯包在窗簾底下的腿交叉起來，擺出認真思考的態度把身體往後靠，點頭表示強烈贊同，一邊說道：「講得好，卡西迪！」但海倫向他保證，他的來訪不會造成困擾，任何時候都歡迎他，這真的沒什麼。

「是這樣吧，沙摩斯？」她說。

「絕無任何不便，愛人，」沙摩斯熱心地說。「我們正打算開個舞會呢。」

然後，沙摩斯帶著莊園主人般的自得神情，重新開始研究他這位不速之客。

「抱歉這裡煙霧瀰漫。」海倫說。

「喔，完全沒關係。」卡西迪一邊說，一邊辛苦地克制自己不要擦掉一滴被刺激出來的眼淚。「真的，我還滿喜歡的。木柴生的火，這是我們在倫敦怎麼也買不到的東西。恐怕出多少價都買不到。」

「這全是我的錯，」沙摩斯懺悔道。「我們用光了木柴，所以我把桌子鋸開了。」

沙摩斯和卡西迪因為這個絕妙的笑話而大聲爆笑出來，海倫遲疑了一下才跟進。他注意到她的笑聲嫻雅又迷人。原則上他並不喜歡女人表現幽默感，唯恐那是針對他的嘲弄，但海倫的笑聲不同，他感覺得出來：她知道自己的地位，只有男人笑的時候才跟著笑。

「桃花心木有個很糟糕的缺陷。」沙摩斯跳起來，轉向酒瓶所在之處。「這種可惡的木頭不肯像那些低級木頭一樣好好被燒掉。它堅決不肯壯烈成仁。現在我覺得它的行為實在很無禮，你不覺得嗎？我的意思是，在某些時刻，我們都應該心平氣和地道晚安退場，你也這樣想吧，卡西迪？」

雖然這是個戲謔性質的問題，但沙摩斯提出時卻顯得頗為誠懇，他動也不動等著得到答覆。

「喔，當然。」卡西迪說。

「他同意啦，」沙摩斯說著，顯然鬆了一口氣。「海倫，他同意了。」

「他當然同意。」海倫說。「為了表示禮貌。」她朝著卡西迪那邊靠過去。「他已經好幾個星期沒見到一個人了。」她低聲吐露此事。「恐怕是開始感到絕望了。」

「別這樣想。」卡西迪囁嚅說道。「我愛這裡。」

「嘿，卡西迪，對她講講你的賓利汽車吧。」沙摩斯的土腔滲進每個字裡，酒精讓那口土腔完全表露無遺。「聽到了嗎，海倫？卡西迪有輛賓利，車身長得要命，還有銀色排氣管；對吧，愛人？」

「真的有嗎？」海倫的話從她的酒杯上方冒出來。「天啊。」

「呃，當然不是全新的。」

「但這不是很好的東西嗎？我是說，舊車款不是在很多方面比新的更好嗎？」

「確實如此，呃，我是說就個人的判斷啦。」卡西迪說。「六三年以前的車型絕對好得多。嗯，像這一輛確實是相當好。」

沙摩斯只隨便慫恿了一下，卡西迪就在不知不覺中告訴她全部的故事了：他是怎麼開著他的賓士經過七橡鎮——以前他有部賓士，當然非常實用。但是，如果他們懂得他的意思，那輛賓士是沒有真正的「手工感覺」——他在一間卡芬汽車賣場裡，瞥見一輛賓利。

「在七橡鎮，妳聽到了嗎？」沙摩斯說。「在七橡鎮花大筆錢買一輛賓利。天啊。」

「但樂趣還不止於此。」卡西迪繼續講下去。「某些非常細緻的車款，是從印度那麼遠的地方來的。本來是那些印度大君買下來打獵用的。」

「嘿，愛人。」

「是？」

「你應該不至於就是個印度大君吧？」

「我恐怕不是。」

「但在這種光線底下，你總是沒辦法看得清一個人的膚色。那麼，你是個天主教徒嗎？」

「不是。」卡西迪開心地回答。「你又錯啦。」

「但你很虔誠吧？」他堅持追問，回到一個早先出現過的主題上。「你確實上教堂**做禮拜**吧？」

「這個嘛，」卡西迪懷疑地說：「只有在聖誕節和復活節的時候。你知道，就是那類的活動。」

「你會說你自己是信奉新約的人嗎？」

「請繼續講車子，」海倫說道。「我洗耳恭聽。」

「或者你會說你更贊成古代猶太人那種野蠻、無拘無束的特質?」

「這個嘛……我想兩者都有一點吧。」

「妳看看，這個科克郡的佛萊厄提現在——」

「**拜託**，」海倫一邊說，一邊再度用眼神制止她丈夫。

這個嘛，這輛車正好，卡西迪有種感覺，他沒辦法確切解釋，所以最後他停下來，轉頭再看了一眼。長話短說，這個年輕的售貨員沒有強迫推銷，只是看出他是那類型的人，在五分鐘內他們就做成了生意。卡西迪簽了一張五千英鎊的即期支票，就開著那輛車走了。

「天啊，」海倫倒吸一口氣，「真是驚人的勇氣。」

「勇氣?」沙摩斯重複。「勇氣?妳聽著，他根本是一頭雄獅。我很樂意告訴妳應該看看他在屋外臺階上的樣子，可把我嚇得魂飛天外了。」

「這個嘛，當然我還有整個週末可以阻止那張支票兌現，」卡西迪輕率地承認。但關於這件事，他也有很多話可說——比方說，汽車協會的報告中對這款車的製造技術層面讚不絕口，還有他買下車之後沒幾個月，正巧看到這款車的發展歷史——可惜沙摩斯突然覺得膩了，要海倫帶他看房子。

「好吧，如果他是個強迫性購物狂，或許他也會把我們兩個買下來，喔?我的意思是，天啊，我們不能放過這樣一個機會。現在嘛，卡西迪你有沒有帶著你的支票簿?因為如果你沒有帶的話，你最好馬上鑽進你那個灰色便盆裡，快快殺回倫敦西區拿;我告訴你，我的意思是，不是隨便哪個人都可以參觀這棟房子的，你還不知道嗎。說到底，如果你不是神，你到底是哪位呀?」

卡西迪內心的那個地震測量儀再一次記下了海倫節制的緘默，而且對此心領神會。同樣憂慮的一瞥，讓她嚴肅的眼睛蒙上一層煩惱；同樣發自內心的優雅有禮，阻止她把自己的焦慮訴諸言語。「我們沒辦法讓他在黑暗中看房子呀，親愛的。」她平靜地說。

「我們當然能在這一片該死的黑暗中讓他看房子。我們有燈呀，不是嗎？老天爺，只要他高興，用摸的他都願意買這棟房子，不是嗎，愛人？我說，你看看，卡西迪分明就是個非常有影響力的人，而非常有影響力的人可以閒逛到七橡鎮就簽下一張五千鎊的支票，完全不浪費一點他媽的時間。海倫，那是妳得在人生裡學習的事情——」

卡西迪知道現在該他說話了。「呃，現在聽我說一下，請不要擔心。我絕對可以下次再來。你們已經對我這麼客氣了——」

他努力說到做到，搖晃地站起身來。柴煙和威士忌對他造成的影響，比他所知的還要大。他頭昏腦脹，眼睛刺痛。

「我**絕對**可以下次再來。」他可笑地重複。「為了打包或者湊合這些東西，你們也一定累壞了。」

沙摩斯也站了起來，把手靠到海倫肩上，他黑暗、直入靈魂的眼睛盯著卡西迪。

「所以我們要不要約定下星期哪天？」

「你是說你不喜歡這棟房子了。」沙摩斯用一種平板而帶威脅性的聲音說話，不像是在發問，而是蓋棺論定。卡西迪急於抗議，但沙摩斯壓制住他。「這房子對你來說不夠好，是這樣吧？沒有中央空調，沒有附抽水馬桶的套房，沒有你在倫敦城裡那些時髦的玩意兒？」

「絕不是這樣，我只是——」

「老天爺，你到底要什麼？一個俗氣的大客廳？」

以前卡西迪在風光得意的時候，也曾經處理過類似的場面。憤怒的工會成員拍過他的玫瑰木桌、生意被搶的對手曾經在他面前揮舞拳頭、喝醉的女傭罵他肥佬，但最後這種場面都會在他控制之下。大部分都發生在他已經買下的地盤上，他所面對的人也都是接下來要付錢雇用的對象。眼前的狀況全然不同，威士忌和他模糊的視線也對他的表現毫無幫助。

「我當然喜歡這棟房子。我想我已經講得十分清楚了，事實上這是我這麼久以來看過最好的一棟。這裡有我想要的一切……安靜……隱密……還有車庫空間。」

「還有更多吧。」沙摩斯教訓他。

「古董……你還要我說什麼？」

「那這樣就夠了吧！」

一個燦爛、充滿感染力的微笑取代了短暫的憤怒烏雲。沙摩斯一手抓著威士忌瓶，一手抓著燈籠，開開心心地要他們過來，走上那個寬大的樓梯。就這樣，那天傍晚卡西迪第二次發現自己踏上了一段強迫性的旅程，雖然不是完全違反他的喜好：對他暈眩的意識來說，這段旅程的每一步都在過去與現在、幻覺與真實、酣醉與清醒之間交替著。

「來吧，佛萊厄提！」沙摩斯叫道。「神的家裡有許多住處，⓯我和海倫會帶你看完全部該死的房間，對吧，海倫？」

「你會跟著我吧？」海倫臉上帶著空中小姐那種迷人的笑容問他。

沙摩斯男爵和海倫・德・瓦德比爾夫人。卡西迪陷入困惑狀態的症狀之一，就是他一直在猜測到底是誰繼承了這片要出售的產業。他把沙摩斯想像成類似一個被剝奪職務的騎兵軍官，靠著酗酒忘記無馬可騎的恥辱；接著他認定海倫堅毅且尊嚴地放棄這片產業，一個偉大的血脈傳統也隨之消逝。而他卻從未自問：就傳統聯姻方式所容許的可能性來說，這兩個人怎麼可能在同一間屋子裡度過他們的童年？甚至就算他想到了這個問題，海倫的舉止態度也只會更令他迷惑。她在這裡悠然自得：這位年輕的女莊主從她的畫像裡輕輕邁出，正在向他們展示她的領地。不管她在客廳裡感覺有多不自在，現在都一掃而空，因為她顯然很投入這項任務。她有時肅穆，有時戀戀不捨，有時則只是提供資訊，帶著深情的熟悉領他穿過迷宮似的朽壞走廊。卡西迪緊跟在她背後，嬰兒香皂的氣味還有她渾圓緊實的雙臀，都在引導他；沙摩斯帶著酒瓶和燈籠跟在一段距離外，在他們談話時在邊上插話，或者在他們身後喊著粗魯且帶有反諷意味的笑話。「喂，卡西迪，叫她告訴你，希金斯奶媽怎麼在僕傭辦的舞會上和教區牧師搞上的。」在大廳裡他發現一支長矛，就用它和他父親的鬼魂來一場影子決鬥；在溫室裡，他堅持要向海倫獻上一棵開花的仙人掌，當她接受之後，他在她的頸項後方留下一個深深的吻。海倫態度鎮靜，毫不見怪。

⓯ 此語典故來自《聖經》新約約翰福音第十四章第二節經文：「在我父的家裡有許多住處；若是沒有，我就早已告訴你們了。」

「全是等候和憂心忡忡造成的，」沙摩斯在地窖裡高唱著一首喬治時期的簡單歌曲時，她對卡西迪這麼解釋。「這對他來說實在太挫折了。」

「請相信我，」卡西迪說：「我確實瞭解。真的。」

「對，我想你真的懂。」她說著就拋給他一個感激的眼神。

「他現在打算做什麼？找個工作嗎？」卡西迪提問，語氣中顯示出一種體諒：對沙摩斯這種人，受人雇用不啻為最後的墮落。

「誰會要他？」海倫簡潔地反問。

她帶著他四處看。在薄暮天空中還有幾顆星星，他們巡過了坍塌的城垛，對乾枯的護城河驚嘆不已。靠著燈籠的照明，他們站在已遭蟲蛀的四柱大床前，充滿敬畏，又深入滿是灰塵的天主教徒藏身密室⓰，撫摸發霉的布幔，還輕叩幾下被蟲咬成峰窩狀的壁面嵌板。他們討論到暖氣的問題，卡西迪說小口徑的通風管能將房子的損傷降到最低。他們還想出哪些房間可以不做太多修改，就把管線都密封起來，重鋪的電線如何從牆腳護板後面拉過去，還有電路如何才能像防潮線路一樣運作正常。

「電路會把整個房子變成一個乾電池，」卡西迪解釋。「這不便宜，但現在還有什麼是便宜的？」

「你對這玩意兒的瞭解真是多得不得了。」海倫說。「難道你剛好是建築師嗎？」

「我只是喜歡老古董罷了。」卡西迪這麼說。

在他們背後，沙摩斯一面拍著手，一面唱起〈聖母頌歌〉。

4

「你是個可愛的男人。」沙摩斯平靜地說，一面從瓶子裡倒出一杯飲料遞給他。「你真的是個可愛、完美的男人。告訴我們，你對於愛的普遍性可有理論？」

這兩個男人現在站在表演陽臺上。海倫站在他們下方，透過窗口往外凝視，她的眼睛望向遠景中的栗樹步道。

「這個嘛，我想我知道你對這棟房子的感覺。我們就這麼說吧，可以嗎？」卡西迪帶著微笑提出意見。「喔，不過這一切對她來說更難受吧，從長遠來看。」

「是這樣嗎？」

「我們男人嘛，你知道，我們是生存者，得應付任何事，不是嗎？不過她們，唉，她們啊。」

她仍然背向他們，窗外照進來的最後一絲光芒穿透了薄薄的家居長袍，展露出她赤裸的身體曲線。

「女人需要有個家。」沙摩斯頗有哲理地說道。「她們要汽車、銀行戶頭、小孩。把這些從她們身上奪走，就是一種罪惡，這是我的看法。我的意思是說，除此之外她們還能如何得到滿足？我就是

---

⑯ 英國在十六至十七世紀之間取締天主教，天主教的司鐸等神職人員被迫躲藏起來，因此當時的房舍往往有密室讓人藏身。

這樣想。」

他輕輕挑起一邊的粗黑眉毛，然後卡西迪輕易就想到：沙摩斯是在用某種方式嘲弄他。不過是什麼方法，還不太清楚。

「我確定會有辦法的。」卡西迪大膽地說。

「告訴我，你曾經一次有兩個嗎？」

「兩個什麼？」

「女人呀。」

「恐怕沒有。」卡西迪非常震驚地回答；他並不是被這種念頭嚇著了，因為他自己常常玩味這種幻想。真正驚人的是，這種想法竟然會出現在目前的對話之中。有福氣與海倫相伴的男人，怎麼會有這麼下流的想法？

「或許三個？」

「也沒有過。」

「你會打高爾夫嗎？」

「偶爾。」

「那壁球呢？壁球是不是你的遊戲？」

「是啊，你為什麼問？」

「我希望你能保持身材，就這樣。」

「我們該下樓了吧？我想她在等著。」

「喔，愛人，」沙摩斯輕柔地說，又灌下一口酒：「像那樣的女孩，會為你我這種人等上整夜。」

「你們不能把這棟房子讓給全國託管協會⓱嗎？」他們走下搖搖欲墜的樓梯時，卡西迪用他在會議室裡發言的那種大嗓門問道。「我想他們可以做些安排來保存這棟房子，同時讓你們住在裡面，只要你們一年對大眾開放一定的時間就好。」

「喔，那些下流東西會讓整個地方臭不可聞，」沙摩斯反駁道。「我們試過一次。小鬼們在歐比松掛毯⓲上撒尿，他們的父母就在柑橘園裡打炮。」

「而且也得花上一筆維修費用。」海倫解釋著，又充滿懇求地看了她丈夫一眼；這樣的眼神，哀傷動人地表露出她的苦惱。

噓噓時間，沙摩斯這麼稱呼。他們把海倫留在客廳裡顧冒煙的爐火，現在他們肩並肩站在護城河的邊緣，傾聽自己體內的水分滴滴答答地流到乾燥的石頭上。今晚有一種站在高山上的莊嚴氣氛。這

⓱ National Trust，此協會創始於一八九五年，在一九〇七年依據「國家託管法」正式成立而有了法律基礎。目的在於保護英格蘭、威爾斯和北愛爾蘭的自然名勝或具歷史、藝術價值的建築物。在蘇格蘭有另一個功能相同的平行機構蘇格蘭全國託管協會，成立於一九三一年。

⓲ 歐比松（Aubusson）是法國中部的城鎮，從五世紀起就以織錦畫聞名，十七世紀中時甚至得到王室的認可。

個黑暗的房子帶有一種粗糙的光彩，無數個尖角聳立映襯著灰白的天空，月光照亮的雲彩邊緣還布滿粉塵似的群星，就像凍結在萬年冰裡的螢火蟲。在他們腳邊，有一顆白色露珠在未經修剪的草地上閃閃發亮。

「結了群星的天堂之樹，」沙摩斯說：「掛著濕漉漉的夜樹之果。」[19]

「這句話很美。」卡西迪恭恭敬敬地說。

「喬伊斯。一個以前的女朋友。[20]我一定會想到她。嘿，愛人啊。看在老天爺的分上，小心凍傷。我警告你，一下子就會被凍傷一塊。」

「謝謝你。」卡西迪回答時還笑了一聲。「我會注意。」

沙摩斯悄悄挪近了一點。「呃……告訴我們，」他用一種推心置腹的語氣問道：「呃，你覺得這裡適合你嗎？我指的是房子……這裡對你到底合不合適？」

「我不知道。我希望適合，不過當然我得做點測量勘查。可能也會找個建築估算師來吧。要把這些事搞定得花上一大筆錢。」

「嘿，愛人，聽好。」

「我在聽。」

很長的一陣靜默。

「你為什麼想要這個地方？」

「我想，我是在找尋一點傳統氣息吧。我父親是白手起家的。」

「喔，我的天。」沙摩斯拉長了聲音說，好像這個新發現讓他相當反感，然後快步從他身邊走開。

「只要是大片地產都好，是吧，拿來當作週末的藏身處？要有二十個臥房，或者更多……」

「我想是這樣。」

「你知道我無意探人隱私。我們覺得隨你愛怎麼處置這房子都可以，只要你付得出錢就好。而且你總是可以租出去幾層樓，我敢這麼說。」

「如果有必要的話，我會這樣做。」

「把這片土地也租出去，喔？這裡的農夫一定很樂意接過這些土地。」

「對，我想他們會。」

「我老覺得這裡其實可以蓋一所很好的學校。」

「對，學校也行。」

「或者可以弄一間旅館。」

「也有可能。」

「嘿，那弄個賭場怎麼樣？現在我有個想法。找一些淘氣的倫敦女服務生，嗯？也可以找些虔誠

---

⑲ 沙摩斯說的句子是The heaventree of stars hung with humid nightree fruit，與作家喬伊斯（James Joyce, 1882-1941）在《尤利西斯》（*Ulysses*）第十七章裡寫的句子有一字之差：The heaventree of stars hung with humid nightblue fruit.《尤利西斯》第十七章裡，有一段正是描述兩位男主角布魯姆和史蒂芬在滿天星斗的後院裡撒尿。

⑳ Joyce也可以是女性的名字，這裡沙摩斯是在開玩笑信口胡謅。

的神父來碰碰運氣。」

「我不想那樣做。」卡西迪簡短地說。他神智非常清醒，但威士忌似乎一直在影響他的行動。

「天啊，為什麼不？」

「我只是不想要，就這樣。」

「喔，現在講到對上帝的愛啦，」沙摩斯惱怒地宣布。「別告訴我們你是個死清教徒。我是說，你聽好，我們不會把海佛當奉送給鐵甲軍[21]，愛人，就算我們哭喊著想要一片麵包皮也不幹。」

「我不認為你對我瞭解得夠清楚。」卡西迪說著，他自己的聲音聽起來彷彿很遙遠。扣好了釦子，他往回盯著那棟大宅，和那個被閃爍火光染成粉紅色的窗戶。在凝望的時候，他看見海倫完美的身體輪廓靜默地橫過窗口，她認真地在履行她的理家職責。

「我們對這些事情的看法似乎不盡相同。當然，我希望這個地方能夠獨立自足。我也希望讓它保持原狀。」

他再次感覺到沙摩斯的眼睛在一片黑暗中盯著他；他提高自己的聲調，以便避開沙摩斯那種頗具侵略性的情緒。

「我的意思是，我願意做一些你可能樂意做的事情，如果你……呃，如果你有機會就會想做的事。我想你會覺得這聽起來很蠢，不過恐怕那就是我的感覺。」

「你聽，」沙摩斯突然說。「噓。」

他們靜靜地站著，此時卡西迪豎起耳朵，接收不常聽見的鄉間聲響——或許是一隻麻鷺發出的嗡嗡響聲，也或許是某個大自然的掠食者發出的咆哮——但他所能聽到的，只是房子的吱嘎作響，還有樹頂上那種催人入夢的沙沙聲。

「我以為我聽到有人在唱歌。」沙摩斯輕輕說：「這真的不重要，是吧。也許只是人魚。」他站著不動，話裡的攻擊性消失了。「你講到哪兒了？」

「別在意。」

「不，繼續講。我喜歡聽！」

「我只是想告訴你，」卡西迪說，「我相信要保持連續性。要保持生活的品質。我猜想，從你的觀點來看，我會顯得像個傻瓜，對吧？」

「你真是個可愛極了、棒透了的愛人。」沙摩斯最後悄聲地說。他仍然凝望著夜色。

「我不懂你的意思。」卡西迪說。

「喔，去他的。海倫！喂，海倫！」

他抓著他黑夾克下襬的皺褶，猛衝出去，像隻蝙蝠似的畫出一條大大的之字形路線，穿過草皮，直到門廊前。

「海倫！」他衝進客廳時大叫著。「聽聽這個！發生一件神奇不可思議，而且劃時代的大事了！我們**重振名聲**了。布區．卡西迪愛上我們了。我們是他愛上的**第一對已婚夫婦**！」

㉑ Ironsides，克倫威爾（Oliver Cromwell, 1599-1658）在英國內戰期間率領的軍隊，這裡借用為清教徒的代稱。

海倫跪在火爐邊，雙手疊在膝蓋上，挺直了背；她表現出一種態度，就像是在他們缺席的時候她已經做了某種決定。

「他也沒有被凍傷。」沙摩斯補了一句，就好像這是他另一半的好消息。「我看過了。」

「沙摩斯，」海倫對著火焰說，「我想卡西迪先生現在該離開了。」

「鬼扯。卡西迪醉得不能開賓利汽車。為社會大眾的安全著想吧。」

「讓他走，沙摩斯。」海倫說。

「告訴她，」他對卡西迪說，一邊還因為剛才的狂奔而氣喘如牛。「把你剛才對我講的話告訴她。在外面，在我們小便的時候講的。海倫，他不想走；你想嗎，愛人？你想留下來玩玩，我知道你想！而且他就是佛萊厄提，我知道他是，海倫，我愛他，我說真的！」

「我不要聽。」海倫說。

「告訴她！這不是什麼骯髒事。海倫，我對神發誓。這是卡西迪善於持家的人格證明書。你告訴她，繼續呀！」

他額頭出汗了，臉上因為用力奔跑而泛紅。

「這不多不少就是有教皇祝福的證明，」他堅持，一邊還猛喘著氣。「卡西迪仰慕我們。卡西迪**非常感動**。妳和我就是他的帝國骨幹。該死的英倫之花。貞潔的玫瑰。帥氣的騎兵。海盜的後嗣。他是佛萊厄提。海倫，而且他要買下天堂。這是真的！告訴她，卡西迪，看在老天爺的分上，把你的膽子拿出來告訴她！」

他抓住卡西迪的肩膀，粗魯地逼他走到房間中央。「告訴她，你買下這棟房子以後打算怎麼做！」

「再見，卡西迪，」海倫說得急促。「小心開車。」

「告訴她！」沙摩斯發出刺耳的喘息，繼續堅持。「告訴她你打算怎麼整頓這棟房子！該死的，你是來買房子的，不是嗎？」

沙摩斯熱切的要求讓卡西迪極度尷尬，幾乎是覺得備受威脅了，他努力回想起他原先想說的話。

「好吧。」他開始說：「如果我買下這棟房子，我答應要，呃，盡量保持住你們的風格。讓它配得上一個歷史悠久的偉大英國家族……讓它光彩煥發。我會做的事情，就是你們如果有錢會想做的事情……」

除了沙摩斯刺耳的喘息聲，就是完全的沉默。甚至連天花板上滴下來的水都是無聲地落入上釉的盤子裡。海倫的眼睛仍然望著地上。卡西迪看到的只有火光為她的臉頰所畫出的金黃色輪廓，還有她起身時肩膀的一個迅速動作；她輕快地走向她丈夫，把頭埋在他懷裡。

「拜託，」她悄聲說道，「**拜託**。」

「愛人，你的想法很美。」沙摩斯用腦袋畫了個對角線，大力點頭向卡西迪擔保。「講得真好。我還要告訴妳另一件事。這位印度大君是偉人詹姆斯．喬伊斯的書迷。他在外面引用了一大段喬伊斯給我聽，妳會想聽聽他說的。」

「那是你啊，」卡西迪抗議：「那不是我，是你引用的。」

「而且他聽得到人魚唱歌，海倫呀，而且他知道很久以前的英國詩人，從——」

「沙摩斯，」海倫口氣裡帶著懇求：「**沙摩斯**。」

「卡西迪，聽著。我有個好主意。跟我們一起過週末吧！來打獵嘛！我們可以讓你騎馬。」

「恐怕我不會騎馬。要不然我就會很樂意從命了。」

「沒關係啦！聽著，我們都愛你，我們不在乎那種小事，馬也不在乎！而且，愛人，你的那雙腿很適合馬靴；海倫，妳說是吧？千真萬確。」

「告訴他，沙摩斯，」海倫平靜地說：「你不告訴他，我就自己來了。」

「到了晚上，」——他對新朋友的熱情，隨著腦海中的每個畫面日益高漲——「夜幕降臨，我們就來玩麻將。你讀詩給我們聽，告訴我們關於那輛賓利汽車的故事。不需要盛裝打扮，打個領結就行。然後我們可以跳舞。不是什麼大場面，大約只有二十來對夫婦，包括郡裡的仕紳，還有幾個可以把他們嚇僵的伯爵，你不知道吧？等到最後一輛大轎車像喝醉了一樣，搖搖晃晃開下了車道——」

「沙摩斯！」

下一刻她已經穿過整個房間，站在卡西迪面前，手臂垂下來，頭髮梳得直直的，就像是要跟客人道晚安的小孩。

「而且我們會找蒙莫倫西夫婦來！」沙摩斯大喊。「卡西迪會喜歡蒙莫倫西的，他們有他媽的兩部賓利汽車！」

海倫那雙茶色的眼睛勇敢地凝視他，口氣非常柔和地開始說話。

「卡西迪，有些事情你得知道。我們是非法進駐的人。」她說道。「我們是自願變成非法進駐者的。沙摩斯不信所有權那一套，他說那只是逃避現實的避難所，所以我們從一棟空屋流浪到另一棟空屋。他甚至也不是愛爾蘭人，他只是有很怪的腔調，還有一套理論，認為上帝是一個住在科克郡的四十三歲計程車司機。他是作家，一個很了不起的好作家。他改變了世界文學的方向，而且我愛他。至於你——」她踮起腳，伸手環抱他的肩膀，把她全身的重量都靠在他身上。「至於卡西迪，他是活人之中最甜、最善良的，不管他信什麼都一樣。」

「他是幹什麼的，老天爺啊？」沙摩斯大叫。「問他到底是從哪兒弄來這一切？」

「我是做嬰兒車零件的。」卡西迪回答。「腳煞車，遮陽篷，還有車架。」

他覺得口乾舌燥，胃也在痛。音樂，他在想，一定要有誰來製造點音樂。她摟著我要跳舞，可是樂隊不奏樂，每個人都看著我們，說我們在熱戀。

「卡西迪通用零件公司。我們在證券交易所掛牌交易，一鎊股票值五十八塊六便士。」

海倫靠在他懷裡，她胸脯的起伏告訴他，她不是在笑就是在哭。沙摩斯拿下威士忌瓶上的蓋子。卡西迪混亂的心裡湧上各式各樣的畫面。舞池的景象已經閃到一邊去了。她下身的柔細毛髮，透過那件質料單薄的家居袍撫弄著他。瑞士瀑布、坍塌城堡和股價慘跌的畫面在他心中彼此交替著；賓利汽車的殘骸停放在路邊。他人在凱瑞街的破產法庭臺階上，怒氣衝天的債權人不斷攻訐他，海倫叫他們住手。他人在雞尾酒會上赤裸裸站著，陰毛延伸到他的肚臍位置，但海倫用她的舞會禮服蓋住他的身體。在這所有災難和暴露的模擬畫面中，有個直覺像明燈一樣地指示他：她的身體溫熱，而且在我懷裡顫抖。

「我想邀你們兩位一起吃晚餐，」卡西迪說。「如果你們願意穿上真正的衣服；還是說，那麼做違背你們的信仰？」

突然間，海倫從他的懷抱中抽身，別的東西代替了她的位置；卡西迪感覺到沙摩斯那顆狂野的心隔著黑夾克有力地跳動著；他聞到柔軟布料裡埋藏著汗水、柴煙和威士忌的酒氣；他還聽到那個神祕的黑暗聲音，充滿愛意地低聲細語。

「一開始你就沒想過要買這幢該死的房子，是嗎？你只是做個小小的白日夢，不是嗎，愛人？說實話？」

「確實是。」卡西迪坦承，臉羞紅得厲害：「我也是在假裝。」

在直覺的感召之下，他們轉頭找海倫，但她走開了，也一起帶走了她的收音機。來自遠方的收音機餘音，從門口傳向他們。

「可憐的孩子。」沙摩斯突然開口。「真的以為她擁有這個地方。」

「我希望她會穿上她的鞋子。」卡西迪說。

「來嘛。我們讓她坐著賓利汽車兜一圈。」

「好，」卡西迪說：「她會喜歡的，對不對？」

5

第二天早上，卡西迪並沒有因為宿醉而感到痛苦，因此心情愉快，出發返回倫敦，一邊回憶著那個奇蹟之夜裡發生的每件事。

首先，為了克服羞怯，他們喝了更多的威士忌。只有神才知道沙摩斯是從哪兒弄來這些酒。他似乎在每個口袋裡都藏了一瓶，只要活動變得乏味時，他就像魔術師似的變出一瓶。一開始他們還帶著遲疑，但後來愈來愈狂熱於回顧那幾個有趣的時刻，根據卡西迪的說法，這些是先前的「小小誤解」。他們叫沙摩斯講更多愛爾蘭話，他也樂於從命。海倫表示這實在是驚人的表現，因為他從來沒去過愛爾蘭，卻可以像穿衣服似的換上各種口音。他有這種天賦。

接下來他們讓卡西迪脫下褲子吊帶，一起在燭光下玩撞球。那裡只有一根共用的撞球桿，還有一顆球和一支蠟燭，所以沙摩斯發明了一種稱為飛蛾的遊戲。卡西迪本來就喜歡玩遊戲，而且他們都同意，沙摩斯相當聰明，能當場發明一個遊戲。他宣布規則時操著一口士官長似的腔調，藉由卡西迪維妙維肖的模仿，他自己還能清楚地記得。

「要玩『飛蛾』，你得把蠟燭放在正中央——這兒——接著你繞著蠟燭，沿順時針方向擊球，我強調，是順時針方向。得分方式如下：每次繞完蠟燭一圈，就得一分，每次撞上桌子邊就扣五分。海倫，開始。」

有個給沙摩斯和卡西迪的男性發球區，還有一個給海倫的女性發球區。海倫最後以六分之差得勝，不過卡西迪私底下把自己視為勝利者，因為海倫有兩次打到桌子邊緣以外，他們都沒算進去；但他並不在意，因為這只是好玩。此外，這是個男人的遊戲；讓女人贏得勝利比較符合騎士精神。

在飛蛾之後，沙摩斯離開去更衣，海倫和卡西迪單獨坐在沙發上喝完威士忌。她穿著一件黑洋裝和黑色皮靴，卡西迪心想，她看起來就像電影裡的安娜・卡列妮娜。

「我認為你是個風度非凡的男人。」海倫告訴他。「沙摩斯就**糟糕透了**。」

「我從沒見過像你倆這樣子的人，」卡西迪真誠地向海倫保證。「如果妳告訴我妳是英國女王，我甚至不會感到一**丁點的**驚訝。」

沙摩斯回來的時候，看起來十分整齊帥氣。他用一種美國西部拓荒時代的口氣說：「**把你的手從我的女人身上拿開**。」然後他們一起坐進賓利汽車，開到「小鳥和嬰兒」——那是沙摩斯給「鷹與兒童」這家店的渾名。按計畫是要在那裡吃飯，但海倫偷偷向卡西迪解釋，他們可能不會那麼做，因為沙摩斯一開始就沒有表示同意。

「他喜歡照他的方式度過晚上。」她說。

沙摩斯想要開車，但卡西迪說，這輛車的保險很不幸地只限於他個人。這不完全屬實，卻是一個明智的預防措施；所以沙摩斯和卡西迪坐在前座，當卡西迪換檔的時候，沙摩斯就把他的腳放在離合器上，這樣他就能當駕駛副手了。沙摩斯管這個叫「換妻」。第一次這樣做的時候，他們正以時速十五英里打倒退檔，但卡西迪設法讓自己的腳踩到離合器，還好變速箱沒受損。雖然沙摩斯對汽車並不在行，但他頗能欣賞。

「天呀，」他一再地說：「這才是人生，嘿，海倫啊，妳在後面聽得到我說話嗎？……寫作去死吧，從現在起我要當個百分之百的基督徒兼中產階級……現在你有支票簿了嗎，卡西迪？……嘿，雪茄在哪兒？」

在一連串滔滔不絕的獨白中，沙摩斯說出了種種令人興奮的讚美，讓卡西迪覺得頗為奇怪：一個對財產如此垂涎的人，怎麼會有勇氣忽略所有權？

可以確定的是，他們在酒吧裡待了不到十分鐘，沙摩斯就開始往門口走了。

「這地方臭氣熏天。」他大聲說。

「爛透了。」海倫表示同意。

「店老闆也爛透了。」沙摩斯說著，然後就有一、兩個人驚訝地轉向他們。

「這老闆是個無產階級的賤民。」海倫也認同。

「店東，你是個低地蠻人，還是個幹綿羊的傢伙，而且你家鄉在傑拉德十字區。晚安。」

「別阻止他。」海倫說。他們正帶頭走向車子，希望沙摩斯會跟著他們過來。「答應我，你絕不阻止他。」

「我連試都不會試。」卡西迪向她保證。「那樣根本就是犯罪。」

「你真的能體會別人的感受，不是嗎？」海倫說。「我看你隨時都是這樣。」

「為什麼說到**傑拉德十字區**？」卡西迪問道。他只知道這個地方是宜人的半鄉村式大學宿舍城，位於大倫敦地區的西側邊緣。

「最惡劣的賤民都是從那裡來的。」她說。「他待過那裡，他很清楚。」

「去奇本漢。」沙摩斯在他們背後喊道。

在奇本漢火車站的餐廳裡，他們喝了更多威士忌。海倫說，沙摩斯對於車站有一股狂熱，他把整個人生視為抵達與出發、通往無名目的地的旅程。

「我們從不停下來，」她表示。「我說，你同意這一點嗎，卡西迪？」

「老天爺，當然同意。」卡西迪說，同時他想著——是他心裡那個分析者在思考——對，這就是他們令人感到興奮的地方，對於要去哪裡都有著共同的渴望。

「平常的時間對他來說就是不夠，」海倫說：「他也需要利用到晚上。」

「我知道，」卡西迪說：「我感覺得出來。」

月臺售票機失靈了，但收票員是個蘇格蘭佬，讓他們免費通過，因為沙摩斯說自己家鄉在斯凱島❷，塔力斯可是全世界最棒的威士忌❸，而且他有個名叫佛萊厄提的朋友，此人很有可能就是上帝。沙摩斯給那個收票員命名為阿拉斯岱爾，並讓他跟著一起去火車餐廳。

「他完全沒有階級觀念，」當沙摩斯與阿拉斯岱爾坐在吧檯另一頭，操著濃重的蘇格蘭口音討論彼此職業生涯的異同之處，海倫解釋道：「說真的，他算是某種程度上的共產主義分子。一個猶太人。」

「這太了不起了，」卡西迪說：「我猜這就是他能成為作家的原因。」

「但你也是這樣的，不是嗎？」海倫說：「在你內心深處也是如此吧？你難道不必和你的員工稱兄道弟之類的嗎？**他們**哪邊都不能容忍，對吧？」

「我沒想過這點。」卡西迪說。

在他們喝酒的時候，火車到站了，下一站到巴斯，轉眼間他們都已經站在頭等車廂裡，隔著車窗與阿拉斯岱爾揮別。

「再見，阿拉斯岱爾，再見。神呀，看看他。」海倫極力要求他們。「在那燈光下是張什麼樣的臉啊，那是張不朽的臉。」

「棒透了。」卡西迪附和。

「可憐的小混蛋。」沙摩斯說。「這樣等死多糟。」

「你知道，」海倫後來說，那時他們已經關上車窗了：「卡西迪真的有在注意事情。」她用手臂輔助，把長腿抬到椅墊上。「他真的獨具慧眼，只要他有在看的話。」她在濃濃倦意中加上最後這句話，然後很快就睡著了。

㉒ Isle of Skye，蘇格蘭西北部的一個島嶼。

㉓ Talisker原本是指蘇格蘭斯凱島上唯一的酒廠，他們出產的塔力斯可威士忌有強烈的煙燻味和麥芽香，稍帶辛辣味。

這兩個男人坐在面對面的長椅上，互相傳著酒瓶，同時透過各自不同的感覺與經驗看待她。她躺在自己那邊，擺出既典型也很輕鬆不費力的姿勢：膝蓋伸直並疊在一起，就像哥雅的「瑪哈」㉔，裸體又衣著整齊。

「她是我見過最美麗的有夫之婦。」卡西迪說。

「她爛醉如泥，」沙摩斯說著，又喝了點酒：「而且醉得動不了。」

「**沙摩斯**說，」海倫昏昏欲睡地說：「如果他讓我自己一個人獨立，我就會變成妓女了。」

「喔，老天爺！」卡西迪說話時的口氣，就像認為這觀點很膚淺似的。

「我不會的。我會嗎，卡西迪？」

「絕不會。」

「我會。」海倫說著，然後翻了個身。「他也會打我，對不對，沙摩斯？我真希望我有個溫柔的愛人。」她一邊反省，一邊對著椅墊講話。「就像卡西迪或者海斯先生。」

「妳知道嗎，」卡西迪說話時，心裡還在想著她的頎長身軀：「我並不在乎妳是不是擁有海佛當那間房子永遠屬於妳。」

「永恆就是現在。」沙摩斯說著，又喝下了一些威士忌。

「沙摩斯，」當夢想和幻象降臨到他們身上，卡西迪開始想說話。

「什麼事情，愛人？」

「沒事。」卡西迪這樣回答，因為愛無可言傳。

在巴斯車站，新鮮的空氣讓卡西迪想起，他已經喝下了大量的純威士忌；而沙摩斯的心情突然又改變。先前在海佛當，這種變化就已經讓旁人相當緊張不安。他們正站在月臺上，海倫凝望著一堆郵件袋，同時把臉埋在卡西迪的手帕裡啜泣。

「妳怎麼啦？」卡西迪堅持追問，無論如何已不是第一次了。「妳得**告訴**我們呀，海倫。她得說出來，對吧，沙摩斯？」

「這些郵件袋是囚犯縫製的。」她最後終於哭喊出來，然後繼續啜泣。

「因為他媽的理由，」沙摩斯憤怒地吼道，同時猛然向卡西迪發動攻擊：「還有你：別再把你的手指彎到袖口旁邊去了。小熊維尼的朋友羅賓已經死掉啦，對吧？㉕妳聽到了沒，海倫？**死翹翹了**。」

「抱歉。」卡西迪回答，然後這整段插曲便被拋諸腦後。

在卡西迪的世界裡，正餐是神聖不可侵犯的。用餐時間是歡樂或靜默的停戰期；這是休息時間，

㉔ Francisco José de Goya y Lucientes（一七四六—一八二八），西班牙畫家，他有兩幅名作〈裸體的瑪哈〉和〈穿衣的瑪哈〉，畫面構圖相同，主要的差別在於模特兒身上有沒有穿衣服。「瑪哈」一詞是當時用來稱呼時髦美女的用語。

㉕ 這裡提到的羅賓是《小熊維尼》故事書裡的小男孩羅賓，這個角色的範本就是《小熊維尼》作者A. A. Milne的兒子Christopher Robin Milne，他在一九九六年去世。本書內描述的年代是一九七〇年左右，真正的「羅賓」當然沒死，沙摩斯只是口頭上發洩。

無論是熱情或敵意都不得玷汙這虔誠的聖餐儀式。

他們在山坡上的「布魯諾餐廳」吃飯，這是因為沙摩斯正處於義大利式的心理狀態，不肯講英文，也因為如同海倫所解釋的：山坡景觀具有張力；卡西迪覺得這種觀點相當深奧。巴斯臭氣熏天，沙摩斯這麼說。巴斯是全世界最讓人作嘔的城市。巴斯是個玩具城，景色介於梵諦岡和《柳林中的風聲》[26]之間，是碧亞翠斯．波特[27]為鄉間的無產階級賤民所設計。

「沙摩斯真的是個非常天真的人，」海倫告訴他。「當然，任何一個隨時都在尋找愛的人，都是非常天真的，你同意吧？」

震驚於這句話的深度，還有這項觀察的精確，卡西迪同意了。

「他痛恨偽善。他憎恨偽善甚於一切。」

「那也正是我所憎恨的。」卡西迪大膽地說出來，同時偷偷瞄了一眼他的錶，心裡想著：我得快點打電話給珊卓拉，不然她會覺得奇怪。

在布魯諾，他們也玩了沙摩斯的另一個遊戲，叫做「拉鍊」。這是他特別為了給鄉下賤民難看、為了揭發偽善者而發明的。沙摩斯從進門的人裡挑出開刀對象。主要是看起來像年輕經理的那種人，然後他立刻將這類人歸入某幾個特定的範疇裡：混傑拉德十字區的、主教、出版商，還有向卡西迪致敬的嬰兒車製造商。他說，這些人是泛泛眾生中的基本組成要素，是一群妥協分子，對他們來說自由是一種恐怖，他們是人生這齣真實戲劇上罩著的黑布。遊戲的目的在於彰顯他們反應上的一致性。只等沙摩斯一聲令下，他們三個人就得瞪著那個賤民褲子上的拉鍊瞧；沙摩斯目不轉睛，海倫則眼神飄忽羞怯，卡西迪則裝出一副尷尬狀——這種眼神特別有效。反應雖然各式各樣，但都很有娛樂效果。一陣憤怒的羞紅、右手迅速地沿著那個洩漏機密的褲縫摸去、或者急急忙忙地拉緊夾克。某個被他們惡整的犧牲者根本就是逃出店外，他驚慌失措的藉口是車燈沒關什麼的，過了幾分鐘後才折回來，其間必定是徒勞無功地檢查過全身。根據沙摩斯的說法，這是個隱藏的證據，這年頭典型的嬰兒車製造商就是這樣，真正的娘娘腔總是表現出欲蓋彌彰的樣子。

「**你**會怎麼做呢，愛人，」沙摩斯安靜地問卡西迪：「如果我們給**你**這種待遇的話？」

卡西迪不知道沙摩斯想聽到的答案是什麼，他把說實話當作緊急避難所。

「喔，我會溜之大吉，」他說：「絕對是這樣。」

出現了一陣短暫的沉默，此時海倫只管玩弄她的湯匙。

「但我**應該**做什麼？」卡西迪問道，他突然間覺得困惑起來。「你**想**我怎麼做？」

「拉下拉鍊。」海倫立刻回應，讓卡西迪相當錯愕，因為他不習慣看到女人展現言詞的機智，就算那是無傷大雅、不破壞男性風格的機智，他也不習慣。

「但是你不知道有什麼更好的解決辦法，不是嗎？」沙摩斯終於開口，溫柔地越過桌面伸向他的

㉖《柳林中的風聲》是肯尼斯·葛雷厄姆（Kenneth Grahame, 1859-1932）所寫的兒童故事經典，以幽靜美麗的大自然為背景，描述住在河邊的四位好友：獾、老鼠、蟾蜍、水獺之間的故事。

㉗ Beatrix Potter（一八八六—一九四三）是《彼得兔》的作者。

手。「你從沒見過該死的日光，是嗎，愛人？天啊，我現在記起來了，你是佛萊厄提。」

「喔，不是，我不是。」卡西迪向他擔保。

「他老是想著這個，」海倫說：「我看得出來。」

「你**是**誰？」沙摩斯問他，此時仍然握著卡西迪的手，用一種非常困擾的表情望著他的臉。「你有什麼？」

「我不知道，」卡西迪說，做出害羞的表情。「我想，我多多少少是在等著發現自己是誰。」

「那就是等待把你給扼殺了，愛人。你必須走出去，得到你想要的。」

「看看阿拉斯岱爾，」海倫勸告他：「阿拉斯岱爾一輩子都在等待火車。它們來來去去，但他從沒上過車，對吧，沙摩斯？」

「也許他是那方面的神，」沙摩斯說著，同時還在審視他的新朋友。

「不夠老，」海倫提醒他。「神四十三歲了。卡西迪年輕得多，對不對，卡西迪？」

卡西迪無法及時回答這些問題，於是他用一個悔恨的、厭世的笑容來擺脫，藉此暗示這些問題太深奧，無法在片刻間解決。

「好吧，無論如何，能與你同在，我覺得很驕傲。我真的這樣想。」

「我們也很榮幸能和卡西迪在一起，」海倫在短時間內也跟著說道。「我們是這樣的，對吧，沙摩斯？」

「*Ecstatica* ㉘，」沙摩斯用一種自己拼的義大利語接話，然後親了卡西迪一下。

6

這時他們還在布魯諾。就在他們要去其他地方打發時間之前，他們第一次談到沙摩斯的新小說，還有他身為作家的名聲。這一刻在卡西迪的回憶中最為鮮明。

海倫在說話。

「我說真的，卡西迪，你不知道，這真的是一件非常、非常棒的事。我是說，老天爺啊，你讀過那些書評家讚揚的垃圾後，再來讀讀這本書；只要讀過了就知道，他還操心這個操心那個簡直是荒唐。我是說我就是**知道**。」

「這本書講的是什麼？」卡西迪問。

「喔，天啊，**什麼都講**，對吧，沙摩斯？」

沙摩斯的注意力轉移到隔壁桌去了，那裡有傑拉德十字區的某位金髮女士，她正在聽一個易容變裝的主教講話，內容與「點子垃圾桶」有關——這是沙摩斯對於政治事務的比喻之詞。

「當然是。」他含混地說：「全面的觀照，」然後把自己的椅子轉到面對走道的方向，以便能清楚

㉘ 沙摩斯把ecstasy（狂喜）這個英文詞彙隨便加了個字尾，讓它發音變得有點像義大利語。

觀察他的消息來源。

海倫重拾話頭。

「我的意思是，他把全部的生命灌注進去了：裡面有我，還有……呃，就是什麼都講啦。我是說，這就是作家的兩難，他需要真實的人，我是說像你和我這樣的人，這樣他才能對抗他們。」

「繼續說，」卡西迪敦促她。「我完全著迷了，我說真的。就某種程度上來說，我從來沒有……**碰過**這種事。」

「嗯，你知道亨利・詹姆斯講過的話[29]，對吧？」

「哪段話？」

「我們的懷疑就是我們的激情，而我們的激情就是我們的懷疑。其餘的，就是藝術的瘋狂了。[30]這就是沙摩斯的寫照，千真萬確，對不對，沙摩斯？沙摩斯，我現在講到亨利・詹姆斯了。」

「從沒聽說過這些人。[31]」沙摩斯說。

那個主教拉起那位傑拉德十字區女士的手，顯然想鼓起勇氣要求一個吻。

「然後就寫到一些關於身分認同的東西，」海倫回頭繼續對卡西迪講下去。「你知道吧，我們**是**誰？實際上書裡的**那個**部分和杜斯妥也夫斯基[32]滿像的。當然不是抄襲，只是有那種**概念**，對吧，沙摩斯？」沙摩斯仍然心不在焉。「我的意思是，真的唷，這種象徵主義光在這個層次上就已經非常不可思議了，而書裡還有許多的層次。我的意思是，我至少已經讀上五、六遍了，卻還不能完全掌握全部的層次。」

「跟得上嗎，卡西迪？」沙摩斯轉頭往後發問。「抓到重點了是不是，愛人？」

最後沙摩斯終於對泛泛之眾的求愛習性感到厭倦，他把椅子拉回來，自己拿菜單過來看。這時他用愛撫般的義大利發音方式挪動他的唇，喃喃讀出那張菜單。「天啊，」他有一度輕聲說道：「我以為*cacciatori*㉝是一種鷓鴣呢。」

海倫降低了她的音量。

「這跟受苦一樣。看看巴斯噶㉞，再看看……嗯，任何人……我們都得忍受深刻的痛苦。如果不受苦，我們**到底要**如何才能克服苦難呢？我們要如何才能夠創作呢？那就是他這麼痛恨中產階級的原

㉙ Henry James（一八四三—一九一六），生於美國、長住英國的小說家。他的名作有《一位女士的畫像》、《奉使記》等。注重人物心理活動，常以細膩而充滿暗示的手法，描寫純良聰慧的人（往往是來自新大陸）在世故而暗潮洶湧的歐洲上流社會裡面臨道德衝突。

㉚ 這句話出自亨利．詹姆斯一八九三年寫的短篇小說*The Middle Years*，這句話是小說主角（一位年邁作家）臨死前對人生與藝術的回顧之語，某種程度上也算是詹姆斯的心聲。但在這裡海倫引言有誤（以至於有點不知所云），正確的原文如下：「第二次機會——那是個幻覺。從來就只有一次機會。我們在黑暗中工作——我們做我們能做得到的——我們給予我們所能給的。我們的懷疑就是我們的激情，我們的激情就是我們的使命。其餘的就是藝術的瘋狂了。」

㉛ 沙摩斯在玩文字遊戲。海倫提到亨利．詹姆斯，沙摩斯假裝誤會海倫的意思，當成兩個人的名字，故稱從沒聽說過「他們」。

㉜ Fyodor Mikhaylovich Dostoyevsky（一八二一—一八八一），俄國小說家，名作有《罪與罰》、《卡拉馬助夫兄弟們》、《地下室手記》等。

㉝ Cacciatori在這裡指的是Chicken cacciatori，又稱為Hunter's Chicken，是用白酒、洋蔥、番茄、鹽和胡椒做的炸雞料理。

因。我的意思是，你怎麼能怪他？他們完全妥協於社會的約束。對於生命，對於激情，對於，嗯……**任何事**都是這樣。」

她被沙摩斯的掌聲給打斷。他大聲拍手，有一大堆人都在看，所以卡西迪把話題扯到政治去：他是如何在考慮要站出來當個候選人，他的父親又是個盡忠職守的下議院議員，現在當然已經退休了，但依舊熱烈擁護正義的目標，卡西迪又如何相信具有啟發性的政策勝過老式的自由派立場……

「妙。[35]」沙摩斯說，然後開始在菜單背後寫起字來，卻是偷偷地寫，對他的藝術有所保留。

「他在**任何東西**上面都可以寫作，」海倫悄聲說。「信封、舊帳單，這真是了不起。」

「我以前也寫作，」卡西迪承認：「不過只是寫寫廣告文案罷了。」

「那你就知道那是什麼感覺了，」海倫說。「你也曾經陷在那個坑裡。」

他們看著他埋首於燭光下，繼續在菜單上寫著。

「他寫一本書要花多少時間？」卡西迪發問時，仍然看著沙摩斯。

「喔，天啊，好幾年……當然《月亮》不太一樣，那是他的第一本書。他好像四個月就輕鬆完成了。現在嗎，嗯，他是滿有自覺心的。他對自己的要求更高了。知道得做點什麼才能充分印證他的成功。所以當然就得花比較長的時間。」

「月亮？」卡西迪驚訝地重複這個詞，然後就凸顯出這件事了。

在回應卡西迪的質疑之前，海倫帶著恐懼瞄了桌子對面的沙摩斯一眼，確定他還忙著在那張菜單上寫東西。她把音量壓低到耳語的程度。

「你是說你**不知道**？」

「知道什麼？」

「《白晝的月亮》啊。那是沙摩斯的第一部小說。沙摩斯**寫了**那本書。」

「老天爺……」

「怎麼了？」

「但那是部**電影**嘛。我記得呀！」卡西迪非常興奮。「一部電影。」他重複。「內容都是關於大學生活，處於我們生命的精華時期，以及進入商業界是多麼腐敗的事……還有關於一個大學生和他對某個女孩的愛，她是他所夢想的一切，還有——」

海倫等待著，驕傲與放心的感覺同時從她嚴肅的眼光中反映出來。

「我就是他的最愛。」她說：「我就是那個女孩。」

「老天爺，」卡西迪又重複了一次，他愈來愈亢奮。「他真的是作家！老天爺。這全都是他寫的？」

㉞ Blaise Pascal（一六二三—一六六二），法國數學家、物理學家兼宗教哲學家，三十二歲以後就開始隱居在波特羅亞爾修道院，名作為《沉思錄》（*Pensée*）。

㉟ 這裡沙摩斯用的字是meow，平常這個字就是貓叫聲的擬聲字，但也指惡毒的評論；另一個相關字眼是cat's meow，意指了不起、絕妙的事物。沙摩斯把這個擬聲字掛在嘴上，帶著有意無意的嘲弄。

他直盯著沙摩斯，細看他在燭光下的側臉，帶著一種新的尊敬之情觀察這位大師的鉛筆流暢地劃過菜單。

「老天爺，」他又講了一遍。「那真是**棒透了**。」

這個新發現對卡西迪來說意義非凡。直到這一刻之前，如果他心中對於這個新交的朋友還有任何保留，問題就只在於他的資格；因為，卡西迪雖然算不上是個勢利眼，但他已經有好些年沒辦法自在面對生涯不成功的人了。而且，雖然他的天性並不尖酸刻薄，可是他從沒有認真克服這種偏見：放棄財產權的態度，只適合那些沒什麼東西可拋棄的人。在卡西迪待在牛津的最後幾年裡，那本書一直廣為流傳，他甚至記得一個後來很快也出名的同輩，嘮叨地對這種名聲表示嫉妒。因此，當他驟然發現沙摩斯不只是個家喻戶曉的人物，而且他的怪異舉止都有扎實的成就當後盾，這對卡西迪而言是件重大又稀奇的樂事；他很快向海倫透露這一點。

「但我們**全都**聽說過他！每個人都說他才華洋溢，我記得我的導師還讚揚過他……」

「是啊，」海倫說：「每個人都這麼說。」

這時，卡西迪想起來，他離開牛津已經十八年了。

「那後來他在做什麼？」

「喔，一般的事情呀。電影劇本、電視……甚至還有要命的戶外歷史劇，就只有一次。如果你想知道，是為阿賓頓㊱寫的。」

「小說呢？」

「那些食屍鬼都要他再寫一本《月亮》，」她說。「月之子，復活節的月亮，月亮克服難關……當然啦，他不會做這種事，對吧？他不會**重複**自己。」

「不會吧。」卡西迪略帶懷疑地說。

「你看，他不會那麼粗俗。他**徹底**拒絕了。他有那種骨氣。美德。」她補上一句，同時還看了他一眼。不知怎的，卡西迪知道那種「美德」——那個字眼還有那個概念——都是他們深刻共通性的一部分。

「我確定他有那種美德。」他恭敬地說。

「所以到最後，他就在全部人腳下放了個炸彈。」海倫炫耀了一下她的機智，攤開手揭露顯而易見的解決辦法。「就這麼走掉。就像高更那樣，不過當然有我跟他一起走。那是……三年前。」

「可是天啊，那些出版商、那些人、那些食屍鬼怎麼辦？……他們難道沒有追著他跑嗎？」

海倫略過這個問題。

「喔，我告訴他們沙摩斯死了。」她滿不在乎地說。

當然，卡西迪應該付錢；在他那充滿抱負的靈魂中，樂善好施占了大部分，這種做法足以同時保護並證明他名下財富的正當性，也帶來為公益犧牲的樂趣。他要求結帳時，做出一種有錢人經常練習

㊱ Abingdon是牛津市南部的古老城鎮，這裡指的或許是阿賓頓學校，英國最古老的幾所公立學校之一。

的手勢：讓一枝想像中的鉛筆劃過想像中的寫字墊板，然後悄悄從某個內袋裡拿出他的支票簿，採取一種卑躬屈膝的姿勢，等著要跳出來搶帳單，並且蓋住總額不讓沙摩斯有機會抗議（如果他表現出那種類型的客人態度）。

「神啊，我羨慕他。」他說著，但他的眼睛跟著侍者移動。

「一開始自然需要勇氣，」海倫說：「才能過自由的生活。但勇氣正是他所具備的。而且漸漸……你領悟到，嗯，其實你不需要錢，沒有人需要。這一切不過是個騙局。」

還在等帳單的卡西迪，對自己的荒謬搖搖頭。

「錢對**我**到底有過什麼好處呢？」他問道。

「我們甚至放棄了在達利奇㊲的公寓。」

「什麼？」卡西迪尖聲問道：「一切都是為了自由？」

「恐怕就是如此，」海倫帶著些許疑慮承認。「但當然啦，只要那本新書問世，我們就又會**財源滾滾**了。那本書真的是非比尋常。」

帳單來了，卡西迪付了帳。然而，沙摩斯非但沒有和卡西迪爭著要作東，他也似乎渾然不覺有一筆交易已經完成。他還在忙著寫那張菜單。他們坐著看他，不敢打斷他泉湧的文思。

「可能是寫關於席勒㊳的東西，」海倫低聲加上旁白。

「誰？」

既然還在等待她丈夫靈感充沛的狀態過去，海倫就解釋給他聽。

她說，沙摩斯發展出一個理論，他已經把這個理論寫進最新的作品裡。這理論以某個叫席勒的人所說的話為基礎，那個席勒實際上是一個有名得不得了的德國劇作家。但當然了，英國人這麼封閉，所以都沒聽說過他；但不管如何，席勒的影響很大，簡直就是把世界一分為二了。

「這個概念稱之為**天真**，」她說：「或者**善感**。它們在某種程度上是不同種類的事物，但彼此之間又互相影響。」

卡西迪知道她是用很簡化的方式解釋，好讓他能聽懂。

「那我是哪一種？」他問道。

「嗯，沙摩斯是**天真**的，」她回答得很謹慎，就好像想起了學得很辛苦的一門課：「因為他活出生命，而不是去模仿生命。感受就是知識。」她試探性地補上最後一句。

「所以我就是另一種了。」

---

37 Dulwich，大倫敦市南部、位於達利奇學院附近的住宅區。那一帶有許多古代建築。

38 Johann Christoph Friedrich von Schiller（一七五九－一八〇五），德國狂飆運動時期崛起的偉大劇作家，歌德的好友，著有《強盜》、《唐・卡洛斯》等作品。他在一七九五年寫過一篇論文，《論天真與感性的詩藝》（*Über Naïve und Sentimentalische Dichtung*），把天真與感性拿來做對比；他認為古代的詩人和自然之間有著直接、無意識的關係，因此能夠寫出「天真」（或者可稱為「素樸」）的詩；現代的詩人則已失去那樣的能力，只能成為「感性」、靠思考反省寫作的作家。席勒自己就是一個「感性」作家，但他卻認為歌德是當代難得的「天真」詩藝天才。在小說內文中為了譯文順暢起見，故把「感性」譯為「善感」。本書書名即由此而來。

「對。你是**善感**的。這表示你渴望像沙摩斯一樣。你已經脫離了自然狀態，而且變得……呃，身為文明的一部分，變得有點……腐化。」

「**他**沒有嗎？」

「沒有。」海倫回答得很乾脆。

「喔。」卡西迪說。

「尼采所說的天真，就是你所失去的。舊約是非常天真的，你知道吧。但新約是全然腐敗又空洞無力的，因此尼采和沙摩斯才會這麼痛恨新約，也因此佛萊厄提才會是這樣重要的一個象徵。你必須去**挑戰**。」

「挑戰什麼？」卡西迪問。

「傳統、道德規範、禮儀、生命，還有神。喔，我的意思是挑戰一切。就是一切。佛萊厄提很重要，因為他**挑起爭議**。那就是為什麼沙摩斯要跟他來場決鬥。現在你懂了嗎？」

「那就是席勒所說的嗎？」卡西迪又問了一次，現在他完全搞迷糊了。「還是另一個人說的？」

「而沙摩斯，」海倫繼續迴避他的問題：「作為**天真**的人，實際上是自然的一部分，但渴望能像**你**一樣。這是兩極之間的吸引力。他是自然的，你是腐敗的。那就是為什麼他會愛你。」

「他愛我？」

「我看得出來，」海倫說得直接。「你征服了他，卡西迪，這就是重點。」

「那麼妳呢？」卡西迪追問，想掩飾自己的喜悅，但只取得部分成功：「妳屬於哪一邊？沙摩斯那邊或我這邊？」

「我認為這一套對女人行不通，」海倫最後這麼回答：「我想女人只是她們自己。」

「女性是永恆的。」卡西迪同意，這時他們終於要起身離開。

為了回報她，他在酒吧裡跟她說起自己的零件事業。

事後回想，那段對話本身就足以讓這一夜永生難忘。

就算他在走進那個沙龍酒吧以前從沒見過海倫，就算他在離開那裡以後再沒見過她，就算他只是請她喝杯雙份威士忌，然後與她在花園裡閒聊，他都會把這趟巴斯之旅視為人生中最驚人的體驗。那十分鐘就值回票價了。

這個酒吧位於山丘高處——這是卡西迪現在回想時所認定的坡度——樹木茂密，外面有座陽臺，還可以看到山谷裡的燈火遠景。燈光延伸到地平面的盡頭，融成了朦朧的金霧，隨後加入下沉的群星之間。沙摩斯直接走進酒吧，和那些純真的群眾們一起玩骨牌，所以他們兩個坐在外面，用智慧大開的眼光望著夜空，無語共享這無窮無盡的視野。對卡西迪來說，似乎在這一刻，他們締結了一種婚姻。有一刻，他敢發誓，在他們之中有人開口說話前，卡西迪和海倫悄悄發現，他們的命運與渴望，他們的夢想和喜悅，在靜止的夜空中結合在一起。事實上，他的感受是如此強烈，所以他真的轉身朝向她，希望從她肅穆的表情裡找到某些證據，證明他們共同分享了這種經驗。但此時一陣粗野的笑聲從酒吧裡冒出來，讓他們想起了同伴。

「沙摩斯。」海倫歎了口氣，但完全沒有批評之意。「他確實非常渴望聽眾。我們其實都是這樣，不是嗎？你想想，這不過是人性接觸所帶來的溫暖嘛。」

「我想不見得。」卡西迪說。在此之前他從沒想過還可以為愛炫耀找藉口。

「從我認識他的時候開始，」她的口吻就如同在夢中一般：「他就一直是魅力無窮的魔術師。我們有錢的時候，他迷惑的是女傭、修車工，還有送牛奶的。後來我們決定再恢復貧困的時候，他迷惑的就是……就是任何人。不管是無產階級賤民，還是傑拉德十字區的人，他的魔力媚惑了所有的人。這就是他最可愛的地方。」

「但永遠是**妳**，」卡西迪暗示她。「不論貧富，妳都是他真正的聽眾，對不對，海倫？」

她沒有馬上接受這個看法，但思索了一番，好像這是個全新的想法，或許對她善於深思的天性來說，這是個容易理解的片段。

「並不總是如此。不是這樣。有時候是如此。**有時候**是我。剛開始或許是這樣。」她喝了一口酒。

「在剛開始的時候。」她勇敢地重申。

「但妳一定對他的作品幫助**極大**。」卡西迪說。「難道他不是非常依賴妳，還有妳的知識嗎，海倫？妳的學問？」

「是有一點。」海倫說話時，同樣帶著滿不在乎的可疑語調。「當然，偶爾如此。」

「告訴我，妳在牛津**唸**什麼？我敢打賭妳**有**好幾個學位。」

「我們來談談你吧，」海倫謙遜地建議。「可以嗎？」

這就是下列對話發生的原因。

一開始，他就刻意強調自己產品的人性面向，在他們那一行裡稱為**訴諸母性**。但畢竟，她完全沒有理由要對技術層面感興趣。什麼C型彈簧、懸吊裝置、煞車系統，要試著跟女人解釋這一切，還不如跟她談抽菸斗的樂趣算了。所以他用簡單但信口捏造出來的故事告訴她，這個點子一開始是怎麼從他腦中冒出來的。他解釋自己如何在一個星期六早晨出門散步，在那時，走路是他唯一負擔得起的娛樂——他在廣告業界才剛剛起步，雖然常喜歡管閒事，但如果她懂他的意思，他可以說是有點機械頭腦的人；如果她瞭解他的說法，就是拿著螺絲起子會很順手的那種人——而他正想要在午餐前喝一小杯。(「謝謝你，」海倫說：「一份威士忌就剛好了。」) 那時他瞥見一位母親要過馬路。

「一位**年輕的**母親。」海倫糾正他。

「妳怎麼知道？」

「只是猜的。」

卡西迪的微笑裡帶著一點懊悔。「這個嘛，實際上妳講對了。我承認，她**確實**年輕。」

「而且漂亮，」海倫說：「一個**漂亮**媽媽。」

「老天呀，妳怎麼——」

「繼續說吧。」海倫說。

這個嘛，當然，卡西迪說，那時路上沒有斑馬線，只有虛線，路的兩頭還各有一盞黃色號誌燈㊴，來往車輛川流不息。

「所以她開始往前進。」

「把嬰兒車往前推。」海倫立刻說道。

「對。就是這樣。她站在人行道旁，某種程度上就像在利用這個嬰兒**試探水溫**：先把嬰兒車往下放到路面上，然後等車輛暫停時再次把它拖出來。而在那個孩子與來往車輛之間，**就只有這個……這麼一個煞車**。就只有一個搖搖晃晃的桿子跟另一頭的橡膠把手。」他指的仍然是那個腳煞車。

「桿子？」海倫重複，她對這個字眼不熟悉。

「低品質的合金，」卡西迪回答。「實際上沒有承受任何應力。金屬疲勞比率為零。」

「喔，我的天啊。」海倫說。

「呃，那就是我的感覺。」

「我的意思是，老天爺，如果有必要是可以拿自己的命去冒險，但不可以……唉，天啊，不能拿孩子的命啊。」

「完全正確。那正是我所說的。我真是嚇到了。」

「你覺得有責任解決這種事。」海倫嚴肅地說。

對，那正是他當時的感覺。從沒有人這樣講給他聽過，不過事實如此：他覺得**有責任**。所以他沒有去喝一杯，反而回家稍微思考了一下。負責任地思考。

「家在哪裡？」海倫問。

「喔，老天。」卡西迪說，暗示著漫漫長路和不為人知的辛苦。「在那時候，什麼地方都與現在不同。」

海倫點點頭，表示她也明白生活的變化無常。

「我有一度認為，當時你在看的婦人就是你太太。」她隨口提到，完全不是在指責他已婚的那種口吻，只是確認他的狀態，並納入考慮。

「喔，天呀，不是。」卡西迪說道，意思就像是說即使他有妻子、妻子也有嬰兒車，他也絕不會浪費時間看著她。然後他立刻又繼續講述他的故事：所以，他有了這個想法，如果可以造出一個煞車，一個真正牢靠、適合多種系統的煞車，可以在任何嬰兒車上都發揮功效——這種煞車會煞住車輪軸，而不只是……唉，天啊，讓我們面對事實吧，不只是**沿路拖拖拉拉**的那種煞車，像你老貨車上的那種——

「一個碟式煞車，」海倫喊出來。「你發明了碟煞系統啊，卡西迪！」

「那是個很好的**類比**，」卡西迪在一陣短促的暫停之後繼續說下去，但不太確定他剛才說的到底算不算是類比。

「那是**你的**點子。」海倫說：「不是我的。」

㊴ 這種號誌燈和我們現在看到的紅綠燈不同；這種燈是一根黑白相間的柱子，上面裝著圓型黃色的大燈泡，外型乍看很像一般路燈。

「當然這只用在嬰兒車，」他提醒她。「**不是**用在成人的車上。」

「小孩不是更重要嗎？」海倫質問。「還是成人比較重要？」

「這個嘛，」卡西迪非常驚訝地說：「我得說，我從沒往這個方向想過。」

「我倒是有。」海倫說。

從吧檯補充些飲料之後，卡西迪回到海倫所在的走廊上，繼續說他的故事。

所以，無論如何，在後來幾天裡，他做了點研究。當然不太張揚，沒有對外透露，只是在他碰巧認識的可靠人士之間探聽一番。主要的問題是：有個高品質的腳煞車可以適用於一切規格嗎？比方說，一個雙迴路系統，一個可以連接到車輪軸的煞車系統？

「你很早就定好目標了，是嗎？」海倫說。「就像沙摩斯。」

「我想就是這樣。」卡西迪不太情願地承認。

就算是這樣吧，他很快便找出答案了。如果他可以製造出一個真正可靠的煞車，一個百分之百安全的煞車，一個以箝住車輪軸為原則的煞車，他便能喚起大量的輿論迴響，並且從道路安全聯盟和意外防制皇家協會那裡得到許多支持，更別提來自大眾媒體、「女性時間」㊵節目和所有其他蠢節目的注目了；靠那個專利權，他就可以得到財務支援，並且一夜致富。

「同時也為社會做出了不起的貢獻。」海倫提醒他。

「是啊，」卡西迪恭敬地說：「這一點比什麼都重要。一等這個發明流行起來，我雇用了一些人，開始擴充、成長、多樣化經營。很多人帶著他們的問題來找我們商量，很快的……妳看看，我是不是太自命不凡了？」

海倫沒有馬上回答。她看著自己的飲料，然後隔著落地窗看沙摩斯，最後看了卡西迪好一會兒，眼神中流露出一個女人瞭解自己心意時的坦承無懼。

「我告訴你，」她說：「如果和沙摩斯在一起，我永遠不會需要嬰兒車。但如果我需要一部，我一定要用你製造的。」

有一段時間，誰也沒開口。

「你的意思真的是永遠不會嗎？」卡西迪問得有點尷尬，但覺得他跟海倫夠熟悉了。

「嗯，**真的**。」她說著說著笑了起來。「你能**想像**沙摩斯經歷那一切嗎？太太跟兩個蘿蔔頭，那是他對這種事的稱謂。天啊，他會在一星期之內發瘋的！一個**藝術家**怎麼能跟那種事情綁在一起？」

「天啊，妳說得很對，」卡西迪一邊說，一邊再次偷瞄一眼他的錶。

再等十分鐘，然後我就要去打電話。

從這裡開始，只差一小步就要進入技術性的說明了。他們如何擴張到變成自己的顧客（多聰明的點子啊，海倫說，你賺到兩次利潤！）他們如何重複地把賺回來的利潤投入研究，更深入應用同一套安全原則，直到卡西迪的大名成了一種特定代名詞，在嬰兒的世界裡等於舒適與安全；上至各大醫

---

40 Women's Hour，英國廣播公司第四頻道的節目。

院、下至個別的家庭主婦。老天明鑑，他對她毫無隱瞞。在運油飛輪和雙重煞車迴路之後，幾乎一刻也不浪費地，他接著談到雙連推桿和可變動懸吊裝置。海倫沒表現出任何退縮。他可以從那雙清醒堅定的眼睛裡看出，她把每個字都吸收進去了；沒有任何事能破壞他們之間完美的理解，甚至連萬向接頭都沒造成認知上的隔閡。他為她畫圖說明，在紙巾上畫草圖，直到這個吧檯似乎成了一個繪圖板：她嚴肅地小口啜飲著她的酒，而且認真地點頭表示贊同。

「對，」她說：「你什麼都想到了。」

或者：「但競爭者怎麼應付這個？」

「喔，日本人和往常一樣，試著抄襲我們。」

「但他們做不到，」海倫這麼說，她不是提出一個問題，而是做出一個不容反駁的正面敘述。

「恐怕是沒辦法，」卡西迪很配合地回答，他寧願汲取真理的精神，而非遵從真理本身。「他們投入了最佳的工作人員。結果完全失敗。」

「那**你**怎麼應付這個？」

「**我**？」

「突如其來的財富、名氣、對個人才華的肯定……你難道沒有一**點**被沖昏頭嗎，卡西迪？」

卡西迪常常碰到這個問題，也常常回答；在受人矚目時，他會依據心情和聽眾的需要，以不同的方式應對。有時候，主要是在他太太聽得到的場合，他會堅持不受名利汙染，因為他天生的價值觀念太強了，足以應付來自於物質面的誘惑，而且賺錢本身已經告訴他財富有多虛幻，所以他不會受到影響。在其他時候，面對親近的男性友人、或在火車車廂中遇到的陌生人，他才會承認有一種深層的悲劇性轉變，讓他驚訝自己對生活失去了興致。

「其中再也沒有**樂趣**了，」他會這麼說。「擁有財富，剝奪了成就帶來的所有快樂。」

然而，偶爾在非常憂慮不安的時刻，他會斷然否認自己有什麼錢。英國稅制是沒收制；一個誠實的人根本留不住自己賺來的錢，頂多只能擁有其中一小部分；任何人如果手上留得住錢，必定是動了什麼手腳，政府應該做更多事來制止這種人。但這個問題既然是出自於海倫口中，便有了嶄新的面貌，而且對於他們的關係來說是很基礎的。所以，在迅速考慮過許多選擇之後，他輕鬆地聳聳肩，在靈感最充沛的一刻說出這句話：「海倫，一個男人是根據他所追尋的事物而界定的，而不是靠他已經找到的事物來界定。」

「天啊。」海倫輕輕地說。

有好一陣子，她帶著全神貫注的表情盯著他。卡西迪確實覺得有點難以直視；他的眼神飄忽不定，或者被她抽的菸燻得不得不閉上眼。直到她喝下一口威士忌後，才打破這個魔咒。

「先不管別的，」她這麼說，暗指現在兩人之間的阻礙就是某件未曾明說的事。「你太太又是怎麼面對這一切的？」

這個問題他也不只面對過一次。她**現在**在哪裡購物？你有給她買過毛皮大衣嗎？他再度發現這個問題很難回答。擺脫她，這是他的第一個念頭。我離婚了；我是鰥夫。我太太死前長年臥病，她的死亡是個悲劇；她最近跟一個大鋼琴家私奔了。幸好，沙摩斯重新出現，這才讓他得到赦免。

沙摩斯已經好一陣子沒理會他們兩個。晚餐時，他對卡西迪第一波狂熱的好奇已經退去，對這位夥伴的興趣也變得較為普通。海倫對此做了解釋：既然他在工作期間的原則是深居簡出，就得盡量在非常短的時間內吸收大量經驗。

「藝術家就是這樣，」他們走進室內時，她這麼說。「他必須活得非常充實緊湊，不然就等於只是站著不動。」

「那樣就完了。」卡西迪同意。

不管沙摩斯還做了些什麼，他都絕不是站著不動。他身邊有個女孩，他的手臂環繞著她的腰，至於她腰部以上的位置，可以說他的手就舒舒服服地托著她的左邊胸部；他自己則站得不怎麼穩。

「嘿，卡西迪，」他說：「看看我幫你找的人。」

可惜，這個提議來得快，去得更快。兩個男人從某處冒出來，靜靜地把那女孩從他懷中拉走，還建議他們出去呼吸點新鮮空氣；轉眼間，他們就在一個圓形草地上玩起遊戲來，在一個訝異的年輕警察面前跳過一個又一個的矮護欄。

「管他的，」他們走向下一個酒吧時，海倫說：「反正她對卡西迪來說實在太年輕了。」

「是啊，」卡西迪這麼說，表現了自己的忠誠；他不希望自己私底下的遐想會傷到任何人的心。

「她是太年輕了。」

在卡西迪的回憶裡，事件的發生順序從這裡開始變得模糊不清。當天晚上其他時刻的記憶都是這樣模糊。舉例來說，在他的記憶裡，到布里斯托的那段路沒留下什麼清楚的印象。他猜想他們搭了一段便車——有個叫做亞斯頓的貨車司機扮演了某種神祕的角色；到了第二天，卡西迪的西裝上有著濃厚的柴油味道。他清楚地記得，他們去那裡是因為沙摩斯需要水，而且可靠消息的來源指出布里斯托是個港口。

「少了水他就活不下去。」海倫解釋。

「是因為潮水聲。」卡西迪說。

「還有那種永恆感，」海倫提醒他：「想想波浪。」

沙摩斯侮辱亞斯頓，說他是個下流胚，或許是因為亞斯頓是衛理教派的信徒，不贊成飲酒。不管理由是什麼，這一趟車程在意見不合中結束，卡西迪讓自己跟這場爭執保持距離。但從另一方面來說，啤酒館的那段時光就在卡西迪心中留下鮮明的印象。他完全記得，那個酒館女侍白皙的身體曲線在露肩低胸的上衣襯托下顯露無疑。她穿著一件巴伐利亞式的服裝，把那對色澤有如牛奶般的雙峰抬到幾乎對齊喉嚨的高度。他也記得那個彈手風琴的人顯得極度震驚，因為沙摩斯為了娛樂大家，以舒緩而浪漫的愉快聲調唱出納粹國歌的全部歌詞。

不過，卡西迪最後一次察看他昂貴金錶的時候是在巴斯，而非布里斯托。看錶後才短暫想起，他原先的世界早已經被他拋諸腦後好幾個鐘頭了。

7

這間新的酒吧不是在山坡上，而是梵諦岡式的附屬建築一部分；這回他們待在大眾吧檯，因為沙龍區裡面擠滿了傑拉德十字區的人。海倫和沙摩斯在玩飛鏢，優雅城市人對決鄉下土包子，土包子很棒，因為他們和大自然還是融為一體的。沙摩斯在黑板的一頭畫了一隻豬，另一頭則是個圓頂高帽。

「兩位愛人，我**不是**在請你們投票。」他向他們保證。「我是在教你們識字。」

輪到海倫了。她射到板子外頭，把一只可憐的盒子釘到壁板上去了。一陣笑聲震動了整個酒吧。

「請問一下，」卡西迪私下對店主說：「可以借個電話嗎？」

「他們是你的朋友，對吧？」

「這個嘛，某種程度上來說是，你懂吧。」

「我不想惹麻煩。我喜歡開心熱鬧，不過我不要惹上麻煩。」

「那很好，」卡西迪說：「我會賠償損失。」

「我會說，你要小心。他是個可愛的小子。像他這樣的人不多，而她是可愛的女孩子。我已經很久沒看到像這樣的一對了。」

「他是個很有名的電視劇作家，」卡西迪這麼解釋，他出於直覺把沙摩斯的才能說得比較合乎大眾口味。「現在他有三齣連續劇還在播。他很厲害。」

「是這樣嗎？」

「你該瞧瞧他的賓利汽車，是四人座轎車，像鴿子那種灰色，還有電動車窗。」

「喔，我真有福氣，」店主說：「他們這種人不會常出現在這裡，對吧？」

「這是特殊狀況。你自己要不要來一點？你想要什麼都好。來個金錶怎麼樣？」他這麼建議，這是男人之間套交情的方式。

「來個**什麼**？」

「來個威士忌。」卡西迪說，這回聲音低沉了些。

「那很好呀，伙伴，這杯我就收你一先令。謝啦，乾杯。」

「乾杯。」卡西迪說。「從這裡走，對吧？」

從巴斯他可以直接撥電話回家。

「嗨，」他問：「診所還好吧？」

珊卓拉，艾鐸之妻，並不是一個反應靈敏的女孩。聲音要花上比較久的時間才能傳到她的耳朵，講電話時尤其如此。

「都好。你在哪兒？」

「只是在酒吧裡。海瑟很有幹勁嗎？」

當然，也有可能狀況是反過來：她的聲音要花比較長的時間才能穿越這段距離。她已經回答了，只是字句卡在電話線裡。很抱歉，但是在M4號電話線上發生交通堵塞。可以請您稍後再試嗎？在打烊前的特價時段裡，有太多丈夫要向太多妻子道歉了。或者說，有個原子彈掉下來，這不是不可能的事：快回來先射殺孩子們吧。要不然俄國人就會替我們——

「跟誰？」聽筒裡突然冒出質問。

她有她父親那種運用單音節短句的軍人本能。蒙哥馬利元帥㊶的五個基本問題，誰？為什麼？什麼時候？在哪裡？怎麼做的？我的老天爺，那些人都尊敬他。

「跟市政府的人，」卡西迪說。市政府的人跟我在一起，他們戴著全副的過肩假髮、披著毛皮大衣和鍊子，我們剛剛才和穿彩衣的吹笛人簽下一筆五年合約。「市政府當局，就是這些人管理這個城市。都是好人，妳會喜歡他們的。我們一小時前才剛結束。」

長了翅膀的字句，翩翩飛翔而還沒著陸。他奮力鼓動自己更大的熱忱。

「聽聽這個，一切都已經就緒了：這片土地**完全**位於中央的位置，需要做的整地工作很少，市政府那些年輕人跟我保證，等我們募到頭兩萬塊錢的時候，他們就會做好天橋了。免費的。他們真的對這件事**有信心**，我非常驚訝。」

沉默。她相信我嗎？看在老天的分上，珊卓拉，這是我們彼此的默契，這回事是不是真的有什麼重要？不能就說好嗎，然後仰慕這些成就，管它們是什麼？

「這裡有個人是做承包商的，重型機械之類的玩意兒。他會免費幫我們弄平那塊地，替我們評估蓋更衣室要花多少工錢。

「他們真的**大張旗鼓地**在做這件事。」但珊卓拉沒有。斷線了。珊卓拉突然聽不到了；她媽媽把我轉到某支分機去了。

「珊卓拉？」

在酒吧裡，自動點唱機小聲地播著某個旋律。在聽筒裡，一隻血統優良的狗正在吠叫。珊卓拉有好幾隻狗，全是系出名門的大型犬。受到那一頭的生命跡象所鼓舞，卡西迪自己重振旗鼓了。

「他們給我看了個草圖，心型的……嗯，一個很像那樣的，妳知道吧。當然，是現成的，但很好了，真的。正適合小孩子。一個**有趣的**橋。」

「媽，妳閉嘴。」珊卓拉說。「不好意思，是媽媽，她在抱怨那些狗。」

「珊卓拉，妳不覺得高興嗎？」

「高興什麼？」

「那座橋。運動場。看在老天的分上……**喂？**」

「別吼。」

「你們還在線上嗎？」接線生插嘴。

「**雨果到底去看專科醫生了沒？**」卡西迪突然責問她，在他的怒火中挑起某個舊的爭執點。

㊶ Bernard Law Montgomery（一八八七—一九七六），二次世界大戰期間的英國陸軍元帥。

聽筒裡一陣窸窣響聲。她不耐煩的嘆息與她受挫時的不同，沒那麼尖銳。不耐煩的嘆息以口腔頂端發出濕潤的倒吸氣音開始，繼之以拒絕呼吸的決心，實際上就像是一種絕食抗議，只是拒絕的是空氣，而非食物。

「就因為一個人租得起海利街㊷的房間，」她開始講話，講得不太合乎常規，動不動就使出強調語氣，以便讓沒受過教育的野蠻人也聽得懂：「就因為有些人準備用二**十幾尼**㊸換取不必排隊等候的待遇，也不表示專科醫生比一個很稱職、普通又不在乎錢的醫生更好。」

「所以妳沒帶他去？」卡西迪說。證人說的話證明她自己有罪。

「一塊銀幣。」㊹沙摩斯說。

他站在一道門前，戴著棕色的鴨舌帽，手指頭上托著一隻八哥。他把一條腿藏在黑外套下面，假裝自己是獨腿史約翰㊺，靠著梁柱撐住自己的身體。「一塊銀幣，一塊銀幣，」他對著鳥說。

「要打烊了，」店主從吧檯那裡喊過來，同時敲響一只船鐘，噹，噹，噹。

「晚安。」卡西迪對著電話說。

「這就是你要講的嗎？」珊卓拉質問。「我想這些話根本不值得特別打電話回來。」

「晚安，還有謝謝妳。」沙摩斯從卡西迪手上把話筒拿過去，然後用義大利腔講話。「喂？啊囉？啊囉？」

卡西迪再搶回話筒，但已經斷線了。他把話筒放回話機上。

「哈囉，沙摩斯。」最後，他微笑著說道。「來一品脫啤酒吧。」

他們還在後面的房間裡。縱酒狂歡的聲音從四面八方包圍過來，但後面的房間一直都是那麼安靜；計算機和裝了好幾個批發貨箱的糖果，都擺在鋪綠色粗毛呢的桌子上。

「是跋扈母牛嗎？」

「是**什麼**？」

「你老婆。跋扈母牛。牛群裡的皇后。」

「喔，我懂了。這個嘛，只是看看狀況。」卡西迪說。

酒吧裡的噪音突然大到震耳欲聾，但他們也沒提高音量。

「出了什麼問題？」

---

42 Harley Street，傳統上是名醫聚集開業的地方。

43 在一九七一年以前，一幾尼（guinea）等於二十一先令（shilling），一先令等於二十分之一英鎊。

44 Pieces of eight，原意為八個里亞爾。里亞爾（real，或拼成reale）是以前西班牙及其殖民地（中南美洲地區）所使用的銀幣，分成一、二、四、八等四種面值，八個里亞爾等於一元；這種舊銀幣因為是純銀鑄造，所以就算直接切割成八等份還是無損每個碎片的面值，所以俗稱pieces of eight，在《金銀島》之類的海盜故事裡，海盜們的鸚鵡寵物常常都喊著這個字眼。

45 Long John Silver，他是蘇格蘭小說家史蒂芬生（Robert Louis Stevenson, 1850-1894）名作《金銀島》（*Treasure Island*）中的要角，一個居心不良卻又充滿魅力的海盜。

那隻八哥也看著卡西迪。牠的羽毛色澤幾乎和沙摩斯的黑外套融在一起，但眼睛卻黑得發亮。

「是我的小兒子，」卡西迪說。「雨果。他在滑雪意外中摔斷腿。骨頭似乎沒在癒合。」

「可憐的小鬼。」沙摩斯說，口氣聽起來沒什麼感情。

「無論如何，有專科醫師在看顧他。」

「你確定不是你的腿？」沙摩斯問。

在沙龍區裡，有人正在彈鋼琴，從頭到尾的完整曲調。

「我不太懂你的意思。」

「想呀，愛人，你會懂的。」

「我是真的想告訴你，」卡西迪草率地說，試圖想造成一點變化。「我在瑞士有間房子，一間小農舍。滿樸素的，不過給兩個人住卻出奇的舒適。那地方叫做聖安潔樂，幾乎整年都是空的。如果你喜歡陡坡，或許下次你該試試看那裡。」

沒有笑聲。

「我只是說，如果你想要一個可以工作的地方，遠離世俗瑣事，我很樂意免費讓你借住。帶海倫一起去。」

「或者帶別的人一起去，」沙摩斯提議。「愛人呀。」

「什麼事？」

「你應該要非常生我的氣。因為我猛然插嘴，把這通電話給搞砸了。那非常粗魯。」

「我該生氣嗎？」

「你應該要揍我，愛人。我是說，我相信一頓教訓的效果。我信這套。他媽的中產階級功能就在這裡：阻止像我這種魯莽的下流東西。」

卡西迪笨拙且不自在地笑著。「對我們來說，你太強悍了。」他說。他一邊摸著口袋裡的零錢，一邊打算開門。

「嘿，愛人。」

「是？」

「殺過任何人嗎？」

「沒有。」

「連身體上的也沒有？」

「我不懂你的意思。」卡西迪說。

「我敢打賭，跛扈母牛一定有。」沙摩斯說。「嘿，愛人。」

「什麼事？」他不耐煩了，就像有著殘廢兒子的疲倦男人一樣不耐煩。

沙摩斯伸開雙臂。「給我們一個擁抱吧，愛人。我**渴望透了**。」

「我得去付那筆電話帳單。」卡西迪說。

他的手臂仍然張著，在打開的門前沙摩斯還一臉震驚地瞪著卡西迪，看他在吧檯完成付錢的動作。到最後，他沒等到期望中的那個擁抱，就逕自走開，回到髒兮兮的人群裡。

「好吧，你們這些卑劣、骯髒、臭烘烘的鄉下人，」他喊道：「穿好你的工作服，布區・卡西迪到城裡來啦！」

「要打烊了，」店主很快地說：「而且我是說真的。」

酒吧之後，就是計程車。從巴斯還是布里斯托出發？這不重要。他們已經錯過從某某站開出的最後一班火車，所以沙摩斯用他的義大利腔叫了一輛無線電計程車來，那時他們全都擠在同一個電話亭裡。沙摩斯坐在前座，這樣他才能和司機講話。司機是位老人家，覺得載送一些醉醺醺的紳士很有意思。沒多久，無線電就讓沙摩斯的幻想翩翩起舞。

「聽聽她說的，」他把音量調大要大家注意。

他們都全神貫注。

「彼得一號請回……控制中心呼叫……彼得二號……車站有四名乘客，沒有行李，他們會有三個人坐後座。客人在等了，彼得三號。彼得一號請回，控制中心呼叫……」

對卡西迪來說，她聽起來就像其他女性呼叫人員一樣氣勢凌人、不專業、聲音刺耳、重複個沒完，沙摩斯卻著迷不已。

「她不是你女兒吧，是嗎？」他很有禮貌地問司機。

「不可能。就算在暗處她看起來也有五十歲了。」

「她棒透了。」沙摩斯說。「那位女士是一流的。相信我。」

「她真的是。」卡西迪同意，他已經快睡著了。海倫的腦袋落在他肩上，她的手指則纏繞在他手上，此刻不管人家講什麼，他都會贊成。就在這個時候，他們突然聽到沙摩斯用他的義大利腔對著麥克風講話。

「我要妳。」他充滿熱情地低語。「**我愛妳，而且我想要妳。我渴望妳**。她皮膚黑嗎？」

「黑透了。」

「和我上床吧，」沙摩斯回頭對著麥克風耳語。「幹我。」

「好，坐穩了。」司機說。在一個陡坡上，他們都在等待回答。

「現在她在叫警察。」卡西迪說。

「她在整理她的手提包。」海倫說。

「多棒的女人。」沙摩斯說。

無線電另一頭用即將陷入歇斯底里的語調說話了。「彼得一號……彼得一號……那是誰？」

「我不是彼得一號。彼得一號死了。我的名字是杜斯妥也夫斯基。」沙摩斯堅持下去，巧妙地調整成一種俄語腔調。「我剛剛殺死了彼得一號，而我毫無悔意。這是**情殺**。我要妳完全屬於我，我愛妳。為了和妳共度一宿，我願意終身流放西伯利亞。」無線電臺發出嗶嗶剝剝的響聲，卻無言以對。「聽好，我是尼采。我不是人。我是炸藥。妳還不明白嗎，」——又是非常重的俄國口音——「悖德主義是新價值觀的必要先決條件？聽好，我們會一起發現新的階級。我們會孕育出一個新世界，裡面都是天真、喜愛謀殺的美麗男孩們！我們——」

司機溫柔地接過麥克風。「沒事啦，親愛的，」他親切地說：「我只是有個好玩的客人，就這樣。」

「好玩？」無線電裡的尖叫穿過電波干擾而來。「你說那叫好玩？該死的外國人在半夜裡謀害我的司機——」

司機把她的聲音關掉。「早上她會殺了我。」他輕鬆地說。

沙摩斯已經陷入夢鄉了。「小子，那裡有很多女人。」他低語。

「希望我們可以再玩一次飛蛾。」卡西迪說。

「飛蛾最棒了，」海倫一邊說，一邊善意地捏了一下他的手。

在回家前的最後一小段路上，他們把賓利汽車停在電話亭前，打了通電話給佛萊厄提，好讓沙摩斯可以再次測試他的信念有多誠懇。「一個男人就是他自己所**認定**的那個人。」海倫這麼解釋道。「這就是沙摩斯所謂的信仰。」

「他百分之百正確。」卡西迪說。

卡西迪讓那通電話算在他帳上，因為他有一張郵局核發的信用卡。令人驚訝的是，在《每日快報》的剪報邊緣上，沙摩斯竟然把那個電話號碼整整齊齊地寫下來。「這是波敏村酒吧的電話，」他解釋：「他晚上多半都待在那裡。」上帝佛萊厄提，那張剪報上面這麼寫。他們三個人一起擠進了電話亭，關上門以求舒適。唉呀，佛萊厄提不在。他們聽著那個電話響了大概有五分鐘之久。卡西迪私下覺得慶幸——不管怎麼說，狀況本來可能會變得很令人尷尬——但沙摩斯既傷心又失望，先走回車上，一言不發地鑽進後座。有很長一段時間，他們在一片沉默中開車；此時海倫坐在她丈夫身旁，用親吻和各種小小的關注之舉來撫慰他。

「下流胚子，」最後沙摩斯用沙啞的聲音宣布：「他根本不應該**需要**那個他媽的電話。」

「他當然不應該。」海倫溫柔地附和。

「嘿，看這個，」沙摩斯邊說邊坐直身體，望著灑在樹籬上那不自然的月光。「固齡玉車頭燈！」

「那些是石英碘燈，」卡西迪說。「鹵素燈。最新的玩意兒。」

「妙！」沙摩斯說，然後倒回海倫旁邊。

回到海佛當之前，他們還停下車來，玩了一回賽馬提提神。沙摩斯是尼金斯基[46]，卡西迪則是一匹駑馬。他記不清楚是怎麼開始的，還一度忘記是誰贏了，但他清清楚楚記得，他們跑到沒鋪地毯的後樓梯時，六條腿奔馳所發出的雷鳴，還有沙摩斯猛然撞一扇上鎖的門時裝出的管家腔調。

「這裡是咱們小姐的臥房！」他又撞了一次。「該死的歡樂英格蘭，讓我們把這混帳東西弄垮吧！」

「海倫……」卡西迪悄聲說，「他會把自己撞成碎片的。」

不過卻是門被撞爛了，突然之間他們飛了出去，摔到有薰衣草和樟腦丸氣味的破舊墊子上。

---

[46] Nijinsky，原本是指擅長跳躍的芭蕾舞巨星Vaslav Nijinsky（一八九〇—一九五〇），這裡指的應為一九七〇年代傳奇性的冠軍賽馬尼金斯基二世（其名來自前述芭蕾舞星）。

「沙摩斯，你還好嗎？」海倫問。

沒有回答。

「沙摩斯死啦，」她宣稱，口氣毫不緊張。

沙摩斯壓在他們底下呻吟著。

「聽起來像跌斷脖子了。」她說。

「是跌碎心了，妳這傻瓜，」沙摩斯說。「在他們殘殺我的傑作時弄碎的。」

當卡西迪離開房間，打算以沙發為床的時候，海倫已經把沙摩斯的衣服給脫了。有一會兒卡西迪還清醒地躺在那裡，聽著床鋪動搖的聲音，印證海倫跟沙摩斯再次圓房、展現彼此完美的關係。下一刻再醒過來，海倫正輕搖著他的肩膀弄醒他，他聽到從她那件高領家居袍的口袋裡，傳出收音機再度播放的送葬似音樂。

「不行，」海倫安靜地說：「你不能跟他說再見，因為他都是早上工作。」

她用一只珠母貝托盤帶來全套的早餐：水煮蛋、吐司和咖啡。因為天色還暗，所以她也帶著燈籠。她外表看起來非常整齊潔淨，臉上沒化妝。看起來就像是睡了十二個小時，還到田野間散了步。

「他怎麼樣？」

「脖子僵掉了，」她開開心心地說：「但他喜歡偶爾來點疼痛。」

「為了寫作嗎？」現在成了同夥的卡西迪這麼說。海倫點點頭。

「你會不會冷？」

「不會。」

他坐直，用腿上的外套蓋住露出一部分的肚子，海倫則坐在旁邊用一種母親似的溺愛眼神看他。

「你不會離開他吧，卡西迪？他也該交點新朋友了。」

「其他人是怎麼了？」卡西迪說話時嘴裡還塞滿了吐司。他們兩個人都笑了，沒去看他的肚子。

「不過我的意思是，為什麼是**我**？我是說，**我**對他沒什麼幫助。」

「沙摩斯**非常**虔誠，」在一陣停頓之後，海倫解釋道。「他認為你值得救贖。你還有救對吧，卡西迪？」

「我不知道他是什麼意思。」海倫等他說下去，所以他接著說：「從哪方面得到救贖？」

「沙摩斯常說，任何蠢蛋都能**給予**，但真正重要的是我們能從生命裡取得什麼。我們是這樣發現我們的綱領原則的。」

「喔。」

「這表示……我們的自我認同……我們的激情。」

「還有我們的藝術。」卡西迪說著，把這些話記在心裡。

「他不喜歡那些放棄掙扎的人，不管他們的名字是叫佛萊厄提、耶穌基督還是卡西迪。但你沒有放棄掙扎，對吧，卡西迪？」

「不，我沒有。我有時候覺得……我才剛剛開始而已。」

海倫非常恬靜地說：「這正是**我們**接收到的訊息。」她把托盤拿到房間另一頭，那盞船頭燈籠從下方照亮了她的臉。卡拉瓦喬㊼，卡西迪想著，記起了馬克從羅馬寄回來的明信片。

「我告訴他你對金錢的看法了。」

「喔……」卡西迪應了一聲，不知道她指的是哪一段話，但在緊張中帶著好奇，不知道這段話是不是提高了他的名聲。

「一個男人是根據他所追尋的事物而界定，而不是靠他已經找到的事物。」

「他覺得這看法怎麼樣？」

「他引用了這句話，」她簡短地說，就好像這已經是最高的讚揚。「你知道嗎？沙摩斯已經寫下他自己的墓誌銘了。」她愉快地接著說下去。「**沙摩斯，要攫取許多事物的人**。我想這是有史以來最絕的墓誌銘了，你不覺得嗎？」

「這很棒，」卡西迪說。「我全然同意。這話很美。」再補上一句：「我會希望自己也用這句話。」

「你看，沙摩斯**愛**人類。他真是這樣。就像蓋茨比，他相信在碼頭另一端的燈光。」㊽

「我想那也是我所相信的。」卡西迪一邊說，一邊絞盡腦汁想記起蓋茨比到底是誰。

「那就是他為什麼會這麼愛你對金錢的看法。」海倫解釋。

她目送他走到車子旁。

「他甚至會相信佛萊厄提，如果佛萊厄提肯給他一次機會的話。」

「我還以為他想殺了他。」

「那難道不是一樣的事情嗎？」海倫說著，給了他一個意味深長的眼神。

「我想是吧。」卡西迪讓步。

「代我向你在倫敦的家人問好。」

「我會的。海倫。」

「什麼事？」

「我可以給妳一點錢嗎？」

「不行。沙摩斯說過你會問。但還是謝謝你。」她親了他一下，不是告別之吻，而是感激之吻，輕快而準確地印在臉頰中央。「他說你該讀讀杜斯妥也夫斯基。不是讀作品，讀他的人生就好。」

「我會的。今天晚上就開始。」他補上一句：「我不常看書，不過當我想讀的時候，確實傾向於慢慢來。」

---

47 Michelangelo da Carravaggio（一五七三—一六一〇），本名Michelangelo Merisi的義大利畫家，因為出生在卡拉瓦喬村而得名，擅長運用光線表現人物，在宗教畫主題中加入寫實元素（他筆下的聖母和聖徒往往看似一般老百姓）。

48 Gatsby，費茲傑羅（Scott Fitzgerald, 1896-1940）名作《大亨小傳》（*The Great Gatsby*，又譯為《偉大的蓋茨比》）的主角；「碼頭另一端的燈光」是書中著名的象徵，代表蓋茨比心中的浪漫夢想，卻終究成空。

「一、兩個星期後他會上倫敦。等他完成這本書，他就會去見所有的出版社、經紀人還有其他人。他喜歡一個人做這些事。」她笑著，表示出順從。「他說這是為他的電池充電。」

「那些食屍鬼，」卡西迪說。

「食屍鬼。」海倫也說。

清晨的太陽突然從智利南美杉之間躍出，把大宅的磚牆染成一種溫暖、新鮮的粉紅色。

「叫他打電話到我公司，」卡西迪說。「電話簿裡查得到。任何時候我都會接他的電話。」

「別擔心，他會的。」她遲疑了一下。「順便一提，你記得昨天晚上說的，你可以讓沙摩斯在瑞士的一棟房子裡工作嗎？」

「喔，那間農舍。對，對，當然了。陡坡。哈哈。」

「他說他可能會要你兌現這句話。」

「那太好了。」卡西迪慷慨地說：「這樣安排很棒。」

「他不能保證。」

「當然了。」

一陣沉默之後的懇求：「卡西迪。」

「什麼事？」

「你不會背叛我們吧，對不對？」

「當然不會。」

她不慌不忙又親了他一下，這次吻落在嘴上，就像是姊妹親吻兄弟而不擔心會亂倫的那種吻。

就這樣，卡西迪離開海佛當，嘴唇上帶著她牙膏的味道，鼻孔裡則充滿了她樸素的爽身粉清香。

8

波西米亞。

那是他的第一個念頭。這個念頭跟著他一路到巴斯。不僅拜訪了波西米亞區，而且還毫髮無傷地回來了。他上次遇到藝術家已經是好多年前的事。他讀牛津的時候，愚人橋旁有間老房子，因有些藝術家在那裡聚居而出名，有時候他們會跟他擦身而過，走進史卡拉電影院。他見過他們的衣服從鐵欄杆陽臺上垂掛下來，或者大量的空酒瓶從垃圾桶散落到外頭。他也聽說，星期天他們會集結在喬治酒吧，男人戴耳環，女人則抽雪茄，他會想像他們對彼此的私處講些大膽的話。中學時有個教畫圖的老師，被大家叫做「石灰水」。他是個中年後期的柔弱男子，老穿著蝴蝶領上衣，讓男孩們穿著運動短褲當彼此的模特兒。某個星期三，卡西迪單獨跟他喝茶，但他幾乎沒講一句話，只是悲傷地微笑，看他吃熱騰騰的馬芬蛋糕。雖然他長期以來把自己算成藝術圈的榮譽成員，但除了這些出奇稀少的經驗以外，他對這個族群的認知實在是少得可憐。

在巴斯停車後，他到旅館收拾行李，付清帳單。看著昨晚的狂歡在日光照耀之下的景象，他同時發現自己偷偷感到興奮。爛透了的小鎮，他告訴自己。無產階級賤民支配下的梵諦岡。他發誓永不再回來。

他登記的名稱是馬爾㊾的卡西迪子爵。
「男爵，您這次住得還愉快嗎？」櫃檯人員探詢時，親暱的態度，卡西迪認為太過頭了一點。
「確實非常愉快，謝謝你。」他說著，給了行李小弟兩英鎊。

海倫先前精準預測到的背叛，直到他到達迪韋齊茲附近才開始。因為在他開車的頭一個小時裡，在他的宿醉尚未進入報復階段前，卡西迪對於他與海倫、沙摩斯的邂逅，還處於困惑但興高采烈的情緒中。他不太瞭解自己的感覺到底是什麼，他的情緒似乎跟著風景而變化。在通往佛羅姆谷地的幹道上，兩旁圍繞著藍色的平原，他眼中所見的一切都鍍上了一層孩子般的純真。他的整個未來，就是和他的新朋友一起進行的漫長冒險：只要他們在一起，就將支配整個世界，一同航向遙遠的大海，然後乘著笑聲的翅膀登上蒼穹。到了迪韋齊茲後開始下雨，一陣陣想吐的感覺控制了他的消化系統。他還保持著適度的心醉神迷感覺，但等到他看見上午出門購物的人潮與推著嬰兒車的母親們，這些景象讓他有點事情可以開始思索。等他抵達瑞丁，他頭痛得厲害，同時也說服自己，海倫與沙摩斯這兩個人要不是一場夢，就是一對裝成名流的騙子。

「畢竟，」他推想：「如果他們是自己自稱的那種人，又為什麼會對我感興趣？」

他進一步推論：「我是芸芸眾生之一。像我們這種人，在藝術家的生活裡是沒有分量的。」

㊾ Mull，蘇格蘭西部內海布里第群島中最大的島嶼。

他重新建構海倫的傑作——沙摩斯對藝術家與中產階級之間關係的論證，結果發現它相當薄弱、混亂，而且毫無道理。他想著，如果我有那種看法，我會想得更周全。其實那就是一大堆空話嘛。

抵達倫敦市郊後，他已經得出結論。他再也不會聽到海倫或沙摩斯的消息了，這兩個人可能是很有自信的騙子。他能帶著自己的錢包全身而退，實在很幸運；暫且不管他們是否會再度出現，在卡西迪的世界裡，為了整體生活安寧起見，他們是屬於那種最好不要再重現的異常現象。

實際上，要不是接下來發生的小意外，迫使他想起沙摩斯那令人不悅的個人看法，他很可能會當場把他們拋諸腦後。

他停在公路的路肩上檢查車上的置物袋，想找個東西來充當紀念品。此時他發現有一團皺巴巴的紙塞在袋子裡。這是巴斯布魯諾餐廳的菜單，當時他還很單純地相信沙摩斯在菜單後面寫下了不朽的文章。但是在菜單背後的某一邊，是沙摩斯用鉛筆畫下的卡西迪肖像，旁邊還附帶文字說明，以及箭頭指出這些說明中的特色為何。「嬰兒臉頰，很容易臉紅；高貴的額頭，因為隱約的痛苦留下皺紋；眼神朦朧，而且非常、非常飄忽不定。」在紙張的頂端，用大寫字母寫下了「通緝」二字，下面還有對卡西迪的進一步敘述。

名字：卡西迪，布區。別名蹦蹦跳跳、羅賓和保羅．蓋提㊿。

罪行：無知（參照葛雷安．格林：一個失去鈴鐺的痲瘋病人。[51]）

信仰：基督悲觀派第一教堂。

刑罰：存活一輩子。

菜單的另一邊還有指明給「愛人」的一封信。

親愛的愛人，

我希望你很好。我很好。非常感謝你這可愛的一頓飯。若吾識汝之面或知汝之名前即已愛汝，今將更添兩三倍。所以，原諒我這信手塗鴉，難以入眼，但我的心無須代價即屬於你。致上愛，愛，愛。

史卡丹聶利[52]，化名

佛萊厄提，化名沙摩斯。

這真是非常大學生風格的溝通方式，卡西迪忿忿地想著；多令人尷尬啊。他嘆著氣把菜單丟掉。

殺過任何人嗎，愛人？一個聲音在他體內發問。他打開收音機，往南到亞克頓去。藝術本身非常談到隱性的娘娘腔……

---

50 這裡的「蹦蹦跳跳」，指的是一個叫做「蹦蹦跳跳的卡西迪」（Hopalong Cassidy）的西部片英雄角色，與盜匪布區・卡西迪無關，由牛仔演員William Boyd從一九三五年起飾演，在美國極受歡迎。羅賓，則是第五章注釋4裡提到的男孩，小熊維尼的朋友。保羅・蓋提（Paul Getty, 1892-1976）是美國億萬富翁，但二次大戰後長住英國。

51 葛雷安・格林（Graham Greene, 1904-1991）的名言全文如下：「天真無知就像一個掉了鈴鐺的瘖啞痲瘋病人，在這世上遊蕩，卻無意傷害他人。」古代痲瘋病人為了避免傳染他人，必須隨身攜帶鈴鐺，提醒其他人避道而行。

52 P. Scardanelli，是德國抒情詩人賀德林（Johann Christian Friedrich Hölderlin, 1770-1843）晚年精神失常後寫詩時的署名。

好，他這麼想，但有時候實在太過頭了一點。

他在亞克頓辦的事既簡單省時又有用。有個叫做道伯斯的批發商，因為個性難相處而惡名昭彰，卻是個很有影響力的人，曾對新的皮革折疊式嬰兒車提出抗議，也和卡西迪的敵對製造商眉來眼去。卡西迪對折疊式嬰兒車從不怎麼在乎，視之為普通爛推車和貨真價實嬰兒車之間令人不快的混種；但在難以捉摸市場需求的春天，折疊式嬰兒車卻是有效的緊急備用物資。他很正確地判斷，親自拜訪能結束這場爭端。

「喔，我得說，我沒料想到大人物會親自降臨啊，」道伯斯緊張地承認。「業務代表發生什麼事啦，伙計？」

卡西迪注意到他掉了不少頭髮；二度婚姻讓他元氣大傷。他是個衰弱的人，老在冒汗，醜聞總跟著他不放。

「沒什麼，有一位重要的客戶在抱怨，所以我只是想親自察看一下這些東西。」卡西迪這麼說時，確實有點嚴肅：「我自己來瞭解狀況。」

「這個嘛，卡西迪先生，這不是抱怨啦！那輛折疊式嬰兒車是很漂亮的商品，您做的底盤更保證了它的品質，當然了。實際上這就奠定了它的成功。我可以拿這些嬰兒車發誓，我當然賣了很多輛，伙計。」

「抱怨就是抱怨，安迪，只要商品開始供應就得當一回事。」

「她們不喜歡的是那個折疊部分，卡西迪先生，」道伯斯提出抗議，但口氣沒什麼真正的說服力。「連接部位會勾到客人們的長襪。」

「我們來看看吧，安迪？」

他們爬著木梯，走進倉庫檢查那些連結部位。

「對，」卡西迪跪下來撫摸著一個特別調整過的樣本：「我知道你是什麼意思了。」

「小心您的褲子啊，」道伯斯叫道。「地板不乾淨！」

但卡西迪假裝沒聽到。他在沒掃過的地板上盡量伸展自己的身體，用專注的手沿著嬰兒車底部摸了一遍。對於這個為他帶來豐碩收入的產品，他用指尖碰了碰它的螺帽、螺絲和接頭處。

「我非常感謝你，安迪，」回到辦公室時，他這麼說。「我會叫我的工作人員馬上研究一下。」

「只是那些部分會把她們的尼龍絲襪勾在上面，你知道吧。」道伯斯一邊無力地重複這句話，一邊幫卡西迪的西裝撢灰塵。「不管怎麼樣，是最近的這批貨才會這樣。」

「你知道尼龍絲襪的一邊跟另一邊說了什麼嗎，安迪？」卡西迪把裝在車廂裡的一箱雪利酒搬下來時，隨口問道。大家都曉得，安迪喝雪利酒。

「說什麼？」

「我們之間有同伴的感覺耶。」[53]卡西迪說。兩人的笑聲掩蓋了這個有點忙亂的物資交換。「復活節禮物，」他解釋。「我們從上個會計年度裡拿出一點利潤。」

「我得說這麼做很貼心。」

「沒什麼。謝謝你讓我們注意到那個連結部位的問題。」

「我有時候會擔心，」道伯斯在目送他回到賓利時，坦白地透露：「我只是覺得我被遺忘了。」

「我瞭解。」卡西迪說。「那尊夫人怎麼樣呀？」

「這個嘛，你知道的。」道伯斯說。

「我知道。」卡西迪說。

他改變主意，去了電影院。他最喜歡的那些電影，不是在讚頌英國戰時的奮鬥，就是在刻畫斯堪地那維亞青少年勇敢誠實的親密性生活。這一回他很幸運地碰到兩場連映。

珊卓拉不在。她在廚房桌上留下一個乳酪火腿餡餅，還有一張紙條，說她去她的戒治酒精中毒診所了。大廳裡聞起來有亞麻籽油的味道。防塵套和工作梯讓他很不舒服地聯想起海佛當。是多了什麼還是少了什麼？他回想。他知道家裡的那些裝飾牆板不夠好，應該換下來；壁爐呢？他們在一、兩個月前花了三百塊錢去馬雷特的店裡買了個十八世紀的松木壁爐，上面有精緻的雕刻。那個壁爐是個特色，設計師向他們保證這一點。只有天知道，特色正是他們那棟房子最需要的。

丈母娘在她的房間裡。在好幾段樓梯之上，聲音從她那臺給盲人用的唱機裡飄出來，他聽得到約翰・吉爾古德以甜美的語調在朗讀《哀綠綺絲與阿伯拉》54。那股聲音讓他馬上陷入渾身發抖的憤怒狀態裡。白癡，鬼叫的白癡，在她想看見的時候，她什麼都看得清清楚楚。

他小心翼翼地走進兒童房。窗簾沒拉上，他藉著窗外透進的微光，從玩具堆裡找出一條路來，躡手躡腳走到雨果的床邊。為什麼沒給他開小夜燈？卡西迪很確定他怕黑。小男孩已經熟睡在毯子上了，他打石膏的腿在橘色光線下閃著蒼白的光芒，睡袍直敞開到腰際。旁邊的地板上擱著一個攪拌器，是他用來攪拌他的泡泡浴的。卡西迪把睡袍上的鈕釦一一扣好，然後輕柔地把他攤開的手掌放在孩子乾爽的額上。好吧，至少他沒發燒。他一邊傾聽，一邊透過零星的微光仔細看他。男孩穩定又淺薄的呼吸，夾雜在終夜不息的車流聲裡。表面上什麼問題都沒有，但為什麼他要吸他的拇指？除非缺乏愛，不然一個七歲小孩是不吸手指的。卡西迪暗暗嘆息。雨果，他想著，喔，雨果呀，相信我，兒子，我們都會熬過去的。他跪了下來，詳細檢查石膏的外表，搜尋洩漏機密的裂縫，那種可能讓裡面的碎骨再度破裂的裂縫；但從窗外灑進來的光不夠亮，他所能辨識出來的只有用簽字筆塗上的塗鴉和房子的圖樣。

一輛貨車爬上山坡。他很快地站起來，拉上窗簾、關上窗戶以便隔絕貨車引擎帶來的汙染。小男

---

53 這個笑話是個文字遊戲。絲襪的一腳跟另一腳說的話原文如下：There's a fellow feeling between us，一方面可以解讀為「我們（絲襪的兩隻襪管）之間有種同夥意識（兩者都是絲襪的一部分）」，另一方面則可解讀為「我們之間還有一個人（穿絲襪的人）在感覺（feeling）」。

54 Sir John Gielgud（一九〇四－二〇〇〇）是英國著名的莎劇演員；*Heloise and Abelard*是中世紀有名的愛情故事，神學家兼哲學家阿伯拉是哀綠綺絲的老師，後來兩人日久生情，甚至暗結珠胎，哀綠綺絲為了讓阿伯拉繼續專心學問，自願做地下情人，但她父親大怒，命人閹割阿伯拉；哀綠綺絲為了保全貞潔而進入修道院。有一部據說是兩人分離後彼此寫下的書信集傳世（也可能是出於後人偽託）。

孩動了一下，用前臂擋住眼睛。多麼純真啊，卡西迪無助地想著，要對抗生命中這樣殘酷的刺耳嘶喊，這樣的純真多麼具有悲劇性啊。

前門傳出轉鑰匙的聲音。

「嗨，旅行家。」珊卓拉喊道。

他準備好一篇長篇大論，其中要有很現代感的幽默。

「哈囉。」卡西迪說。

她的腳步停下來。

「你要說的只有這些嗎？」她問話時，人還在門廳裡。

「我該說些什麼別的嗎？妳說嗨，我說哈囉。我想他應該去看專科醫生，妳不同意。」

他等著。她可以像那樣僵立地站好上幾分鐘；誰先動誰就輸了。珊卓拉輸了，她緩緩地上樓找她母親。

倫敦—

9

我親愛的馬克……

這封信像雨雲一樣懸在他心上。平板、不生動，只是一封午餐後的便箋，為了得到一些他不想要的養分。一封不是來自內心的信。

信紙的抬頭印著鮑魚路十二號，但他為求安寧，是在南奧德麗街寫的。卡西迪的辦公室與他的車子有幾分類似：一個桃花心木做的碉堡，用來對抗人間生活中無法協調、無可避免的危害。在南奧德麗街，他不是艾鐸也不是卡西迪，而是艾鐸先生，一個受到尊重的基督徒教名。在南奧德麗街，沒有一雙腳是直接踩在地上的，沒有一道門是直接靠上門框的，因為有巧妙安排的襯墊消弭了所有的衝擊。甚至他那張玫瑰木桌上的好幾架電話也都被解除警報：那種嘶啞、女人似的尖叫聲從小就令他感到極度不安，因此用其他聲音來取代。這些設備現在只會發出一種性慾受到滿足似的感激呼嚕聲，招來的不是憤怒，不是恐慌，而是一陣輕撫，順著它們白皙馴服的脊椎而下。

嘿，親愛的兒子，你好嗎？我得說我很羨慕你在多塞特郡寧靜的鄉間，而我卻在這個競爭激烈的時代，以誠實商人的身分來掙口飯吃，忍受一切忙亂的耗損，這是什麼樣的對比啊！至少天氣保持溫和（表示沒有變化多端，而是暖和且令人愉快！）但其他就是一些活動、填表格，更要與國外的競爭艱苦搏鬥。有時候我擔心，很可能在一個人回到家裡後，開始懷疑辛苦得來的一切是否毫無價值。我那些可悲的努力，想為社會上較為不幸運的一群做點什麼事，似乎也注定要失敗——有時要求地方上那些既得利益者出力贊助一項協助當地年輕人的計畫，你會震驚於他們的貪婪與自私。我對布里斯托的市政當局原本寄予厚望，卻連他們都突然掉頭逃走，讓一切又回到原點。然而，就像校訓所說的，勇往直前。我們正在努力準備巴黎商展。附帶一提：如果你想加入公司——這件事我不強求——在你打算起步的時候，外國事務部門是很不錯的位置。當然，這一定是在你的法文精進之後……

他瞄到一疊法律文件，綠色滾邊，繫著粉紅色絲帶。他毫不停筆，另起一段寫道：

好吧，馬克，你可能已經知道我們這裡的商業圈極度關切通貨膨脹的問題。我想可以再確認一次，你知道的那筆兒童信託基金，你和小雨果同樣都是受益人，股份組成涵蓋範圍極廣，各家公司都是上等的績優股，在現今這種瘋狂局面之下，應該都能獲得妥善的保護。我只是順便一提。

讀了一遍他所寫的東西，卡西迪嘆口氣、放下他的金筆，茫然瞪著蕾絲窗簾外那些時髦的路人和閃亮大轎車。馬克在乎什麼股份嗎？他對股份知道多少？甚至，他會想要那個嗎？卡西迪的記性不好，對於自己個人幼年生活的細節，他模糊地回想在十一歲時有沒有被告知過類似的事。十一歲的他，十之八九還寄宿在奈兒阿姨家，那位粗壯、吵吵鬧鬧的女士在潘丁沙洲有間小平房。那個小孩可曾研究過報紙的財經版？那位女士可曾在任何程度上鼓勵他去研究這個？他只記得她的襯衣，那時她拖著跟在後面的他涉水入海，似乎要去赴死；髒兮兮的粉紅花瓣中帶著黑色，在沒曬過太陽的腿上拍動著。他好像一直和奈兒阿姨在一起，不然就是和蜘蛛女在一起，她是他父親遺棄的情婦之一，老為了避免細菌感染而讓他躺在床上。

不。他自己的狀況與馬克毫無關係。

全國普遍瀰漫著一種鬱悶的感覺。每個人都在數自己家裡還有幾隻雞，但此時政客猶在倡導敦克爾克精神❶。昨天晚上，首相敦促全國要為了發展經濟更努力工作。沒人相信他的談話能帶來什麼效果。工會堅不妥協。結果只會導致對決。

他放下筆。

荒唐。

把信給撕了吧。

我坐在這裡，呆板無聊得可以，而我做了什麼呢？把《金融時報》的頭條摘要了一遍。事業把我給腐化了：我和我的兒子之間毫無關係可言。

幾年前他會畫熊和小豬給他——甚至就為了這個目的，他在抽屜伸手可及之處備妥了一盒瑞士蠟筆。但馬克早就大到超過畫小豬階段了，又很難想出有什麼東西可以讓他開心。或許，答案終究還是錢。這種安全的保證從來不會遭人拒絕。就算他不瞭解細節，這個概念還是會留在他心裡。父母的世界令他迷惑，錢至少還能給他安慰。

媽咪可能已經告訴你，她和海瑟．雅斯特打算為那些貧民開設第二間二十四小時營業的診所。海瑟已經在漢普斯德石南園的南邊找到一間牛津樂施會不用的舊倉庫，許多可憐的窮人都在那裡過夜，在舊報紙上睡得很不安穩。如你所知，海瑟的丈夫毫無理由拋棄她之後，她的人生確實受到很大的打擊。你媽媽正在幫助她恢復常態……

他聽到外面溫暖的人行道上響起一陣較輕盈的腳步聲，他滿懷希望地再度抬頭張望，但他的機敏讓他看到的是一個紅髮的腦袋，紅髮讓他心生警惕。她也有那種堅定的步伐；光聽那腳步聲就知道，不是可以輕易就說服她的。這種競走式的步伐，需要良好的手肘旋轉動作配合，還有一個復仇般的道德理由。

卡西迪嘆了口氣。珊卓拉的步伐。

他該打電話給她嗎？

他們的關係大多是透過電話來經營。這是卡西迪個人的看法。說真的，總有一天，只要靠兩個運作正常的電話亭就足以維持成功的婚姻了……

不，這種狀況，不能靠電話解決。

那麼，送她花怎麼樣？

「親愛的請原諒我，一切是出於好意，我只想讓妳快樂。艾鐸。」

或者故意擺出霸道的口氣，「微笑，不然就滾出去。」

---

❶ Dunkirk是法國北部面對多佛海峽的城市，與英國遙遙相對，二次世界大戰初起時英國派出的軍隊被德軍擊敗，為了避免全軍覆沒，由此地大批撤退回英國。當時軍方船隻不足，甚至民間漁船都加入搶救撤退士兵的行列，「敦克爾克精神」指的便是全民共體時艱。

或是懇求她？

「珊卓拉，妳把我的心弄得千瘡百孔。**求妳，求妳，求妳……**」

求誰？她還能做什麼足以取悅我的事嗎？

至於我自己，呃，我必須承認，除了桌上的報紙和人類存在的苦惱泉源，也就是電話，之外，我沒有太多時間應付別的……

至於他自己，還有什麼？

那封沒寫完的信仍在他眼前，他怏怏不樂地開始為這段日子做結算。從他拜訪海佛當以來，已經過了四個星期。他主持會議、閱讀貿易新聞、準備即將在巴黎博覽會宣讀「主席的一番話」、提出個人對於醫療需求、退休和猝死的新政策、與會計師坐下來討論這個年度的數字、起草年度股東大會上的講詞。他同某些慈善團體的高級主管共進過午餐，並試探性地提議，請他們在條件還不明確的狀態下，先捐出大筆款項。他和「低調人士」也一道吃過晚餐，並且再講了一次那個關於尼龍絲襪的絕妙笑話，反應頗為成功。他解雇了一個有商業間諜嫌疑的工廠領班，又藉由外交手腕避免了一次罷工。他在阿姆斯特丹開了一間備用零件的倉庫，和出口信用擔保局打了野蠻的一仗，而且贏了。他下午在蘇活區某間比較小的戲院看了一場豪華鉅片，而且繼續和戶籍署的人進行所費不貲的信件往來，追究他的家譜。討論焦點是一位老卡西迪在馬斯頓荒原上隨著克倫威爾衝鋒陷陣、對抗魯伯特王子的騎兵隊❷；顯然這場大戰耗盡了他的精力，因為此後再也沒有人聽說過他的消息。在花費六年時間後，卡西迪依稀感覺到，這樣的書信往來可能變得冗長又徒勞，簡直和那場內戰一樣。他把賓利開去修車廠，然後把它留在那裡，讓那些技工們畢恭畢敬地追查右邊車門怎麼會發出疑幻似真的格格響聲。他和競爭對手一起打高爾夫，和他手下的大學畢業實習生一起打壁球。他的競爭者嘲笑他參加的俱樂部數量，他的實習生一邊說「抱歉，先生」，一邊告訴他牛津的變化有多大。他口述信件讓祕書莫德蕾小姐打字，同時從他其實不必戴的眼鏡邊緣窺視她青春胴體的曲線。（這副眼鏡可不能與珊卓拉她母親的那一副相提並論。卡西迪的眼鏡是為了賦予他權力；葛羅特太太的眼鏡則是為了大肆宣傳她身體的虛弱。）

他眉頭皺得更深了。

卡西迪承認，在他的測震儀上已經記錄到一些令人愉悅的震顫。莫德蕾小姐外表整潔端正，討人喜歡，像珊卓拉那樣膚色偏黑，但長得更高，有著游泳健將的身材，極度嚮往希臘。每逢周五，她就會穿上一件有山羊毛流蘇的南美式毛氈外套；每逢周二，她就會讀他的星座運勢給他聽，兩個膝頭緊緊夾併，看起來就像小小的雙臂。她的耳朵尖端從長長的棕色頭髮間探出來。

「這禮拜妳替我排了哪些慘無人道的活動呀，安姬？」他昨天早上這樣問她，把他的慾望埋在一

❷ 萊茵的魯伯特王子（Prince Rupert of the Rhine, 1619-1682）是英國內戰期間（一六四二—一六五一）幫助查理一世皇家軍隊的傑出將領，但因為宮廷的權力鬥爭未能有所發揮。一六四四年，魯伯特王子在馬斯頓荒原上被克倫威爾率領的議會派軍隊給擊敗。

種父長式的溺愛態度底下，同時專注聆聽她從一份八卦小報上讀出的大膽預言。她最近才得到一只訂婚戒，但不肯回答任何關於戒指出處的問題。卡西迪以高傲的不贊同態度暗自做出結論：那傢伙說不定已婚了，時下這些女孩子全是一個樣。

更糟的是，她今天還請假。

在另一個場合，只有在這一整段時間裡，卡西迪才意識到衝擊的存在。他出席製造業協會的一個例行會議時，某個備受敬重的成員對貿易委員會展開猛烈攻擊，但他認為那種攻擊沒什麼道理。大多數人認為那篇談話不恰當，而他則有好幾天都在考慮要不要自殺。很幸運地，理性的意見占了上風，他反而犒賞了自己一頓豐盛的午宴。他在萊爾街發現一家新餐館用巧克力奶油做拿破崙蛋糕的夾層餡。他在那裡喝了兩杯咖啡。

我到底感覺如何？他盯著窗外自問，神情陰鬱。我學到什麼？我有在哪方面造福人類嗎？更重要的是，人類又在哪方面造福於我了？答案是：啥也沒有。一片虛空。卡西迪活在虛無的真空中。可憐的卡西迪。可憐的熊。可憐的佩索普熊。

卡西迪自我反省，可能就是為了填補這片真空，我現在犯罪了，大大犯罪了。聖母啊，背叛了天堂也背叛了妳，背叛了珊卓拉，而且（他坦承）也背叛了他自己的血肉之軀……

這對他來說太過火了。卡西迪把他最近這一次踰越婚姻誓約之舉，從他蒙羞的記憶中驅趕出去，回頭再寫起充滿智慧的父愛讚歌。

雨果的身體好極了，他期待著明年和你一起上賀斯特．李學校。前幾天我帶他去看電影。我們事先打電話給經理，他非常好心，在靠走道的地方安排了一個雙人座。我們看的是「日正當中」❸。雨果很愛那些槍戰場面，但對愛情戲非常不耐煩。

雨果：「他要殺她嗎？」

我：「不是。他們在擁抱。」

雨果：「為什麼他們不乾脆開幾槍？」

我：「他們會的，等擁抱完就會開始射擊了。」

到處都在倒塌。

實際上，他很能適應自己的石膏腿，我真心認為，當他們把石膏拆掉以後他會很失望的！雖說有時候，特別是在天氣像現在一樣好的時候，艾德曼家的女孩子都去石南園玩，他脾氣會變得不太好，這時做爸爸的就會被召去扮演大怪物……

「進來！」

有人敲門。他的胃在恐慌之中凍結。是珊卓拉拍來的電報嗎？**我要永遠離開你了　晚餐在冰箱**

---

❸ High Noon，一九五二年的西部片，由賈利．古柏（Gary Cooper）和葛麗絲．凱莉（Grace Kelly）主演，故事描述一個即將卸任結婚去的小鎮警長，突然發現大約一個多小時之後他的敵人就要來尋仇；但除了未婚妻以外，其他的鎮民都有所顧忌不願幫助他。

珊卓拉留？

是國稅局查稅員來拜訪：先生，這是抽查，如果您不介意，這裡是我的證件。

是珊卓拉的母親，葛羅特太太來訪，一路用她那假兮兮的白色手杖輕輕點過整條走廊。哈囉，親愛的，咯咯咯咯，恐怕珊卓拉死囉，不是嗎？

結果是新進人員密爾，在門口徘徊著。一個好色、乏味的男孩，是他們從名為捷徑的主要競爭對手公司高薪挖角來的。他點子很多，為人欠缺魅力，但衝勁十足。在企業研究方面算是一號人物。新人。好吧，卡西迪會公平對待他。密爾有那麼一丁點無可否認的優點，卡西迪得對他稍微體諒一些。他並不羨慕密爾處於較為有利的地位。畢竟，如果卡西迪沒有努力從市場能忍受的範圍裡榨取大量的金錢，現在他會在哪裡呢？而且他能轉移注意力，這正是卡西迪所需要的。

董事會主席兼總經理從他茲事體大的沉思中清醒過來，裝出一臉驚訝的怪狀。

「喔，那是誰呀？密爾。早安，坐下來吧。不是那邊，坐過來這裡。要來杯咖啡嗎？」

「不了，謝謝您，先生。」

「我本來就打算要來一點。」

「呃，那非常感謝您。我不知道您是否已經撥空看了我的計畫，先生。」

禮貌優先呀，密爾，禮貌優先，我期望你和我一起喝杯咖啡呀。

「糖？」卡西迪心情愉快地問道。

「好的，先生。」

「牛奶呢？」

「恐怕也要，先生。」

他對著對講機說話：「請妳送咖啡來好嗎，歐頓小姐？加牛奶和糖，還有一杯照我平常的習慣。」關掉對講機。調整眼鏡角度。手按在機密文件上。斜眼瞄了一下那個昂貴的吊燈複製品。他發現，自己並不打算讓任何來求教的人失望。

「我**喜歡**這份計畫，密爾。我覺得這計畫**滿好的**，而且我覺得很**正確**。」

「您真的這麼想，先生？」

「對。非常好。你應該對自己的表現感到非常自豪。我就是這樣。我的意思是說我為你感到高興，哈哈哈，不是為我。」

對話中斷；不滿足的疑雲飄過。「我說，」——再次按下召喚歐頓小姐的煩人按鈕——「你不會剛好比較喜歡茶吧？」

「喔不會的，先生！」

「喔。」

他把兩手重新擺成一副兼具公正慈善的姿勢，看看我們今年三月八日登在《泰晤士報》上的照片吧：動作迅速，但萬事俱全。艾鐸．卡西迪進駐他的奧德麗街地產。

「那我們就繼續進行吧，好嗎，密爾？」

門關上了。

沒人在。

在那張黑皮椅子上甚至看不到任何壓痕，足以標示出那個滿心感激的男孩剛才還坐在那裡。或者——嗯——他可能從沒坐在那裡？從沒來訪，從沒開口說話？

艾鐸．卡西迪哲學博士、萬靈學院研究員、董事會主席兼總經理——他帶著自己最熟悉、充滿迷人優越感的溫吞笑容，提出一項命題，內容與「密爾此人不曾來訪」有關：

「親愛的小子，有些哲學家，當然也包括心理學家和神祕學家在內，他們大聲駁斥以下這種觀念：我們的願望和外在情境之間存在一條界線。既然如此，親愛的小子，他們的教條不也應該延伸到人身上嗎？所以囉，如果我們遇過某些人，後來忘了，結果他們變成了不曾遇見過的人，好孩子，難道不應該有同樣的原則嗎？也就是我們能藉著『記憶』而保留某些人。藉由我們的記憶？既然如此——我覺得我似乎讓這個命題包含太多內容了？——這樣一個體系不就讓我們每個人都揹上一個最令人苦惱的責任，得對自己的心靈創造物負責嗎？嗯？嗯？我的意思是說，要是你忘記了珊卓拉，她還會存在嗎？」

想到亂了頭緒之後，卡西迪喝乾了冷掉的咖啡，在他的文學人格面具之下繼續這份描繪家居場景的「力作」。

嗯，馬克，家中的重整工作緩慢但確實地持續進行著。大廳裡的大理石火爐*in situ*❹（這是拉丁詞性的第四變化還是第五變化？）實在是美不可言，泥水匠泥巴先生成功地把這個火爐抬到水平位置，沒有把底下的支撐物給弄壞；你媽媽毫不動搖的堅持鼓勵，多多少少確保了這一點。他居然想要「切」！就是確確實實從雕花松木支柱上「切」下一塊，但你媽媽在他打算動手的時候將他逮個正著，而他也很識時務地表示懺悔！

他在家裡了。

他用一種遲鈍不敏銳的眼光環顧自己的房間。這裡一度是他的家。甜蜜的家、聖殿、庇護所。他用這裡來補償童年時所待過的糟糕房間。在這裡，他運籌帷幄、赦免施捨、嘉獎眾人；在這裡，他收到的報償是一種母愛的安全光輝，那是卡西迪所認識的任何女人——曾出現在他能夠叫喚範圍內的女人——都未能給予他的。有一度，甚至只是接近這棟建築物都帶來平靜。磚牆帶著黯淡沉重的暗紅色，木製的皺褶紋飾山牆則漆成奶油色，就像某個不知名女子撩起襯裙等待他的穿透；前門玫瑰木上閃閃發亮的銅牌，比任何女人的微笑都要來得更明豔照人，這一切帶來了最討人喜歡的感覺——購買、征服、擴張——然後刺激、撩撥著他。「你已經擁有這麼多了，」它們說：「而且你掌握得這麼棒。」每當莫德蕾小姐低聲呢噥著「早安，艾鐸先生」的時候，這股聲音彷彿從她年輕的胸脯深處湧出，提醒他還有這麼多可利用的資產。在這裡——不管他把什麼東西留在鮑魚路十二號——在這裡，在這個甜美又深邃的高級棺材裡，他有一週五天、一天七個小時的平靜。他可以斜躺著或者坐直身

❹ *in situ*這個拉丁文詞彙的意思是「在原地、在現場」。

子。他可以擺臭臉、微笑、喝一杯或者洗個澡，全都享有一樣的隱私，而且在這樣的嬌寵之下，他還可以自由地發揮天賜的多重才華：領導、驅策及迷惑他人的天賦。

現在這裡是我的監獄。可憐的卡西迪。卑賤的蟾蜍。可憐的佩索普。

我們應該留在亞克頓，他想著，因為極其豐盛的午宴而打了呵欠——波樂斯丁❺實際上還不錯，他一定要多去那裡幾次。那裡是少數獨自前往也會獲得妥善照料的地方——我們應該永遠不要變成一家公開募股的公司。我們那時是先驅、商人冒險家、夢想家、鬥士。雷明，他的主要副手，現在已經大腹便便了，當初可是俐落如獵犬，身段柔軟、反應敏捷、不知疲倦。佛克，他的廣告經理，現在是個禿頭、聲名狼籍的娘娘腔，在過去那些日子總是舌燦蓮花，能把一些不可能實現的噱頭說得活靈活現。現在他們背後有過往成就的肯定，面前有來自公眾的評價，他們慢下步調以便結算既有的商業獲利，這種做法已經在暗地裡取代了年輕時的狂熱衝勁。六個月前，他本人是第一個稱讚這種成熟行為的人。「精簡開支，」他在一個冗長的訪問中這麼表示。這是「漸步穩定」，然後藉由自己的舉止風度定下基調。戰役結束了，我們已經在持久繁榮的和平之中駛入平靜的水域，他曾經在去年的會議上向他的股東們這樣保證。太棒了。而在你開始精簡開支之後呢？在你穩定下來之後呢？然後你有什麼？就剩記憶，然後詛咒其他的一切吧！「記得我們焊接出第一個原型樣品的那天晚上嗎？」卡西迪會在聖誕派對上對雷明這麼說。「在那個玩具鋪後面的機車棚？記得我們那時累到不行，不得不叫你老婆把床讓出來，對吧，亞瑟？」

「天啊，」雷明會一邊回答，一邊拿出一根雪茄，此時年輕人都在旁等著他講話：「而且她不是氣瘋了嗎，還有後來那些有的沒的？」

喔，他們對往日笑得多開懷呀。

我現在得快一點了。我答應每隔兩星期要去看祖父，然後再回家到你媽媽身邊。我很好奇她會弄什麼晚餐，你不好奇嗎？嘿，馬克——我有個想法：想到有一天，「你」可能會坐在這同一張桌子前面，同樣寫下「這些話」給你心愛的兒子？嗯，掰啦。記得生命是個禮物，不是負擔，而你才剛剛來到舞臺前，布幕也正要掀起。

父字

附筆：順帶一問，你可有讀到那個愛爾蘭人佛萊厄提的離奇事蹟，說他在科克郡到處聲稱他是上帝？我確定其中沒什麼特別的，但誰知道呢。我猜你應該是錯過這則消息了，我知道你在那裡只有《電信報》可以看，雖說你媽媽已經寫信給葛雷先生要求過了。

「慢慢來。」他告訴司機。

卡西迪對他父親的感情很多變。他住在梅達維爾的一處頂層公寓裡，這裡列為公司名下的財產，而讓他免費租住，是為了換取不特定範圍的顧問服務。卡西迪覺得，他父親彷彿從這裡的許多大窗戶

---

❺ 這家虛構餐廳的名字，源於真有其人的法國名廚師 X. Marcel Boulestin（一八七八—一九四三）。

追蹤著兒子在世界上的進展，就像上帝的眼睛一度曾盯著該隱橫渡沙漠。❻在他面前什麼都藏不住，他的情報系統涵蓋範圍極廣，而在這套系統不管用的地方，就由直覺取而代之。壞的時候，卡西迪把他看成討厭鬼，編出繁複的計畫想殺他；好的時候，他極為仰慕父親，特別是他敏銳的鑑別力。年輕時，卡西迪曾對老雨果做了大量調查，在俱樂部裡訪談他那些背離正途的朋友，並查閱公開的記錄；然而關於老雨果的事實，就像關於上帝的一樣難以尋獲。在卡西迪的童年早期，老雨果似乎是名牧師，而且很有可能不屬於國教派。卡西迪指證歷歷，他能指出家族與克倫威爾的關連，還有某些在寒冷天氣裡面對松木講道壇的記憶；老雨果和那個講道壇緊密聯繫著，就像蛋杯裡的蛋一樣，而這個柔順的孩子獨自坐在前排長凳上，如同沉默的耶穌基督坐在許多長者之間。然而隨著時間——在老雨果的多種化身之中，時間是一種非常多變的因素——神在一場夢中向祂的牧羊人顯現，勸誡他最好去感覺他的肉體而非心靈，而這個好人從善如流，把牧師袍放到一旁，投入了旅館業。這則資訊的源頭是老雨果本人，這也算是頗為自然——因為除了神以外，這場夢並沒有牽扯到其他人。他常常堅稱，他對這個聖靈啟示之下的決定感到後悔，但在其他時刻回憶此事時，他又視之為勇氣的表現；偶爾在感嘆自己的厄運時，他又會為了浪費在福音上那麼多年而怨恨不已。

「我在那裡試著教那些混球一點智慧，然後我得到了什麼？四個老傻瓜加一個兒童交通督導員。」

在他人生中的某段時期，他也曾經是議會的一員，雖然卡西迪詢問下議院的高級職員時，沒能確認此事屬實。在任何一黨的總部裡，也沒有任何人想得起來他曾參與過哪一次選舉。雖然如此，MP❼這個縮寫總是到處跟著他，甚至連他的帳單上都這麼簽。他家門鈴下的名牌上，也用厚重的油墨寫上這兩個字母。

這是買下薩福伊旅館的好日子。

「你不會錯的。」老雨果強調。「旅館是什麼，啊，告訴我？」

「你說吧。」充滿孺慕之情的卡西迪這麼說。因為他已經太清楚答案是什麼。

「磚頭和灰泥，食物和飲料，旅館就是這些。這是你的基本要素，你人生的基本事實。遮蔽處和維生物資。此外你還想多要些什麼？」

「千真萬確。」卡西迪說著，但暗地裡覺得納悶——他在進行類似的對話時總覺得納悶——如果他父親對於經商之道這麼瞭解，他怎麼能在過去二十年裡幾乎身無分文？「你講的話很有道理。」他帶著恭順的熱忱補上一句。

「忘了零件吧。零件製造業已經沒救了。嬰兒車也沒救了。全完了。你看看口服避孕藥，看看越南。兒子呀，難道你要告訴我，現在我們這個世界上男男女女教養自己小孩的方式，會跟你媽和我養你的方式一樣嗎？」

「不會的。」卡西迪欣然同意。「我想不會一樣。」然後開了張一百英鎊的支票給他。「這個對你會有點幫助嗎？」

---

❻《聖經》故事中，該隱犯下殺害自己兄弟的大罪，上帝把他放逐到沙漠中，然而也不准其他人殺害他。

❼ MP即是Member of Parliament，下議院議員。

「絕對不要忘記，」他父親一邊讀著支票上的字和數目，一邊表示意見：「別忘記我為你所做的犧牲。」

「我永遠忘不了。」卡西迪向他保證。「真的。」

老雨果細心整理他的睡袍，蓋住他光禿禿的蒼白膝蓋，然後拖著腳步移到窗口，俯瞰狄更斯式的倫敦市裡霧氣瀰漫的屋頂。

「這是小費，」他在一股突如其來的輕蔑中爆出一句話，或許從眾多的煙囪蓋中，他看到了世世代代不支薪的侍者、在雅茅斯的華爾道夫飯店碰到的那些塞浦路斯人，還有皮納市大碼頭旅館的盎格魯薩克遜人。「給小費根本是胡鬧，小費就是這麼回事。我已經見識過無數次了。任何該死的白癡只要有個十先令、穿件西裝背心就可以給小費了。」

「這只是因為我知道，你偶爾會需要多帶點錢在身上。」

「你**絕對無法**報答我。**絕對無法**。沒有人能評估出你擁有的優勢具備多大的價值，你尤其不能。這些優勢從哪兒來的？來自你老爸。而當有一天我要接受必然到來的審判時——這就像夜晚隨著白天而來一樣肯定——兒子呀，別搞錯，別人對我的評價應該完全取決於我**了不起的**天賦與特質，雖然我傳給了你，但你本人毫無價值可言。」

「沒錯。」卡西迪說。

「你的教育、聰慧、創造力，你所有的一切。看看你的紀律。看看你的宗教情操。如果我沒導正你，這些優點會在哪兒？」

「哪兒也不在。」

「一個少年犯，屆時你就會變成那種人。如果我沒付給雪邦鎮那些男孩一大筆錢，讓他們灌輸你一點道德感和愛國心，你就會是個該死的罪犯，像你媽一樣。你已經有了全世界最多的機會了。你的法文怎麼樣？」

「像以前一樣好。」卡西迪說。

「那是因為你媽是法國人。如果不是因為我，你根本不可能有個法國母親。」

「我知道，」卡西迪回答。「我說，你不曉得她在哪裡對吧？」

「繼續努力，」老雨果催促道。他缺乏血色的手掌畫出一個充滿權威的弧形手勢，好像那樣可以讓太陽停止移動。「你有了語言能力就**無往不利**了。」他昭告天下。「無往不利。你還是會唸你的禱詞對吧？」

「當然。」

「還是跪下來唸，雙手合十，就像個小孩？」

「每天晚上都是。」

「還講得跟真的一樣咧。」老雨果尖酸地挖苦道。「唸一遍我教你的禱詞。」

「現在不要吧。」卡西迪說。

「為什麼不要？」

「我現在不太想。」

「不太想。老天爺。不太想啊。」

他喝了一口酒，讓自己穩穩靠在窗框旁邊。

「旅館。」他重複著。「那才是你該走的路。就像我一樣；你問杭特，你的風度舉止一年就值五千鎊了。不太想。不太想！」

杭特是一個消息來源，如今已死。卡西迪曾經暗中與他在全國自由俱樂部裡見過面，但什麼也沒探聽到。父子兩人都出席了他的葬禮。

「那都是來自於你的風度舉止。」卡西迪禮數周到地說。

老人點點頭表示贊同，有那麼一會兒似乎完全忘記他兒子在旁邊，讓自己沉浸於面對倫敦天際線的沉思。

「在科克郡有個人說他是上帝。」卡西迪說著，突然微微一笑。

「那是個騙局，」老雨果回答得迅速果斷，卡西迪相當仰慕他這一點。「全世界最古老的騙局。」

老雨果發現支票還在自己手上，於是又重讀了一遍。他只會讀支票，卡西迪想，他曾經讀過的一切，就是晚報、支票，還有跳著唸一些信件，抓到大意就算了。

「你要抓牢她，」老雨果最後開口了，眼睛還盯著支票。「你如果沒娶到這個潑婦，你就會變成一個罪犯。」

「但她不喜歡我。」卡西迪抗辯。

「她哪有這種必要？你比我厲害多了，是個可惡的大騙子。**你**規規矩矩結婚了，不是我。忍受這一切，然後閉嘴吧。」

「喔，我早就閉嘴了。」卡西迪打起一點精神說道。「我們一個星期沒講話了。」

老人突然開始斥責他。

「你這話什麼意思，一**個星期沒講話了**？老天爺，我跟你**該死的**媽媽冷戰過好幾個月。**好幾個月**。原因該死的全都是為了**你**，因為我已經給了你生命。沒有我，你根本就不**存在**。聽到沒？」他回到窗口邊。「不管怎麼樣，你本來就不該那麼做。」

「對。」卡西迪逆來順受地說。「我本來就不應該那麼做。」

「潑婦。」老雨果發表最後聲明，口氣單調，但卡西迪聽不出他指的到底是珊卓拉還是其他女人。

「潑婦。」他又呢喃了一次，把泛紫的肥大軀體使勁往後彎，然後將剩下的白蘭地倒進他體內，就像在替油燈添油。

「而且你要跟那些搞同性戀的保持距離。」他提出警告，就好像那些人也令他失望似的。

寇特是瑞士人，一個中庸溫和的男人，搭配一身謹慎的灰暗衣著。他的領帶是沉悶的棕色，頭髮是沉悶的糖蜜色，而且在他醫生似的蒼白手指上還戴著粉色調的紅寶石，但他身上其他部分是從暗藍灰色的石板上切下來的，就像是過季的天空，他的格紋鞋是用毫無光澤的灰色皮革製成。

他們坐在一間充滿塑膠製品的辦公室裡，旁邊有個塑膠地球儀。他們討論著今年夏天要好好去爬的幾座山，而且詳加研究背包、鞋釘和尼龍繩等型錄。卡西迪非常怕高，但他覺得既然現在有個度假小屋，就該去爬爬山。寇特表示贊同。

「你天生是這塊料，你瞧，我從你的肩膀就可以看出來了。」他說，眼中微微帶著一種對他肩膀的滿意之情。寇特和卡西迪會從比較矮的山開始，然後逐漸向上發展。「這樣下去，可能有一天你就爬得上艾格峰了。」

「對，」卡西迪說：「我就會像那樣。」

他說，如果寇特願意安排，卡西迪就會付帳。

這時突然有陣短暫的沉默。該談生意了嗎？

在卡西迪面前，寇特的工作內容從沒清楚地做出任何界定，但他的用處是無庸置疑的。他處理金錢。金錢本身即是目的，是商品，是製造出來的產物。他在英國接受它，然後轉回外國，在海峽另一邊的某處收取小額手續費，做為挑戰英國繁瑣法令的報酬……

該喝一杯了。

「想來杯櫻桃白蘭地嗎？」

「不，謝謝你。」

「得進入受訓狀態囉。」

「對，」卡西迪說。他害臊地笑笑，試著期待登上阿爾卑斯山頂。他不會要我的，他想著；他只是大致說來娘娘腔，我確定他對我沒有特別的興趣。

「你還好嗎？」寇特進一步探問，並且降低音量以配合其中的親切感。

「這個嘛……你知道。好好壞壞。其實現在是偏壞的時期。她又在學鋼琴了。」

「喔。」寇特說。一個短促又不以為然的喔。一隻小狗在亂搞我的威爾頓高級地毯啊，喔。「她有才華嗎？」

「不是很行。」

「喔。」

小小的燭火在他書桌上閃爍著。他吹熄它。

「只是……」卡西迪繼續說下去。「只是我們從不講話。除非談的是慈善活動和一些瑣事。**我的**慈善活動怎麼樣……你知道的。」

「當然。」寇特說。微笑讓他下巴上那對蒼白的軟墊之間裂開一小條縫。「我的天，」他毫無變化的口氣發表著意見：「彈鋼琴呀？」

「鋼琴。」卡西迪附和。「那你怎麼樣呢，寇特？」

「我？」這問題令他困惑。

卡西迪想著，瑞士有很多自殺事件和離婚人口，有時似乎寇特就足以解釋這一切。

寇特有枝銀色鋼珠筆。擺在他玻璃纖維桌上的筆，就像是擦得亮晶晶的子彈。他拿起筆，凝視筆尖良久，檢查它是否有任何構造上的缺陷。

「謝謝你，我很好。」

「太棒了。」

「卡西迪，還有哪裡我幫得上忙的嗎？」

「呃，你可以處理那五百塊嗎？」

「沒問題。在十點換成英鎊可以嗎？我們只搶你幾分錢。」

「我會開支票給你。」卡西迪說著，用寇特的筆寫下要兌換的現金。

「你知道，」寇特說：「我不想批評你們的政府，不過這些規定根本就瘋了。」

「我曉得。」卡西迪說。

老雨果會讓支票完全無折痕，以便立即兌現，但寇特會把他的支票整齊折好。就像玩牌的人整理自己的牌那樣，他把支票收在掌中，並用食指與拇指把它們發出去。

「接下來，你要不要換掉它們？」他問道。

「我們是該這樣做，不是嗎？恐怕這就是愚蠢的英國做法。規定是我國傳統的一部分。我們創造規定，然後愛上它們。」

這個說法讓寇特靜默了好幾秒鐘。「愛上？」他複述一遍。

「這是比喻性的說法。」

寇特目送他到門邊。「請向她致上我的問候。」

「我會的。多謝。呃，不知道你是否讀過英國報紙，但有個南愛爾蘭人宣稱他是神。顯然不是新的基督。天啊。」

寇特蹙起的眉頭，輕得看來像一道被擦過的鉛筆線。

「南愛爾蘭信奉天主教。」他說。

「沒錯。」

「很抱歉，但我是路德教派的。」

「晚安。」卡西迪說。

「晚安。」寇特說。

約莫一小時，或許更久，他搭著計程車到處閒晃。某些地方聞起來有老雨果的雪茄味，某些地方有的氣味是在他愛過卻從未真正相遇的女子身上的。當他到達鮑魚路時已是薄暮時分，兩旁的房子都開了燈。計程車停下來後，他走了最後的一百碼路，這條街就像他和珊卓拉第一次相見時的那個樣子，像個寶庫，到處都是粉色系的門扉、古董燈、精裝書和搖椅，以及快樂的夫妻。

「你可以從這三個裡面挑任何一個。這個、這個跟這個。」

「我們就三個都要吧。」珊卓拉說，他們站在雨中，她握著他的手。「看啊，佩索普。」她用的是他們開玩笑時說的話，同時輕捏了他的手一下：「我們到底會讓誰來填滿這麼多房間呀？」

「我們會創建一個王朝，」卡西迪驕傲地說。「我們會像希臘人、邁諾亞人和羅馬人一樣。大批的小佩索普，肥肥胖胖。就這樣。」

她戴著羊毛手套，頭上還有一頂濕透了的羊毛頭巾，雨水從她臉上流下，就像充滿希望的眼淚。

「那就『永遠不會』有足夠的房間啦。」她得意地說。「因為我會一窩又一窩地生下去。一次生十個，就像莎莎一樣。生到你會在樓梯上絆到他們為止。」

莎莎是一隻母的拉布拉多，他們養的第一隻狗，現在已經死了。她早早便拉上窗簾，就像怕見到一日將盡。她年輕的時候很喜歡傍晚時分，但現在窗簾把黃昏的光芒隔在外面，讓傍晚變得像是提早來臨的夜晚。這房子有六層樓，矗立在黑暗之中，像個暗綠色的柱子；有一角就像船頭似的戳出來伸到街道上，擋人去路，對準了送貨男孩腳踏車的把手高度。他幾乎不再注意到鷹架，因為它擺在那裡太久了。他看那房子擋在鷹架下，就像一張蓋在頭髮底下的臉。只有在泥水匠為了把木梁換成手工削切的石頭時，才會給外觀帶來變化。

「這裡將處處完美。我們會讓這裡恢復到十八世紀時原有的樣子。」

「而且，如果你真的決定加入教會，」珊卓拉說：「我們會開放給男孩俱樂部使用。」

「好，」卡西迪同意：「我們就這樣吧。」

他低頭鑽過鷹架，打開前門，踏進屋裡。好幾捆牛津樂施會的衣物就放在大廳，還有一艘充氣救生船。

有音樂。

她在練習一支簡單的聖歌，只是練主旋律，沒有彈和弦。

「祢給的時日，主啊，已然逝去。」

他看了一下海瑟擺外套的位置。外套不見了。

天啊，他想著，沒有目擊者，沒有見證人。要找到我們的屍體他們得耗上一整個月。

「嗨，」他往樓梯上叫道。

音樂繼續流洩著。

珊卓拉有自己的起居室，但放不下這臺鋼琴。在她的玩具屋和在蘇富比拍賣會上買來後尚未拆封的雜物箱之間，鋼琴就擺在那兒。就像從天而降的一艘救生艇，然而沒有人知道怎麼操作它。她在鋼琴前坐得筆挺，獨自操縱它，點亮了一盞燈，節拍器滴答作響打出信號。在逐漸變窄的船首，有一堆傳單積了灰塵，內容與比夫拉❽有關。在「比夫拉的真相」這些字樣底下，有個瘦得嚇人的黑寶寶無聲地對著上頭的水晶吊燈尖叫。珊卓拉身穿一件家居袍，她母親幫她把頭髮挽起來，好像在表示晚上用不著這些頭髮了。她背後的牆上有個洞，形狀參差不齊如彈坑一般。地上蓋著建築工人用的防塵紙，還有一隻很大的阿富汗獵犬，坐在一把安妮女王時期風格的扶手椅裡望她。

「嗨，」他又說了一次。「怎麼了？」

她更加專注。她稍微有點結實，有著男性化的棕色眼睛。就像這棟房子一樣，她有種思慮重重的外表，這在某種程度上阻止了他人侵擾，然而卻又因為寂寞而哀嘆。有什麼東西種在那裡，卻枯萎了。卡西迪在望著她、等待風暴大作的時候，感到有點不舒服：那個「東西」就是他自己。好幾年

❽ Biafra，奈及利亞東部的一個地區，曾在一九六七年宣布獨立，接下來陷入內戰狀態，在一九七〇年被鎮壓下來。

來，他試著認同她想要的東西，而且覺得沒其他理由想要別的東西。但在那些年裡，他從沒能夠確切知道她到底想要什麼。最近，她累積了幾個小成就，不是為了留給自己，而是要在死前傳承給她的孩子。然而孩子們讓她疲倦，她經常在某種細微的精神層次上對他們不太和善，就像是小孩子彼此之間的那種惡意。

在祢的命令之下，黑暗降臨。

「妳彈得不錯啊。」卡西迪自己說下去。「誰在教妳？」

「沒有人。」她說。

「生意如何？」

「生意？」

「診所啊。有許多人來嗎？」

「你把那個叫做生意？」她質問。

祢給的時日，主啊，已然逝去。

「沒有人來。」她說。

「或許他們已經痊癒了吧。」他提出猜測，說話聲隨著音樂節奏而慢下來。

在祢的命令之下，黑暗降臨。

「不是。他們都在外頭。在某個地方。」

節拍器的滴答聲幾乎慢到要停了。

「要我幫妳再調快一點嗎？」

「不了，謝謝你。」她說。

祢給的時日，主啊，已然逝去。

他不想驚動那隻阿富汗獵犬，因此笨拙地讓一邊臀部靠在扶手椅上保持平衡。這樣使他很不舒服，上面原有的繡花紋刺痛了他柔軟的皮膚。

「所以妳做了什麼？」

「顧小孩。」

「喔。幫誰顧小孩？」

在祢的命令之下，黑暗降臨。

「艾德曼夫婦。」

她帶著無窮的耐性說話，就像哀傷地接受了一個深不可測的謎。艾德曼夫婦是醫師夫婦，那是一對熱情洋溢但為人不甚可靠的夫婦，卻也是珊卓拉最親近的盟友。

「喔，這樣很好啊。」卡西迪和和氣氣地說。「他們去電影院了嗎？他們是去看什麼？」

「我不知道。他們只是想在一起。」

她非常輕快地彈了個降音調。她做結束的音符非常低，那隻阿富汗狗很不舒服地低吠。

「對不起。」卡西迪說。

「為什麼？」

「為了雨果的事。我只是覺得很擔心。」

「擔心什麼？」她一邊問，一邊皺起眉頭。「我覺得我沒聽懂。」

祢給的時日，主啊，已然逝去。

在他內心深處，卡西迪已經準備好要坦承每件事——對他來說，人類的罪行毫無邏輯可言，而且他已經假定他犯下全部的罪過了。然而，對外坦白還是讓他感到痛苦，也與他對風度儀態所抱持的觀念背道而馳。

「好吧，」他不太情願地開口：「我騙了妳。我帶他去看了一個專家。我假裝帶他去看『日正當中』，其實是帶他去看一個專科醫師。」他連個回答都沒聽到，更別說是寬恕之詞了，他乾脆繼續說下去：「我想，那就是我們過去八天裡在爭執的事情。」

在祢的命令之下，黑暗降臨。

阿富汗狗發出一種潑水似的噪音，開始咬牠自己的前掌，想抓出深藏在皮膚裡的某樣東西。

「不要咬！」珊卓拉咆哮。然後轉向卡西迪：「我們有爭執嗎？我確定我們沒有。」

阿富汗狗沒理會她。

「喔，這樣嗎，很好。」卡西迪說。他幾乎要生氣了，就讓聖歌旋律和歌詞一起安撫他的情緒吧。

「海瑟在哪裡？」他問。

「和男朋友出去了。」

「我不知道她有男朋友。」

「喔，她有的。」

祢給的時日，主啊，已然逝去。

「他是好人嗎？」

「他很珍惜她。」

「喔，這樣啊，很好。」

牆上的洞直貫穿到以前的書房裡。他們先前都同意建築師原有的規劃，讓兩個房間相連接。

「專科醫師怎麼說？」她問道。

「他照了另一組X光照片。說明天會打電話給我。」

「這樣嗎？讓我知道結果，這樣行吧？」

「我很抱歉騙了妳。這是……一時的情緒。我非常關心他。」

她彈了另一段緩慢的音階。「你當然關心，」她說著，就好像接受了逃不過的命運。「你很愛自己的小孩。我知道你是。這很自然，為什麼要道歉？今年你的獲益好嗎？」她禮貌性地發問。「春天是你數錢的時候，不是嗎？」

「滿不錯的。」卡西迪小心翼翼地回答。

「你是說賺了一大筆嗎？」

「嗯，還沒扣稅，妳懂吧。」

停止彈奏之後，她走到長長的窗戶前，盯著他看不到的東西。

「晚安，親愛的。」她母親帶著責備之意，從樓上往下喊。

「我很快就會上樓。」珊卓拉說。「你買了晚報嗎？」

「沒有，沒有，我沒買。」

「或者有湊巧聽到新聞？」

他想過要告訴她佛萊厄提的事，但後來還是決定不要。他們曾經同意不要談宗教這個主題。

「沒有。」他說。

她沒再說什麼，只是嘆息，所以最後他問道：「有什麼新聞嗎？」

「中國人發射他們自己的衛星了。」

「喔，我的天啊。」卡西迪說。

對他們來說政治的世界不具意義，卡西迪深信這點。政治就像一種已死的語言，讓他們有機會在一段距離之外看出彼此的言外之意。如果她講起美國，就是在抗議他的富有，卡西迪會很和善地回應，指出英鎊正在貶值；如果她談到全球的饑荒，就是在嘮叨他們早年的時光，那時他們因為手頭拮据而必須克己節制。如果她講起俄國，並說那裡是她最仰慕的地方，他就知道她渴望在更直接且熱情的情況下擁有活躍的性生活；她渴望著一個夢幻國度，在那裡，他那些詭辯之詞都將消失，他會再度因她而激起衝動。

然而到了最近，她才邁入了國防領域。他不確定她的意思是什麼，所以選擇了一種歡樂的語氣。

「那衛星是黃色的嗎？」

「恐怕我不知道它是什麼顏色。」

「呃，我敢打賭這是一場失敗。」他說。

「這是一場大成功。喬德雷班克天文臺[9]已經證實了中國公告的內容。」

「喔，我的天啊，嗯，我猜那會引起騷動，不是嗎？」

「對啊。我都忘了你多喜歡聳動的消息。」

她往窗邊更靠近一點。她的臉如此接近似乎讓黑暗給襯亮起來的玻璃，她的聲音如此寂寞，彷彿正好談起了失落的愛。就好像祢給她的時日，主啊，已然逝去了。

「你知道嗎，五角大廈的評估報告預測，每年的戰爭風險將增加百分之二。」她用那小小的指尖畫出一個三角形，然後在上面打了個叉。「那讓我們最多只剩下五十年。」

「這個嘛，只剩五十年的不是我們，」他說，還是著維持欣然的語氣。

「我指的是文明。假如你忘了的話，還有我們的孩子。這樣就沒那麼有趣了吧？」

在鋼琴下，兩隻貓先前還平靜地睡在彼此懷抱中，現在醒了過來，開始發出不悅的咕嚕聲。

「或許狀況會變。」他表示意見。「或許戰爭風險會降低，這也有可能。就像股市一樣。」

她暗色的頭髮晃了一下，排除所有生存下去的可能性。

---

[9] Jodrell Bank，設置在英國西北部赤夏郡曼徹斯特大學內的天文臺。

「呃，就算不是那樣，我們也幫不上什麼忙，不是嗎？」他不假思索地加上這句話。

「所以讓我們繼續賺錢吧。這對小孩子來說滿好的不是嗎？死得很富有。他們都會為此感謝我們的，不是嗎？」她的聲音高了八度。

「喔，不是，」卡西迪說：「我完全不是那個意思。老天爺，妳把我想成什麼樣的怪物了……」

「但是你不建議做任何事，不是嗎？我們都不打算動手。」

「這個嘛……還有男孩俱樂部……運動場……卡西迪基金……我是說，我很抱歉這些事情還沒發生，但是會有那麼一天，不是嗎？」

「會嗎？」

「當然會！如果我繼續努力，而且妳對我夠支持。畢竟我們在布里斯托已經很接近成功了。」

他在心裡為自己辯護：如果妳信神，當然就能相信我講的這一點單純的謊言吧？珊卓拉，妳需要信仰，懷疑主義的惡疾影響到妳了。

「不管怎麼樣，」她說：「很難靠運動場來避免戰爭，不是嗎？但還是一樣。」

「呃，那拿妳來說怎麼樣？比夫拉……酒精中毒小子……越南……牛津樂施會……看看妳簽的希臘文請願書……妳一定做了一些好事吧……」

「一定有嗎？」當眼淚開始從她孩子氣的臉頰上流下時，她對著霧氣朦朧的窗戶問道。「你說那樣叫做了好事？」

他走過房間，從鋼琴旁邊擠過去，把她那具陌生的肉體拉進懷裡。在迷惑之中，他擁抱著啜泣的她，只感覺到一種無法改變的悲傷和一種無法填滿的空虛，就像鋼琴上那個哭嚎孩子的飢餓。

「帶他去看任何你滿意的專科醫師吧。」她最後這麼說，她的頭在他肩膀上轉動，眼淚卻還繼續往下掉。「我不在乎。帶他去看全部的專家。有病的是你，不是他。」

「沒事啦，」卡西迪悄悄說著，拍拍她。「專家沒比艾德曼好。真的。只是一個傻呼呼的老傢伙，就只是那樣。約翰會照顧他的。約翰會做到。他會做得很好，妳等著看吧。」

他又抱了她一會兒，直到她自己輕輕鬆開身子，離開房間。她的長裙就像鎖鍊拖在背後。當她打開房門時，她母親的收音機聲響從她身邊掃進來，是二次大戰間流行的舞曲。貓狗們看著她離開。

第二天早餐時，他想要讓珊卓拉開心起來，於是邀她同去巴黎參加商展。

「只是出差，」他說：「但或許我們能得到一點樂趣。」

「樂趣正是我們所需要的。」珊卓拉說著，心不在焉地親了他一下。

10

等待。

這是開花的季節。

「原則上我完全同意，」雷明假惺惺地表達他的堅持。「我敢說，沒有人比我更贊成了。可是呢，老實說讓我擔心的是細節，細節問題。」

也就是這些細節問題，讓他在此時帶著一種老說客的狡詐機智發動攻擊。

這個星期一，如果可能的話比上星期一更好，也比先前的星期一更佳。這是艾鐸先生的禱告時間，所有該出席的都到場了。這一天，等待就是作夢，就是相信尼采和J．佛萊厄提。

「很不錯的胸花，艾鐸先生。」佛克說。

「謝謝你，克萊倫斯。」

「在路邊攤買的？」雷明粗魯地問道。

「是莫西史蒂芬斯花店，」⓾卡西迪提醒雷明，他只是泛泛大眾之中的一員。「在巴克萊廣場，還是說你根本沒聽過他們？」

然而主題畢竟不是花朵，而是倒數兩星期後就是巴黎商展了。在所有生物之中，雷明最討厭的就是法國人；居次則是他對商品出口的厭惡，他認為出口就是最枉顧後果的不法經營。金色的陽光落下來，片片橫跨過如同十八世紀餐桌的水面，灰塵像小星星一般在水面上揚起。莫德蕾小姐打扮得像朵夏季盛開的花，正送上咖啡及水果蛋糕，此時雷明故作哀傷的獨白簡直冒犯了這一天的美。

「你要帶著你的全鋁製底盤新樣品，對嗎？現在我得說我很欣賞那個底盤。只要處理得當，我相信這個底盤會橫掃你的國內市場。但**我要**說的是這個：如果樣品還一塊塊地攤在整個工廠的地板上，這種產品就無法橫掃**任何**一個該死的市場。」

然後他拍了一下桌子，出手不是很重，在古董桌上留下帶著汗漬的掌印。

「喔，少來了，」卡西迪抗議道：「當然樣品會準備好，他們已經和那玩意兒攪和好幾個月了。別傻啦！」

以他的忠誠、客觀與地位，雷明都無法好聲好氣地吞下這個訓斥，所以他縮起下巴，裝出那種貿易聯盟領袖的聲調。

「我很確定，不僅**同時**得到來自工廠**和**工程師方面的保證，」他宣布時的口氣鬥志十足，那種不合文法的敘述似乎得到十四個委員的認可，「他們**無論如何**都看不出，有可能在裝船的最後日期之前把那個底盤組合完成。謝謝妳，親愛的。」

說完他就從莫德蕾小姐供應充分的儲備糧食中，取用了更多的水果蛋糕。

---

❿ Moyses Stevens是倫敦著名的花店，創立於一八七六年。

卡西迪的玫瑰胸花，聞起來就像天堂，還有穿著樹林綠工作服的雀斑女孩。「至於妳，可以替我把這朵花丟進來，」快樂男爵卡西迪這麼說——他是倫敦西區廣為人知的花花公子，正為了其他目的簽下一張支票。「我會拿支別針給你。」綠衣雀斑女孩說。

「嗯，那事情就定下來了，」同性戀克萊倫斯．佛克尖著嗓子開口了，最近他很容易受到雷明的影響；而且，按照他自已的說法，他把他的頭髮做了一點小小的安排，做了一點虛弱無用的修正，只有在鏡子裡才看得出來。「喔，真抱歉，艾鐸先生，我打斷你了。」

「你有嗎？」卡西迪說。「我不覺得啊。密爾先生，你那邊有什麼要說的嗎？」

「恐怕是令人沮喪的消息，事關那些密封式避震器，**它們**似乎在測試用地板上也表現得不好。」

「最好讓我們瞭解狀況，」卡西迪臉上帶著鼓勵性的微笑說道。「現在慢慢講。」因為密爾在跟大人物開會的時候，還是傾向於說話急促含混，讓人根本聽不懂。

密爾深吸一口氣。

「卡西迪清潔易避震器，」他開口了，第一句就是帶著古怪趣味的標題：「包覆在自附的ＰＶＣ容器內，專為所有折疊式嬰兒車和小嬰兒車而設計。專利審理中，售價五十先令，僅供商業用途。」他停了下來。「我該唸完**全部**嗎？」他問得有些尷尬。

「密爾，如果你願意就唸吧。」

密爾，如果你願意就唸吧。密爾，你的聲音惹人不快的程度，還不及你想像中的一半呢，而且比起賤民雷明和討厭鬼佛克的聲音更悅耳得多。你看看，其中還有希望的，密爾。還有人生，還有明天，繼續我們的禱告吧。

「密封盒限制住彈簧的動作，導致過熱，在某次測試中更確實起火燃燒。在模擬速度每小時五英里中——這是可能的最高步行速率——觀察中的彈簧爆出外殼，塑膠外殼也因此跟著迅速劣化……」

因此，密爾，就像你正確指出的，一個免費彈簧那樣爆掉了，從它那不自然的外殼裡爆出去。一個蹦蹦跳跳、開開心心、生氣勃勃的彈簧，有個人生要過，有顆心要奉獻。

「莫德蕾小姐。」

「是，艾鐸先生。」

抓到了，妳這娼婦。

她倉促轉身，就像卡西迪擰了她一下。先前她背向他。彎著身體，大大方方地彎著——保佑那孩子吧——重新把密爾的杯子倒滿；想到他自己的杯子還是空的，就知道這是個背叛行為，而且她的胸部還很危險地往下輕探，幾乎碰到他的脖子，卡西迪的召喚才提醒她該保持忠誠。這是導致她大吃一驚的原因嗎？就是因為這樣，她才整張臉、整個胸脯都面向他，裙子在骨盆處擠出緊繃的皺摺，眉毛優美地揚起，舌頭懶洋洋地掛在嘴唇上？當他看見那道狹窄的陽光夾在豐滿雙峰和毛頭小子的結實肩膀之間，他的聲音是否帶有無意中流露的急迫，還有不曾節制的嫉妒？只是玩玩罷了，艾鐸先生。

「莫德蕾小姐——密爾，請見諒——莫德蕾小姐，信件。那**全是**信件。妳確定嗎？」

「確定，艾鐸先生。」

「沒有什麼……私人的東西。沒有私人的東西？」

比方說一朵玫瑰？

「沒有。」

「妳在收發室裡確認過了？」

「對，艾鐸先生。」

回頭。回頭去等待。我們有的是時間等待，有的是時間。

「呃，這就讓彈簧出局了，不是嗎？」雷明很滿意地說，用一隻太鬧的手猛戳密爾的報告。

「不完全如此，」卡西迪說。「密爾，可以請你繼續嗎？慢一點，密爾，我們有很多時間。」

等待。

在等待中，他就像個愛德華時代的女子，憔悴在他個人記憶的花園之中。在早晨的公園漫步、看第一朵對著頑強陽光開花的鬱金香，戴上其他的玫瑰胸花，用某個慈善性公差做藉口在薩福伊旅館過夜，買給珊卓拉好幾樣昂貴的禮物，包括一對黑色的安娜．卡列妮娜式長靴，還有一件平凡的家居袍，她穿起來很合適，但也只是合適。

在等待中，他帶著雨果去動物園。

「海瑟妳住在哪裡？」當他們坐著水上巴士穿過垂下來的山毛櫸時，雨果問道。他坐在海瑟腿上，斷腿很隨性地掛在她粗粗的雙腿之間。

「在漢普斯德，」海瑟說。「一棟很小很小的公寓裡，旁邊是一間牛奶鋪。」

「妳應該來和我們一起住，」雨果用責備的口氣說道：「因為妳是我的朋友，不是嗎，海瑟？」

「我幾乎就是跟你住在一起啦，」海瑟說，把他抱得更靠近自己柔軟、鬆弛的身體，同時啃著一顆放在袋子裡的蘋果。

她是個溫暖的金髮女士，四十來歲，一度是位出版商的妻子。現在她離婚了，還是其他婚姻的監督者。雨果似乎喜歡她更勝於珊卓拉，卡西迪在某種程度上也是這樣，因為她有種所謂「得體的靜默」，她那寬厚、舒適的體內有著田園式的恬靜。珊卓拉說離婚讓她心碎，哭得很厲害，完全受制於爆發的怒氣，主要針對男性，但卡西迪在有她作伴時完全沒發現這種跡象。

「看，」海瑟說：「蒼鷺。」

「我喜歡蒼鷺。」雨果說。「你喜歡嗎，爹地？」

「非常喜歡。」卡西迪說。

海瑟微笑，陽光再次沿著她的顴骨畫出一道長著絨毛的線。

「你真好，艾鐸，」她說。「他很好對吧，雨果？」

「他是全世界最好的爹地，」雨果同意。

「你為其他人做了這麼多。但願我們能為你做點什麼。」

「我想讓大家快樂，」卡西迪說。「那就是我所在乎的一切。」

從一個看得到長臂猿的公共電話亭裡，他向公司總機查詢。什麼都沒有，她們說。除了生意以外沒別的。

「妳有得到指示吧？」

「有，艾鐸先生，我們全都知道。」

「是關於出口促銷的事，」他對著從電話亭背後冒出來的海瑟解釋。「我們在等一批很緊急的船運出貨。」

「你工作真賣力，」海瑟說著，她的笑容就像直射的太陽。

還在等待中的他去了雪邦鎮，老雨果在那裡替他買到優雅與教養。坐在修道院裡，上面是已退役郡屬兵團彈痕累累的軍旗，他讀著各大戰役的名稱：阿爾瑪、埃及、賽凡斯托波爾和普拉西，還有對那些他從未繼承的傳統充滿熱血沸騰的愛。

然後，就這樣坐著祈禱。

親愛的上帝，這是艾鐸．卡西迪，最後一次在同樣這些旗幟下向祢禱告是十五歲的時候。我那時還是個中學生，而且很不快樂。那個場合是陣亡將士紀念日。該特別註明，在葬禮軍號吹奏出來時，我的臉頰因為愛而沾濕了，我要特別要求盡快得到必要的一死。現在應該修正我的要求。我不再想要死去了；我要生命，而且只有祢，喔，神啊，可以賜予我生命。所以請不要讓我等得太久，阿門。

然後，他在一號球場看了一場英式橄欖球賽，為他的母校加油打氣。一邊想著珊卓拉，一邊納悶著在道德上他是否虧欠了她什麼，他害怕答案會是肯定的。他在那裡茫然掃視著地主隊的陣容，想從中找到有他往日面目的男孩，卻遇到了哈若比太太；在那一小批曾經試圖教他音樂的婦女聯軍中，她是其中一員。

「唉呀，這不是疑惑先生嗎？」哈若比太太，一個全身棕色穿著、戴著貝雷帽的短髮小個子女士叫道。「戴著胸花啊！疑惑先生，你現在到底在哪兒高就呀？」

他叫疑惑先生，是因為他對於獻身音樂始終滿腔疑惑，而且一直如此，直到她終於對他絕望了。

他叫疑惑先生，是因為老雨果曾向他們提出一筆交易來替代學費，讓學校財務主管義憤填膺。交易內容是漢利鎮一所商務旅館的二手抵押權，但財務主管根本不結交包辦酒席的人。他叫疑惑先生，是因為……

「哈囉，哈若比太太，」卡西迪說。「**妳**好嗎？」

聽說過佛萊厄提嗎，哈若比太太？

然後他想起，哈若比太太曾經也是他的代理母親，有一段時間她把他收留在悠維爾路上的一個紅磚房間裡，那時候他和老雨果之間正鬧得不可開交。

「對你來說，結果是否一切都好？」她這麼問，就好像他們是在天堂相逢。

「不算太差，哈若比太太。我先進入廣告業，後來發明一些東西，成立了一家公司。」

「做得好，」哈若比太太以她用來稱讚一段簡單樂句的口氣說話。「那麼，你那個糟糕的父親怎麼樣了？」

「他死了。」卡西迪這麼說，他覺得把老雨果殺了要比解釋他現在如何要容易得多。「他進監獄，然後死了。」

「可憐的羔羊，」哈若比太太說。「我總是很容易被他打動。」

戴著草帽的人匯聚如溪流，帶著他們慢慢地走下這條小路。

「如果你願意的話，可以來喝茶，」哈若比太太說。

但卡西迪知道，他對她來說已經年紀太大了。

「我得回去了，」他說。「我們在跟美國談一筆大生意。我得坐鎮在電話前。」

在他們分別之前，她變得頗為嚴肅。

「疑惑先生，你有兒子嗎？」

「有的，哈若比太太，兩個。」

「你把他們送到雪邦來了嗎？」

「還沒有，哈若比太太。」

「唔，你得送他們過來。」

「我會的。」

「否則，我們**到底要**怎麼繼續下去？如果老校友不再忠誠，還有誰會忠誠？而且畢竟，你顯然是負擔得起。」

「我下星期就辦。」卡西迪說。

「現在就辦。在你忘掉以前先跑去門口警衛室，現在就辦手續。」

「我會的。」卡西迪允諾，望著她以穩定的速度和強健的步伐走上山頭。

夜幕降臨時他再度開始步行，不但發現了幾條狹窄的街道，也聞到柴煙和英國石板潮濕溫馨的氣味。從校舍的窗邊他聽到一些還在訓練中的嘴裡，吹出幾段木管的樂句；他記起滿懷愛意卻無人可愛的痛苦；他同時也嫉妒著哈若比太太，她的愛可以既專一又四處傳播。

然後，他在那些看不見的臉孔之中，尋找一位警察的女兒。

貝拉？聶麗？艾拉？他記不得了。她當時十五歲，卡西迪十六歲；從那以後他的品味從沒有重大的進步，他的興趣既沒有超過她的年齡，也沒有超過她給予自己的那些經驗。她的胸部引起無可抑制的慾望，臀部豐滿如鄉村自製的麵包，而她的頭髮不但長，還是金色的。非假期的夏日，他會在打完板球以後占有她，兩個人並排躺在雪邦高爾夫球道偏僻的沙坑裡，只用手摸索。她從不允許他進入她體內。就他所知，她到那時還是處女，而且對懷孕充滿恐懼，對於精蟲的活力更有極度誇張的想法。「它們會走路，」她有一次告訴他，當時他們躺在小沙丘裡，誠懇的綠眼睜得大大的。「它們靠嗅覺找到路，然後走到那裡去。」

雖然有那些限制，他從來沒有那麼完整地擁有過任何人，也從沒有那樣迫切地需要任何人。她愛撫他的時候，就跟他觸摸自己時一樣技巧熟練；為了回報她，他樂於觸碰她，在她的肉體上流連好幾個小時。她豐滿、從不停止成長的肉體，顯得既不成熟又充滿母性；她濕潤的體腔，在廉價絲織品的薄膜之下緊繃著，那裡就是他生命與慾望的孕育之地；至於她對他那生命種子的驚人敏感，只是更加深了他們之間的關係。她孕育了他，同時她也可以因他而受孕；母親和女兒同樣地接納了他。

然後他再度想起珊卓拉，想著他是否那樣愛過她，或許有，也或許沒有。

在酒吧裡，電視閃著它自身的藍色火光，一隻小狗為了培根口味的洋芋片吠叫起來。

「零。」安姬在電話上說。「一通留言都沒有。」

「毫無希望，」他告訴珊卓拉，假裝自己是從瑞丁打電話過去，他曾經假裝去那裡進行假裝存在的慈善公務；假裝成為他唯一的手段，並藉此贏得稱讚，還有隱私。「毫無希望。」他很有說服力地重複這句話。「國家運動場聯盟占據了唯一可能的地點。」

然後他喝了六杯威士忌，塔力斯可的，這種酒最近是他的最愛。

他又買了半瓶混合麥芽酒，扁平包裝，好塞進他的口袋。

11

親愛的馬克（當晚他躺在馬爾博羅鎮一間老旅館的床上，在醉意想像出來的信紙上寫下這封信）。所以說，你從不必納悶你的父母到底是何許人，或你是怎麼出世的，我這就要給你一個簡單的報告，說明這一切是怎麼發生的，這樣你就能夠自己決定到底你欠這個世界多少，這個世界又欠你多少。

媽咪和爹地是在都柏林的一場舞會上相遇的，爹地穿著他生平第一件晚禮服，卡西迪爺爺則是侍從領班……

他又來了。不是都柏林，是牛津才對。什麼鬼迷心竅讓他想到都柏林去了？我們和愛爾蘭沒啥關係，卡西迪家族是徹底的英國人。牛津。是牛津，因為珊卓拉在烏斯托克一間黑漆漆的房子裡學習家政。牛津，就是那裡，在一個五朔節⓫的舞會上，門票一張五幾尼⓬。老雨果甚至不見人影。

⓫ 五朔節是歐洲慶祝春天的傳統節日，在五月一日。

⓬ 一九七一年前的舊幣制裡，一幾尼等於二十一先令。

媽咪是一個心神飄忽的纖細女孩，但又美得像是瀕死的幻覺；她穿著一件灰姑娘風格的洋裝，有時候看起來閃爍銀光，有時候又似乎是蒙著一層灰……

（她恨她的父母，當他們隨著父母那一輩的音樂起舞時，她把頭靠在他皺巴巴的襯衫前。）

爹地出於善心和媽咪聊天，媽咪聽著，表情陰鬱，隨後當爹地離開她去和其他更可愛的舞伴跳舞時，她坐在一張椅子上，拒絕其他所有人的邀請。當爹地回來，媽咪不帶笑容，順從地起身迎向爹地。凌晨時分，一方面出於禮貌，一方面出於場合需要，可能還有一方面是為了顛覆自己先前擺出的形象，爹地帶著媽咪上了一艘平底船（這是種你用一根棍子撐著走的扁舟），而且滔滔不絕地說出一些悅耳的道歉之詞，解釋說他已經愛上她了。他選擇了一種懺悔告解的說話風格，這是從一位很浪漫的法國電影明星身上學來的，他叫尚．嘉賓⓭，他不久前才在史卡拉戲院看過他的演出。這種風格的用意在於表達失落感，而不是要顯得勝券在握。他向她保證，她不必擔心任何事，也不必有罪惡感或責任感，畢竟他是個男人，自己會想出辦法排遣。爹地還沒完全講完，媽咪就用一種落難者的擁抱抓住了爹地，說她也愛他，所以他們就躺在扁舟上彼此親吻，看著升起的太陽照耀瑪德蓮教堂，同時拉長耳朵要聽塔裡傳出的唱詩班歌聲。你知道嗎，這是因為每到五月一日，唱詩班都會站在塔頂唱首歌，但爹地能聽到的，就只是早晨的卡車鬧哄哄地開過橋頂，還有高年級大學生把酒瓶丟進水裡時的嬉笑聲。

一輛卡車換檔；天花板在半明半暗中搖動。佛萊厄提，仰望天堂吧。

「我愛你，」媽咪說著，閉上她的眼睛，把那些話當成藥一樣地吸進體內。

「我愛妳，」爹地向她保證，「我以前從沒對任何人說過這句話，」這樣說是有理由的，目的是讓這句話聽起來更加真誠。把手伸進灰姑娘洋裝裡的時候，爹地感覺到媽咪胸部凍僵的乳頭，不知怎的，那就像是觸碰一個孤兒，就像觸摸他自己，不過卻是女性。然後他看見她童貞的眼睛中閃耀著永恆的光，他非常高興地想著，這麼豐富的原始生命力，完全都是給他一個人的。

佛萊厄提在房間裡四處飄盪，透過因為酒精而發亮的嘴唇，唱頌著來自舊約的口號。卡西迪睜大眼睛，成功地趕走了他。

在這段期間，根據我的記憶，我們定期見面。媽咪似乎有這種期待，而爹地呢（不消說，是個很有禮貌的人），理所當然的，已經準備好在時間容許的狀況下，接受任何人的愛慕，每個人都是這樣。所以每個星期天早晨，在媽咪上過教堂以後，我們會在某某河道的閘口見面；每星期三晚上，在爹地去過電影院後，則是在某某餐廳見面。有時候媽咪會帶著她家政課程時在廚房裡做的某一份可愛

⑬ Jean Gabin（一九〇四—一九七六），法國人心目中最偉大的演員，演過「大幻影」（Grand Illusion）等名片。

野餐盒過來。爹地沒告訴媽咪他會去電影院，因為他認為她可能不贊同，所以他告訴她，他是去萬靈學院找羅斯[14]喝下午茶。羅斯是一位非常重要的歷史學家，也是很有名的人，所以很自然的，爹地認為他應該是一個很好的藉口。爹地解釋說，羅斯提攜他是因為自己寫過的一些論文，而且羅斯很有可能支持他爭取到一席**研究員職位**，每個大學部學生都認為他該有這種地位。

「在萬靈學院的人，他們不都是**單身漢**嗎？」媽咪問道。

「現在改變了，」爹地說，因為單身漢當然沒結婚，而媽咪和爹地必須結婚，才能有你和小雨果，不是嗎？

現在你很可能在納悶，媽咪跟爹地到底都談些什麼。這個嘛，談他們的媽咪和爹地。葛羅特外公人在阿富汗（他現在還在那裡），忙著服滿他的役期。稍稍提到他一下就讓媽咪極端憤怒。「他實在是笨，」她邊說邊在曳船路上頓足。「媽咪也很笨，」她指的是外婆。她最唾棄的是他們的價值觀。她說，葛羅特外公只關心他的退休金，葛羅特外婆只在乎她的傭人，而他們誰也沒有停下來好好想想，生命到底所為何來。媽咪希望他們永遠留在阿富汗，這對他們來說最合適。

不甘示弱的爹地，告訴媽咪關於卡西迪爺爺的事，告訴她爹地這輩子是如何為了逃避爺爺那些債主的怒火而必須在不同的地方住宿，卻從未真正屬於任何一地；他在雪邦的舍監怎麼跟他說卡西迪爺爺是惡魔，卡西迪爺爺又是怎麼反過來說舍監才是惡魔；還有爹地如何發現，要認識一個願意相信這一切的人有多困難。

「我說，老天爺啊，要把一個人帶大，這算是哪門子的方法？」爹地這麼抗議。

「特別是你，」媽咪說，他們之間有默契，他們的孩子——就是你和小雨果——運氣會更好些。所以你看，媽咪和爹地是成人世界裡的兒童烈士；如果我能阻止，我永遠不會讓你變成那樣，我發誓。他們想要做得更好，就某方面來說，他們仍在努力。問題在於他們從未發現能怎麼做，因為你真的沒辦法讓愛四處散播——除非，你以某種奇妙的方式，也愛著你自己。很抱歉在這裡說教，但事實就是如此。

所以媽咪和爹地非常、非常仔細地彼此監視，雙方都等著對方重蹈自己父母的覆轍，所以到最後我們就那樣做了，兩個都一樣，因為就像其他人，我們是父母的繼承人，也因為有時候唯一能懲罰我們父母親的方式，就是模仿他們。但那一切是後來才發生的。

所以就是這樣了。

嗯，有一天，葛羅特外婆從很神祕的某處來此現身，看起來不怎麼像大象巴巴爾書裡的小個子老太太[15]，但是她現在看起來倒是很像小個子老太太了，喔，真要命。她來的時候，帶著一種沉默、衰敗的美麗，爹地總是把這種美錯當成偉大的智慧；爹地很快就愛上葛羅特外婆，愛她比愛媽咪還深，

---

[14] Alfred Leslie Rowse（一九〇三—一九九七），英國著名的歷史學家兼詩人，萬靈學院研究員，他的主要研究範圍是伊麗莎白女王時代。

[15] Babar是法國插畫家Jean de Brunhoff（一八九九—一九三七）創造的童書主角，他是一隻大象，媽媽被獵人殺死後成了孤兒，被一位優雅的老太太（這個角色沒有名字，就叫做「老太太」）收養，後來變成大象王國的國王，和表妹結婚後建立了非常幸福的家庭。

因為她脾氣很好。然後爹地把她當成自己的母親，這可是非常、非常不明智的。媽咪知道這樣很不智，但爹地不聽她的，因為他希望身邊環繞著愛，就算這種愛距離他很遠也一樣。而且，當然了，外婆變得非常興奮，因為她沒有兒子，而且她對於爹地是金髮白人感到特別高興，因為她長期以來實在看過太多黑皮膚小孩了。

「你很**確定**要娶她嗎？」她帶著一種故作聰明的可怕笑聲問他。「她是這樣**滑稽**的小東西。」

「我愛她，」爹地說，這種話在你還年輕的時候說起來總有幾分打腫臉充胖子的味道，會讓你覺得自己比較好，特別是在不確定真那麼愛的時候。

「滾吧！佛萊厄提。」

佛萊厄提不肯動。

「**滾！**」卡西迪猛然坐起身。有人在敲牆壁。

「滾！」他第三次大喊，而那個鬼影退開了。

馬克，和你所聽說的完全相反，那場婚禮並不成功。

媽咪想要在某地的某教堂舉辦，就位在她和爹地曾經大談愛情的那條小徑旁。她不要請自己那方的任何人，只想找一個住在巴格蕭特、叫做巴孔的種苗商，她還是小女孩的時候他做過她家的園丁；她也不要爹地請羅斯以外的任何人，只要從田野邊拉來湊數的普通人當證人就好。最後我們是在波茅斯結的婚，葛羅特外婆在那裡有間公寓。那間位於沼澤區的紅磚教堂甚至比雪邦大教堂還大些，有個非常年邁的管風琴師在彈奏〈與我同在〉。恐怕巴孔先生從沒到場。或許是因為他放不下他的種子，或許是因為他死了。

或者也有可能，卡西迪盯著賽馬的圖片思索著，除了在她童年可悲的想像以外，他從未存在過。

羅斯也從沒出現。他在美國開了一個講座。他沒有送禮物來，不過爹地（他半路攔截了邀請函）解釋說，他們深刻瞭解彼此，所以不需那套繁文縟節。伴娘是你的斯耐普阿姨，媽媽的妹妹，才十五歲，穿著低胸紅絲絨衣服顯得太過早熟，她在整個典禮中都沉著臉。幾個星期後，她回到寄宿學校，把她的童貞獻給一個管盆栽的工人。「**妳**幹那檔事，」她告訴媽咪：「所以我憑什麼不可以？」

從宗教儀式的角度來看，這個典禮讓爹地回想起他的堅信禮儀式⓰：和某個他不認識的人締結一份令人生畏的合約。而在聖歌驅使著他走進陽光時，他忍不住希望自己沒那麼迷尚．嘉賓。

但是馬克，告訴我。這是愛嗎？畢竟**你**是純潔的，**你**應該知道。你看看，有可能這就是全部了；這就是這個世界能獲得的最佳部分，其他的一切都只能等待，就像爹地現在也在等待。

⓰ 按照西方傳統，小孩出生後就要受洗，然後再大一點（青少年時期）還要再接受一次堅信禮，清楚宣示他願意接受信仰，才能成為正式的信徒。

晚安，哈若比太太。

晚安，佛萊厄提。

晚安，珊卓拉。

愛，晚安。

12

然而不可思議的是，回到倫敦以後，卡西迪依舊在等。

「你有個所向無敵的星盤。」莫德蕾小姐說。

他在慵懶的情緒中垂涎她，一邊想著：胸部就像對鴿子，小小的鳥喙啄著安哥拉羊毛衣。小男孩似的腿、娼婦似的臀，喝！嘿！真是笑話。老天才知道她在那裡穿什麼，不能穿白色或黑色突顯出那塊地方；這就像一張觸殺出局照片上的棕色煙霧，一個還有待記錄的陰部幽靈……哈！看她怎麼蹺起腿來摟住那個看不到的傢伙！

「我拿到新書了。」安姬解釋。她說的是雜誌。

他站在熟悉的窗前位置。他的桌子把他趕開了，這是久坐產生怠惰的徵兆。莫德蕾小姐沒有這樣的心理壓力，她在她的嬰兒椅上保持平衡。

「我可以靠一點運氣聽下去，」卡西迪承認。

她開始讀一長串的預言給他聽，一定長達半頁。他聽著那些預言，一點都不信。她說，他的星座特別被挑出來：對天秤座的特殊忠告。她保證，商業活動會對他微笑，友誼會開花結果。她接著勸道，要有勇氣，上前去、前進、衝刺、耀武揚威。不要讓不必要的困難擋住你，不要讓擋路的石頭阻礙你，不要讓障礙物堵塞住你：一個罕見的星象組合會保佑你採取的所有主動攻勢。

「**所有的？**」卡西迪複述一次，想開開玩笑。「唉呀，我非得試點新鮮玩意兒不可了。」

「至於在愛情的領域，」她唸道，一直低著頭，手指跟著那行文字走，此時她的聲音變得稍稍大聲了一點，「維納斯和阿芙羅黛特會一同對你最大膽的冒險微笑。」

「好，」卡西迪說。「很好。為什麼他們不來清這些窗簾？」他一邊問，一邊拉著窗簾。

「已經清過啦，」安姬高興地說。「你很清楚已經洗過了。上星期你才抱怨過，窗簾就被拿下來洗了。」

卡西迪對這種回答不感興趣。

「告訴我，」他說得很隨性，還是背對著她，「妳的訂婚戒怎麼了？」

要不是為了報復她，他才不會問。「妳的訂婚戒指，」他追問，轉過身來，指著那四分之一吋的肌膚。「妳沒弄丟吧，有嗎，親愛的安姬？那樣就糟了。」

「我只是沒戴，可以嗎？」她小聲地說，雖然她必定知道他還看著她，卻沒抬起頭。

「我很抱歉，」他說：「我沒有要刺探的意思。」

我真卑鄙，他回到窗前的位置。要出事了，他悶悶不樂地想著，我們就要有個難堪的場面了。我又成了個蠢貨，現在她受傷了。上一次難看場面牽涉到密爾，他還記得；安姬曾希望卡西迪給她一個藉口婉拒密爾的邀約，而他拒絕了。

「妳想脫身就得自己想辦法，」他，光明磊落之王卡西迪，曾經這樣告訴過她。「如果妳不喜歡他，就告訴他。如果妳不講清楚，他只會繼續問。」好，現在他又拿她的私生活做了第二次同樣不幸的突襲，他就要付出代價了。

他等著。

「我想戴的時候就戴，」安姬最後在他背後說。她的聲音仍然很沉靜，但也已經因為憤怒而顯得破碎。「而且如果我不想戴，我他媽的才不給自己找麻煩呢，去他的。」

「我已經道歉了。」主席大人提醒她。

「我才不在乎你有還是沒有。我對道歉根本沒興趣，可以嗎？我對他沒意思，就只是這樣，而且不干你的事。」

「我確定這只是一場小爭執罷了，」卡西迪向她擔保，「事情會過去的，妳等著瞧。」

「才**不會**，」她很憤怒地堅持己見。「我才不要讓事情過去。他在床上爛透了，下了床也一樣爛，既然我根本就不想，我又**何苦**要嫁給他？」

卡西迪不太確定是否要相信耳朵裡聽到的證據，所以保持沉默。

「他們太年輕了，」安姬說，把她的新書啪一聲甩到膝蓋上。「我真他媽的厭倦他們了。他們都自以為了不起，不過只是**嬰兒**罷了。該死的自私、愚蠢**嬰兒**。」

「這個嘛，」卡西迪悄悄溜回他辦公桌的安全屏障之後。「我對那一點一無所知，」然後笑出來，就好像無知只是個笑話。「安姬，妳常常那樣罵人嗎？」

她一口氣站起身子，一隻手拎著杯子，另一手則拉平裙子的褶邊。「除非我受夠了，不行嗎？」

「那個牙醫怎麼樣？」他提出問題，希望藉由閒聊些瑣事恢復一點正常氣氛。

「棒透了，」她說著，臉上突然浮現一個非常溫柔的微笑，「說真的，我幾乎想把他活生生給吞下去。」

她指的是卡西迪雇用的牙醫，這算是員工私人保健方案的一部分。這個牙醫是四十五歲的男人，已婚。

「好。」

他下一個問題更是顯得自然隨性：「有任何留言嗎……沒什麼特別的？」

「一個瘋瘋癲癲的教區牧師打電話來，就這樣。他想要一些免費嬰兒車給孤兒。我寫了張便條留在你桌上。是個愛爾蘭人。」

「愛爾蘭人？妳怎麼知道？」

「因為他講愛爾蘭語呀，傻子。」

「他沒要留話嗎？」

「沒。」

他語氣更溫和了些。「他沒留下他的電話嗎？」

「嘿，我說他瘋瘋癲癲的，我告訴過你啦！別管他吧。」

她瞪著他，手放在門把上，像個困惑又令人憐憫的天使。

「如果你能告訴我這一切是為了什麼，艾鐸，」她最後很平靜地說，「我就會知道要找什麼了，不是嗎？」

怨恨、挑釁的情緒都過去了。只留下孩子氣的懇求。「說真的，我守口如瓶，艾鐸。你可以告訴我**任何事**，他們沒辦法讓我講出去的，沒人辦得到。如果與你有關我就不會說。」

「這是私事。」卡西迪終於這麼說了，舌頭笨拙地擦過嘴裡乾燥的上顎頂端。「這是很私人的事。多謝了。」

「喔。」安姬說。

「抱歉，」卡西迪說著，然後回到他那掛著窗簾的窗邊，置身於一個沒反應的世界裡。

還在等待中的他，去了約翰．艾德曼大夫及某某．艾德曼太太不怎麼華麗的家裡，去赴一場重要晚宴。

艾德曼太太是一位理想崇高的大學畢業生，也是地方戲劇社團的領導者；至於她丈夫，則具有卡西迪醫學顧問的重要地位。與其說卡西迪夫婦是與艾德曼夫婦會面，不如說是降尊俯就，在社會階級更上一層樓的希望破滅後，再回到艾德曼夫婦身邊。約翰．艾德曼是個子矮小的男人，雖然極其審慎小心地忠於日常執業的內容，對心靈方面的主題卻也是出了名的涉獵甚廣。前幾年，他曾經寫了一篇稱為《積極離婚》的論文，現在每個前衛人士的房間裡都還大方展示著這份論文的複本。從那以後，艾德曼夫婦在街坊裡就成了大家（而不只是卡西迪夫婦）諮詢的對象，他們在婚姻顧問的領域和所有關於愛的事物中都享有很高的聲望。他們的諮商原則，就卡西迪的瞭解，是在顧及自律之下，促進自我表達；他們堅持，沒有人必須活得不快樂；愛是禮物，從鮮花和磐石之中產生。

他的建議在艾德曼太太的形象襯托下，顯得更加晦澀不明：她是塊頭相當大的女人，穿著棕色麻製的長睡袍，並且根據魯道夫．史坦納⓱定下的原則，照管他家雜亂的花園。她的灰色頭髮，也是同樣的茂盛，頭髮硬是不自然地分了邊，在兩側各以亞麻布綁起來，就像用鋼絲絨做的兩個超大型煮蛋計時器。卡西迪對她極端反感，所以一直記不住她的名字。

對卡西迪來說，甚至在他們到達以前，這個場合就帶有一種夢境般的恐怖。他剛從奧德麗紋章旅館回到家，與他充滿活力的外銷團隊開完一場漫長又特別累人的會議，而珊卓拉指控他身上聞起來有酒味。

「你喝了多少？」

「一杯。」

「你怎麼能這樣自甘墮落？」

「妳自己來一杯吧。在掃帚櫃裡多的是。」

「你心裡有什麼事情想告訴我嗎？到底是什麼讓你脾氣這麼壞？」

「是春天，」卡西迪說著，一邊舔他的牙齒。從主起居室裡冒出一陣突如其來的機關槍響。「見鬼了，這是什麼？」

「什麼是**什麼**？」

「那個猛敲的聲音。天啊，到底是誰在門邊呀？」他很清楚到底是怎麼回事。

「工人在裝一塊牆腳飾板。一塊十八世紀的**牆腳飾板**，我和海瑟兩個月前用十先令在廢車場買的。我已經跟你講過不下五十次了。但還是一樣。」

「十塊錢！」他套用一種猶太成衣商人的腔調。「花十塊買個飾板，好。十塊錢我負擔得起。但萬能的神呀，已經耗下去的勞力又怎麼說？」

「你能不能好好講清楚？」

「現在是晚上八點，那些人一小時要付大概二十幾尼！」

珊卓拉選擇保持沉默。他恢復他那種倫敦東區的猶太腔。

「所以有沒有人要告訴我，一塊十八世紀飾板放在一棟十九世紀屋裡到底有啥鬼意義？除了我們之外，每個人都知道這裡是維多利亞時期的房子，隨便問一個猶太教拉比都知道。」

她還是選擇沉默。

「我說天啊，」卡西迪對著浴室的鏡子質問，在鏡子裡，珊卓拉站得筆直、動也不動，就像站在唐寧街首相官邸門口的女警衛。

「天啊，」他又講了一次，一口他練了好幾天的愛爾蘭土腔，「我是說，我們為啥就不能換換口味，住在二**十世紀**？」

---

⑰ Rudolph Steiner（一八六一—一九二五），奧地利出生的神祕學家，對於從宗教、哲學、農業和教育等領域都有涉獵，教育和農業理論影響較大。其農業理論稱為生物動力學（biodynamics），拒絕使用化學肥料，只是細心培育植物本身的生命力。

「因為這件事不是你在負責。」她厲聲說道，卡西迪暗地裡認定她贏了這次爭執。「而且，沒有收到信，」她惡毒地加上一句：「如果你是在煩這件事的話。」

卡西迪專心搓出肥皂泡，沒答話。

「先別管這個，為什麼雨果還沒上床？」他明知故問。

「他受邀出去了。」

「去哪兒？」

「艾德曼家。就和我們一樣，和你所知的一樣，如果到那裡赴約還有任何意義的話。」她瞄了手錶一眼，補上這句話。

艾德曼夫婦的孩子多到可以組一個中隊，而且晚餐吃得早，所以他們的客人也能享受這種好處。

「蠢得要死。請七歲小孩赴晚宴！**毫無必要地將他暴露在危險之中**。就是這麼回事。我問妳，他是個醫生耶，一個合格的收費醫生，就算他真是來自傑拉德十字區的那種人。要是雨果跌倒了怎麼辦？要是他撞到腳趾呢？要是他被傳染了疾病怎麼辦？雨果討厭那些小鬼，妳明知道他討厭。我也討厭。閒逛的小廢物。」他說。

「你知道**我**怎麼想的？」珊卓拉的媽媽在他們臥室房門外徘徊，戴著淡藍底色的眼鏡，身穿一件小女孩似的鵝黃色洋裝，帶著嚇人的善意嗤嗤笑出聲。「我想慈悲和真理是連結在一起的。」

「閉嘴，媽咪。」珊卓拉說。

「好啦，親愛的孩子們，」她母親誇大地說。「親一下。我在妳的年紀也會這麼做。」

「**媽咪**，」珊卓拉說。

「親愛的，妳不是應該給那些工人一點什麼？」

「他給了，」珊卓拉叱道：「他給他們五英鎊。他真是**慷慨**啊。」

他們排成一列沿著人行道走，彼此相隔五碼，卡西迪把雨果扛在手臂上，他就像戰爭中的傷兵，珊卓拉的媽媽殿後，她那牛鈴似的首飾一路發出不穩定的叮噹聲。

「親愛的，至少他是個**醫生**，」她好言勸誘的聲音越過她女兒的頭頂，對卡西迪喊話。

「艾鐸**痛恨**醫生，」珊卓拉反駁：「妳知道他是。當然啦，除非是專科醫師。」她很惡劣地補上這句。「**專科醫師**不會做錯，不是嗎？專家絕對完美，就算他們照個X光都要價五十幾尼。」

「媽媽為什麼生氣？」毯子裡的雨果發問。

「因為爸爸喝酒了，」珊卓拉厲聲回答。

「她不是生氣，」卡西迪說：「只是奶奶讓她心情緊張，」然後按下標示著「私宅」的門鈴。

「我打賭你搞錯是哪天晚上了，」珊卓拉說。

「歡迎老好人！」約翰·艾德曼大喊。或許是為了讓自己顯得高一點，他戴著一頂廚師帽。帽子下，粉紅色眼眶中淡到極點的藍眼睛帶著無邪的睿智望著他。他站得直挺挺的，繃緊瘦削的肩膀，但這番努力對他沒帶來多少效果。

「抱歉我們來晚了。」卡西迪說。

「胸花很漂亮。」艾德曼說。

「他整個禮拜都戴著胸花。」珊卓拉說得好像是她吩咐他照管那些花。

她在為大家作簡報，卡西迪想著；現在他們要來觀察我了。

海瑟．雅斯特已經到了。他可以看到她跪在門口，當她和艾德曼家那些討厭的小孩玩耍時，她誘人的臀部朝著他挺起。

「嗨，海瑟！」他愉快地喊道。

「喔，嗨，珊卓拉，」海瑟回話時完全忽略他。

「嗨，雅斯特。」卡西迪說著，但發現自己沒有一個聽眾。

他注意到自己身在人猿動物園裡。裝模作樣、毫無才智的猿類。他以前從沒用這樣的眼光看待艾德曼夫婦，但現在他理解到他們根本不是人類，而是長臂猿，他們的孩子是新生的長臂猿，長得很快。只有尼塔爾夫婦逃過他嚴厲的批評。他們是一對穿著黑衣的莊重老夫妻，在聖約翰森林一處極昂貴的宅邸裡，為友善的非猶太教徒舉辦夜間音樂活動。卡西迪愛他們，因為他們了無希望又和善。尼塔爾夫婦來得有點遲，因為老人家不到七點不會關閉他的「老師父畫廊」；而他們站在打成一團的孩子當中，就像是拜訪一間工廠的慈善家。

「這是哪位呀？」尼塔爾太太喊著，勇敢地出手應付一個小艾德曼。「喔，當然了，這是一個卡西迪，看到了嗎？佛瑞多，你可以從**眼睛**看出來，這是卡西迪的小孩。」

「我說啊，約翰老哥，」卡西迪開口。

「怎麼樣，老弟。」

「尼塔爾夫婦討厭小孩，你知道嘛。」

「沒關係。給他們晚餐吃，然後全部推到樓上去。」

你別想這樣對付雨果，你這屠夫。

「聽說我們有人已經自己喝過一杯了，」海瑟從她嘴角擠出一句惡劣的話。「那朵胸花到底是要做什麼的？」

「妙，」卡西迪說得比他原先打算的還大聲，兩個艾德曼家的女孩聽到了這句話，就很大聲地重複著，喵，喵。

「像隻貓似的。」尼塔爾太太向她丈夫解釋。他們成群結隊地走進餐廳，跨過好幾隻在門口吃剩菜的野狗。

卡西迪覺得不舒服，但沒人在乎。他確定自己面容蒼白，而且知道他發燒了，但沒有人要讓他舒服一點，旁邊沒有人降低音量。

他吃了水煮牛舌，讓他回想起軍隊的伙食，還喝了自釀酒，這輩子他從沒嚐過這種味道。顯然這種酒是用蕁麻做的——他們從伯罕山毛櫸林裡搜刮了以後，用他們自豪的爛貨車運來。

「天啊，真是好酒，」一個女人說。「說真的，約翰，我覺得醺醺然了。」

「這裡面有加肉桂嗎？」另一個人問了。實際上就是葛羅特太太，對她來說肉桂是一種缺陷，因為它會讓胃腸鬆弛。

「沒有，」卡西迪這麼說，換來一陣尷尬的沉默。

在火爐邊，約翰．艾德曼把馬克勃根地酒加到沒有人想吃的布丁上面。

卡西迪坐在兩位失婚婦女間，艾德曼夫婦特別鼓勵這種身分的女性。我左手邊是海瑟．雅斯特，通常對我很親切，但今天晚上卻充滿反感，她已經被鮑魚路婦女解放陣線給腐化了。在我右手邊是體重約四點一英石⑱、形銷骨毀的一叢海草，她叫做費莉西提，也是位釀酒家，也離婚了，也屬於不結盟左派，在鮑魚路婦女代表中是顆明日之星，在縱慾者之間則是名人。然而談話被一對外交部官員夫婦給壟斷，他們是被一個只說葡萄牙語的孩子給領來的，她坐在雨果旁邊，戴著耳環還穿著傳統民族服裝。那個妻子是從難以想像的某個遙遠而混亂的地方撤回英國的，完全不抱幻想。誰會教麗比英文？她哀嘆道。這就是與地方同化的代價，安哥拉的英國學校太反動了。

「喔，她會跟上的，」尼塔爾太太很有信心地說。「聽著，我們也有過那種問題。」尼塔爾夫婦彼此相視而笑。我們之中的其他人思想都太進步了，沒辦法承認歐洲猶太人不是奧利佛．克倫威爾的後代。

「有個真正會煮飯的男人，實在讓人開心，」雅斯特讚美艾德曼。

「很多人只是假貨。」海草從他座位的另一邊表示贊同，在一股緩慢水流中搖曳。

「我們全都是，」卡西迪說。

「假貨？」老尼塔爾開玩笑地喊出聲。「我的天啊，別跟我提什麼假貨了，我每天都買進兩打呢。」

一陣友善的笑聲揚起，由約翰・艾德曼帶頭。

「佛瑞多老講些**可怕的**事情，」尼塔爾太太開心地宣布。

「海瑟也是。」卡西迪很後悔說得太慢。

孩子們都被安置在桌子較遠的一頭，雨果在讀《標準晚報》，他的拇指像菸斗似的塞進嘴裡。兩個艾德曼家的女孩看起來髒兮兮的，不肯吃東西，只是抱在一起。

「華沙。」約翰・艾德曼透過他調製出來的食物熱氣說話，他指的是先前談話裡提到的自由東歐。「就是那個地方。從沒看過像那樣的醫療狀況。」他穿著一件短袖襯衫，手臂像女孩子一樣纖細光滑。「大口喝酒，」他一邊提出忠告，一邊把頭往後仰。「大口喝酒。開心一點。」

「這個嘛，」葛羅特太太說著，她總是急於顯示她有注意聽。「這個嘛，不要太大口，」然後咯咯笑聲就從她那副多餘眼鏡的藍色鏡片裡傳出來。

「這個嘛，**這個嘛**，」卡西迪說著，珊卓拉拋給他一個深惡痛絕的眼神。「這個嘛，這個嘛，這個嘛，**這個嘛**。」

---

⑱ 用於說人的體重時，一英石（stone）約等於十四磅（六・三五公斤）。

艾德曼太太說，她希望我們可以廢除私人醫療制度。她不是坐在桌子前，而是坐在地板上，身體半躺著，這是她丈夫作菜所產生的不幸後果，而當她說話時，像是在模仿中世紀的公主，拉著自己長而捲的頭髮，情況有點嚇人。

「特別是專科醫生，」她補上一句，一眼也沒看卡西迪。「任何人只要有錢，都可以花錢**買到**專家的醫療看護，我覺得這樣實在是可恥至極。這實在完全不合理。實在太**不自然**了。到頭來，如果真的有天擇這回事，這不該是由錢來決定的，不是嗎？」

她的臉因為蕁麻酒而泛紅。

「說得對，」珊卓拉說完很快就閉上嘴，準備好面對下一回合。

「親愛的，妳確定嗎？」她媽媽發問時，下巴駭人地往下沉。「要是在熱帶**沒有**專科醫師，我們絕對熬不過來。」

「喔，媽咪，」珊卓拉怒火中燒地說。

「珊卓拉是在那裡出生的，」卡西迪鼓勵這個話題，「對嗎，珊卓拉？媽媽，妳為什麼不向他們講講這個，他們會感興趣的。跟他們說那個醉醺醺醫師的故事。」

雨果翻了一頁，對著他的拳頭噴一口氣。

「我們在尼巴爾，」葛羅特太太立刻開始向海草解釋起來。「那裡以前叫黃金海岸，後來變成賴比瑞亞。是賴比瑞亞嗎，親愛的，我總是記不住這些新名字？或者賴比瑞亞是**舊**名字？這個嘛，現在當然沒有賴比瑞亞了！」她說得就好像現在也沒有盤尼西林了一樣。「所以那時實際上一定叫做黃金海岸，對吧？沒有賴比瑞亞了，」她臉上帶著大大的微笑，好推銷這個笑話：「取而代之的是軍隊。」

「妳看看，」珊卓拉耀武揚威地奚落她母親，「**沒人**覺得有趣。**艾鐸**你閉嘴。」

她說得太晚了，卡西迪已經開始鼓掌。這個動作並不是有意挑釁。確切地說，這就好像他的兩手已經厭煩於閒置在桌子上，決定舉起來做點自己想做的事。後來他和珊卓拉兩人很不快樂地回憶起這一刻時，他才暗地想起在巴斯某個餐廳裡為海倫鼓掌的那雙手。

「當妳父親講這話的時候他們都笑了。」等掌聲平息後，她母親這麼回答，而且臉紅了。

「來囉，」約翰．艾德曼說話時，過熱的平底鍋上射出柱狀的煙霧。「誰要當第一個？」

他那沒有名字的太太對他充耳不聞，她的大屁股往前移去，然後一邊把奶瓶瓶子塞進旁邊嬰兒的嘴裡，一邊提起關於東南亞的話題。他們都聽說那個新聞了嗎？她的問題裡講到一個卡西迪從沒聽過的國家。他們沒聽說。呃，美國人侵入了那個國家，她說，當地政府要求調停。他們是在那天早上五點進軍的，俄國人正威脅要採取報復行動。

「海軍陸戰隊，上啊！」卡西迪說道，但聲音不夠大，只有海瑟聽得到。

「喂，你啊，」海瑟輕聲開口，一隻手帶警告意味地擱在他的膝蓋上，「放鬆點，你都把獵物嚇跑啦。」

這時，雨果提出他自己的問題。在此之前，他在晚宴裡一直沒有扮演任何角色，所以他加入話題至少有個優勢：新鮮感。

「為什麼不能喜歡雪？」

他的拇指還塞在嘴裡，濃濃的眉毛橫過他幾乎沒眨動的眼睛。

一陣專注的寧靜之後，迸出一記回答。

「因為它會融化！」普露涅拉．艾德曼大聲叫道。「因為它太冷，因為它白茫茫又濕答答的。」

其他姊妹加入了。一個嬰兒在尖叫。一個小孩拿湯匙敲桌子，另一個跳到椅子上。卡西迪把裝著蕁麻酒的玻璃瓶抓過來，替自己的杯子添酒。

「因為它不是活的！」穿著絲絨衣的姊妹尖聲叫嚷。「因為你不能吃它！到底為什麼？為什麼，為什麼，為什麼？」

雨果好整以暇，他的石膏腳換了個位子，又翻一頁他的報紙。「因為你不能跟它結婚。」他嚴肅地宣布。

在眾人的低聲抱怨裡，沙摩斯現身了。

他距離卡西迪的心靈從來沒這麼遠過。後來卡西迪清楚回憶起來，他自己的思緒曾經飄向雨果那謎語裡的可悲暗示：謎語是否洩漏了對家庭緊張關係的隱藏偏見？腿部骨折的痛是不是暫時讓這個好脾氣的孩子心智錯亂了？如果他心裡還有什麼別的念頭，那就是雅斯特的手了：那是一雙控制行動的手嗎？她知不知道她的手還放在他膝蓋上，她那隻手是像個皮包一樣擱在那兒嗎？在她先前無緣無故的怒火之後，這是個求和的暗示嗎？或許是想在這性吸引力不確定的時刻尋求男性盟友的安慰，卡西迪把他的注意力轉移到約翰．艾德曼身上，在心裡精選了一個雙方都有興趣的話題，一場足球賽，或者約翰那部有趣的老貨車，因此驚見沙摩斯出現在艾德曼的位置；他不是站著的，而是懸浮在蒸汽中。那是從艾德曼用木頭湯匙舀起的布丁裡冒出來的，難聞的味道與熱氣一起溢出。沙摩斯的黑眼睛透過燭光凝視卡西迪，他濕潤的臉因為藏著孩子氣的密謀而閃閃發亮。

「嘿，愛人，」他這麼說。「這不是該死的無聊嗎？郊區無產階級賤民開的狂歡宴。」

幾乎同時，也可能是稍早一點。反正靈異體驗所占據的時間和實際時間不同。他聽到沙摩斯的名字，連名帶姓，由他左邊的某人口無遮攔地講出來。

「可惜他死得這麼早，」雅斯特宣稱，她的手稍微又往他大腿上端移了一點。「畢竟，我們還**能**讀得下哪個**現代**作家呢？」

接著約翰．艾德曼就把他的那份布丁分給他，他燙到嘴了。

當然，事後回顧起來，卡西迪比較能夠瞭解到底發生什麼事。他的感官被雨果的謎語和雅斯特充滿諒解之情的手給占據了，所以他沒注意到他兩旁的女人，雅斯特和海草，正在同步進行另一段對話。後來他理解到，她們已經彼此小聲交換過一些取材自週日報紙的文壇老套閒話，主題無疑是關於現代小說。沙摩斯的名字就這樣毫無預警地突然被提到，猛地闖入他心靈未設防的一角。因此，心中混亂的他，在想像中把艾德曼的清楚骨架加上了沙摩斯的特徵。同樣確實的是，在奧德麗紋章旅館的四大杯威士忌——更別提剛剛在盥洗室裡，佩索普態還從私藏酒瓶裡喝了點東西——與這個晚上的單調氣氛一樣，有點揮之不去。

他也喝了很多蕁麻酒。

但這樣的領悟來得太遲，因為在他出於天性的慎重懇求他保持沉默時，他已經克服了第一次見鬼經驗的影響，就這位偉大作家發動了一場生氣蓬勃但稍欠謹慎的爭論。

「死了？」他才喝乾杯中的酒，就重複了這句話。「死掉？他才沒**死**呢。他只是被壓榨得太過分，才腳底抹油溜了。不能怪他這樣做，是吧？事實上，我湊巧知道他正好要交出一本新書——」

「我**討厭**這個布丁，」雨果大聲地插嘴，但沒有人注意他說什麼。

雅斯特的手先前已經摸到一個任何女人都不可能無意間抵達的地方（不管她有多麼不小心）。突然間，那隻手又抽了回去。

「……那本書，從各方面來看，」他很有信心地下了結論，「會把他其他作品徹底比下去。連《月亮》也一樣。」

在受到沙摩斯鬼魅般復現——或者說再生，就現在來說似乎很可能發生——的震撼之後，卡西迪怎麼能鼓起勇氣這樣大膽直言，對他來說仍是個不解之謎。儘管他確實在比較有自娛心情的時候納悶過，沙摩斯是否屬於一個只有他自己知道的、小批鬼魂菁英團體，這個群體傳遞信心的天賦勝過預警之力。

「他**死時**六十有一，」雅斯特說，為了顧及耳背之人的權益，咬字極其清晰。她寬闊的胸懷裡怒火大熾。

「他躲起來了。」卡西迪說。

「**你**怎麼知道？」珊卓拉問道。「你這輩子連一本小說都沒讀過。」

「布丁裡有汽油，」雨果說著就嘩啦一聲把他的餐盤推到桌子中間。

「閉嘴。」珊卓拉說。

「我**愛死**這個了，」普露涅拉曼．艾德說著，一面模仿帶有英國腔的葡萄牙語。

這時，卡西迪想起海瑟．雅斯特的丈夫，一個瘦得像蘆葦、打蝴蝶型領結的男人。根據她的說法，在某天早上一覺醒來後認定自己是同志。卡西迪想像他穿著睡衣、戴著睡帽，在早茶送進來的時候猛然坐起身。「海瑟，」他說，「告訴妳一個新聞。我是同性戀。」這個想像中的人物讓他咯咯發笑了一陣，珊卓拉因此氣瘋了。

「我就是知道，」最後他恢復冷靜，這麼說道。「我只是跟文學脈動保持接觸罷了。」

「**是唷**，」珊卓拉說著，握緊了拳頭。

「我還要布丁。」普露涅拉曼．艾德沒受到情勢嚇阻，說道。

「那就吃雨果的吧，」某個艾德曼喊出話來。

「他死在法國，」雅斯特重拾話頭，以一個女人為保持耐性而犧牲的低沉顫音說話，把她那隻剛才曾經迷路的手穩穩放在飽經擦拭的桌子上。

「那他是怎麼死的？」卡西迪發問時露出屈尊俯就的微笑。「診斷是什麼，啊，約翰小子？」

「我想是結核病，」雅斯特厲聲說：「他們不都是死於這種病嗎？」

「妙，」卡西迪說。然後那些孩子馬上就學著喊：「喵，喵，喵。」

雅斯特處於危機邊緣的鎮定情緒很快便拋棄了她。她那頭金髮像是四散披掛下來的帷幕，底下的臉龐因為不得要領的才智而消瘦，現在那張臉突然沉下來。

「他們經歷過什麼，你根本沒有一點**概念**，不是嗎？你有錢得要命，根本不瞭解客死異鄉、身無分文到底是什麼意思……被某些白癡天主教神父拒絕、不能辦一場像樣的葬禮……在某個普通的淺淺墳墓裡腐爛……」

「不，」卡西迪欣然同意。「我確實從沒有過那種經驗。然而，」他繼續說，迅速套上他最流暢的會議室演講腔調，「恐怕妳是錯了。我的消息毫無疑問。可能真的有人宣稱他已死，也有可能他故意鼓勵這種流言。理由很簡單，」他讓他們等了一陣，「他被出版業界逼得無法專心。」從他的眼角，他看見雅斯特那一度讓人垂涎的身體曲線顫抖了一下，然後靜止。「他用食屍鬼、傑拉德十字區人，或者剛好進入他腦海的其他詞彙來形容那些人。他們追著他跑，直到他幾乎無法好好思考，更別提寫書了。他是他們會下金蛋的鵝，而就像故事裡面講的一樣，他們只想宰了他這個會下金蛋的鵝。逃跑是唯一的解決方案，」他為自己倒了更多蕁麻酒，「感謝神，他辦到了，我說啊，」他補上一句，喝乾了杯子裡的酒：「上天保佑女王吧。」

只有尼塔爾夫婦加入祝酒的行列。

「天佑女王，」老人咕噥道。他們眼睛望著低處喝下酒，就像一個私人的交流儀式。

卡西迪容許自己的視覺焦點陷入一片迷濛。他看見某某・艾德曼的粗大手指環繞在她的珠鍊邊，珠子是棕色的，像堅果似的乾癟，她丈夫則放下了那瓶馬克勃根地。此時珊卓拉的母親開始講起尼巴爾的雨，雨是多麼大，卻什麼也沒沖乾淨。

「真的，氣味似乎隨著雨水增強了。我不知道為什麼。」唯一合適的地方是丘陵地，但准將，她的丈夫，一點都不喜歡高地：「所以我只好讓他一個人住，」她說。「只有一個護士，而由地方行政長官派來了這個**嚇死人的**醉鬼醫師。我記得他養狗，袖子上都是脫落的狗毛，你不會這樣吧，約翰，對嗎？她是個這麼可愛的小東西，」沒人接話，所以她補上這句。「氣得臉紅通通的。雨果也是這樣，你說對吧，小雨果？」

「不對，」雨果回答。

珊卓拉顯然決定現在該讓雨果上床了。她拉著他的手腕，領他大步走向門口。

「要照顧他，」約翰・艾德曼提出建議，給她一個緊緊的擁抱，這是他賜給每個受苦女子的擁抱。「他好像壓力很大。」他說的是卡西迪而非雨果。「偶爾給他一顆妳在吃的煩寧，讓他冷靜下來。他如果喝酒也沒關係。」

「大醫生，」卡西迪說道。「你認為你是超級偉大了不起的專科醫師，但你只是一隻發臭的江湖術士。你這討厭鬼。」

「睡一覺就好了，我也該這樣，」艾德曼一邊說，一邊露出親切的笑容：「老哥。」

「佛萊厄提是神，」卡西迪用一種面對審判前的大無謂姿態說道。「佛萊厄提統治世界。一個男人就是他自己所認定的那個人。」

然後把他的胸花丟給雅斯特。

13

育兒室裡也都是花：他經常在花朵之間睡覺，因為舉動無禮而被放逐到這裡。呈現不同粉藍色調的軟塌花朵。馬克的床很窄，不過是鋪在亞麻地氈上的一張床墊，蓋著一條柔軟的羊毛床罩：這很像修道院式的感覺（他喜歡這麼想），有助於釐清思路。馬克的玩具櫃上了鎖，卡西迪就在那裡藏他的平裝書，是他暗中培養文化修養的祕方。某些書談的是古希臘，某些書談的是德國最高司令部，其他書籍則是談他將來打算學的技能，包含如何駕船、如何煮一人餐點、如何打理自己的車或者是塑造理想婚姻。卡西迪把床罩拉高了，穩穩地塞到床邊狹窄的牆壁之間，他挑出紀伯崙的《先知》，翻到關於愛的段落。

「爹地，」雨果睡意濃濃的聲音從他的小床上傳來。

「是。」

「爹地。」

「是，小雨果。」

「如果媽咪走掉了，我要跟你還是跟她？」

這是個非常實際的問題。

「沒有人要走。」

他們聽到她從樓上要打電話給人在新堡的斯耐普阿姨，表示要負擔她來倫敦的費用。

那就對了，他想著，組成一個集團。

「爹地？」

「是。」

「演一段原野奇俠⑲。」

卡西迪裝出他的狂野大西部腔調：「我是這裡的警長，這些人是我的助手。」

鬼扯，珊卓拉正在說話。他甚至沒聽過那個人。他一定沒讀過他的書。不管怎樣他不可能讀過，他太懶得讀任何書了……鬼扯，他才沒承受任何壓力。他那些寄生蟲管理他的辦公室，我管理家務，每次他想逃開的時候，就編一些和他那些慈善事業有關的愚蠢謊話。他這樣做是為了惹惱海瑟，還有貝絲，還有瑪麗，還有……當然他恨女人，這不是他的錯，是他的成長過程有問題，我瞭解這點，但還是一樣。

「爹地。」

「是，小雨果。」

「你真的有聽過他，對吧？」

「對。」

「說真的？」

「說真的。」

「我就知道你聽過。晚安，爹地。」

「晚安，大魚兒。」

「爹地。」

「是，小雨果。」

「演一段。」

西部腔調再度出現：「好，史托洛克，你這滿口謊話的下流北佬，滾出我的農場。」

「砰，」雨果說。

「砰，」卡西迪說。

電話聲又發出砰的一響。

約翰，我真是抱歉得要命，珊卓拉說，我的意思是我真的不知道該說什麼……

呃，現實也是一個問題。當然，對妳不是。對我才是。艾德曼夫婦。我為了艾德曼夫婦已經把自己作賤夠了。是誰借給他們免利息的六千大洋，好擺脫現任房客？去年是誰借給他們那間農舍，好讓他們那四個死孩子把那裡撕成碎片？是誰——

⑲ Shane（一九五三—）是以前的著名西部片，同名主角漂泊四方，流浪到一處農場，讓一戶農家免於惡霸迫害之後，又飄然而去。

殺氣騰騰的腳步接近。

「是媽咪，」雨果說，並起身把他的幾項重要物件收攏。

有計畫的大屠殺，卡西迪想，讓身體沒入被單裡。

「過來吧，親愛的，」珊卓拉說，「你爸爸醉了。」她從門口一舉射出所有臨別的冷箭：「你怎麼會有那個**膽子**去**假裝**你**關心**你的**孩子**，明明你所做的一切就只是在他們面前**喝醉酒**、**隨口賭咒**，而且**對他們尊敬的人做出惡毒的指控**……」她用光了她可以強調的詞彙。

「夠了吧，」卡西迪隔著格子呢毯子懇求她：「讓上面那句話有個主要動詞吧。讓我們在屋子裡講的話稍微遵守一下文法規則，行嗎？給孩子一個典範，行嗎？」

珊卓拉嘆了口氣，把門朝她身邊拉近一點，就像某種盾牌。

「現在可以告訴我，我比我爸還糟糕了。」他提示她。

「如果他的腿沒好，」她最後終於說開口，「這全部都是你的錯。」

「晚安，」雨果說。

「晚安，草原遊俠。」卡西迪和藹地說。

「明天早上，」珊卓拉說，「我就會離開你。」

整間屋子逐漸陷入睡眠。梯級一個接著一個發出嘎吱一響，然後陷入沉默。她母親去了盥洗室。

有一陣子他清醒地躺著，靠著雨果的布穀鳥鐘計算時辰，一邊等待可能會來找他的珊卓拉。有一次，他還在半夢半醒之間，幻想著自己又聽到四柱大床上具節奏感的衝撞悶響，還有海倫歡愉之際拉長了的尖銳叫喊，回音從仿亞當風格的細緻螺旋梯一路傳下來。還有一次，在與蕁麻酒對抗時，他發現沙摩斯強壯的手臂照著英式橄欖球的風格，環抱扣住他疼痛的肋骨，被消音的海倫在解釋這一記攻勢。

「你看，沙摩斯愛人類。這就是戲水與游泳的差別。」

「當愛召喚你的時候，」《先知》裡寫道：「跟隨它；雖然它的道路艱辛又陡峭。而當它的翅膀包裹住你時，順從它；雖然藏在它翅膀尖端的劍，可能會刺傷你。」

他入睡了，夢見地獄，而老雨果從他的顱骨上走過去。

「無論如何，」珊卓拉早上時說：「我不會跟你去巴黎。」

「好，」卡西迪說。

「所以你不必以為我會跟你去。」珊卓拉說。

「我沒這麼想。」卡西迪說。

「別擔心，」雨果說。「妳會的，不是嗎，媽咪？」

雨果是一張白紙，他想，雨果是被寫上字之前的我。

在警察追上他之前，他在高速公路上開到九十英里。他說自己以前從沒開這麼快過，而出於某種原因，他們相信他。

「是為了我母親，」他說。「她快死了。」

他們也信這個。

「她在布里斯托的醫院裡。」他說。「她在英國出生，但她一輩子都住在外國——她甚至不會講英語。她非常害怕。」

「先生，路不是你家開的啊。」較老的警官回答，一臉尷尬。

「那麼她講什麼語言？」年輕一點的問。

「法文。她一輩子都住在那兒。她希望最後人在這裡。」

「好吧，以後小心點。」年長警官說，勇敢地表現出不受情緒影響的樣子。

「我會的。」卡西迪說。

「那個顯示器是什麼，」年輕警官問。「上面有橘色燈的那個？」

「結冰警示。」卡西迪說，他正要展示給他們看它如何運作，那個巡佐就插手了。

「席德，讓他走吧。」他靜靜地說。

「當然。抱歉。」小警察說著說著就臉紅了。

還沒到那間屋子以前，他就知道他們已經離開了。纜線上不再掛著襯衫，門廊上只有渴求食物的鴿子拍著翅膀躁動。一個過路人在門上留下一道粉筆記號，一支向下指的箭頭，還有兩個靠在一起的十字架。他拉了一下門鈴，聽到它在大堂裡發出噹啷一響。他等著，但沒人應門。只有馬廄裡留下關於他們的信息：一排威士忌空瓶肩並肩擺在濕稻草上，是海倫有條不紊排好的。他拿起其中一個。瓶頸因為燭蠟而發黏，一層薄膜蓋住瓶口，中段有個黑色的碳點，就像小小的彈孔，重現了當初火焰熄滅之處。

他送的花躺在後門口。「如果沒有回應，」他已經告訴過那個穿綠色工作服的女孩，「就把花擺在門口吧。」而它們就躺在那裡，包裹在玻璃紙中間的紅色枯萎花朵，大到足以紀念一個英國西部地區的步兵團，上面還有個莫西史蒂芬斯花店標籤，由某些不知名的花店工作人員貼上。它們必定在那裡待了整整兩星期，雨水讓它們活到現在。玫瑰，他告訴過她，要品質優良的緊實花苞，妳店裡最好的，拿三打——我們每個人一打，妳懂吧。標籤上的字，是用他們會刮紙、寫起來不順手的鋼筆寫的。

他把那張卡片從濕透的信封裡剝出來，讀著自己寫的字。

「給沙摩斯和海倫。為了終生難得的樂趣，請回來吧，卡西迪。」

隨後附上他在倫敦的電話號碼。「請把通話費用轉到我這方。」

他知道一個地方，一處遠在坎薩爾高地的綠色山丘，是他五年前在等待馬克手術結果時發現的。那山丘坐落在一片墳場和一個幼兒學校之間，被稱為瓦哈拉[20]。並沒有哪個特定的衝動指引他去那裡，只是有一種空虛、一種茫然、一種與世隔絕的感覺，再加上上帝的善心幫助，引導著這個父親開車的路途。他曾經從大理石拱門㉑打電話到醫院，他在七點會再打一次，那時他們就會知道手術到底成不成功。

走著走著，他發現自己在一處墳場裡，彎下腰在石碑之間尋找已下葬的卡西迪家人。而他從這樣的搜尋中逐漸意識到有一股趨勢，人群的移動甚至還有個積極的方向。年輕男子穿著他們的後備軍人制服，在此之前本來是一團散漫地杵在人群裡，現在卻瞥一眼他們的手錶，整隊，然後走開。不久之後，一個穿著淡紫色晚禮服外套的肥胖男人從一輛計程車上下來，然後從他們背後追上去，帶著一個看似裝了老式大口徑霰彈槍的人造皮革黑箱。

接著奇蹟發生。

淡紫色外套才剛一穿過柳條編織的小門消失，就出現一群年輕女孩，她們不穩定的長腿扭動、顫抖著經過，身上是薄薄的襯衫和鐘狀的裙子，沒穿長統襪，可能也沒穿短襯褲，看起來明豔有如熱帶小鳥一般，從敞開的天國一路嗤笑著降臨，在他腳上著陸，在同樣一條神祕的小徑上與他擦身而過。著迷的卡西迪跟上去，他的幻想從一個狂野的景象跳到另一個。這裡他目睹的是什麼樣的儀式，什麼樣的典禮啊。一場吊刑？一位先知降臨？或者斯堪地那維亞青少年的狂歡宴？時間、地點，甚至警戒之心都拋棄他了。他只感覺到欲求的滿足近在眼前，讓他口乾舌燥，讓他腰際一陣蠢蠢欲動。他在騰雲駕霧。透過柏油路，一股性的暈眩傳遞到他身上。樹木、池塘、園籬、母親們；在一團模糊之中，她們掠過他視野最邊緣處，領著他沿隱密的界線行走。

他忘了腹膜炎。馬克痊癒了。

他只活在前方色彩繽紛的隊伍裡，活在挺起的乳房和羽毛裝飾的腰臀之間，活在跟著她們背後散開的嬰兒爽身粉味道裡。有一次他絆到腳，有一次他聽到一隻狗對他猛吠，有次一個老人喊道「嘿，小心啊」，但在那時他已經走進去了，三先令的票像個聖餅似的擺在他掌心。他周遭的彩色星星，在沒有窗戶的教堂裡沿軌道運轉。在一個高起的聖壇上，搖搖擺擺的神父敲出他幾乎會哼的旋律。

他在跳舞。

他和那些不說話的女孩保持一段距離跳著舞。圍著她們擺在地上的手提包繞小圈圈。在白色滑石畫出來的妖精之輪裡拖著舞步。他一直不知道她們的名字。她們就像發誓緘默的修女一樣帶領他，以一種充滿高度奉獻精神的冷靜情操安撫他，然後把他交給其他受難者。有一些人，為數不多，基於年齡的立場拒絕了他；某些人因為他舉止笨拙，或者有更好的舞伴介入而拋下他。但他依然不介意，她們的拒絕是一種訓誡，讓他更緊密地連結到她們難以滲透的社群裡。

「喂，」一個棕髮女孩說，「幹麼拉長了臉？」

「抱歉，」卡西迪說，露出微笑。

這些是他能愛上的女孩。這些女孩在公車上或服飾店櫥窗旁與他擦身而過、擔任他的祕書、在他

---

⑳ Valhalla，北歐神話中主神奧丁的神殿，陣亡將領靈魂歸屬之地，又稱為英靈殿。

㉑ Marble Arch，維多利亞女王時代建造的一座拱門，位於倫敦牛津街與海德公園的公開演說角落交會處。

坐在計程車裡時從人行道窺視他；她們是看顧他的人、他的船首女神裝飾，在變幻莫測的海上顯出永恆的美麗。

「如果你想要的話，可以把我帶回家，」一個金髮女孩說，「如果你給我一個好禮物的話。」

但卡西迪謝絕了。在她們為他而棲息的世界裡，這樣的女孩除了此地以外，別無其他家園。

他從海佛當直接開到那裡，三個半小時隔著擋風玻璃往外看。他現在開到那裡了，要治療他自己，同樣的療法對馬克也奏效過。他一口氣開到那裡沒休息，也沒吃一頓飯，什麼也沒想，因為什麼也不剩了。他在計時器邊停車，步行最後兩百碼。甚至他自己都渾然不覺。

瓦哈拉不見了。不是被徵收了。不是被大學或大百貨公司給買下來。而是被轟爛了。被連根拔起。一個拆除包商清掉兩側磚牆，他們的黃色拆除機器就像把肉從骨頭上挑掉一樣地清除現場，甚至沒留下一處臺階讓人放玫瑰。

14

舉行年度會議那天，一開始就有不祥的感覺，就像新戲首演之夜到了，卻還有一半的戲服卡在火車上。這些會議一度是卡西迪所重視的創新之舉，是一種管理公司的全新概念，目標在於增進股東和董事之間的關係。以前這位精明的執行長就像站在他父親的講壇上發言那樣，對著他忠實的長輩們發表演講：一開始是一季一次，然後是半年一次，他主張藉此洗淨他們充滿懷疑的靈魂，然後以新的信念使他們恢復元氣。其他公司釋出的資訊極少，卡西迪的做法將逆轉這個潮流。但就像經常發生的事，時間讓革命也制度化了。現在這種會議每年舉辦一次，是董事會和年度大會的笨拙混合，就卡西迪的後見之明來看，帶來的麻煩比兩者加起來還多。

兩點鐘，一樓會議室裡已經可以看到一些早到的人，藉由一些有如莎士比亞劇本裡冒出來的報信人，卡西迪得到他們進場的通知。身為公司一員的伯爵大人，從蘇格蘭飛來的退休鋼鐵業巨人，在被人認出之前已在等候室裡坐了半小時，現在正坐在會議室裡喝著水瓶裡的水。密爾（打扮得夠光鮮亮麗，這個討人厭的小子）被派去和他先聊聊。有人看到一位大名叫做亞得堡的退休工會人士——他被留住的目的是平息勞資糾紛——正在試喝員工餐廳裡的茶。

「我告訴他茶水由公司免費提供，」雷明驕傲地說道。「這些癟三會為了一杯茶做任何事。」

還有兩位來自謝普頓馬利特地區、穿著棕色外套的女士，她們的迷你車被警察拖吊走了。「他們也把前面的保險桿給拉掉了。」安姬曼．莫德蕾說，先前她從窗邊看到了整個行動。

一個店經理被派去取車並且付罰金。

這些場面背後，幾乎難以控制的混亂狀況支配了一切。今天是星期五。商展在星期一開幕。雖然雷明企圖從中破壞，新的C形彈簧底架最後還是組裝起來了，已經先空運到布爾歇機場，但法國的貨運公司職員打電話來說，底架從另一條路線被送去了奧利機場。一小時後他又打來一次。說法國海關沒收了底架，辦事員認為他們懷疑這是軍事用品。

「那**賄賂**他們啊！看在老天分上**賄賂**他們吧！」卡西迪對著電話吼道，他承自母系的法語已經離棄他了。「賄……賂……」他對著站在旁邊拿字典的安姬說：「該死的，法語裡的賄賂要怎麼講？」

「*Brib-er*，」安姬立刻反應。

「收買他們！」卡西迪喊道。「*Corruptez!*」但辦事員說，他們早就被收買過了。

隨後線路很快就斷訊。他打了一通絕望的電話給布拉勃，巴黎那邊的代理人，卻沒有任何結果。所有的法國城市都在慶祝聖安端節，布拉勃先生在觀察地方節慶活動。到三點會議開始的時候，還沒有任何消息從危機前線傳回。在這棟建築物的其他地方，一場針對銷售小冊子修正版的戰役還在進行中。在外銷部門和行銷部門曠日廢時的爭執之後，第一版小冊子在最後一刻送進印刷廠，顏色沒套準，只好再送回去。當他們還心焦如焚地等著第二版過關時，卡西迪怒火攻心地發現這個版本裡竟然沒有包括德文說明。

「發發慈悲吧！」他吼道。「一定要我自己處理每件事不可嗎？」

誰會講德語？雷明在戰時曾對抗他們，只記得一股黑暗的憎恨。他不肯協助。極端樂於助人的佛克完全不會德語。略通義大利文可有幫助？蘇活區的一家翻譯社派來一位染藍髮而且不會說英語的女士，此時她關在影印室裡，而熱愛危機時刻的安姬・莫德蕾則翻遍公共圖書室，想找到一本德英技術辭典。

所以會議開始的遲了，沒有人對此感到訝異。卡西迪奮力要導入一股冷靜的氣息，以一些例行小事做為開場白。艾鐸・卡西迪太太要向各位致歉。牙買加的賀斯特穆迪將軍也表示歉意。他們聽到班尼斯特太太不幸去世的消息都感到遺憾，她在董事會中是一位長期的忠實成員。亞倫太太在服務七年之後，接受了另一家公司更高級的職位，卡西迪建議在每個年度結束後才給付每月的例行津貼給亞倫太太。大家無異議通過這個動議。只有雷明，他經過好幾個月的惡毒算計之後，才終於讓亞倫太太走路，他低聲咕噥：「對我們來說都是重大損失，這個勇敢嬌小的女士。」然後似乎抹去了一點淚水。

所以，艾鐸・卡西迪，傑出旅館經營者兼國會議員兼律師雨果・卡西迪之子，終於能夠針對外銷這個主題發表他等待許久的主席演講時，已經是四點半了。他不需要看筆記，一氣呵成，發出的戰呼簡直可讓魯伯特王子心驚膽戰。

「理想就像星辰，」他告訴他們——那位偉大的旅館業者最喜歡這句格言——「我們不能摸到它們，但光是它們的出現就對我們有好處了。歐洲共同市場，」——他幾乎沒有理會他們的掌聲——

「歐洲共同市場——謝謝你們！歐洲共同市場是個擺明的事實。我們得加入它或是打敗它。各位女士先生，舊股東和新股東，卡西迪公司準備同時做到這兩件事。」

他描繪出一幕有點自相矛盾的景象：在他的公司進擊之下，歐洲潰不成軍，但又神祕地藉由他們公司的零件組達到團結一致，然後他終於提到關於這次商展的特別事項。

「我將帶領一個陣容堅強，非常堅強的促銷團隊到巴黎去，而我不會為此感到遺憾。我們有槍，也有軍隊！」

更多歡呼。卡西迪降低了他的音量。

「現在我們要花你們的錢，而且要花上一大筆。沒有人能穿著髒襯衫做好生意。我們會有兩組團隊，我先稱呼他們A組跟B組。B組在佛克先生的傑出領導之下，他們亮眼的促銷紀錄對我們會很有幫助，」——大聲的鼓掌喝采——「他們將在今晚出發。這是一支年輕的隊伍，」——他對著密爾不友善地瞄了一眼，他最近特別愛穿尖頭鞋，還在走廊裡哼歌——「是一支強而有力的團隊。他們在那裡等著做買賣。鎮守在攤位前、展示產品的原型樣品，來引起興趣，沒錯。但最重要的是他們能賣。而我希望到了星期一，商展正式開幕的時候，會有一、兩本訂單簿，而不像現在這樣空白一片。重點在此。這些外國買家之中有許多有限資源。他們抵達時只有一定額度的錢可花，花完了就走。」

他舉起一疊折起的空白紙張，從他們著迷的眼前傳過去。

「我們還進一步做了些偵察工作。我手上有一份出席商展的主要買家名單，還有他們在巴黎期間的地址。你們知道，在我看來，如果這些人沒有那麼多錢好灑，」——拿捏恰到好處的停頓——「那他們能做的最佳選擇，就是把那些錢花在卡西迪公司，那也表示我們必須趕在他們把錢花在別人身上之前！」

當笑聲和掌聲逐漸消失，主席的表情看來強硬了些，聲音裡多了一種更嚴肅的腔調。

「各位股東、董事會成員，我把這些話留給你們。」他一隻手緩緩抬起，手指半張，就像在做飯前感恩禱告。「要判定一個男人——各位朋友，我們每個人也都應該如此——得要從他所追尋的事物來看，而不是從他已經找到的事物來判斷。但願永遠不會有人說，卡西迪家族在企業界無法得點。我們要追求財富，我們將有所得。非常感謝各位。」

他坐下。

在用茶點的休息時間，伯爵大人以年長政治家的身分把他拉到一邊說話。他是個垂垂老矣、滿頭華髮的老人，還用公司的經費在康諾特飯店吃午餐。

「聽聽老人家的建議，」他散發薄薄的威士忌酒氣，慢慢地對他說道：「我在鋼鐵業界見識過，在鹿身上也見識過。別把你自己累垮了。不要想在吃早餐以前就跑完全程。」

「我不會的。」卡西迪向他保證，將堅定的手擱在他肩膀上。「我真的不會。」

「你二十幾歲做的事，在三十幾歲的時候償還，你三十幾歲做的事會在四十來歲時付出代價……」

「對，不過你瞧瞧，」——他們來到董事長盥洗室——「我有**你們**全部人要操心，不是嗎，先生？」

「你不會剛好在酗酒吧，你有嗎？」伯爵問道。

「老天爺，沒有！」

「你知道嗎，」伯爵繼續說下去，他的頭順勢靠在蓄水槽上：「我有在觀察你。你是最寡廉鮮恥的騙子。呃，告訴我們，」伯爵說著，靠得更近一點，同時假裝自己在洗手。「你似乎賺得該死的多。你會剛好需要多一點流通資本嗎？私底下的，你懂吧。這樣我們就不用麻煩國稅局的女士們了，**你**知道吧。」

會議的聽眾在茶點時間之後減少了一點點，卡西迪的氣勢也有一些些離開了他身上。草草帶過B組的詳細功用（負責第二層次的物流作業）之後，他花了一些時間談及建立新代理商和成立備用品倉庫這些令人憂鬱的問題。

「甚至有一種可能性，」他說：「當然我在這裡指的是長期而言，我們對此不要有任何誤解——卡西迪公司總有一天會——我指的是在長遠的未來——在分享部分利益的基礎下，安排他們的商品在取得執照後於當地製造，甚至是區域性的製造。」

這一次，沒有人想鼓掌，甚至連不太正式的鼓掌也沒有。

「順道一提，A組會另外進駐到市中心，讓他們可以享受交通、獨立的聯絡系統及其他方面的便利性，而A組將會幾乎完全是，」——他有意要把這句話當成笑話來說，甚至做了說笑話的準備，練習掌握時間點，一再琢磨這話的節奏感——「由我自己組成。我說幾乎，是因為我很樂意告訴你們，我太太會陪我一起去。」

對於這種促進家庭團結的非正式洞見，只有最薄弱的一點低語表示歡迎之意。

「你要講別的事了嗎？」雷明相當大聲地問道。「我想他們差不多已經聽夠了。」

他們聽到從走廊上傳來一陣喀噠喀噠的腳步聲，有人正奔向主席的電話。

「是巴黎來的。」佛克說著站起來。

「請留在你的座位上，佛克先生，如有必要我的祕書會叫我。」

卡西迪雖然氣憤極了，卻只是隱忍在心，他拿起一份議程表，然後瞄一眼下個項目。

「外燴。」他大聲讀出時，心裡一陣不舒服的顫抖。

老雨果的零用錢。要小心處理，他調整到一種堅定的冷淡語調，看哪兒都可以，就是別看伯爵，他總是對帳單上這個讓人覺得不對勁的項目提出抗議。

「關於外燴。鑑於令人滿意的收益，我建議付出一筆事後追加的特別款項，只此一次，」——這時他吸了一小口氣，眼睛往上瞥，就好像他暫時想不起來那個名字——「給我們很有價值的外燴顧問，雨果．卡西迪先生，他精明又機敏的建議，為員工餐廳的工作增添許多樂趣。」某人在敲門。

「我可以認定這筆款子已經被批准了嗎？」

「多少？」亞得堡問。

門開了，安姬．莫德蕾探頭進房間。

「一千鎊。」卡西迪回答。「有人反對嗎？」

「完全沒有，」賴瑞．佛克說。

他可以從眼角看到伯爵抬起白髮蒼蒼的腦袋，皺起他的兩道白眉毛，一隻白色的手舉起，動作遲緩地打算干涉。

「艾鐸先生，是巴黎的電話，」安姬說。

「我要冒昧請問，大家是否容許我離開一下，」他很有禮貌地問道。「我湊巧知道這件事該親自處理。」

一陣恭敬的沉默。

「各位先生女士，我可以這樣認定嗎，我們可以往下講到議程裡的下個項目了？雷明先生，你的非正式備忘錄裡有議程嗎？佛克先生，或許你可以在我回來以前代替我一下？你可能想談一下我們蘇格蘭地區的促銷計畫。密爾先生，我可能需要你幫忙。」

雷明為他們開了門。「法國佬取消展覽了，」他在卡西迪走過去的時候嘶聲說。「一鎊賭一便士，他們取消了。」

「那是個**法國人**，」安姬．莫德蕾得意洋洋地說。「他聽起來超興奮的。」

「妳找到那本技術辭典了嗎？」

「沒。」

「可惜。」密爾把電話交給他。「哈囉？」

「阿囉，阿囉，阿囉！」

「哈囉，」卡西迪重複著，提高音量好讓他的聲音能夠傳過海峽。「哈囉。」

「阿囉，阿囉，阿囉！」

「哈囉！你聽得到嗎？密爾，跟電話總機講。告訴他們給我另一條線路。」

密爾拿起第二具電話。

「卡西地？」

「*Oui?*（是？）」

「*Comment ça va?*（你好嗎？）」

「聽好，*écoutez, avez-vous le pram?*（聽著，你們拿到嬰兒車了嗎？）」

「*oui, oui, oui, tous les prams.*（對對對，全部的嬰兒車。）」

「在哪裡？*Oui?*（在哪裡？）」他一邊對現在很亢奮的密爾說：「沒問題了。他拿到了！」

「卡西地？」

「*Oui?*（是？）」

「*Comment ça va?*（你好嗎？）」

「很好。聽著，嬰、兒、車、在、哪、裡？」

「*ici Shamus.*（我是沙摩斯。）」

「哪位？」

「天啊，愛人，別說你已經把我們都殺掉了。」

雷明尾隨他上樓，此刻站在門口。

「怎麼樣？」他說著，希望能聽到壞消息。

卡西迪瞪著雷明，然後再望向電話。他把手擋在話筒前面。

「很抱歉，」他堅定地說。「你不介意閉嘴吧？我沒辦法同時應付兩邊對話。我很快就會跟你會合。去鎮守堡壘吧。讓你自己做點有用的事。」

雷明滿面怒容地退下。密爾在他之後離開。

「沙摩斯，」他悄聲說：「你在哪兒？」

答案出現之前有一陣輕微的暫停，卡西迪覺得他聽到背景裡有第二個聲音，就像沙摩斯正在和他身邊的某人交換意見。

「在床上，」他終於說道。「在雷布洛克林蔭道的床上。」

「海倫和你在一起嗎？」

「沒有，愛人，這次只有老爹我在。來加入我們吧。」

後面還有更多意見交換，隨著一陣陣奇異的哄騙勸誘，就像是主人對狗說的話：「跟布區說哈囉……上啊……和卡西迪說哈囉。」然後更大聲一些：「布區，和愛爾西**說嗨**。」話筒轉手時傳來一陣輕柔的窸窣響聲。一個女孩害羞的咯咯笑聲，聽起來薄得像人造絲。

「哈囉，布區。」愛爾西說。

「哈囉，愛爾西。愛爾西……他還好嗎？」

「我當然好，」沙摩斯說。「過來吧。」

「我開會開到一半。」

「我也是。」

「一個董事會議，」卡西迪說。「今天應該是我的大日子。他們都在樓下等我。」

沙摩斯不為所動。「我已經試了一整個星期要打電話給你，」他抗議。「沒有任何人告訴你嗎？嘿，聽著，那個接我電話的性感賤貨是誰？」

「我的祕書。」卡西迪說。

「不是她，另一個人。」

「我太太，」卡西迪一邊說一邊對天禱告。

「很有女人味，小子。非常純真。她也喜歡俄國人。讓人想特別留意她。」

「沙摩斯，告訴你，我本來要寫信給你……我什麼時候可以見你？」

「今晚。」

「今晚不行。我星期一要去巴黎，那裡有個年會，我們和印刷廠之間有很嚴重的問題，天知道——」

「去**哪裡**？」

「巴黎。」

「你要去**巴黎鎮**？」

「星期一去。」

「去賣嬰兒車？」

「對。」

「我要跟你一起去。而且要帶著賓利汽車，我們會需要車後座。」

15

他回家時屋裡一片漆黑。他摸索著上樓，想起老雨果的父親死去那天，姑姑們把房子布置成喪宅。她們過去從未處理過喪事，但她們很清楚知道自己和這棟房子該穿上什麼、要往哪找黑色的東西、窗簾該拉到什麼地方、收音機的哪個頻道是宗教頻道，還有怎麼處置那些幽默搞笑雜誌。

臥室的門上了鎖。

「恐怕她已經睡了，」葛羅特太太從廚房喊出聲。「啊哈。」

一條毛巾攤在育兒室的床上，旁邊是他的牙刷。雨果睡著了。他慢吞吞脫下衣服，一邊想著她可能進房來，然後決定刮鬍子以便惹惱他的岳母。這個刺激點是從馬克出生時開始的，珊卓拉那時是在家裡分娩。珊卓拉曾說不會太痛苦——她看到一些書裡這麼說——事後證明她的信心毫無根據。很快地房子裡充滿了她刺耳的尖叫聲，此時她還頑固地拒絕麻醉，而她母親在廚房裡啜泣，像個退休的拳擊手那樣重溫自己過去的生死搏鬥。「喔，天啊，你們男人啊，」她對著卡西迪大吼，這時他正在為他自己不敢多想的目的燒熱水。「老天爺，如果你知道的話……」卡西迪滿懷罪惡感，但他面對眼前這位女性這樣子沉溺於自我情緒的惡毒表現，感到非常憤怒，所以他行使了一項他還能擁有的男性特權。他刮了鬍子。

基於類似的理由，同樣的衝動現在攫住了他。他解開襯衫鈕釦，讓刮鬍刀劈啪響拍著水，把牙刷砰一聲放到玻璃置物架上，然後毫無必要地刮著他看來年輕得驚人的臉。

珊卓拉讓他等了很長一段時間。

「我知道你醒著，」她說，「從你的呼吸就知道了。」

她站在育兒室門口，剪影背對著落地燈光，在他想像中，她的臉因為一股不明究裡的怨恨所帶來的張力而僵住。在十分鐘前他就聽到她的第一聲嘆息，而在那之前她必定已經在那裡站了很久。

「你一點都不高尚，」她靜靜地用那種奧菲麗亞㉒的語調繼續往下說。「你完全沒有任何一點得體的禮貌、道德神經，或者合乎人性的同情心。你沒有任何一點本能直覺是與榮譽感稍稍沾上邊的。我很清楚你又在說謊了。你為什麼不承認？」

卡西迪咕噥幾聲，然後在不平靜的睡夢中移動了一隻胳臂，但他心裡正快速地轉著念頭。

我是在說謊。對。我過去一直對妳說謊，也會一直說下去，然而不管妳抓到我多少次，我永遠不會告訴妳真相，因為妳不比我更明白要怎麼面對它們。但這一次，這真是個大笑話，我說謊是因為我正要開始發掘真相，而真相呢，我的天使呀，是在我們以外的地方。

他等著。

靜默。

或者我們可以採取學術方法，既然妳沒有任何學位？為了方便辯論起見，就假設我少了那些妳列舉的特質好了，我能大大讓步說我是這種人，但為什麼我該要高尚、禮貌得夠得體、有道德神經到去承認這一點？

靜默。

「我想你是受到羅斯的影響，」她惡毒地說，「而不是我。」

拉起毛毯，卡西迪擺出天鵝般的姿勢，頭在某個封鎖地帶的渾濁水中擺向一邊。

「那個打電話給你的俄國人是誰？」

我不知道。

「那個打電話給你的俄國人是誰？」

列寧。

「艾鐸！」

一個生意上來往的人吧。見鬼了，我怎麼會知道？

「實際上，」珊卓拉悲傷地說，「他聽起來滿有趣的。」

實際上，卡西迪想著，他確實是。

繼續啊。再生氣一點。然後保持憤怒。

「你徹底幼稚得像小孩。搞同性戀的就是那樣。你受不了月經、嬰兒、死亡或者其他任何事。你

㉒ Ophelia，莎劇《哈姆雷特》中哈姆雷特的情人，哈姆雷特與她斷絕關係之後心碎發瘋而死。

完全沒有現實感。你想要整個世界都漂亮整齊而且充滿對艾鐸的愛。」

她變得很冷酷。

「好吧，世界不是那樣，而那正是你這個小男孩該學的。但還是一樣。**艾鐸？**」妙。

「這個世界是艱苦、難熬的地方，」她繼續用她父親的語調說話，只差沒有拳腳交加。「一個**該死**艱苦難熬的地方。艾鐸，我**知道**你醒著。」

我相信佛萊厄提，天父，神子，還有小男孩。

「艾鐸，我要離開你了，我已經下定決心。我要帶著孩子去什洛普郡。媽咪已經找到一間靠近勒德羅的房子。很樸素的房子，不過如果你不來的話，對我們就剛好夠用。沒有你和我們在一起，我們全都會很節儉地過活。至於孩子們，他們需要代理父親。我會在勒德羅找到這種人。在我們搬好家以前，西斯碧和吉莉安會到寵物寄養處去。」

西斯碧和吉莉安是阿富汗狗。當然牠們都是母的。

「我為你感到相當遺憾。」她繼續說道。「你對於愛或生命毫不瞭解，對女人的瞭解尤其少。但還是一樣。」

毯子底下的卡西迪極為贊同。

妳懂了吧，這就是為什麼我要去巴黎。那就是為什麼我不會帶妳去。我要去找尋妳老是說妳擁有的東西，所以管他去死。但還是一樣。

「約翰．艾德曼說你下意識裡發誓要報復你母親。你恨她竟然跟你爸上床。為了這個理由你也恨我。但還是一樣。」

天啊，別說妳和老雨果上過床。唉呀，唉呀，唉呀，這真是個汙穢之家。

「所以我為你感到相當遺憾。」她重複。「這不是你的錯，你也沒辦法。我試著幫助過你，但我失敗了。」

這就對了，他想，在心裡舉起一隻手。停在這裡。妳完全失敗了。妳沒能搞懂我的想法、我的表現，還有我在妳陪伴之下的許多苦惱。妳認為妳在這個房子裡有大談形上學的壟斷權，不過我告訴妳，太太，就算上帝直接朝妳下巴揮拳，妳也認不出祂。

她顯然被惹惱了，因為他還不開口，更別說是駁斥她，因此她講得更具體起來。

「你的反應**完全就是**個同性戀的樣子，」她宣稱，回到前一個指控內容。「同時針對你父親還有你的兩個兒子。你無法像愛親屬一樣愛他們——」

什麼「親屬」？妳為什麼不能說是「親人」呢？為什麼妳在每個句子的尾端都要加上個「但還是一樣」？這位年輕小姐，妳很快就會把我累垮，我就會被迫陷入沉睡。

「你無法像愛親屬那樣愛他們，你是把他們當成男人來愛。」

但還是一樣，卡西迪想著，妳還在這裡耗，不是嗎？

「同時你還拿那些愚蠢的慈善活動來騙我。我知道你在說謊，**媽咪**知道你在說謊，**每個人**都知道。這些藉口**蠢**透了。**布里斯托**！你真的認為**布里斯托**需要**你**給他們蓋運動場？就算你**給**他們一個，他們也不會看一眼的。**天橋**。**看臺**。**整地**。嘖！」

她回她房間去了。

放空，他重複著。

放空，放空，放空，放空，放空。為自己洗腦。卡西迪的腦子洗得乾乾淨淨。沒有謊言，沒有真相，只有一個情境，只有生存，只有信仰。佛萊厄提，我們需要你。「如果我不是什麼都不記得，」他想著，把手遮在眼睛上，創造一點黑暗出來，「我會說妳是無可救藥的討厭鬼。妳礙到我了。如果不是因為妳，我可以成為一個作家。現在事實卻是我被困在該死的嬰兒車裡。」

眼淚倒流回來，從他的手指間滑出去。他一一點名：悔恨、憤怒、無能，這個神聖的三位一體。我以冷漠無情之名為汝施洗禮。他會很好心地讓珊卓拉看看，到頭來這一切是她造成的，等到她氣得七竅生煙之後，再把一切滴滴答答往他頭上倒，搞得一團糟。「我恨透妳那些見鬼的眼淚了，」他會這樣吼道：「現在妳看看我的。」

「晚安，爹地。」雨果說。

在這種場面發生過之後，一如往常，在早餐時珊卓拉會讓自己顯得特別討人喜歡。她充滿母愛地親吻他，賜與他充滿祕密默契的幾瞥眼波，讓她母親繼續躺在床上，倒給他茶而不是咖啡，平常時候她覺得那樣很粗俗。

「至於約翰．艾德曼的說法，」卡西迪在她從背後摟著他的時候冒險一提。

「喔，別擔心那個，我只是心情不好，」她輕鬆帶過，然後親了一下他的頭。

「那妳睡了一晚好覺嗎？」

「很好，你呢？」

「對於巴黎鎮的事我很抱歉。」

「巴黎鎮，」她帶著一抹微笑重複。「你真是個小寶寶。」又親了一下。「那對你來說會是一場硬仗，不是嗎？」

「這個嘛，可能吧。」

「別傻了，我知道就是。你沒辦法騙過我的，你知道。」她又吻了他一次。「女人**喜歡**鬥士。」她說。

但卡西迪還沒結束約翰．艾德曼的話題。

「妳知道，珊卓拉，事實是我沒有動機。」

「我知道，我知道。」

更多親吻。卡西迪趁勢再鞏固立場。「我是說，甚至連潛意識的動機都沒有。我是說我可以把那些論證重新建構一遍，讓整個論調看起來完全不同。」

「當然你做得到，」她說。「只是約翰在炫耀學問罷了。而且你比約翰聰明得太多，他自己也很清楚。但還是一樣。」

「我陷入某種困境，然後做出反應。這和變成個同性戀沒關係。」

「當然沒有。而且你借給他那些錢實在是很善良的行為，」她很慷慨地補上一句。「只是我**有時候**不瞭解你的行事動機。而且我當然相信你的足球場。只是我希望那些糟糕的人能偶爾說一次**好**。」

「但是珊卓拉，他們都這麼**腐敗**。」

「我知道，我知道。」

「要磨上**好幾年**才能說服他們……」

他很有技巧地準備好他的作戰防禦工事。我會日夜在外工作……大使館派來一輛車送我去機場……在那之後什麼都有可能發生……別打電話給我，讓我用公司的費用打……

「所以他們**應該**派輛車來，」她說。「他們全部的車。一整列車隊，都是給艾鐸的。引擎噗噗噗地響，就像蟾蜍。」

他離開的時候，計時清潔女工們已經到了，有些坐計程車來，有些搭丈夫的車。在大廳裡，狗兒都在吠叫，好幾層樓的電話都在響。建築工人開工了，泥水匠正在沏茶。

「如果事情比較上軌道了，我會打電話，」他允諾。「然後妳就搭下一班飛機來。不是再下一班，就是『下一班』。」

「再見，佩索普，」她說：「愛人。」

離開她的視線之後，他瞥見她母親站在她背後梭巡著，就像一個看護老人的護士，準備好在她跌倒時攙扶她。他幾乎要回頭了。他幾乎要在一個電話亭裡打電話給她了。他幾乎錯過那班飛機。但卡西迪一輩子都只是幾乎接近某樣事物，而這一次，不管發生什麼，他都要觸及它們了。

在巴黎鎮。

巴黎

16

卡西迪向來知道，風流韻事是超越時間限制的，也因此事發順序難以捉摸。如果它們真會出現，也是在我們慣例之樹的枝幹範圍以外、藏在將畫行生物摒除在外的某些微明雲彩之中；它們出現的時刻，是靈魂——以某種神祕奧妙的方式——比最美妙的環境還要高尚出眾，而眼中所見的一切都在描繪內在的世界。

所以這發生在巴黎。

海佛當只有一夜，巴黎商展則持續四天（這是根據嬰兒車販賣商協會的說法，卡西迪從來沒能得到來源獨立的佐證）。然而兩者都以同樣強制性的步調掌控著卡西迪：同樣笨拙的第一次接觸，同樣盲目的腳步，從可預期之處走向想像不到的境界；往裡走，走進他心靈封閉之處；往外走，走到一個城市的封閉之地。兩者在一開始都帶有一種失敗的預感；兩者都在同樣的勝利高潮中加冕。兩者都指引著他，然後留給他更多要學的事物。

照事先的安排，他們約在航空站的出境室酒吧。「泛泛眾生」到處都是，但沙摩斯替自己找了個位子，一個保留給乘輪椅人士的角落。卡西迪費了點時間才找到他，而這時他已經開始恐慌了。沙摩斯歪歪扭扭地坐在鐵架之間，就像是受了重傷而身體扭曲，他戴著墨鏡和一頂貝雷帽。他強而有力的肩膀往前駝著，裹在那件熟悉的黑夾克裡。除了一顆橘子他什麼也沒帶，他把那顆橘子從一隻手滾到另一隻手，就好像要把生命力帶回他的肢體之中。他開口時是一陣破碎的耳語。是愛爾西，這是卡西迪第一次在白晝光線下見到他。

「書進行得如何？」

「什麼書？」

「那本小說。你先前要帶著它去倫敦。他們喜歡它嗎？」

沙摩斯對什麼小說的事毫不知情。他想要咖啡，他想要被推過整間酒吧，以便能看看健康的人群，聽聽小孩的笑聲。在咖啡之後——店員相當殷勤，清理了桌面，還把不需要的椅子移開——卡西迪問起收票員阿拉斯岱爾，還有那個偉大夜晚裡的其他出場人物，但沙摩斯沒什麼消息可說。沒有，他和海倫沒有回到奇本漢；計程車司機也已經走出他們的生命。那些討厭鬼切斷了自來水，所以他們出發去倫敦東區，有兩個朋友叫做霍爾和莎兒，霍爾是個拳擊手，他真是生命的糧食啊。

「他揍我。」他補上一句，就好像那是一種人格推薦。而這就是全部了。

「別抓著過去不放，愛人，絕對不要。過去都發臭了。」

他用顫抖的手把溫熱的杯子拉近胸口。只有提到佛萊厄提才為他死氣沉沉的眼睛帶來一絲活力。通信結果豐碩，他說，他幾乎確信，佛萊厄提的聲明有正當性。他們在沉默中分食橘子，一人一半。

飛機上，沙摩斯在孔武有力的空服員幫助下就座，並用塞在窗邊的貝雷帽充當靠墊，靠著帽子睡著了。到了奧利機場發生一個小小的尷尬事件，首先與輪椅有關：法國人推了一臺到跑道邊，但沙摩斯義憤填膺地拒絕了。其次是行李。卡西迪買了一個新的豬皮手提包來搭配他走遍各地的駝毛外套，而他焦急地盯著行李輸送帶看，因為他知道法國人是怎麼辦事的。在他成功領回手提包之後，他發現沙摩斯已經靠在柵欄旁邊，兩手空空。

「你的行李呢？」

「我們把它吃掉了。」沙摩斯回答。一位空姐被他惹人注目的外表給吸引住，對他皺起眉。「賤貨。」他對她吼道，而她紅著臉走開。

「嘿，冷靜點。」卡西迪尷尬地說，而沙摩斯惡毒地回答：「我痛恨空中小姐。」他這麼說。

一輛大轎車來載他們，有段時間兩人都保持沉默，震懾於美。這個城市沐浴在完美的陽光之下。陽光點燃了河流，在粉紅色的街道上閃爍，把金鵰轉變成眼前歡樂的火鳳凰。沙摩斯坐在他最喜歡的位置，在駕駛座旁邊很緩慢地向人群揮手，偶爾舉起他的貝雷帽。有些人也揮手回禮，還有個漂亮女孩送給他一個飛吻，卡西迪一輩子都沒碰過這種事。在聖賈克旅館，法國旅館服務人員以包容同性戀者和未婚伴侶的誇張態度接待他們，工作人員立刻認為沙摩斯是當家作主的人。卡西迪已經訂了一個有兩張單人床的套房以便應付所有可能發生的事，經理送了一碗水果來。「給先生和夫人，」卡片上寫著，「並致上我們最誠摯的問候。」沙摩斯用法文打電話叫了香檳，稱之為「香波」❶，接線生因此大笑了一陣。「啊，您這個人呀，」她這麼說，就好像她已經聽說過他的名號了。他們喝著溫溫的香檳，因為在酒送到的時候冰塊早就融化了。隨後他們沿著希沃利街往下走，沙摩斯在那裡買了一套西裝和三件襯衫，還有一雙很帥氣的漆皮鞋。

「那輛賓利如何？」

「很好。」

「跋扈母牛身體健康？」

「喔，對。」

「小孩呢？」

「也很好。」

「腿怎麼樣？」

「腿還好。在康復中。」

還要一把牙刷，沙摩斯提醒他，所以他們買了一把牙刷，因為沙摩斯把他的扔在愛爾西家裡，免得她丈夫下工回來以後沒得用。

「海倫怎麼樣？」卡西迪問。

「好，好。」

在一家小得不得了的花店買兩朵康乃馨時，沙摩斯親了賣花女孩的頸項，她以沉著的態度接受這個禮讚。他似乎有某種應付女人的方法，不至於冒犯她們，就像珊卓拉對付狗那樣。

---

❶ 香檳是Champagne，沙摩斯故意唸成shampoo（洗髮精）。

「能在商展裡以魅力迷惑女性買主，」在她把胸花定位時，他解釋道：「這可是價值千萬。」

六點鐘，卡西迪的巴黎代理人布拉勃踏著沉重的腳步走進旅館大廳，甚至在還沒穿過旋轉門的時候，他就開始拚命致上無數的奉承之詞，沙摩斯則告退到臥室去研讀嬰兒車的產品說明手冊。

「艾鐸我的老天啊，你看起來比我年輕兩百歲你怎麼辦到的啊親愛的老伙伴看看我我已經快死了！艾鐸，你好嗎，聽好明天我會讓你享受一頓棒透了的晚宴，去一個只有法國人才知道的地方，卡西迪，那是最棒的地方，菁華之地！」

布拉勃的所有殷勤招待都要等到明天才能享受。他是一個憂傷、吵吵嚷嚷的男人，在戰爭中失去了一切：孩子、房子、父母。在先前的拜訪中，卡西迪對他有許多瞭解，甚至還對他不幸的愛情生活做了一些建議。

「卡西迪你是第一名！整個巴黎都在談論你。聽著，我說真的！卡西迪你是**藝術家**！對於一個**藝術家**來說，整個巴黎棒透了！」

巴黎棒透了，藝術家棒透了，卡西迪也棒透了。但就算是能夠聽得下大量恭維的卡西迪，也不再相信他的擁護者，可悲的布拉勃。

「我們喝一杯吧！」他提議。

「卡西迪你真是太慷慨了！整個巴黎都在說……」

他很晚才離開，抱著吃到一頓的希望徘徊不去，但卡西迪鐵了心不讓他如願。他想和沙摩斯一起吃飯，時間對他來說很重要。

在旅館裡用餐時，他們捉摸著要怎麼彼此對待，卻又還沒找到恰到好處的方式，所以他們為書而舉杯。

「誰的書？」沙摩斯問著，放下他的杯子。

「你的書。你的新書呀，傻子。希望它大大成功。」

「嘿，愛人。」

「是？」

「產品說明手冊很棒。生動有力，充滿自信，具說服力。裡面的每個字我都喜歡。」

「多謝啦。」

「你自己寫的嗎？」

「大部分是。」

「其中包含偉大的才華呀，愛人。讓人想照著做。」

「多謝，」卡西迪又說了一次，然後回去吃他的龍蝦。他們煮得很好，他想，大蒜奶油加迷迭香去煮的。

「你發明那個煞車系統，到現在多少年了？」沙摩斯問。

「喔，十年吧……還要更久，我想。」

「那以後還有別的嗎？」

「這個嘛，在銷售方面，你知道嘛。製造、行銷、開發市場。我們已經開始製造我們自己的車身。小規模的，你知道吧。」

「當然，當然。」

瞥見他自己在鏡中的影子，沙摩斯停下來欣賞他的新西裝，然後再度舉起他的杯子，來答謝先前的敬酒。

「但是沒有驚天動地的新發明嗎？」他重拾話頭，往後靠在他的椅子上。「嗯？嗯？」

「沒有。」

「那新的折疊式底盤呢？」

卡西迪發出一聲坦白招供的笑。

「我把我的名字掛在上面，不過那是我手下的設計人員夢到的發明。」

「天啊，」沙摩斯說。「你真的成功了。」

卡西迪提起海倫。她很好，沙摩斯說。她跟她媽媽住在一起，公主都必須被關在塔裡。

「她的自由時間被剝奪了，」他解釋道。「她變得太放肆了。」

「她喜歡倫敦嗎？跟霍爾還有……」

他沒全部講完，原本想說的是「霍爾與莎兒」，但他及時停下來了。

「當然，當然，」沙摩斯說著，然後把海倫的事掃到一邊，開始有點離題地問起嬰兒車業界面對國外競爭者的問題。法國式嬰兒車更性感嗎？德國嬰兒車更紮實嗎？俄國人做得如何？當他在問這些問題的時候，沙摩斯的注意力遊走到房間角落的一個年輕女孩身上。她頂多十二歲，獨自坐在吊燈底下，而且穿著像珊卓拉在牛津五月節舞會上穿的銀色洋裝。她叫了某種要點火的食物，得加水果和不少的利口酒。兩個年輕的侍者，在領班的監督之下，推著推車到她面前上菜。

「基督從來沒針對我們說過什麼，對吧？」他突然間這麼說。「在這整個宣言裡沒表示過一個字。我們該做的事情就是保存記錄。」

這番話突如其來，卡西迪不知該怎麼回答。

「我們？」

「作家呀。不然你想是誰？」

他還在盯著她，不過他的表情既不算友善也不是好奇，而他的聲音，在他繼續談話的時候，帶有一絲熟悉的愛爾蘭土腔。

那女孩在選瓶子：不是這一瓶，要那一瓶，用她戴著手套的小手指著。她的脖子上圍著一條黑帶子，中央有一顆鑽石閃爍。

「那些居中調停的人在大笑：他們是神的孩子，沒有人能期待比他們更棒的父母了。但是我不是該死的調停人，我是嗎？」

「你當然不是，」卡西迪誠懇地說，他還沒有完全覺察到沙摩斯的語調變了。

「我是一個帶來衝突的人。一個說實話的人，我就是那樣。」

「而且是一個遵守舊約的人。」卡西迪提醒他：「就像霍爾。」

沙摩斯真的打過拳嗎？卡西迪曾經在雪邦打過拳。他犯了個錯誤，在比賽前洗澡，因為想取悅他的舍監，他卻高估了卡西迪的宗教潛力。雖然他站著挨了好一陣打，但在第三回合被迫倒下，而且隨後好幾年一聞到汽車皮椅的味道就噁心。

「去你的。」沙摩斯說。

「什麼？」

「去你的。別提起霍爾。」

「抱歉，」卡西迪說著，心裡很困惑。

那個女孩仍然占據沙摩斯的全部注意力。侍者領班倒了一點點檸檬水到她的紅酒杯裡。「夠了，」她柔弱的手表示，瓶子便移開了。

「而這個小賤人不成問題，因為她還是個孩子，」沙摩斯繼續說下去，他還在講有關靈魂得救的話題，「而小孩子受到滴水不漏的保護。那也是很正確又適當的做法。我自己就是那個族類的狂熱支持者，儘管我湊巧認為年齡限制可以往下降一點。但是作家得到什麼呢？我告訴你一件事：我們並不是溫柔的人，謝謝你，所以我們絕對沒承受地土。而且我們也不是虛心的人，所以呢，舉例來說，天國也不是我們的。❷」

他的表情在憤怒邊緣躊躇。他把卡西迪的手拉過來，熱誠地撫摸它，藉此鎮定自己。

「放鬆點，愛人，放鬆……別上火……放鬆點……」他放鬆下來，露出微笑。「你看看，愛人，」他以更溫柔的聲音解釋道：「我們就是沒有足夠的資訊，那是我的觀點。我上個星期才把這個觀點告訴佛萊厄提。佛萊厄提，你要拿作家怎麼辦呢？我說。他們會現在搞懂，還是稍後？你確實懂我的意思吧，對不對，愛人？你終歸是老大。你是買單的人。」

「這個嘛，你確實有你的**自由**，」卡西迪小心暗示。

沙摩斯突然開口斥責他。

「擺脫什麼的自由啊？討厭！擺脫金錢的自由嗎？**那種**自由？或者你提到的可能是受到公眾認可、這種讓人難以忍受的束縛呀？」

卡西迪向他的會議室腔調求援，但已經太遲了。「我認為我剛才想的大半是免於無聊的自由，」他很輕鬆地說，向一個碰巧經過的侍者點了一瓶白蘭地。

「你現在是這樣嗎？」沙摩斯愉快地說，他的愛爾蘭腔完全表露無遺。「你那句話或許講對了。我會承認，免於無聊的自由可能是我忽略掉的一項特權。因為畢竟我可以睡掉一整天，沒錯，而且沒有一個人會為此動一根指頭。不是每個人都可以**那樣**說，對吧？我是說獄卒不會來猛敲我的門，或者叫我清理馬桶，而我只會聽到陣陣笑聲，就是那樣了，其他人則在外面的新鮮空氣裡做運動，可能還有他們的女人陪著。唯一的麻煩在於，晚上實在是個問題，你不覺得嗎？」

「是，當然，」卡西迪同意。

---

❷ 沙摩斯在此引用《聖經新約．馬太福音》第五章第三節到第五節的話：「虛心的人有福了，因為天國是他們的。哀慟的人有福了，因為他們必得安慰。溫柔的人有福了，因為他們必承受地土。」

帶著一種孩子似的心醉神迷，沙摩斯看著他給服務生小費。這是非常豐厚的小費。卡西迪每次出國時總是這樣，他相信要設下堅強的防禦以防他人的不敬之舉。

「你在一九八〇年的時候會做什麼？」沙摩斯等付款完成之後，開口問道。

「不好意思，你說什麼？」

「世界人口一年成長七千萬，愛人。要給小費的人太多了，不是嗎？甚至對你來說也一樣。」

他們的分別也一樣顯得像是個謎。

「你真的覺得很好嗎？」卡西迪看著沙摩斯走到門廳時，帶著懷疑問道。

「愛人，別擔心，我在晚上就會好了。」

「我想愛爾西做得太過火了。」

「誰？」

「愛爾西。」

「當然。愛人。」

「什麼事？」

「你會讓我在嬰兒車買賣上試試身手吧，不是嗎？」一種奇異的不設防取代了先前的威脅口氣。

「只是……好吧，**你**知道，這是我來的目的。你懂吧，我覺得我可以**做**這行。賣東西。我認為我可以把這個當成真正的職業。嘿，愛人。」

「是。」

「謝謝你給我那套西裝。」

「那不算什麼。」

「龍蝦很棒。」

「我很高興你喜歡龍蝦。」

「麵包也很好。外面夠脆，中間夠濕軟——你有很多地方我**用得著**，」沙摩斯突然這麼評論，把他的手擱在卡西迪肩膀上。「嘿，聽好……」卡西迪聽著。「我們得彼此相親相愛，懂嗎。這是偉大的實驗，就像黑人和白人還有所有那些陳腔濫調。但如果我不擁有你的一**切**，我就等於沒得到任何一點的你，對吧？你是這麼黏呼呼的一條魚。我可以把兩手按在你身上，但我不知道你的尾巴在哪裡……你很讓人**驚訝**，說真的……」

卡西迪尷尬侷促地笑了。「也許這就是你正好不知道的，」他一邊說著，一邊拉開距離，免得沙摩斯打算公然擁抱他。「我說，你沒帶那本書的副本吧，有嗎？」

沙摩斯那雙暗褐色眼睛的某處燃起了一盞警告燈，一直亮著不熄。

「如果我帶了呢？」

「我只是要說，我會樂意拜讀，就這樣。如果你帶了一份的話。它現在實際上是在什麼階段呢？」他補上一句。他沒聽到任何回答，就想了個策略性的次要問題。「會改拍成電影嗎，就像《月亮》一樣？我敢打賭它本身就滿值錢的了。更別提書本的銷售量……我猜，也有平裝本囉？」在他繼續說下去的時候，沙摩斯已經退回電梯裡了。

「你知道，」沙摩斯抬起腳走進電梯時說道：「如果我是佛萊厄提，我可以自己一個人運作這玩意兒。」

卡西迪回到他身邊的時候，已經是午夜時分了。他去布里斯托酒吧跟人談生意，然後和布拉勃有另一個約會，十一點時有個做公關工作的女孩打電話來確認傳單內容。沙摩斯躺在那裡，就像個死掉的洋蔥販子，他又穿著那件黑色外套，腹部朝下趴在床罩上，臉埋在貝雷帽裡。他的新西裝小心地掛在衣櫥中，翻領處釘著一個展場工作人員的徽章。他旁邊的地板上灑了一地的宣傳小冊。一本橫線便條紙簿擱在壁爐架旁邊。

「尊貴的先生，」那則留言寫道：「明天早上請好心地喚醒留言者，以便準時出席商展，您恭敬謙遜的僕人沙摩斯·P·史卡丹聶利（賣方）。」後面的附言裡說「**拜託**愛人。**拜託**。重大的承諾。生死攸關。而且要寬大為懷，愛人，請寬大為懷。」

一輛載貨卡車停在窗外，工人們正在把板條箱卸到鵝卵石路上，吼著他聽不懂的笑話。

我應該也買件睡衣給他，卡西迪想著。為什麼他得把自己裹在那件外套裡？

他睡得像雨果一樣熟，不過更沉靜些，臉頰擠在他的前臂上，成了噘嘴的樣子。

在樓下的街道上，一個女人在叫喚著，聲音聽起來是個娼婦，而且喝醉了。我要他做的就是這個嗎：幫我拉皮條？要寬大為懷，愛人，寬大為懷。你是這麼地真實，卡西迪一邊想，一邊再度注視著他，你有什麼需要被寬恕的地方？

「戴爾？」

沙摩斯在喃喃自語，但卡西迪聽不清他說的話。你在做夢，他想，又轉身看著他，你夢到愛爾西和賣嬰兒車了。為什麼不夢見海倫呢？

突然間沙摩斯喊了出來，一個短促激烈的叫喊，聽起來像「**不！**」或者「**滾！**」，他的肩膀在憤怒的抗拒中晃動。

「沙摩斯，」卡西迪靜靜地說著，然後伸出他的手觸摸他。「沙摩斯，沒事啦，是我；卡西迪。我在這裡，沙摩斯。」

等沙摩斯再度平靜下來時，他想著：不，最好就只有我們兩個人。下次再夢到海倫吧。

「戴爾，你這下流東西。」

「我不是戴爾，我是卡西迪。」

一陣長長的沉默。

「我可以去商展嗎？」

「對，你可以去。」

「穿著我的新西裝？」

「穿著你的新西裝。」

幾分鐘之後沙摩斯又醒了，醒得很突然。

「我的康乃馨在哪兒？」

「我放在漱口杯裡。」

「你懂吧，這是為了吸引女性買家，在商展裡。」

「我知道。這會讓她們大為傾倒。」

「晚安，愛人。」

「晚安，沙摩斯。」

17

這一天對卡西迪來說黯淡沉悶，卻讓沙摩斯心情愉快。嬰兒車販賣商不慌不忙地起身，他耳中充滿了這一行貪婪而無用的陳腔濫調；但偉大的作家那時候已裝扮妥當，只差腳上沒穿鞋；他就像一個決心增加收入的年輕總裁，機警敏捷地在地板上來回踱步。旅館服務員送回了他的皮鞋，也確認過鞋底接縫處沒有塵埃。卡西迪打算晚一點離開，但沙摩斯不肯。他堅稱，空氣中已經瀰漫著大軍告捷的氣氛，卡西迪和沙摩斯必須早點上戰場，提振軍心。

他們在綿綿細雨中抵達，帳棚看來慘澹地沿著柱子往下沉，聞起來有英式橄欖球和更衣室的味道。

「捷徑？」沙摩斯激憤地喊道。「捷徑？從沒聽說過他們。」

「我們的主要競爭對手。」卡西迪說。

兩個壯漢看著門口；一群嘍囉用白鑞酒杯送上苦啤酒。

「你是說你和敵人一起紮營？老天爺，愛人，你應該把他們燒成灰呀！強姦他們的女人、把小孩刺到槍尖上！」

「放輕鬆一點，」卡西迪說。「哈囉，史泰爾斯先生。」

「**喔，哈囉**卡西迪先生。生意如何？你有在做什麼大事嗎？」

「沒什麼；我聽說現在還滿平靜的。」

「我想到處都一樣。」史泰爾斯很滿足地說。「我不覺得貨幣貶值有造成影響，你覺得呢？」

「我確定沒有，」卡西迪說。

「討厭鬼，」他們離開的時候，沙摩斯說道。「馬屁精。」

「你得和他們維持友好關係，」卡西迪解釋。「畢竟是我們一起對抗外國人。」

卡西迪公司的帳棚恢復了他的心情。沙摩斯的身分是董事長的一個重要友人，他測試了底盤、把折疊式嬰兒車推著跑、和女孩子們調情、對密爾談聖方濟（密爾最近變得相當陰鬱，表示有意願擔任聖職）。他們都接受他，卡西迪頗為困惑地想著；他們都接受他了。如果我是這種跟班，他們會在幾分鐘內把我攆出去。一大群人正好走進帳棚，主要是斯堪地那維亞人，都是某種年齡層的女人。在午宴時，沙摩斯和來自史塔萬格的佛洛肯．史凡森成了朋友，他以一打十三塊的價格賣給她一百臺底盤。她應該在她方便時才付帳，他說，卡西迪公司的賺錢方法多的是。

「讓雷明知道這件事，」卡西迪低聲對密爾說道。「叫他撤銷這筆交易。」

「怎麼做？」密爾語帶挑釁。

「密爾，你是怎麼啦？」

「沒事。只是我正好很仰慕他，只是這樣而已。我想他很正直好心。」

「把這個訂單丟了，你懂嗎？埋了它。她還沒有簽任何文件，我們也沒有。我們以前從沒給過一打十三塊的價錢，現在也不會這樣做。」

「我辦到了，愛人！」在大轎車把他們送回市區時沙摩斯大喊道。「我辦到了！老天爺，我可以悠遊自在！你看到我跟她說那些好話的樣子嗎？」

「你真了不起，」卡西迪同意。「你實在是棒透了。」

「老天爺，這整個地方，我簡直願意死在那裡；我告訴你，現在沒有別的恭維話比這更棒了，對吧？帳棚、音樂、旗幟……愛人，聽好，在我想到以前，有什麼事情我做得不對的嗎？」

「沒有。」

「沒有太過頭？」

「沒有。」

「手放在別人手臂上，不會太親暱？」

「這樣正好。」

到他們抵達聖賈克旅館時，他甚至能對某些事情表示譴責。

「你知道嗎，愛人，你們實在不應該讓那些日本鬼子進來的。我是說，他們只是站在那裡、為所有的展覽攤位拍照。我的意思是你看看他們對汽車業做了什麼。你應該把那些討厭鬼扔出去，說真的。貼個告示，『日本鬼子勿入』，要是我就會這麼做。」

躺在浴缸裡，玩弄著康乃馨，沙摩斯補充他對市場潮流的怪異評價：「嘿，愛人，佩斯利❸現在怎麼樣啦？我是說，如果那個傢伙要把我們這些生養眾多的天主教徒給殺光，就不會有任何嬰兒了。」

「問問佛萊厄提。」

「你知道，仔細想想，嬰兒車是非常值得加入的事業。我是說，嬰兒車就是你的**犁頭**，明日世界的犁頭，不是嗎。我的意思是，還有其他討厭鬼粗製濫造上百萬的刀劍，可是你與我卻完全屬於非交戰國的陣營；你不這樣認為嗎，愛人？」

「派對以後再和你碰面，」卡西迪好意地說。

「我為什麼不能去？」他繃著臉問。「是我賣了嬰兒車，又不是你。」

「只是原則問題，」卡西迪說。「抱歉。」

「妙，」沙摩斯說。「那些人愛我，」他繼續反省道：「而且我愛他們。這是完美的結合。未來的偉大指標。」他唱了幾段愛爾蘭小調。「嘿，愛人，你從沒有回答我的問題。」

「什麼問題？」

「我問過你一次：對愛的意義可有任何看法？」

「我得說你很會挑時間，不是嗎？」卡西迪回答時笑了一聲。

沙摩斯用他的腳把一朵康乃馨從水龍頭的水流下拉開。「喔，請別逝去，」他朗誦著，顯然是對這朵花：「因為在汝離去之時，我將因此憎恨所有的女人。妓女！妓女！愛人。」

「妓女，」卡西迪說。

他最後一眼看到沙摩斯，是他戴著貝雷帽坐在浴缸裡，研究著《先鋒論壇報》。他一定是把卡西迪整罐沐浴精都用完了，水變成暗綠色，康乃馨浮在上面，就像死水塘裡的百合花。

在卡西迪的經驗中，英國經濟部的代表是數一數二挑剔、矮小、極端有錢、寡言少語的人，外交部總是派這種人處理貿易。他縮在長形房間的一端，處於他那強勢妻子的保護之下，旁邊是一個塞滿紅色玻璃紙的大理石火爐，管家帶著稀稀疏疏的賓客進門後，他才一一接待他的客人。卡西迪早到了，僅次於捷徑公司的麥肯尼，而代表這樣刻意地分別握他們的手，就好像他接下來會為他們的拳賽評分似的。

「我們認識幾位住在愛德堡的卡西迪族人，」代表夫人說。她先前小心聆聽他的口音，然後覺得還可以接受。「他們和你有沒有親戚關係？」

「呃，我們是很大的家族，」卡西迪承認，「但我們確實都在某些方面彼此相關連。」

「這是**什麼**意思？」代表抱怨道。

「我聽說我們是諾曼人血統。」卡西迪說。

沒有受到這樣親切接待的麥肯尼，站在一旁，一臉晦氣。他帶著妻子來了。卡西迪那天早上在帳棚裡見過她，一位長了雀斑的紅髮女士，穿著黃色和綠色的衣服，她看起來就像他開始嬰兒車生意以後見過的所有商人妻子。「你偷走了我們的密爾，」她曾向他這麼說，而現在也準備好要再說一遍。

---

❸ Ian Paisley（一九二六—），阿爾斯特自由派長老教會的創始人，屬於北愛新教徒中的激進派領袖，拒絕與天主教徒和解。

她把頭髮盤起來，還裸露出一邊的肩膀。她的皮包上面有個金色長鍊，長到至少夠一個囚犯用。她的手肘往外大張，方便她在必要時出手捅某個人。

「商展進行得如何？」代表問。「他們正在辦一個**展覽**啊，」他為了他的妻子好，這樣抗議道：「在奧塞附近，以前可憐的珍妮．瑪洛伊都在那裡遛她的狗。」

「我們在八小時內賺了一萬塊，」麥肯尼太太直接對著卡西迪說道。她來自曼徹斯特附近，不在乎血統的議題。「我們還沒記帳，對嗎，小麥？」

「我想他們都會一起到，」代表不抱希望地說。「坐一輛大型遊覽車或者類似的車。這實在出人意表。先來一杯怎麼樣？」

「兩個人上來了。」他的妻子提出警告。管家宣布愛佛頓熟睡公司的桑德斯和梅耶先生到來。

「你剛說**諾曼人**？」代表追問：「**法裔**諾曼人，是那種諾曼人嗎？」

「顯然是，」卡西迪說。

「你應該告訴他們這件事。他們會很高興。**我們**勉強過得下去，是因為她有一半的拉梅家族血統，這就是唯一的理由了。他們厭惡我們其他人就像厭惡毒藥一樣，總是這樣子。他們也厭惡我們，只除了她，有一半拉梅血統的她。」

一批次要外交官員從另一道門進來了。

「我們可以勸妳喝上一杯嗎？」他們開口問麥肯尼太太。他們訓練有素，必定挑中全場姿色最平凡的女人。其中一個人拿著一只公家機關提供的盤子，裡面裝著餐前開胃薄餅，另一個人則問她是否有時間享受一下娛樂。

「她說有一萬塊，是有點誇張了。」麥肯尼告訴一旁的卡西迪。「兩千還差不多。」

「多的是空間可以同時容得下我們兩個，」卡西迪說。

「她很忠心耿耿喔。」

「我確定。你住哪兒？」

「帝國飯店。問你一下，你有讓日本鬼子進來嗎？」

「他們今天早上來的。」

「應該制止他們。」麥肯尼說，他也對著剛剛加入他們的桑德斯發言：「我在向這裡的年輕人卡西迪說，我們必須對日本鬼子提出點對策。」

「日本鬼子？」桑德斯說著，看起來一頭霧水。「什麼日本鬼子？」

麥肯尼看著卡西迪，卡西迪也回看麥肯尼，他們又一起望著桑德斯，這一回眼中帶著憐憫。

「我想他們只去大公司吧，」麥肯尼說。

「我確定是這麼回事，」卡西迪說著，然後離開現場，就好像他有電話要回。

房間裡大概有十二個人，包括東道主或許就有十四個，但增援部隊很快就到了。他們的主題是交通。布蘭德和柯德立一起攤錢搭計程車來；克羅斯走路過來，那些娼妓幾乎把他給生吞活剝了：「她們之中有些是滿可愛的，還只是孩子，十九或二十歲吧，這真是可恥。」馬丁森幾乎決定不來了，這是針對代表的一種抗議，因為他認為代表應該要出席開幕式的。他說，一等他回到里茲，他會向他那一區的國會議員抱怨。

「該死的驕傲孔雀——我會整死他。我們用力賺的，他拚命花掉。現在看看這房間的大小！來自商業界的一**個人**：那就是你全部所需的。一**個人**。你可以把這整間該死的代表處關起來，只留下他。」

在聽取這個智慧之語時，卡西迪聽到管家喊出一個不熟悉的名字。他沒聽得很確切，但很像是左拉，確實是某個伯爵暨伯爵夫人，而他轉身看著他們走進來。後來他說，他有一種直覺。他日後指出，只有直覺可以解釋為什麼他從克羅斯和柯德立旁邊脫身，退了整整一步以便看清沙摩斯殷勤地對著女主人的手鞠躬。

他穿著他那件希沃利街做的西裝，還有卡西迪的一件淡鮭肉色襯衫，這件好衣服是他特別保留給特殊場合的。他身邊有個黑頭髮的女孩，一隻手輕輕地搭著他的手臂。她態度平靜，而且非常美麗，就站在燈光下。從他的有利角度看過去，卡西迪透過一種伴隨著震驚的敏銳觀察，注意到她脖子下方有個大膽的吻痕。

「你沒有因為他惹上**麻煩**吧？」麥肯尼問，他再度走到他身邊。「我太太說他就像兩隻都是左腳的鞋子一樣奇怪。」

「誰？」

「密爾。」

「我確定沒有，」卡西迪說。「實際上我覺得如果有什麼好說的，就是他太正常了。」

「你真是**驚人地**有進取心啊，」代表夫人抱怨似的說道：「在華沙也有你的人馬。他在那裡都**做**些什麼？」

「喔，實際上我們和他們有很多生意往來，」卡西迪謙遜地坦承：「妳會感到驚訝。」

別阻止他，海倫耳語道。答應我，你絕不阻止他。

沙摩斯迷住了每個人。他很氣派又自制地在人群間優雅移動，一會兒說話，一會兒傾聽，一會兒為了那個女孩溫柔地慢下腳步，遞給她薄餅和威士忌。他的儀態，對於那些認識他的人來說，可能顯得有些拖拉不穩；他的波蘭口音，在卡西迪聽得到的範圍裡，偶爾會冒出一點淡淡的愛爾蘭腔，但他的魔力從來沒像現在這樣懾人。

代表對他尤其印象深刻。

「要是你們之中有**更多**人注意東方那邊的事務就好了，」他抱怨道。「她是誰？」

「看來很高貴，」夫人同意。「她是非常了不起的外交官夫人，就算以巴黎的標準來說。」

「她已經神智不清了。」沙摩斯在兩位讚賞他的夫人之間悄聲警告他。「如果我們不把她帶出去，她會一屁股坐到地上。」

「把她交給我，」卡西迪說。

他扛下她的全副重量以後，直接往房間外面走。

「這一位啊，」他聽到麥肯尼說：「就是來我攤位踢館的傢伙。他確實就是來踢了一腳，然後告訴年輕的史泰爾斯說，我們的帳棚是垃圾。他不是外國人，而是愛爾蘭人！」

「去『銀塔』❹，」沙摩斯說。他們站在人行道上看那輛載著女孩離開的計程車。沙摩斯看起來有點衣衫不整，就好像他同時被好幾個人推擠過。

「沙摩斯你**確定**？」

「愛人，」沙摩斯說著牢牢握住他的前臂，「我這輩子從來沒這麼餓過。」

「敬這套西裝，」沙摩斯說。

「敬這套西裝，」卡西迪說。

「上帝保佑她。」

「阿門。」

「無法預期」才是規則，這一點再度證實。卡西迪帶著最不祥的預感，要了一張角落的桌子。他不知道沙摩斯喝了多少，不過一定很多，而且他真的懷疑，少了海倫的幫助，他能不能駕馭沙摩斯。他不知道以前有沒有人在銀塔餐廳玩過「拉鍊」遊戲，但他倒是有清楚的概念，知道如果他們試著這麼做會發生什麼事。在計程車裡沙摩斯很快打起瞌睡，他不得不在餐廳守衛的面前叫醒他。

與預期相反，他們發現自己彷彿置身天堂：老雨果的天堂，裡面有食物、侍者，還有天使和天堂花朵的芬芳。

他們身邊都是鑽石：一大簇的鑽石嵌在窗框邊，標出橘色的夜空輪廓；它們懸掛在愛人的眼眸裡，還有女人如絲的棕髮上。卡西迪耳中聽不到別的，只有愛與戰爭的聲音，充滿渴望的情侶低語，以及一把刀在遠處磨利的聲響。他整個人暈眩著，比在海佛當還厲害得多，也比在坎薩爾高地還厲害。在他曾經去過的所有地方，這裡是最刺激、最令人迷醉的。最棒的是有沙摩斯本人作伴。某種東西——飲料、那個女孩、他征服大使館的舉動，或者這個城市本身的魔力——有某種東西解放了沙摩斯，安撫他、軟化他、讓他變得年輕。他閃閃發光，然而又很平靜；他驚人地清醒。

「沙摩斯。」

「什麼事，愛人？」

「**這件事**，」卡西迪說。

蠟燭擋住了沙摩斯的眼睛，但卡西迪可以看到他在微笑。

「沙摩斯，你做得漂亮極了。實在了不起。他們真的相信你……勝過相信我。你可以告訴他們任何事情，任何你想說的都行。你靠左手就能經營我全部的生意了。」

「很好。然後你來寫我的書。」他們也為此乾了一杯。

「但願海倫在這裡，」卡西迪說。

---

❹ Tour d'Argent，巴黎的著名餐廳。鴨肉料理極為有名，每隻鴨子還有編號。

「別介意，愛人，林子裡多的是她們。」

「跟海倫這樣的人結婚是什麼感覺？跟一個你**真正**愛的人？」

「猜猜看，」沙摩斯這麼說，但卡西迪向來對這種事情特別敏感，覺得他最好別猜。

沙摩斯在說話。

隔著亞麻布、蠟燭、酒杯和餐盤，他談到這個世界與其中的財富。他談到愛與海倫，對幸福快樂和生命贈禮的尋求，而卡西迪就像個受寵的學生，聆聽著每個字，但幾乎不記得任何事，只記得他的微笑和他嗓音裡那種誘人的柔軟。海倫是我們的美德代表；我們談話，但海倫行動。海倫是我們不變的常項；我們運轉，但她靜止不動。

「我從來沒遇到過像她這樣的女人，」卡西迪坦承。「她可以是……可以是……」

她就是，沙摩斯糾正他。海倫沒有潛藏的力量；她是圓滿的。

「她是否**介意**……愛爾西還有其他人，沙摩斯？」

只要她們叫做愛爾西她就不介意，沙摩斯說。

他談到活得浪漫和感受深刻的義務。他談到寫作，也談到這項任務與經歷體驗的天職相比，是多麼地薄弱。

「一本書……天啊。這樣一個**小**東西，只要一些時間。**受夠了**，一本書就是這樣。受夠了煩惱，受夠了罪惡，受夠了折磨，然後突然之間……它就自然產生了。我說真的，愛人。」

創造是一種溫和節制的行為，但生命呢：生命，沙摩斯說，只存在於踰越無度之中。老天爺，誰要足夠就好？如果可以擁有他媽的太陽，誰要清晨的微光？

「沒有人。」卡西迪忠誠地說，而且相信他說的是實話。

他談到靈感，談到靈感之中有許多是貨真價實卻無用的，不管什麼天氣都把你的靈魂晾在外面，讓鳥在上面拉屎、讓雨水沖刷，但你無論如何得讓它留在那裡，這是沒有回頭路的，所以管他去死。他談到平等，談到哪裡都沒有平等，還有自由，那也不存在，那是廢話，而創造的行為更讓自由平等成了廢話中的廢話，不管那是上帝還是沙摩斯的造物都一樣。因為自由意味著天才的完全展現，而天才的存在就排除了平等。所以對自由的嚎叫都是新約聖經式的鬼扯，而對平等的嚎叫則是泛泛眾生的嚎叫。沙摩斯對這一切厭惡至極。他憎恨青春，它讓所有買得起畫筆的小豬玀都成了藝術家；他憎恨衰老，它讓青春的天才變得遲鈍；這個世界因為沙摩斯的見證而存在，少了他，這世界必定滅亡。

還有，當沙摩斯告訴他有關生命的事情時，也告訴他關於藝術的事。不是梵諦岡的藝術，不是歷史課本的藝術，不是為了學校文憑，不是要你「回答下列題目中的任兩題」。

而是做為命運的藝術。做為一種召喚和一種可喜苦惱的藝術。

而從空氣之中，從沙摩斯那一席神奇談話的含糊邊緣，卡西迪發現沙摩斯是精挑細選後脫穎而出的人。

命中注定、不可思議地受到揀選。

他屬於一群從未與他相遇的人；屬於天賦異稟又英年早逝之人；他們已經把他納入懷抱之中。

雖然從不給小費，侍者卻愛他們這種人。

他是狼群中的一員，對抗泛泛之眾的少數人，他們之中每個人都獨自狩獵，沒有人能在必要時刻伸出援手。

「你知道嗎，沙摩斯。」

知道你屬於他們，除此之外別無其他。

知道你是最好的，而且可以推舉你自己；知道佛萊厄提是唯一真正而且活著的神，因為佛萊厄提是自命的神，而任命自己的人是神聖的、無限的、超越時間的，就像愛。

至於到底是什麼讓沙摩斯得以加入其他人的行列，那就像卡西迪的大學導師會說的，是概念而非事實。那個概念就是趁早決定自己，而且先人一步熟悉死亡：熟悉過早的死亡、浪漫的死亡、來得猝然而且對肉體極具毀滅性的死亡。那就是活著時要永遠測試你存在的邊界、你身分認同的極限疆界。那就是需要水，而非空氣；水界定了你，有個德國詩人就總是在泉水裡沐浴；人是無形的，直到經驗的冷酷顯現出他是何許人，此後才是全然的浸淫其中；暴力、和霍爾打拳、浸禮會，然後（不知怎的）又講到佛萊厄提。

逐漸地，靠著第三瓶葡萄酒的幫助和沙摩斯提供的許多名字，卡西迪勾勒出這班非比尋常兄弟幫的畫像，這批少數菁英：在這場不列顛之戰❺中不飛行的飛行中隊，由濟慈❻領軍，支援陣容包括一長串的年輕人。

他們並不全是英國人。

不如說他們是一個自由歐洲中隊，其中包括飛行員諾華利斯、克萊斯特、拜倫、普希金和史考特・費茲傑羅❼。他們的敵人是中產階級社會：又是那些傑拉德十字區的傢伙、那些該死的扮裝主教、醫生、律師，還有積架車主們，組成黑色的機械化艦隊朝他們呼嘯而來。此刻在英格蘭的某地，他們等待最後的緊急升空命令，一邊寫下憂傷的輓歌，一邊寫下愛好和平的詩句。

這樣的人，就定義上來說，他們是在期望之中，而非已實現的願望中倖存下來。而且，因為他們未完成的工作而得到最高的敬重。

---

❺ Battle of Britain，一九四〇年七月至十月底之間，德軍曾經派出空軍密集轟炸英格蘭東南部及倫敦，企圖迅速瓦解英國的戰力，但最後失敗。

❻ John Keats（一七九五—一八二一），因肺結核英年早逝的英國浪漫派詩人，名作有〈夜鶯頌〉和〈無情的美人〉。

❼ 前面幾位都是英年早逝的作家。諾華利斯（Novalis，本名Georg Philipp Friedrich Freiherr von Hardenberg, 1772-1801）是德國早期浪漫派詩人。克萊斯特（Heinrich von Kleist，1777-1811）是德國劇作家兼小說家，作品中主角面臨的厄運往往曲折離奇。拜倫（George Gordon Noel Byron, 1788-1824）英國偉大的浪漫派詩人。普希金（Aleksandr Sergeyevich Pushkin, 1799-1837）是俄國的偉大詩人。史考特・費茲傑羅（Scott Fitzgerald, 1896-1940）是美國作家。

他們也要得很多，因為不久之後別人就會從他們身上攫取更多。

沙摩斯想知道：「誰能夠一邊寫人生，同時又一邊逃避它？」

「沒有人，」卡西迪回答。

在這個中隊裡，那天晚上和以後的每個夜晚裡，沙摩斯都會是那個倖存者。卡西迪相信這一點。他知道他會永遠相信，因為不知怎的，在那天晚上和其後的永恆中，沙摩斯偷偷潛入了他的童年，而且將會像某個心愛的地方或者親愛的叔叔一樣留在那裡。他自己，只是區區的卡西迪，他是他們的隨扈，為他們煎培根、拿著他們的頭盔、擦亮他們的毛皮飾邊靴子、寄出他們最後的書信、把他們的戒指交給他們的海倫，在他們殞落的時候把他們的名字從黑板上擦掉。

「你知道吧，沙摩斯，」卡西迪在過了好一會兒以後——他們已經你一言我一語，講到別的事情去了——「當你需要我的時候，我永遠都會在。」

他是認真的。這是一個許諾，對他來說比婚姻更真實，因為這是一個理念，而且是在沙摩斯的幫助下，在那個夜裡，在巴黎鎮的銀塔餐廳裡，他才為自己找到這個理念。

「為什麼你在哭？」卡西迪在他們離開時問道。

「為了愛，」沙摩斯說。「你總有一天會想試試看。」

「誰是戴爾？」

「誰？」

他們搭一輛大轎車到第七區，沙摩斯在那裡有朋友。

「戴爾。你在夢裡講到他。那時你說他是個下流東西。」

「他現在還是個下流東西。」

沙摩斯的頭動也不動地靠在窗邊，但從街上來的燈光就像金幣一樣灑遍他的頭，一會兒把他抬起來，一會兒又把他推回去，他的剪影因此像是一個無法控制外界影響力的男子，有種消極的模樣。

「那你為什麼不把他推到某個坑裡算了？」

「因為他先把我推進去了，而且他是你無法打敗的那種人。」

「他愛你嗎？」

「我猜是這樣。」

「愛你的程度就像……」

沙摩斯伸出雙手，一起握住卡西迪的手。「不，愛人，不像你，」他溫和地向他保證，把他的手轉過來吻他手心。「不像你會知道的那樣。你會是最棒的。第一名。你在第一位。我說真的。」

一種直覺讓他說出那句話。那一刻他帶著最深刻的同情，還有先知先覺的焦慮感。

「沙摩斯……你是我們這個時代最偉大的作家。我相信這一點。我感到非常驕傲。」

那張臉從他面前轉開，非常優美又突然，身後襯著夜晚，和街道上如流水的閃爍光彩。

「你錯看我了，愛人，」沙摩斯小聲說著，溫柔地把他的手放到一旁。「我只是個失敗的生意人。」

仍然置身天堂的他們進入巴黎。

這個巴黎，不是由自動門的嘶嘶聲和糟糕的美國口音所組成的卡西迪巴黎，而是沙摩斯的巴黎，有著消防栓、鵝卵石街道、爛蔬菜和沒有住戶名牌的門。這個巴黎是卡西迪從未夢到過的，甚至不曾渴望過，因為它呼應的是他根本不知道自己擁有的欲求，而且讓他看見從沒想像過的人，那些有著脫俗智慧、心情輕鬆歡愉的人和沙摩斯握手，叫他大師，向他問起他的作品。他們去了聖敘爾比區，到了一個擠滿書店的廣場，穿過一個充滿歡愉樂音的黑暗庭院，走進一道直接通往電梯的門，然後他們融入一片海洋，充滿交談語聲、發笑的女孩、光著胸脯或戴著唸珠串的男人。

「他們愛你，沙摩斯，」卡西迪對他耳語，此時他們在喝威士忌，並且回答有關倫敦的問題。「看看你，」卡西迪繼續說道：「你很**有名**。」

「對，」沙摩斯說著，語氣不帶一絲苦澀。「他們記得。」

他們前往一座小島，去拜訪一間高地灰屋，屋主是名美國人，還有人給沙摩斯一本他的書讓他簽名，是第一版的《月亮》，他站在一個講臺上大聲朗讀一段，讀給那些在黑暗中呼吸的昏睡情侶聽。印地安人和白人女孩都低聲表示讚賞。他非常小聲地讀著，所以就算卡西迪願意，也不可能聽得清楚，但他從字句的音韻起伏裡知道，那是他聽過最優美的字句，比莎士比亞、紀伯崙或者德軍最高司令部的命令都要優美得多。而他獨自坐在那裡，眼睛半閉，讓那些句子穿透他，就像是愛的語言；他的驕傲是無限的，那是占有這一切的驕傲、創造的驕傲，以及愛的驕傲。

「沙摩斯，我們留下來吧。拜託，我們留下來吧。」

「不行。」

「那**她**怎麼辦？」——沙摩斯這時找上一個女孩，他正輕柔地揉著她衣衫裡的胸脯。

「不好，」沙摩斯說。「這是她的房子。他的房子，」他糾正自己，他指的是她丈夫。

那個美國人給他們另一杯威士忌。他是一個高大親切的男人，即使抱著同情心也還是非常好鬥，而且面對他人的侵犯時，是個相當敏銳的對手。

「滾出這個地方，」他建議他們。「喝完這杯就走。」他對卡西迪說：「我會把他釘在十字架上。他是個很偉大的人，不過把他弄走吧。」

「當然，」卡西迪說。「你人一直很好。」

在燈光明亮的酒吧裡，他們喝著夏圖斯酒，因為沙摩斯說這種酒有最強的殺傷力，在他們將眼睛從霓虹燈避開的時候，找到了第一個妓女。

「沙摩斯，為什麼在他們都這麼想要擁有你的時候，你卻活得這麼孤獨？」

「我得繼續前進，」沙摩斯含混地說。「愛人，不能站著不動啊，他們會一槍正中你的兩眼之間。我寫那本書之後已經過了二十年啦。」

他凝視的眼睛飄向那個女孩。一個黝黑的女孩，美麗但嚴肅；就像要求加薪的安姬・莫德蕾。有一會兒他在沉默中審視她，然後慢慢地向她舉杯。她臉上不帶笑容地走向他。在他們離開時，酒保甚至沒抬頭看一眼。

18

他坐在人行道邊，等著他的主人從十字軍東征回來，這名忠心耿耿的隨扈望著河流，夢想完美的愛，還夢想為他、沙摩斯和深色眼睛女孩準備的大床鋪，夢想懸掛燈光的船屋，裡面都是赤裸的身體，永遠不起皺紋也不知疲倦。白色的船漂在永遠停留於破曉時分的好萊塢式天堂裡，隨著法蘭克．辛納屈的歌聲搖晃。

你看，小雨果，對沙摩斯和法國人來說這是不同的。他們是心中有愛的人，這是因為他們相信愛，而不是因為他們相信人。那是不是很聰明的做法呢，小雨果？他們是出於喜悅，而不是因為害怕孤單，所以才成為愛人。

「我需要錢。」沙摩斯說。

他有點踉蹌，但臉上喜孜孜的。

「要多少？」

沙摩斯拿了一百法郎。

「金錢流通，」卡西迪很滿足地給他這個忠告：「是一種非常性感的業務。」

「去你的，」沙摩斯說。

「這是愛嗎？」當他們慢慢走開的時候，卡西迪問道。

「我們的愛是永恆的，」沙摩斯帶著他熟悉的微笑說著，然後讓他的手臂環抱卡西迪。

「愛人。」

「是。」

「快走吧。巴黎都發臭了。」

「沒問題，」卡西迪笑著說。「悉聽尊便。」

現在他們速度很快，而且帶著怒氣，他們體內有很多酒精。年輕的隨扈盡力和他勇往直前、周遊列國的主人並駕齊驅。在這兩個男人跳上長長的石頭臺階時，他的腳隔著那雙薄鞋底的都市皮鞋，感到陣陣刺痛。在他們頭上，白得灼人的圓頂將它唯一的胸部獻給星光閃耀的天空。燈籠、窗戶都引誘著他們，不過主人一心要去那個地方，就只有那裡，一個綠色的地方，有著綠色的門。他們拐過一個轉角，梯級讓他們拐過那個轉角，突然之間那裡連房子也沒有了，甚至沒有個扶手讓那個懼高的學徒握著，只有像洞窟那樣深邃的黑暗，巴黎的燈光散布其上，及於牆壁、天花板和地板，就像下葬國王身邊的寶藏。但沙摩斯對魔法不屑一顧，過去是他的敵人，前面有他自己的新梵諦岡。他半跑半走，在那無窮無盡的階梯上往前衝刺，在街燈照到的地方可以看見他的臉濕漉漉的，從肩膀開始使力驅策著自己向前，整個身體隨後跟上。

「沙摩斯，我們到底要去哪兒？」

「上面。」

有一天我們也許會登上艾格峰，那裡會有個綠色燈光在峰頂等著我們。再一個，沙摩斯說。再找一個妓女，然後我們就出城。

對於那一行來說，是早了些或者晚了些。一種夢境般的寧靜懸在桌燈的綠色光芒中，坎薩爾高地的女孩睡意濃濃地坐在那兒，就像錯過了最後一班回家的火車。她們聽著珊卓拉的和弦從一臺隱形鋼琴上傳出。熱愛終點站的沙摩斯，比卡西迪早一步走進去，他的手臂舉到肩膀高度，就好像打算把他的外套脫下來似的。女孩們挪動著要接待他，像一整群牛迎向牛仔。

「*Monsieur ne veut pas?*（先生不要嗎？）」一名中年婦人用法文很有禮地詢問，與代表夫人實在有幾分相似，但她顯得更友善。「*Vous voulez quelqu'chose a boire?*（您要喝點什麼嗎？）」諾曼人，卡西迪想著，法裔諾曼人。這個部分也許沒發生過；這個部分，實際上，是一場夢。

「**沙摩斯！**」

女孩們在他身邊聚攏：包圍著無瑕騎士沙摩斯。他的手臂高舉過頭，然後突然間事情就發生了，無數夢境的主題就這麼實現了。她們的手在他身上悄然摸索著，讓他成為她們的囚犯；窺探著、侵入他的騎士襯衫，與他基本上是用英國式繫法繫上的法國腰帶搏鬥；洗劫他，在音樂響起的時候剝光他、把他荒唐的男人服裝丟到地板上，支解他的斗蓬，這就是烈士殉難的場面。某些女孩長得醜，某些女孩裸著身，但綠色燈光讓她們全都成了處女，為她們被陰影遮蔽的地方提供偽裝，還賦予她們的行動一種孩子似的熱切。

突然間，隨著珊卓拉慢吞吞的鋼琴曲裡砰然一響，沙摩斯抓住了最高的女孩，一個寬臀、黑髮的敵人，她嘴裡作響而且腿也很粗。然後他倒在她身上。他擊倒了她，拉著她的手臂，想迫使那雙手臂往後伸，好釘住她。現在她的臀左閃右躲，想避過劍鋒，但沙摩斯用他的頭對抗著，就像鯊魚一樣，用他的頭做槌子，以便壓制她白色的肉體。

與她的胸脯、腹部，甚至她身上地獄般的部位相比，他顯得多麼黝黑啊！現在他撲倒了她。她打滾、哭喊著，同時順從地用她的雙腿剪刀似的夾住了他。

「**沙摩斯！**」

卡西迪的聲音。誰碰了燈？犯規，現在是英國的自由球！燈光微弱地照在他們交纏的身體上。扭住對手了，這是擒抱！等等。她顫抖起來。她呻吟，吸氣，劍插到底了！她會抗拒嗎？她扭動著，移動她張開的膝蓋，然而這只是容許他更深入而已。

沉默與音樂，一者居於另一者之上。

觀眾的隊形散開了，靠得更近一些以便觀察高潮。被擊敗的一方變成有發言權的一方。

聽！啊哈！那妓女坦白招供她的陋行了！在戰爭中認輸，乞求饒恕，讚美永恆的王！終歸徒勞。她們不會對她伸出援手。沒有把毛巾扔進場內的時間❽；沒有裁判計算出拳的次數、壓制尖叫聲、使用嗎啡。她發出一聲叫喊。

一聲拉長的嘆息。

也伴隨著一陣蹙眉，一個性慾迷亂狀態造成的格網，在那個高盧人的額頭中心劃下深刻而細緻的線條。我的天。我的法國神祇。我的佛萊厄提。

他結束了嗎？他還沒結束嗎？現在靠近安全嗎？一個典型的法式混亂狀態。

請原諒我，女士，您介意嗎？

請開燈。開燈。

只要一分鐘，拜託，您介意嗎？

「我來，」卡西迪說，然後很快往前走，幫助渾身濕透的十字軍站起來。

「先生不要嗎？」女士再問了一遍，透過緊繃的精紡毛紗碰了一下隨扈那個銳利、然而未經驗證的武器。

他需要觀眾，海倫解釋。當我們有錢的時候就是女傭。現在我們窮了，就是卡西迪。

五百法郎，接受旅行支票。綠色表示通行。

「我需要一個教堂，愛人，」沙摩斯對這沉睡城市的夜晚燈光耳語。「快！我需要佛萊厄提，而

---

❽在拳擊賽中，把毛巾扔進場內表示認輸。

且我急需要他。」

在聖心堂的大彌撒中，在比銀塔還要多、比雪邦寺更多的蠟燭之間，沙摩斯和卡西迪望著純潔的男孩們虔敬的手勢，同時暗中來回傳遞半瓶威士忌。

親愛的上帝，我是艾鐸·卡西迪，上次向您禱告的時候海倫與沙摩斯失蹤了，據信已被殺害，而我冗長無聊的餘生，都要面對我的無知之罪。呃，從那時候起，我必須告訴祢，我的禱告已得到回應，我確實欠祢一筆人情債。實際上，要評估這次重聚會在我的人生道路上增添多少經驗，會花上我許多時間。在恰當時機，我們應該與著名國會議員老雨果再聚一聚，彼此弄清楚愛的本質是什麼，好與壞是什麼，還有這與我們共享的生命計畫之間有何關係。此刻，我再一次致上暫時的「謝謝您」，因為祢讓我於存在之梯上非常迅速地晉升好幾級，而且這一切都安全地不為珊卓拉所知。

「這是為了維修，」卡西迪解釋。「為了重建教堂。它快垮了。」

「天呀，」沙摩斯說，瞪著奉獻箱沉默的嘴。「天呀。一定有誰是你不曾收買過的。」

在你醉醺醺、疲憊、只能步行的時候，在你蹣跚穿越閃著黃色光芒的水泥柱、找尋一片田野的時候，在沒有一個妓女知道路、計程車司機又拒載的時候，要離開巴黎可不容易。首先他們試圖找到商展地點：他們會爬進大帳棚裡，睡在嬰兒車之間。但商展位置遷移了。他們兩度認出通往展場的那條路；每一次那條路都誤導了他們。所以他們決定改找一條會領著他們通往大海的河流，但河道在一座橋下終止了，在橋後面冒出一座嚇人建築構成的森林，阻擋了他們的逃亡路線。在一個電車車站，他們發現一輛空電車，但卡西迪找不到電力開關，祈禱也幫不了他們。

「跳舞吧，」沙摩斯提議。「也許祂最喜歡看舞蹈。」

在一條鵝卵石小巷裡，兩個同樣身高，唯一差別只在於膚色的男人跳著舞。其中一人是沙摩斯；另一人，就像總是觀察力敏銳的卡西迪正確記錄下來的那樣，是他自己。

這是黎明，不是夜晚，因為沒有人注意，沒有人過來，沒有人在那裡。偶爾，從天堂處，會有聲音用一種母語對他們說話，大概是佛萊厄提，或者甚至是佛萊厄提太太，他們在這裡隱姓埋名，旅行一星期以便探查法裔愛爾蘭人的信眾。但神的訊息內容，唉，就像常見的狀況那樣，以竄改過的形式讓他們聽到，跟著做做就太魯莽了。他們的行動是為了一批觀眾，為了某人，此人會把他們送到這個對沙摩斯而言不再親切的城市之外。他們已經跳完了天鵝湖，現在他們在表演影子，沿著一片沒發出怨言的牆壁，在濕灰泥上跟蹤著彼此的形影，但沙摩斯發現這個節目全無收穫，對這個牆壁相當不講理地踢上一記之後，就命令卡西迪隨著他跳一支他自己發明的舞。急於從命的卡西迪試圖跟上拍子，同時對他那些退休的音樂教師——其中包括多塞特郡雪邦學校的哈若比太太——獻上許多真心誠意的問候。

現在嘛，疑惑先生，想啊。

我在想啊，哈若比太太。

呃，那想得更努力點，疑惑。

是，哈若比太太。

拜託，佩索普，珊卓拉說，你能模仿人的聲音，嗯，那你就模仿他們的歌聲嘛，就是這樣啊……

我不行。

你當然行。我在教堂裡聽過你唱得完美無缺，但結果還是一樣。

但那是和別人一起唱，珊卓拉。

你的意思是你受不了單獨和我在一起？我很抱歉。

疑惑先生，我應該向你的舍監舉報。

「好，沙摩斯。」

「這樣嘛，那就該死的聽好了。」

沙摩斯唱了一句歌詞，把海倫的胸部比擬成兩座山丘。卡西迪順從地試圖重唱一遍。

「我不行，」他說著停下來。「你這樣做沒問題，你有藝術天分。」

沙摩斯——兩人中較黝黑的一位——被卡西迪那種音樂上的無能給感動了，擁抱著他，吻他的臉頰和嘴唇，把他的手指頭交纏在卡西迪的傳統異性戀髮型上。卡西迪對這個吻沒有特別的感覺，卻因為自己沒刮臉而覺得尷尬。他幾乎想要對看似睡在他胸前的沙摩斯道歉。但這個牛津大學畢業生突然間被鐘聲喚醒了。就像沙摩斯稍後說的，不只是那種鳴響，而是那些鐘本身，它們是被佛萊厄提憤怒的手派來取代雷霆閃電的，猛然往下飛擊到屋頂上，並在混亂中撞進庭院、施加通常保留給索多瑪[9]居民的聲音酷刑。恐懼中，沙摩斯把手蓋在自己耳朵上並且大叫：

「停止！停止！我們重來一次。娘娘腔悔悟了，佛萊厄提住手吧！天啊，愛人，你這該死的傻瓜，看你**幹了**什麼好事！」

「你先開始的，」卡西迪抗議，但大作家已經逃開了，他的門徒追隨在後。

所以他們一直跑，沙摩斯帶頭，他的手還蓋在耳朵上，迂迴前進、又閃又躲想避開落下的鐘聲，他的夾克翻騰著，像一條安全帶。

「別回頭看，你這傻瓜，跑呀！天呀，你為什麼帶我們去那個教堂，你他媽的白癡！佛萊厄提，你是活著的！愛人！這是地獄呀！」

卡西迪倒下了。

他可能跌得四腳朝天，膝蓋撞上一個巴黎垃圾桶蓋，而且清楚感覺到膝蓋骨被擠了出去。沙摩斯把他拉起來。在他們解開馬車架的時候，馬兒掉頭看他們。這匹馬有點年紀了，牠的臉是灰的，眼睛旁邊有著黑圈。

---

[9] Sodom，《聖經》中男同性戀盛行的罪惡之城，後來被上帝毀滅。

鐘聲停了。

「我怎麼告訴你的？」沙摩斯滿足地說。「往南走，」他告訴那匹馬。「*sud.*（南。）我們會看到陽光。」

拉起毛毯之後，他轉向卡西迪，把他往下拉到出租馬車的皮革靠墊中間。

「來吧，愛人，給我們一個吻。」

帶鹽的汗水在相愛者的臉上匯聚，老雨果的鬍渣讓人憶起某個終生的追尋目標。

「天呀，我恨這個城市，」沙摩斯宣稱。「實在想不到我們為什麼會去那裡。」

「我也想不到，」卡西迪說。「這是個破爛堆。」

「他是個好孩子嗎？」沙摩斯問。

「最棒的。他們兩個都是。」

「不用把他們帶在你身邊呀，愛人，小混蛋們自己會想辦法活下去的。然後他們會要你想要的東西：打炮、歡笑、酒精、跛扈母牛……」

「這樣對他們比較好，」卡西迪說。

「對我們不是更好嗎，是吧，愛人？」

沒人回答。卡西迪睡著了。沒有對話。沙摩斯也睡著了。只有那匹馬生氣勃勃地往南走。

然而事實上，卡西迪醒著。意識清醒，思考敏捷銳利。他的身體僵硬疼痛，但他不敢動彈，因為雨果睡在他懷裡，而且只有睡眠才能修補受傷孩童的膝蓋骨。

小雨果，這是輛四輪馬車，他在心裡解釋；由一匹超級棒的灰馬拉著，就像他們在聖安潔樂有的那種，不過在聖安潔樂拉的是雪橇。

一輛四輪馬車，小雨果。木頭輪子，搖搖晃晃的輪子，這匹馬是他們在海佛當給我的亨特種馬，一匹極端馴良的純種馬，由神派來帶我們遠離這座發臭的城市。

「爹地，你有多少錢？」雨果昏昏欲睡地問道。「全世界有多少錢？」

「這要看市場的走向，」卡西迪說。「夠多了，」他補上一句，然後想道：誰會因為「夠多」而滿意？

卡西迪伸了個懶腰，同時把嬰兒沙摩斯從他手臂裡鬆開。他讓自己的身體更舒服地靠在椅子上，然後捲起褲管，小心檢查受傷的膝蓋。它還在正確的位置，沒有可見的傷痕。一定是內傷，他想，一邊接過酒瓶。是內出血。他倒了一點威士忌在疼痛的部位。

「全都在嬰兒車上嗎？」沙摩斯問，他還在講錢的事情。

「天啊，不是。是分散的。」

「我以前很有錢，」沙摩斯說。恍惚之間他們正駕車駛往海佛當，漫長小徑兩旁有高大的樹木。不是南邊，而是東邊，紅色的太陽躺在道路盡頭，柏油路是水汪汪的紅色。

「我以前很有錢，」沙摩斯又講了一次，把空瓶子扔到路上。

「妙，」卡西迪引用大師的話。「我討厭自憐自艾。」

「說得好，」沙摩斯語帶贊同地說，然後把卡西迪往路上推。但卡西迪已經準備好面對攻擊，而且多虧他在軍隊裡受的訓練，他漂亮地落地了。

「愛人。」

「是。」

「蒙地卡羅是一個地方嗎？」

「晚上或許可以算是吧。」卡西迪這麼說。他從來沒去過那裡。

「好極了。我們要去蒙地卡羅。」

然後他對馬下了個修正命令。

「畏懼生命中的一切——除了它的永久延續，」沙摩斯大聲朗誦。「這句怎麼樣？我為你寫下這句話。我要讓這句話徹底地永垂不朽。」

信任你的木頭輪子。死囚押送車。要送上刑場的貴族。莫德蕾小姐，請妳馬上接洽帕克華德公司❿，告訴他們我要他們把這輪子修好，行嗎？

卡西迪又打起瞌睡，這一次和年長的雨果——他父親——躺在一起，那一夜他們搭火車去海邊度假勝地托基，要去買下帝國旅館。那時候，老雨果沒隔多久（一個月，或許兩個月）就會停在門口，等著卡西迪來幫他開門。他們同意做一番探勘，隨後討論那裡的財務狀況，看看是否有辦法接近某個大人物——查爾斯．克羅爾或阿迦汗——這端看他們能信任誰了。⓫在火車上等著晚餐時，這個老人開始哭泣。卡西迪從沒聽過這種聲音，一開始還以為他嗆到了，因為啜泣聲聽起來像是聲調尖銳的乾嘔，像珊卓拉某一隻母狗嚥下骨頭之後發出的聲音。

「來，」他說著遞給他一條手帕，「拿著這個。」然後回去看他的報紙。

接著他突然瞭解到老雨果不是在啃骨頭。實際上，除了他的羞恥以外沒有什麼別的能嗆到他。然後他放下報紙盯著他看，看著這個崩潰的人弓身塞在小角落裡，厚實的肩膀在孤寂中顫抖，光禿禿的頭透出斑駁的紅色。

要舉起報紙嗎？

⓾ Park Ward，前身為W. H. Park和C. W. Ward兩人在一次世界大戰後創建的車身製造公司，為勞斯萊斯汽車公司製造車身，後來在一九三九年終於被勞斯萊斯合併。

⓫ Charles Clore（一九〇四—一九七九），英國資本家兼慈善家，倫敦著名百貨公司賽福里吉（Selfridges）的老闆；Aga Khan是印度伊斯蘭教什葉派中的尼查爾派（又稱伊斯瑪儀派）伊瑪目（宗教政治領袖）世代相傳的稱號，與英國關係密切，受封爵士。這裡講的可能是阿迦汗四世（Karim Al-Hussain Shah, 1937-）。他們的祖傳事業是繁殖良馬。

要迎向他？

「我拿杯酒給你，」他說，然後去吧檯拿了一小瓶，一路用跑的還撞上排隊的人。

「你慢慢來，」卡西迪回來的時候，老人身體僵直地說。他在讀他的《標準晚報》，講賽狗的頁面吸引了他的注意力。「那個東西是什麼？」他瞄了一眼小瓶子。

「威士忌。」

「你買威士忌的時候，」老人說著，把那個小瓶子拿到他巨大穩定的手裡，「要不就買個好的牌子，要不就別買。」

「抱歉，」卡西迪說：「我忘了。」

「愛人。」

「是，沙摩斯。」

一個小時過去了，也可能是一天。太陽消失，道路既無變化又陰暗，在空蕩蕩的天空映襯之下，樹木顯得漆黑。

「仔細看著我。你在看嗎？」

「當然，」卡西迪說，他仍閉著眼睛，靠著老雨果的肩膀。

「深入我迷人雙眸最裡面的隱密地帶？」

「還要更深一點。」

「當你看著這幅畫面時，愛人，好幾千個腦細胞都快要老死了。還在看嗎？」

「是，」卡西迪說著，一邊想：這篇對話其實發生得更早些，是這段話讓我想到我父親。

「**現在，現在，砰！砰！**看到了嗎？好幾千個細胞死了。腦裡的戰場上屍橫遍野。他們微小的生命咳出最後一口氣。」

「別擔心，」卡西迪語帶安慰地說，「你會永遠繼續活下去。」

在溫暖的毛毯底下有一陣長久的擁抱。

「我在講的不是**我**，」沙摩斯一邊解釋，一邊吻他。「我是在說你。**我的**細胞活得很愉快。我們在擔心的是你。我要把這個也寫下來，如果我記得的話。」

卡西迪想，這是趟內心之旅。平庸的艾鐸．卡西迪，在前往蒙地卡羅的路上，在他浪跡天涯的密友陪同下重活一遍他的生命。

「愛人。」

「嗯。」

「我們絕不回巴黎鎮了，可以嗎，愛人？」

沙摩斯的聲音裡有一絲焦慮。在這趟旅程裡不是每件事都是兒戲。

「絕不。」

「保證？」

「保證。」

「騙人。」

卡西迪清醒過來，重新考慮這個問題。「沙摩斯，告訴我，說真的，為什麼你**不想**回巴黎？」

「無關緊要，對吧？我們就是不回去。」

然而另一部分來說，如同記錄中說明的，這也是趟外在的旅程，因為等他再度清醒過來，警察正激烈地爭論馬匹屬於何人。

他們現在靠近一個私人機場，停在兩輛藍色貨車中間，一架小小的雙翼飛機在空中盤旋，準備降落。每個人都在講話，然而自己騎腳踏車追來的馬車主人聲音最大。他是一個年老、灰髮的男人，穿著帆布長褲和一件大戰時期的長外套，他正在踢灰馬的前腳，詛咒牠的不忠實。馬車主人與警察抱持同一觀點，認為沙摩斯不必受到譴責；他不接受卡西迪的旅行支票，所以他們去了一家銀行，卡西迪沿著虛線簽了自己的名字十次，警察則同時保持警戒。

我幾時曾經在清晨時分兌現過一張支票？

「沙摩斯，」卡西迪說話時，想著布拉勃和密爾，還有來自鮑魚路的信，「現在我們是不是該回去了？」

「走呀。」沙摩斯說。

他們走了。從成堆的小樹枝裡升起細細的一縷煙，但沒有火。他們的西裝就像死去的友人，躺在旁邊的木板上，在他們背後是一條乾涸的河流，只有一彎淺淺的流水，他們先前在那裡沐浴，龜裂的泥土是從海佛當的護城河裡運來的。在河流後面是田野，田野後面是樹林、一條鐵路，還有一片法蘭德斯式的天空，有如河堤，沒完沒了地延伸出去。

「沒有紙你永遠點不著的，」卡西迪提出異議。他覺得冷，而且相當清醒。「如果你讓我穿上衣服，我可以打電話叫計程車。」

一輛火車從高架橋上通過。上面沒有乘客，但車廂裡亮著燈。

「我不要計程車。」

「為什麼**不要**？」

「因為我不要，所以閃邊去。我不要去巴黎，而且我不要計程車。」他又生氣了，全身顫抖。

「如果你想穿衣服，我會宰了你。」

「那就讓我拿點紙。」

「不要。」

「為什麼不？」

「閉嘴！**討厭鬼**！閉嘴！」

「妙，」卡西迪說。

最後一瓶酒空了，所以他們把酒瓶放在一根樹枝上，然後用連番砲火打破了它。一人砸了十顆石頭，各自發動攻擊。就在那時候有個男孩出現了，大約是馬克的年紀，不過臉上神情更稚嫩些。他帶著一根釣竿和一個背包，而且他坐在一輛荷蘭製的腳踏車上，卡西迪有這種車的英國專利。男孩首先比較了他們的生殖器，一個有金色毛，另一個則是黑毛，但除此之外沒什麼好挑的，然後他撿起一顆石頭，接著朝向剛才擺著瓶子的棍子上筆直用力地丟出去。

卡西迪寫出一張採購單，然後給他泡濕的二十法郎。

「你要小心過馬路。」他警告他。

「你知道**我的**想法是，」卡西迪小心地說著，用他的牙齒拔起瓶塞——那個男孩，一個很有辦法的孩子，說服店家把瓶塞拔出來一半——「如果我們叫一輛出租汽車——」

「愛人，」沙摩斯打斷他。

「是。」

在數種巴黎報刊的鼓勵下，小樹枝充滿信心地燃燒著。在河堤遠處，那男孩拋出線要釣魚了。

「愛人，你可認為這是一種自我的衝突？」

「不，」卡西迪說。

「本我？」

「不。」

「自我對抗靈魂？易卜生⓬？」

「這完全不是一種衝突。**我**想回去，**你**不想。我想洗澡和換衣服，而你打算餘生都像個穴居人一樣活下去——」

他頭上的一邊挨了一記石頭，就在耳朵後方的左邊。他知道那是一顆石頭，他倒下的時候看到那顆石頭飛來，他看見上面的地圖，主要是瑞士阿爾卑斯山系，由天使角地塊領頭。他和地面之間的距離比他預料的還要遠得多。他還有時間在落地前把酒瓶扔到一邊，也有時間在頭撞上木板前把手臂抬起來。然後沙摩斯抱著他，親吻他，把酒倒進他口中。寬大為懷啊，愛人，要寬大為懷。他抽泣著，就像火車上的老雨果那樣哽咽，而那個男孩從水裡拖出一條棕色小魚，適合小孩釣竿的小魚。

「天殺的，你為什麼要這麼做？」卡西迪問。

沙摩斯坐得離他稍遠，處於一個自設的帷幕之後，貝雷帽拉到他眼前做為一種自責的表示，他坦露的背部被一道來自乾枯河流的髒水印給一分為二。他什麼也沒說。

「我得說，這樣做實在奇怪得要命。特別是對於一位文字大師而言。」

男孩把魚丟回去。他要不是沒看到這起事件，就是已經看過無數次，流血沒讓他提高警覺。

「看在老天的分上，不要用那顆石頭打你自己了，」卡西迪繼續不耐煩地說。「只要告訴我為什麼你這麼做，這樣就好。我們會做任何你想做的事。在那條要命河流裡凍僵，以便感覺我們的自我、毀掉我們的新西裝、得肺炎，然後突然間你對我丟石頭。**為什麼？**」

⓬ Henrik Ibsen（一八二八—一九〇六），挪威劇作家。

靜默。那貝雷帽輕輕地移動，表示拒絕。

「好吧，你告訴我：你不想回巴黎。很好。但甚至再偉大的愛侶都不能一輩子待在一條乾掉的河流旁邊露營。呃，你**為什麼**不想回去？你不喜歡旅館嗎？你突然間就受夠了城市生活嗎？」一陣暫停。「和戴爾有關嗎？和你的書有關？」

這一次貝雷帽動也不動，不表示拒絕，也不表示接受，貝雷帽靜止得像站在門口的珊卓拉，當她氣他不夠寬大、不讓她享受她準備好接受的悲劇時的珊卓拉。

「沙摩斯，看在老天的分上。上一分鐘我們都快變成同性戀了，下一分鐘你就試圖殺我。你到底他媽的怎麼了？」

那坦露的背擺動起來，好像被風給吹動了一樣。最後悔罪者舉起酒瓶，喝下酒。

「給我，」卡西迪說著，蹲在他旁邊。「我也要喝一點。」他伸出手，但拿到的不是酒，而是沙摩斯西裝裡那朵壓爛了的康乃馨。卡西迪輕輕舉起貝雷帽，淚水聚集在眼眶邊緣。

「忘了吧，」他輕柔地說。「這不痛的，我向你保證。我甚至不認為你做了這件事。看。看，沒有腫包，沒有抽痛，什麼都沒有。感覺一下，來嘛，把你的手放在這裡。」

他舉起沙摩斯泥濘不堪的手，放在他頭上。

「你一**定**要愛我，愛人，」沙摩斯湧出淚水，悄聲說道。「我需要愛，說真的。如果你不愛我，我會對你做出比現在更嚴重的事。」

他的手就像第二重堅信禮，輕盈且充滿感覺地在卡西迪的頭皮上發抖。

「全部的你，你得給我**全部的**你。我會的。我給你的是一張空白支票，愛人。真的。」

「我有在試著瞭解，」卡西迪提出保證。「我有在努力。只要你告訴我那是怎麼回事。」

「去他的小資產階級，」沙摩斯絕望地說。「你永遠都做不到。耶穌啊！」他突然間哭喊出來。鬆開卡西迪的手，躍向空中。「我的身分認同！它毀掉了！」

他指向一片灌木草叢，他的護照正面朝下地躺在那裡。一隻死掉的蝴蝶，翅膀無助地為了起飛而展開。藍色液體滲透了草地。

「流血至死，」他耳語道，用兩手舉起牠。「愛人，給我一個擔架。」

在村裡的郵局，他們穿著整齊，買了一個法國信封把他們的康乃馨寄回去給海倫。背膠有薄荷的味道，康乃馨已不再新鮮。

然後又買了兩架玩具滑翔機，好讓他們距離上帝佛萊厄提更近。還有一只送出祈禱詞的風箏。以及一本筆記本，因為在回到巴黎的路上，沙摩斯要開始寫新的小說，主題是大衛與約拿單⓭。他也把舊的那本丟在河裡了，他並不留戀過去。

往巴黎之路，卡西迪在他自己的旅行指南裡寫著，他用的是花俏的文句，這是老雨果無數天賦遺

⓭ David and Jonathan，《聖經》裡記載大衛王和約拿單是親密的摯友。

傳的又一表現，這條路既漫長又多變，又通常會迂迴地折回原來的方向。某些路的邊緣點綴著雄偉的山丘，風箏和滑翔機可以在那裡飛翔，那是給愛爾蘭神祇的消遣；某些路旁有工廠，擠滿了騎在腳踏車上的可悲無產階級賤民和泛泛之眾；某些路上又有著酒店，在那裡，被逐出城市的娼妓們讓大作家得以對無限的事物投以平庸的瞥視。但每一條道路都是交通緩慢的路，適合拖著腳步走，因為巴黎不再受人歡迎，它受到戴爾的祕密所威脅。

疲倦的編年史家躺在理髮店的椅子上，身上蓋著唱詩班男孩的白衣，在刮鬍子的時候睡著了。他夢到赤裸的海倫站在多佛海灘，當她發起大帆船環遊世界的競賽時，兩朵死去的康乃馨在她胸脯上。他醒來時，理髮師正在剪他的頭髮。

「沙摩斯，我不想剪頭髮！」

沙摩斯坐在長椅上，寫他的筆記本。

「這樣對你很好，愛人。做為僧侶的新生活，」他含混地說，頭都沒抬：「必要的犧牲。」

「**不！**」卡西迪說著，把那個男人推開。老天在上，這下怎麼面對創牌公司呀？「*non, non, non.*（不。）」

沙摩斯繼續寫作。

「他希望長一點，」他向那個理髮師解釋，與理髮師已經建立親密的友誼。「*Il le veut plus long.*（他要留長一點。）」

「沙摩斯，你相信什麼？」

在世界邊緣，紅色的太陽升起或是沉落在一間工廠鼓起的鐵絲線後面。光線照在田野上，滑翔機因為沾著露水而潮濕。「碼頭盡頭的燈光**是**什麼？」

「有一度我相信一名妓女，」沙摩斯在一陣長考之後說道。「她在貴族板球場工作。我認識的人裡面，就屬她最愛這個遊戲。她在皮包裡收著所有打擊率的資料。」

「還有什麼？」

他自己厭惡神職人員，他說。帶著一種狂熱分子的憤怒去憎恨他們。

「還有什麼？」

他恨過去，他說，他恨傳統，他恨盲目接受限制與自願囚禁靈魂。

「那不都是**負面**的嗎？」卡西迪最後問道。

「我也恨那個，」沙摩斯向他保證。「最重要的就是積極正面。」

他們騎在偷來的腳踏車上，卡西迪頭部的某一側現在比另一側冷得多。而沙摩斯說，那個，正是卡西迪的問題。

妙。

19

沙摩斯會是什麼樣的人？卡西迪看著他在酒館裡寫作，內心納悶。現在城市離他們不遠了，或許這就是為什麼現在他在寫作。為了把自己武裝起來，對抗在巴黎威脅他的東西——無論那是什麼。一道粉紅色光芒在巷子盡頭等著，夜晚的空氣像個鍋子似的嗡嗡作響。他們坐在靠路邊的一張桌子前，罩在一把可口可樂的廣告遮陽傘下，喝佩諾茴香酒讓頭腦清醒。計程車在一個停車位上等著，司機正在讀色情小報。

誰會與自己的記錄天使生活在一起，一世又一世，記錄、扭曲、糾正然後結束？誰會是這個沙摩斯，每天記錄他自己的實況？總是攻擊人生，絕不接受它；總是在行走，絕不定下來。

「這真的是一本長篇小說嗎？」他問道。「一本完完整整的小說，就像其他的一樣？」

「也許。」

「是關於什麼的？」

「我告訴你了。友誼。」

「唸出來。」卡西迪說。

「去你的，」沙摩斯說著，然後讀道：「現實分隔了他們，現實也把他們聚攏起來。約拿單，他知道現實在那裡，就從它那兒逃開；但大衛卻從來無法確定，每天都去追尋它。」

「這是個童話故事嗎？」卡西迪問。

「也許。」

「我們之中哪一個是大衛？」

「你，你這笨蛋，因為你光明正大。大衛是一個偉大的懷疑論者，他愛眼前的世界和其中的一切財富。約拿單詆毀這個世界，也因此是個更厲害的預言家；但大衛遲鈍到無法瞭解這點，而約拿單又太驕傲，無法告訴他。大衛的世界是庸眾理想得以實現的世界，因為他是庸眾中的一員、泛泛之眾中的佼佼者；約拿單有著心靈的純真，但大衛有著浮華俗氣的靈魂……」

「但這是什麼**意思**，沙摩斯？」

「這意思是在我把你當成異端，又拿石頭砸你之前，你需要來一杯。」沙摩斯說。

要熨平一本護照，你需要一個妓女——這是卡西迪直到那時還未充分體會到的真理——因為妓女有著最敏感的手指。

「她們是世界上最棒的熨燙工，」沙摩斯解釋道。「以此出名。而且當她熨護照的時候，」他帶著一種時間和行動專家的驕傲補上一句：「你可以上她。這是你該放棄處女膜的時候了。」

所以他們去了北門，一個很吸引人的車站，去那裡找一雙手。

他們回歸城市的行動，沒有——或許根本不可能——像他們逃離城市那樣充滿勝利感。卡西迪假設他們會立刻去聖賈克旅館。他甚至想好一套辦法，不經過大廳就進去——跨過門房的手掌心，從員工出入口溜進去，就像變成某個旅館員工的兒子——因為他們的西裝，雖然稍微乾燥了些，卻縮水了，完全稱不上高雅。他也有其他必須照顧的友好關係；商展已經變成引起他焦慮的對象；他的信件和電話怎麼樣了？

沙摩斯才不管這些。城市本身已經讓他心情黯淡，他的情緒變得更尖銳，更不和善。

「我已經厭煩了那該死的聖賈克了。那個爛透了的小死囚室。裡面都是他媽的主教，我知道是！」

「但是，沙摩斯，你先前喜歡那裡——」

「我恨它。去你的。」

他跑走了，卡西迪突然想著：我知道那種表情，那是我的。

「你怕什麼？」他就要問出口了，但他知道小心克制才是上策。所以他們去了一個沙摩斯知道的地方，在巴克街外某處，一個有庭院的白色房子，靠近一間大使館，街道上停放成排的使館用車。或許是受到那些車輛的刺激，沙摩斯堅持把他們的名字簽做柏吉斯和麥克林⓮。

「沙摩斯，你確定？」

當然他媽的確定；卡西迪顧他自己該死的事情就好，或者做點別的，行吧？行。

在北門多的是一雙好手。即使在有陽光的傍晚通勤時間，有提著行李的手，握雨傘的手，還有溫柔的手，把情侶連接起來。而且，可惜呀，沒辦法分離那些手。他們已經忙壞了，這對朋友坐在一張長椅上，清空他們起皺的口袋，拿麵包碎片來餵法國的鴿子。陰沉的沙摩斯幾乎不說話。卡西迪的頭陣陣作痛，而他的膝蓋骨，直到剛才還平靜無事，在騎完腳踏車以後又開始發作起來。

「好，」他把身體的痛苦告訴沙摩斯時，沙摩斯這麼回答。

為了抵抗逐漸入侵的沮喪，卡西迪唱起歌。倒也不怎麼像唱歌，而是低聲哼唧。他自己發明的一套歌詞，用一種變形的法語腔單音調唱出來，還算過得去，是在模仿墨利斯．雪佛萊⑮。

他就是這樣找到愛麗斯（Elise）的，這很明顯是愛爾西（Elsie）的拼字變化遊戲。

「巴黎的小小鳥兒，
他們有一段美妙時光，
他們有一段美妙時光，
直到白雪把他們的麵包

⑭ Guy Burgess（一九一一—一九六三）和Donald Maclean（一九一三—一九八三）是著名的雙面諜，都屬於「劍橋五人組」（其他成員包括Kim Philby和Anthony Blunt，第五人則一直身分不明），在英國軍情五處（MI5）工作時暗中把情報提供給蘇聯。這兩人是五人組中最早曝光者，在一九五一年兩人一起叛逃到蘇聯。

⑮ Maurice Chevalier（一八八八—一九七二），法國著名歌手及電影演員。

都——拿走了……

直到白雪把他們的麵包

都——拿走了……」

沙摩斯從他的憂鬱中覺醒，瞪圓了眼睛看他。這是卡西迪第一次唱歌給沙摩斯聽，而墨利斯．雪佛萊是他最拿手的。

「愛人，繼續呀。唱得好。第一名的，唱下去！老天爺，這很棒，很有人性。你怎麼沒對我說過？」

「這個嘛，你的聲音棒多了。」

「鬼扯！繼續呀，你這混蛋，唱！」

所以卡西迪繼續唱下去：

「他們扭扭他們的翅膀……

他們扭扭他們漂亮的尾巴……

他們跳躍，他們愛，他們唱

他們短短的歌……

直到白雪，殘酷的白雪……

把他們所有的麵包都拿走了……」

「多唱幾首，愛人！老天爺那棒透了！嘿，大家聽著，聽卡西迪唱歌！」

沙摩斯跳起來，打算號召多一點觀眾，此時他們看到那個女孩，站在那裡對他們微笑，穿著一件時髦的淺黃色外套，拿著一只紅色的亮面手提包，看起來就像天使峰登山小火車上瑞士車掌的錢包。

她年輕而且相當高，頭髮短得像個男孩，是個整潔好看的女孩，有著細緻的皮膚，微笑時才會皺起細紋。她的腳趾和腳跟都併攏了，而她的腿——雖然這些對於恢復沙摩斯的身分認同無關——非常筆直，但並不算細，實際上，安姬．莫德蕾的腿也是這樣大方地露出來。

「要求看她的手，」沙摩斯催促道。

她對著卡西迪微笑，而不是沙摩斯；她似乎認為他是比較適合她的類型。

「她戴著手套，」卡西迪反對。

「那就叫她脫掉手套啊，你這笨蛋。」

「妳講英語嗎？」卡西迪問。

她搖搖頭。

「不，」她說。

「看在老天的分上，愛人，這很重要！」

「*vos mains,*（妳的手，）」卡西迪說：「*Nous voulon voir*（我們想看看）……妳不想坐下嗎？」他有禮地問道，把他的座位讓給她。

她保持微笑，端莊地坐到長椅上，置身於他們之間。卡西迪舉起她的右手，溫柔地脫掉手套。那手套是細緻的白色尼龍布料，像絲襪一樣很容易滑落。藏在底下的手柔軟光滑，很自然地蜷曲在卡西迪手中。

「現在問她要不要熨護照，」沙摩斯說。

「我確定她願意。」卡西迪說。

「那就問她開價多少。一本護照，打一次炮。加上稅、服務費等等的全部價錢。」

「我寧願直接付她錢就好，沙摩斯。拜託。」然後他用法文對女孩說道：「我名叫柏吉斯，」他解釋道。「我的朋友是作家麥克林。」

「早安，麥克林，」她很有禮貌地說，手在卡西迪的手裡顫動，像隻很小的鳥兒。「而我的名字叫愛麗斯。」

在這間白色旅館的櫃檯，卡西迪借了一支熨斗，這支又黑又光滑的熨斗大約是一八七〇年代的產物了，珊卓拉的廚房裡也有一支。接待員是個阿爾及利亞男孩，一個非常疲倦的罪行共犯，但看見愛麗斯似乎帶給他希望。

「她會需要吸墨紙，」沙摩斯說：「墊在護照內頁之間的吸墨紙。」

暫時的振奮離開了他。

「好，好，」卡西迪說。

走廊非常狹窄而陰暗。透過相連的牆，傳來嬰兒持續的啼哭聲。卡西迪幫愛麗斯穿上她的外套，讓她坐在椅子上，同時給她一杯酒，好讓她覺得安適自在，然後很快地他們就彼此交換關於天氣和旅館的家常話。愛麗斯與她的家人住在一起，她自己這麼說，這樣不見得方便，卻很省錢，而且人需要陪伴。卡西迪說他也和他的家人住在一起，他的父親是旅館經營者，顧客有時候讓人覺得厭煩。同時，對這類俗套談話聽而不聞的沙摩斯，直接走到窗口並且把桌子拉到房間中央。他輕輕撥開桌子背後的電力開關，把扁平的熨斗放在桌子上面。

「啊，你們有兩個房間耶！」在沙摩斯拿著一條毛毯從臥房裡出現時，愛麗斯說道。「這樣很方便呢。」

這是一間完整的套房，卡西迪對她保證，而且領著她參觀整間套房。庭院裡有一棵葡萄樹和一座噴泉，浴室是用陳年大理石鋪成。愛麗斯覺得這很浪漫，但她擔心要讓房間暖和起來會很花錢。

「去她的！」沙摩斯大喊。「她又沒買下這地方，不是嗎？叫她過來熨我那本該死的護照。」

「她在洗手，」卡西迪說：「沙摩斯，拜託你——」

「洗個鬼。她是在替自己消毒。噴消毒劑在她的屁股上，她們都是這麼做的。要是她們逮到一點機會，就會讓你泡在綿羊殺蟲劑⑯裡面。來，拿六便士去弄張吸墨紙。」

「急什麼？」卡西迪問道，現在他相當不悅。「有什麼差嗎？熨斗都還沒熱呢。放輕鬆點。」

「**弄吸墨紙來！**」

卡西迪突然警覺起來，說道：「她和你單獨在一起不會有事吧，對不對？」

---

⑯ 替綿羊消毒殺菌的時候，會讓整隻羊泡在殺蟲劑裡面。

「當然不會。你在講什麼鬼話？你知道一個平常的工作日裡，那些光明天使大概可以生吞十個我們這種人嗎？她不遵守，我們也不能指望她遵守到英國中產階級的禁忌或優先順序。她在乎的全部事情，」——他們聽到廁所的沖水聲；愛麗斯從臥室回來了——「就是你和我可以把她像火雞一樣地綁起來、拿她來玩足球，玩到我們挑了個好時辰把她放回街上，再找另外兩個像我們一樣的傢伙。」

他把護照推到女孩手裡。

「但是沙摩斯，我不認為她是這樣。我想她只是一個普通女孩子。」

就像海瑟．雅斯特，他想這麼說；雨果會非常喜歡她。

愛麗斯很小心地翻頁。她的手指修長而俐落，能夠用最聰明的方法深入狹窄的地方。

「可是您不叫麥克林，」她比對了沙摩斯的臉和照片之後，終於說道。

「麥克林是他的筆名，」卡西迪迅速地回答，他還站在門口。

「**去買吸墨紙！**」

文具店在對街，卡西迪一路上都用跑的。當他喘不過氣地回來時，沙摩斯和愛麗斯站在房間的兩端，互相避開視線。她的頭髮亂了，而且顯得氣憤。

「好啦，」沙摩斯說，輪流看著他們，「建立你們的美好關係吧。小男孩羅賓和溫蒂一起尿尿，一起上床睡覺覺。但是到我回來的時候，我要她滾而且燙好護照。」

「**沙摩斯**——」卡西迪喚他，但門已經對著他砰一聲關上。

「您的朋友，他不是好人，」愛麗斯說。

「他有心事，」卡西迪說。而我也有。他用承自母系的最佳程度法語解釋，沙摩斯是個大作家，或許是他時代裡最偉大的一位，而她是全世界唯一一個不覺得他魅力無敵的人，還有他剛完成他的傑作，自然會擔心作品能不能被接受。他的焦慮事實上（卡西迪覺得他可以信任她）和一樁生意有關。與電影版權有關。雖然已經售出，但還沒有確定完成交易，這些契約有可能全部泡湯。她或許看過「齊瓦哥醫生」這部電影，呃，是沙摩斯寫的；「萬世師表」也是。

愛麗斯很嚴肅地聆聽這些解釋，但儘管她仰慕麥克林的作品，卻沒辦法從這些解釋中得到滿足。她說，有兩個名字的男人，在一開始就重造一個新身分的人是不能信賴的，而且麥克林待人粗魯。

「您也是藝術家嗎，柏吉斯？」她問道。

「多多少少，」卡西迪說。聽到他這麼說，她帶著羞怯的心照不宣微笑起來。

「我也是，」她小聲地說，同時輕輕點頭。「算是個藝術家，不過……不完全是。」

她是非常嫻靜的女孩。他馬上就知道她有一種得體的安靜，但在這個暮靄四合的時刻，她讓這個房間裡充滿死寂的氣息。她燙得又緩慢又專心，頭稍稍挺起，就好像在等著沙摩斯回來似的，而且當一個足球在走廊裡發出響聲時，她停下動作，望著那個方向。當珊卓拉燙衣服的時候，會把兩隻腳張得開開的，而且手肘往外擴，就像她的准將父親。但愛麗斯保持身體筆直，只專注於她的工作。

「我想或許我們可以出去吃個晚餐，」他說。「就我們兩個。」

她的頭抬了起來；他看不到她的表情，不過他認定那應該是懷疑。

「如果妳願意，我們可以去銀塔。」

她在燙另一頁。

「不，柏吉斯，」她靜靜地說：「不去銀塔。」

「喔，不過我負擔得起。我是有錢人，愛麗斯……真的。妳想要什麼都好，如果妳比較想去看戲也行。」

「你們倫敦沒有戲院嗎，柏吉斯？」

「有啊，我們當然有。有很多。只是我不常去。」

再一次，她隔了一段時間沒講話。有腳步聲走上樓，但這些聲音經過時毫無間歇，少了沙摩斯那種生氣勃勃之感。闔上護照，愛麗斯把熨斗靠邊放好，然後折起桌上的毯子，接著慢慢在房間裡繞了一圈，拾起骯髒的玻璃杯並清空菸灰缸。

「你真的想離開嗎，柏吉斯？」她在水槽那邊發問。

「我想讓妳開心，」他說。「我想讓妳有一段快樂時光。我很安全，我說真的。」

「很好，」她說道，露出冷淡的微笑，就好像她不再在乎他的願望。「好，那就如您所願吧。」

親愛的愛人，他寫道：你實在是壞脾氣的傢伙。愛麗斯要帶我去她家。十點半回來。

然後把紙條留在剛燙好的護照旁邊。

在門口讓他替自己穿上外套之後，愛麗斯親了他。一開始這像孩子的吻，像馬克在槲寄生花環下的吻。然後，像一把小小的畫筆，她的舌頭描出他嘴唇間的線條，然後往上移到他的眼皮上。

「我們可以去阿拉德，」他說著，先她一步踏進走廊。那是布拉勃推薦的一個地方。

「柏吉斯……」她的手還抓著他的手臂。

「是？」

「我不餓。」

卡西迪笑出來。「喔，得了，」他說：「等我們到那裡，妳就會餓了。」然後在桌上留下另一張紙條，實際上內容一模一樣，只是以「致上愛」做結尾。

在阿拉德，他想請她去倫敦一遊，學習旅館業知識，說他父親在這一行很有影響力。愛麗斯非常感激，但謝絕了。她說，她母親不准她一個人旅行。接下來他們談了一陣子。愛麗斯吃得比卡西迪還快，而且當她吃完後她叫了一輛計程車，卡西迪替她先付了車資。

她向他解釋，她很樂意再多待一會兒，不過她得對家人盡義務。

然而，在巴黎的某間白色屋子裡，在拍打地毯響聲此起彼落的庭園上方，在一個從溫暖街道中升起的閣樓裡，在一個愛的能量四處顫動的城市裡，在一張鋪著月光白羽絨被的黃銅骨架大床上，在清晨與黃昏交界的某處，在大量活動之後、極端疲憊之前的某個時刻，最後獨處於浪漫夢境的內在世界時——卡西迪是愛著愛麗斯的。

她穿過窗口來到他身邊，月光透過百葉窗照亮她透明白皙的腿，她跨著大步走來，站在他床頭，細語著柏吉斯。她的身體像是一根白色蠟燭，從她落在地上的衣服裡冒出來，她微小的乳頭是白蠟中的粉色斑點。你在那裡嗎，柏吉斯？對，愛麗斯。柏吉斯，你真是太好了：你真的要娶我嗎？對，愛麗斯。你為什麼穿著衣服呢，柏吉斯？我要去找妳，愛麗斯。我要走遍街道，直到我找著妳為止，然後帶妳去聖心堂，有些很有影響力的教士等著進行儀式。這是很明智的安排。但我們該拿錢怎麼辦？我偷藏了兩萬鎊在法國政府的聯邦銀行。我靠著捏造付給法國零件公司的虛構款項，非法存下了這筆錢。柏吉斯，她不出聲地說。

她肅穆地脫掉他的衣服，首先鬆開他的領帶，把它拉成寬及兩耳的環狀再拿起來，以免傷到絲質布料。柏吉斯，我的藝術家，我的創造者，我的孩子，我的丈夫，我的金主，有人跟你一樣富裕嗎？沒有，卡西迪說。但最棒的是，這並沒有破壞我的正直。這倒是真的，愛麗斯說。你非常地自然。有時候，一邊幫他解衣，她還得暫停一下，為了她的樂趣調整他的位置，把他的頭按在她胸口或大腿上，把他的臉頰按到她併攏雙腿之間沒有氣味的絲般毛髮上，像是對著月光下的鍾愛雕像那樣擺布他，對著看不見的女性友人誇讚他的身材尺寸，說他和善又有男子氣概，溫柔、勇敢又有節操。來，她最後耳語著，把她背後長長的平原地帶轉向他。跟著我無瑕、別緻的屁股，那對雙生的西瓜狡猾地隱藏著禁忌之愛的裂隙，狂野東方的神祕之花。愛麗斯，我的小弟弟突出而且挺起來了。妳要和我同居嗎？這就是我最大的野心，柏吉斯。她從中間引導他，當他們在巴黎的天空中來回飄移時，用她長而溫和的手指環繞著他的男性器官。你喜歡這樣嗎，柏吉斯？我讓你開心了嗎？我也該用嘴巴做嗎？我感覺到你所感覺到的一切，柏吉斯。我的反應全然是同性戀式的。只要用手指就好了，謝謝妳，卡西迪回答。手指就可以做得很好了。柏吉斯，你好純潔。愛麗斯，是誰在幫妳？過了一會兒他問道。我是不是感覺到其他手指和妳的手指一起在動，愛麗斯？我確實聽到法蘭克·辛那屈在唱歌，也分辨出妳頭髮上的柴煙味道，不是嗎？沒別人，她向他保證。只有我的手而已，你是夢到別人了。一邊這麼說，她一邊分開他的腿，用她的指甲邊緣撫摸連接他身體前後部位的細微接縫，一次，兩次，三次。還要嗎，柏吉斯？再一點點，拜託。那樣就好，謝謝妳。這裡要加強一下？愛麗斯問，搖著他身上充滿感激的肉球，讓它們的毛髮上面燃起輕快微弱的火焰，讓皮膚顯得緊繃而可愛。現在我要離開你了，她耳語，你的男性器官很苦惱地懸在黑暗中。妳不想趁還在這裡的時候，把事情辦完嗎？卡西迪問。你知道規矩，愛麗斯輕柔地回答，然後融入月光中。聖心堂見。

別遲到了，卡西迪喊道。別遲到。遲到。遲到。

「沙摩斯？」

他怎麼能面對眼前的孤寂？夜這麼深，他在做什麼呢？和少數菁英在外遊蕩？我對他來說還不夠。他需要作家；需要會讀他著作的人。

一個仿製鍍金時鐘在月光下閃耀，指針永遠固定在兩點半。窗外拍打毛毯的聲音，以緩慢的步調毫無意義地持續。

沙摩斯，回來吧。

就算只是要把我再轉向外在世界也行；讓我替你尋找比我更好的愛人也行。

親愛的，第二天，外在世界的卡西迪寫下這些話，內容詳細得駭人，為的是懲罰他犯錯的手。這是早上九點。沙摩斯還沒回來。目前為止一切並未進展得特別好，而如果這對妳來說有任何安慰效果的話——我懷疑！——妳現在是完全免於這座邪惡城市和它的誘惑了。大使館的人，一如慣例，把我們的攤位搞得一團糟——沒有電話、沒有休息專用的卡西迪帳棚，只是把一切像牲口一樣扔做一堆——而且，儘管我們在第一天就拿到一張大訂單，但整體而言交易變得很麻煩。我有一種預感，就像妳預測越戰最後會導致的後果——錢變得愈來愈少，大眾對他們買的東西小心翼翼，卻不愛結帳。我們的一張「大」訂單——三百個車底盤——屬於一位可疑的女士（大約三、四十歲），她去年從捷經公司拿了一千臺輕便四輪嬰兒車，卻到現在還沒付完帳。麥肯尼得從出口信用擔保局那裡請求賠償損失，他們不會再吃她的虧了。（抱歉！）然而，這是密爾的第一次重大勝利，而我幾乎沒辦法拒絕接受訂單，唯恐這會傷及他的自信心；對於這棵脆弱的植物來說，這是最溫和的猜測了。

我也必須坦承，如果只靠自己，我也不是那麼厲害，我想妳一直都很清楚這點。就另一方面來說，單打獨鬥以外的選擇也沒有顯得太過誘人。對雷明及其公司，我已避之唯恐不及——在這一行裡「拿下巴黎」的點子，對我來說是最讓人反感的。

至於布拉勃，他完全是個禍害。我知道妳強烈認為我們應該對他特別關照，但就算忍耐也有其限度。他帶我去了一連串既累人又往往缺乏價值的娛樂活動之後，經常試圖要「幫我湊合一下」——這是他的說法——去和他的一些女性朋友見面。這些人裡有一個叫愛麗斯的年輕女孩，實際上是在深夜裡出現在我臥室門口，帶著一張來自他的便條。別怕——她實際上是位相當嚇人的女士，有那種眨都不眨的深棕色眼睛，妳媽媽討厭這種眼睛實在很有理由。我確信她嗑藥，而當我把她遣走的時候，她只是往走廊外漫步而去，就像她什麼都不在乎。這還真是讓人受寵若驚！對於惡行和不忠已經講得夠多了，但既然此時我有可憐的麥肯尼與我作伴——他和他太太處於水深火熱之中，那可憐的傢伙幾乎要哭出來了——這起事件的進展實在比較像是笑話。我真心認為到達那種階段的人就應該分開來、結束這一切，妳不覺得嗎？

昨晚，密爾與雷明在旅館裡起了一場荒唐的爭執後，在盛怒中消失無蹤——如果妳想知道，是跟熨斗有關，問題在於誰該先用。總之他拍拍屁股走了，而我想他回來的時候我應該要介入，把他們的頭撞在一起清醒一下。

我說話是因為我無話可說，他想著，編號到第四頁；如果我真的跟愛麗斯睡了，她會更愛我吧。

在我個人的閒暇時間裡，我試圖接觸法國運動場的建築管理人員，但沒什麼令人欣喜的收穫。昨天我確實成功地出城到一處郊區，並勘查了一個可能的地點，所有的東西都蓋在一個乾涸的河床上——妳或許可以看看在英格蘭這樣是否行得通——水利會是怎麼處理乾涸的河床的？但我印象最深的，是來回車程中的險象環生！我們一路上時速保持九十英里——沒有煞車，而且當然了，沒繫安全帶。

順帶一提，昨天晚上我打電話給妳，今天早上又試了一次，卻只聽到一陣嘟、嘟、嘟。妳到哪兒去了？我相信妳不是以任何不智的方式在「填補」我不在的空缺！我正要邀妳在商展結束之後來這裡待幾天——大概星期一或星期二來吧——然後，或許我可以給妳長期以來妳應得的關注，在這個愚蠢、讓人瘋狂的星期過去之後，恢復我有些磨損的神經，並且再度瞭解妳這個人，就像我們過去那樣。如果妳還懂得我的意思的話。妳懂嗎？請替我向小雨果致上特別的愛意。我替你們倆都買了絕佳的禮物。等不及要把它們送出去了。

佩索普

附筆：附帶一提，昨天有個人在路邊攔住我，問我是不是蓋．柏吉斯：妳能想像嗎？一定是因為我外表可疑。約翰．艾德曼好嗎？

再度陷入等待，這次帶著真正的焦慮。

打電話給海倫？向經濟部代表查詢。我是諾曼裔法國人卡西迪，我們在比較平靜的時候見過面，你記得吧，哈哈。呃，事實上，他以麥克林這個名字自稱，很難解釋為什麼。而我是柏吉斯，對。嗯，這是個笑話，你懂吧，我們有個身分認同問題。

在等待中，卡西迪修補著他的對外關係，並且編造一個適用於嚴重狀況的辯解說詞。

20

滿懷感激地把白色旅館抛諸腦後（給沙摩斯的字條分別託給櫃檯男孩、放在臥室、客廳和精緻的洛可可式浴室裡），卡西迪海外連結零件公司（一個最近股票上市的公司，消息紛紛指出投資者若欲趁勢撈一筆，它是一個很好的下注目標）的總裁、總經理、主席兼最活躍的負責人，調正了他的領帶，讓他的世界恢復原狀，而且把任何岌岌可危的接縫處扣緊。在前往聖賈克旅館（他以前在巴黎商務旅行中熟悉的地方）路上，他暫停一會兒，用他最後一點旅行支票買了一件便宜但過得去的雨衣，以便遮掩他那套西裝上啟人疑竇的現狀。櫃檯人員接待歸來的他，沒有一句別的評語，他收下某些不怎麼重要的商務信件，然後以最自然的態度，問起他的助理兼室友（特別注意名字）不是麥克林，而是沙摩斯先生。

情報不怎麼清楚。

沙摩斯先生昨天晚上進來收他的信。是的，有很多信。當然，沙摩斯先生是一位極為顯要的人物。此後沙摩斯先生回到他自己的房間，然後打了兩小時給倫敦的電話，經理希望這筆費用可以單獨計算，並先行付款，因為他瞭解卡西迪先生負責處理他的帳務。對於這個請求，精明的談判者打算在看到電話紀錄的條件下表示同意。紀錄上是坦普爾門區的一個號碼，著名的祕密情報員柏吉斯曾偷偷記在一張帳單背後，但隨後就遺失了。坐著佛萊厄提的電梯上升時，他很快走向愛巢，繼續尋找失蹤的作家。

這就是罪行發生的地方。房間亂成一團。卡西迪的衣櫃慘遭洗劫，上好的東西都搬走了。

卡西迪覺得他對沙摩斯的關注顯著地減少了，他將注意力轉向其他線索。他曾經躺在他床上，毫無疑問是為了打那通四十鎊的電話。三則來自旅館接線生的打字紀錄上也透露出相同的訊息：一位戴爾先生打過電話來，沙摩斯應該回電。在羽絨被上，有好幾張給沙摩斯的明信片，是從他離開倫敦前的地址寫好寄出的，署名各自不同，包括濟慈、史卡丹聶利和佩修斯⓱，內容祝他能得到足夠的休息以養精蓄銳，並恭賀他健康。這些明信片包括他必須一遊的地點，加上關於河流、公共噴泉和已逝偉大作家的聖祠。另一張明信片上鄭重警告他提防縱慾；還有一張來自海倫的明信片則提醒他帶一瓶醃菜罐頭回家，並給他一家以精緻食物出名的店家名稱。

在綁架現場的其他東西包含：一本書（怪的是，竟是德文書），席勒的《論天真與感性的詩藝》，一本來自佛萊厄提的小冊子，以現代異端為主題，特別引用了教宗和蘭西大主教⓲的話；一本平裝書，書名為《飛碟是敵人》（內含十六頁照片及獨立研究室對幽浮殘留物質的分析），還有一本小冊子在講神祕學儀式，由來自金星的阿瑟西亞斯大師基於維持健康與幸福所制訂。其他的包含一卷約翰·鄧恩的詩集，都被翻爛了。

還有一個空威士忌瓶，一九五三年的葛倫·格蘭特，由貝里兄弟和羅得公司⓳製造。

他暫時把搜尋沙摩斯的行動擺到一旁，卡西迪現在打了幾通電話，大部分都屬於商業性質，一通是打到一家代辦處訂花給珊卓拉，一通則打給他的銀行要求匯來更多款項。到頭來，商業世界似乎也沒在他缺席時分崩離析。商展中的訂單還不少，但不是大豐收。麥肯尼夫人在盛怒之中打道回府了。藉由技巧性地挑撥布拉勃對抗雷明、佛克對抗密爾，卡西迪讓每個人都覺得他忙於應付其他人。事實上，在午餐之後不久，洗過澡、刮過鬍子、吃下一大盤雞蛋之後，他搭了大轎車到展場去，帶著一種嚴肅專注的神情，在他的陣線上巡邏。

「這事關重大，」他告訴密爾。「比你在這個階段可以猜測到的還重要得多。」

在寄出過份浪費的禮物給雨果和馬克後，他記起當初出發前在南奧德麗街半開玩笑的承諾，所以打發人送花給莫德蕾小姐——沒有密而不宣的動機，我手下員工的福利是最重要的——但他認為明智的做法還是付現，免得有什麼碎紙片成了指控的罪證。

回程時，他也記起與海瑟．雅斯特的爭執；她需要安撫，所以他也送花給她。現在不是讓舊怨愈結愈深的時候。

他及時回到旅館收下午的信件。

⓱ Perseus，希臘神話中的英雄，宙斯之子，殺死了蛇髮女妖美杜莎。

⓲ Archbishop Ramsey，本名 Arthur Micheal Ramsey, Baron Ramsey of Canterbury（一九〇四—一九八八），他在一九六一至七四年間是坎特伯利大主教。

⓳ Berry Brothers and Rudd，這是英國著名的酒莊。

親愛的艾鐸：

你要我寫信給你，所以我這麼做了。我相信你很好，而且我猜想你並不希望我來和你會合，或許你本來想要，但還是一樣。我寫這封信的真正理由是要告訴你，昨天晚上媽咪和我清理了育兒室，然後發現一堆色情書刊，我猜那是你的。如果我弄錯了請糾正我。你可以想像媽咪說什麼。我想，就算我「再」重複告訴你，只要你願意告訴我，我不在乎你「做什麼」，也沒什麼好處。在某些人之中這種嗜好是「完全」正常的，但如果我「早知道」你喜歡色情書刊，我就會獨自清理育兒室了。如果你的靈魂被我們的婚姻所囚禁，就走吧。雖然我必須說，我很想看看當你的靈魂自由以後，你打算拿它怎麼辦。我當然不會反對你養個情婦——如果說你還沒這麼做的話。我寧願「不」知道那是誰，但如果我知道也沒差。馬克的成績報告隨信附上。

珊卓拉

品行

馬克表現出一種自滿、懶散隨性的生活態度，這正是今日英國的典型；這種態度影響了全國，特別是各個學生組織。他挑剔他參與的活動，而且還半途而廢，當他被人趕上、打敗或者責備的時候都相當憤慨。他痛恨紀律。

這些訊息把他趕回街上，他沿著塞納河走了一個小時，想找個好地方跳下去。當他回來的時候，沙摩斯躺在床上，他的臉又擋在貝雷帽下面，兩腿攤開，就好像他從沒離開過這座島。

「你的護照在化妝檯上。」卡西迪說。

由一雙充滿愛心的手熨平了。

「總有一天，」沙摩斯對著黑色貝雷帽說：「我會找到我喜歡的妓女。」

「卡西迪，」沙摩斯靜靜地說，頭再次埋到枕頭裡。

「是。」

「繼續談你母親。」

「我沒在說我母親的事。」

「嗯，那還是講講她吧，可以嗎？」

這個死囚室裡沒有鍍金時鐘，但時間停駐了好一會兒。他們已經喝掉兩杯酒，這點毫無疑問——沙摩斯喝的是干邑白蘭地加上沛綠雅礦泉水，他沒說明這種改變的理由——但這是他們其中一個人首次嘗試說話。沙摩斯用的是他在海佛當的那種口音，不全然是愛爾蘭腔，但帶有一點戲謔。緊張、處於崩潰邊緣，然後滑到另一極端。

「她是個法國佬。一個娼妓，我想她對老人家很有一套。」

「講講她怎麼離開你的。那是我愛聽的部分。」

「在我還小的時候她離開了我。七歲。」

「你之前說是五歲。」

「那就是五歲。」

「這對你來說有什麼影響，卡西迪？」

「這個嘛……我想這讓我感到孤獨……這多多少少……剝奪了我的童年。」

「那是什麼意思？」沙摩斯身體坐得筆直地問。

「什麼？」卡西迪說。

「你說**被剝奪童年**是什麼意思？」

「我猜想是沒有正常的成長經驗，」卡西迪結結巴巴地說：「一種歡樂的感覺……我沒有女性範本，沒有人可以讓女性……顯得人性化。」

「正常的**性**成長經驗，換句話說是這樣。」

「對。這讓我退縮到自己的內心世界。你怎麼了？」

沙摩斯把貝雷帽擺回臉上，恢復他躺著的姿勢。

「我們專注的不是**我**，我們關注的對象是卡西迪。我們關注的是一個男人，他的缺乏母愛引發一些負面症狀。接下來我會描述卡西迪的症狀。第一，膽怯，對吧？」

「對。」

「第二，罪惡感。罪惡感來自卡西迪心中的祕密信念，是他把他母親從家庭中趕走；有可能吧？」

「喔，對。」卡西迪說著，話題轉到他自己時，他總是那樣樂意看出任何論證的優點。

「第三，不安全感。女性，由媽咪代表，在關鍵時刻拒絕了他。他從此之後一直感覺到她的拒絕，而他在各種不同偽裝下做出徒勞無功的嘗試，想重獲她的歡心。舉例來說，藉由賺錢和生小寶寶。正確吧？」

「我不知道，」卡西迪回答，顯得非常困惑。「我不確定。」

「他和女人的關係因此是辯解性質的、病態的，而且經常是幼稚的。她們是注定不成功的對象。那就是你實際上的抱怨內容，不是嗎？妓女方面又如何？」

「誰？」

「愛麗斯。」

「很好。」

「你上了她，對吧？」

「當然。」

「她讓人滿意？她為你做出各種神祕的動作？或者你讓她用有刺的鐵線抽打？」

「沙摩斯，這是怎麼回事？到底是什麼在啃噬你？」

「沒有什麼在**啃噬**我。我只是嘗試做個診斷。」

他滾成仰臥的姿勢，把白蘭地瓶塞到嘴裡，喝了很長一段時間。

「就是這樣，愛人，」他說著，現在是愛爾蘭腔；而且他突然露出一個燦爛的微笑。「只是要給那些惡魔一個名字，沒有冒犯的意思。當然啦，在我們診斷出症狀以前，我們是不可能開出處方的，懂嗎？」

卡西迪非常想問打到倫敦的兩小時電話是怎麼回事，但他現在已經學到沙摩斯不太理會別人的問題，便明智地維持現有的和平。

「你就是我的處方，」他輕輕地說。「我們該上哪兒吃飯？」

晚餐大半時間在沉默中度過，之後沙摩斯回到法國母親的主題上。

她長得什麼樣子，他提出問題，故意在卡西迪旁邊大步走著，穿過變暗的街道。卡西迪關於她的最早記憶是什麼，最後的又是什麼？她的名字為何，他會告訴他嗎？卡西迪記得她的全名嗎？

愛拉，卡西迪說。

「愛拉有任何顯著的特徵嗎，比方說一隻眼斜視？」他問話的心情很快活，但仍然操著愛爾蘭口音：「她有一隻眼斜視嗎，這可憐的人？」

他們轉入一條小巷。

「我不記得有，」卡西迪笑著說道。

「那有任何習慣動作嗎？你看，我試圖要描繪出她的樣子。卡西迪，畢竟我是個有幾分才幹的作家，不是嗎？畢竟我的主題是人，帶有豐富多樣性與複雜性的人。我是說，她會挖鼻孔或者在床上抓她的屁股嗎？」

「她穿喀什米爾羊毛套頭衫，」卡西迪說。「她喜歡粉紅色，我記得。現在我們可以把她擺到一邊去了嗎，沙摩斯？說真的，我覺得已經講夠她了。」

很顯然，沙摩斯沒聽見。他們走得更快了，沙摩斯加快了步調，在他領先、大步前進時往上看著路標。

「沙摩斯，我們要往哪兒去？」

他們跨過一條大馬路，撞進由另一個小巷構成的迷宮。

門上的一盞燈寫著「酒吧」。他們往裡去，由沙摩斯帶頭。

女孩們坐在馬蹄形長椅上，一邊喝酒一邊往鏡子裡瞧，檢視她們的身體，她們的鏡中幽靈。幾個拉皮條的，幾個顧客，還有一部自動販賣機，賣些讓你不必抽菸的藥丸。

「呼叫卡西迪太太，」沙摩斯喊道，拉著卡西迪的手腕，讓他跟著進來。沙摩斯的手濕濕的，但抓握力還是像往常一樣強勁。「她的小兒子在找她。」在吧檯，幾張臉抬了起來。「**卡西迪太太**現在在這裡嗎？」他轉向卡西迪。「伊底帕斯[20]，看見她了嗎？」他問道。

[20] Oedipus，希臘神話故事中的底比斯國王。他一出生即有預言說他會弒父娶母，故被拋棄在荒郊野外，長大後果然因為爭道而誤殺不認識的父親，又因解開獅身人面獸史芬克斯的謎題而娶了不認識的生母，成為底比斯國王，生下四個兒女；他發現事實真相後，自己刺瞎雙眼，母親則羞憤自殺。

「拜託，沙摩斯——」

「她到底是不是中國人，有沒有這個可能性？」——他指著一個有東南亞血統的女士——「不是中國大陸，當然啦，只是邊陲小島，你知道。」

「沙摩斯，我想走了。」

「你以前應該想到的，不是嗎？我不是你人生中的過客，你知道。我要待在這裡。我警告過你，愛人，別說我沒講過。」

「看在老天的分上，沙摩斯，他們會宰了我們。」

「沒有中國血統。一個純高加索種的女士。好，我會相信你說的。現在請你別那樣抖了，專注點。或許你最好喝一杯？」他提議，強拉著卡西迪的手腕推著他走到吧檯邊。

兩個高個兒而且面孔相當俊俏的年長女士，給那個苦惱的人一杯提神飲料。卡西迪納悶地想她們是不是姊妹。

「我不要酒。」

「呃，小姐，請來兩杯同性戀威士忌，一杯要加牛奶和糖。」

那裡有空椅子，不過沙摩斯寧願站著。

「告訴我們，」沙摩斯繼續說，還是對著那兩姊妹：「可有個頭髮略帶灰白的傢伙進來過，約莫五呎二吋高、六十五歲，身材看起來有點纖細，亞利安人種，穿粉紅色裙子，叫她愛拉會有反應？」

肩並肩的姊妹檔正對著他們兩個露出大大的笑容。卡西迪注意到她們收集迷你酒瓶，鏡子反映出他們背後的架子上有好幾百瓶，本身就是狂熱收集者的老雨果會對此心醉神迷。

「你是荷蘭人？」其中一人問卡西迪。

「英國人，」卡西迪說。

「**愛拉！**」沙摩斯喊著，他的手在嘴邊圍成杯狀，就像一名迷失的水手。「愛拉！」

「這裡沒有愛拉。」姊妹其中一人向他保證。

卡西迪用他空著的那隻手付了酒錢。一杯十法郎，他還多給了十塊，而他這麼做了以後沙摩斯又把他拉到跟前，先往上又往下。

「你別相信她們，」沙摩斯壓低聲音提出忠告。「她們把她藏在樓下。」他喝了口酒。「我朋友名叫雷克斯㉑，」他驕傲地宣布。

「這名字太帥了，雷克斯。」姊妹檔向他保證。

「他想跟他媽媽睡覺。」

「喔，太好了。」姊妹倆高興地喊道。「他媽媽，愛拉在這裡嗎？」然後她們環顧這個房間，找尋可能的人選。

「她從沒開過酒吧，有嗎，愛人？」沙摩斯問著，貼近他的耳朵：「你知道嗎，這兩個女同志讓

㉑ Rex為國王之意；伊底帕斯王也常被寫作Oedipus Rex。此處沙摩斯仍然暗指卡西迪是伊底帕斯。

我想起那個——」

「閉嘴，」卡西迪說。「給我閉嘴，然後把我弄出去。」

面向大街的兩重簾幕分開了。三個像沙摩斯那麼黝黑、不過個子矮些的男人進來，坐在一張桌子前面。酒吧裡的女孩子們都沒動。姊妹檔笑得比先前更露骨。

「妳們是**可愛的**一對，」沙摩斯對她們保證，然後小心地喝完他的威士忌，把玻璃杯扔到地上。

「現在我告訴你我們要做什麼，」沙摩斯喃喃說道，把他拉到懷裡，直到他們的臉碰到為止。「我們一定會非常輕鬆地解決這件事，行嗎？不慌不忙、不暴跳如雷、不搞得太戲劇化。」

「不能就付她們錢嗎？」卡西迪耳語道。「說實話我不介意，我確定她們會收現金賠償的。」

「你知道嗎，我可清楚她們打算幹什麼了。那邊那兩個女同志：看看她們的臉。你知道她們是幹什麼的嗎？**綁匪**。她們做的事情是**變裝**——靠**整形手術**，你懂吧——她們已經用惡魔般的詭計，把我們的愛拉**變裝成**另一個外表完全不同的人。」

「沙摩斯，」卡西迪說著，把這名字當成一種禱詞。

「沒關係，不用擔心，我們可以智取。當我走進這裡的時候，我犯了個大錯，**宣布了**我們感興趣的目標，就是這樣。現在別說一句話，繼續行動就是。」

他把卡西迪的手更往前彎，用兩手增加力道，然後開始走向成排的女孩，當他從鏡中觀察她們白皙的臉時，還一一輕撫過她們裸露的背部。

「被下藥了，」沙摩斯解釋著，同樣是那種充滿陰謀氣氛的悄聲細語。「看看那個樣子，藥性入骨了，每個人都一樣。」

他把一顆頭往後拉，好讓卡西迪看得更清楚：或許是個德國女孩，有強健的牙齒與藍眼睛。沙摩斯拉著她頭髮的時候，她痛得張開嘴。

「看到了吧？」他這麼說，就好像她的沉默只是證明了他的論點。「無精打彩。幾乎就是嗑藥嗑昏了。」

他放開那個腦袋。那顆腦袋又對著鏡子往前傾。

「所以現在我們手頭上是《睡美人》的問題。」

一杯白色的東西，或許是一杯雞尾酒，也可能是荷蘭蛋香酒——這種飲料也是老雨果在他人生某個發展階段裡愛喝的——擱在她面前的吧檯上。沙摩斯喝了那杯酒。

「女人，」他以一種都柏林學究的口吻宣稱，「其天然愛好被高劑量藥物給消滅的女人。別在意，我們仍會克服一切。什麼樣的母親會認不出心愛兒子的吻？她怎麼不會睜開雙眼，哭喊道——」為了裝出女性聲音，他得放大音量：

「**我的雷克斯！我的天鵝！我的激情！**」

他拉起女孩的手遞給卡西迪，女孩身體跟著靠過來，試圖抵銷拉扯的力量。

「過來，接過它，」他提出邀請。「她難道不會用她一節一節的手指搜尋那豐滿襯衣的裡面，稍稍撫弄一下那個熟悉的器官，嗯，卡西迪？」

他仍然握著她的手，野蠻地把她從凳子上拽過來。一對蓋著黑色眼瞼的遲鈍眼睛，面無表情地窺視著他們，先看著卡西迪求助，然後看著沙摩斯想弄清狀況。

「你想幹什麼？」她問。

「就是現在，」沙摩斯催促道。「吻她！吻她，叫她媽媽！愛拉，艾鐸在**這裡**！雷克斯回到**伊底帕斯太太**的懷抱啦。」

沙摩斯突然俯身，把他的頭埋到她裸露的肩膀上，黑腦袋襯著白皮膚，就像一則廣告。

有一刻，這女孩看似會接受他。她被迫往前傾，一隻手舉起來碰觸他，在他沉溺於她的肉體時好奇地望著他。突然間她的身體僵直起來。她從他身上掙脫，發出一聲痛苦的尖叫，抓著他的頭髮，然後用另一隻手打他——卡西迪注意到，那手指甲剪得相當短——割裂了他的嘴唇。

「管用！」沙摩斯叫道。「我們得到**衝擊**了，卡西迪！我們看到反應了！」他往後站，一隻手指按著流血的嘴唇，驕傲地審視攻擊他的人。「是她！她是愛拉！她要的是**你**不是我。她的艾鐸！繼續吧，愛人，只要輕輕啄一下就好，就這樣。」

燈光熄滅了，三支手電筒照著他們，一個男人很有禮貌地用法文說話。

「他們要我們跟著手電筒，」卡西迪解釋。

計程車等在人行道旁。他們先幫沙摩斯上車，卡西迪跟在後面。他給他們一百法郎。

「看在老天的分上！」沙摩斯喊道。「他們為啥不揍我們？」

卡西迪想著，那裡是個很好的地方，是我曾去過最好的地方，而如果我記得怎麼找到它，我就會回來道歉，把山中小屋借給那對姊妹。

「那個**女孩**揍了你。」他安慰道。

「天呀。誰在乎一個女人的拳頭？」

「沙摩斯，發發慈悲，告訴我你到底是怎麼了？」

「有個地方叫做利普，」沙摩斯說。「在那裡他們一定會揍我，那裡是作家的避風港。利普，」他對司機說道，他的眼睛已經盯上了無線電。

「沙摩斯，**拜託**。」

「閉嘴。」

「這跟戴爾有關。你打了好幾個小時的電話給他，我看到所有紀錄了。」

「如果我想的話，」沙摩斯把卡西迪的手帕拿到自己嘴邊，用最冷淡超然的聲音向他保證：「我會宰了你。你知道這點不是嗎，愛人？」

「利普，」卡西迪絕望地對司機重複一次。「利普啤酒館。」

「我讓你活著只為了一個理由：因為你是個讀者。我確信你理解這一點。做為一個無產階級賤民，你是個未開發的市場，還未受到我的天才所影響。你知道路德是怎麼說的嗎？」

「路德怎麼說？」卡西迪疲憊地問道。

「他說，如果我是基督，而這個世界像對待祂一樣地對待我，我會把那野蠻的東西給踢成碎片！」

「但是，沙摩斯，」等到沙摩斯或多或少再度穩定下來的時候，卡西迪溫柔地問他：「這個世界以前對你做了什麼？」

沙摩斯似乎準備認真說點什麼。他瞪著卡西迪，瞪著手帕上的血跡，瞪著飛逝的燈光，張開他被割裂的嘴，就好像要說話一樣，又合起來，然後嘆了口氣。「神聖的上帝，」他最後說道：「這個世界擠滿了像你這樣的雜種。」

他們那天晚上已經吃過一次飯，沙摩斯顯然忘了這個事實。卡西迪沒心情提醒他。一個旅館業者和好幾個母親養大的兒子，很久以前就學到世界上沒有一種鎮靜劑比得上熱騰騰送上的家常美食。

在利普啤酒館吃晚餐的時候，沙摩斯很安靜而且有意和解。他撫摸卡西迪的手臂，對他露出小小的、古怪的微笑，從卡西迪的錢包裡拿出十法郎賞給侍者，而且大致上從話語和舉止中，顯示出重回較輕鬆、溫暖心態的跡象。觀察到這點之後，卡西迪認為，在勃根地美酒與餐館中撫慰人心的歐陸氛圍恢復他的元氣之前，出面主導談話內容是明智的做法。

「作家的避風港，是吧？」他說著環顧四周。「呃，我不覺得意外。只是這地方不容易被認出來。你可以指認出誰嗎？」他帶著一種適當的低調敬意問道。「這裡有任何你的同類在嗎，沙摩斯？」

沙摩斯看看四周。一對大塊頭的中年夫婦——吃得很緩慢——回應他的凝視。一個與男朋友一起外出的漂亮女孩紅了臉，那男孩轉身怒視沙摩斯，而沙摩斯把他的拇指擺到鼻子上。

「我的**同類**，」他複述一遍。「不，我不認為有。沙特在那個角落，」——他起身，嚴肅地對著一個乾癟、身上滿是老人斑、年約八十五歲的紳士鞠躬——「但我想可以很合理地說，我勝過沙特。荷馬先生來了沒有？」他問侍者，帶著一種毫不費力的圈內人架勢，卡西迪現在對此視為理所當然。

「哪位先生……」

「荷馬。歐馬[22]。有長長白鬍鬚的希臘老人，看起來很像聖誕老公公。嘖。」

「不在，先生。」侍者表示遺憾。「今晚不在。」他上了年紀的臉有一絲微乎其微的笑意，但短暫得無法說他有任何不敬之意。

「呃，就這樣，」沙摩斯開心地說，頭擺了一下表示沒事了。「恐怕這是個平靜的夜晚。男孩子們都在家裡。」

「沙摩斯，」卡西迪說著，有點困難地守住他打算輕鬆閒聊的策略。「我要談談我的靈魂。」

「我想你已經講明白了，」沙摩斯說。

一陣爆笑突然從廚房裡冒出來。

「不真的是。聽好，愛人。我真心覺得我還有救，你不覺得嗎？我指的是現在。既然我遇到你了。我不再認為這是沒有希望的追尋，我指的是尋求救贖，你覺得呢？我知道有點勉強。我有一大堆壞習慣，但是，呃，你可以指點我一條明路，不是嗎？」他沒得到任何鼓勵的表示，就又補上一句：「畢

[22] 荷馬（Homer）這個名字的仿法式發音。法文裡H不發音。

竟，這裡面一定有點**什麼**。」

沙摩斯在玩那個水罐，把他的手指沾濕然後看著水珠落下。

「呃，你不這樣認為嗎？拜託嘛。」

「我是光明，」沙摩斯說：「我是光明與道路。追隨我，然後你會落得屁都沒有，」他伸出手，把卡西迪的臉往上抬、往旁邊擺，調整它的角度以便更仔細地檢視。

「沙摩斯你別……」卡西迪說。

「你知道你散發出什麼樣的魅力，對吧？一種未知純粹事物所具備的下流誘惑。每個挑中你的可憐傻瓜都認為他是你的第一個朋友。他們所不知道的是，你生來腳就絆在一起。洞察、滲透，」他漫不經心地鬆手，然後做出結論：「永遠不可能發生。」

一位好心的侍者為他們送上食物。

「我從來沒有告訴過你，」卡西迪說著，把蔬菜撥給沙摩斯、斟滿他的酒杯，而且費盡力氣試圖把沙摩斯從充滿敵意的陰鬱狀態中拉回來。「從我還在學校的時候，我總是對作家有點幻想。我以前會在熄燈後躲在床上寫些短篇故事。我甚至得過獎。嘿，這樣如何？」——他勇敢但可能不太誠懇地硬擠出一些熱忱——「我為什麼不試試看呢？放棄公司、放棄珊卓拉、放棄我的錢，在一間閣樓裡度過餘生……就像畫家雷諾瓦。」

「那不是雷諾瓦。是高更。」

「或許我會成功……餓出我的才華來……」

沙摩斯回到水罐邊，手指在水面上來回劃過，就像他們在河邊戲魚那樣。卡西迪帶點憤慨地說——這是他不久前對珊卓拉挑明的論點——「呃，如果我**是**這樣的空心大草包，你何苦要跟我鬼混？」

「告訴我，愛人，」沙摩斯把水瓶舉到離桌面一、兩吋高的地方，非常嚴肅地說：「那個微笑是防水的嗎？」

他站起來，開始緩緩地把水倒到卡西迪頭上，起初是對著頭頂慢慢流淌，然後逐漸增加分量。卡西迪坐著不動，思慮清晰，卻什麼也沒在想，因為全然無物也是一個概念，它既不是個地點也不是個人，而是一片空白，一片真空，也是災難時刻的一項巨大助力。然而他確實記得水流過他的脖子，直下他的脊椎。他也的確感覺到水滲透他的胸口、他的胃，直入他的腹股溝。他的耳朵也滿滿是水，但他知道餐廳裡的交談聲停止了，因為他可以聽到沙摩斯的聲音，除此之外沒有別人，而那口土腔非常濃重。

「布區．卡西迪，戴爾之子，有鑑於你確實誠心悔改你的愚蠢行徑，而且忠實承諾永遠追隨真理、經驗和愛的道路，我們特此為你施洗，奉……」

他停止倒水。卡西迪想，水罐已經空了，他抬起頭來，但沙摩斯仍站著俯視他，還有半品脫的水可倒。

「來吧，布區。用你的皮包來打我啊。」

「請不要再倒了，」卡西迪說。

他開始覺得相當憤怒，但他似乎沒什麼能做的事。然而令人費解的是，這種口頭禁令讓沙摩斯怒不可遏。

「看在老天的分上，」他大吼，把剩下的水用一個長而連貫的動作全倒了出來，「長大吧，你這小敗類，長大啊！」

侍者是一個年老和善的男人，他已經準備好帳單了。卡西迪把錢放在他的後口袋裡，不知怎的水也流了進去，使得鈔票全黏在一起。侍者並不介意，因為卡西迪給了他一大把。

一個銅製的甕擺在角落讓人放枴杖和雨傘。沙摩斯拿出一把銀柄的手杖，開始假裝吹奏它，像個舞蛇人那樣從臀部搖擺起來，用他的鼻子發出一種低泣般的噪音。每個人都在等，但沒有蛇出現。沙摩斯把手杖當成一根棍子，在一股突如其來的憤怒中揮舞它，對抗重重追兵。

「好吧，你這卑鄙小人，」他對著那個甕喊道。「繼續啊。氣死人了。耶穌基督啊，愛人，」當他們走到外面去，他用氣音說道：「喔，神啊，寬大為懷，寬大為懷啊。」他搖著頭，抓住卡西迪的手，握著它貼近自己淚濕的臉頰。「愛人，喔，愛人啊，寬大為懷。」

21

「沙摩斯，告訴我！拜託你告訴我！到底發生什麼事？你怎麼了？那個天殺的戴爾到底是誰？」

「他是那個用原子彈炸廣島的傢伙，」沙摩斯解釋道。

沙摩斯醉了。

不是暈陶陶的，不是情緒緊繃的，也用不上其他漂亮的形容詞，而是骯髒、嚴重地醉了。他汗流浹背，抓著卡西迪的時候歪歪倒倒、步履蹣跚，拒絕去任何地方，只要求一直保持移動。嘔吐。

「**流浪啊，猶太人，流浪，**」他一直說著。「**流浪。**」

他的手臂勾著卡西迪的頸子，介於要毀了他和擁抱他之間。他們被他鋼鐵般的緊握給拖垮，跌倒了兩次，卡西迪的褲管從膝蓋到腳也都劃破了。他們是一支軍隊裡僅存的人馬，其他人都死光了。夜晚也死透了，而黎明在他們背後跛行。他們身在廣場上，但不再跳舞，舞會結束，馬也不見了，只有珊卓拉早年養的一隻母狗——牠已經死了很久——從一扇門邊看著他們。

沙摩斯又吐了，不時以憤怒的叫喊打斷他的陣陣痙攣。

「這該死的爛身體，」他吼道。「做我他媽的吩咐你該做的事啊！如果我的身體不聽話，我他媽的要怎麼信守我的承諾？告訴它，愛人。沙摩斯有承諾要守住。**叫它扛著我！**」

「來吧，身體，」卡西迪說著，嘗試穩住它往下拖的重量。「加油，身體，沙摩斯有諾言要守。」

「因為我有承諾要守住……」

沙摩斯試圖替這句話配上音樂。就卡西迪沒什麼音樂細胞的看法，他唱得相當好，是非常有沙摩斯風格的歌聲，一半像說話，一半像哼唱，但就算是在他走調時（警覺性高的卡西迪精確地猜測到了），那聲音裡也還是有很多優點。

「夜晚是可—愛—的，黑暗而深邃——**唱啊**，戴爾，你這卑鄙小人——夜晚—是—可愛的—黑暗，而深邃——唱！」

「我不知道歌詞，沙摩斯，」卡西迪說，在他踉蹌往前撲的時候又抓住了他。「我不是戴爾，不過如果知道歌詞我會唱的，我保證。」

沙摩斯停下來動都不動。

「誰不會？」他最後說道。「天呀，誰不會？」他用兩手握住卡西迪的臉，舉向自己的臉。「這就是在你**不**知道那該死的歌詞時扯心裂肺唱出的歌，愛人。」

「但你**確實**知道歌詞，沙摩斯。」

「喔，不，我不知道。喔，不，該死的，我才不知道，我可愛的戴爾。你**認為**我知道。這就是我愛你的原因：充滿崇拜之情的無產階級賤民。得此之後，夫復何求？有無產階級賤民在門口吶喊、暈眩的臉龐……照相機喀擦喀擦響……這是每個人都想要的。女王，我，佛萊厄提，我們全部人都想要。」

他把全身重量都壓在卡西迪肩上，逼使卡西迪倒在人行道邊。

「現在讓你自己舒舒服服地休息一下吧，戴爾，老友，」他用愛爾蘭腔說，「此時你可憐的沙摩斯叔叔要告訴你宇宙的奧祕，」然後從卡西迪的內側口袋裡掏出蘇格蘭威士忌瓶。喝了幾口以後，他變得相當清醒，但他的手臂仍然鎖住卡西迪的，防他企圖逃走。

「我不是戴爾，」卡西迪很有耐性地又說了一遍。「我是你的愛人，卡西迪。」

「那我就要把奧祕告訴卡西迪了。卡西迪，我們有什麼共通點，你跟我，在我們自己身上？猜猜看。」他很大聲地吼出來：「猜啊，卡西迪！在我又把你變回戴爾以前趕快猜，你這全身是跳蚤的膽小鬼！」

一扇窗戶在街道的另一邊打開。

「你們是美國人？」一個男人的聲音在發問，是美國口音。

「閃邊，」沙摩斯喊道，然後回到卡西迪這邊：「說呀？」

「這個嘛，我們**愛**對方，如果這樣說有幫助的話，」卡西迪提出看法，用他們先前的一段對話做為行動指南。「我們有**愛**做為共通點，沙摩斯。」

「鬼扯，」沙摩斯說著，抹去一滴淚。「如你見諒，這全是該死的浪漫胡扯，而你就像往常一樣，會見諒的。」

兩個娼妓站在距離他們幾英尺的地方。其中一人拿著一條麵包，滿嘴都是她咬掉一半的食物。

「貪吃的那個看起來像你媽，」沙摩斯說。

「我以為我們已經講完這件事了。」卡西迪厭倦地說。

「妳們是我朋友的母親嗎？」沙摩斯問。

娼妓沉下臉走開了，對這拖得太長的笑話感到厭倦。

「呃，或許就是這樣。或許我們真**是**搞同性戀的。」卡西迪說，他仍然遵循著一個錯誤的假設：他最好照著沙摩斯定下的主題走，而且把這些話當成自己的話講出來。

「零分，」沙摩斯說。「我有哪一次膽敢把一根小指頭伸進你的裙子裡過？甚至連一根小小的指節都沒有，我有嗎？」

「沒有，」卡西迪說著，此時沙摩斯突然拖著他站起來。他這輩子從來沒像現在這麼累過。「沒有，你沒這麼做。」

「那能請你聽我講嗎？而且你可以停止提出那些低級論證嗎，**拜託你？**」

卡西迪沒什麼選擇，因為沙摩斯把他擁在無情的懷抱裡，他們的臉貼在一塊兒，粗糙的臉頰對著粗糙的臉頰。

「而且能否請你完完全全、專注在我身上，戴爾？我們的共通點，是最嚇人、最絕望、最他媽的可怕悲觀主義。對吧？」

「好，我會接受這個。」

「而我們共通的另一件事，是最嚇人、最可怕、最絕望、最他媽的可怕的……平庸。」

卡西迪這下真正怕了，心裡警覺起來。

「不，沙摩斯，這不是真的，這完全不是事實。你是**特別的**，沙摩斯，我們全都知道這點——」

「你知道啊，是嗎，愛人？」

他抓得更緊了。

「我**知道**。海倫知道。我們**都**知道……」卡西迪現在真的感到害怕，他努力撐著，拚命力求自保。賓利汽車沉到河裡去，鮑魚路雙膝落地。「老天啊，你這白癡，你只要走進一個房間、說個故事、賞給他們那種洞察一切的眼光，他們就**知道**了，我們就**都**知道，那就是**你**，沙摩斯，你的世界。你是記錄我們行動的人，沙摩斯，我們的魔術師。你有我們想要的一切：真理、夢想、膽量。好吧，你讓人難以忍受。但你是最棒的！你讓一切對我們來說變成真的，我們**知道**你有多棒。」

「你真這樣想？」

現在沙摩斯握住的是卡西迪的左臂，他已經把上半部夾到腋窩裡，那種痛楚就像利普啤酒館裡的水，一路擴大、蔓延而且一起嘶喊出來。

「沙摩斯，你馬上就會把我的手給折斷，」卡西迪警告他。

「讓它斷啊。你真的相信我告訴你的鬼話？聽著，我是這一行裡最爛的魔術師，而且每個該死的把戲你都上當。尼采。席勒。佛萊厄提。我這輩子從來沒有讀過這些該死的傢伙。他們是殘渣。碎屑。渣滓。我從陰溝裡把他們撈出來當早餐，然後你們這些可憐的混蛋就以為他們是見鬼的大宴席了。**我是個廢物**。賣嬰兒車的，你想把我趕走，這就是你想做的。我不工作，我不寫作，我不存在！是他媽的觀眾製造出魔術的，不是我。**我是冒牌貨**。懂了嗎？一個騙子。一個該死的破爛魔術師，觀眾只有一名。」

「不！」卡西迪大吼。「**不！不！不！**」

「你以為我是你的朋友。」沙摩斯找了個地方躺下，所以卡西迪被迫躺在他旁邊，一半是為了聽那些話，一半是為了不要弄斷自己的手臂。「呃，我不需要什麼他媽的朋友。我甚至不知道要怎麼應付一個朋友。我想要一個他媽的考古學家。那就是我想要的。我就是特洛伊，不是一個他媽的銀行職員。我體內埋了九座死掉的城市，每一個都比下一個破爛堆更腐敗。而你做了什麼？你站在那裡就像個該死的遊客，哭哭啼啼地說『不！不！沙摩斯不要啊。』是，卡西迪。是，沙摩斯是一個廢物。這裡有一股噁心的味道。你知道這是什麼嗎？失敗！」

「沙摩斯，」卡西迪靜靜地說。「我願意付出全部財產換取你的天分……換取你的人生，換取你的婚姻……」

「好吧，」沙摩斯悄聲說著，在淚水湧出的時候鬆開了他，「好吧，愛人。如果我是這麼神奇得不得了，你為什麼回絕我的小說？」

卡西迪的世界晃動了一下，然後停住。

「沒關係的，愛人，」沙摩斯悄聲說，又抓緊他的手臂，然後把它扭得更緊：「我是你的朋友，記得。」

卡西迪望進那對充滿困擾的眼睛，其中充滿突如其來的變化與混亂；他望著那整張鋼鐵一般的狂野面孔，臉頰繃緊、嘴部顯得隨性不羈，而他幾乎有點漠然地納悶著，一個身體裡如何能包含這麼多事物，又融合在一起。沙摩斯慢慢爬起來，仍然與卡西迪手臂勾著手臂，這時候，在他的自毀行為裡似乎包含某種宇宙性的東西；就好像他知道，人類的創造天才也正是他們自身毀滅的原因，他已經決定保留這個真相，納為己有。

「他也拒絕了上一本，」沙摩斯說著，在淚眼之中咧嘴而笑。他放開卡西迪的手臂，整個人倒在鵝卵石街道上。

22

艾鐸．卡西迪，雪邦校友兼不傑出的牛津大學部畢業生，生命的保護與愛好者，他一度是尉官卡西迪，在一個不起眼的英國步兵團裡服陸軍少尉役，暗中調停這世界不可征服的苦惱，同時也是國外銀行帳戶的祕密擁有者，在那一刻汲取了他曾經一筆勾消、認定已死的積極行動力量。他粗率地抓著愛人沙摩斯那件黑外套的衣領——現在他不知怎的，瞭解到那是一件壽衣——把他拖到一張長椅上。然後將那顆濕熱的腦袋壓到分開的膝蓋之間，並捧著那張濕潤、沒刮鬍子的臉，此時那位被放棄的作家再度對著巴黎的鵝卵石路嘔吐。他鬆開這位被拋棄作家的領帶，避免他窒息，而且蹲在他旁邊，一隻膝蓋靠在長椅上，以便第二次硬把他的頭往下壓。接著他們進入廣場對面的一個電話亭，找出零錢和正確的號碼，想叫一部計程車。電話線故障了，他回到沙摩斯身邊，把他整個人拉起來——這個沮喪的作家躺在他腳下，就像愛爾蘭（那裡其實不是他的故鄉）軟趴趴的地圖——並引導他走向一處噴泉，然而它竟然是乾的。在進行這趟短程旅行的當下，他發現沙摩斯已經失去了知覺，很快地診斷出他心跳過快，疑似酒精中毒。藉由一位路過警察的幫助——卡西迪立刻給他嶄新的一百法郎（在目前的貶值匯率下，一法郎等於八．六二英鎊，不過這筆錢一定可以從他寬鬆的交際帳目中扣除）——卡西迪通用零件公司總經理兼創辦人終於弄到了交通工具：一輛綠色的警方巡邏車，備有一盞藍燈，顯然這盞燈同時在車內和車頂上旋轉著。沙摩斯躺在後座，與駕駛座中間隔著黑色鐵絲網，然後又吐了，而卡西迪在他隨後口齒清晰的短暫時間裡，成功地從他口中問出那家白色旅館的名字，也多虧少尉卡西迪的機警和足智多謀，兩位失蹤的英國外交官既沒有退掉他們保留的房間，也還沒結帳。

駕駛與他的同伴很明智地留在車子前座，但不打算太倉促地批評沙摩斯。卡西迪又給了他們一張百元法郎大鈔，而且拚命為後座的狀況道歉。他說，他的朋友為了克服一項重大的個人損失，喝了大量的酒。當然，是在愛情的領域了？他們看著那張英俊的側臉問道。是的，守護者卡西迪羞怯且不情願地承認了，是可以說在愛情的領域啦。呃，好，卡西迪應該看顧他的朋友，照料他的恢復狀況；對於這種男人來說，恢復之路既險峻又緩慢。卡西迪答應盡他最大的努力。

那個阿爾及利亞男孩是透過樓下一個沒有窗戶的臥室裡敞開的門來看著櫃檯。在那個房間裡，他和一位沒介紹給其他人認識的同事，剛從一夜費力的性活動裡恢復過來。為了要他穿上睡衣、打開前門門鎖、交出一把鑰匙，並轉開電梯電源，卡西迪又遞過去一張百元法郎鈔票。那個電梯是玫瑰木做的老舊箱子，沒有後背，沙摩斯在裡面又想吐，幸好沒吐出來。在他們的套房客廳裡，小桌子已經擺回窗前的適當位置，但愛麗斯的廉價香水味，還殘留在舊帝國時代的老舊沙發墊裡徘徊不去。此時，已經可以行動的傷員沙摩斯，堅持要一個人去浴室，守護者卡西迪隨後很快發現他睡在地板上了。以他最後的英雄之舉，勉強合格的英式橄欖球員卡西迪上前脫掉他濕透的衣服，用海綿擦了一遍他這位異性戀朋友的赤裸身體，然後把他抬起來（實際上是揹起來）放到雙人床上，他在那裡很快恢復過來，足以坐起身要一杯威士忌。

「愛人，」沙摩斯拍拍手，輕快地說：「真是個聰明的男孩。你一個人辦到了這一切！」

過了幾小時、幾輩子之後，同樣是這位生命守護者刻苦耐勞地親自肩負起一項緊急任務，要把他那墮落密友的理想、特徵和榮耀，重新注入到床上那個髒兮兮、赤裸裸的傢伙體內。

那時，這個世界已為卡西迪而運轉了幾次。他醒來先聽到一陣疾風的呼嘯，旅館就像艘船一樣要破裂了，而他想像著潮濕的人行道在急流中上下起伏，老鴇攀附在燈柱上以求活命。從卡西迪的不朽靈魂所處的極端動盪狀態看來，這場暴風雨出現的時機很有莎士比亞風格，同時也把沙摩斯給吵醒了，卡西迪發現他在窗邊往外靠著、懸在三層樓上，還往下傾、朝著下面的庭院。卡西迪沒有大驚小怪就走向他，溫和地把他的手臂環繞在那有力的背上。

「我的菸掉了，」沙摩斯說。

六呎之下，在舞動的雨點中一點紅色餘燼神奇地燃燒著。

「我們都是那樣，」沙摩斯說。「在巨大無比的黑暗中，就那麼一點點該死的光亮。」

卡西迪藉由他深藏不露的力學技巧，成功地鎖上那個老舊的黃銅門子。藉由桿子與鉤子，勉強把碩大的窗框給扣在一起；他回到沙摩斯所在的床邊，跟著他爬上去。然而他卻沒有睡。

暴風雨停止得與開始時一樣突然，取而代之的是一種屬於星期天的寧靜，讓人想起極少數狀況下建築工人停工的鮑魚路宅邸。橫跨在嬰兒車商人的裸露四肢上，作家終於睡著了。

祝你平安，卡西迪想著；珊卓拉已經上樓去了。

「很棒的夜晚，」沙摩斯說，沒看他一眼。

「很棒。」

雙人床。阿爾及利亞男孩送上雞蛋和咖啡。陽光灑在羽絨被上。

「歡樂，具啟發性，拓展視野。愛人，給我個工作。」

「不。」

「聽著，我賣了那些嬰兒車不是嗎？我會為你寫優美的小冊子，愛人，我保證。」

「不。」

「我會是你的最佳助手。提你的袋子、接你的電話，隨便哪天我都比你那些死板板的祕書強。改掉我的名字，走上正途……」

「趕快吃你的蛋吧。」卡西迪說。

在沙摩斯打盹的時候，卡西迪打了幾通電話到他的公眾世界去。偶爾聽到他提及一筆數字——五、萬、船上交貨價格——沙摩斯就會呻吟或用手蓋住他的臉。有時候他還會啜泣。到了下午，人還在床上，自制、平靜而且絕對正常的沙摩斯，開始形容他那個難以理解的地獄看門犬戴爾。

他道出戴爾是個怎麼樣的間諜，他裝出是獨特的少數人，但實際上和其他人一樣。他在黑暗的掩護之下，從主教和積架車主們手上接受賄賂，而且忠於他那受挫的妻子。《月亮》是如何賺到了錢，但另一本卻沒有；精裝書的預付款又是如何地縮水，平裝本的預付款甚至根本沒有了；而他相當博學地談到買賣權、版權和其他事情，精通專利法的卡西迪對此至少瞭解了一點皮毛。戴爾又是如何要求中央部分重寫，隨後才會認真考慮再次提案。而沙摩斯是如何必須趕快回去射殺他，他會從霍爾那邊借把槍來，事情刻不容緩。

「或者，」卡西迪輕鬆地說，「你可以重寫中間的段落。」

一陣漫長的沉默。

「我也會射殺你，」沙摩斯說。

「當然我還沒讀過中間段落。但如果你寫的每個字都很完美，那又是另一回事了。」

沙摩斯臭著一張臉滾到床的另一邊。然而，隨後在他著裝要出門之際，他已經充分恢復到可以為卡西迪的私生活提供一些有用的行為指導。

「那個跛扈母牛。」

「是，沙摩斯。」

「你知道，愛人，你誤解那位女士了。在你人生中，那是個非常可靠而且意義重大的人物。你想讓她站回到你那一邊。」

「我會試試看。」

不要「試」，哈若比太太說：做啊。

「要**忠貞**，愛人。你根本是一團糟。要**忠實**。」

「好。」

「小子，外面女人那麼多。」

「當然。」

「而且不要閱讀。讀書落伍了。」

「沒問題。」

「而且馬上與杜斯妥也夫斯基保持距離。那男人是個罪犯。」

「是個瘋子。」

「我需要忠貞不渝，愛人。而不要任何一點這樣的流沙。如果所有的無產階級賤民都留起長髮，我要怎麼寫作？」

「沒辦法。」卡西迪說。

「聽著愛人，你得保持受挫狀態。全部的秩序就在平衡中。我保證。」

「你現在覺得好些了嗎？」卡西迪在他們離開時問道。

「去你的，」沙摩斯說。「我不需要**你的**同情。」

他們沿著希沃利街走，買下第二套衣服，還有給海倫的醃菜罐、給珊卓拉的皮包，沙摩斯也建議他一些討好跋扈母牛、以便令她心胸寬大的計策。

「告訴她你破產了，」他慫恿著。「鼓舞她。凱瑞街的小男孩羅賓，我所剩下的就只有妳了。」

「好吧。」卡西迪說。

「洪水來了，艦隊都被沖走了，沒有貂皮，沒有鑽石，沒有布魯蓋爾㉓的畫——」

「沒有飛簷，」卡西迪插進來。「沒有十八世紀的壁爐……」

「要讓一位女士恢復青春，逗弄她，刺激她，推崇她……沒有比災難更好的事了。天啊，愛人，我該知道的。」

「而你要嘗試寫看看中間的段落，不是嗎？」卡西迪說。「而且你會進行得**稍稍**順利一點？」

「永遠不會，」沙摩斯說。

為了他們的最後一頓晚餐，卡西迪又選擇去阿拉德。在那兒和愛麗斯吃飯時，他注意到隔壁桌享用的一隻鴨，他很急於一試。

沙摩斯徹底痊癒了。

「現在你該做的第一件事，愛人，就是去搞安姬．莫德蕾，對嗎？面對面，一路狂歡。」

「對。」卡西迪說。

「然後還有你遐想的另一隻鳥。」

「雅斯特。」

「正確。第二階段。向雅斯特求歡。」

「對。」

「但不要問。動手做。這一切是都為了尋找一隻理想的母牛。她們所有人身上都有一點理想的『她』，但她們身上都沒有很多的『她』。你必須廣為收集，然後自己把她給拼出來。」

「好吧。」

「至於你那野蠻的太太……」

「什麼？」

「我恨她，愛人。」

「我知道你恨她，沙摩斯。」

「而且她恨你，所以為什麼天殺的你不把她扔到洞裡去算了？」

「我知道。我會，我會的。」

「那就做呀。不要只是指指點點的，去做呀。」

「我會的。我保證。」

㉓ Pieter Brueghel（一五二五—一五六九），十六世紀的法蘭德斯畫家，善繪風景與農民生活。

「你知道你忘了什麼嗎？」卡西迪在聖賈克旅館的床上說。

「什麼？」

「我們要堆一個石頭祭壇給佛萊厄提。我們都沒做到。」

「下次再做吧，」沙摩斯說。

「對，就是這樣，」卡西迪說。

「晚安，愛人。」

「晚安。」卡西迪說。

「或許我會重寫中間那些部分。」

「很好，」卡西迪說。

「我愛你，」沙摩斯在他們入睡時說道。「我愛你。而且有一天，我會把你的信仰還給你，就像你把我的信仰還給我。」

卡西迪在黑暗中微笑，碰了碰他的手。

「娘娘腔，」沙摩斯說：「野蠻人。資產階級。」

然後他發出火車似的噪音，噗，噗，噗，直到他睡著為止。

珊卓拉的身上閃耀著陽光，看起來很漂亮，而且她微笑著看他回家。

「哈囉，跛扈母牛。」

「可憐的愛人。你看起來累壞了。」

「都是那些輕挑的巴黎女人，」卡西迪帶著一抹貧乏的微笑說，同時呼吸著家的味道。

「商展怎麼樣？」

「實際上相當好。就各方面來說，我們的確拿到不少訂單。」一個打雜女工的丈夫從廚房裡冒出來，提起他的公事包。他噘著嘴，眼睛往下瞄，精明地補上一句：「德國馬克幣值的調整幫助很大。那些德國人把他們自己的市場基礎給毀掉了。」

「真傻，」珊卓拉說著，領他走向起居室。引起爭執的飛簷裝上去了。鍍上金以後，它看起來相當美觀。

「等灰泥一乾，他們就會開始做另一堵牆。」她說。

「好。」

他們替她換過血了，他想著，就像他們在嬰兒的血液出問題時會做的事；他們只留下她的外表，其他部分都換掉了。

「抱歉我寄了那封信。」珊卓拉說。

「那沒關係，」卡西迪腦袋昏沉沉地說。

「**看！看！看！**」

每下一格臺階他就說一個「看」。雨果的腿已經擺脫石膏了。

倫敦 II

23

一陣不尋常的寂靜填滿了屋子，沒有任何一隻鳥在鳴唱。

鋼琴鎖起來了。鑰匙掛在雨果摸不著的地方，與一幅默默無聞的佛羅倫斯大師畫作分享同一個掛鉤；老尼塔爾已經保證過這幅畫的價值，他只和朋友做生意。大廳裡十八世紀的雕花壁爐幾乎已經全部完成，只差要補入縫隙的填料；它蓋在海佛當那種防塵套下面，是個永遠不會有揭幕儀式的紀念碑。飛簷未完工的部分只有一點進展，泥水匠已經被遣走了。在靠街道那一邊，窗戶隔絕了惹人厭的交通噪音，有一部分窗簾拉起來，向外表示正在服喪。在這一帶，鄰居都已收到警訊。甚至連通常在珊卓拉社交生活中扮演要角的清潔婦，都很收斂馴服。她們用吸塵器時，就像在緊閉門扉之後共享密謀的一群蜜蜂，喝茶時也安安靜靜，她們的許多孩子都被安置到其他地方去。奧地利廚子收到命令：不准哭泣，否則解雇，無論雨果是不是侮辱了她。

至於葛羅特太太，她用苦惱的耳語對過去的世界說話，那耳語藉由強大的能量傳遞到屋子的每個角落裡。她已經四十年沒調過的這個鬧鐘，在中午響了。有一次她搞錯場合，把水給煮滾了，珊卓拉就帶著拿捏得宜的怒火責備她。燈光也有所節制。一種帶著警戒的鬱悶昏暗照亮走廊，這裡也有高湯混合油漆的味道。雨果在地下室裡玩耍，流行音樂在禁止之列。只有約翰・艾德曼受歡迎。他不顧社會禮俗和金錢耗費，一天私下來拜訪兩次。

在精緻的古董鐵門旁（又是在蘇富比購得，物超所值的四百鎊），記者們恭恭敬敬地等候。

「拜託各位保持安靜，」珊卓拉不失尊貴地把他們送出門。「等到有消息可說的時候，我們就會發出一份新聞稿。」

艾鐸．卡西迪，獨自在他那棟倫敦豪宅的養病廂房裡發著高燒，處於垂死邊緣。

這是一種病毒，珊卓拉說；一種攻擊工作過勞者的特殊病毒。

一種法國病毒，葛羅特太太說，她曾經在熱帶地區感染過，邦妮．史力戈的哥哥就是在一小時內死於這種病毒。她說，是那些菊花帶的細菌，她從不贊成在房子裡擺菊花，因為花粉可能會致人於死地。她也一併責怪倫敦的水質，這是准將先生也不贊同的。

「儘管他沒在這裡喝這種水，當然啦。**我們**才是要喝這種水的人，」她抱怨。「我們」是女流之輩，在年老色衰以後就被拋棄了。「**他**在那邊喝**純淨**的水，無怪乎健康得很，但還是一樣。」為了支持這個理論，她趁珊卓拉去購物時潛入卡西迪的病房，然後把市面上販售的漂白劑倒進洗手盆的汙水管裡。

「別告訴嚴肅小姐，好不好，親愛的？」她懇求道（嚴肅小姐是她女兒秉承父系而來的名號），用她起皺的嘴唇緊張地親了他一下，帶著那些母狗到櫻草山去散步，以保持牠們的安靜和健康。

「他在逃避現實，」斯耐普羡慕地說，她是珊卓拉的妹妹，在性方面卻比她老練得多。

她從新堡過來，搬進空出來的樓層，她在那裡播放刺激情緒的音樂直到深夜。她是個豐滿的女孩，性情又快活，讓卡西迪衰弱的精神能偶爾振作起來。「親愛的，妳**沒事**吧，對不對？」她母親會在半掩的門後，用戰戰兢兢的耳語詢問她，這話的意思是：「妳懷孕了嗎？」同一句話也代表著：「妳沒懷孕嗎？」因為葛羅特太太雖然對她女兒處於何種狀態沒有特殊意見，但這兩種狀態在她心裡卻是牢牢聯繫在一起的。近年來斯耐普懷孕過好幾次，她不是打電話給卡西迪借一百鎊，就是去波茅斯，那間她喜歡的未婚媽媽診所。同時珊卓拉會發動全國性的搜尋，要找出孩子的爸爸。這些嘗試少有成果，但每當確實有斬獲的時候，那位犯人幾乎都證明不值得這麼辛苦去找。

「你有參加過狂歡宴嗎？」斯耐普坐在他床邊看漫畫的時候，直接問他。「想像小卡西迪將巴黎畫得紅通通地，卻不知道你身體裡面有毛病了。你下次會在我身上試試運氣。」

「不，我不會的。」卡西迪這麼說。他好幾年來一直斷斷續續地思考著，這樣做到底算不算亂倫行為。

癌症，打雜女工們說。她們接下來該上哪兒去工作呢？還有可憐的卡西迪太太，她要怎麼全靠自己處理這麼大一棟房子？

拉肚肚，雨果說。爹地拉肚肚了，所以他不能去上班。

「我喜歡你拉肚肚的時候，爹地。」

「我也是。」卡西迪說。

他們玩了很多次骨牌，雨果都贏。

「他在裝蒜，」卡西迪的父親說，他從閣樓打電話來，急需用錢。「他已經裝了一輩子，當然是這樣。問他以前在切騰罕發作的痙攣是怎麼回事。問他在亞伯丁發作的疝氣！那孩子一輩子從沒有真正生過病，他假得像七英鎊鈔票❶一樣——」

「你是應該最清楚。」珊卓拉說完把話筒甩上。

私底下，約翰・艾德曼診斷出這是一次溫和的精神崩潰。

他悄悄說，他已經預見這場崩潰快要發生了，卻沒辦法阻止；他打氣到環繞著卡西迪上臂部的橡皮管裡。

「可稱之為身心失調，或者隨便你怎麼稱呼。有些時候，心靈老友會把身體擺到床上去，而身體老友就是非得照著心靈老友的吩咐做。呃？」

「我想你是對的，」卡西迪帶著一抹虛弱的微笑讓步。

---

❶ 沒有七英鎊鈔票，所以當然是「假」的。通常寫作「跟三英鎊鈔票一樣假」（as phoney as a three pound note）。

「老友，你有任何**病史**嗎？」醫師問道，一邊看著第三天的血壓指數顯示「正常」。

「有一點，」卡西迪坦承，暗示著有一些已克服壓力的經驗，聰明才智之士特有的突發性狂亂。

約翰．艾德曼圓滑地避免進一步探詢。

「那好，」他轉而說道：「你有珊卓拉照顧，那是好事，老友。**她**瞭解她的艾鐸，不是嗎？」

「可憐的佩索普，」珊卓拉嘆息，把握著他的手放在自己膝上，然後帶著無止境的愛意望著她的大小孩。「可憐的傻佩索普，你**到底**做了什麼？**你**不用那樣子追逐金錢呀；**我們**過得去。」

卡西迪解釋，這是付款平衡的問題。他這麼拚命幫助外銷活動，不是為了卡西迪自己的公司，而是為了這個國家。

「我想讓英國起飛。」他說。

「天啊，」珊卓拉說著，又吻了他一次，輕輕地吻，免得太刺激他。「你是**這樣**一位鬥士。而我是這樣一個累贅。」

她在他旁邊坐了一小時或更久，細細觀察他在幽暗中的輪廓。她的寧靜很能撫慰人心，卡西迪也以愛回報她。

疾病突然侵襲他。它在晚間悄悄盯上他，在天明時就完全把他擊倒了。首先是一場夢魘，然後大白天的幻覺也侵襲他，種種幻象；他也和心裡的許多角色對話。他們的主題是報應。他大步走過倫

師父領進門——淺談間諜小說

08/31 (日)
14:00 ~ 16:00

郭崇倫（聯合報副總編）、**譚端**（偵探書屋店長）

間諜小說是推理小說的一個分支，有什麼獨特的地方？和其它小說有什麼不同？台灣又出了哪些間諜小說？聽聽聯合報副總編郭崇倫與偵探書屋店長譚端分享他們的閱讀經驗。

間諜中的偵探，偵探中的間諜？

09/20 (六)
14:00 ~ 16:00

臥斧（文字工作者）、**路那**（台灣推理作家協會理事）

間諜小說與推理小說同樣強調邏輯、線索，但創作的脈絡卻大相逕庭，邀請講者來分享間諜小說中的推理趣味，以及推理小說中的間諜風貌。

間諜小說×電影的跨界對談

10/18 (六)
14:00 ~ 16:00

譚端（偵探書屋店長）、**原子映象**

由偵探書屋店長譚端與勒卡雷最新電影《諜報風雲》發行公司原子映象，分享作品呈現與電影效果，帶入勒卡雷的諜報冷戰引人之處。

從虛構到真實的間諜百態

11/15 (六)
14:00 ~ 16:00

譚端（偵探書屋店長）、
中華民國敵前敵後作戰返台國軍官兵權益聯合促進會成員

邀請國共內戰時即負責諜報任務的情報員，分享間諜工作的秘辛與碩果僅存的第一手前線資料，並比較小說世界架構出來的真與假。

主辦單位　木馬文化　木馬文化粉絲團 www.facebook.com/ecusbook

協辦單位　偵探書屋　原子映象 atom

§主辦單位保留更改活動內容之權利§

敦，穿越草叢茂密又偏僻的廣場，和毫無重量的孩子牽著手。他操縱賓利汽車，沿著希沃利街開過去；他一路衝過吵吵鬧鬧的女性化街道，然後突然之間——這可能發生在任何地方——他就要撞上一座靠近聖安潔樂天使角的高山。沒有入口，沒有迂迴彎道，沒有出口。一座有扭曲鋸齒狀尖峰的高山。王爾德口中肚子朝上翻的母豬；在讓人頭昏眼花的山路和數不清的窘境之間，妓女、旅館員工、查稅員、警官和客車服務員在那裡大送秋波，從冒著熱氣的洞窟裡對外比手劃腳，或者在縮小的河床邊彼此擁抱。有時候，他緊張地靠近高度較低的山坡，就已經感受到暈眩感侵襲著他，他還看見自己打開一份《每日快報》，大聲讀出該報內容豐富的頁面：嬰兒車製造商是第四人嗎？無政府主義作家也有關連？阿爾及利亞裔門房告發雷雨夜的狂歡。蜜月夫婦聲稱：我們隔著牆壁都聽得到他們。作家的妻子完全不知情。查普曼・平徹❷獨家報導。

他自己的破產消息也在內頁裡以髒兮兮的綠色字體印出來：卡西迪完蛋了嗎？零件公司垮臺了嗎？國會議員之子回應破產案官方託管人：「我把錢都花在給小費了。我的罪名是慷慨。」

「安慰！」不幸的罪人悽慘地對妓女們喊道。「看看我變成什麼樣子！」但在他能夠擺脫他的法衣（這位卡西迪是個僧侶般的罪人）之前，她們光著下半身逃到崩塌的峽谷去，沙摩斯已經在那裡擺好全副武裝，甩脫了一切負擔，等著要享受她們。

❷ Henry Chapman Pincher（一九一四—），英國著名記者與小說家，一九四六年時加入《每日快報》，他的報導內容主要著重於揭發間諜活動。

這樣的幻象不完全是卡西迪自己的發明。幻象的原型掛在他童年時永遠亮著燈的房間裡——在那時，神仍然樂於讓老雨果去休養心靈——就掛在他第一個母親滿是漂白劑的廚房裡，她在裡頭嘆著氣，熨燙她丈夫自己設計的白色法衣。那是由虔誠藝術家繪出的一座高山，稱為陰曹地府，藉由一種早期的製版程序以多色印刷製成，用易燃的木料做為畫框。在山腳下，描繪著小男孩渴望犯下的所有恐怖行為；竊盜與縱火；賭博和掩飾的縱慾。在令人恐懼的峰頂，黑天使們灼燒著同一批罪人。

雅斯特把他從這種折磨中喚醒，感謝他送了花。她坐在床邊，靠得極近以強調她的感激之情。雅斯特穿著成熟穀物般的黃色衣服，在體態鬆弛的地方衣服也比較寬鬆。

「你是認真的嗎？」她柔聲問道：「對於你寫的那些話？」

珊卓拉出去買豬蹄膀了，這種肉汁可以幫他補身體。

「附上我所有的愛，」海瑟唸道：「和我所有的憂傷。艾鐸，你**不可能**捏造出這種話。你有那麼多事情要分心處理，還特地從巴黎送來。」

她也握著他的手，卻是把手給折起來，放到她大腿根部的柔軟部位，放到她自己在艾德曼家晚宴時曾在他身上摸到的地方。她事先關上門避免外來的干擾。

「你指責我真是做得**對**極了，」她低語道。「我是這麼**自命不凡**，不是嗎？」

這些初期幻覺之上，還有相呼應的身體反應：突然的盜汗伴隨著狂亂的心跳，耳朵、喉嚨發炎再加上眼睛的乾燥灼熱感。珊卓拉寫下把華氏溫度轉換成攝氏的算式。

「一百零四度，」在約翰．艾德曼第二次造訪時她告訴他。「他降低**很多**了，」她在他第三回造訪時向他保證。接下來他們是在地下室用晚餐時討論他的病情，因為約翰．艾德曼喜歡在七點來，這時世界上其他人都已經沒病了。

有一陣子，他仍在死亡邊緣徘徊，並且大聲抗辯著他許多莫須有的罪名——然而在他的另一副心思裡，他經常控訴自己犯下這些罪——卡西迪這時認定沙摩斯是一個神話。「他從沒存在過，」他告訴自己，並把毛毯拉到鼻子旁邊，假裝自己是在一輛雪橇裡。

他被記憶中在聖心堂裡的詭譎經驗給嚇著了，所以好好閱讀了珊卓拉收藏的那些聖人傳記，並且利用如廁的漫長時光，下定決心效仿先聖先賢的榜樣。

「我成熟了，」他告訴她。「我會重回教會，感覺是時候了。」

隨後又說：「讓我們從爭名逐利之中暫時脫身一陣，我們可以想想要去哪裡。」

珊卓拉建議去牛津，他們以前在那裡挺快活的。「或者我們可以試試蘇格蘭。狗兒們會很喜歡。」

「蘇格蘭很好，」卡西迪說。他用床邊的電話在葛蘭伊格斯訂了房間。但這只是在他的想像中進行，因為蘇格蘭對他來說毫無吸引力。那裡少了他渴望的伴侶。

應病患的召喚，安姬．莫德蕾也來訪了。她帶來信件和十二朵包在白紙裡的小玫瑰。

「這些花是給你的，」她低聲說道，「為了回報你從巴黎送給我的那些。」

她在她的希臘風皮包裡掏掏揀揀，抽出一封來自鄉間的信，他把那封信藏在床單底下。在整個物資交換過程裡她沒看他，表情也不鼓勵對話。

「它們是佛克的意思，」卡西迪告訴珊卓拉，以便解釋那些幼小的花苞。「其實是他們每個人合送的，不過是佛克挑的。」

「大家真的**關心**你，」珊卓拉大方地說道，一邊嗅著那股難以捉摸的香味。「大家真的愛你，不是嗎。」

「呃，」卡西迪說。

「我們**都**是。」珊卓拉堅持。

然後她安頓下來，繼續她連眼眨都不眨、充滿愛意的守夜行動。

為了讓他康復，她讓卡西迪穿著一件藍色的喀什米爾晨袍，珊卓拉為他特別從哈羅德百貨公司採購來的；生病是非常狀況，可以為此花錢。一開始他在床上用午餐，後來會下樓來待一小時，好跟雨果玩耍。

「那樣不是真正的撞球，」雨果輕蔑地說，然後向珊卓拉舉報他不守規則。

「現在你聽我說，小雨果，」珊卓拉帶著安詳的縱容說：「如果你爹地想用一支蠟燭玩撞球，那就是他玩撞球的方法。」

「這也是**最好的**辦法，不是嗎，爹地？」雨果驕傲地說。

「這叫做**飛蛾**，」卡西迪解釋道。「我們過去在軍隊裡常玩這個，拿來消磨時間。」

第二天早上，珊卓拉在仔細察看桌布以後，變得極端不悅。

「我到底要怎麼把蠟給弄掉？」

「她因為你起來所以生氣了，」雨果解釋道。「她比較喜歡你躺在床上。」

「胡說。」卡西迪說。

在他持續小心翼翼地回歸正常生活時，這位病患盡量避免陷入衝突。舉例來說，打電話給人在鄉間的海倫時，他使用他的信用卡以避免在帳單上出現令人不悅的紀錄；要跟南奧德麗街的莫德蕾小姐說話，他就選擇珊卓拉外出購物的時刻。雖然有這些預防措施，他還是被迫面對一些麻煩的交易。

「但是**卡西迪**，」海倫堅持己見，儘管不是本人現身，卻是一個極佳的電話人格；也是個天使。

「你不可能負擔得起！」

「看在神的分上，海倫，錢是用來幹麼的？」

「但是，卡西迪你**想想**，這會花你多少錢啊。」

「海倫，聽好。如果**妳**是我，而且又**像我**這樣愛他，**妳**會怎麼做呢？對吧？」

「卡西迪。」海倫說，完全被他說服了。

出於相同的理由，山崗西街的葛林堡和奧斯威特先生得到嚴格的指示，不得打電話到他家。他告訴他們，只能與莫德蕾小姐接洽；莫德蕾小姐對於需要什麼知之甚詳。

雖然如此，卡西迪才是主控一切的人。

「水，」他在毯子底下講話，向葛林堡強調此事。那棟房子雖然紮實，卻有奇怪的音效錯覺，尤其煙囪在樓層間傳遞聲響，更是個危險的聲音導管。「它一定要靠近水邊。好吧，找仲介輔助人。對，當然我會付雙倍手續費。老天爺，這是屬於一家公司的房子不是嗎？付你該付的每一筆錢，然後把帳單寄給雷明就是了。我是說，真的，這**太糟了**。」

這樣的對話提醒了他，他還沒有完全恢復健康，因為他們激得他做出失控的反應，他後來為此懊悔。有時，他癱倒在成堆枕頭上，他的心臟因為憤怒而跳得斷斷續續，他的臉色泛紅發熱，對著鏡子裡的自己哭泣。城裡再沒有一個神智健全的人了，他告訴自己。而且更糟的是：他們全都反對我。

「在基斯威克的那個不錯，」奔波尋找了一整天以後，安姬在造訪他時疲憊地說道。「如果你不介意是在基斯威克。那裡有棒透了的蔭涼地點，而且就直接俯視河水。」

「會吵嗎？」

「看狀況啊，不是嗎。看你認為怎麼樣算吵。」

「聽好：妳能在那裡工作嗎？我是說創造性的工作……某種妳必須有靈感才能做的？」

這是安姬在外面跑的第三天了，她的脾氣快要發作了。

「我怎麼知道？我又測不出分貝數，對吧？叫那女人自己去那裡聽聽看啊，我該這樣做的。」

她板著臉，從一個十支裝的薄菸盒裡拿出菸來點著。

那女人？卡西迪對自己重複一遍；多麼荒謬、可恥的想法！老天呀，她認為我是……

「不是**女人**，」他很堅定地說。「是個**男人**。如果妳非得知道不可，那是位作家。一位已婚的作家，在他寫作生涯的關鍵時刻需要支持。不只是道德上的，還有實質上的。他現在苦於職業生涯中的低潮，這可能會嚴重地影響到——妳見鬼的到底在嘲笑什麼？」

那不是嘲笑，而是一個微笑；一個突如其來，非常美麗的微笑；看著那個笑容，他自己也笑了。

「我只是高興而已，就這樣。我知道我很傻；我拿自己沒辦法，對吧？我以為你在安置一個搞設計的賤貨，不是嗎？穿豹皮的紅髮女郎……喝不加冰塊的馬丁尼……」

她是這麼開心，這麼愉悅，甚至得抓住她那位病弱雇主的手，好穩住自己的身體；還得借他放在枕頭底下的手帕來擦乾她的淚。把手帕再放回枕頭底下。然後深情款款地向他告別，這變成他們在這種狀況下不拘禮的做法。實際上是給他一個吻，一個俐落、乾燥、輕柔但是非常有感情的吻，就像是女兒在父親出門前獻上的吻。

「我喜歡那個小姐，」雨果說，他指的是安姬，她還依依不捨地在門邊徘徊，就像她不願意離開似的。「她總是會抱抱我。爹地。」

「嗯，雨果。」

「你認為她比海瑟更好嗎？」

「可能。」

「比斯耐普更好？」

「可能。」

「比媽媽更好？」

「當然不。」卡西迪說。

「**我**也這樣想，」雨果忠誠地說。

第二天一大早，一陣巨大的搥打聲響徹鮑魚路的宅邸。從大廳和起居室裡，非古典音樂的男性歌聲傳出來，通常有信口編造的歌詞，隨著如泣如訴的電鑽聲響。工匠們回來了。

24

就外在而言，海倫沒變。

至少對於只看外表的眼睛來說，她是一模一樣的：那雙安娜．卡列妮娜靴子顯露出磨損得更嚴重的色澤，棕色的長外套也變得更破舊一點，但在卡西迪看來，這些貧窮的徵兆只為她的美德增添了顏色。她從月臺上下來，兩手抱著一個紙包，好像那是一份給他的禮物，而她也還有同樣的莊重，同樣源於本性的嚴肅舉止，就卡西迪來說這是為人母親和姊妹所必備的先決條件。她的髮型也沒變，這點特別幸運，因為改變會讓卡西迪覺得氣餒；他誠心覺得改變有如詐欺。

確實，她比預期中的矮了好幾呎，而且尤斯頓車站新設的燈光剝奪了她在燭光和火光下散發的天使般光輝。確實，她的身形——他記得在那件簡單的海佛當家居長袍底下，是顯得柔順如水又高貴——夾在泛泛之眾間，變得有某種庸俗感，但她又非得跟這些人一起搭車不可。但當她隔著紙包親吻他時，在她的聲音和擁抱中，在她一邊瞥著背後、一邊發出緊張的笑聲時，他立刻看出一種新的強度。

「他非常非常想念你。」她說。

「看看**你**，」沙摩斯用他那種女性化的怪腔調說著，把她拉到一旁，就像他在海佛當做的那樣。「在這個季節裡穿著**鰻魚皮**，真是古怪的穿著。」

「老天，」卡西迪大膽地說道：「我不知道你要來。」

在漫長的擁抱之前，卡西迪瞄了他一眼，他以為那是那件壽衣的衣領。雖然他記得，在那對強壯雙臂把他擁入懷裡時，他也想到那件壽衣沒有衣領，或者說沒有可以拉得這麼高的衣領。然後他想像那是一隻鳥，一隻阿爾卑斯山的紅嘴山鴉，全身漆黑，飛撲過來要啄他的眼睛。然後小小刺針造成的防禦工事豎了起來，又在他面前潰敗，而他想著：這是約拿單，因為他長得黝黑，而且他留了一嘴鬍鬚讓自己更像上帝。

「他認為他有個脆弱的下巴，」海倫說，一邊等他們結束擁抱。

「喜歡嗎，愛人？」

「棒極了。真神奇。海倫喜歡嗎？」

他們搭計程車代步。賓利汽車太招搖了，卡西迪這樣認定：最好搭樸素平凡的倫敦計程車，這樣才不會讓他們尷尬。

這無可避免。卡西迪對他們的到來極為亢奮，更別提他擔任行政管理和居家內務角色時所做的無數小準備——窗簾會及時準備好嗎，福特南❸會不會弄錯地址？所以在此之後，他們的第一天免不了會令人掃興。卡西迪知道，在他和海倫為了沙摩斯的利益私下通過許多電話之後，她會有許多話要對他說。他也知道，他首先要負起的是對沙摩斯的義務，沙摩斯是他們共聚一堂的理由及動力。

但沙摩斯把沉重的負擔放到他們肩上。

沙摩斯讓海倫坐到折疊椅上，以便自己和卡西迪可以舒舒服服地手牽手，然後他首先向卡西迪展示如何撫摸他的鬍鬚：他應該往下摸，絕對不要逆著毛髮的方向。接下來，他對卡西迪做了一番身體檢查，想找出任何受損的跡象：摸順他的頭髮，然後仔細察看他的手掌。心滿意足之後，他重拾對卡西迪那一身西裝的讚賞，那是哈里斯粗呢而非鰻魚皮，灰色的犬牙格紋適合半正式的場合。這是法國貨嗎？防水嗎？

「工作怎麼樣？」卡西迪問，希望話題能轉向。

「我從沒試過。」沙摩斯說。

「他進行得很順利。」海倫說。「**所有**新東西都妙不可言，不是嗎，沙摩斯？說真的，卡西迪，回來以後他一直做得如有神助，不是嗎，沙摩斯？一天四、五個小時。有時候更久，這實在是棒透了。」

她的眼睛說得更多：我們欠你一筆，你把他變成全新的人了。

「我很高興。」卡西迪說，此時沙摩斯舔舔他的手帕一角，從卡西迪臉頰上擦去一個汙點。

海倫透露，最棒的消息是戴爾從倫敦下鄉，他和沙摩斯那一整天都相處得融洽極了。

「很好。」卡西迪帶著微笑說，一邊溫和地避開更親密的擁抱。

「不會嫉妒吧，愛人？」沙摩斯焦慮地問。「沒覺得被排擠吧？說真的，愛人？確實沒有？」

❸ Fortnum’s即Fortnum & Mason食品行，是倫敦極富盛名的老店。

「我想我撐得過去。」卡西迪說著，一邊又對海倫投以心照不宣的一瞥。

「實際上，」海倫說：「戴爾本不叫戴爾，他叫麥可勞維茨，是猶太人，**所有**好的出版商都是猶太人，不是嗎，沙摩斯？當然啦，說真的，他們**會是**猶太人的，他們有最出色的品味，在藝術、在文學，在任何方面都是，沙摩斯總是這麼說。」

「那**完全**屬實，」卡西迪同意，他想到的是尼塔爾夫婦，還有珊卓拉最近說過的某些話。「那完全屬實，」他又講了一遍，有個話題可以表現一下讓他頗為感激。「這是因為從歷史上來說，猶太人不被容許擁有土地。實際上是在**整個**歐洲，從中世紀開始就一直如此。荷蘭人對他們好得驚人，但反正荷蘭人本來就是個驚人的民族，看看他們抵禦德國人的樣子就知道了。所以當然啦，發生什麼事了？猶太人必須對**國際性的**事務學有專精。就像鑽石、繪畫、音樂，還有在他們遭受迫害時能夠帶著走的任何東西。」

「愛人。」沙摩斯說。

「是？」

「滾你的蛋。」

「繼續談談戴爾吧，」卡西迪對海倫說道，他試著別笑出來：「他什麼時候才真的要**出版**呢？那才是重點。我們什麼時候要開始看暢銷書榜單？」

海倫沒能回答——一陣突如其來的反常尖叫響徹整輛計程車，讓她與卡西迪都情緒激動。沙摩斯在操作一個罐頭笑聲機器。那是一個用紙做的小圓筒，裡面有些鐵桿。每次他轉動圓筒，它就發出一陣乾巴巴的咯咯笑聲，在小心的控制之下會慢下來，轉變成一陣像是肺癆的嗆咳。

「他叫這玩意兒濟慈。」海倫說，她的口氣暗示卡西迪，就算是充滿母性的天使也沒有無止境的耐性。

「這很驚人，」卡西迪說著，從他的警戒狀態中恢復過來：「顯得很陰鬱，而且味道正對。繼續開，」他對司機喊道：「沒事，我們只是在笑而已。」他把中央隔板的窗戶關起來。「我們很快就會到了。」他對海倫露出安撫人心的微笑，一邊說道。

這趟旅程讓她疲倦了，他想道。沙摩斯可能把她折騰壞了。

沒有人提起巴黎。

這是一棟獨立房舍，位於一間倉庫上方，外面有一道鐵梯通往紅色的前門。一個屬於大自然的地方，就在河流之上，可以看到兩處發電廠，還有一邊的遊樂場。卡西迪花了大筆金錢裝潢這個地方，但換上的家具略嫌普通。廚房裡擺了花，床邊更多，還有一箱蘇格蘭威士忌在掃帚櫃裡，來自貝里兄弟酒店的一九五四年份塔力斯可。牆上有個船舵和做為欄杆的繩索，但主要引人注意的是光線，光線從河流裡映照到天花板上，而非地面。

展示每個高雅品味的特色時——新的柯斯頓牌洗碗機、還躲藏在雜亂桑科樹木板之間的速凍冰箱、抽風機、暖氣系統和北歐不鏽鋼餐具，更別提他自己設計的那些全由黃銅打造的窗門扣——卡西迪感到一種父親般的驕傲，他讓一對年輕夫婦的人生有了好的開始。他想著，如果老雨果沒有被某筆生意套牢的話，這就是他願意為我和珊卓拉所做的事。好，就期待他們證明自己配得上這份禮物吧。

「卡西迪你看，甚至有配咖啡用的紅糖呢。還有餐巾，沙摩斯。看，愛爾蘭亞麻布。喔，**我的天**，喔，不，**不會吧……**」

「有什麼不對嗎？」卡西迪問。

「他把我們的名字縮寫擺在上面，」海倫說著，幾乎因為這個發現帶給她的純粹喜悅而哭出來。

他把臥室留在最後。臥室是他最感驕傲的。綠色，這是他要的。安姬．莫德蕾極力主張用藍色。藍色不是挺冷調的嗎？卡西迪引述珊卓拉的話提出反對。他們在哈羅德百貨公司找到了答案：在最淡的綠色背景上有著鬆垂的藍色花朵，好幾年來在雨果位於鮑魚路的育兒室裡，這同樣的花色也曾帶給他樂趣。

「我們把這種花色也擺到天花板上吧，」安姬敦促著，對海倫有一種出於女性的同情，「這樣他們仰躺時就有點東西可以看了。」

為了搭配這個花色，他們選了一個卡薩普波❹的床罩，這是市面上最大尺寸，用在市面上的最大床鋪上。還有印了絕妙藍色印花的被單，同樣不俗的花紋也用在絕妙的枕頭套上。至於白色的窗簾有著藍綠色的垂穗做點綴。還有個絕妙的印度厚地毯凸顯這一切。

「卡西迪，」海倫吸了一口氣說道：「這是我們有過最大張的床。」然後她臉紅了，相當符合她的謙遜心性。

「浴室往那裡走，」卡西迪說，這次主要是對著沙摩斯，他的聲調很實際，就好像浴室是男人管的事情。

「大到容得下三個人。」沙摩斯說。他還在看那張床。

他們站在長長的窗前望著平底船，海倫站在他身邊，沙摩斯則在他的另一側。

「這是我看過風景最宜人的地方，」海倫說。「在我們曾有過、或者將會擁有的地方裡，這裡都是最宜人的。」

「我更喜歡這裡的**景色**，」卡西迪說，把此地貶低一些好讓他們更容易接受。「實際上一開始是這點吸引了我。」

「還有流水。」海倫這麼說。她瞭解。

一長串平底船滑過，緩慢但步調凌亂，它們經過窗口的時候相互超前，在消失時又恢復成一列。

「不管怎麼說，」卡西迪說，「湊合住上一陣子應該還可以。」

「我們才不要什麼**還可以**，對吧，愛人，」沙摩斯平靜地提醒他。距離他上次開口已經好一會兒了。「過去從來不要，未來也不會要。我們要大太陽，才不要他媽的晨曦微光。」

---

❹ Casa Pupo，一家倫敦的著名家飾店。

「呃，**這裡**有很多陽光，」海倫愉快地說道，給卡西迪充滿信心的一瞥。「我愛極了彩繪窗。它們這麼有現代感。」

「而且自由自在。」卡西迪說。

「正是如此。」海倫說。

「這裡需要一點活動，」沙摩斯說。

卡西迪認為沙摩斯講的還是河流，而且他是以出於美學上的異議打斷他們的對話，所以他把頭偏到一邊，然後說道：

「喔……你是不是說……？」

「我們三個人，」沙摩斯說。「要不然就要陷入泥濘中了。」

他轉向卡西迪，擁抱了他。

「親愛的愛人，」他輕柔地說，「你做的是一件可愛又純潔的事情。祝福你。我愛你。請見諒。」越過沙摩斯的肩膀，他看到海倫聳聳肩。這是他的某一種情緒，她的笑容說，會過去的。她靠過來，也親了他一下，他站在那裡，人在她丈夫的懷抱。

在喝完卡西迪早就放在急凍冰箱裡的「香波」以後，卡西迪很得體地託辭離開，讓他們去拆箱。海倫以同樣的世故圓滑，讓這兩個戀人獨自告別。沙摩斯和他一起下樓。

「你不知道可以上哪兒買顆足球吧，對不對？」他看著遊樂場問道。

這天屬於陰暗沉悶的那種日子，草非常地綠，發電廠後面的天空帶著很重的粉紅色，就好像磚房替天空染色了一樣。一群黑人孩子在玩跳房子。

「你可以試試看陸軍和海軍，」卡西迪說，心裡有點失望地想著他忘了某件事。「沙摩斯，那裡沒有什麼不對的地方吧？沒有任何東西不好的吧……」

「道德判斷上的不好嗎？」

「老天，不是的——」卡西迪對規矩了然於心，急忙說道。

沙摩斯又沉默下來。

「神花了六天造世界，愛人，」他終於露出笑容說。「就算布匾也沒辦法一個早上就完成。」

「而你真的開始進行那些中間部分了？」卡西迪問道，巴望著能藉由一個上揚音符結束對話。

「一切都是為了你。這些日子裡我都是非常順從的愛人。沒有豪飲，沒有召妓。這一路真是夠了。問問海倫吧。」

「她告訴過我了，」在等待計程車時，卡西迪一不小心說溜了嘴。

「再會，愛人。好個安樂窩。祝福你。嘿，跋扈母牛還好吧？我想我該找個時候打電話給她。」

卡西迪沒顯露出退縮的樣子。

「恐怕她不在。她要去和她母親住上一陣。」

海倫從陽臺上看到他們的擁抱，就像公主在她的新高塔裡，背後是寬闊的護城河。他最後一眼看到的沙摩斯，是站在跳房子的孩子行列中，等著輪到他玩。

同時在家裡，和卡西迪的那一點藝術創意相反，一切都幸福美滿、充滿活動。卡西迪的本錢大有增益；他們說，他的病對他有好處；約翰．艾德曼是個天才。艾鐸吃得很好，眼神變得更明亮，也找到人生的目的了。這話在女人之間口耳相傳，帶有一種對家庭狀況的體諒。清潔婦們湊錢買給他一個放在賓利汽車裡的背靠墊；狗會認他了；雨果用水溶性蠟筆做裝飾，畫了張加油卡片給他。海瑟．雅斯特幾乎每天來見證艾鐸的康復，同時與珊卓拉討論落難之人的重建策略。

「我們應該在鄉間找個地方，」熱愛夏季天氣的她們說：「一個讓他們可以好好戒酒的地方。」

卡西迪家裡的那一片天之所以放晴，並不是毫無來由的，這是因為卡西迪終於體認到他真正的天職，而珊卓拉對此感到特別高興。她說，運動場是個已經確定沒救的損失，地方議會腐敗到令人難以置信。

「這正是你所需要的，」她說：「給你一項興趣。」

她說，這是理想的解決方案：在教會與商業界之間的自然妥協方案：「我想不出**為什麼**你沒早點想到，但還是一樣。」

「這是我生病時想到的，」卡西迪坦承：「我有種可怕的感覺，我已經浪費掉這麼久的人生。我躺在這裡，想著你是何許人？——為什麼是你？——在你死掉的時候，他們會怎麼說你？在我確定以前，我只是不想讓妳擔心。」他補上一句。

「**親愛的**，」珊卓拉這麼說，還帶著一點羞愧，就像她後來對海瑟坦承的一樣，她竟然沒有重視她丈夫的內在掙扎。

因為卡西迪已經決定進入政壇。

然而她還是先諮詢了約翰・艾德曼，做為一種預防措施。他們一起去，就好像他們的問題與婚禮有關似的。這對他來說會造成太大的壓力嗎？這會像巴黎那趟一樣、把他累倒嗎？因為這會牽涉到許多旅行，還有在黯淡北方小旅館的孤寂夜晚，所以約翰百分之百確定卡西迪的身體能夠承擔嗎？在幾番躊躇之後，約翰・艾德曼決定綠燈放行。

「但盯緊那顆老心臟，」他警告。「只要有最小的一點抽搐，你就叫我來。不准隱瞞，行吧？」

「他只要有機會就會掩飾。」珊卓拉很瞭解她的艾鐸，這麼說道。

「那妳就盯著**他**。」約翰・艾德曼說。

他們現在陷入一種嚴肅的使命感中，認真準備工作。第一件事就是選定黨派。雖然珊卓拉心意已決，但卡西迪以他更深刻的處世經驗，以及他對商業界男士世俗弱點的虛構理解，卻做了另一個堅定的抉擇。珊卓拉認為，最重要的是她不應該以任何方式影響他，所以，如同她後來告訴卡西迪的，她是在沉默中見證了他內在良知與個人荷包間的對話。

「我就是沒辦法接受做個富有的社會主義者，」他說：「這兩者似乎不能相容。」

「你沒**那麼**有錢。」珊卓拉安慰他。

「這個嘛，我確實有錢。如果市場繼續看漲的話。」

「那就放棄吧，」她厲聲說道：「如果錢就是你的問題所在。」

但卡西迪覺得就這樣放棄一切太容易了點。

「我很抱歉，珊卓拉，這不是答案。我不能就那樣逃掉。我得代表**我自己**，」海倫和沙摩斯抵達的那天，他在晚餐時告訴她：「而不是代表我應該是的那種人。政治反映的是**現實**。」

「你過去常說，我們的為人是由自己所追求的目標來判斷。」

「在政治這方面不是。」卡西迪說。

「那為什麼不是自由派？有**大批的**富裕自由主義者，看看尼塔爾夫婦。」

「但自由主義者從不參與政治。」卡西迪抗辯道。

做一個自由的獨立人士，好過綁手綁腳的自由主義者，他說。

「你是說你只支持贏家？」珊卓拉質問，一如以往，她是丈夫正直心性的保衛者。

「不是**那樣**。這只是……好吧，自由主義者眾說紛紜。我想要一個自知心意的黨。」

「那麼**就我**所知，」珊卓拉說，「保守黨鐵定**出局**。」

保守黨員痛恨窮人，她說，他們對落水狗完全沒有同情心。保守黨員很愚蠢，她父親就是其中之一，而如果卡西迪跟保守黨員稍稍沾上邊，她會馬上離他而去。

「如果我是保守黨國會議員的妻子，我絕對會遭人唾棄，」她說。「除了在鄉下地區。在鄉下狀況不同，比較傳統。」

為了安慰她，卡西迪解釋了他的競選計畫。他做得非常審慎明智，向她一點一點地承認一個複雜微妙的祕密。她答應不告訴任何人嗎？

她答應。

她確定嗎？

她確定。

他不在意她告訴海瑟、艾德曼夫婦還有清潔婦，因為他們無論如何總會發現；對，還有尼塔爾夫婦，如果他們問起再說，沒問就別提。

她明白。

這個嘛，他在辦公室已經做好作戰準備了。這是淡季，同業在巴黎商展之後就收工了，一大堆員工都在度假。所以別的事先不管，卡西迪接觸了工聯的人——

「工聯，」珊卓拉重複，現在亢奮多了。「你是說你要加入——」

「工聯，」卡西迪很有耐性地重複，把他的品德撥到一旁去。「現在妳要讓我講完嗎？」

珊卓拉會聽完，她不是故意要打斷的。

很好，他們做了一些討論。她記得他去米德斯布勒的那個星期三嗎，貝絲·艾德曼說那天她看到卡西迪在哈羅德百貨公司？

珊卓拉記得很清楚。

這個嘛，是其中一次討論。

珊卓拉深表懺悔。

在許多星期裡安排這些討論之後的結果，就是工聯現在要請他從生意人的角度，來對勞工運動的整個組織作一番透徹的檢視。

「喔，我的天啊，」珊卓拉倒抽一口氣，「但那是很**驚人**的！」

實際上（雖然這是高度機密）是一個商業效能分析。在他的研究結束時，他會提出一份報告，而如果卡西迪還喜歡他們、他們也還喜歡卡西迪的話，呃，也許就會有個工會保障席次……

「他們甚至可能會出版報告，」珊卓拉說，他們更衣上床的時候她還很興奮。「然後你也會成為一位**作家**。卡西迪報告……你什麼時候開始？」

「第一趟出差就是明天，」卡西迪說著，終於打出他手上全部的牌。

「而且你不能妥協，」珊卓拉警告他。「不要只是說些能取悅他們的事。那些工會人士都是些討厭鬼。」

「我盡量。」卡西迪說。

「祝你好運，爹地。」雨果說。

「我是認真的。」珊卓拉說。

「政治個屁，」老雨果在閣樓裡接待他每隔兩週的祕密訪問和支票時說道。「去你的政治。你才沒膽搞那個，聽我的話。這年頭你得要有**雄獅**的膽量才能碰政治，一頭**雄獅**唷，小藍！」

屋裡有位藍橋太太，老雨果的女性顧問兼卡西迪的代理母親，卡西迪從童年起就一直在面對這種人。她在起居室的桌上擺了臺打字機——這是她樹立可敬名聲的特有方式——而且她的盥洗用具放在另一間浴室裡，卡西迪曾在她進去梳頭時見過。「誰是藍橋？」他曾經問老雨果。「她是你太太嗎？你的姊妹？你的祕書？」有一次他設下陷阱，對她講法文，驚訝地發現她沒有因內疚而做出回應。

「呃，艾鐸，我確實**認為**……」藍橋開始發表意見，然後話頭轉到瞭解今日世界裡年輕人需求的問題上。

一點輕微的蘇格蘭腔讓她有別於其他同類。她的嘴在她畫出來的嘴唇正中央，一道開開合合的磨損黑線，就像一道處於壓力下的可憐細縫。老雨果欠她錢，卡西迪這麼想；老雨果則給她愛做為替代。很快地她就會找上卡西迪，她們總是如此。考慮了整個週末以後，在某個星期一早晨她會拜訪南奧德麗街，坐在安姬．莫德蕾的咖啡杯旁邊，那個鬆軟深陷的皮椅上，轉玩著她的手指，指間握著充滿破碎希望的舊信封。現在我不想說什麼對你父親不利的話，艾鐸。你父親在許多方面都是個寂寞的人……

年輕人仍然是她關心的重點。對他表明她的推論之後，繼續宣布她的結論。

「就是性、性、性，全部都是，這就是他們想得到的全部，真的啊，艾鐸。政治或者年輕女孩子，這是一樣的事情。這輩子我看到的都是這些，我不得不看。」

「這是就地分贓，」老雨果吼道，他興致很高，手指著遠方西敏斯特區❺的輪廓：「這是惡行、貪婪與影響力的分贓，政治就是這麼回事，記住我這句話。你聽聽小藍說的，艾鐸；那個女人見過世面啊。」

「現在艾鐸也見過世面啦，雨果，他再也不是小嬰兒了。呃，現在難道你不同意嗎，艾鐸，在你內心深處？」那道細縫問道。

送他出去的時候，她捏捏他的手，然後祝他好運。

「我非常高興你站在保守黨這邊，」她悄聲說：「但別背著你爸爸這麼做。你會嗎，親愛的，這樣維持不久的。」

「所以他是保守黨的囉？」卡西迪問，指的是老雨果，而且他很特別地繼續微笑，好取悅他們。

「噓。」小藍說，口氣裡有燕麥餅的味道。

在南奧德麗街的辦公室裡，一切欣欣向榮，人人心滿意足。密爾一口氣休了三星期的假，跑去里茲的一間修道院閉關；雷明人在錫利群島❻；佛克在塞爾西❼租了間小屋，和一個倫敦市警察同居，大肆宣揚他的快活。至於他的圈子，只有莫德蕾小姐很高尚地留在後方照顧主席先生的需要。她大部分的時間都在買東西。如果她不是在訂購談論革命、公共衛生和歐洲共同市場的精裝書（不是送到鮑魚路，就是拿去裝飾等候室裡的那張折疊桌），就是為了她上司羽翼下那對受保護者的福利，在辦理許多瑣碎雜事。她在哈羅德百貨公司添購了一些藏書室設備，還從一位當地報商那裡訂購每日的報紙；在劇院的售票處賒帳，將費用交給公司支付。這一切都是遵照卡西迪的指示，一切都極為沉著地進行。她寄出罕寧漢與霍利斯公司出品的文具，並且在平利寇區的一家代辦處找定一個隨傳隨到的打字員。

在瞞著沙摩斯說服海倫接受一小筆接濟、好讓他們度過新書出版前的難關後，卡西迪也決定海倫該有張信用卡，在些微困難和出於蠻勁的強力堅持後，安姬・莫德蕾成功地幫海倫在某間大公司取得領卡資格。

「天啊，」她咯咯笑著說：「我說，她會毀了你的。」

安姬的幹勁從沒這麼高漲過。在此之前，她曾經拒絕在一些小事情上誤導珊卓拉——諸如他是在倫敦還是曼徹斯特，或者是否還在巴黎。現在她的顧慮一掃而空，而且儘管卡西迪沒敢對她透露自己的商業工會計畫，但她知道得夠多、也猜到夠多了，足以在必要時保護他的利益。至於她的外表，透露出純粹的快樂。她的胸部通常沒穿胸罩，在暑氣中也仍然保持堅挺；她的夏季裙子從來不長，現在更是已經縮短到像在過節似的；而她的行動，似乎是算計好要吸引而非阻止他的注視。

有一次，為了嘉獎她的努力，卡西迪帶她去看電影，在沉默的順從中她握著他的手，望著卡西迪而非銀幕，她的小臉蛋在藍色的燈光中忽明忽暗。

---

❺ Westminster，此處應是國會大廈的代稱。同名區域是大倫敦區的一個自治市，各政府部會都在其中。

❻ the Scilly Isles，位於英格蘭康瓦爾郡西南近海的一處群島。

❼ Selsey，英國南部海濱度假勝地。

至於他和海倫及沙摩斯之間的關係，安姬・莫德蕾既不震驚也不好奇。

「如果你喜歡他們，對我來說就夠了，」她說。「而且他是很棒的作家，真的。和亨利・米勒一樣棒，不管那些禽獸般的書評家怎麼說。」

在他們抵達後的數日內，她學會在電話裡辨認他們的聲音，然後問都不問就把他們轉給卡西迪。有一回，沙摩斯用他的俄國口音要找她上床。他說自己是拉斯普亭牧師❽，已經厭煩了那些公主。

「他也會這麼做，」卡西迪笑了一聲說道：「如果他有任何一丁點機會的話。」

「那有什麼好笑的？」安姬不悅地說。

但沙摩斯大半時候會說他是佛萊厄提，一個尋找中庸之道的愛爾蘭狂信者。

25

沙摩斯稱此次行動為「上霍爾家去」。

他們去那裡是為了「衝擊」，這樣比親近河水還要好。他們去那裡是為了節制享樂，這是沙摩斯的新心境，為了保持身材，讓他自己好好活到舊約人物的耄耋之年。❾六點之後，他們搭雙層巴士去那裡，坐在上層，那時東行巴士大部分是空的。他們到達凱柏街後的一間磚砌倉庫，繩索從大梁上垂落，還有一張舊彈簧墊在水泥地板上撐開，弧光燈下有個用繩索圍出來的拳擊場，帆布上沾了些血漬。卡西迪穿著壁球裝，左胸前還有一小朵藍色月桂花，但沙摩斯堅持穿著他的壽衣，因為他拒絕為衝擊活動穿上恰當的服裝。霍爾穿著一件褲腳摺口寬度與腰部一致的白帆布褲，還有一件沿肩線燙出摺痕的棉質汗衫。霍爾是個小個子、渾圓、無牙的男人，有著敏捷的棕色眼睛和飛快的拳頭，他的外表是由一塊塊像老舊泛棕羽絨被的方塊堆成的。對卡西迪來說，他身上有很多海軍中隨軍牧師的成

❽即Grigory Yefimovich Rasputin（一八七二?—一九一六），俄國沙皇尼古拉二世及皇后寵幸的僧侶，人稱「妖僧」拉斯普亭，胡亂干涉政事，加速帝國崩潰，最後遭不滿的貴族暗殺，他死後第二年俄國就發生革命。

❾《聖經》舊約創世記當中的人物，往往活到好幾百歲。

分，有著同樣條理分明的哲學和虔誠的思路，還有同一種握手方式——在握手的同時，也在尋找你背後的神。

他叫沙摩斯「可愛的」。

不是我的可人兒，也不是可愛的人，就只是可愛的，就好像那是個名詞似的。俊俏的，卡西迪這麼想，他第一次聽到這種說法；這是攝政時期❿的用語了。在衝擊活動之前，他們看著霍爾手下那些白人希望彼此練習⓫，然後在彈簧墊上彈跳、踩固定式腳踏車。在衝擊活動之後，他們就上去莎兒的地盤；霍爾是這樣稱呼他住的地方。莎兒是霍爾的小鳥兒、霍爾的身體，他愛她勝過生命。她十九歲，頭腦簡單，是個職業妓女，但現在因為霍爾的堅持而退休了。

為了這個理由，霍爾鮮少讓她出門，但把她「砰」起來，以保護她的安全。

「**把她砰起來？**」卡西迪問。

「砰」起來是監獄裡的說法，沙摩斯驕傲地解釋。霍爾曾經蹲過牢房。「砰」起來表示晚上把牢房鎖上。

卡西迪想著，這就是為什麼霍爾像個教區牧師了，同時憶起老雨果。霍爾是在花崗岩牆壁裡學到虔誠的。

在「衝擊活動」時，沙摩斯與霍爾對打。體育館裡人都走光了，只剩下卡西迪和另一個叫做阿明的全聾男人，他負責擦流下來的血。

霍爾只在體育館裡沒人的時候才會勉強上場，這是他的規矩，也是他的驕傲；霍爾有直覺，知道經營良好的體育館該怎麼做才恰當。沙摩斯在這方面完全沒天分，也不想學。

「**等等**，」霍爾很堅定地說，一邊閂上門。「等等，可愛的，我告訴你，」然後迅速鑽過邊繩，在沙摩斯可以逮到他之前走進拳擊場。

攻擊狀態下的沙摩斯完全只靠突擊。他突如其來的猛攻、吼叫並揮動他在壽衣底下的手臂：「混蛋，下流東西，無產階級賤民！」而如果他觸及對手，就會抱住他，擠他的肋骨又咬他，直到霍爾不得不把他打退為止。有時候，他裝出日式的格鬥風格，試圖踢他，而霍爾就會接住他的腳，把他摔得四腳朝天。

「慢慢來，可愛的，慢慢來，我不想現在就傷到你了，」霍爾會這麼說，正好誤解了這番打鬥的目的。

在極其罕見的狀況下，霍爾被挑撥到極限時，會重摑他的臉頰，較常見的是一記反手拳，讓他的衝刺轉個方向。然後沙摩斯會站得遠遠的，臉色非常蒼白，同時皺眉又微笑，感覺那股疼痛，並且用他的黑色衣袖摩擦他的臉頰。

---

⑩ the Regency，在英國指的是一八一一至一八二〇年，英王喬治三世不能視事，由攝政王（後來的喬治四世）掌政的時期；在法國則是指一七一〇至一七三〇年間，路易十四去世直到路易十五正式接掌朝政前的時期。

⑪ 有可能與黑人拳擊手爭冠的白人選手。

「老天爺，」他會說，「哇。嘿，去對卡西迪照做一次吧。卡西迪，**感覺一下**，這妙極了！」

「我可以想像，」卡西迪會這樣笑著說。「非常感謝，真的，霍爾。」

「他可以當個偉大的拳擊手，」回到莎兒的地盤後，霍爾這樣宣稱，此時他們正喝著從卡西迪公事包裡拿出來的塔力斯可。「問題出在他的步法，他太往外跨了，不是嗎，可愛的？雖然如此還是個殺人不眨眼的傢伙，可不是嗎？」

「我想他滿好的，」莎兒說，就她的年齡來講有點太古板了，而且除此之外鮮少說話。

霍爾享受他的純威士忌，從一個倒得滿滿的高腳杯上看來，這威士忌就像是不冒泡的淡啤酒。

「**我們**正該用這種方式喝酒，」沙摩斯在他們回到海倫身邊時解釋道。「如果我不是這麼拘謹就好了。」

「我得說，」珊卓拉告訴約翰．艾德曼。海瑟在場並且把話傳給卡西迪。「我得說他身材保持得很苗條。他一星期掉了好幾磅。」

「這完全是因為商業工會的食物，」約翰．艾德曼說，很瞭解比自己低的社會階層。

「他也有做運動。」根據海瑟的報告，珊卓拉這麼說時，臉上露出一抹很不尋常的笑容。

海倫稱這次行動為觀察。

這是她自己的主意；在某天早上提出來的，當時卡西迪坐在藍色床鋪的一頭，剛從一個麥可圖斯考特餐盤裡吃完他們的吐司。在前往南奧德麗街的途中他提早來此拜訪。這是度假季節，商業世界幾乎處於停滯狀態。

杯子也都是圖斯考特的：極度精緻的陶器，他設想過這種樸素的款式對她會有吸引力。

「說真的，沙摩斯，」她說：「他根本沒活過——你有嗎，卡西迪？——他一輩子都待在倫敦，卻對這裡一無所知。說真的，你隨便問他某樣東西是在哪裡，或者那個是什麼時候蓋的，或者，說真的……隨便什麼，然後我敢打賭，他不知道答案——卡西迪，你去過泰特美術館⑫嗎？——聽聽這個，沙摩斯——說呀，卡西迪？」

所以那天下午，沙摩斯在辛苦工作時，他們去了泰特美術館，路上還稍停一下，替海倫買些耐穿的鞋。發現泰特美術館公休後，他們改在福特南喝茶，隨後海倫堅持要參觀嬰兒車部門，檢查一下卡西迪公司的其中一輛嬰兒車。售貨員極端殷勤，而且在不知道卡西迪也是聽眾的狀況下，讚美他的發明極為優秀。他也假設海倫和卡西迪已婚，並且海倫懷孕了，這讓他們兩人偷偷笑了很久，互相捏捏手並交換心照不宣的眼神。接著海倫說，實際上有可能是雙胞胎，家族裡有相當多雙生的紀錄，特別是在她這一邊。

「我父親是雙胞胎之一，而我的祖父和曾祖父……」

---

⑫倫敦西敏斯特區的國立美術館，當初由亨利．泰特爵士捐出私人收藏而成立。

然後卡西迪插嘴：「這在爵位繼承上造成不少麻煩，不是嗎，親愛的？」

所以售貨員向他們展示一臺卡西迪二合一嬰兒車，上面還有一個卡西迪遮陽蓬，海倫非常莊嚴地推著它走，直到她控制不住咯咯笑聲，得讓車子離手。

在動物園裡，海倫直奔到兀鷹區，嚴肅地細看牠們，沒有一點畏懼。雨果的長臂猿帶給她特別大的樂趣，讓她大笑出聲。不，卡西迪靜靜地糾正她，他們不是在半空中做愛，掛在下面的是長臂猿嬰兒，那是牠們搬運幼兒的方式，幾乎就像袋鼠一樣。

「胡說，卡西迪，不要這麼假正經，當然牠們是在——」

「不，」卡西迪很堅定地說，「牠們不是。」

在夜行性動物館，他們看著獾布置巢穴，蝙蝠清理耳朵，還有小型齧齒動物隔著玻璃在打洞。不，卡西迪回答著同一個問題，牠們只是靠著彼此的背睡覺。在黑暗的走廊上，在一群看來模模糊糊的孩子們注視下，海倫靠過去吻了卡西迪，感激他為沙摩斯所做的一切，真的是棒透了，而且她向卡西迪保證，她愛他，以她的方式，就像沙摩斯那樣忠誠，而且不管他生活中其他方面有多黯淡，他永遠會有個和他們在一起的家。

最後，經過許多酒吧後他們抵達了水屋（沙摩斯給這間公寓取的名字），發現他仍在工作，還戴著貝雷帽，蹲在面河的窗口。他們把觀察到的每件事、感受到的所有樂趣都告訴他。實際上是除了那個吻以外的每件事，因為吻是私密的，並且就像某些動物的行為一樣，很容易就被曲解。

「很好，」當沙摩斯聽完這一切以後，他靜靜地說道。「很好，」然後給他們兩個人各一個深情的擁抱，又回到他的書桌旁。

幾天後，兩個男人又去霍爾家尋求衝擊，沙摩斯很成功地痛擊霍爾的眼睛一記。為了以牙還牙，霍爾一拳打向他的腹部，下手很重，就在胸腔肋骨下方，那是拳擊手稱為心窩的地方，沙摩斯變得面如白紙又作嘔，反應也比從前更安靜。

既然沙摩斯完全獻身於工作、節制慾望又沉思，海倫和卡西迪無可避免地花費許多時間自己去觀察。一會兒穿著他的壽衣、一會兒全身赤裸地站在窗前，貝雷帽拉得極低，蓋住他的黑眉毛。他會一口氣坐上好幾個小時，低頭在紙上振筆疾書。海倫說，就算為了《月亮》他也沒展現過這樣的熱情、這樣的專注。

「而且他必須感謝**你**帶來這一切。**親愛的**卡西迪。」

「**全都**重寫了嗎？」卡西迪和她在波樂斯丁餐廳吃午餐時問道。「就我看來完全是另一本新的小說了。」

海倫說不，她確定是改寫。沙摩斯答應卡西迪他會這麼做，也對戴爾做出相同的承諾：沙摩斯從不，從不忘記諾言。

「他總是會清償他欠的東西。我從不曾遇到像他這麼有榮譽感的人。」

她不帶誇張地說出這句話，就像是對他們都愛的某個人做出一番描述；而卡西迪知道這是真的，一個無法裝出來的事實。

倫敦是海倫的城市。

沙摩斯則屬於巴黎。塞爾特人、游牧民族、夢想家、實踐者：這一切都在巴黎深不可測的藝術天才之中融為一體。但海倫是倫敦，而卡西迪為此愛她。她愛倫敦的價值感，它的骯髒虛榮和低劣汙穢。雖然他們都同意沙摩斯的名言，過去不值得討論，但卡西迪到現在對她已經瞭解得夠多，足以知道倫敦是她度過大半輩子的地方。

她帶領著他。

她領著他沿碼頭走，經過漆著種種不可思議職業的荷蘭倉庫：手杖進口商、捕鯨人、精緻咖哩粉研磨工。她領著他穿越危險的狄更斯風格小巷，在煤氣燈的照明下，路邊的柱子顯得鬼影幢幢，在那裡約有二十秒，他們在恐懼中感到自己既年輕又衣著體面，很能吸引壞人下手。她對他展示了倫敦市教堂，海倫也帶他進入各處的猶太會堂和清真寺，在西敏寺裡的詩人角握著他的手。她向他展示空蕩蕩的市場，棕色的狗在燈光下吃著球芽甘藍菜，還有帝國戰爭博物館裡的墨索里尼雕像。她帶著他到船錨酒吧[13]，讓他站在木頭平臺上，凝視對岸聖保羅教堂在陽光下的輪廓；然後她要求他扮成市長先生，穿上一身皮衣和貴人戴的鍊環，這樣她才能拜訪他，在燭光下一起吃烤牛肉。隨後卡西迪發現他從沒來過這些地方，一個也沒有，包括倫敦塔與皮卡迪利圓環，直到海倫讓他見識到這一切。

他們有沙摩斯做為討論的話題；他們的明星、尊親、愛人，也是他們的被監護人。他們是如何愛他勝過愛自己啊，他是他們之間的聯繫。他的才智如何成為他們的責任，成為獻給世界的禮物。還有，在任何方面損害他就等於是違背了某種信任的託付。

同時，沙摩斯把他的鬍鬚尾端剃成方形，好讓自己看起來像個拉比。

「死守舊約。」他解釋著，一邊還在寫作。

在鮑魚路，卡西迪對碼頭一帶所做的情境描述讓珊卓拉留下很深刻的印象。

「他們什麼時候會體認到，真正要緊的是生活**品質**，而不是人賺的錢有多少？」她質問。

「老天爺，」斯耐普說。「聽聽妳說的。」

「但是，親愛的，錢還是好的，」葛羅特太太反駁道。她最近把手放在吊帶裡，因為她伸直手時會覺得痛。

「胡說，」珊卓拉說。「錢只是象徵罷了。真正重要的是快樂，不是嗎，艾鐸？」

為了填補他長時間缺席的空檔，珊卓拉明智地發展出一個新的興趣。

「對於生育控制，碼頭工人有什麼因應措施嗎？」她想知道。有給碼頭工人妻子的諮詢中心嗎？

⑬ The Anchor，倫敦地區一家歷史悠久得驚人的酒吧（據說同一地址在距今八百年前就已經是一家酒館了，在十七、十八、十九世紀至少各翻修過一次）。

如果沒有，她和海瑟會立刻開一間。或者——這個想法很明智——她們應該暫緩這個決定，等卡西迪獲得席次再說？

「我想，」卡西迪在思索一陣之後，很狡猾地說：「妳最好還是等著看我們到底會做到什麼地步。」

沙摩斯身上的改變，一開始幾乎與辛苦的例行公事所帶來的緊張無法區別，和外界事件也只有很鬆散的關係。霍爾與此有重大關連；然而他所扮演的角色，有可能到頭來只是有類似功效，而非真正具影響。

到現在已經過了幾個星期，海倫、卡西迪和沙摩斯一直過著相當不尋常的快活日子。當沙摩斯讓他面前那疊整整齊齊的白紙一頁頁增加時，在卡西迪看來，他自己的滿足感似乎也在這種完美的友誼中，提升到前所未有的高度。卡西迪多半在午餐之後來到，那時海倫已經把她主要的家務做完了。有時候她還在洗碗——那臺洗碗機雖然操作很簡單，還是把她給打敗了——在那種狀況下，卡西迪會幫她把碗擦乾，同時計畫他們下午的娛樂活動。通常他們會徵詢沙摩斯的意見：他認為會下雨嗎？漢普頓宮一遊如何？他們應該開賓利汽車去，還是從哈羅德租輛車？而且當他們回來的時候，他們會手拉手坐在桌前，在一瓶塔力斯可或者一瓶「香波」之間，告訴沙摩斯他們的許多冒險和印象。

偶爾，沙摩斯會從他的手稿裡讀一段給他們聽做為回報，儘管卡西迪在這種場合裡會刻意讓自己陷入一種內在的暈眩狀態，但這使他只能得到一種對方天才洋溢的籠統印象。他還是立刻同意這些稿子勝過托爾斯泰、勝過《月亮》，而戴爾是世界上最幸運的出版商。

偶爾沙摩斯什麼也沒說，只是在他的椅子上前後搖晃，讓「濟慈」替他在好笑的地方發出尖厲的笑聲。

有的時候，如果卡西迪沒有在那裡過夜，他會在早上造訪，早到足以在有藍色花朵的臥室裡分享他們的早餐，在清晨時分與他們討論這個世界的問題，或者他們自己的問題——這更棒。這種時候，他們對於影響他們共同關係的所有事務都格外坦承。比方說，海倫和沙摩斯的情愛生活，在他們之間毫無隱瞞。儘管他們對巴黎絕口不提——卡西迪確實有時候會納悶，他們是否真去過那兒——海倫清楚表明，她也知道有那種心情的沙摩斯，而卡西迪並非在隱瞞任何有可能傷她尊嚴的事。對沙摩斯或海倫來說，提起一次最近的性行為並不特別，通常他們的口氣裡都隱含著某種幽默。

「天啊，」有一次，當他們從白銀燒烤坊吃完一頓冗長的午餐起身，她對卡西迪說起，「實際上他把我的背給折斷了，」並向他透露他們讀過《印度愛經》，照著其中一個高難度的推薦姿勢做了。從其他在日常對話裡脫口而出的隻字片語，卡西迪知道，為了相同理由他們愛利用電話亭或其他便利的公共設備；還有他們最珍惜的一次成就，是發生在一輛停放於白金漢宮後面某條小巷的蘭美達⓮上。他無法不注意到（因為他實在常常睡在相鄰的臥室裡）他的兩個朋友至少每天會享受一次，每天

⓮ Lambretta，義大利製造的一種機車，類似速克達。

來個兩、三次也很尋常。

在這種田園詩的關係裡，出現缺憾的第一個徵兆隨著他們的格林威治之旅而來。完美的夏日一天接著一天，海倫和卡西迪很自然地應該漫遊到更遠的地方去尋找樂趣和新知。起先他們滿足於更大的倫敦公園，他們在那裡放風箏、在池塘裡乘帆船。但公園擠滿了泛泛之眾和穿著粉紅色內衣的發情無產階級賤民，他們都認為，沙摩斯會希望他們去找個屬於自己的地方，就算要花時間也沒關係。所以他們開賓利汽車去格林威治，而且當他們在那裡的時候，發現自己正望著法蘭西斯・齊切斯特爵士單槍匹馬環遊世界時駕駛的快艇⓯。這艘船不在水裡，而是固定住了；它永遠保存在那兒，就在啟航處幾英尺外的地方。

有一會兒誰也沒說話。

卡西迪不太確定他該有什麼反應。該說這船有著絕美的線條——天啊，看看那些比例！還是說，讓這艘好端端的船停止航行，似乎是很糟糕的品味，其中是否涉及到公眾的錢？或者說，他希望他們能夠搭著它駛向遠方，就他們三個，可能航向某座小島。

「這是我看過最令人悲傷的東西。」海倫突然說道。

「我也是。」卡西迪說。

「一想到它曾經一度**自由自在**……一個活生生，充滿野性的東西……」

卡西迪立刻提出他的論調。這確實是個最具悲劇性、最感人的景象，他一回到辦公室，就會寫信給大倫敦區市議會。

他們被彼此不約而同的反應所震懾，迅速趕回家和沙摩斯分享他們的感受。

「哪天晚上我們一起去那兒，」卡西迪提議，「帶著鐵鍬，還它自由！」

「喔，我們這樣做吧。」海倫說。

「耶穌基督啊。」沙摩斯說，然後去了盥洗室，裝出一副要吐了的樣子。

隨後他道了歉。他說，這是個不恰當的念頭，寬大為懷啊，愛人，寬大為懷。他眼前出現小男孩羅賓的幻象，全錯了，全錯了。

但當卡西迪告辭回家，走下鐵梯的時候，他當頭淋到一灘水，這只可能來自臥室窗口；然而他記起在巴黎利普啤酒館時他所受的洗禮，以及沙摩斯的痛苦。

烏雲似乎過去了，直到有一天——一週或兩週之後——霍爾的體育館關門了。卡西迪與沙摩斯在某個星期一去那裡，發現深鎖的鐵門擋著他們，也沒看到在空襲時期的玻璃窗口有燈光亮起。

「去打某場拳賽了吧。」沙摩斯說，所以他們以玩足球替代。

星期四他們又去了一次，門仍然鎖著，現在有一根撬棍和一個看起來很正式的奇怪掛鎖，掛鉤處

⓯ Sir Francis Chichester（一九〇一—一九七二），英國冒險家，他在一九六六至一九六七年間獨自駕駛十六．二公尺長的快艇「吉普賽飛蛾四號」環遊世界，當年已經六十五歲。

還有封蠟。

「去度假了吧。」卡西迪說，一邊想起安姬．莫德蕾，她前一天出發去希臘，由公司替她買機票。所以他們去貝特西公園跑了一圈，然後玩了一陣子蹺蹺板。

他們第三次去的時候，有個聲明寫著「關閉」，所以他們按莎兒地盤的門鈴，直到她出來開門為止。霍爾在蹲牢房，她說，顯得非常恐懼。他把一個美國來的水手長給揍倒了，因為他太無禮，所以現在得在苦艾叢監獄⓰坐三個月的牢。她有一隻眼睛瘀青，一隻手纏著繃帶，而且一對他們講完這個消息，就當著他們的面把門關上。但在客廳裡有一股雪茄的味道，樓上還有收音機的聲音，所以他們斷定那個美國水手長並沒有受到無法恢復的傷害。

這個消息對沙摩斯有奇特的影響。起初他激憤不已，而且就像未洗心革面的老沙摩斯一樣，訂下鉅細靡遺的計畫要促成他朋友的逃亡：比方說綁架美國大使，或者扣押那個水手長的船。他收集了一堆祕密武器：套索、指甲銼和接了木頭把手的腳踏車鍊條。他的計畫牽涉到所有受刑人的集體越獄。隨著這種攻擊性心態而來的，是一種深刻的憂鬱和失望。為什麼霍爾容許他自己被捕呢？沙摩斯願意犯罪以求加入他的行列。監獄是作家唯一能待的地方，他求助於杜斯妥也夫斯基和伏爾泰的熟悉榜樣。

但隨著幾個星期過去，霍爾仍未獲釋，沙摩斯逐漸不再提起他。他似乎轉而進入一個他自己的夢幻世界，他妻子和卡西迪興奮地對於他們共同發現所做的陳述，已不再能喚醒他。但他並沒有背棄霍爾；恰恰相反的是，他以某種卡西迪不怎麼能徹底理解的方式，與霍爾拉近了距離，建立起一種內心的伙伴關係，就如同一種祕密同盟；沙摩斯和霍爾一起憔悴地等待某個特定日子的到來。

他仍然一次連續好幾個小時囚禁在自己的小說中，在卡西迪訓練有素的眼裡，沙摩斯甚至養成一種囚犯的蒼白和某些監獄裡的舉止：肩膀和腳步顯得絕望、在餐桌上有種偷偷摸摸的貪婪、聽人說話時無精打采的奴性，以及眼睛不看路、跟著他們在屋子裡轉的習慣。在對話中——如果他參與的話——他很容易自發而突兀地提到贖罪、狂妄瀆神、社會契約論，以及要忠於個人戒律。而在一個不適宜的場合中，他說溜了嘴，在高尚的海倫和霍爾的小鳥莎兒之間做了一番最傷人的比較。

這事發生在深夜時分。

在卡西迪的建議下，他們去了電影院——沙摩斯也喜歡現場劇院，但他常會對演員大喊大叫——看了一部由保羅．紐曼領銜主演的西部片，不久前海倫還曾拿他的長相與卡西迪相比。回程路上經過幾間酒吧，他們像平常習慣的那樣手勾著手，海倫站在中間，此時卡西迪正興高采烈地重演片中的主要場面，沙摩斯突然打斷他，大聲叫道：

「嘿，看啊，那是莎兒！」

他們隨著他的凝視方向望去，看到馬路對面有個中年婦女獨自站在街角，在一盞燈底下，正是戰

---

⑯ Wormwood Scrubs（簡稱 The Scrubs）是倫敦西部的一所著名監獄。

前妓女的標準站姿。她被他們的興致給惹惱了，怒視他們，轉過身子，沿著人行道搖搖晃晃地胡亂走了幾步。

「鬼扯，」海倫說。「她太老了。」

「妳不老嗎？妳有點年紀了，不是嗎？」

有一陣子沒人講話。為了找莎兒，他們幾乎停下來，但仍然站著勾在一起，可能就站在卻爾西醫院外頭。窗戶點著燈而且沒拉上窗簾。交錯的淡淡陰影從他們的腳底往外跑。卡西迪感覺到海倫的手臂在他的手臂裡僵直了，她光溜溜的手變得冰冷。

「見鬼了，你那樣到底是什麼意思？」她質問。

「天啊，」沙摩斯嘟噥著，「天啊。」

沙摩斯掙脫他們，迅速走進旁邊的一條路。他回到公寓時已經晚了，天邊還透著微光。

「寬大為懷啊，愛人，寬大為懷。」他耳語著，然後吻了一下卡西迪道晚安，他的手臂環繞著海倫，溫柔、恭敬地領著她回到臥房裡。

第二天，發生了足球事件。

這件事對他們雙方來說都是決定性的。沙摩斯工作過度了，刻苦節制已經過了頭。

在缺乏「衝擊」的情況下，足球變成他們的主要娛樂。他們一星期踢兩次球，星期二和星期五。

這是固定比賽，總是在四點。鐘一敲，卡西迪就會把他的褲管捲到膝蓋、外套甩到藍色的床上，吻別海倫，然後跑過街道抵達遊樂場去占一個球門。再過一會兒，沙摩斯免不了會穿著那件壽衣走下鐵梯，在幾次短傳球的初步練習後，站好他的位置，根據心情來決定當前鋒或者守門員。他們採用一種嚴格的計分系統，沙摩斯把各式各樣的紀錄全收在他書桌的一個抽屜裡，包括他採行的各種複雜策略示意圖。他甚至說到要出版一本談論踢足球方法的書；他會找戴爾談這件事，那個混球。一般而言，他比較擅長攻擊而非防守。他的傳球有一種狂野、未經訓練的力道，常常讓球高高飛過欄外，跑到很遠的地方，有一次還射到河裡，他聲稱那一球值得獎勵與海倫來一次午後的意見交流。做為守門員，他仰賴刺激性的技巧，包括尖銳的日本式戰場嘶吼，還有許多針對卡西迪中產階級本性而發的奇異下流言論。

在出事那一天，輪到沙摩斯進攻。他把球帶到相當接近球門的地方，然後挖起一個土墩、把球放在那裡，接著慢慢往後退幾步，準備來一記賞給自己的自由球。既然球距離他不到五碼，而且沙摩斯的動線顯然是針對他的頭，卡西迪決定來一次防禦性的截球；他毫無困難地辦到了，把球清到場子的另一邊，被一個老人家截住再踢回來。卡西迪所知的下一件事就是沙摩斯一拳打中他鼻子，下手很重，一道溫暖的血留過他的嘴，他的眼裡都是淚。

「但這是個**遊戲**啊，」卡西迪抗議道，用他的手帕輕點自己的臉。「這就是足球的玩法啊，看在老天的分上！」

「替你自己買個該死的球吧！」沙摩斯憤怒地對他吼道。「而且別用你他媽的手碰我，下流東西。」

「全沒規矩了。」回到水屋時，海倫說，隔著她的塔力斯可靜靜地觀察他們。

「這是**我的**規矩。」沙摩斯說，完全沒息怒的意思。

「好吧，我希望你會告訴我那些規矩是什麼。」卡西迪仍然很聰明地說。

「是因為書啦，」在他離開時，海倫向他保證。「就要做完了。到最後他總是像這個樣子。」

「我認為你真是**了不起**，」珊卓拉說著，當她在同一天晚上為傷口止血時，她的眼睛因為興奮而亮了起來。「你沒有把他傷得**太重**吧？你有嗎？」

「如果我有，那就是有吧，」卡西迪煩躁地回答。「如果他們要讓他們的政治搞得這麼粗魯，這就是他們必須預期的事。」

第二天海倫和沙摩斯就失蹤了。

26

再度等待。

那天，卡西迪拜訪伯明罕，與當地的自由派討論歐洲共同市場。他帶著被希臘陽光催熟的安姬・莫德蕾在蘇活區吃晚餐。

「妳知道我對一個女人有什麼要求嗎？」他問她。「一個協定——完全地享受生命。」

「天啊，」安姬說。「怎麼做？」

「絕不道歉，絕不後悔。暢飲生命提供的一切，」——他們喝了很多希臘松香葡萄酒，安姬的最愛——「取用擺在眼前的一切，絕不計較代價。」

「那你為什麼不這麼做？」她輕柔地問。

第二天晚上，那天是星期二。剛從伯明罕取道赫爾回來的卡西迪，在夸格利諾餐廳[17]告訴海瑟・雅斯特，「我想要**分享**，」他勉強承認，「珍愛他人，也被他人所珍愛？對。但絕不是……像一頭乳

[17] Quaglino's是蘇活區內極為高級的餐廳、酒吧，創辦人是家具設計師兼企業家泰倫斯・康蘭爵士（Sir Terence Conran）。

牛似的靠我的第二個胃活下去。只要能稍微瞥見一點無限，這就是我所求的全部，然後我便會心滿意足。妳知道義大利人怎麼說的：當一天雄獅，就抵得過一輩子當隻老鼠。」

「可憐的珊卓拉，」雅斯特平靜地說。「她永遠不會懂的。」

「這是**美德**，」卡西迪堅決主張。「這是唯一的美德，唯一的自由，唯一的生命。讓**欲求**證明每件事得以正當化的理由。」

「喔，艾鐸，」雅斯特說著，充滿依戀地碰觸他的手。「這樣的旅程，這是多麼**孤寂的**旅程啊。」

「一般的上班時間還不夠，」卡西迪在星期三對珊卓拉宣布，他剛剛開車穿過空曠的街道，從一場拖得很晚的晚宴中回來。「我對於『夠了』這回事很感冒。我對於把**傳統**當成保持無聊的藉口也很感冒。」

「你是說你覺得我很無聊。」珊卓拉說。

「老天，我**當然**沒有！」

「別亂指天發誓。」她說。

「我確定他不是那個意思，親愛的，」她母親從後面說道。「所有男人都是這樣。」

「那你到底在煩什麼，突然就變成這樣？」因為女士優先，斯耐普先上樓睡覺，此時她喃喃說出這句話。「你就像個沖昏頭的該死婊子。」

「我們回來了。」海倫在他工作時打電話給他。「你想念我們嗎？」

「當然不，」卡西迪說。「我有源源不絕的替代品。」

「騙子。」海倫說，然後從電話那頭給他個飛吻。

霍爾出來了，是出獄。不是越獄，與沙摩斯所希望的不同。並不是和美國大使交換，就只是出獄了，因為行為良好而獲得減刑，在苦艾叢監獄當局的完全配合之下，光榮獲釋。出於巧合，他獲釋的日期與沙摩斯、海倫兩人回來的日子幾乎一樣：兩者都是慶祝一番的恰當理由。

但確定不要在薩福伊飯店嗎？

在釘袋酒吧⑱，好。在維多利亞廣場，這是海倫喜歡的某個可愛酒吧，要跨到河對岸的貝特西或者克拉潘。但不是他最愛的薩福伊——至少在卡西迪的想法中，那裡絕對不適合這樣的目的。

這是海倫的主意嗎？卡西迪懷疑。

在她所有無畏的美德之下，海倫有相當程度的禮儀觀念。

那沙摩斯呢？是沙摩斯的主意嗎？

手指堅定地指向他前往的方向。鄉村之旅讓他平添許多活力——海倫講得很含混，一點小小的失誤，他為那本書有點崩潰了，最好別提到書——他帶著許多建議慶祝的點子回來。第一個建議是在碼

---

⑱ Bag O'Nails，倫敦一家供應食物和淡啤酒的酒吧。

頭邊放煙火，放一場倫敦史上最盛大的煙火，比倫敦萬國博覽會那次還盛大；卡西迪所有的錢都該挹注進去。但卡西迪聲稱記得在雞蛋碼頭看到有油輪停在那兒，所以計畫就改成舉行一場舞會。不是一場普通的舞會，而是偉大的芭蕾舞劇，由沙摩斯譜寫，以此慶賀出於衝動而犯罪的美德。每個人都應該參與，他們會訂下亞伯特廳，禁止傑拉德十字區的傢伙進入。

對於這個計畫，海倫提出最嚴正的抗議。她說，在他甚至想到要寫其他東西之前，應該先寫完中間那些頁數。而且他對編舞根本一竅不通。如果沙摩斯想跳舞，為什麼他們不去某個本來就可以跳舞的地方……？不知怎的，從那句話以後，他們同意去薩福伊。

所以最有可能的是（然而未獲得證實），沙摩斯展開行動，而卡西迪和海倫就如同經常發生的那樣，事情一開始就立即加入。

事情確定之後，這馬上變成他們主要關心的事——實際上是唯一關心的事。不管卡西迪和海倫私底下是否都對此有所保留，現在都擱到一邊，陷入準備的興奮情緒中。他們為此做計畫，也為此而活。當純真的沙摩斯戴上他的貝雷帽安定下來，再度全身赤裸地站在打開的窗前，善感支持者俱樂部落腳在廚房，列起菜單和座位名牌。

「喔，卡西迪，這**會是**什麼樣子呢？我敢打賭這絕對**棒透了**。卡西迪我們可以叫魚子醬嗎？說可以吧！喔，卡西迪。」

來自沙摩斯經紀人的消息，給他們更新的慶祝理由：他對沙摩斯提出一份合約，若不算太光彩也還有利可圖：到洛斯托夫特[19]待三星期，為英國新聞局寫一部關於拖網漁民的紀錄片腳本。新聞局會負擔他的開支，還有一筆兩百英鎊的酬勞。海倫很高興：海風正是沙摩斯需要的。

「然後你**會來**拜訪我們，對不對，卡西迪？」

「當然。」

他們會在派對的第二天早上離開，於週末安頓下來；沙摩斯會從星期一開始工作。沙摩斯稱之為他的遮羞布，把這件事的安排都留給海倫。

「但這不會打斷他的小說嗎？」卡西迪很困惑地問。

奇怪的是，海倫無動於衷。

「不是很嚴重，」她說。「無論如何我想去，而且偶爾總有一次他可以為我做點什麼吧。」

還剩下的主要問題是海倫該穿什麼。

「喔，天啊，我會從媽媽的衣櫃裡借點什麼來穿，這有什麼重要的嗎？」

「海倫。」

「卡西迪，**拜託**……」

所以有一天下午，當沙摩斯還在工作的時候，他們回到福特南，就某種意義上那是他們開始的地

[19] Lowestoft，英格蘭東部蘇福克（Suffolk）郡東北部的漁港和海濱度假勝地。

方。做選擇很荒謬，因為她穿什麼都能表現出風格。

「好吧，**你**來決定，卡西迪，是你要買的。」

「白色那件，」卡西迪匆匆說道，「有露背的那件。」

「可是卡西迪，這要花上——」

「**拜託**。」卡西迪很不耐煩。

「那正是**我**喜歡的。」海倫說。

他們從皮卡迪利去了薩福伊，訂了位置，預約五點鐘，也訂了一個特製蛋糕，上面用糖霜寫了「霍爾，歡迎回家」，這是水果蛋糕，因為海倫說水果蛋糕可以保存，他們能把吃不完的部分帶回家。坐在計程車裡，海倫突然間變得相當嚴肅。

「沙摩斯絕對不能知道，」她說，「他這輩子都不能知道。答應我，卡西迪？」

「知道什麼？」

「今天下午的事。那件衣服。還有我們所做的一切，我們享受的樂趣、笑聲，以及你的善心。答應我。」

「可是老天啊，」他抗議道，「這就是我們，這就是友誼，這可能是**你們**兩個會做的，或者沙摩斯和我，或者……」

「都一樣。」海倫說；而卡西迪知道了她的優越，願意讓步，於是答應她。

「但妳要怎麼解釋那件衣服？」

海倫笑了。「天啊，你不認為他會好好計算財物吧，是不是？」

「當然不。」卡西迪說著，一邊為自己的粗俗感到羞恥。

27

轉眼就到了星期五，他們開著賓利汽車到河口。

這一夜像在巴黎時一樣溫暖，點亮的蠟燭已在桌上等候，河岸掛著白色的珠寶，蒼白地映照在靜止漆黑的水中。

「看呀，沙摩斯，」卡西迪在他耳邊用氣音說，「記得嗎？」

「妙。」沙摩斯說。

據說，沒有任何事情完成時的滿足感，能比得上預期此事所帶來的興奮。然而，當卡西迪坐到海倫左側的座位時——正巧，這是效果最好的位置，可以好好欣賞他那天早上送給她的花，還有前一天給她的香水，以兄弟般的敬重之情細看她白色頸項的修長線條，與隆起程度剛好的白色酥胸；也可以一轉頭就欣賞到他摯愛的沙摩斯那副急躁、英俊的側臉——他再次心裡充滿了超凡脫俗的歡愉和稍縱即逝的狂喜。雖然這樣的喜悅總是短暫，但從海佛當之後，這一切就變成他所有奮鬥的目標，以及偶爾獲得的獎賞。

莎兒似乎來得不太情願。她緊緊靠著霍爾，吃東西時仍兀自顫抖。她選擇淡綠色的衣服，小小的手指上還有個銀戒。除了霍爾，每個人都注意她，她抓著指環，轉向一個比較漂亮的角度，然而這沒帶給她多少好運。

「來吧，莎兒。妳不為霍爾乾一杯嗎？」卡西迪以一種開玩笑似的聲音說，與其他同謀者配合得恰到好處。

她聳聳肩，為她的男人舉杯，但沒抬過眼。

霍爾卻對她充滿愛慕。他坐在她旁邊，帶著一種表演經紀人的驕傲，把他的刀叉握成像訓練用腳踏車的車把一樣，每看她一眼就微笑一次。晚禮服對他沒造成什麼差別。霍爾是個拳擊手，曾經是個監獄中的拳擊手，現在是穿著晚禮服的拳擊手，只有在每個半閉的眼睛裡那點微小的閃光，才暗示出他現在不是處於值勤狀態。

「過得還好吧，霍爾？」

從一隻蜷起的拳頭裡，一隻脫節的拇指戳向天空。

「都好，可愛的。」霍爾說著眨眨眼睛。

對沙摩斯來說，這一晚來得不算太快。明日啟程的緊張，還有即使只是打斷他幾個星期重寫小說的緊張，又一次對他的心情造成沉重影響。他的舉止，儘管依然充滿善意，卻憔悴而別有心思；雖然說現在釋放霍爾的事確實發生了，但已不再能引起他的關注。觸及卡西迪的目光時，他茫然地瞪著他，然後舉杯。

「很棒的派對，」他咕噥道，露出一個突如其來、充滿愛意的微笑。「親親。祝福你，愛人。」

「祝福你，」卡西迪說。

他忍不住希望，要是沙摩斯也穿件晚禮服就好了。他甚至在前一天把他拉到一旁，答應要幫他買一件，但沙摩斯拒絕了。

「我得穿著制服呀，愛人。」他堅持。「不能讓團裡的弟兄失望。」

制服就是那件壽衣，還有一個用隨手找到的素材胡亂拼湊的蝶形領結與一條腰帶，可能是從海倫的黑衣服上弄來的。他在沉默中穿上，托槍稍息。

所以，談話的責任落到海倫和卡西迪身上；他們高貴地承擔了一切。海倫傳遞著橄欖，並且對總是很機警的侍者微笑，語氣生動地談起戲劇。

「我是說它要怎麼活下去？有多少人**懂得**品特[20]呢？有**多少**？」

「我就不懂，」卡西迪大膽地說。「我走進去，坐下來，等著戲演完，然後我所想的就是：神啊，我跟得上這個嗎？」

「要是他們可以更**明確**就好了，」海倫哀嘆——這一切都是為了讓霍爾和莎兒能夠參與——「我是說，**莎士比亞**就能深入大眾，**他們**怎麼就不行？而且說到底，我們面對事實吧，講到藝術的時候，我們全部人都是一般大眾。我的意思是如果某樣東西有任何優點的話，它就必須有普遍性。所以為什麼他們不能，呃，多擁有一點普遍性呢？」

「就拿《月亮》來說吧，」卡西迪說：「《月亮》就有普遍性。」

這一切東拉西扯都沒能把沙摩斯或他們的貴賓拉進談話裡，海倫因此明智地改變話題。

「跟我們講你**最棒的**一場打鬥吧，」在吃燻鮭魚時她對霍爾說道。「你最希望別人記得的那一場。」

「這個嘛，」霍爾說：「我不知道。」

「把莎兒褲子脫下來那場，」沙摩斯提出意見。然後對上酒的服務生說話，他的持續注意已經惹毛沙摩斯好一陣子了：「就給我們每個人一瓶，然後滾蛋吧。」

「敬霍爾和莎兒。」海倫很快說道，舉起她的香檳酒杯。

「敬霍爾和莎兒。」他們說。

「沙摩斯，敬莎兒。」

沙摩斯乖乖喝完酒。樂隊演奏起某首快節奏的曲子，炒熱了夜晚的氣氛。

「他還好嗎？」卡西迪在沙摩斯聽力範圍以外問道。

「戴爾打電話來了。」海倫說。

「喔，天啊。和重寫沒關係吧？」

「這還不是最糟的呢。」

「我恨那個人，」卡西迪說。「我真的恨他。」

---

⑳ Harold Pinter（一九三〇—），英國劇作家，二〇〇五年諾貝爾文學獎得主。

「親愛的卡西迪。你真是忠誠。」

「看在老天的分上，那**妳**呢？」

沙摩斯和莎兒在跳舞。她跳舞時直挺挺的，就像人在船上似的，離他很遠，像要模仿一般地觀察著其他人。相對來說，沙摩斯在舞池中的姿態就完全屬於他個人。取得舞池中心位置後，他開始藉由一連串狂放、野狼般的迴旋來鞏固他的地盤，此時莎兒很有耐性地等他歸位。

「他會做這種鞏固地盤的動作，」海倫解釋道。「他渴望土地。他有一次在多塞特郡買下一塊地。以前當他心情不好的時候，我們會去那裡走走。」

「那塊地怎麼了？」

「我不知道。」這個問題似乎困擾著她，因為她皺起眉頭望向別處。「我想還在那裡吧。」卡西迪等著，知道還有更多下文。「那裡有間小屋。我們要去翻修它。就是這樣。」

「海倫。」

「是。」

「你們會去**用**那間農舍嗎？去那裡當我的客人？妳會讓我這麼做嗎？」

她的微笑如此疲憊。

「聽著，」他繼續說，「我會**借**他旅費，他可以從『遮羞布』的收入拿出來還我，就等他拿到支票以後……」

「這全都是**欠的**，」她說：「全都是花費。」

「海倫，**拜託**。這對你們會很有好處。你們會**愛死**那些山脈。」

音樂停止了，但莎兒和沙摩斯還在聚光燈下擁抱。莎兒沒有抗拒也並不合作。沙摩斯在親吻她的頸項，一個過長而含意明確的吻，吸引了樂隊的注意，也讓卡西迪回想起當初尋找伊底帕斯太太的那一幕。

「莎兒樂意跳支舞。」霍爾在他們終於走回來時說道。

從霍爾的表情裡，看不出來他是高興還是不高興；他的臉已經皺成那樣很多年了，監獄並沒有讓那張臉顯得更有反應。

「我也是。」卡西迪說。

音樂再度響起。海倫立刻領著他回到舞池。

「我不是應該跟莎兒跳嗎？」他問。

「她是霍爾的人。」海倫說著，沒看他的臉，然後卡西迪想起那個美國水手長，微微抖了一下。

「反正沙摩斯似乎顯得更活潑了些。」他說，但難得海倫這次對他的樂觀語氣沒有反應。

和沙摩斯的妻子共舞，他跳得比與沙摩斯在巴黎共舞那次好多了，而且也少受了一些批評。他在海佛當時曾經像這樣擁著她，那時她在柴煙之中奔向他；在沒有音樂的時候擁著他；而他記得她的胸部是怎樣靠在他的襯衫前，還有他是怎樣透過她的家居袍感覺她赤裸的身體。

「你從沒有**真的**告訴我巴黎的事，對嗎？」海倫說。「為什麼？」

「我想應該把它們留給沙摩斯說。」

海倫笑得有一點哀傷。「我就知道你會這麼說，」她說道。「你**真的**已經學會規則了，不是嗎，卡西迪？」

她在一個姊妹般的成熟擁抱中把他拉得更近一些。

「**愛人**，」她說。「那是他對你的稱呼。我們打電話給愛人吧。你真是可靠。如同磐石。」

他小心地轉身。卡西迪從來沒跳得這麼好。他知道自己是一個很糟糕的舞者。他知道自己是個音樂白癡，而且知道自己步履沉重，私底下他還相信，他有某種罕見的骨盆畸形，讓他連最基礎的舞步都不會跳。然而令他震驚的是，海倫卻給他一種專家的自信。他後退，他前進，他轉身，她既沒退縮也沒喊出聲來，只是以充滿技巧的順從跟隨他，讓他為自己的靈巧而感到訝異。

「我們該怎麼樣感謝你？」她納悶著：「親愛的卡西迪。」

「妳是這裡最可愛的人，」卡西迪草草比較一陣之後說道。

「你知道我有什麼願望嗎？」海倫說。「猜猜看。」

卡西迪試了一下，但失敗了。

「但願我們能讓你**真正地**快樂。你這麼寂寞。我們有時候看著你，然後……我們知道有些事情是我們永遠碰觸不到的。這只是肌肉，」她說著，碰碰他的臉頰。「這就是支撐這個笑容的一切了，卡西迪。」

「是。」

「和跛扈母牛在一起是什麼感覺？」

「灰濛濛的。」卡西迪勉強承認，口氣顯示出保留不說的比願意忍受的還多。

「那是最糟的，」海倫說。「灰暗。那正是沙摩斯一輩子都在對抗的。」

「妳也是。」卡西迪提醒她。

「我有嗎？」她笑著的樣子好像自己的處境大半屬於記憶，而非一個現存的事實。「沙摩斯說你怕她。」

「鬼扯。」卡西迪尖銳地回答。

「我就是這麼跟他說的。卡西迪，沙摩斯可有……」他們又轉了一次身，這次是在海倫的引導下，但她帶得這麼輕盈，這麼不顯眼，與珊卓拉這麼不相似，所以卡西迪一點也不介意。「沙摩斯他，」她又講了一次，「在巴黎可有很多女人？」

「老天，**海倫**……」

她再次微笑了，無疑很高興自己觸及兩個男人友誼的堅定邊界。「親愛的卡西迪，」她重複，隔著大段距離拉著他，不過她戴手套的手始終在他手臂最粗的位置：「你無須回答。我只是希望她們讓他快樂，就這樣。」她回到他身邊，把臉頰靠在他的襯衫前面。「霍爾不是很棒嗎？」她朦朧地問道，越過他朝桌子那邊看。

「最棒的。」卡西迪同意。

但哪裡都見不著霍爾。沙摩斯獨自一人坐在酒瓶間。靠在卡西迪的座位上，抽著一支雪茄，黑色貝雷帽拉下遮住眼睛，蓋住他的耳朵和鼻子，所以他必定是在一片黑暗中。他的腳擱在桌上，雪茄煙從他身上冒出來，就好像他身上著火了。

「我想我們最好回去。」卡西迪說。

「嗨。」卡西迪說。

「您哪位？」沙摩斯說。

「是你的愛人。」海倫哄他。

「過來吧，」沙摩斯說著，掀起貝雷帽。「跳得開心嗎？」

「棒極了。他們去哪兒了？」

「尿尿時間。」沙摩斯含糊地說。

「**你**和海倫跳支舞吧。」卡西迪說。

「多謝，」沙摩斯說。「非常感謝。」然後再次蓋上貝雷帽。

他們等了一會兒，想看看他是否願意出來，不過他並不願意，所以他們又跳了一支舞，算是為了交際。

「這是很長的尿尿時間，」卡西迪懷疑地說道，納悶著是否該去找他們。「你不認為他們是……」

「他們怎樣？」

「這個嘛，這裡對他們來講有一**點**緊繃……」

「胡說，」海倫說：「他們每一刻都很愉快，」並且捏一捏他的手。「而且就算他們不是……」她臉上突然出現非常沉重的表情。如果這出現在珊卓拉臉上，那就是憤怒，但海倫是超越於憤怒之上的。在珊卓拉臉上，那會表示她下定了決心，有種突如其來的願望需要她堅持己見，來對抗一個充滿壓迫又冷淡的世界；但在海倫身上，他知道，她和世界能和平相處。

他正要探究這個突如其來的心境變化──和之前的快活滿足相較之下，幾乎是一種爆發──此刻、在某一段曲調中間，音樂停頓下來；他們聽到沙摩斯的尖叫。

卡西迪環顧四周找尋他，然後發現自己正站在尼塔爾夫婦旁邊。老婦人裹著黑衣，也許是一件短斗蓬。她握著她丈夫的手臂，而且他們都探頭看向噪音來源：兩人都帶著一種哀傷、專業人士的表情，就好像那些在人生中聽多了尖叫的人。

「看，」尼塔爾太太注意到卡西迪，說道：「這是有個音樂家太太的艾鐸。」

「哈囉。」卡西迪說。

「我的天，那可憐的傢伙。」老人說，他指的是沙摩斯。

他站在房間另一端的桌子上，不是他們的桌子，而是其他人的；他的外套扔在一邊。他在短袖網球衫外罩著一塊紅布，一條腰帶從肩膀垂到腰間，就像是軍隊裡的子彈帶，而且他在刀叉之間跳著一種劍舞，一點也不想念他們。

「喔，天啊。」海倫說著，她嚇壞了。

桌布捲在他一隻腳上，看起來就像隨時會摔下來的樣子。他的臉是深紅色，而且拿自己的手拍頭。這時，卡西迪已經碰到他，幾個侍者聚攏過來，不管霍爾還是莎兒都沒再出現。

「沙摩斯！」卡西迪從桌面邊緣朝上喊道：「嘿，愛人！」

沙摩斯停止跳舞。他的眼睛有卡西迪在利普啤酒館時所記得的那種絕望瘋狂。

「讓**我**試試。」卡西迪說。

「試什麼？」沙摩斯說。

現在每個人都看著卡西迪，而且不知怎的他們知道卡西迪有辦法。連侍者都帶著敬意看他。

「我也想跳劍舞。」卡西迪說。

「你才不會跳該死的劍舞，」沙摩斯搖著頭回答。「你會從這張他媽的桌子上跌下去。」

「我想試試看。」

帶著一絲突然冒出的可愛微笑，沙摩斯往前傾，環抱住卡西迪的脖子。

「那就試呀。喔，天啊，試呀。求你啦，愛人，求你。」

「你不必求。」卡西迪說著，輕輕地把他從桌上抱下來。某個人走上前，是對災難場面很熟悉的老尼塔爾，另外一個人把壽衣交給海倫。

「把東西拿好，」卡西迪對海倫耳語。「我們在門口會合。」

他再一次感覺到沙摩斯強大的身體力量。他半拖半抱地把沙摩斯領到門廳。

「我想找個妓女。」沙摩斯說。

「好主意，」卡西迪說。然後他對海倫表示：「托著他的頭。」

蒼白的副經理幫助他們走到電梯旁。他說，到十四樓；剛好有間空房。卡西迪與他熟識，有一次還借他那間小屋。他是一個溫柔有耐性的男人，知道有錢人有時候對他們的需求羞於啟齒。

「你需要醫生嗎？」他一邊問，一邊打開門鎖。

「他不相信醫生。」海倫悄聲提醒他。

「不，謝謝你，」卡西迪回答。「我也不需要。」他補上一句，不知道為何想起約翰・艾德曼。

「你這說謊的混蛋，」沙摩斯低語道。「你永遠不會跳那支舞。」

套房面對河畔，有一碗水果，裡面是桃子和葡萄，但那裡沒有一張寫著「先生和女士」的卡片。浴室裡有電話。沙摩斯不願上床，所以他們讓他躺在沙發上，一起幫他脫衣服，沙摩斯是他們兩個的孩子。在臥室裡，卡西迪發現一條羽絨被，便把它蓋在那具顫抖的身體上。倒出水果後，他將碗放到地板上，以免沙摩斯想吐。海倫蹲在一張椅子上看他。

「我很冷。」她說。

所以他也找了一條毛毯給她，並將毛毯圍在她肩上。她整個人蜷起來，好像她胃痛似的。他從浴室裡拿出一條濕毛巾，把沙摩斯的臉擦了一遍，接著握住他的手。

「海倫在哪兒？」

「這裡。」

「天，」他低語。「喔，天啊。」

電話響了，是尼塔爾。他找了個醫生，一個交情很好的朋友，一個不再執業的老人家，完全保密，看看狀況，他們是不是該上來呢？

「你實在太好心了，」卡西迪說。「但他現在沒事了。」現在我在布里斯托，他想過要這樣說，不過他沒那膽子。早上再打電話給他，也許請他吃頓午餐。

「你可以給我一杯喝的嗎？」海倫說著，還是沒動。

卡西迪叫了兩杯蘇格蘭威士忌。對，大杯的，謝謝你。基於某種理由，他想最好把沙摩斯也算進去，於是又打回去。叫三杯。

「妳有五先令嗎？」他問海倫。

「沒有。」

他給服務生一英鎊，然後看著他離開。

「水？」

「不要。」

「冰塊？」

「不要。」

他們啜飲著威士忌，一邊看著沙摩斯。他就躺在他們放下他的地方，一隻裸露的手臂越過番紅花色的床罩，頭轉向他們，眼睛閉上。

「他睡著了。」卡西迪說。

海倫什麼也沒說，只是小口小口喝著威士忌，像隻鳥，頭點著杯子。她還是打扮得整整齊齊，旁觀者會認為，她看起來更像是準備出門，而不是回家。

卡西迪關掉了天花板的大燈。寂靜隨著黑暗而來。沙摩斯這麼安靜地躺著，要死還嫌太年輕。只有他的胸部在起伏，與他短而急促的呼吸同步。

「他在巴黎就像這個樣子，是不是？」海倫說。

「有時候。」

「難怪他會愛你，」她恍惚地觀察著。「很有趣。炮製地獄，他是這麼說的。不是大鬧，而是**炮製**。你**炮製**天堂。你炮製地獄。有時候，在同一個地方炮製兩者，而且在同一時間。隨你炮製什麼。只要一下就好。但願他暫時什麼都別炮製。我一定是人到中年了。」

「如果他不炮製出地獄，他就不會炮製出書來了。」卡西迪忠誠地說。

「其他人就做得到。」海倫說。

「對，不過看看他們寫了什麼。」

「你不**知道**他們寫了什麼，卡西迪。你不讀書，我也不。就你跟我全部所知，有**好幾百個**作家都有兩個太太跟兩顆小蘿蔔頭，靠著檸檬汁就做出很棒的書了。」

「算了吧，」卡西迪溫柔地說。「妳並不是真的那麼想。」

河上一艘獨行的大型平底貨船響起氣笛。

「喔，」海倫說：「他又有該死的水啦。」然後他們兩個都放鬆地笑出來。

「為什麼？」她突然說。

「什麼為什麼？」

「它為什麼響？又沒有霧氣。為什麼一艘平底貨船要在美好的夏夜十一點半鳴汽笛？」

「我不知道。」卡西迪說。

她帶著她的酒，走到窗邊往外望，她裸露的肩在倫敦夜色裡顯得筆直而漆黑。

「我甚至看不到它。天啊。」她繼續凝望：「這空氣不夠好。這空氣對他來說太柔和，你知道這點，不是嗎？沒有足夠的衝擊。」

「就像新約聖經。」卡西迪說。

「確實就像新約。受虐狂式的、充滿了罪惡感，還有……」

「還有鬼話連篇。」卡西迪說，為她把沙摩斯的名言補充完畢。

「他有個偶像，會到噴泉裡洗澡。他有跟你講過那個人嗎？」

「不記得了。」卡西迪說。

「一個德國詩人。史賓克、克朗普還是誰。衝擊肯定了形體，那個人這麼說，或許是沙摩斯說的，我不知道是哪個。你認為他是憑空編出這些人嗎？」

「這不要緊，對吧。他有一次告訴我，是他把我捏造出來的。」

「船又叫了。」海倫語帶責備地說。

「或許是一隻貓頭鷹。」卡西迪提出另一個看法。

「或者是一隻夜鶯。」海倫說著，就像往常一樣，隨時都能旁徵博引。

「克朗普，」卡西迪說，把她從冥想中拉回來：「妳講的是克朗普。」

「衝擊肯定了形體。那就是為什麼我們總是得彼此衝撞。為了肯定我們的形體。為了感覺我們外在的限制。」她喝了一口酒。「那個帶來的麻煩是，如果你有了太多衝擊，你會徹底失去你的形體。撞擊成碎片，至此再也沒有任何可以被肯定的東西了。」

「那不會發生在他身上。」卡西迪堅定地說。「我們在他身邊就不會。」

「是不會，」海倫在一陣漫長的反省之後同意。「不。一定不能，對吧？但願你能唱歌。我願意和你一起唱。和愛人唱歌。」

「呃，我沒辦法。」卡西迪說。

就像個游泳的人，她把手臂抬到齊肩，一開始往前，然後往旁邊，接著踮起腳尖來抬高身體，就好像準備往窗外潛去。

「想到他們在下面跳舞就覺得好笑，」她說。「在其他人跳舞的時候睡覺。那不是我們過去的作法，我和沙摩斯。」

她的聲音毫無預警地改變了。「卡西迪，為什麼我這麼慘？」

「這只是一種反應，」卡西迪猜測：「妳太震驚了。」

「因為我**該死的**悽慘。我是一個悽慘、喝兩杯就哭的中年母牛。」

她吐了一口氣，然後聞聞自己的氣味，測試其中的酒精成分。

「悽慘、喝兩杯就哭、人到中年，而且爛醉如泥，」她確認這一點。「神呀，我真是傻瓜！」

「海倫——」

她講得太大聲了，事實上大聲到可以驚醒他。

「我現在坐在這間美呆了的薩福伊旅館裡，穿著美呆了的白衣，我到底在幹什麼？」

「海倫。」卡西迪勸她，但為時已晚；她把鞋給脫了。

「就因為我**該死的**丈夫崩潰了。陪我跳舞。」

「海倫拜託妳，我們會把他吵醒的——」

她的手臂已經環住他，摸索著他的手，引導他肩膀的方向。他們的腳步輕盈而充滿試探，他們的眼睛仍看著那個熟睡先知伏平的軀體，這兩個門徒追隨著樂隊從遠處傳來的鼓聲。地毯很厚，沒發出半點聲響。

「喔，卡西迪，」她細聲說道：「我幾乎成了個**傻瓜**。」

她的臉頰貼著他的，她的頭髮在他眼前，全身從頭到腳都可以感覺到她的身體在搖晃顫抖，就像他自己的一樣。

「到頭來，」她評論道：「如果**他**醒著，這會是他想做的。」

不知怎麼搞的，一直不清楚到底怎麼回事——共同的意願傳遞到他們身上，這兩個愛人誰也沒主導誰——不知怎麼著，他們就在臥室裡了。相連的門可能是敞開的：卡西迪閉著眼睛，他無法分辨。然後，他醒來，發現天使海倫在他的臂彎，還有張偌大的床在她背後（上面的番紅花羽絨被已經被剝走了），他看到她的眼睛也是閉著。因此，必定是命運要負責，並沒有人力促成。

「打個信號，」海倫宣告：「是你嗎，卡西迪？」然後為了確認身分，她用手圈著他的臉，就像一個動物嘴套。

「吠呀。」她說。

「我沒辦法。」卡西迪說。

她更舒適穩當地安身在他臂彎裡，深情地把他的耳朵據為己有，然後用食指和拇指撫弄它們。

「**親愛的**卡西迪。你的皮毛多麼柔軟。吻我。」

「不行。」卡西迪說。

「引誘我。」

「不行，」卡西迪說：「絕對不行，」然後又閉上了他的眼睛。

吻似乎是從很遙遠的地方接近的。它始於遠方河流，介於東印度碼頭邊的黑鐵森林之間，踮腳走過渡船口上整潔的渡橋，掠過潮水光滑的表面，此時它的光熱變得更大、更明亮也更大膽；直到部分是熱、部分是液體、部分是光的它攀上薩福伊結結實實的十四層樓，找到它最終歇息的地方——艾鐸和他最好朋友妻子燃燒的體內。

「卡西迪，」海倫嚴肅地說：「放開我，」然後把他推到一邊，讓她自己投入把床鋪好的家務事中，此時卡西迪去了浴室，擔心她的唇膏可能沾到他身上了。

「我真希望我是個妓女，」她說出她的看法，把枕頭拍打成原狀。「我會比莎兒更厲害，我敢打賭。為什麼我**不能**當妓女？我**喜歡**這間旅館，卡西迪。我喜歡食物，我喜歡酒，我也喜歡人。**非常**喜歡。我也有個**超棒的**身材。強壯，像個女工，又有彈性。所以我為什麼不可以？」

「因為妳愛他。」卡西迪說。

「這對**他**也沒差，對吧？**他**到處亂搞。他引誘別人，**他**上遍全歐洲的妓女。所以為什麼我不行？」

「我去看看他怎麼樣，」卡西迪說。「或許我們可以回家了。」

他又在臥室裡了，但嚴格來說只是經過，要走向起居室和安全門，此時海倫引起他的警覺，她突然躍向半空，然後四肢攤平躺在床上。

「去他的，」她在激憤中聲明，把頭髮拉到眼前。「我海倫對沙摩斯恨死了。幹，幹，**幹**。他是個反動派，你還沒弄懂嗎？一個白癡維多利亞時代的落伍老怪物。他自己有一套法則，用在我們身上又是另一套。全是鬼扯。沙摩斯騙了我們，卡西迪。沙摩斯完成了世界上最大一批該死的噱頭，這是自從……反正隨便哪個誰最後一次搞了一批騙人噱頭以後，這是最大的一次騙局。沙摩斯恨傳統。那是主要訊息。但我們不可以。喔，不行。**我們**得擁抱傳統。我餓了，」她補上一句，撫平自己的頭髮：「他也毀了我們的晚餐。**我們的**晚餐，卡西迪，而他就踩在上面。」

「沙摩斯，」卡西迪呼吸急促，在那具身體前面跪了下來，「醒醒。拜託醒來吧。」而且在她聽不到的狀況下，猛力搖著他。

「天平，」海倫從臥室裡宣稱：「就這樣在我眼前失去平衡。一場個人的革命，那就是我，用我的自由來換他的自由，然後去他的後果。」

「**沙摩斯**，」卡西迪繼續堅持，「看在老天的分上。我們需要你。」

但沙摩斯拒絕醒來。他臉朝下躺著，對外在世界不聞不問。床罩掉到地上，他赤裸的背滑溜溜的都是汗。

「卡西迪，」海倫喊道：「這是真的嗎？品行不端的女士**真的**與旅館裡的服務生上床嗎？在她們點的好力克送來時，人就躺在那裡，透過半透明的睡衣展現無可抗拒的魅力嗎？」

「給我一條毛巾，」卡西迪說：「然後閉嘴。**愛人**，**聽好**，**我們該走了**。」

一條濕毛巾啪一聲甩到他腳邊。

「聽好，我為你做事……做各種事，我把你從陰溝裡拉出來，不是嗎？幫你脫衣服、買西裝給你、餵你吃東西、清理你的嘔吐物……我相信你。我真的相信。比世界上任何人都相信。好吧，我試試看，不管怎麼樣。沙摩斯，你**欠我的**……醒來啊！」

「大膽，」海倫說，她還在臥室裡。「那就是你今晚的表現。大膽，殘忍，而且堅決。**勇猛的**卡西迪。你有**支配的力量**。我仰慕男人身上的支配力量。晚安，」她對著電話繼續講下去。「這是一四三八套房。有**任何**可能可以弄到一點東西吃嗎，一點零食之類？兩片腓力牛排，一瓶……」她繼續唸菜名，足夠吃一整個星期了。

「別替我叫，」卡西迪喊道。「我不要任何東西。**沙摩斯**。」他把沙摩斯翻過來，將冰毛巾放到他臉上，粗魯地壓著他的額頭和臉頰。

「你們沒有**鞭炮**㉑吧？有嗎？」海倫在詢問。「不是要吃的，是要放的……」

當她更舒服地躺上床時，他聽到她衣裙的拖拉響聲。

「你的身體是棕色的嗎，卡西迪？我總是把你想成金色。就是個白白淨淨的屁股，然後其他部分都是金色。」床上傳來更多窸窣聲響。「我在一個雪橇裡，」她解釋道。「包裹在熊皮裡面。咻，咻。旁邊都是西伯利亞的狼群。」一聲狼嚎：「嗷—嗚嗚。在那邊的生活很好。卡西迪。」

「是。」卡西迪回答，他珍惜同樣的幻想。

「**你會**保護我，不是嗎，卡西迪？只要看你一眼，一頭狼就會……」她的話岔開了。「狼就會，」她重複了一遍。「這聽起來很像個火車站名。卡西迪，底下兩件事，你會選哪件：被哥薩克兵給強姦，還是被狼群咬成碎片？」

「都不想。」卡西迪說。

「我也是，」海倫親切地同意：「你知道嗎，大猩猩會強姦。我不會喜歡那樣。卡西迪。」

「是。」

「你有毛茸茸的胸部嗎？胸毛表示生殖力強，不是嗎？」

「應該吧。」

「你知道嗎，很小的小男孩也會勃起。甚至嬰兒也會，這很驚人。卡西迪。」

「是。」

「我覺得自己很**天真**。你呢？」靜默。「或者只是善感？」

「哈囉，愛人。」沙摩斯說著睜開他的眼睛。

卡西迪開始行動，抓住他的肩膀、拍打他的臉頰、讓他坐直，他試著回想拳擊手的輔導員們做了哪些事，可以讓他們的冠軍拳擊手重回場內。

「沙摩斯聽著，聽我說。沙摩斯，她在計畫謀殺，帶她走吧，你非這麼做不可……」

「霍爾呢？」沙摩斯說。

「他不見了。嘿，我們去找他吧，這樣好不好？去凱柏街，這樣好嗎？喝個爛醉，打個一、兩場，

㉑ 海倫說的是cracker，一個意思是指薄脆餅，另一個意思是鞭炮。

這一回真的一路打到月亮上去，我們為什麼不這樣做？凱柏街！那裡真材實料，不像這裡，全都衛生清潔得可以——」

「他為什麼不打我？」

「他為什麼要？他愛你。他是你的朋友，像我一樣。你不打朋友的，你打敵人。」

「莎兒告訴他了，」沙摩斯帶著一種突然的清醒回憶著，把事情連貫起來。「坐在那裡然後直接告訴他。『霍爾，沙摩斯給我五塊錢，要我跟他打一炮。我想回家了。』他就只是看著我。為什麼他要那樣做，愛人？老天爺他可以單手就幹掉我。看看他對那個水手長做的好事，那傢伙一輩子殘廢了。我是哪做錯了？我是說，一個**拳擊手**耶！如果一個拳擊手不肯揍我，他媽的還有誰會？」

他得不到答案，但或許因為他看到卡西迪的臉——光鮮體面，而且用肥皂好好洗過——他就揮拳了，沒命中。

「老天！」他咆哮道。「就沒有**任何人**要揍我嗎？」然後他倒回去，正中枕頭，在那裡痛苦地閉上眼睛。

「卡西迪。」海倫嚷道。

「是。」

「你沒聽到我的話嗎？」

「我不知道。沒有。」

「我現在不做妓女了。」

「好。」

沙摩斯皺眉。「那聽起來像海倫的聲音。」他說。

「確實是。她在洗澡。」

卡西迪聽到月亮上清水流洩的聲音，還有憑空迸出的一架收音機，裡面傳出不太正式、屬於法蘭克·辛納屈那種流派的舞曲。

「好吧，那海倫他媽的在巴黎鎮幹什麼？」沙摩斯試探性地提出質疑。

「這裡不是巴黎。這裡是倫敦。」

這正是麻煩所在，卡西迪反省到這點。某種程度上，如果是在巴黎，這一切都還可以忍受。在倫敦，恐怕這樣是不行的；不真的行得通。

水聲停止了。

「卡西迪。」海倫再度喊他。

「是。」

「我就只是叫叫，」她說，帶著某人躺在溫暖浴缸裡那種深刻的滿足感。「這真是漂亮的名字，就是這樣。卡西迪。我喜歡唸這名字，你懂吧。因為這是個美麗的名字。」

「很好。」卡西迪說。

「小子，外頭有很多女人。」沙摩斯說，身體滾過去便睡著了。

「卡西迪，」海倫正在說。「卡西迪。卡西迪。卡西迪？」

沙摩斯，在雪邦，這樣叫作耍流氓。

我們可能不會對我們自己有很高的評價——那會是過度的傲慢自大，而且完全不受到鼓勵——但我認為，我們確實是對彼此都很尊重。不管怎麼說，我們之中較好的人是這樣。沙摩斯，對我來說，這似乎就是講理之人的定義。他不介意你對他做了什麼，但他介意你對其他人做了什麼。很抱歉，我還沒說得很清楚，但我會慢慢切入重點，我在某些方面來說是埋頭苦幹型的人；恐怕和你這種一飛沖天的人不同，沙摩斯。

坐下吧，可以嗎。

有幾件事情我得向你解釋，既然你初來乍到，還不完全算是我們這一票人。流氓是那種專欺負比自己弱小的人。不全然是身體上較弱勢的；精神上的也算。情緒上的也算，或許吧。一個流氓對那些無法反擊的人做出暴行。我們的道德標準不喜歡流氓。比方說雪邦寺裡的軍團旗幟，名聲不曾受損於不公平的戰役，我們的先人沒有為了達成他們的征服而進軍不設防的城市。呃，也許他們有，不過不常如此。嗯，總之他們現在不會。

所以，沙摩斯，恐怕我們並不贊同你。莎兒可能是個娼妓。這點我們讓步。但霍爾是你的朋友。他愛你，而且他愛莎兒，那就是為什麼他不會揍你。

或許他甚至也愛海倫，以一種很純淨的方式愛著。

「卡西迪，」海倫說道。她在嘗試各種不同發音方式。「**卡西地**，」她說，沒意識到自己模仿了愛麗斯。「卡西迪，」她用一種低沉、辛納屈式的拖長口音低吟。「你是一隻**地鼠**，你住在一個**地洞**裡。病人如何？」

「精力充沛。」

「他會活下來嗎？」

「可能。」

你看看，沙摩斯，霍爾處於雙重信任之中。你讀過《馬克白》，不是嗎。普通英語課裡的指定教材？霍爾是你的同族，你的朝臣，或者隨便怎麼說。你欽點他到少數人之中，就算他甚至不算真正的玩家之一；就算「少數人」其實就本質上來說，是自命不凡的。但你把翅膀給了他，然後又把他射下來。這讓你顯得更低級渺小，你不覺得嗎？

這就是為什麼，恐怕你該被扁一頓；那就是為什麼，再過一下子，就會有人吩咐你把俊美的黑腦袋彎向左邊數來第三個洗臉盆，把那個水龍頭握緊一點，然後聽話地當我和手下嘍囉的目標。你懂嗎？有沒有什麼你打算說出來的事情，可以爭取一點緩刑？

因為實際上，剛好在這個時間點上，我對於要恨你感到相當焦慮。

是的，愛人，沙摩斯說，但聲音不大。當然我有某些話要說。其實是好幾籮筐。

好了？姿勢擺好了？

沙摩斯，偉大的宗師，說話了：

絕不後悔，絕不道歉。這是上層階級。

讓我們遵循舊約吧，愛人；舊約是給上流人士的，新約是給妥協者的。

不顧慮後果地活下去；為今天付出一切，明天管他去死：這就是上層階級。

當一天雄獅，就抵得過一輩子當隻老鼠：這就是上層階級。

絕不後悔，絕不道歉。

該找個新的天真之人，愛人，舊人已經筋疲力竭了。

那些愛這個世界的人取用它；那些恐懼世界的人才訂規矩。

所有關係都必須急起直追到它們宣告終結為止。

那是藍色花朵生長之處。

非道德主義，愛人，是創造新價值觀的必要先決條件……當我幹炮的時候，我反抗……當我睡眠時，我默許。

不要執著於動機，愛人，永遠不要。先行動，隨後再找理由，這是我的建議。

行動就是真理，愛人。其他的都是垃圾。馬糞。

而最後呢，愛人，你是這一行裡最大尾的他媽的騙子，你用一種豬似的無動於衷對待你老婆，而你沒資格打任何人，看看我在海佛當之後給你畫的肖像。早安。

「我不是**棕色**的，」海倫從浴室裡說道。「我是**白**的。」

「我知道，」卡西迪說，他還在沙摩斯旁邊。「我在海佛當看過了。我總是納悶妳要怎麼把水加熱。」

「用水壺，」海倫解釋。「我們準備好浴缸的水了，但在我們做完愛的時候水又冷了。所以我們得再加熱。那就是為什麼火爐在你到達的時候還在燒。」

「我懂了。」

「如果你去尋找，每件事就都有個解釋。」

卡西迪抓著沙摩斯的手，把他的嘴唇靠近沙摩斯的耳朵。

「**沙摩斯**。愛人，醒來吧！」

沙摩斯你是個狗屎不如的可惡東西，但你是我們的神父，而且如果你不小心一點，就要為我們證婚了。

沙摩斯，我愛你而且你也愛我，甚至在你恨我的時候我都可以從你身上看出來，你渴望著我。沙摩斯，不管你是活是死，赤身裸體或穿著你的壽衣，在綠燈妓院裡或在聖心堂拿著蠟燭，你都是我們的天才、我們的父親、我們的創造者。所以，如果你愛我，醒來吧，然後把我從這個不可思議的狀況裡釋放出來。

「沙摩斯。醒來啊！」

我和你不一樣，沙摩斯，我不情緒化，我不果斷。我是一個旅館員工之子。除此之外我什麼都不是。我很理性，而且只要對我有利的事我都喜歡。我不是人類的愛人，而是妥協與正統的愛人。你可以很恰當地說我是拉鍊遊戲的典型受害者。我是開積架車的，一個混傑拉德十字區的，一個醫生，而且常常都是個變裝主教。我對過去緊抓不放，而如果我知道我是從哪兒來的，就會飛快地回到那裡去。沒錯你是對的，我是一個混帳東西。

現在，沙摩斯，既然你已經向我證明了這一切，相當總結性地證明了一切，你能不能行行好醒過來，讓我從這些事情裡脫身！

「卡西迪？這是海倫在說話。早安。」

「早安。」卡西迪有禮地說。

他不該在利普啤酒館潑我水。

他不該在踢足球的時候打我。

他不該要求跟莎兒打一炮，只為了他需要一點衝突。

「寬大為懷，愛人。寬大為懷。請寬大為懷。」

沙摩斯沒睜開他的眼睛，但把卡西迪的手拉到床上，然後握著那隻手貼近他熱呼呼的臉頰。

「沒有什麼可寬恕的，」卡西迪小聲說道。「一切都好。聽著，來點甲醛行嗎？」

他站起來，就要打開大燈，此時沙摩斯又講話了，聲音聽起來很強硬。

「多著了，愛人。有很多要寬恕的。」

「那麼，有什麼？」

「我把賓利汽車借給霍爾。他氣壞了，你知道。不管怎樣，不能讓他坐計程車回家，這像話嗎？得要有模有樣地走。你不生氣吧，愛人？」

「我為什麼要生氣？」

「不會打我吧？」

「回去睡覺吧。」卡西迪說。

「我叫伊蓮[22]，」海倫還是從浴室裡發言。她最近開始在柴斯特街上起法文課來。

「伊蓮是我的名字。為伊蓮歡呼。伊蓮很帥。很漂亮。去你的。」

他坐在黑暗中。把沙發旁的燈熄了，這樣一來唯一的燈光就來自臥室，還有從敞開的浴室門口照

[22] 海倫的名字法文拼法Hélène中H不發音，聽起來像「伊蓮」。

出來的間接光線。

「卡西迪，我知道你在聽。」

真幸運我買下這個地方。現在我得住在裡面了。老雨果說，這是生命的基本要素。食物，飲料，然後是這個。所幸市場就在另一邊。

「你在巴黎有很多女人嗎？」海倫透過溫和的撥水聲問他。

「沒有。」

「一、兩個都沒有嗎？」

「沒有。」

「為什麼？」

「我不知道。」

「如果我是個男人的話我就會有。我會要她們全部，砰砰砰。我們是這樣**美麗**。我不會問，我也不會道歉，我不在乎。給贏家戰利品吧。去你的！」——她必定是敲到什麼——「為什麼他們要在門上裝門把？」

「不小心的吧。」卡西迪說。

「我說，拿莎兒為例吧。白癡。完全是個白癡。所以為什麼**不**當個娼妓？這好玩又有利可圖。我是說，能做好一**件**事情很好，你不覺得嗎？卡西迪。」

她走出來了，一條腿，然後是兩條腿；他可以聽到毛巾摩擦的聲音。

「是。」

「在這個世界上你最想要的是什麼?」她問。

也許是**妳**吧,卡西迪想;也許不是。

「妳。」他說。

有人敲門。服務生推進來一輛推車。是個很殷勤有禮的中年男人。

「這裡嗎,先生?」他問道,無視於沙發上的人影。「或者隔壁間?」

「這裡,如果可以的話。」

他把推車推到與沙摩斯平行,就像個等著外科醫生過來的醫院推床。卡西迪簽過帳單,給他五鎊鈔票。

「沒關係。就這樣了。我是指小費。」

服務生顯得不太高興。

「我**有**零錢,先生。」

「好吧,這樣的話給我三英鎊。」交易完成。「下頭的人還在跳舞嗎?」

「喔,是的,先生。」

「你什麼時間下班?」

「七點鐘,我是夜班服務生,先生。」

「那對尊夫人來說很辛苦吧。」卡西迪說。

「她習慣了，先生。」

「有孩子嗎？」

「一個女兒，先生。」

「她在做什麼？」

「在牛津念書，先生。」

「那很好。那好極了。我以前讀過那裡。哪個學院？」

「在桑莫維爾，先生。她讀的是動物學。」

卡西迪有一刻幾乎想要求他留下來，在一場長長的儀式性晚宴裡與他同坐，和他分享紅酒、吃牛排，閒聊他們不同的家庭和旅館業中種種複雜的事情。他想告訴他雨果的腿、馬克的音樂，聽他發表對懸臂牽引術㉓的意見。他想問他對**老**雨果和小藍的看法；他是否聽過流言？**老**雨果的威望還在嗎？

「我該拔瓶塞嗎，先生？或者您要自己來？」

「你沒有牙刷對吧，卡西迪？」海倫從浴室裡喊道。「你以為他們會供應，不是嗎？對於我們這種人？」

「把瓶塞起子放在那邊就好。」卡西迪說，再次為他開門。

「門房領班有牙刷，先生。如果您要求，我可以送一支上來。」

「沒關係，」卡西迪說。「不用麻煩了。」

世界人口要達到七千萬了，愛人。得給很多人小費，愛人；有一大堆人要小費。

「你的會硬嗎？」海倫問。

「不，剛好。妳的呢？」

「很好。」

他們對坐在床的兩邊，吃著牛排，海倫裹在浴巾裡，卡西迪穿著他的晚禮服。毛巾很長，是淺綠色的，有羊毛絨毛。她把頭髮梳整齊了。紅棕色的頭髮成綹垂在她裸露的白色背部上。少了妝，她看起來非常孩子氣；她的皮膚有那種光輝照人的無邪，某些女人在最近裸露過之後就是這樣子。她聞起來有肥皂的味道，一種瀟灑、有男子氣概的肥皂，珊卓拉喜歡放在他聖誕節長襪裡的那種；而且她的坐姿一如她在海佛當的坐法，那時她在早晨微光中坐在沙發上。

「說到**想要**，」她說，「你的意思是**愛**嗎？」

「我不知道，」卡西迪說。「這是妳出的問題，不是我。」

「**症狀**是什麼？」海倫很幫忙地追問。「除了肉慾之外。我們知道這個很可愛，卻不能認真到喝完一場酒，對嗎？」

卡西迪倒了一點葡萄酒。

㉓ 牽引術是用在骨折、脫臼和關節問題的外科方法。

「那是波爾多？」她問道。「還是勃根地？」

「勃根地。妳可以從形狀看出來。方形瓶肩的是波爾多，圓形的是勃根地。妳是我所想要的全部。妳很聰慧，美麗又善解人意……而且妳最喜歡男人。」

「你是說我們在那方面有共通點？」海倫問道。

他非常希望現在有沙摩斯可以把所有的話講一遍。海倫是我們的美德；他記得的那個部分，他相信的那個部分：海倫會隨著自己的心意走，除此之外她不知還有別的真理。海倫是我們的領域；海倫是……這也有個公式。沙摩斯為他在壁紙上寫下來了，在皮米利科喝酒的那一晚，他告訴他關於荒野之狼的事，他來自他那狼一般孤寂的空間，卻愛著小小資產階級生活中的安定。這個公式裡有個分數；為什麼他記不住呢，艾鐸．卡西迪，小玩意、零件和接合器發明家？卡西迪除以沙摩斯等於海倫。或者是反過來？海倫除以卡西迪等於沙摩斯？再試一次。海倫除以卡西迪……

在沙摩斯人性動力學法則的某處，卡西迪無法避免自己對她的愛。但到底是在哪裡？

「卡西迪，你也還愛著沙摩斯，不是嗎？我只是試著**診斷**，你懂吧？不是開處方。」

「對。我也愛他。」

「你沒在說醉話？」

「沒有。」

「這表示，」她很滿意地評論。「我們**兩個**都愛他。那**很卓越**。我們**必須**為此拿到點分數。你看，卡西迪，除了沙摩斯我從沒有別的愛人。你也沒有，對不對？」

「沒有。」

「所以我想，一定程度的未雨綢繆是很明智的。那是咖啡嗎？」

他替她倒了咖啡，加奶精不加糖。他照著珊卓拉的方式倒奶精，把湯匙顛倒過來擋在咖啡表面，以免奶精往下滲得太深。

「你認為一個公平的考驗會是：我們要放棄什麼？」海倫提出意見。「比方說，我會放棄沙摩斯嗎？你會放棄跛扈母牛和那兩顆蘿蔔頭嗎？你看，卡西迪，我們同時在談毀滅與愛。」

卡西迪突然間，可以說是很謹慎地，察覺到一種深層保護的衝動。一個孩子也有可能就在剛才用海倫談起毀滅的方式，來談論世界經濟；因為她加諸於他的是一種和平，就像在一場冗長戰爭之後解甲歸田。如果說他還沒感覺到的話，他在她身上觀察到一種同伴情誼中潛藏的誠實。直到目前為止，這種感情在他所有孤獨的漫遊、所有為自己而活的嘗試中，都顯得像是不可能的存在。他和沙摩斯分享的笑聲並沒有消失；但在海倫身上，他可以掌握它、信任它，並且擺脫其中的暴力成分。她在對他微笑，而且他知道他也正報以微笑。望著她，他也知道成了廢墟的是過去，而非未來：而且他看到空蕩蕩的秋季城市、髒兮兮的倉庫、他汽車引擎蓋前的空曠馬路，而他只把它們當作是白費力氣搜尋海倫的場所。

「我愛妳。」卡西迪說。

「太好了，」海倫輕快地說：「我也有同感。」

推車在被她推動時吱嘎作響。她把浴巾繫得更牢一點，很技巧性地把有點毛病的輪子推過打開的門口，直到起居室。

卡西迪獨自坐在床邊等她回來，此時他飽受各種衝突情緒的折磨。然而，這些情緒主要是朝著恐懼的方向發展。

首先，老雨果向他神聖的雇主說話。

早安，主，他在英國某處的松木布道講壇上歡欣鼓舞地說，巨大的手帶著無神論者的虔誠彼此交疊。您好嗎？在此向您報告的，是來自蘇塞克斯郡東葛林斯岱錫安猶太會堂的雨果．卡西迪和他的會眾，在這個可愛的週五午夜，說出發自我們內心深處的禱詞。主啊，您可願意在您的美德善心之中俯視在此的年輕人艾鐸？此時此刻他夾在罪惡與美德之間，非常地困惑。主啊，不管這看法是否正確，我的觀點是：他把手伸向毒蛇的巢穴了，但只有「您」，喔，主啊，在您的智慧中可以為此做出最後裁決；那就這樣吧。

還有時間。如果他手腕夠高明、推託一陣，或許假意稱身體微恙，像是頭痛或者胃腸有毛病之類，他仍有可能脫身。也許先從某些較難應付的對話開始──這個嘛，反正他很在行──交換某些友善的吻、彼此和解然後穿上衣服，握個手，稍後再把此事當成他們兩個差點犯下的糊塗錯誤，一笑置之。

絕不後悔，絕不解釋，絕不道歉……

她會回來嗎？一種突然萌生的希望讓他心下一寬。她溜掉了。海倫看著他，深感罪惡，接著決定逃跑……

就披著一件浴巾？

邏輯是我的敵人，卡西迪想；我應該不要拿任何學位才對。

他聽到門輕輕關上，門閂滑了過去；他聽見她回到浴室，而且知道她正在把浴巾掛起來，因為她很重視整潔。突然間他感到一陣驚恐，想像著一切徹底地失敗。他看到另一個卡西迪扭動、掙扎、退縮、與自己挺不起來的男性象徵搏鬥；他聽到沙摩斯的笑聲從牆壁另一頭響起，而海倫與珊卓拉對著他的無能含糊地發出激怒的嘟噥抱怨。

重大決定是由別人替我們做的；我在其中不扮演任何角色。我在水中泅泳，無法改變流向。

浴室的燈熄了，是她關了那裡的燈。他看著那個蒼白的矩形從他面前的牆上消失。真節儉，老天爺，難道她認為我付這裡的電費嗎？我並沒有真的買下這塊地方，妳知道吧。

呃，珊卓拉，海倫，不管妳叫什麼名字，我認為有些事情恐怕該讓妳知道了：我完全沒有專家的技術。如果妳認為我可以為妳做任何沙摩斯做不到的事，這個嘛（就像珊卓拉會採取的說法），我沒辦法講完這句話。我不知道妳是怎麼捏造出來的一個人：這是真的；我不瞭解妳們任何一個。我對於妳們是什麼構造、或者怎麼樣才會滿足完全沒有概念。能容我徹底攤開來一一說明嗎？

她在床上。卡西迪沒有動，也沒有看。他在為年度正式會議準備講詞。

「現在你們之中許多人帶著最高的期待來到此地。我明白這點。多年前，我自己對於同樣的行為也有類似的期待。然而有些事情是你們應該知道的，為了替你們省去不必要的浪費時間和麻煩，我會非常坦白。做為一個愛人，你們的主席是個失敗者。很抱歉，但事實如此。他和他太太的性接觸基本上總是限制在同一套形式範圍裡，在這一行通稱為英國傳教士姿勢。姑且這麼說吧，這些行動中有許多次從沒有超過計畫階段。你們的主席察覺到，有一段距離必須俯就，還有某個點必須進入。以及，任何高於或低於那個點的嘗試之舉，都會引起不適與批評。練習並沒有增進他的知識；說真的，你們應該知道，在十五年零星的會議之後，你們的主席仍然會捅入錯誤的隧道，因而帶給卡西迪太太相當不合理的痛苦，所以她以下列行為而聞名，但其實這種場合不算少見：在憤怒中大喊出聲、很不友善地小心翼翼重新調整她自己的姿勢；然後不再出聲，只是接受你們主席的笨拙舉止，就像許多嫁入這一行的普通女人一樣。」

暫停一下。推心置腹的語氣。

「我現在完全意識到這些缺陷了。在我年輕時，我讀過一些書、研究照片、在電話簿上塗鴉、出席軍隊的演講；在我和卡西迪太太難得彼此坦白無隱的時刻，我甚至曾經偷偷摸摸地用我的手指探入那些令人迷惑的皺摺部位。然而這塊區域繼續迴避我。在我的想像中，它有著指紋一般的漩渦和輪狀線條：沒有兩件樣品完全相同。在此，我充分察覺到不同心理學解釋間的衝突——約翰．艾德曼醫生，我們的醫學顧問，會很樂意給你們一本以此為主題的手冊——而我曾經和你們其他董事們一起艱苦奮鬥，想把我的傾向弄得更清楚一些。一切終歸徒勞。現在你們或許能清楚感覺到，一個年輕些的男人，比較不——我相信這裡該用的時髦字眼是『受到壓抑』，不是嗎，密爾先生？——比較不受壓抑的人，應該能提供你們更好的服務。若是如此，讓我向你們確定，你們會得到整個董事會大多數人全心全意的合作，沒有不好的感覺會影響這次**健康的**、**令人滿意的**……」

雖說不在場卻是全神貫注的一群觀眾面前，卡西迪仍站著不動。實際上距離雙人床邊緣有一小塊蓋膝毯的寬度，但他感覺到她在凝視他，而且聽到她若有所思的寂靜。

「你不是很擅長這個，對吧，卡西迪？」海倫平靜地說。

「不。」

「呃，我們就要有一大堆事得做了，不是嗎？」

「對，我想我們是有事得做。」

「你不能穿著晚禮服做。」她說。

他脫掉了。

「現在你要做的下一件事情是：吻我。」

他吻了她，傾身彎向她，所以他們的嘴唇是以直角相接的。

「恐怕你得再靠過來一點，」她說。然後，她把這說得像是個遠大的目標：「嘿，上床來跟我躺在一起怎麼樣？」

他上了床。

「這叫做前戲，」她解釋道。「然後還有圓房，」——她的口氣更像是在叫晚餐——「然後還有餘韻。」

瑞典式。

就像瑞典式的電影片段。她有可能根本沒意識到她是赤裸的，這年頭有很多人根本不把裸露當一回事，幾乎沒辦法知道他們到底有沒有穿衣服。實際上，這就是在「電影風」放的片子討他歡心的原因之一；你可以看到他們的狂野狀態。說實在的，明天或許可以去那裡，看看他們在放什麼片。說實在的。

他一邊還在傾聽門隔壁的聲響，一邊試探性地做了第一次探勘。他注意到，她的皮膚有一種奇異的鬆軟質地，觸摸起來有種令人生膩的流暢感，並驟然發現這不怎麼有吸引力。特別是她的胸部，在躺臥狀態下大致保持著直挺的形狀——而且在著裝時最為出色——但在他手上太容易就屈服了，也背叛了底下堅硬的骨頭。而且她太蒼白，有一種像植物欠缺光澤那樣的潔白。更進一步來說，就像株破土而出的植物，完全不合他的胃口。在這一瞬間，他對這樣毫無陰影、既猥褻又潔白的裸露身體覺得噁心。他從她身邊退開，自顧自地忙著調整那盞床頭燈，同時企圖說點什麼別的。

「你不是要關掉它吧，嗯？」海倫用先前讓他想起珊卓拉的同一種乾脆語氣問道。

「當然不。」

這就是她純潔的地方，他告訴自己，這就是你和一個完全的女人睡覺時會有的感覺。

「你在**考慮**，對吧？」海倫很有同情心地說。

「對。」

「考慮什麼？」

「愛情，生命……**我們**，我想是這些，」卡西迪謹慎小心地回答，帶著一個半遮半掩的嘆息，把他的腦袋放到枕頭上。「沙摩斯，」他補上一句，絕望地向她的良心提出呼籲。

「如果你恨他的話，會覺得好過一點嗎？」她問道。

「這個嘛，會變得更偏向舊約聖經的風格，不是嗎？」

「那是**他**想的。你怎麼想呢？」

「呃……我不會更好過。」

「你沒有**罪惡感**吧，你有嗎，卡西迪？因為他是你的愛人而且是我的丈夫？」

卡西迪不見得什麼都懂，但他確實知道在沙摩斯和海倫之間，道德顧慮不是個可接受的有效證詞。

「當然不是。」

「那到底是怎麼回事？摸摸我。」

「我摸過了。」

「再撫摸我一次。」

「我是在碰妳呀。」

「你只摸了我的手。」

「我愛妳，海倫。」卡西迪說著，讓他的聲調傳達這種印象：這只是內在爭論的其中一面而已。

「但你不要我，」海倫指出。「你改變心意了。我必須說你選了個好得該死的時間點。」

卡西迪微笑。「天啊，但願妳知道。」他說，很彆腳地裝出厭世的疲態。

「採取行動**真的**有這麼難嗎？」海倫問道：「在我們受過這麼多教訓以後，還是這麼難嗎？」

她沒聽到任何回答，接著她顯然決定放棄主動，他們再度於一片寂靜中躺了許久，此時卡西迪從最親近他的那些人口中聽取建議。

「爹地。」

「是，小雨果？」

「你知道嘛，爹地。」

「我知道什麼，小雨果？」

「我喜歡這個小姐。」

「很好。」

「雖然她不像海瑟那麼好，不是嗎？」

「這只是因為你比較認識海瑟。海瑟也更瞭解我們。」

「海瑟沒有那麼咄咄逼人。爹地。」

「對，小雨果。」

「我也更喜歡安姬。爹地。」

「是，小雨果。」

「安姬．莫德蕾看過你的小鳥嗎？」

「當然沒有。到底為什麼她該看過呢？」

「媽咪就有。」

「媽咪不一樣。」

「斯耐普有嗎？」

「沒有。」

「媽咪很可愛，」雨果說。「晚安。」

「晚安，小雨果。」

「有一大堆人做這檔事，」珊卓拉說，她站在門口，置身黑暗中，嘆著氣要把他吵醒。「而且這完全是自然而然的。並不是只因為你無法享受，就表示其他人也不喜歡，但還是一樣。」

「我知道。」

「這樣嗎，那就快做啊。」

「只是我不行。」

「鬼話，你只是懶，而且吃太多了。全都是那些**荒唐的**保守黨晚宴。難怪你整個人膨脹起來。社會主義者才不會大開宴席。他們喝茶吃三明治。」

「我也覺得我是男同性戀。」

「全是鬼扯。當我們還年輕的時候，我們就像其他人一樣做這檔事，而且我們徹底享受這一切。只是因為我惹你煩了。很抱歉，不過對於**那個**問題我沒辦法做什麼。」

「珊卓拉，我愛妳。」

冗長的沉默。

「我也愛你。」她說。「但還是一樣。」

任何蠢蛋都能給予，但真正重要的是我們能從生命裡取得什麼。

「我該去看看他嗎？」卡西迪提議。

「好得到他的祝福？」

「我確定他醒著。」

「我的天，」海倫說，坐得筆直，她的怒火完全燃燒起來。「多噁心的想法。如果他發現了會宰了你，你不懂嗎？這會比霍爾對付那可憐美國佬時還要糟得多。」

「對，我猜他會。」卡西迪勉強讓步。

「如果他知道我跟你在這裡，**光溜溜的**，**成為情人**……」她的憤怒已經找不到更進一步的表達方式。「老天啊！」她說完之後，砰一聲猛然往後倒。

「但我們還不是情人，對嗎？」卡西迪小心翼翼問道。「還不是。」這意思是：侵入尚未完成，委員會還可以成立一個漂亮的案子；是她逼我就範的。

「你認為他在乎我們**做了**什麼嗎？是我們**感覺**到的才算數。」她幾乎絕望地轉向他。「而我們**確實有**感覺，不是嗎，卡西迪？不是嗎？卡西迪，我已經來到臨界點了。那你**該死的**又投入了什麼？」

「一切，」他說著，在腦中簡短回溯著所有曾讓他快樂的事：雨果、馬克、賓利汽車、夜行性動物館，還有心情好的珊卓拉：「一切我愛過的。」

突然間他在親吻她、占據她；他成為她的主人，召喚她、改變她；而海倫，他靈巧、震顫欲死的海倫，是他所有夢想的耀眼結合。她的觸摸沒有帶走任何東西；她操縱著、舞動著、被動地躺著，又騎在他身上；但她還是只有給予，而且在所有時候她似乎都在追隨他，仔細觀察他是在說要還是不要，試探他所容許的範圍；在她的順從之下，他身上創造出一種逐漸增長的義務：要愛她以做為回報。

「自然的休息，」她耳語，然後躺在他身旁，她的眼睛正對著他的。

「大膽的愛人。」海倫說。

「我想笑。」卡西迪說。

「我必須把這件事送去董事會決議。」她悄聲說，微笑裡還帶著顫抖的熱情。

「我愛妳。」卡西迪說。

「趕快做你的工作吧。」海倫說。

愛麗斯和藍橋太太手拉著手浮在半空，從老雨果的《聖經》裡吟唱出甜美的句子；殷勤的侍者節奏一致地為他鼓掌；罪人和鬥士們辛辛苦苦地登上上帝的山丘，轉身讚許地望著他。大合唱層次倍增。是，柏吉斯，是。這讓你開心嗎？很開心，愛麗斯。在坎薩爾高地，綠燈亢奮地閃動，此時樂隊正在演奏一首雪邦學校裡的歌曲：國王愛德華六世萬歲！萬歲！女孩子們在旁圍觀，她們不再跳舞，恭敬地研究大師毫不費力的技巧。現在在群眾中出現推著嬰兒車的母親們，揮舞著手，充滿謝意，她們的嬰兒都受惠於他。

「珊卓拉！」他高興地喊道。

她帶來了她的酒精中毒患者：穿著鱷魚皮鞋，一身上教堂的裝束，鬍子刮得乾乾淨淨。

「各位伙伴！」他叫住他們，制止了這個行列，「現在看這邊，你們會喜歡這個的，把你自己完全展現出來！」

「這能給他們好好上一課。」珊卓拉表示同意並嘆了一口氣，就像他把髒衣服丟到錯誤的洗衣籃裡那樣。

長大吧，你這小敗類，長大啊。

喔，神呀，我是在成長啊。相信我，愛人，我已經成長了，我正在成長，你教過我憤怒，你曾讓我激動與奮，讓我內心深處燃燒起來；火焰從根燃燒；一道流動的、更迅速的火焰，現在澆水也沒有用了，我的愛人，我超越你最好的部分，全身濕透而且仍沐浴其中；比你最好的時候還要好；在你的地盤、你的洞穴、你的爐灶中慢慢烹調；如果你想醒來就醒吧。幫幫忙吧，愛人，你怎麼能在謀殺完成時仍在一旁酣睡？

她正在告訴他：「卡西迪，你是最棒的！喔，天啊！喔，卡西迪！喔，愛人！」

燈光射進他眼裡；在他背部，動作細微而惱人。她在呼喚著上帝和卡西迪，呼喚著沙摩斯和她父親。她的腿大張，就像盤腿的佛像，她在緩慢的恍惚狀態中移動，彎曲的膝蓋從兩側拍打他。船長，你在下面睡著了嗎？我現在寧願和你在一起，沙摩斯，說真的；她加入了她自己的黑暗民族，她在那裡和感覺深刻的人在一起。實際上，沙摩斯，我想要你回來。

高潮到了。背部一挺，就像燙衣板上的兩隻貓。完成了。嘿哈，去他的。等待中的感恩結局，月光下安置妥當的椅子和鏡子，一次清掃，當海倫讓卡西迪在她體內死去時，靈魂做了一回出清；此時，她讓自己的身體靜止著啜飲一切。他停留在那裡，這是為了禮貌，等待時光消逝，等著小男孩從水裡爬出來。他想著賓利汽車，他有聽到它撞爛的聲音嗎？想著沙摩斯，他正從門口看這一切嗎？想著身為耶穌基督，夾在兩個盜賊之間；想著身為一名盜賊，夾在兩個基督之間；想著一個和父母睡覺的孩子，還有一個跟自己孩子睡覺的父親；想著需要三個人，還有安姬．莫德蕾的星座符號；「七和三，」她說：「這兩個是神奇號碼。」想著在鋼琴上尖叫的那些比夫拉孩童，還有幾乎完工的大廳裡那些新救生艇。就在一進去的右手邊，擺在價值六百幾尼、有著淚滴狀葉片裝飾的謝拉頓式椴木半圓型桌上。一只由救援協會發出的紙製救生船，上面有個讓人投入錢幣的小切口；珊卓拉對於溺水者產生一種新的溫情。

為什麼我們不能成為一體呢？他納悶著。為什麼我們必須當這麼多人，然後再一起混合於同一個子宮中？

從她體內抽身後，卡西迪履行著體貼父親的職責——握著她的手，因為她正在哭，此時他在總裁任期內，最後一次向董事會發表談話。

各位先生，在這個不尋常的狀況下，請考慮到算術。（莫德蕾小姐，或許要給密爾先生多一點咖啡，他看起來有點累。）當然了，你們都讀過尼采，那些沒讀過的人無疑地會想到某德國詩人。先生們，這樣的人曾為我們人類的行為設計出絕佳的解釋。他們就把我們當成星座圖裡的星星一樣安排著。嗯，看看我們吧。在我們三具平行身體的完美安排中，可以看到一個完美的例子。終究正是藉由我們神祕的認定，才能從蒼穹之中找到自己的位置。我們排成一列，腳朝著東方。他不再穿著他的晚禮服、躺在自己的旅館裡，在此的是一位把人生奉獻給追尋夢想的中產階級。我會把今天晚上的他，按照慣用的米其林標準，稱為兩星級愛人；品質好，但並不是很值得一遊。在我左側躺著一個被自身天分給碾碎的藝術家，我和他之間隔著他老婆和一道值得稱謝的隔音牆；他是以一抵百的傑出人物，但人格混亂失序。

而在我們之間，愛人，在我們之間的，就是真理。她赤裸裸的，有點精疲力盡，哭得像個孩子。

他讓她睡，打開門鎖，偷偷溜回起居室。床罩已經掉到地上。他躺在那邊，甚至比海倫更赤裸，更孩子氣、更年輕。沒有足夠的光線可以辨識出他的眼睛是睜開還是閉著？卡西迪彎腰靠向他，豎起耳朵，鼓起勇氣盡可能靠近他坦露的胸膛，聽著他一刻不停的心臟不平均地跳動。

把毛毯蓋到他身上，但只蓋到脖子那邊。坐在椅子裡瞪著他，約拿單，我的朋友。拿毛巾把他擦乾淨。

誰寫了那句話？這是我的書或他的書？

睡吧。

窗外，一顆星星在燃燒，但愛麗斯或其他幻覺都沒在那裡歡迎他。從坎薩爾高地到鮑魚路，從南奧德麗街到河流經過皮米利科之處，沒有人不是在想著黎明。

信封上面覆蓋著繪有棕櫚樹和猴子的綠色郵票。這是好幾個月前附郵的信。他一定是把這封信擺在口袋裡就忘了拆。筆跡就像珊卓拉的那樣，稚氣但堅定。

親愛的卡西迪：

親愛的卡西迪：他一邊在浴室裡著裝，一邊讀起來。

感謝你每個月寄來的支票。我女兒告訴我，你選擇成為一位政治家，還有你與左派政治團體有接觸，包括共產黨及一些碼頭的滋事分子。別這麼做。你的職責是隨時「殷勤」且高尚地善待你的妻兒，「不是」與巴利奧學院出來的娘娘腔馬克斯主義分子稱兄道弟，然後把你的岳母當成一個要命的白癡。關於這件事，我會一直與葛羅特太太保持聯繫，並期待聽到整體上的進步；同時記著：她眼睛瞎得跟隻蝙蝠一樣了。

信件以很古典的署名方式作結：P．葛羅特退役准將，同時在一句「附筆」中警告卡西迪要注意他的網球拍。

而且要百分之百確定網子的部分夠緊繃。葛羅特退役准將。

賓利汽車還在他停著的那個隔間裡。不，門房開開心心地把鑰匙交給他，當然沒有人把車開走；沒有卡西迪先生的同意，當然不可以。

倫敦III

28

一道讓天氣變冷的魔咒，帶來雨水和不合節氣的風，同時也讓卡西迪正好落入地獄。整個週末，他在家裡鮮少開口；儘管他溫柔對待孩子，而且顯然很保護他的妻子，但他的表現仍然是沉默寡言且若有所思。

「那個報告出了點問題，」他對珊卓拉說。「工聯情緒惡劣。」

她關切地目送他走到車子旁邊。

「如果有什麼事我能幫得上忙，就讓我知道吧。有時候他們就需要一點女性的巧思。」

「我會的。」卡西迪說，深情擁抱了她一下，雖說可能有點心不在焉。

獨自坐在他的賓利汽車裡，這位人品可議的罪犯在倫敦街頭徘徊，避開主要幹道和警察的注目。他心不在焉地開著車，往後照鏡裡嫌惡地看著自己那雙騙子的眼睛，眼眶發紅，因為縱慾而泛著陰影。艾鐸．卡西迪，懸賞五萬英鎊，罪名：無知。他想著，我會畫得好一點，讓自己看來更卑劣一點。

「你很快就會打電話給我們，對不對？」海倫在門口說道，看進他眼裡。「卡西迪。」

「要快到不能再快，愛人。」沙摩斯呢喃著，拖著腳步走在他們前面，站上了鐵梯。「要來玩足球啊。」

「我會的。」

「現在玩怎麼樣？」

「我得留點時間給跛扈母牛。」

「我敢打賭那些壞脾氣的女士們在床上很行。」沙摩斯說著，打開廚房那道門上的鎖。「海倫露出太多假笑了。看起來太開心。嘿，海倫，也許我們該變得悲慘一點。」

「再見，卡西迪。」海倫說，臉上掛著微笑。

「祝遮羞布進行順利。」卡西迪說。

「我們會寫的。」海倫說。

沙摩斯很快就對她揮舞著拳頭。「妳會嗎？妳做得到嗎？或許妳也可以戴上一片遮羞布。」

「我指的是信，」海倫說：「不是劇本。」

卡西迪換上他的西裝，留下他的晚禮服讓海倫熨平。

一座機場吸引著他靠近，也許是希斯羅機場。這個令人作嘔的罪人把車停在某個停車位上，望著大型噴射機起飛到霧中的安全地帶。要是他有護照就好了。打電話到辦公室，莫德蕾可以坐計程車把護照送來機場。沿著加油站和汽車旅館開過去時，有那麼一會兒，他想找個隱密的公共電話亭，但後來就放棄了。我絕對沒辦法逃過這一切，他們會竊聽電話，在海關前抓住我。倫敦西區通姦者企圖在機場闖關。

溫莎，聖喬治的旗幟濕答答地垂掛在歷史悠久的石塊上。猥褻的山羊在沒人注意的羞恥下經過，瞪著那些購物者，羨慕著他們的遲鈍。傳統；卡西迪何曾有過傳統？那個克倫威爾麾下的卡西迪如今何在，那個勇敢的清教徒老兵到哪兒去了？他在薩福伊飯店（謝謝你，十鎊小費是給各位員工的，請把帳單寄到公司），睡了他最要好朋友的妻子。

為什麼沒有雷霆打到他頭上？這輛貨車剛從狹窄的橋梁上飛馳而過；為什麼這輛連結貨車沒有猛按它耀武揚威的喇叭，把那不自然的隔音玻璃給震碎？或許他應該撞死某個人，例如一個孤獨的單車騎士；他在田野間開始正當的生意，在辛勞一日的最後一刻正好爬上這個坡，純樸的心靈裡還想著家中的火爐和孩子。

卡西迪讓自己在座椅上坐得更舒服一點，他容許自己敏捷的想像力完成這個慘劇：花崗岩教堂、寒酸的墳墓，對雨水毫不在意的悲傷人群。寡婦在鐵門前駐足。卡西迪，沒刮鬍子又憔悴，把手放到她的手臂上。

「送孩子們去上哈洛中學吧，」他央求她：「我對校長有點影響力。我願意把他們視如己出。」

她沒有哭泣，只是搖搖頭。

「把我的哈利還給我，」她低語道。「我只要這個。」

當然，他永遠無法從中恢復。到那時為止他所過的生活就算結束了。沒有戲劇性的場面，也沒有任何外力逼迫；他只是從前一刻他所珍視的一切事物中逐步退卻。賣掉他的股票、他的車、他的畫，退出「低調人士」，或許拜訪一、兩個朋友，送出某些私人禮物和贈與資產，然後悄悄離開去經營男童慈善之家，或者在波札那開一間圖書館。他的外表特徵也會有所改變；他對此毫無辦法。他會忽略他的衣著，把他的西裝送給出獄的囚犯。從現在起，他必須輕裝旅行，四處流浪，從不覺得安心，永無寧日地尋求救贖。幾個月內，他的頭髮會摻雜著灰色，他的肩膀會垮下來，他快樂的臉會看來歷盡風霜且成熟，就像比他老二十歲的男人。只有在偶然的機會下，他才會在遙遠的熱帶地區給人瞥見、隱約地被人認出，而且這些人返鄉後會用惋惜的口氣提起他：「他從沒能過這一關，你知道吧。他一定瘦了二、三十磅。」或者甚至是：「他就是因此有所成就的。」

我的問題就是開車太小心了。

在埃爾茲伯里——這個美麗的市集之城並不是通姦者會經常拜訪的地方——這個可憎的縱慾者買給他太太一只鱷魚皮包，然後在路邊一家小旅館喝咖啡時，他構思了一封告別信，要給昔日友人沙摩斯，著名的預言家。

你給了我去愛的方法，我卻嚴重地濫用了你的贈禮，把它變成一種背叛你本人的武器。沒有任何言語足以描述我的苦惱；你把我提升得有多高，我就墮落得有多深。隨信附上五千鎊支票，隨你使用。請保留我的晚禮服，還有其他可能散布在整棟公寓裡的小東西。一份長期委託書將照料所有未盡事宜。

你一度的朋友兼永遠的崇拜者

A・卡西迪

三思之後，他在這封信上加了個預防性的備註：

我應該在很久以前就告訴你，我苦於癲癇發作。這種癲癇的形式很罕見。一旦處於這種疾病的掌控，我就無力抗拒，無法為我的行為負責。如果你不相信我，請不要客氣，逕向鮑魚路的約翰・艾德曼醫師請教，我請他告訴你所有可能需要的資訊。到目前為止，只有他陪著珊卓拉和我一起對抗我祕密的苦痛。我請求你，無論發生什麼事，請以最祕密的態度處理這個資訊。

把信封封起來、貼上郵票並放進他口袋裡後，他叫了一盤新鮮的熱烤餅，在灰暗的絕望心情中吃下去。現在你知道一切了，他想著；任你處置吧。

離開咖啡店，他把這封信丟進一個公共垃圾桶裡。忘了吧，他告訴自己。別把任何東西寫下來。這件事從未發生。

他們從不存在，他告訴自己。是我捏造出他們的。現在嘛，誠實點，我真的能逃得過這一切這麼久嗎？

他開到運輸與普通工人工會辦公室❶，他在辦公桌前詢問他要怎麼讓自己加入候選人遴選。那女孩不知道，但她答應找出答案。

「你是要代表**工黨**，對吧？」她懷疑地問道。她的眼神越過他，穿過窗戶，看著那輛簇新而濺上水珠的賓利汽車。

「請幫忙。」卡西迪說，留下他的名片。

這事從未發生。忘了吧。

沙摩斯死了。

海倫死了。

❶ Transport House是英國運輸與普通工人工會（Transport and General Workers Union）的辦公室通稱；英國運輸與普通工人工會是英國諸多工會中最大的一個。

他們從未存在。

我夢到他們。

什麼都沒有。

然而，從他的苦惱淵藪，從罪惡、悔恨、欺騙和遺憾中，如同沙摩斯會用的字眼，「小敗類」也成長了。這裡面也夾雜了一種相當急切的生命意志——是影響他的某些知名不具友人所送給他的贈禮，其中的刺激力量絕對不曾失去。在碼頭工會總部辯論整夜後歸來的他，前往艾德曼家赴一場晚宴，並且贏得在場聽眾的一致尊敬。這個嘛，他說，報告是極機密的；他真的不認為他能多說什麼。是的，這份報告會被稱為卡西迪報告。涵蓋範圍？其中會包括幾乎每一件事，從運輸業工會總部的接待流程到凱柏街倉庫的娛樂設備使用規定。職權範圍？就像報上所說的一樣（這真是神來一筆——沒人會承認錯過了這個公告），只有一些增補條文，是他為了自保堅持加上的。

在床上，他帶著一股由極端焦慮所引起的旺盛精力——或許也受到某些不曾發生之事的隱晦記憶所刺激——以一連串的性愛技巧讓他的妻子大感震驚。

「而且該擺脫妳媽媽了，」他告訴她：「我受夠了她老在一旁。」

「我會。」珊卓拉說。

「我想要獨自擁有妳。」他說。

「這是最重要的，」珊卓拉同意：「**可憐的佩索普**。」

增長、茁壯，甚至神祕地欣欣向榮起來。

而且在許多其他衝突的情緒之中——比如像是恐懼，像是對紅衣娼妓海倫的憎恨，像是對保守黨極右派的深刻同情，他們保護有產階級免於窮作家和他們無恥妻子的惡意攻擊——他甚至感覺到一種特別的優越感，這只在那些與命運面對面生活的人身上才看得到：登山家、絕症患者，還有他錯過的戰爭中的許多英雄們。敗類終於與他們稱兄道弟了；與那些菁英們。他明白為什麼海倫和沙摩斯那麼常談到人類必死的命運。死亡是那些生者的資產；他們應該時刻研究它。

敗類也睡得少了些；吃得少了些；工作效率更好又更起勁。

而且在那兩週裡，他發現自己既沒有感染痲瘋病，也沒有被警察逮捕，更沒有從國稅局或貿易委員會收到那些總是充滿威脅的公文；他也沒再從海倫或沙摩斯那邊收到任何消息，或是自行接觸他們；因此他假設他們先是失蹤然後遭人殺害；他認定，稍稍以較低調的方式進一步探索他令人興奮的新策略——取用一切——安全無虞。

「你知道嗎……」某一晚，珊卓拉心存感激地開口。

「知道什麼？」

「就算這一切都是謊言，這整件事……那份報告、黨、保證席次……就算都是假的，我還是愛你。我仍然會仰慕你。不管事實真相如何。」

但卡西迪睡著了，她可以從他的呼吸分辨出來。

「真相就是**你**，」她耳語道：「不是你說的話。而是**你**。」

29

時間暫停。這是多出來的時間。一段未曾活過的逝去時光，想像了太久，卻實現得太遲。這是在最後清算前的一次兌現；情緒天秤的一次上揚；要一回他應得的報酬；誰在乎呢？卡西迪脫掉衣服，站在泉水之中，感覺他自身存在的邊界。

「你知道我期望什麼嗎，艾鐸？」

「期望什麼？」

「我期望所有的星星都是人類，而所有的人類都是星星。」

「那有什麼好處？」

「因為這樣的話，我們的臉就能永遠被笑容給照亮。我們會彼此眨眨眼，而且再也不會悲慘不幸。」

「我並不悲慘，」卡西迪態度強硬地說：「我很快樂。」

「而所有我們不喜歡的人都會在無數英里外，不是嗎？因為他們會在天上，取代星星的位置。」

「我們有整個晚上，」卡西迪說。「我並不疲倦，也沒怎麼樣。我只是快樂而已。」

「我多麼愛你，」安姬說。「我希望你能笑。」

「那就讓我笑。」卡西迪說。

「我沒辦法。我不夠聰明。」她帶著平靜又很專業的性感親吻他：「我永遠辦不到。」

他咧嘴笑了。「這個怎麼樣？」

「那個很好，」她說：「對於一個初學者來說夠好了。」

他們嘴裡都是來自「美食家」餐廳的大蒜蝸牛味道，在一隻叫做蕾蒂思的白狗注視下，他們處於親密的赤裸狀態，躺在她位於坎辛頓閣樓套房中那張單薄的床上，就在星辰旁邊。蕾蒂思是十一、十二月間出生的，射手座是最性感的星座。

「它指的是屌，」她解釋道：「茱麗告訴我的。實際上每件事都與陽具崇拜有關，不是嗎？」

「我猜是吧。」卡西迪說。

牆上掛了一張切．格瓦拉的海報，就在一張由克里特島民編織的掛毯旁。

「蕾蒂思也愛你。」安姬說。

「我喜歡那小子。」

「她是母的，」安姬說：「傻瓜。」

昨天他對她還一無所知；今天他就什麼都知道了。

她相信有靈魂，而且在她極為美麗的裸胸上戴著好幾串神祕的念珠。她信神，而且像沙摩斯一樣，在所有人裡最恨的就是那些該死的神職人員；她是素食主義者，不過認為吃蝸牛沒關係，因為牠們沒有感覺，反正鳥也吃牠們；她從加入公司的第一天就愛上了卡西迪。她對他的愛勝過對世界上其他人的愛；密爾是個愚蠢的討厭鬼。她辨認出決定卡西迪命運的那些確切星辰，然後夜復一夜盯著它們。她有渾圓堅實的大腿，她的陰毛從較高的地方整齊地往下長，她稱之為她的鬍鬚，而且喜歡他把頭靠在那裡，永不饜足。她的右胸很敏感，她不贊成墮胎。她熱愛孩童，但恨她那該死的的爸爸。原則上，卡西迪不喜歡女人講粗話，而且曾經希望在適當的時刻糾正海倫。但是安姬的汙言穢語裡有某種大膽的親密感，對於這些話的含意經過某種昇華過的漠然，在某種程度上減少了髒話的聳動性。

她二十三歲。仰慕卡斯楚，但她最大的遺憾之一就是沒在切・格瓦拉生前睡過他；所以她把他的海報掛得最靠近床鋪。希臘棒得不得了，如果有一天她賺大錢，她就要回去住在那裡，生一大堆小孩：「全部靠我自己養，艾鐸，棕皮膚的小孩，他們會光著身子在沙灘上玩。」

他也知道她裸體時非常美，不害羞也不恐懼；讓他驚訝得說不出話，也超出他理解範圍之外的是：她居然在他伸手可及的範圍內，衣著整齊地過了這麼久，而他居然沒有出手拉下她的拉鍊。

「在聽嗎？」

「對，」卡西迪說：「別停下來。」

「雙魚座，對嗎？那是拉丁文。兩隻魚，由占星學上的臍帶連結在一起，一隻往上游，另一隻往下游。」

「就像我們。」卡西迪態度恭順地指出。

「不是**我們**，是我，傻瓜。我有雙重人格。這就是雙重人格的意義；同一個腦袋裡有兩個完全不同的人。我不是一條魚，我是**兩條**，這就是整個他媽的重點所在。」她繼續唸下去。「這個星期決定性的事件等著妳。妳最大的渴望將置於妳的掌握之中。不要退縮。要把握機會，不過只能在九號以前或者十五號以後。老天爺，今天幾號啊？」

我愛妳，他想。我愛妳雙耳尖端從棕色長髮中探出的樣子；我愛妳的純淨，妳年輕軀體的躍動和平靜，我想娶妳，和妳的孩子一起分享希臘的海灘。

「十三號。」他看了一眼金錶上的日期框，說道。

「我不在乎，」安姬堅決地說：「他們說的並不完全對，所以去他們的。」

她躺平了，若有所思仔細看著切．格瓦拉。

「我不在乎，我不在乎，**我他媽的才不在乎**，」她用力重複，直瞪著偉大革命家的眼睛。「這是一片烏雲。有一天風會吹來，然後把它吹走，而我**還是**不會在乎。你做得多嗎，艾鐸？你上過很多女孩子嗎？」

「我生來就要如此。」卡西迪說著，發出一聲漂泊旅人的嘆息，暗示著一路上的孤寂與漫遊，其中能夠得到心靈撫慰的時刻何其稀少。

「別裝啦，嘉寶。」安姬說。

她光著身體替他調熱可可，像個滿嘴髒話的女神在小小的廚房裡弄得盤子嘩啦作響；就像個小孩，背後襯著窗口照進來的橘色光線，在準備一頓宿舍裡的盛宴。然後她答應他，他們要再做一次。她愛他，他可以隨心所欲，愛怎麼做就怎麼做。她的胸部隨著她的動作，沒有一絲顫抖；她修長的腰身有一種雕像般的莊嚴。她跨坐在他身上，膝蓋分開，在堆一個沙堡。在她慢慢刺激他進入她臀間的肥沃盆地時，她往前彎著身體，一再親吻他。

「他真是個敗類，我說我爹地，」她後來這麼說，此時她在驚嘆，她圓潤的臉頰充滿感激地貼著他的肩膀，她的手仍輕輕握著他的。「但你的孩子是真的愛你吧，不是嗎，艾鐸？」

「我愛**妳**，」卡西迪說著，完全不覺得這話很難說出口。

雅斯特，一位年紀大些的女士，比卡西迪還大了整整三歲，但不是完全弱不禁風，活得更踏實也更豐富。在床上她顯得身形龐大，是他在她衣著整齊時目測所得的兩倍重，讓他想起拳王阿里。而當她側躺著與他說話時，她厚重的手肘把他擋在床墊上。

雅斯特房間的牆壁掛著沒加框的油畫，出自即將崛起的畫家之手。她的窗口面對一間博物館，在第一回合之後，她對卡西迪的興趣基本上屬於歷史性質。

「你什麼時候**知道**的？」她問道，聲音裡暗示著愛可以藉由研究獲得證實。「**誠實地說**，艾鐸。你什麼時候得到第一個**暗示**？」

卡西迪想著：誠實地說，從來沒有。

「是不是，」她推測著，要喚起他的記憶：「在尼塔爾家聽撥弦古琴的那天晚上？你看著我。兩次。你可能甚至不記得了。」

「我當然記得。」卡西迪很有禮貌地說。

「十月。那個美麗的十月。」她嘆息道：「神啊，談戀愛的時候人總會說些老套的話。我以為你只是個無聊的……好色的……商人。」對於這個荒謬的誤解，卡西迪與她分享了同樣的愉悅。「真是誤解。我錯得多離譜啊。」一陣沒有意義的冗長沉默。「你愛音樂，不是嗎，艾鐸？」

「我最喜歡音樂了。」卡西迪說。

「看得出來。艾鐸。為什麼你不帶**珊卓拉**去聽音樂會呢？她這麼焦慮地想**弄清楚**其中的精髓。你得幫幫她，你知道吧。沒有你，她什麼都不是。什麼都不是。」她話中的含意突然間嚇壞了她：「喔，天啊，我說了什麼！原諒我，說你原諒我。」

「這真的沒關係。」卡西迪向她保證。

「**天啊**我說了什麼？」——她滾到他身邊——「艾鐸，拜託你，別離開我，拜託。**我原諒妳**。說**我原諒妳**。」

「我原諒妳。」卡西迪說。

和平重新降臨。

「然後在艾德曼家，你是為了我而去。我幾乎不敢相信。好幾個月沒人那樣跟我說話了。你這麼伶牙俐齒……這麼**確定**。我覺得自己好像一個小孩。像一個小女孩。」她為這個快樂的回憶笑了出來：「我們這些笨女人能做的，就只是在你對我們講道理時露出受侮辱的樣子。我的嘴巴變得乾乾的，心往下沉，而且我在想：他是對的。他**在乎**藝術家。至於**出版商**，」她輕蔑地說：「**他們**懂什麼？」

「什麼都不懂。」卡西迪說著想起了戴爾。

「至於那些花……呃，我只是一輩子沒接到過這麼多的花。卡西迪？」

「是。」

「是什麼**促使**你送那些花？」

「巴黎，」卡西迪很機智地回答。「我突然間……想念起妳。我到處張望……但妳不在那裡。」

他前夫一定是連夜逃跑的，卡西迪想著，一邊偷偷摸摸地窺看那些沒收好的小東西：掛著他西裝的衣架、擺著被退稿件的皮製閱讀椅。真是個大師。他怎麼辦到的？寫信或是打電話告訴她？或者是牠，那隻海格力士，告訴她的？

他們動也不動地躺在一起，而在他們之間有個大約一萬哩深的小小裂縫。

白色防塵罩蓋住臥室地板，地毯裡還有一股強烈的亞麻籽油味。卡西迪先生和太太躺在地上，欣賞剛漆好的天花板。

「等完成後這裡真的會非常漂亮。」卡西迪說。「就像個皇宮什麼的。」

「你該**看看**他，」珊卓拉說，指的是泥水匠孟克先生：「這麼穩定，這麼忠實又正直。他在戰時是工兵。」

「工兵是很好的一群人。」卡西迪評論道。他反應敏銳，是他們之中的軍事專家。

「他覺得自己記得爹地。他不確定，不過他這麼想。他在波爾頓的時候曾經架過橋，但那是一九三九年的事了。」

「我忘記是哪些人駐紮在波爾頓了。」卡西迪說，好像他真想知道似的。他們最近看過電影「巴頓將軍」，卡西迪到現在還享受著某種沾光的榮耀感。

「他也讓他的手下保持紀律，」珊卓拉語帶肯定地說。「他們之中有個人曾對斯耐普送秋波。」

「我不能容忍這種事。」卡西迪尖銳地說。

「噓。」珊卓拉用一種共謀者的皺眉表情望著天花板開口。

「這個嘛，說真的，我的意思是她這樣到處勾搭——」

「艾鐸！」——她用幾個輕吻安撫他——「**灰熊**佩索普……**艾鐸**……這只是因為她的年紀。**她會**度過這段時期的……不管怎麼樣，她有了個新男朋友，一個千里眼梅爾。」

他們兩個都咯咯笑出來。

「喔，天啊，」卡西迪說。「我們家**非得有個**千里眼嗎？」更多親吻。「老媽有什麼看法？」

「誰在乎？」

他們靜靜躺著，聽斯耐普節奏緩慢的連續音樂。

「他在上面對吧？」卡西迪在一陣突如其來的衝動下問道。

「當然沒有。」她說，制止了他起身。

他再次躺下，心情平靜下來，這個看守者還是有某種道德標準的。

幾天後，為了慶祝卡西迪的好消息，他和他太太在白塔吃晚餐。安姬訂了位，八點鐘的兩人座。他們最喜歡鴨肉。

他們趁鮮脆的時候吃，伴著一瓶卡西迪學過要記得點的醇厚勃根地，然後在肉食和美酒的影響下，有一段短暫的時間裡他們製造出彼此相愛的幻覺。首先就像老朋友重聚，他們交換著各自世界裡的情報。珊卓拉說，馬克想要一把新的小提琴：音樂老師寫信來說他在那種樂器上並不是很有天分，但現在那把確實是太小了。這個討論雖然很家常，卻讓卡西迪暗自困擾，因為他又再一次喪失他的時間感。馬克上週末已經回家了，不過是從學校還是從其他活動裡返家，卡西迪卻不敢確定。

「那我們再買大一號的吧。」他提議，珊卓拉微笑著同意。

「也許這能夠鼓勵他，」她說，這是從鋼琴經驗中來的新鮮想法。「任何樂器都可能是吸引人的開始。」

「如果你們兩個能合奏，那真是再好不過了。」卡西迪說。「還有雨果。」他補上一句，然後心頭閃過起居室裡的一幕美好畫面：所有的坑洞都補好了，珊卓拉坐在一架小多了的鋼琴前面，此時她的小海頓們為爸爸拉琴、吹笛子。

「我確定我可以學會喜歡音樂。」他說。

「你只需要多聽一點。沒有人**真的**是音癡，這是約翰說的。」

在主席那份議程表上，下一項是長期計畫中的房屋擴建。現階段的重建幾乎已經完成，他們該考慮下一步怎麼做了。擴建是最自然的解決方案，特別是如果海瑟真要長期與他們同住。卡西迪贊成懸臂式設計，這樣就不必更動花園。珊卓拉說，那樣會有太多陰影。

「如果太陽永遠照不到的話，」她指出：「花床又有什麼意義呢？」

或者，他們可以修正改造地下室的原始計畫。

「加一間蒸氣浴室如何？」卡西迪建議。

這不是個受歡迎的想法。蒸氣浴室是有錢人的玩具，珊卓拉嚴正地說，他們以蒸氣浴取代節制口腹之慾及運動。他們同意考慮懸臂式擴建。

「當然，我們可以在下面蓋一個游泳池，」珊卓拉思索了一番，然後這麼說。「如果我們有更多孩子的話。」

「我們得預先考慮孩子。」卡西迪很快地接口，利用珊卓拉最近對家庭計畫脫離常軌的想法。這次反對意見之後有一段小小的暫停。

現在提到正經事了，這對父母開始交換意見。馬克最新的成績報告：他們應該認真看待它嗎？他該接受懲罰嗎？這是很危險的立場。珊卓拉相信地獄存在就像相信懲罰一樣；而卡西迪直到最近為止都對兩者存疑。

「我沒有**確切**看出他做錯了什麼，」卡西迪審慎地起頭。

「他太怠惰了。」珊卓拉反駁道，緊抿著嘴。

但今晚是團結之夜，而且卡西迪不會被牽著走。

「我們再給他一個學期的時間，讓他能融入，」他輕鬆地建議，然後把她引向南奧德麗街的一些新消息，藉此分散注意力。

「我決定給他們一點震撼。」

「時機也成熟了。」

「從巴黎商展以後，他們完全失去控制；完全沒有專心投入，沒有……我該怎麼說呢？沒有一點責任感，或是……忠誠度。天知道，他們可是有福同享的：為什麼他們不好好工作，然後彼此分享？這就是我要求的全部了：全心奉獻。」

「你要這麼做的時候，可以解雇那個蕩婦似的接待員。」珊卓拉一邊說，一邊替自己從碗裡夾出一些涼拌生菜。

「妳能不能別這樣？」他尖銳地說。

「抱歉。」

帶著頑皮的微笑，她放下胡蘿蔔，撫摸他的手，以感覺那股憤怒。

比較好的一面。雖然面對市場冷淡的威脅，他感覺到還是值得做出口促銷的活動，而且確實大有進展。巴黎與他原先擔憂的不同，反而得到可觀的分紅。更好的是，這是讓他的部屬們大開眼界的絕佳機會；更進一步來說，國家經濟需要每一分錢。

「他們應該少花點錢在武器上。」珊卓拉插嘴道。

卡西迪一邊懷疑他們過去也這樣討論過，一邊又擔心另一場關於英國國防情勢的辯論就在眼前；他匆匆回到人員管理這個範圍更廣的問題上。

佛克變得太過分了，總是在威脅著要辭職或者割腕，還真的是個小題大作的變裝皇后。

「你不可以歧視同性戀者。」珊卓拉說。

「我沒有。」

「那是完全自然的事。」

「我知道。」

密爾也讓人頭痛。情緒化、聰明、幾乎不可能駕馭得了；該怎麼處置他才好？

「喔，密爾，」珊卓拉用一種開玩笑的輕鬆口氣說。「如果我**曾經**碰上這種人，一定是某株難對付的一年生植物❷吧。」

「他只跟我們在一起九個月而已。」卡西迪回答，並不是有意要對抗她，只是那個比喻在某方面誘使他這麼講出口。

「哈，哈，真好笑。」珊卓拉怒沖沖地說，喝了一點紅酒，弄髒了她的嘴唇。

「但妳真是對極了：他真的就是個麻煩，不管和我們在一起多久都還是一樣。我從來沒碰過這樣喜怒無常的人。妳知道嗎，他把他的假期全耗在一間**修道院**裡？」

珊卓拉還是沉著臉，吃了一大口鴨肉。

「你不是在反對他的**虔誠**吧，是嗎？」

「如果這樣讓他高興，我不反對。但不是這樣。他回來的時候看起來比他去的時候還糟。」

「或許你那個祕書讓他很煩惱。愛情會讓人變成那副德行，你知道的。」

「鬼扯。」卡西迪簡短地回應，然後回到更平靜的政治話題去。他說，哈羅德．威爾森❸令他印象深刻。最近公務的負擔確實讓他變老了，這一切也讓我們所有人老化；但這些負擔並沒有磨鈍他的智慧。整體而言，卡西迪認為他是一個有智慧的男人，誠懇而且見多識廣，就算他有點傑拉德十字區的調調也一樣。他認為，威爾森也對他表示相同的敬重；他們相處融洽。

「傑拉德十字區？」珊卓拉反問，執著酒杯略帶消遣意味地皺眉。「那是很奇怪的說法，你以前用過。你到底從哪裡學來的？」

「在運輸與普通工人工會辦公室他們常這樣講。這指的是某種……富裕的中產階級。」

「像我們這種人？」

「不。」

「那本來該是一句玩笑話吧。」

「抱歉。」

❷ 原文hardy annual語帶雙關，一方面指耐寒的一年生植物，一方面是比喻週期性發生的老問題。

❸ Harold Wilson（一九一六—一九九五），英國工黨領袖，一九六四年至一九七〇年間是首相，後來在七四年到七六年間曾第二度出任首相。

另一方面來說，卡西迪發現巴柏❹屬於很難對付的那種人：極為討人喜歡，但同時又口風緊得滴水不漏，這無疑是對付PQ（他用這個縮寫來稱呼「議會問題」）的有效辦法，然而這對於不列入紀錄、參加者身分無從追查的圓桌會談來說，就不是那麼妥當了。

「那你必須打破他的堅持。」珊卓拉說。

「我知道。問題在於他是那麼的——」

「他不能就這樣**說謊**啊。」

「不盡然是。他所做的只是說些平淡無味的答案，不管怎麼樣你都沒辦法拿去跟別人說。」

接下來很神祕的是，在果仁千層酥吃完之後，她撇下了他。

他繼續講下去，使出渾身解數，但她從他身邊滑開，愈溜愈遠。一陣發自內心、帶著陰影的沉默開始壓在她身上，讓她的外表特徵剎那間顯得又老又哀愁，她的眼睛老往左邊在尋找什麼，而她的雙手像是被銬住般握在一起，彷彿面對共同恐懼對象的難友。

他唱作俱佳，只求一笑；他模仿各種腔調；他口中的運輸與普通工人工會辦公室，如嘉年華會般擠滿各種稀奇古怪的人物。老傢伙某某人堪稱卡納比街❺的海明威，裝出一副硬漢狀出席他太太的演講，但在內心深處，他只是個軟腳蝦，卡西迪只花了十分鐘就打發了他。另外有個人總是從餐廳裡偷拿茶包；在那裡走動的祕書們都怕某某先生，因為他愛捏人，會從門口突襲她們。他試圖引起她的關切；很少人知道我們的經濟情勢有多嚴重。政府要告訴我們的是什麼？有時候，講出真話會讓真相顯得更真實也更恐怖：「我的意思是，天啊，我們都知道**那個**問題。」

「是啊，」仍沉浸在個人世界裡的珊卓拉說：「我們知道。」

「那在更遠處的人怎麼樣？」她發問時依然心不在焉。「在北部，或者你去過的隨便哪個地方？他們為人又如何？也是傻瓜和流氓嗎？」

「喔，那些工會的老大呀。這個嘛，他們**真的**很凶悍。相信我，他們真的讓人開了眼界。我是說，如果妳喜歡寫實主義，那些男孩真的知道世界是怎麼運轉的。」

「我很高興有人知道這個。」珊卓拉說，眼睛仍避開他。

只剩承諾仍然留在他手上。

「妳看，」他說：「現在事情辦完了，結束了——」

「什麼？」

---

❹ Anthony Barber（一九二〇—二〇〇五），與威爾森同時期的英國保守黨政治家。

❺ Carnaby Street是倫敦的一條購物街，一九六〇年代以出售年輕人喜愛的前衛時髦服飾聞名，現在則較為主流，但仍是年輕人和觀光客常到之地。

「報告啊。那份報告。報告已經交了出去。我告訴妳了。那就是為什麼我們人在這裡。」

「我知道。我確實知道。你告訴過我。」

「我想我們可以度個假。拔腿走人。把男孩子丟給約翰和貝絲——」他終於有一次記得她的名字——「就**走**。到妳想去的任何地方。趁我們還年輕。」

他自己覺得，他聽起來像電視上的人在講話。那在她耳中，他聽起來如何？他看不出來。

「就妳和我。」他說。

接著就把她拉回來了。

不是完全拉回來，不過也夠了。她臉上的陰霾慢慢地消退，而不是一次消失；一個淘氣的、幾乎是勇敢的笑容占據了她顯得空洞的臉。一陣笑聲從她身上逸出，嘲弄的不是別人，就是她自己。而她握住卡西迪的手，或者不如說是撫摸著那隻手，讓兩隻非常漂亮的指尖在手背處上下遊移。

「我們可以在西班牙訂間城堡，」她建議。然後，聽到這句話讓他相當傷腦筋，因為他那天晚上毫無心情處理任何沉重的話題。「你真的像神一樣，不是嗎，艾鐸？畢竟，如果我們不相信你，**還能**相信誰？」

「聽著。首先我們會辦場派對。就等他們把起居室做完。然後我們就走。隔天馬上離開。目前起居室預定幾時完工？」

現在講到細節了，細節製造出真實感。他們會邀請哪些人：就是那些他們喜歡的人，不找官方人士，和商業、政治有關的尤其不可。也許找幾個海瑟的朋友來炒熱氣氛。約翰和貝絲是當然人選，或許另闢一個房間給小朋友……對，珊卓拉說，同時辦一場兒童派對會很有意思。

現在談到假期。第一個問題：去哪裡？好吧，如果她對義大利的蒂托失去興趣，那巴拿馬如何？他甚至負擔得起一趟百慕達之旅。

珊卓拉非常謹慎小心地數清楚她那些不能取消的約定，再一一取消它們。

卡西迪心裡還有些別的打算：他們應該一起**做**更多事。

「或許這是我們度假時可以考慮的其中一件。」

事實上，他還向拉康與奧利爾談到此事，他們是他手下負責買戲票的人，就在昨天談的。

「我以為你昨天在里茲。」珊卓拉說，她看來幾乎像是想到別的事情去了。

在電話上談的。實際上，他是對他們講旅行的事，才繼續聊到關於戲劇的問題，最近這些日子在西區有任何值得一看的戲嗎？

「我所要說的是——」

「抱歉。」珊卓拉說。

「抱歉什麼？」

「竟然懷疑你。」

為了查證，卡西迪瞥了她一眼以確定她是認真的，但她臉上並沒有諷刺或者其他反叛的表示；只有那種同樣出自內心的悲傷，像個已長大的孩子回顧她度過青春時代的空屋。

「我所要說的是：我們何不一星期去戲院看一次戲，就說是去充實個人的經驗，這樣如何？至少我們會有些話題可聊。」

他們同意要在星期三去。

「而且我想定時上教堂。」

「為了我嗎？」

「這個嘛，是為了妳，還有孩子們。就算他們以後不去，現在去也很好。」

「對，」珊卓拉說，她再度顯得若有所思。「這總是會成為他們生命的一部分，不管他們是不是拒絕接受信仰。畢竟，」——他以為她講完了，但還沒——「畢竟，如果你帶著一個夢想活得夠久，夢想就會是真的了，不是嗎？」

他絕望地在他的想像力裡找尋更強力的補救辦法。他從老尼塔爾那裡聽來，下星期在克莉絲蒂拍賣行有個絕佳的拍賣品，而且因為假日的關係不會有批發商在場。何必錯過？

「顯然有某些美不可言的十八世紀玻璃。妳一直想要古董玻璃製品。」

「我有嗎？」

他談到聖安潔樂的小屋；或許他們應該在去百慕達之前到那裡待一陣子，確定屋子還完好無缺；

去年冬天孩子們是多麼喜歡那裡，但他依然在想聖誕節是不是在家過比較好。

「這看你，」她說。「我們的假期安排就如你所願。」

他本來要進一步提供對瑞士的建議；他對此已有很多想法。他要提議退休後住那裡，那是一個安享天年的好地方，山脈的永恆不變給人一種慰藉；他原本要引導她去思索一個學術性的觀點：與其說山脈存在於空間中，不如說它們存在於時間裡。某樣就定義上來說是莊嚴巨大的物件，是不是本來就會變成極為恆久的物件？但與此不同的是，她主動對他說話，提出許多內心深處的想法。

「艾鐸。」

「是。」

「你知道我愛你，對嗎？」

「是啊，當然。」

「我是認真的，」她皺著眉頭重複。「實際上我真的愛你。這完全是一種心理狀態。這不容許……」

她一直不是一個伶牙俐齒的女孩，她沒辦法說完這句話，所以她站起來，去了洗手間。卡西迪付掉帳單，叫了輛計程車。當天晚上他們做愛。出於她個人的理由，珊卓拉反應很遲緩。最後，在黑暗中的某處，她喊了出來，但這是出於痛苦還是喜悅，他不再能夠分辨。

早上的時候，她又開始哭，而他不敢問為什麼。

30

「她在這裡，」或許是第二天，安姬．莫德蕾用陰沉的聲音這麼說道。這也可能發生在秋天，因為時間已不再可靠。

卡西迪想到好幾種可能性，唯一缺乏的就是確定性。比方說，或許是海瑟．雅斯特去做頭髮之前冒出來打聲招呼；藍橋太太來要錢，這是必須盡義務的場面；葛羅特太太、斯耐普，來商量另一次新的懷孕事件。然後又是海瑟．雅斯特，事關珊卓拉個人福祉的某項細節。

「**誰**在這裡？」他帶著充滿容忍的微笑問道。

安姬的臉，通常是動人微笑和靈動眼神的寶庫，此時卻一片死灰。

她低聲說：「你從沒告訴過我她很漂亮。」

接待小姐是雷明的一個朋友，她也印象深刻，因為在他走向等候室、經過她身邊的時候，她對卡西迪使了個眼色，卡西迪則在心裡暗記一筆，得要盡快解雇她。他記得，去年的板球賽發生了某件事，她還沒付出代價——有個更衣室鎖了起來，還有個打擊手失蹤了——而那個眼神讓他的報復行動勢在必行。

等候室的門開了一條小縫。她坐在最厚最軟的椅子上，一把黑色的皮製躺椅，她靠著椅背，雙膝併得不太攏。她閉著眼睛，而且在微笑。

「像隻豬一樣用鼻子哼哼。」她下令。

卡西迪用鼻子哼出聲。

「一個懶惰、不打電話也不寫信，還把頭埋在泥巴裡的豬。」

他又哼了一聲。

「那夠逼真了。」她讓步，然後睜開她的眼睛；接著他們接吻，隨後去福特南喝茶，因為她一路走來已經餓壞了。

她在這裡。

她是走來的，他有留下記錄，當記憶泉湧而出時，那快樂、那笑聲和身體是連結在一起的。她就穿著那雙磨損嚴重的安娜．卡列妮娜靴子，從鱈魚之鄉穿越鄉鎮好幾英里直到南奧德麗街。她搭了便車，有個很帥氣的卡車司機叫做梅森。梅森為她停車，讓她摘藍色的花，買茶給她，把她的藍花用《標準晚報》包起來——她現在還拿著花，放在膝上，這些花很適合今天晚上擺在床邊——梅森邀她和他過一夜。

「不過我沒有，卡西迪，我發誓，只有一個吻和一句**謝謝你，梅森，我不是那種女孩**。」

「很值得稱讚，」卡西迪說：「事實上堪稱典範。」然後點了蛋給她吃，這是第二盤。

「親愛的愛人啊，你身體很好囉？我可以吻你嗎，還是那樣做別人會叫**百合花**來？梅森是那樣叫他們的，卡西迪：**百合花**。用來稱呼警察。你知道嗎？卡西迪，我愛你**愛得不得了**，這是我的第一個重要消息。這是徹徹底底的投入，卡西迪，連我的腳趾都沒漏掉。整個人從頭到腳。卡西迪，你真的**有**嗎？我是說，有愛著我嗎？」

「真的有。」

「天啊，真是個解脫。我告訴梅森，我說梅森啊，如果他怠慢了我，你就**非得**跟我睡不可，不管你喜不喜歡，這是出於占地盤的天性❻；這個措辭對嗎？就像席勒說的。我得恢復我的尊嚴。」

她往前靠，滿腦子重要的訊息。

「卡西迪，你整個打開我了。這樣講很粗魯嗎？在我遇見你以前，我只是個馬屁精罷了。一條走狗。中產階級豢養的一隻野獸。你把我變成**女權運動家**，不騙你。卡西迪，**說**你愛我。」

「我愛妳。」

「他愛我，」海倫對女侍肯定地說。「他，還有我丈夫及一個叫做梅森的卡車司機。」

「天啊。」女侍說，然後他們全都笑了。

「卡西迪你這**豬玀**居然不打電話給我。沙摩斯坐立不安。愛人在哪裡？為什麼愛人不打電話？這些話日夜不停，一直到我終於受夠了——『他是我的愛人，不是你的。』我這樣告訴他——」

「海倫妳該不會——」

「然後我**到處**找一部賓利汽車。我告訴梅森：梅森，如果我們看到卡西迪的賓利汽車，你就得緊急停車，因為我和卡西迪是戀人，而且……卡西迪吻我。你真是一頭豬。」

「妳早該打給**我**啊。」卡西迪在暫時滿足她的要求後，這麼提醒她。

「卡西迪我是打了啊。我**整個週末**都在打電話給你，而你就只是聽著電話嗶嗶嗶地響，什麼也沒做。就坐在那邊呆呆看著你的家居拖鞋。」

「在週末？」卡西迪複述了一遍，胸口似乎有一圈鐵棒箍緊了。

「對，但是每次都是跛扈母牛接到我的電話，所以我就掛了。至少我認為那是跛扈母牛，她真是悶得可怕。」她裝出一副牛似的笨臉。「如果妳告訴我妳是誰，我**或許**會告訴妳我丈夫在哪裡。」她說著，模仿珊卓拉時像到讓人覺得不舒服。

「我以為妳會打到辦公室，」卡西迪說。「我以為我們講好了。」

「但卡西迪那是**週末**啊。」

「沙摩斯怎麼樣？」他看著她吃燻鮭魚，一邊問道。

---

❻ 海倫在這裡說的「占地盤的天性」（territorial imperative），與席勒的學說毫無關係，她可能把這個詞和拼法類似的康德式「假言令式」（hypothetical imperative，出於權宜考量而非道德原則指示下的行為命令）和「定言令式」（categorical imperative，絕對的道德律令）弄混了；而席勒理論中所謂的「感官動機」（sense-drive，尋求感官之樂的動力，受限於一時一地和個別狀況）與「形式動機」（form-drive，在紛亂表象中尋找固定而必然的形式），和康德的「假言令式」與「定言令式」有某種型態上的類似。

「他真是棒透了，我愛他，遮羞布順利得不得了。我告訴你，卡西迪，那傢伙處於連戰皆捷的狀態。呃，我們兩個都是，不是嗎？而且一**切**都要感謝你。」

她出了什麼事？是什麼解放了她？是我的功勞嗎？

「那些漁夫**妙不可言**，卡西迪，你該聞聞他們，」她大膽地秀出來，那是卡西迪假設來自洛斯托夫特的口音。「妳就四我要低人呀，他們之中有人對我這麼說。我得跟他解釋，卡西迪。我說，我已經有人訂啦。我有個富有的情人，他發明了碟煞系統，而且他像隻**狐猴**一樣，把我看得緊緊的。你喜歡被形容成**狐猴**嗎，卡西迪？」她一刻不停地轉向她感興趣的其他話題。「他**拿到**酬勞了，遮羞布就是進行得這麼順利。沒有重寫，沒有戴爾，沒有其他。事實上，」——她有一點點罪惡感地指著她的新外套——「我正穿著那筆酬勞。別擔心，卡西迪，」——她急切地靠過來——「我外套下面**沒穿**喔，我發誓。」

「海倫。嘿，聽好：妳完全失控了。妳怎麼變了樣？妳是不是太緊張，是嗎？」

「這叫做**愛**，」海倫說，口氣有點尖銳。「而且這不是借酒裝瘋。」

一個模特兒緩緩地走過他們身邊，是個瘦骨嶙峋、鬱鬱寡歡又欠缺魅力的女孩。

「不管怎麼說我都比她好看。」

「好看多了。」卡西迪同意。

「他**老是**提到你，」她繼續說下去：「而且他想你想得**要命**。他一直說，『他還好吧？妳不是該打電話給他？』他對**我**這樣說！而且他還是非得相信你不可，因為他愛你，你把你的愛給他，這個循環必須永不破裂。」她壓低她的聲音。「而且他對於發生在薩福伊的事**極端**羞愧，卡西迪。」

「喔，這樣啊，我不覺得他有什麼必要不好意思呢，真的。」

「他馬上回歸克己禁欲的狀態。不再痛飲，不再上床，什麼都不……卡西迪啊，他是這麼地想你。他只想聽你**說話**，卡西迪。他想聽你的**聲音**，還有你開會時把句子串起來的那種狡猾說話方式。」她四下張望，以免有人偷聽他們。「他想像過這種事，卡西迪。他想像出整件事，他不是很聰明嗎？就好像是他創造出我們。卡西迪，這些花是**藍色**的。」

「我聽懂了，」卡西迪說，然後去打他的電話。

是勞工部長，他這麼告訴珊卓拉。來自他個人辦公室的最機密會議通知；他暗忖這是不是他們正在等待的那回事；他聽說，在東英格蘭某選區有個席位還空著。

「我猜是個通宵會議吧。」珊卓拉說。

「看起來像這麼回事，」他承認。「我們會在洛斯托夫特開會。我幾分鐘後就要離開了。」

「妳是什麼意思？」他們沿著碼頭載貨區閒逛的時候，他這麼問海倫。「**想像**出整件事？確切來說是怎樣的**整件事**？」

「你和我是戀人，而他自己是我丈夫。這是他新書的主題，而且這本書**妙透了**，卡西迪。說真的就是這樣，比上一本棒上**好幾倍**，你應該讀一下。這本書**好極端**，卡西迪。說真的。」

「那很了不起啊，」卡西迪真心誠意地說。「順便一提，重寫的部分怎麼啦？」

「喔，擺在書架上，標記為**未完成的片段**。你會把這本書歸入他的遺作選集裡。他說你會比他多活好**幾十年**。你會的，不是嗎，卡西迪，因為你這樣機警。戴爾**氣炸了**。」

「我猜他一定是。」

「那本書幾乎寫完了。他已經寫完整個草稿，整批完成了。他所要做的就只是把稿子全部串起來。我是指，我**幾乎**都可以幫他做完了，但你知道他是怎樣的人……一路猛衝到瑞士，記下匆促的印象，然後凱旋回到英國——計畫是這樣。喔，順便一提，我們會需要你的小屋，沙摩斯說山脈對那本書恰恰好。我是來找你拿鑰匙的。」

「妳是為了這個？」

「這個嘛，說真的，卡西迪，他不認為我會一路走到倫敦，卻不見『愛人』一面啊，是不是？」

她再次壓低她的聲音。

「書**裡**講了什麼？」卡西迪問道。過去內容從來沒困擾過他；實際上還會阻礙他體驗未讀過沙摩斯作品時所帶來的純粹與神聖樂趣；但現在，因為太近在眼前而未能清楚界定的理由——或許是海倫的興奮、近在眼前的必死命運——他察覺到有某些跡象，而希望這些跡象快快現形。

「卡西迪，在結尾部分有個最**妙不可言**的謀殺，全部發生在都柏林。沙摩斯買了一把槍然後發狂了還有**各式各樣**的事情，這真是超級棒的……」她注意到他的表情，咯咯發笑起來。「沒事啦，」她向他保證。「你殺了**沙摩斯**，別擔心。卡西迪，我很**高興**，你呢？」

「我當然也是。」卡西迪說。

「跋扈母牛呢？」

「很好。」

「沒別的想法？」

「誰？」

「跋扈母牛啊。」

「沒有。沒有，當然沒有。」

「我想要**每個人**都開心，卡西迪。沙摩斯、跋扈母牛、小蘿蔔頭，他們**全部**。我想要他們分享我們的愛，而且……」

卡西迪突然笑出來。

「天啊，」他說：「哪裡會有這麼一天。」

然而，在被擁入她的懷抱時——他們在人行道中間，距離埃及方尖碑不遠——他很高興地注意到旁邊沒有他認得的人，甚至沒有尼塔爾夫婦。

「接著在你殺了他**之後**，」海倫重拾話頭，在計程車裡用兩手握著他的手臂：「你被送去一間愛爾蘭監獄終身監禁，然後你寫了一本幾千頁的偉大小說。他的小說。愛爾蘭監獄是什麼樣子，卡西迪？」

「我覺得會像啤酒一樣吧。」

「而且**非常**不安全。但**你還是**能帶我去其中一間，不是嗎？以都柏林為主要目標，那是他對你所抱的雄心壯志。我要去做他**所有的**取材研究。我已經答應了，而且這會**徹底地**真實。他為我寫了一篇最棒的卷首獻辭，卡西迪。實際上，是獻給我們兩個。」

「太棒了。」

「這只是**想像**，卡西迪，」她說著，過分大方地吻了他。「對於**真正**發生的事，我連一個字都沒透露，我發誓。卡西迪，那是你吧，不是嗎，不是個服務生吧？我記不得我們在黑暗中是不是做了。」

「我們讓燈亮著。」卡西迪說。

「是我在下面嗎？」

「毫無疑問。」

「你知道，**射殺他**是你活下去唯一的辦法，是他把你逼成這樣的。你**非**射殺他不可，這是為了你的自主權。他是原件，而你是仿製品，這是他的論調；所以如果你射殺他，你自己就會變成獨立的原件，這是**極端**經典的主題。然後你的才能就會得到釋放，只是人被關在監獄裡，所以你無法浪費你的天分，而且你具備的所有絕佳紀律，會更進一步地提升，因為——」

「我沒具備任何才能。我是個粗人。我有大手、大腳還有——」

「別擔心，沙摩斯給你一點他的才華。畢竟，和我上床的人非得是個天才，不是嗎？至少在沙摩斯的書裡是這樣。我是說，這一切不能只是充滿私慾又中產階級作風，要不然就沒有藝術性了。嘿，卡西迪，我寫了一封信給你。」

她打開她的皮包，把信給他，然後等著他讀信。信封寫著：給愛人。信紙有橫線，是從沙摩斯的一本筆記本上撕下來的。

你在一個晚上裡給我的，超過任何人一輩子所能給予。

海倫

「我覺得這個句子有它的節奏感，」她看著他讀信，一邊解釋道。「我很努力琢磨這句話。實際上我想讓沙摩斯鑑定一下，不過我想那時候最好還是不要。畢竟我不是他的創造物，對吧？」

「老天慈悲，妳不是，」卡西迪喊道，然後笑了出來。「我會認為，不如說事實正好相反。」

「卡西迪。別損他。」

「我沒有。」

「好吧，就是不要。他是你的朋友。」

「海倫——」

「我們得窮盡一切心血保護他。因為一旦他發現了，這會毀了他。徹底毀滅。」

足球場空出來了；孩子們走開了。對於這條河來說，今天是平靜的一天，或許是個假日，也可能是祈禱日。

什麼都沒有改變，但這地方已經屬於過去。他的晚禮服仍然掛在多餘的房間裡。有一點點粉塵，可能來自人體或無機物，這讓肩膀處顯得灰濛濛的。廚房裡有蔬菜的味道，她忘記清空垃圾了；觀景窗上蒙著一層棕色汙垢。桌面保持著大作家離開時的樣子，但發黃的紙張因為陽光曝曬而捲起，灰塵厚得可以作畫。「濟慈」躺在吸墨紙上。貝雷帽掛在椅子一角。

他們擁抱、親吻；在單調的日光下接吻，先是嘴唇的接觸，然後是舌頭；卡西迪愛撫著她，主要在背部，一路摸索著她的背脊直到末端，然後疑惑著如果他繼續往下，她會不會介意。唇膏在光天化日之下嚐起來不太一樣，他想著：溫暖而發黏。

「卡西迪，」她低語。「喔，卡西迪。」

她握起他的手指親吻，接著把它們放到她胸前，先是瞥了一眼臥室門，然後再看卡西迪一眼，最後嘆息一聲。

「卡西迪。」她說。

他們沒把床鋪好，床單被拉起來通風，枕頭堆在中央，就好像是給一個人用的。那個卡薩普波床罩躺在地板上，在匆忙中被甩到一邊，窗簾邊緣拉起了一部分，遮住鄰居眺望得到的地方。在微弱的光線下，那藍色調顯得非常暗，與其說是藍色，反而更接近黑色或灰色，而有花的壁紙看起來凌亂、骯髒且陳舊；這種壁紙在他家的育兒室從沒造成這種問題。跨過床罩，卡西迪走到窗邊並拉起窗簾。

「我應該找人來打掃的，」他說：「我真蠢。」

跟她做愛時，卡西迪聞到沙摩斯身上熟悉的汗水味道，耳中聽見那間白色旅館院子裡拍打地毯的聲音。

後來他們在起居室裡喝飲料，海倫開始沒來由地顫抖，就像有時候聽他講政治的珊卓拉。

「你沒有**另一個**巢穴吧，你有嗎？」她問道。

在波樂斯丁結束午餐時，完全恢復精神的他們做了個絕妙的計畫。他們只會利用破舊的小旅館，就像真正偷偷摸摸的戀人。

> 在帕丁頓站附近的雅達斯特拉斯旅館，卡西迪在他私人的旅行指南上寫道：或許能比得上巴黎某間白色的旅館，那是編年史記錄者還未確定位置的旅館……此旅館有同樣陳舊、不做作的優雅，和由管理單位長期培育的許多美麗植物。特別鍾情於火車終點站的人會在此找到一個避風港；臥室緊鄰鐵路的轉轍調度室旁，能提供整夜無遮蔽的視野，讓人一窺英國運輸系統鮮為人知的一面。該旅館特別受到地下情人的歡迎；其細緻、吸飽濕氣的飛簷，歷史可溯及十九世紀，大理石壁爐中則塞滿低級小報，更別提那極端無禮的侍者，他們就靠那些沒有固定伴侶的顧客為了他們的性需求得到打賞；這一切都提供了充滿荒涼不協調感的背景，格外有助於高水準的表現。

「沙摩斯把我管得死死的。他讓我變成一個**假道學**。**觀察**。誰見鬼的想要觀察啊？他不是老師，我也不是他的學生。結束了，一切都過去了，他得搞清楚這一點。呸。」

「呸。」

「嘖。」

「嘖。」

「妙。」

「妙。」

「你是一隻熊，卡西迪。一隻大大的、毛茸茸的熊。卡西迪，我想被強姦。」

一頭佩索普熊，卡西迪想。

祝兩位愉快啦，門僮說，目送他們進房間，提醒你要連本帶利賺回來。

車站從來不打烊嗎？他暗自納悶。鏗、鏗、鏗。妳非得跳舞，但是我非得睡覺。

今天晚上做一頭雄獅吧，愛人；很快又得做回一隻老鼠了。

「卡西迪。」

「是。」

「我愛你。」

「我愛妳。」

「真的？」

「真的。」

「我可以讓你成為世界上最快樂的男人。」

「我已經是了。」

「再多一點，卡西迪。」

「我**沒辦法**。這就是全部了。**真的**。」

「胡說。多用點心，你就可以做到任何事。你就是因為完全沒實現你的潛力而受苦。」

一名播報員報告往彭詹斯的夜班臥鋪列車到站。午夜發車，卡西迪想；稍微晚了一點。他的眼皮很沉重，來自火車的明亮帶狀燈光，上下顛倒地照射在糊了壁紙的天花板上。

「一言為定？」海倫問。

「一言為定。」

「直到永遠的永遠的永遠？」

「比那還要久。」

「『我一言為定』？」

「我一言為定。」

無法歃血為盟，所以他們喝了一口飲料做為替代。

「在那本書裡還寫了什麼？」

「我告訴過你了。你在牢裡寫了一本偉大的小說。」

「但他怎麼會發現呢？」

「發現什麼？」

「發現他們是戀人，我是說妳和我。」

「他唸了那個部分給我聽，」海倫嚴肅地說：「非常迷幻的一個場景。」

「那是什麼意思？」

「那一幕從沒有真的**戲劇化**地表現出來。就只是發生了。」

「怎麼會？」

「在書裡，他叫做巴洛格。沙摩斯是巴洛格。巴洛格漸漸開始懷疑起他早就已經知道的事情。他的美德化身已經投向他的朋友，而他的朋友也把珊卓拉當成了他自己的愛人。」

卡西迪在自己體內發現一股早因為精疲力竭而放棄的力量。他霍然從床上坐起身。

「珊卓拉？」他又重複了一遍。

「他更喜歡那個名字。他認為那個名字很適合我。」

「但那真是**噁心**透了。我是說，每個人都會……」他制止了自己。最好還是直接和沙摩斯談這個問題。這真的太過分了。我的意思是，我帶這個男人去巴黎，給他衣服穿、付他的房租，然後他做的下一件事竟然是諷刺我老婆，把她公然擺出來示眾。「不管怎麼說，」他卑鄙地用一種學究的口吻說道：「你怎麼能懷疑一件你已經知道的事情呢？」

一陣冗長的沉默。「如果還有一件事情可以算是沙摩斯**確實**知道的，」海倫堅定地說：「那就是小說的結構了。」

「這個嘛，實在荒謬。這是我的看法。把**妳**和珊卓拉拿來比較。這真是侮辱。」

「這是藝術。」海倫說，轉過身背對他，離他遠遠地躺著。

「妳不覺得妳該打個電話回去洛斯托夫特嗎？」卡西迪提議。「說不定他回來了？」

「如果他回來了，我們要怎麼做？」海倫問得很尖酸。「邀他上來加入我們嗎？卡西迪，你該不會是怕他吧，你有嗎？」

「如果妳非得知道，我是在擔心他。我恰巧也愛著他。」

「我們兩個都是。」

她開始輕柔地吻他。「掃興鬼，」她低語：「灰毛熊熊，該死的牛。」

牛津，報站人員說。現在是您上車的最後時機。

但在那時候，她已經認定他需要一點最後的安慰。

這一天，天亮得很慢；在那些沾滿煤灰的車站圓屋頂下，包藏在黃霧之中的曙光逐漸亮起。起初，卡西迪透過窗戶往外望，把這當作是火車頭冒出的霧氣。然後他記起現在火車頭再也不冒蒸汽了，才領悟到這是霧，一層帶毒的濃霧。海倫睡得很沉，一股伴隨著信仰而來的內在平靜隔絕了兩人。沒有皺眉，沒有哭喊，沒有針對地獄看門狗戴爾的憤慨耳語：一種深層的休息，美德獲得報償。海倫是我們的美德；海倫是永恆的。

海倫睡得著。

他們很晚才起床，把這一天花在拜訪他們最喜歡的地方，但長臂猿在霧中不怎麼開心，墨索里尼的胸像也被送去清洗了。

「或許是被傑拉德十字區的法西斯黨徒給偷走了。」

「有可能。」卡西迪同意。

他們沒有去格林威治。

下午，他們看了一部法國片，都覺得那部片很棒，片子結束以後，他們回到雅達斯特拉斯旅館，以便再做一次意見交流。

隨後，在共享休憩時刻的親密中，她沒經過多少煽動就告訴他，她和沙摩斯是怎麼分開的。

「我的意思是，這其實很簡單的，**天啊**。我只是說，我想我要進城去買點東西、看看莎兒怎麼樣了、清理一下公寓、和戴爾打個招呼還有見見愛人，然後他就說好，妳去吧。我是說**他**會做這種事，我為什麼不可以？不管怎麼樣，他高高興興的。我說會打電話給他，然後他說不必麻煩了，我會需要多少時間呢？我說一個星期，他就說好。嗯，全都沒問題，不是嗎？」

「很好，」卡西迪說。「當然是這樣。完全沒問題。妳以前這麼做過嗎？」

「做什麼？」海倫發問的口氣很尖銳。

「去買東西。去倫敦。去看莎兒還有其他人。就妳一個。」

她想了很久才開口。

「卡西迪，你該試著體諒。有某個版本的我，獨一無二的版本。那個版本屬於你。還有一部分的我屬於沙摩斯，這是真的。但那部分不是你的。你有任何疑問嗎？」

「沒有。」

然而為了取悅他，她還是打了通電話到洛斯托夫特，但沒人接。

另一方面，珊卓拉卻馬上接起了電話。

「他們要給我洛斯托夫特的席位。」他告訴她。

「喔。」

「妳不高興嗎？」

「當然高興了。非常高興。」

「邀請函如何？」

這是為了那場派對；慶祝派對。隨便他們要慶祝什麼。

送出一百封，目前回覆的有二十封，珊卓拉說：「我們非常希望你能來。」

「謝啦，」卡西迪說著，拿這句話開玩笑：「我也這麼希望。」

31

在卡西迪人生中這段嚴苛的時期——或許就是下一個早晨，隨後的那個早晨——發生了一件小事，它們與這位偉大愛人的命運主軸沒有太大關係，卻以令人不悅的力道展現出報應的迫近感，這種感受正慢慢地吞噬他。他大約在中午時抵達辦公室去赴一場難得的約會，邀約來自他選擇表演的較大舞臺——這是一場推不得的約定，他告訴過海倫，與政治有關，而且層級相當高——這時他迎面遇上接待員無禮的眼神，還有一只淺紫色的信封，上面是安姬．莫德蕾的字跡，指名給他。

他發現她躺在床上，發著高燒，而蕾蒂思坐在她膝前，切．格瓦拉掛在牆頭。

「妳**怎麼**知道？」他握著她的手堅持要問。

「我只是感覺到了，就這樣。」

「但是感覺到什麼啊，安姬？」

「我可以感覺到他在我肚子裡。就好像想上廁所的感覺。如果我躺得夠安穩，甚至可以感覺到他的心跳。」

「安姬聽著，親愛的，妳去看醫生了嗎？」

「我不會這樣做。」她說。

「只是確認一下，就只是這樣。」

「感覺就是知識。你說過的。如果你感覺到什麼，那就是真的。我的星座圖也這麼說。全都在說我把心給了個陌生人。嗯，如果我有了寶寶，我確實是給了他一顆心，不是嗎，所以管他的。」

「聽好，」卡西迪說著，這回語氣急切起來。「妳有嘔吐嗎？」

「沒有。」

「妳有沒有……」他試圖記起來他們的委婉說法。「『中國佬』有來嗎？」

「我不知道。」

「妳當然知道啊！」

「有時候他幾乎不來呀。」她咯咯笑出聲，把他的手拉到被子下面去。「他只是敲敲門就走了。艾鐸，她**真的**是你的情婦嗎？真的嗎，艾鐸？」

「別傻了。」卡西迪說。

「高一點，」她低語。「那邊，對了……**這裡**……只是因為我愛你，艾鐸，我不希望你上了別的女人。」

「我知道，」卡西迪說：「我永遠不會。」

「我不介意你上你老婆，如果你非這麼做不可。但是不要上像那女人一樣的美女，這樣不公平。」

「安姬，相信我。」

在許多爭執之後，他說服了她——是過了一天？還是兩天？——讓他寄一份她的尿液樣本去波茅斯的某處，他們把廣告登在珊卓拉看的《新政治家》後面。她不會寄出太多，就一滴滴，不會再多，她也不會告訴卡西迪她是怎麼在裡面收集到那些尿的。他寄了七塊六便士的郵資和一個回給他本人辦公室的回郵信封。那個信封從沒寄回來過。或許他們寄去的量不夠多，也可能——這真是可怕的景象——瓶子在郵寄時破掉了。有一陣子，他幾乎不關心其他事情。辦公室的郵件一進來，他就在其中搜尋他自己的筆跡，在包裹室裡亂翻，藉口說自己的錶掉了。危險似乎在逐步降低。

「他們只在證明有孕的時候才會通知妳。」他這麼對她解釋，然後他們同意她可能沒懷孕。

但偶爾在不知不覺中，他在別處沉浸於強烈的激情時，他會嚇自己一跳：在幻覺中，他看見安姬那可悲的貢品在某個違法實驗室的架子上慢慢變暗，或者仍掛著檸檬和大麥商標往海外漂，經過愛丁堡公爵的遊艇旁邊。

32

「時時刻刻，」海倫宣告：「都是你見到美好萬物的最後一眼。」

「為什麼？發生什麼事了？」

他們在龐德街上購物；海倫需要一雙手套。

「沙摩斯打電話來。」

「打電話？打去哪裡？他怎麼聯絡妳？」透過一個朋友，她說得很含糊；他打電話到那個朋友家，她人剛好在那裡。

「就這樣？」

「卡西迪，」她疲憊地說：「我**不是**個蘇聯間諜呀。」

「他在哪兒？」

「在馬賽。收集寫作資料。他要去聖安潔樂。我要在週末和他碰頭。」

「可是妳說他在洛斯托夫特啊！」

「他搭了便車。」

「搭到馬賽？這太荒唐了！」

海倫被這種突然的插話給惹惱了，於是把所有心思都轉移到一處櫥窗上。

「抱歉，」卡西迪說：「還有什麼新聞？」

「他曾決定把這本書的場景放在非洲；他想過要弄一條船，直接到那裡去。他改變了心意。他會改成利用那間小屋。」

在店裡，一名女店員正在測量她那雙無人能比的玉手。

「他有提到我嗎？」

「他對你獻上他的愛。」她說著，把手套擺在掌心裡。

「他聽起來怎麼樣？」

「很沉著。我會說是清醒。」她小心地把手指塞進手套黑呼呼的入口。

「呃，那很棒。他可能很努力寫作。還有什麼？」

「他說請買件晨袍給他，一件黑色的，領口要有紅色滾邊。所以我們可以現在買，不是嗎？」

「我們要買這副。」卡西迪告訴那女孩子，然後把自己的信用卡遞給她。

又置身街頭時，她補充得很少。不，他很少沒告訴她就出國；但話說回來，他不是一個很普通的人，不是嗎？不，他沒說任何話暗示他有所懷疑；他是最堅持她該待在倫敦好好享受的人；但一星期結束，她應該回到他身邊。

「不如說這就是我屬於你的那一部分的配額吧。你介意去一間叫做愛德頓的店嗎？在哲明街。你沒有在重新考慮你的投資吧，有嗎，卡西迪？」

「對什麼的投資？」

「我啊！」

「當然沒有。為什麼問？」

「我非常希望你擁抱我。那就是原因。」

在愛德頓，兩個人都非常安靜，他們選了一件晨袍，然後卡西迪同意試穿。

「可以由他來嗎？」海倫問道。「他**正好**就是我丈夫的體型。」

他們一起走上一道蜿蜒的鐵梯。這個小隔間就靠著一堵牆，位於一道簾幕之後，裡面似乎就是某個人的客廳。一張褪色的愛德華七世肖像掛在一條狐尾旁邊。她輕輕拉著他的手臂，站在他旁邊低著頭，正如他記憶中她在海佛當、在薩福伊的樣子，也像多年前他和珊卓拉在牛津共舞的樣子。透過那件晨袍的安哥拉山羊毛，她的身體突然感覺起來十分脆弱，而她的熱情不再與他為敵。她握著他的雙手，然後把它們疊在胸前，最後她閉著嘴唇，親吻了他很長一段時間。他們聽到售貨員的腳步走上那道鐵梯，卡西迪此時又想起監獄；除了我們還有五分鐘以外，沒什麼可說的。

「我給了你那個嗎，卡西迪？」她在機場問道。

「什麼？」

「信念。」

「妳給了我愛。」卡西迪說。

「但你相信它嗎?」她問著,在他臂彎裡哭泣。「別再安撫我了,我又不是一條狗。**告訴我**。」她拉開他。「告訴我:你相信我的愛嗎?如果他問起,我該向他說什麼?」

「我相信。我確實相信。我依然相信。」

空中小姐扶著她到登機門。她用上兩隻手,右臂環著海倫的背幫她走過去,左臂靠近她,好讓她直起身體。到達登機梯扶手時,海倫既沒有揮手也沒有回顧;她只是再度加入人群,讓他們帶著她走。

派對有種支離破碎的安靜感。就好像女王駕崩了,卡西迪這麼想;這是國殤的一部分。斯耐普在頂樓緊閉的門扉後,粗魯無禮地不肯換裝,她在放一些靡靡之音給精選的少數友人聽。她鮮少出現,出現時也只為了拿些香檳,便不耐地回去享受見不得人的樂趣。珊卓拉和雅斯特在廚房裡忙得沒時間現身,她們在準備根本沒人要吃的開胃熱薄餅;此時儘管地下室裡已經準備好昂貴的樂器,孩子們卻沒發出任何聲響。

「讓他們玩他們的吧,」雅斯特用一種只有無子之人才有的明智語氣敦促他:「他們會好好的,你等著看。」

艾德曼家沒來。大型派對有違他們的原則,因為大聚會妨礙親密的交流。

這些有來參加大派對的貴賓們擠在樓層中央,就像困在一架故障電梯裡的一群人,溫馴地等著往上或往下。

「你太快給他們太多酒了，」珊卓拉從牙縫擠出聲音對他說話，她氣沖沖地走過一只堆滿肉餡酥餅的約拿單咖啡托盤：「一如往常。他們**喝醉了**，**看看**他們。」

海瑟越過她肩頭，送上一個刻意的微笑。

「這一切**好極了**，」珊卓拉走開以後，她向他保證，而且用她的手指點了一下他的手肘。「好極了。」她又重複一遍。

海瑟許多朋友已經抵達了，多數是男性，而且多數從事出版業；可以從衣著的明亮程度分辨出他們，而且他們占據了育兒室，在那裡讚嘆雨果的畫。海瑟匆匆忙忙過去幾趟，解釋了畫作的背景。雨果就他的年紀來說表現驚人；呃，馬克其實也是，他們都是。在珊卓拉和艾鐸去度假時，她極端期待自己能獨占他們倆。當她說話時，她的律師（幫她打離婚官司那個）悄悄挨近他身邊。他的名字很不可思議地竟然是庇特❼，牛津更是讓他聲名遠播。

「你真幸運，」他說：「能夠擁有海瑟。」

然而最大的一個群體卻是圍繞著葛羅特太太，她喝苦檸檬酒已經喝得相當醉了。熟悉的紅斑出現在她臉頰下半部，在藍色的水晶體之下，她的眼睛狂亂地四處浮沉。她人往後靠，像個輕浮女郎一樣靠在一張攝政時期的低背椅上，雙手抱著抬起的一隻膝蓋，已經是一副賣弄風情的口氣。一根黑色的步行枴杖靠在她椅子旁邊，她的腳則包紮起來以避免抽筋。她的主題是所有男人的好色性格，以及他們如何屢次冒犯她那種神祕的堅定美德。他們之中最糟糕的是柯立，一個童年的朋友，她最近才和他共度週末。

「所以閒話不提，柯立有一部希爾曼公司出品的『瘋姑娘』車，為什麼他會買一輛希爾曼的車我**永遠都**搞不清楚。但當然啦，妳父親有一輛希爾曼，而柯立總是**想**追上他的水準，這是當然了。」她的談話主要是對著她的女兒們說，儘管沒有一個在場。「這不是說妳父親有什麼值得迎頭趕上的地方，不是那樣的，但還是一樣。所以，不說別的，我們在佛克蘭的聖瑪麗城度過了一個平凡而美好的週末，這不算什麼了不起的事，倒也如人所願。那個地方是他母親在他童年還是什麼時候帶他去過，只是個酒館，當然，還有房間，但還是一樣。所以柯立算是很講道理，無聊不過人很親切，而且我們有一頓**相當**不錯的晚餐，不是克萊利基那種五星旅館，但還是一樣。而且啊，親愛的，我在我房間裡寫信給斯耐普，那時候柯立硬是跑來，問我夠不夠暖，整張臉堆滿笑容。我嘛，包得嚴嚴實實的。準備上床睡覺了。但是**柯立**呢，當然啦，穿著我們的**暗紅色**晨袍，親愛的，一路垂到腳，看起來**就像**妳爸或者諾爾．康沃❽還是別的什麼人，只是更可恥得多。『你說**夠暖**是什麼意思？』我這樣講。『現在是仲夏，天氣悶死人了。』他知道我討厭暑氣。然後就這樣，親愛的，他就站在那裡，喘著氣晃來晃去。『這個嘛，夠**暖**，』他說：『**妳**知道的。』然後，親愛的，他隔著晨袍**指著**那玩意兒，像個粗蠻的士兵、流浪漢還是什麼別的。『夠**暖**，』他說：『夠暖。下面那邊。』然後，親愛的，他**相當**醉了，我可以從他使眼色的樣子看出來，儘管我根本啥都看不到，但還是一樣。如果他有那能耐繼續下

❼ 十八世紀末，Pitt是有名的政治家族，同樣名為William Pitt的父子兩人先後當過首相。

❽ Noel Coward（一八九九—一九七三），英國劇作家、演員，擅寫風俗喜劇。

去我不會介意，但那就完全是另一回事了，我**相當**同意現在年輕一代的想法，我確定。不是每件事都同意，不過對此我確實同意。」

這段敘述不可思議的坦白談話，沒勾起任何人的肺腑之言；只有「暴風雨」先生，卡西迪的會計師，感動得提出評論。

「多麼**神奇的**女人啊，」他悄聲說。「她就像瑪琳．黛德麗❾，不過更棒。」

「卡西迪我親愛的伙伴，你那可憐的朋友怎麼啦？」

是老尼塔爾在說話。他太太穿著好看的黑衣，快活地在他肩膀上輕點著頭。他和善的長臉關切得皺了起來。

「現在嘛，我親愛的，」葛羅特太太正在說話，她注意到珊卓拉走過來。「我只是在告訴他們柯立的事，不管他們怎麼想，我不是白衣飄飄的仙人。我是有血有肉的，親愛的，公平起見，我有我的生活要過，妳該知道。親愛的這些菜不是很熱，還是這是從樓上來的？畢竟我從來沒有抓著熱菜不放，對不對？柯立向我求婚，就在那裡。他要我離開妳父親然後和他私奔，」她訴諸群眾。「但當然啦，我不能這樣，我行嗎？有斯耐普和珊卓拉要照顧就不行。」

「那個可憐人啊，卡西迪，我們好**擔心**，**非常**擔心啊。」

他太太點頭表示關切。「他有一張瘋子似的臉。」她轉向珊卓拉，接過一個肉餡酥餅。「站在桌上跳舞，」她告訴珊卓拉，用眼神激起她的同情：「大吼大叫，就好像他被人謀殺了一樣，服務生不知道要怎麼抓住他。然後妳丈夫好勇敢，像警察一樣——」

「電話。」雅斯特說。

「謝了。」卡西迪說。

「天呀，愛人，」沙摩斯說，除了他那種充滿魔力的聲音之外不帶任何口音：「你沒必要讓友誼承受任何一點考驗吧。」

隔壁門裡，孩子們開始打鼓了。

---

❾ Marlene Dietrich（一九〇一—一九九二），原籍德國、後至好萊塢發展的著名女演員。

聖安潔樂

33

艾鐸．卡西迪的人格當中，有一部分（姑且不提他有一部分的財產，是來自瑞士聯邦某州的百分之四免稅非法利潤）是位於聖安潔樂的某個瑞士小村莊裡，地處偏遠卻相當時髦；在其他較為平靜的時刻，他樂於詳細描述此事。「這是屬於我的一點孤獨，」他喜歡帶著一臉厭世的微笑說：「我的**特殊**場所。」然後他會勾勒出一幅董事會主席兼總經理卡西迪的忙亂模樣——他也還是總裁嗎？他忘了——不論如何，他包裹在阿爾卑斯山的粗呢衣裳裡，在山谷間健行、與牧羊人交流，和市集上的嚮導彼此耳語，同時他更進一步深入沒有地圖的歐洲內陸，從大生意的騷動喧嘩之中抽身，孤獨地自尋清靜。「我把我的書放在那裡。」他會補上這句話，在提問者心中留下一幕景象：四散的牛舍中有一間草率搭建而成的小農舍，還未實現夢想的學者卡西迪，在那裡增進他對古希臘哲學家的知識。

他奢華舒適地在雅達斯特拉斯旅館裡躺在海倫身邊時，他曾對她強調他選擇的那一部分阿爾卑斯山區有什麼樣的文化與歷史吸引力。他說，聖安潔樂的美感是傳奇式的，他引用的是一本他最近讀的小冊子，其中讚美他所做的投資。沒有一個詩人或少數菁英，在仔細考察過此地無與倫比的山峰、令人暈眩的瀑布、雖然質樸家常卻顯得高貴的建築之後，其藝術家的靈魂會沒受到深刻的感動。就只提幾個名字：拜倫、丁尼生、卡萊爾和歌德，全都帶著屏氣凝神的敬畏在此駐足，對這些極具毀滅感的莊嚴懸崖和筆直陡峭的谷壁歌頌不已——沙摩斯一定也不例外。

「但那裡**危險**嗎，卡西迪？」

「如果妳知道往哪兒走就不危險。注意，妳得練好一雙適合登山的腿。」

「嗯，我們不是該先騎腳踏車行動或什麼的？做點準備？」

至於現代化之惡，他向她保證，這些壞處幾乎尚未染指此地。聖安潔樂不偏不倚地位於巨大地塊的表層基岩上，只能從一條單軌鐵路抵達。沒有馬路可通。積架、甚至賓利汽車都必須停在地勢比較低的車站。

「從某種角度來說，這是象徵式的。妳把麻煩事留在山谷裡。一旦妳上了山，妳就是自己一個人。世界不再重要。」

「而你把這一切都借給**我們**，」海倫低聲說，提醒他必須延後與艾德曼家的約定，不然會被他們撞見。「不過我要說的是，我們要怎麼……弄到食物與必要物品呢？我猜想我們只能靠起司維生了。」

「安妮太太會照顧你們。」卡西迪快活地回答。略過沒提的是：只有十幾家商店要服務五十間旅館和在冬季來此的無數遊客，他們要擠進這些燈光如童話般的街道，找尋城市裡找不到的稀有紀念品。他卻能使喚一個忠心耿耿的外籍僕從。

在較不那麼浪漫的時刻——比方說獨自用餐，或者開車辦一趟祕密差事時——卡西迪會承認，他對此地產生的親近感有更特殊的理由。他會憶起，剛好在卡西迪從股市大賺一筆時，山崗西街的奧斯威特先生正巧提及，他和葛林堡為一個不住在瑞士的顧客處理一筆當地的地產，兩萬五千鎊的便宜貨，附抵押權；卡西迪是如何在數分鐘內打電話給他的銀行辦事員，及時掌握百分之十八手續費的時機──一星期後就升到了百分之四十──為了替故事增添高潮，他會重溫他抵達村落、視察戰利品的那一刻：通往覆雪山岳的艱辛長路，他看見自己的房子背對天使角而立的神奇時刻，山牆上的傾斜角度完美呼應了後面山峰的凸角；還有他如何坐在陽臺上，舉目凝望阿爾卑斯山脈雄偉的岬角和鞍部，並首次體認到某種異國風情帶給他的安慰感。然後他發現自己納悶著，到頭來他心中該不會一直有個具有異國風味的角落。他母親是不是瑞士人？就算在一切美好的午後，聖安潔樂的山脈也叫人望而生畏。這些山脈也是一面盾牌，把自然擋在他和他的同胞之間，同時讓他想起自己心中那個更重大的親緣關係。

第二天，他在和當地專業人士、銀行經理、律師及其他人的對話中，令他對山中人生的另一個不尋常特點開了眼界。瑞士人敬重商業上的成功！他們對此充滿仰慕，視之為紳士的優點；更奇怪的是，他們不只能原諒人的富有，還認為財富值得追求，甚至合乎道德。他們的眼睛雪亮，認定在一個投資不足的世界裡，累積財富是一種社會責任。對於瑞士人來說，有錢人卡西迪絕對比窮人卡西迪更令人仰慕，這種觀點在他舊有的英國圈子裡不但鮮少有人接受，還備受嘲弄。

他起了好奇心，決定以某件在地爭端為藉口，整個週末留在那裡。他在安潔樂山頂飯店訂了房間，因為小屋還沒準備好讓他入住。然後，他就這樣獨自有了其他驚人的發現：他父親在聖安潔樂並沒有擁有任何飯店，也沒有可從高處俯視冰球場的閣樓。在聖安潔樂也沒有酩酊醉客會讓有錢人心神不寧，而小屋的客廳裡也放不下一架大鋼琴。在聖安潔樂，一個人只要付清他的帳單、給跑腿小弟小費，他還不用加入競逐就已經獲得自己的地位了；隨後其他人會認識他、和他打招呼，歡迎他這個傳統的英國觀光客、阿爾卑斯山區的主顧；他會收集巴特利❶版畫，並回憶與大英帝國之間的聯繫。

所以卡西迪沒照他原先想的那樣，出租這間房子，反而讓它空著。雖說一小筆在歐洲大陸上的免稅收入，總是無傷大雅。在他離開的星期二，他差遣勤勞的木匠將香味芬芳的松木櫥櫃安置到臥室裡；從伯恩買了家具，還從因特拉干買了餐巾床單；他找好了管家，在門上繫了名牌：這個房間給馬克、那間給雨果。從那天以後的每個冬季，還有每個得到珊卓拉許可的春天，他都會帶著他的家人去那裡，在傍晚的美景中和他的孩子們沿著大街散步，買給他們毛皮鞋和蛋白酥。珊卓拉一開始去得不情不願，瑞士是百萬富翁的遊樂場，女人沒有表決權。但在這中性的土壤上，他們逐漸達成一個暫時並存的協議。他注意到，在聖安潔樂，她多半時候能獨占他，這世界的苦難對珊卓拉來說顯然就不那麼急迫了；更有甚者，寒冷讓她的臉變得俏麗，她可以從鏡子裡看出這點。

最後一個理由——儘管卡西迪花了一、兩年時間才發現——聖安潔樂屬於英國。此地在一個流亡英國政府管轄之下，有一個英國內閣，閣員大半是從傑拉德十字區招募而來，這個政府同時立法並行政，每天在最受歡迎酒吧的一張預定桌邊集會，他們自稱是一個俱樂部，抱怨著當地人的不敬還有步

❶ William Henry Bartlett（一八〇九－一八五四）英國著名版畫家。

步高升的法郎幣值。就精神上來說，這是個軍政府，抱著殖民心態和帝國主義，又是自己任命的。其中的退伍軍人帶著戰役中得來的徽章和表彰勇氣的裝飾品，年輕人穿著英國部隊的套頭制服。這些人做出許多茲事體大的決定。確實，受統治者甚至不知道他們有這些統治者；確實，好瑞士人還是在他們自己管理社會的甜美幻覺下，繼續過著他們的日子，認為英國人像其他人一樣只是觀光客，不過比較吵一點、數量又比較少一點。但從歷史的角度來看，對於所有願意睜眼看的人來說都是白紙黑字：那種一度把全印度、非洲和北美洲連結成一個大帝國的技術與力量，在這個小而美的阿爾卑斯岩壁上找到了最後一塊境外領土。聖安潔樂的村落是英國偉大統禦力的最後證明，也是店員和商家這個超級種族的最後一個肯定的正面證據。他們每年來到此地支配一切，並做出錯誤的宣示；慢慢地，他們將卡西迪列為他們的一員。這並不是一下就算數，也從來沒大張旗鼓地宣布過。卡西迪對安靜的需求、對當地人非英國作風的尊重、明擺著要避免爭端的心願，這一切都指出他的功能必須受到抑制，也確實如此。在他們列出來的公職任命名單裡，以及年度榮譽及獎項的公告裡，他的名字不是沒出現，就是夾在限定性的形容詞裡：新任命的，非正式的，榮譽性的。在星期二晚間的參議會、星期三晚上的政務委員會、星期四的理事會、星期六的同樂會、星期天在英國國教教堂的聚會裡，他的影響力多半是神不知鬼不覺的。只在眼前有大事的時候——招募新成員、提高俱樂部雜誌的廣告率，或者要為優雅解體中的俱樂部房間購買新家具時——會有一小批內閣部長和隨從們的夜行軍隊，在寒氣中噤聲不語，走上狹窄的小徑，到卡西迪的小屋去尋求力量與智慧。

「他真是慷慨得驚人，」他們說：「而且是這麼不可多得的一位委員。」其中許多人是女士。「他好**富有**。」他們這麼說，而且提到以法郎提供的大量捐贈。

在飲茶室和下午的舞池酒吧裡，以及滑完一天雪後、在英國人佈告欄前擠成一堆的小群體中，他做為阿爾卑斯居民的高超本事深受眾人推崇。他們說他多才多藝；他是阿爾卑斯山各項運動中的全能運動員；他曾經在冬天攀爬過馬特洪峰；他在華爾地澤爾贏得了第四道滑雪賽冠軍；他在聖摩里茲保持大雪橇最快紀錄；他穿著晚禮服參加夜間跳臺滑雪、擊敗所有瑞士人。這些事蹟沒有列入紀錄，而卡西迪自己又太謙虛，不想自我標榜。但年復一年，不管他是不是在韜光養晦，他已經成為他們各種偉大性質的小小紀念碑。而就算他並沒有登上他個人紀錄的光榮寶座，倒也沒找到什麼理由要下臺。

直到目前為止，卡西迪的異國避風港本質就是如此，一座山脈中的避靜場所，以高海拔和低溫保存許多構成他昂揚英國魂的無害幻象；一個多出來的人生，和他的英國版本不能說不像，卻因為包含這個人生的景致是如此地廣大無邊，而得以保持其中的純真。然而在這個沒有名字、沒有日照的月分裡，在這個寒冷而空洞的早上，卡西迪蜷縮在小火車的後車廂裡，想到要重新造訪他在山中的自我時，他既不覺得快樂，也不覺得舒坦。

車外的景致是一片雪白，了無生氣。景物非白即黑，要不就是被雲朵染白了，還有砂礫般的雪暴從他面對的窗戶掃過，或者落下。霧氣抽去了山岳的顏色；有某樣東西也把卡西迪給抽乾了，讓他臉色蒼白，並打擊著不知為何一直壓制住他面部表情的最後一絲樂觀。他的軀殼被抬起來，身體便跟著站直，但他的身體缺乏動感，以互補的灰色被勾勒出來，襯著天空與山岳構成的極度雪白。某些時候，他會唱出一個音符，就好像在遵從一道聽不見的命令；然後回過神來，眼睛往下看，還皺起眉頭。他戴著手套；火車票塞在左掌心，這讓他想起當初在沿海城鎮搭無軌電車來回時，從一位代理母親那裡學到的習慣。他稍早刮過鬍子，那時可能在靠近伯恩的地方；他聞到自己身上有那種泛泛之眾的味道，他們從奧斯坦德開始就一路分享同一臺夜班臥鋪車。

34

他去過哪裡，停留多久，是什麼時候去的？

整個旅途中，他斷斷續續思索著這些問題。它們不能說是縈繞不去的執念，但還有許多地方有待釐清，而且卡西迪有種糟糕的感覺，在準備用餐前更是特別強烈；他覺得自己可能已經死了。列車載著他漠然往上行時，窗口的白色簾幕上映出一連串雜亂無章的幻象，大多時候就在他無判斷力的眼前播放著。這些畫面就是他的心靈；他的記憶已不再為他所用，而是和他的恐懼攜手合作。他想：我置身於自己的經驗之外了；我透過這扇窗戶看著它。一節叫做卡西迪的空車廂，擠滿了空座位。在我之外是一片沙漠，也是我的命運。

看啊。哈！

他猛然坐直了。這是誰？馬克學校的校長，帶著一根四號鐵桿，軍用防水雨衣披在他難看透了的西裝外，一頂俄式毛皮帽蓋住他空洞的臉，一蹦一跳地穿過寒冷的霧氣。就像是從一個軍人的紀念碑上滑落一般，雨滴從他身上滑下，在他那狂熱的眼眶旁打轉，洗刷著這位鐵打老兵皮膚上色澤較淡的線條。你也教過我，卡西迪喊道，而且就算在那時候，你看起來也沒有比現在更年輕！

「馬拉席恩隊是很凶悍的一群人。一直都是如此。可惜你兒子不肯玩。」

「他有參與，」卡西迪說，他對這種混淆習以為常：「我是卡西迪，馬克的兒子。」他解釋著，原意是要說他是父親，但講錯了。

這裡是雪，那裡是雨。戰役中的大雨，毫無方向地一路滾過足球場，冰冷的雲不只是落下，而是封住了一切。只看得到位置最靠近的祈禱者，他們在毒氣攻擊中踉蹌地摸索。一只一九一六年的哨子吹響了；戴上你的防毒面具，死德國佬爬上山頭了；手舉到齊肩，小子們，跟著我。

「**想啊**，救主隊，**想啊！**」校長咆哮道。「看看那個蠢貨梅鐸斯。梅鐸斯你是個傻瓜，智障，你聽到沒？笨蛋。**你**不是梅鐸斯，對吧？」校長問道。

「不，」卡西迪說：「我是卡西迪。馬克的父親。」

一個胖孩子穿著吸飽泥水的襯衫瘋狂地亂踢一顆濕透的足球。

「抱歉，先生。」他低聲說。他為了長官而面對死亡，當胸挨了一槍，翻過身去。

「**用**它啊！」校長用一種相當難以假裝的狂熱口氣嘶吼道。「唉唷，我的老天爺，不要**踢**它，用它，**保住**它啊！喔，我的天啊，神啊，喔，**神啊**。」

毒氣警報從某處再度響起，一陣薄弱的喝采聲爆出，幾乎聽不清楚濕答答的拍打聲。

「那是球門嗎？」卡西迪問，伸長頸子以便展現熱忱，此時一滴雨水滑過他的鎖骨。「很難看得清楚。」

有一段時間，一陣苦惱的怒火是他唯一得到的答覆：

「我確實告訴他們了，」校長悄聲說，瞪大眼睛，帶著敗北的痛苦轉向他。「他們不懂，可是我真的告訴他們了。沒有神助是贏不了的。守門員、裁判、預備球員，祂等於他們的全部。他們當然不能明白。但有一天他們會懂的，我確定。你不這樣認為嗎？」

「我相信你，」卡西迪向他保證。「你以前對我說過一樣的話，而我那時也相信你。注意，我是卡西迪，馬克的父親，我在想是不是可以花個一分鐘跟你談談我兒子。」

但校長再度怒吼起來，幾近絕望地哀求老天爺幫幫忙，此刻從霧中再度傳出那些潮濕冰冷手掌悽慘的鼓掌聲。

「誰幹的？誰把球筆直踢到他們的前線去？那是誰？」

「卡西迪。」某人回答。

「這只是因為他比其他人個頭更小，」卡西迪說。「等他長得夠大，他就會用正確的方式踢，我確定。聽好，我要離開一陣子，我想請問可不可以帶他出去喝下午茶？」

「弄到球就不要放！進攻啊，救主隊，進攻！真是小丑！喔，你們這些愚蠢的小猿人。」

那對凹陷的眼睛再次轉向卡西迪，白費力氣地搜尋他身上的神性痕跡。

「送他去布萊恩斯頓寄宿學校，」他最後做出建議。「對於破碎家庭來說這是頭等的，第一流的。」

校長把高大單薄的身體轉過去，孤伶伶地大步踏進霧裡。

而我們卡西迪家族呢，這是我們這個破裂家庭的座右銘，我們總是搭頭等車廂旅行。在窗戶後面，一叢海佛當的針葉樹突然間從薄霧中挺出；在根部，矗立著一座漆成深棕色的黯淡寶塔，上面灑落陳舊的雪。

「昂特瓦德州。」他大聲唸出來。

然後他看著自己，坐在更衣室裡，藉著抽菸想壓過那股臭味；看著那個十歲男孩在漫長一日的奮鬥到達盡頭時，那張老去的、令人印象鮮明的臉孔。

馬克。

一位歐陸風格的小男孩，這個卡西迪族人，輕信又易感；在和別人說話的時候，則喜歡觸碰他們；馬克，我的愛人。

「如果我是守門員，」馬克囁嚅著，反應麻木地解開他的靴子：「我就可以戴手套。」

「你做得非常好了。」卡西迪說，幫了他一把。

這麼久之後再見到他，讓卡西迪想起他有多麼幼小，他的手腕又是多麼纖細。其他男孩輕蔑地在一旁看著，試圖捕捉叛徒實際上到底說了什麼。

「我**痛恨**足球。如果我痛恨它，我為什麼非玩不可？為什麼我不能做點別的溫和活動？」

「我也痛恨足球，」卡西迪為了鼓勵他而這麼說：「一直都討厭，我保證。在我上過的每個學校裡都是。」

「那為什麼要讓**我**做這種事？」

跟著他裸體的兒子到淋浴間時，卡西迪想著：「只有味道是溫暖的。」球衣、薩摩賽郡的泥土，還有戰袍在明日陽光下曬乾的發酸惡臭味。馬克比其他小孩都纖瘦得多，他的生殖器也比較晚熟。冷而皺縮著、非常無精打采的一根陽具。男孩們一起擠進去，一批被剪去頭髮的囚犯，整支隊伍都置身於同一道不名譽的激流之下。

「媽咪說她沒有給我足夠的愛。」馬克在「紡車」喝茶時說道。

「那是海瑟跟她說的某些蠢話。」卡西迪說。

男孩在沉默中吃著東西。

「我要去瑞士。」卡西迪說。

「和海瑟去？」

「自己去。」

「為什麼？」

「我想要試試看寫本書。」卡西迪隨口胡謅。

「你會去多久？」

「幾個星期。」

「我不想念媽咪。我想念你。」

「你想念我們兩個。」卡西迪說。

「跟什麼有關？」馬克突然間問道，就好像他有某種直覺，已經知道一切。

「什麼？」

「那本書。」

「是本小說。」

「那是一個故事嗎？」

「是。」

「告訴我故事。」

「等你長大就可以讀了。」

茶店裡出售自製的糖果、奶油巧克力糖，以及包了不同餡料的巧克力。卡西迪給他十先令，讓他自己去買。

「這樣實在多得**太過頭**了。」馬克絕望地說，還給他五先令。

男孩在門柱旁邊等著，一個苗條、均衡的生命，當他望著溫暖的賓利汽車朝他滑下車道時，穿著灰色套頭衫的他抱住自己。卡西迪降低了電動車窗，馬克親了他一下，他小小的嘴唇完全蓋在他爸爸嘴上；嘴唇因為喝過茶所以沾了些餅乾屑，同時因為在夜晚的空氣中等候而發冷。

「我就是不適合這種教育，」馬克解釋。「我不夠強悍，被人欺負也不會讓我變強。」

「我也不適合這種教育啊。」

「那就帶我走啊。這樣完全沒意義。」

他想著，馬克只有這麼一點勇氣；我已經替他用光了，在他長大到可以自己運用之前，就替他耗去了。

「喏，拿著這個。」他說著，給了他一枝鍍金鉛筆，從雅斯佩名店用六十幾尼買來的，這是另一面人生裡的一項個人奢侈行為。

「那**你**要用什麼寫字？」

「喔，鋼筆之類的。」卡西迪說著，然後離開他，他還站在門口，專注地低著長滿金髮的頭。

回頭注視一個已逝的人生時，卡西迪想：有時候這讓我太難以忍受了，連看著那張臉都是；太沉溺於悲哀，或是他會因為痛苦和試圖理解而變得過於枯黃。所以我給他一些東西，好讓他把臉從我這邊轉開：黃金或錢財，或某個會讓他彎下身子的小玩意兒。

或者也有可能，卡西迪一邊把窗口上的眼淚給擦掉，一邊自我安慰地想，或許那根本不是馬克。

或許——既然在危機時刻保持樂觀仍是總經理最大的一個長處——或許這個孩子是艾鐸，在雪邦時的他，就在老雨果去托基之前順道來看我的那天；那天他參加了開放給所有人的自行車大賽，贏家可得一鎊，第二名則有十先令鈔票。

在繼續爬坡時，在有適當凝聚力、平凡得剛剛好的這一幕別離場景裡，卡西迪繼續加入其他人，場景相形顯得更加支離破碎，也更難以查證；而且在這個過程中，他對自己提出一個相當抽象的問題。

比方說，聖誕節過了嗎？有時候一道陰影越過毫無生氣的白色窗戶，就像他視野範圍中的一滴血，從左側角落逐漸往下收縮，而且他聞到冬季夜晚迫近的氣息，瞥見在夕照下一棵迎風面結霜的松樹輪廓有如幽靈，就像聖誕節時它們在鮑魚路寬大圓窗邊生長的樣子。到米特瓦德時他還在想這個問題，此時他看到葛羅特奶奶的臉出現在他面前，既憔悴又失眠的樣貌，他對此不覺得驚訝，還把這件事當成進一步的證據，代表節日已經過去：因為只有聖誕節能讓她繃得這麼緊。她的腦袋並沒有置於畫面正中央——她不知怎的搞錯了——而且堅持在鐵軌錯誤的一邊等車，所以他感覺到她在背後現身，還得轉身確認一下。她大而無神的眼睛既會出現雙重影像又脆弱無力，被她上色過的眼鏡給洗成藍色，顯得明亮且充滿恐懼，但她領口輕拂著的軟毛圍巾和臉頰上的腮紅很清楚地宣示，她是在往教堂去的路上。

她抽搐的手上也帶著一只聖誕節鞭炮。

喔，但這是為了什麼儀式呀？

比方說，她是穿著黑衣嗎？據說中國人會為死者放鞭炮。

火車踉蹌前進，葛羅特消失。

呃，這其實沒那麼不可思議；他很有可能死了；其他人也是。這種解釋他已經構思了好幾天、好幾夜。一大堆人都死了，這實在是很自然的事，但還是一樣。他也沒朝太遠的地方找原因。如果說老雨果的綠色手榴彈，與卡西迪當時的印象相反，終究還是爆炸了，而且把他送進另一個生命裡？

實際上，是把他送進這個生命？

而且，與只是旅行到聖安潔樂相反，他飄升到了天國；那些列車長是天使，所以這個村莊才這樣命名？❷

卡西迪暫時因不再存在的這一點小小希望而振奮起來，他閉上發熱的眼睛，兩手彼此輕輕地互碰，確定了故事的輪廓。一位大學教師在他自己身上做實驗，這是霍爾丹的傳統❸。我會拿到一個騎士爵位。然後在把臉往上抬的動作中——這很像是洗臉，男人在移動時常常有這種舉動——他雙手憂鬱地蓋在鼻子、粗粗的眉毛、舌尖和充滿青春氣息的前額頭髮上；他確認（如果還有這種必要的話），儘管他的精神可能在往上爬，他卻還是附著在世俗的骨架上。

還有老雨果的手榴彈，雖然他大聲地向自己保證，那手榴彈還是跟他父親的其他武器一樣，是顆啞彈。

出於安全理由，涉及陸軍部爆裂物的這起事件沒有出現在雪地上，但這件事在卡西迪躺在英國

---

❷ 聖安潔樂（Sainte-Angéle）和「天使」（angel）形似。

❸ John Burdon Sanderson Haldane（一八九二—一九六四），英國生理學家、遺傳學家。

某處原野、可憐兮兮地撥弄手榴彈的安全引線時，藉由潮濕苜蓿草的氣味傳達給他了。這也有可能是——只是有可能而已——一個夢；你們的主席只願意讓步到這裡。雷明先生，你可以把這一條加進會議記錄。

重建事實：這顆手榴彈是個禮物，一個父親能做得就這麼多了。老雨果把手榴彈從油膩膩的袋子裡拿出來，帶著它到閣樓最明亮的一扇窗前，這顆顏色上得很拙劣、呈暗綠色的手榴彈，在層層包裹下仍然吱嘎作響；他向卡西迪保證，這顆手榴彈不只是一件禮物，它是一件真正了不起的禮物，也是有史以來製造得最精緻的一顆手榴彈。

「現在他們**做**不出像這樣的手榴彈了。我告訴你，艾鐸，你可以搜遍整個倫敦，像這樣一顆手榴彈是完全找不到了，不是嗎，小藍？」

在一位父親給兒子的種種贈與之中，手榴彈也是一個極致高潮：

「我已經給你**最後的**自由了，聽到沒？現在看看那玩意兒：生與死，你**全部**都要靠我。這是任何一個父親能做出最神奇的犧牲，而且我做到了，對吧，小藍？」

但這正是重點，正是卡西迪家族的詛咒，他們什麼都能上手，就是不能徹底完成一件事：引線已經生鏽到外殼去了，虛弱無力的男孩沒辦法鬆開它。

「**拉啊**，全能的耶穌基督，小藍啊，我替他做了這麼多，為他犧牲了這麼多，到頭來呢，妳看看**那個！他連那個該死的引線都拔不起來！**」

「可他不是一頭**雄獅**，親愛的，他是嗎？他不像**你**。」藍橋嗤笑著，把扁酒瓶遞給他。「**繼續**

啊，親愛的艾鐸，」她懇求著，小小聲地對著他躺下的地方叫道：「試試看嘛，艾鐸，為了你爸，**拜託。試試看。**」

「我在試啊。」卡西迪粗暴地回嘴，但仍然沒有天降啟示的跡象。

徹底幻滅之後，這個家庭在一陣憤怒中開車回家，直到他們回到閣樓之前彼此完全不曾交談。

有一會兒他什麼也沒想，這令他極為寬心。火車在某些中間站暫停，站名被喊出來卻無人在意。這些車站沒有提供任何上車的旅客，同樣也沒有收到任何下車的旅客。在火車繼續爬上白色山丘的朝聖之旅中，這些車站算是階段，宗教發展中的形式慣例。

到達高地時，引擎放鬆了，一種鬆弛感取代了狂亂的喀答作響聲。我坐在賓利汽車裡，卡西迪這麼想。

超級嬰兒車。

是賓利汽車壓住鏗鏘作響的連結裝置，減緩了單薄棉布下猛烈彈跳的靠墊；是賓利汽車的英國式冷靜，抑制著這些外國列車長的歇斯底里。

我是不受侵犯的。

然而這個讓他愉快的念頭幾乎才剛成形，他的安全感就被出場的小雨果給弄得粉碎，他無懼於他父親製造的那些昂貴零件，強行打開門並且把自己安置在乘客座位上。卡西迪把這孩子騰空舉起，帶著他回到屋子裡。

雨果臉色蒼白，沒有哭泣，抓著一個泛美航空袋，裡面塞著幾樣他會需要的東西：一張唱片、給他那臺平底雪橇用的新繩索。

當他們在門口再度擁抱時，他手臂底下的雨果顯得很熱。

蒼白的雨果，仍然沒有哭泣。

「來嘛，小雨果，」葛羅特太太說：「媽咪要你。」現在由珊卓拉獨占的五樓，有著約翰·艾德曼的剪影；煩寧獻給破碎的心。

海瑟·雅斯特在猛敲車廂窗戶。

「我聽不到妳說什麼，」卡西迪向她保證。「我就是聽不到。我從沒想再見妳一次，海瑟。就是那麼糟。」

防彈玻璃太厚了，她什麼也聽不到。

妳在十年後會變成另一個葛羅特；你們全都會變成葛羅特家的人。塵歸塵，葛羅特歸葛羅特，這是一個女人的命運，她沒別的辦法。

天降慈悲，他進入一條隧道，這個改變讓他分神。在隧道盡頭，五分鐘之外就是歐柏瓦德，高原地帶的森林。歐柏瓦德之後就是山頂的聖安潔樂；在兩地之間不再停車。

沿著隧道，在光明來到之前有一陣黑暗。被高處燈泡染成低俗黃色的木樁逼近一度雪白的窗前，以令人迷惑的彎曲弧度輕輕掠過，就像被砸傷後的某根手指，揮過他漠然的臉。在這個長長的洞穴裡，聲音都變大了。歷史、地理，更別提無數來自牛津那些中世紀學系的指定文本，全都深化、加強了這種地底經驗。米諾陀、隱士、殉道者和礦工，從首次工程開始之後就被監禁在此，嚎叫著、弄響他們的枷鎖，因為這是在地底下，老人在這裡攫取知識、黃金和死亡。好幾年前也有過一次，卡西迪從同樣的列車窗戶往外看著同樣單調的木樁，他發現自己直視著一隻被嵌進隧道壁的羚羊其充滿耐性的黑色眼睛。到達村莊之後，他立刻向站長發表一番言論，維護當地野生動物的權益。在仔細聆聽這位善心人士的陳情之後，那位公務員說：沒有什麼可做的，那頭羚羊已經死好幾天了。

這些黃色燈光很單調；燈光讓我想睡。

他睡了多久？

有記錄能說明過了幾個晚上嗎？雷明先生，你可以查詢會議記錄。

或者只有一個晚上，分配到不同的床鋪和樓層之間？現在的這個尖叫聲——這是法庭辯論——當我存在已久的妻子珊卓拉抱著我的腳，要把我留在臥室裡時，尖叫聲到底是從哪兒發出來的？她抱著那隻腳貼近她的頭，整個人躺在品味優雅的捲毛威爾頓地毯上，以她的淚水沾濕基督的腳踝？那是某個波折之夜的一樁事故，或者它本身就是整夜的事？換句話說，套用珊卓拉的婦女軍團口氣：誰弄壞了鐘？那個老爺鐘。誰弄壞的？價值四百塊大洋的十六世紀鑲嵌工藝就自己從架子上摔了下來？坦白招供！鐘會弄壞是很自然的事情，我只想知道是誰幹的。我數到五，直到有人自動認罪我才罷休。

一……

第一嫌疑犯（階級跟犯罪大有關係）是斯耐普那位淫蕩的千里眼男友，穿著一身酒紅色燈心絨男裝，靠在欄杆上宣傳著自由性愛的大道理。那個憤恨不平的傢伙推了那個鐘一把，這就是他弭平代溝的辦法。

可是等等，斯耐普逃進她的巢穴裡，把她那個千里眼帶在身邊。她自己匆忙趕到波茅斯，因為又有了身孕，她喜歡在海邊生產，水總是比空氣更宜人。

二……

還有誰？快點，還有誰？

葛羅特奶奶，推斷身分為岳母，偶爾是被告的母親，為了省電搖搖晃晃走過黑暗的走廊：是她的錯……

可惜，無罪。果斷的動作不符合她的風格。就算是出於錯誤也不可能。

三。我警告你……

很好：是妳幹的！珊卓拉自己，因為哭泣搞得一身濕，沒有力氣入睡；珊卓拉用她最後一絲力量，蹣跚地走向時鐘，在她自己跌倒之前弄翻了它？

無罪。若是這樣她會自首。

四……

救命！我控告老雨果，撒旦崇拜者、下咒者、邪眼擁有者！他從閣樓的窗口往外凝視，啜飲著調配得當的白蘭地和薑汁，這個老巫師故意用一種他熟悉的手勢劈開空氣、釋出干擾波，它們一路直奔鮑魚路，就這樣毀了時鐘！

我自己砸壞的。在怒火和悲哀之下，再見。

「神父，我需要一張床。」

「那就回家吧，那張床在等你，不是嗎？」

「神父，送我上床吧，拜託。」

「回家去！如果你沒有跟那個潑婦重新結合，你就會變成罪犯，滾出去，出去，出去！」

隧道繼續延伸；這是為了跳舞而不是為了睡覺。

「安姬，我需要一張床。」

安姬．莫德蕾站在她家前門，披著一件輕薄的睡袍，她身體的一側沒有遮蔽。

「這不太好，艾鐸。」她說。「我說真的。」

「但是安姬，我只是想睡一覺。」

「那就去找間旅館吧，艾鐸，你不能來這，你知道不可以，不能**現在**來。」

「可是安姬……」

「我**結婚**了，」她提醒他，態度相當嚴肅。「**你**記得吧，艾鐸，婚禮禮金的募捐是你發起的。」

「當然，」卡西迪說。「我當然記得，很抱歉。晚安，密爾，一切還好吧？」

在切．格瓦拉毫不妥協的瞪視下，密爾沒有血色的臉對他的上司充滿敬意地頷首。他確實是有意起身，卻因為身體赤裸而無法如願。

「晚安，艾鐸先生，進來吧，長官，請進。不好意思，這裡一團亂。」

「下午的時候再來。」安姬悄聲說道。「我只在早上工作，不是嗎，**傻子**？」

去寇特家？或者不管怎樣留在安姬家？確實他感覺到腰際一陣無力，有一種事後而不是事前的感受。他後來是不是仍舊享受了莫德蕾小姐——這位著名頂尖祕書很有技巧的擁抱，與此同時，密爾滿是歉意的眼睛還很明智地不去注意主席大人的蒞臨？

「你一直對我們非常好，艾鐸先生，我們不知道該怎麼感謝你才好，我確定。」

「別想這些，」老花花公子說，舒服地躺在潮濕的床褥間。「你們年輕人的人生得有個開始。」

引擎吼了一聲。這麼快就天亮了？不是在寇特那個不舒服的灰色房間裡；那裡甚至連窗戶都燻黑了好擋住陽光。

「寇特，我需要一張床。」

寇特的公寓裡沒有別人，沒有安姬．莫德蕾，沒有雷明，沒有斯耐普，沒有小藍，沒有佛克，甚至也沒有密爾。他穿著一件瑞士晨袍，用最好的瑞士絲綢製成，而且當卡西迪不怎麼安全地縮進總是準備好的空房間裡，恰好看見他帶著一大杯白色的瑞士阿華田。

「不要，寇特。」

「但是卡西迪，我親愛的伙伴，你**知道**你是我們之中的一員。聽著。**第一**，你比較喜歡有男人作伴，對吧？」

「沒錯，但是——」

「**第二**，你與女人的肉體接觸全是不滿足的。卡西迪，你聽清楚，我是說老天爺啊，我**看得出來**。我可以從你眼睛裡看出來，誰都看得出來。**第三**——」

「寇特，說真的，如果我想的話我就會做，我發誓。我不再感到羞恥了。我在學校的時候是想要，但那只是因為附近沒有任何女孩子。這是真的。我太幽默了，寇特。我想過你躺在那邊一絲不掛、握著它，然後我就咯咯笑出來了。我的意思是，**何必呢**……你知道我在說什麼嗎？」

「晚安，卡西迪。」

「晚安，寇特。還有謝謝你。」

「還有啊，有一天我們要去爬艾格峰，對吧？」

「對。」

他打著盹，相當希望寇特會回來；精疲力竭腐蝕了道德意志以及幽默感。但寇特沒回來。所以卡西迪聽著外面車輛來去的聲響做為替代，並且納悶著：他睡熟了，或者夢見我了嗎？

在晨曦中，從一部小但耐用的引擎發出另一聲警告性的尖叫。火車停住了。車門嘶嘶作響，然後整個打開。車站服務員喊出聖安潔樂到了。

他用當地土話喊出地名，那名字可以是米開朗基羅或者英格蘭。他喊得很大聲，壓過山裡有三種聲調的鐘響；他為了剛過或者將至的聖誕節而歌頌起來，具男性權威的聲音在空蕩蕩的車站裡迴盪。透過卡西迪所在的頭等車廂中朦朧模糊的白色車窗，他直接對著卡西迪喊出站名；如果你想到更遠的地方，你得在這裡換車。他喊站名的方式就好像那是卡西迪本人的名字，是他的最後一程，也是他最後的停靠站。車站服務員是一個留鬍子的男人，他的工作服上別著一個職務徽章。眼睛被濃厚的黑色眉毛，還有他那頂黑色鴨舌帽給擋住。為了回應這個召喚，卡西迪立刻起身，輕快地走向空無一人的月臺，他過夜用的旅行包在他有力的手上晃動。

「明天，」服務員用安慰的口吻說：「我們會有很多雪的。」

「喔，可是明天不常來，是吧？」卡西迪回答，他一向知道怎麼說笑話。

在聖安潔樂，迎接卡西迪的天氣，就像最近盤據他心靈的這團混亂在氣象學上的延伸。最佳度假勝地也有不宜人的季節，就連聖安潔樂也不例外；雖然這裡以天氣穩定溫和而聞名，仍無法從自然界不變的定律中得到豁免。在冬季，如同定律一般，覆雪的村莊街道成了絨球毛線帽、馬拉雪橇和亮麗店鋪櫥窗的歡樂嘉年華會，歐洲的富有求愛者和坎薩爾高地的女孩們在這裡彼此摩肩擦踵，許多不怎麼真誠的愛情合約在周圍的森林裡訂定。在夏天，他們沒那麼有錢的長輩精力旺盛地大步走向堆滿花朵的山坡，在歌德描寫過的奔放流水邊重振精神，此時穿著傳統服裝的孩子們唱起歷史悠久的歌曲，歌頌貞潔與牛群。春天是一個突然而至的可愛季節，不耐久候的花朵從晚降的雪中突圍而出；至於秋天，在初雪落下時，把令人窒息、有如教堂般的寂靜帶回兩個熱鬧季節的騷動之間。

但是有些日子裡，如同每位阿爾卑斯山訪客都必須知道的，這樣討喜的模式沒有明確理由就會猛然粉碎；四季突然間厭倦它們在自然循環中的位置，於是從彈藥庫裡使出一切武器，一輪猛攻，直到它們精疲力盡為止。取代冬季魔法攻擊村落的是滿腹牢騷的雨，還有陰鬱且毫無熱度的夜晚，此時雷電與挾帶雪水的雨彼此輪替，星光或太陽都無法穿透渦漩狀的雲堆；更糟的是，或許會吹來一道焚風，這種病態的南風就像瘟疫似的襲擊山區，吹糊大片雪塊，讓村民和他們的賓客都脾氣暴躁。等到最後焚風自己離開時，山腰上的棕色碎片就像死人一樣躺在那兒，天空蒼白空洞，鳥群飛得一隻不剩。這種焚風是山區的詛咒；沒有任何地方能倖免。

首先出現的跡象是從外在顯現出來的；水無緣無故地流出，空氣和色彩神祕地分離開來。跟著這樣損耗的空氣而來的，是人體精力的逐漸流失，一種精神上的怠惰感，就像心智能力的一種阻塞，這種症狀逐漸地整個蔓延到精神上，直到它堵塞住所有出口。在這樣的時刻下等待風暴來臨，一個人可能會在走向村莊街道的半途中抽上一根菸，而煙的痕跡明天還會在那裡，就在他站的那個地方，煙霧和氣味會在僵死的空氣中徘徊不去。有時候甚至根本就沒有風暴。停滯期結束，冷天氣再度回歸。也可能會有颶風來襲：黑色的、狂暴的群巫之夜，挾帶時速六十或七十英里的風。大街上散布折斷的枝條，也看得到柏油地從雪之間顯露出來，而且你會認為有條河在黑暗中一路從峰頂流到谷地裡。

現在君臨一切的就是焚風。

這個景象讓卡西迪想起貴族板球場的下雨天。村子裡的兩名鐵道服務員就像裁判那樣站在一起，把他們的工作服拉到腰際，並且同意這實在是不可思議。在離他非常近的上方，天使角絕美的雙峰就像件髒衣服掛在灰色的天空上。大部分的雪都不見了。時鐘指著十點十五分，但這座鐘可能已經停在那裡好幾年。走向餐廳時，他想著：這就是我們的死法，孤獨一人，垂垂老矣，喘不過氣來，掛在許多雪白的地方之間。

「哈囉，愛人，」沙摩斯平靜地說。「我們是在找某個人對吧？」

「哈囉。」卡西迪說。

35

海佛當的柴煙在潮濕的空氣中盤桓，在棕色牆壁上隱約浮現出鹿角。一群臉孔黝黑的工人坐著在喝啤酒。女侍們遠離那些工人，坐在她們可悲的地盤上讀德文雜誌，私底下則因焚風而心悸氣喘，就像在等候室裡的病人。

他坐在靠近吧檯的地方，在一個凹陷的小隔間裡獨占一張巨大的圓桌，上面有兩支聖安潔樂射擊俱樂部的槍交叉掛著。一面是由社區裡的女士們所縫製的旗幟，宣示這個村落效忠威廉．泰爾。小隔間裡有種法蘭德斯風格的陰暗，很家常又可靠；白鑞閃著宜人的光芒，就像心安理得賺來的錢。沙摩斯喝的是牛奶咖啡，他瘦了。一條白色光芒從窗口照射到壽衣上，就像一道來得很近的電擊。他沒戴帽子，也沒留鬍鬚；他的臉看起來光溜溜的，易受傷害，而且非常蒼白。卡西迪往裡挪到他旁邊，把他的過夜行李包抱在懷裡，就像雨果抱著他的海灘鱷魚玩具，接著把包包移到光潔的長椅下面，然後把它丟到他們之間的地板，發出悶悶的鈍響。

坐下來時，他看到了槍。

槍躺在沙摩斯膝上，像一隻光潔的寵物，槍管朝向卡西迪。基本上這是支軍用武器，而且可能是在第一次世界大戰期間分配給某位軍官的東西。然而只有一個發育極其成熟的軍官才有可能用它，因為槍管大概有十二吋長。或者這可能是一支打靶槍，你得在自己左前臂上穩住槍身，在你打中一個人形標靶後，靶場的軍士還會喊一聲「射得好，長官。」一根拉火繩繫在槍托末端。空著的那一端掛著一只粉紅色的粉撲。

廚房裡，收音機正在廣播某個瑞士的報時信號，一種非常有戰時氣氛的噪音。

卡西迪叫了一杯咖啡，牛奶咖啡，就像那位紳士喝的一樣。侍者清楚地記得他。會給小費的卡西迪先生。他帶來一張方格桌布，充滿感情地把它攤開。他擺出裝在銀色盒子裡的餐具、美極鮮味露和牙籤。孩子們呢，侍者問道，他們都好嗎？

很好。

舉個例來說，他們該沒有因為穿短褲的英國習慣吃什麼苦頭吧？

看起來沒有，卡西迪回答。

他們在獵狐狸和羚羊嗎？

現在嘛，卡西迪說，他們在學校。

喔，侍者說著噘起嘴，伊頓中學：他聽說那裡的水準愈來愈不比從前。

「她在等了。」沙摩斯說。

他們出發上山。

卡西迪用他全身的力氣拉著，發現背帶勒進了肩膀裡。實際上，如果他沒穿著這件駝毛外套，他的皮膚就要被割破了。帶子是尼龍製，有六呎長，亮紅色。他兩手握著，一條在胸前，一條在腰部，當他往前拉的時候就像套上馬具似的。他曾兩度要求沙摩斯下來走路，但除了他用槍管不耐煩地一揮以外，沒收到任何有用處的回應，而現在沙摩斯坐得筆直，把卡西迪的旅行包橫放在他膝上，將看不順眼的東西往外扔。銀梳子扔出去了，像個冰上曲棍球圓盤一樣往後滑下結冰的小徑，在半凍結的冰雪渦流中跳躍旋轉。卡西迪曾以為自己體能良好：他在藍斯東俱樂部打壁球，在皇后俱樂部打網球，更別提鮑魚路的那些樓梯了。但他的法蘭絨襯衫在他們離開鐵道路線時就已濕透，他的心臟還不習慣高度的變化，已經跳動得奄奄一息。體能是相對性的，他告訴自己。畢竟，沙摩斯至少和我一樣重。

就算走下坡路，這條小徑也不適合坐平底雪橇往下滑。

從小屋這邊，這條路首先彎著穿過散布的林木，那裡的雪幾乎蓋不住卵石，四處突起的樹樁等著漫不經心的漫遊者。越過一個大雪崩落的溝壑後，這條路藉由兩個險峻的彎道下降到一個圍得不太好的坡道上，這裡有許多人經過，粗砂粒四散，會戳到雪橇的底板，讓他們在路上翻覆。如果其他更強悍的孩子會忽略這些危險的話，卡西迪的孩子則不會，因為他一再重複的夢魘，就是他們會在這裡出事，雨果會滑到一輛火車下面、馬克會讓一根信號桿打破頭；他已經用懲罰做為威脅，完全禁止他們走這條路。儘管上坡時的確是安全多了，但這條小徑卻顯得更加沒吸引力。

沙摩斯選擇了馬克的雪橇，可能是因為黏在雪橇塑膠底座上那些瘋狂的雛菊。這輛雪橇算是同類型中的優質產品，一位瑞士的合作夥伴送上的樣品，為了試探開發英國市場的可能性。一開始這種設計展現了它的優點。但很快地，寬闊的龍骨在半融化的雪裡拉起來就嫌重了，卡西迪被迫猛往靠山的那一側傾斜，以便造成足夠的槓桿作用。他皮底的倫敦鞋每走一步就滑一步；他偶爾拉一拉那些帶子，人往後滑到雪橇前方，凍僵的腳後跟被那些塑膠尖角摩擦著；當這種事發生時，沙摩斯會用一句瘋狂的咒罵催促他往前。過夜旅行包不見了。顯然裡面什麼東西都沒了，沒有沙摩斯認為值得保留的，所以他把包包丟到雪橇外，以便讓達到極限的負重狀況好轉些；現在他正心思散亂地把槍瞄準任何恰巧在旁邊的東西；一間旅館屋頂上的鳥、一個過路人，還有一條狗。

「我親愛的卡西迪先生，你好嗎？」

接著是互相介紹；星期天喝的雪莉酒，在去過教堂之後過來喝一杯。沙摩斯鞠躬，揮一揮那把槍；引來一陣歡樂的尖叫聲。這是某位霍格洛夫或者黑格雷夫太太，俱樂部的資深議員。

「這個負擔看起來多**危險**啊！」

「這是雨果的，」卡西迪解釋道，一邊微笑一邊氣喘吁吁地說話。「我們要帶著它去修理。妳知道他多喜歡槍。」

「我的天，珊卓拉到底會**說什麼**？」

對沙摩斯，還是對那把槍？卡西迪想這麼問，因為她的眼睛從槍再移到另一人身上，顯得愈來愈吃驚。

「走開，」沙摩斯對著她尖聲大嚷，突然間失去耐性，順手拿起一根樹枝就猛然扔到她腳邊。「無產階級賤民。滾出去，不然我就射妳。」

那位女士退開。

一堆馬糞堆肥阻擋他們前進。卡西迪往左邊走，寧可繞道。

「拉啊，你這討厭鬼，」沙摩斯下令，還是氣沖沖的，「跑啊，跑啊，**用力拉**。」

在森林裡，行動容易得多。屢經踐踏的雪在樹木遮蔽下，既沒有融化也沒有凍結；有時候，他們甚至會碰上一小段下坡路，所以卡西迪必須走在前面，以便保持在槍的射程範圍內。在這種時候，沙摩斯變得緊張兮兮，下達彼此衝突的命令：舉起你的手、放下來，往左、往右，而卡西迪悉數遵從，什麼也不想，甚至也沒去想他背上會開個洞。樹木分開了，出現的景象是一片棕色谷地，還有像是堤岸般圍起的霧氣，就像從狹窄谷底升起的油煙。他們看著只露出一小塊正藍色部分的天使角，山上剛降下不久的雪在陽光下閃爍。

然後停下腳步。

「喂，你啊。」沙摩斯靜靜地說。

「是？」

「來個吻吧。」

他的手還放在頭上，卡西迪走回到雪橇旁邊蹲下來，親吻沙摩斯的臉頰。

「還要，」沙摩斯說。最後是：「一切都**好**，愛人，一切都還**好**。」他低聲說著，把淚水揮掉。

「沙摩斯會搞定。一言為定。我們塊頭夠大，愛人。我們可以辦到。」

「我們當然可以。」卡西迪說。

「創造歷史，」沙摩斯說：「做偉大的第一人，愛人，我們可以打敗整個該死的體制。」

「你現在要走了嗎？」在更多讓人喘不過氣來的擁抱之後，卡西迪問道。「實際上我有點累了。」

沙摩斯搖搖頭。「愛人，我得讓你變得強悍一點，這是非常激烈的過程，說真的，非常激烈。掌控。信念，記得嗎？對我們兩個人的信念？」

「我記得。」卡西迪說著，然後把帶子從雪地裡掏出來。

雲覆蓋住他們。他們必須在沒有他的指示下離開樹林，盲目地走進埋伏的霧氣中。什麼都看不清的卡西迪失去平衡，往前撲倒。甚至連小徑都不存在，因為路徑邊緣在一陣向下吹的潮濕霧氣中消失，而他的手抓著前方的斜坡時，握住了一個看不見的敵人。他再度掙扎著前進。

「你在哪裡？」

「這裡。」

「拉啊，愛人。」沙摩斯警告道。「繼續拉，愛人，不然就是咻—砰。」

接著地勢突然下降，雲隨之散開，房子就乾乾淨淨地站在那兒，在屬於它那一塊昂貴的覆雪山丘上等候著，地價是一平方公尺十五鎊，「艾鐸・卡西迪先生及夫人」的門牌框在門鈴旁，而沙摩斯之妻海倫在陽臺上畫畫。

畫在飄盪霧氣構成的白色標準尺寸畫布上，中間色調的畫框，有一小部分顏色沒套準。

從他們望向她的地方看，海倫顯得很高，戴著一頂珊卓拉附圍巾的帽子，手分開放在扶手上，臉猛然轉向那條小徑。儘管沒看見他們，卻能聽見他們在半融雪上的腳步聲，或許還有他們反覆迴響的聲音。

「卡西迪？」

「她臉上有點瘀青，」沙摩斯來到他旁邊，悄聲警告他：「在我抽打過的地方。這點我很抱歉，我不是故意要損壞商品的。」

「卡西迪？」她重複，仍看不到他們，但根據聲音猜測來者何人。

她用了更長一點的時間掃視小徑，沒領悟到他們已經來到她下方了。她在等待，像所有女人一樣。她用身體去捕捉聲音。等著一艘船，或一個小孩，或一個愛人；站得筆直、緊繃而敏感。

「我們就在妳下方。」卡西迪說。

瘀傷在她眼睛下面，是左眼，他記下來；沙摩斯用他的右手打她，可能是一記勾拳；從側面看來既嚴重又範圍廣大的瘀青，和他們去凱柏街看莎兒那天、在她臉上看到的傷痕很像。他打開門時，她人在大廳裡。在他碰到她之前，她早早就閉上了她的眼睛——好的那隻和受傷的那隻，然後在她溫柔地抱住他時，他聽到她低聲喚著「卡西迪」；接著感覺到她在顫抖，就好像她發燒了。

「吻在**嘴**上呀。」沙摩斯從背後嚷嚷起來。「耶穌呀。這是什麼，一個該死的修道院嗎？」

所以他吻她的嘴；她的嘴嚐起來有一點血味，就像掉了顆牙。

起居室——他自己設計的——是長條形，可能窄得不太舒服。陽臺與起居室等長，能飽覽三個地方的景致：谷地、村落和山區。在靠近廚房的地方，是一個松木做的用餐空間，海倫在那裡擺了給三個人用的桌子，拿了最好的餐巾和從左上方抽屜找出來的蜜蠟蠟燭。

「她瘦了點，」沙摩斯解釋。「因為在你來以前，我把她關起來。」

「你有告訴我。」卡西迪說。

「不是要**責怪**別人吧，愛人？我們得把公主關在高塔裡，不是嗎？不能讓娼妓到處賣笑。」

不管她是不是瘦了，海倫的眼睛有一種昂然不屈的光彩，一如重病之人的勇氣。

「我設法弄到一隻鴨，」她說。「我記得那是你最喜歡的。」

「喔，」卡西迪說：「喔，謝謝妳。」

「你還是喜歡吧，對嗎？」她很認真地發問，從珊卓拉用來放咖哩的分格紅色餐盤裡遞給他椒鹽麻花餅。

「更喜歡了。」卡西迪說。

「我以為你可能已經不愛吃了。」

「沒有，沒這回事。」

「只是結冰了。我想要弄一隻新鮮的來，但他們就是……」她一時說不下去，然後又繼續講：「在電話上好難溝通，全部都是外國話……他不讓我出去，完全不肯。他甚至把我的護照給燒了。」

「我知道。」卡西迪說。

她輕輕哭了出來，所以卡西迪把她帶進廚房，用手肘抱住她。海倫靠著他，頭擱在他肩膀上，然後深呼吸，讓她的肺裡充滿因為他在場所帶來的力量。

「哈囉，該死的牛。」

「嗨。」

「他就是……不知怎麼知道了。他沒有猜測或者懷疑，或者有什麼其他尋常的做法，他**知道**。該怎麼形容你從毛孔裡吸收到某樣東西？」

「滲透。」

「嗯，他就是那樣。這是雙重滲透。我現在哭，只是因為我累了，就這樣。我不是難過，我只是累了。」

「我知道。」

「你累嗎，卡西迪？」

「有一點。」

「他不肯讓我躺下。我得站著睡，跟匹馬一樣。」

她哭得很厲害；他猜想她已經哭了好幾天，而現在已經養成習慣，她在風向改變時哭，風停了也哭，風又吹起來的時候還是哭；而現在吹的是焚風，這種風永遠都在改變狀態。

「卡西迪。」

「是。」

「不管怎麼樣你都會來的，對嗎？不管他有沒有叫你來？」

「當然。」

「他在笑。你沒到的每一天，他就笑著說你永遠不會來。但有時候他會很哀傷。來嘛，愛人，他說，現在已經長成一個大男孩囉，你在哪兒呀？然後他就會對我很好，叫我為你祈禱。」

「我自己也有很多事要做。」

「跛扈母牛怎麼面對這件事？」

透過她的淚眼，他聽到珊卓拉的尖叫在樓梯井裡上上下下地迴盪，就像雨果的神奇跳跳球，在細緻的飛簷和石板地之間彈跳。

「很好。沒問題。知道這件事，她更快樂了，真的……」

「這裡也比較輕鬆，真的……一旦他知道我愛你就好多了。」

「現在我最好回去。」卡西迪說。

「對。對，他需要你。」

隨著一陣鼓勵的輕拍，她催促他上路。

沙摩斯在落地窗邊。他發現卡西迪的雙筒望遠鏡，並試著調整到看得見遠處一家旅館的臥室。厭煩之後，他把望遠鏡扔到地上，然後閒晃到書架前。槍插在他的腰帶裡，粉撲懶洋洋地從他的手指間垂下。

「有人是易卜生迷喔。」他散漫地提出觀察結果。

「是珊卓拉。」

「我喜歡那位女士。我一直都喜歡。不管怎麼說，都比海倫好。」

在海倫煮飯的時候，兩個男人玩著馬克的老鼠遊戲。那隻老鼠是塑膠做的，被塞進一個滑行軌道裡。在它跑遍各處、跳過一個溝渠、鑽過許多小洞之後，它進到一個狹小的籠子裡，撞上鈴鐺。鈴鐺一響，門就關上，老鼠就被逮住了。這不是個競賽性的遊戲，因為不可能輸，所以也不會有贏家，但在這個狀況下是個好遊戲，因為這讓沙摩斯能一直有隻手放在槍上。然而在沙摩斯煩躁起來、從火爐裡拿出撥火棍砸爛籠子外緣以前，他們沒玩到幾回。在那隻老鼠逃脫之後，沙摩斯又變得放鬆了，甚至還露出微笑，輕拍著卡西迪的肩膀激勵他。

「愛你，愛人。」

「愛你。」卡西迪說。

「沙摩斯跑遍了整個歐洲，」海倫從廚房裡捧著一道菜冒出來，帶著鼓勵的意思說道：「不是嗎，沙摩斯？他去了馬賽、米蘭、羅馬……」她數出這些城市，就好像這些名字會激發他的活力，為此她也可能讚美她這個生著悶氣的孩子，但沙摩斯仍然沒反應。「而且他的書進行得好極了，他一直工作到你來的這一刻，不是嗎，沙摩斯？寫寫寫，從早上寫到晚上。」

「把那隻該死的鴨子送上來，」沙摩斯說：「然後閉嘴。」

「卡西迪，酒，」海倫帶著一個慎重的微笑提醒他。「我猜我們該用紅酒，配家禽類的肉。」

「我去拿。」卡西迪說著，走向門口。

「接著。」沙摩斯說，然後丟給他一大串鑰匙。

這一擲力道很大，所以那串鑰匙砸向他腦袋旁邊的木頭，然後又砸下來，這是第二回反彈了，直落到地上。

卡西迪注意到，有許多把是備份，他把鑰匙都撿起來。他把她鎖在閣樓上的時候，想必把全部鑰匙集中在一塊兒了。

烤箱是問題所在。海倫說，這種烤箱似乎不像英國的一樣會熱起來，你啟動的時候裡面不會動。

「這是紅外線的。」卡西迪說著，讓她看這烤箱怎麼運作。

雖然如此，那隻鴨子還是生的。

「喔，天啊，」海倫說：「我會把它再端回去。」

卡西迪反對：別胡扯了，鴨肉應該是紅色的，這正是他喜歡的烹調方式。

沙摩斯也反對，但理由不同。不，他媽的她才不可以端回去。如果他就要締造歷史，他才不要被一隻沒熟的鴨子給拖累。

所以責任落在卡西迪肩上，他以他細緻的社交本能，再度擔起午餐時間的對話。他隨機挑了個話題——他已經好多年沒看任何一份英國報紙了——他聽到自己在檢討英國逐漸興起的暴力風潮，特別是最近針對一個保守派閣員所做的炸彈攻擊。他說，他對無政府暴力分子很不苟同。如果有人心懷怨恨，就說出口啊，卡西迪會是第一個傾聽的人。畢竟，如果我們得要受那些抱持異議的張三李四要脅，還要國會系統做什麼？

「我的意思是，看在老天的分上，他們到底想達到什麼目的？毀滅社會除外。這是他們永遠無法回答的問題。我會告訴他們：『好吧，很好：世界屬於你們了。現在告訴我你們要拿它怎麼辦。你們要怎麼醫治病人、幫助窮人、保護我們抵抗那些中國的狂人？』這個，你同意嗎？」他發問，暗自想著他是否能把剩下的鴨肉留著不吃。

海倫和沙摩斯靠在一起，海倫正在親吻、安撫他，撫平他的頭髮，而且把她的手擺到他額頭上。

「我們已經和英國新聞脫節了，」她越過沙摩斯的肩頭說道。她正在切碎他的食物，這樣他才能繼續握住槍。「沙摩斯試用了你的收音機，但它恐怕是壞了，不是嗎，親愛的？」

「沒關係。」卡西迪寬大地說。

他把馬鈴薯泥遞給他們，但他們謝絕了。

「嘿，卡西迪，」沙摩斯說，他在海倫的撫慰下高興了一點：「你覺得她的廚藝如何？」

「呃，如果可以據此判斷的話，可說是好極了。」卡西迪說：「但畢竟我在倫敦也嚐過了。」

「比跋扈母牛好？」

「好多了。」卡西迪全心全意地扯謊。

在海倫清理善後時，沙摩斯探進他的口袋裡，然後拿出一只皮革面的小書，在膝蓋上打開來。這本書有日記本的大小，但厚得多，邊緣有金葉裝飾。研讀它的時候，他似乎發現了特別相關的段落，因為他畫下重重的記號，用槍身來讓頁面攤平。

「裡面有子彈，對吧？」卡西迪問道，他讓自己的問題在這個狀況下聽起來盡可能地不經意。

「當然啦，」海倫從廚房裡驕傲地喊道：「沙摩斯一輩子都是彈無虛發，是不是，親愛的？」

是酒的關係，卡西迪想著，酒安撫了他。他選了一瓶強勁的勃根地，一瓶二十八法郎，而它的催眠效果很出名。

再度等待著海倫，這兩個男人到陽臺做瞄準練習。彈藥不是問題，因為壽衣的口袋裡裝滿了適用不同口徑的子彈，儘管某些子彈顯然太大了，有一些卻顯得很合適。

首先，應沙摩斯的邀請，卡西迪示範了一下保險栓。

「在這裡，」他一邊指一邊說。「你把它推到遠離你的那一邊。」

「會射出去嗎？」

「保險栓扣上的時候不會，不會的。」

「這樣是扣上？」

「不對，另一邊。」

他把槍指向卡西迪的頭，扣下扳機，不過什麼也沒發生。

「如果我這樣做——」

「那就會射出去了。沙摩斯，我們不是應該等到霧散的時候再試嗎？」

實際上霧還變濃了，在霧後方不遠處，他可以聽到雨落下的聲音，還有農業用機械轟隆轟隆的謎樣響聲，那種聲音似乎總是在不符時節的寂靜時刻填滿整個山谷。當他們站在那裡，兩個滑雪者像個幽靈般的修道院院長一樣全身裹得密密實實，他們的滑雪板刮過濕答答的雪，斜斜地往車站的方向滑下小徑。在他們消失時，已經瞄準了他們的沙摩斯放下槍，發出一聲惱怒的叫喊，然後到處張望著想找其他獵物。

「管他的，這玩意兒的射程有多少？」

「精確射程有四十碼。在三百碼內都有殺傷力。」

「這沒辦法迅速擊發吧，對不對？」

「沒辦法。」

「我想弄到達姆彈，但他們沒有。」他再度拿槍瞄準，這次對著路另一邊的煙囪。「她愛你到底。」

「我知道。」

「而你也一樣對她充滿熱情。只要一分鐘不見她你就想得要命。你等不及要入夢見她，你等不及要醒來跑到這裡、從我的臂彎裡搶走她。老婆、小蘿蔔頭和賓利汽車，如果與你對她徹底的、搾乾一切又照亮一切的激情相比，根本不值一提吧？」

他轉過頭，透過舉起的槍口盯著卡西迪。

「可憐的老愛人啊，我們還能怎麼做呢？不能讓你在那裡腐爛啊，對吧，讓你自己一個人在冰天雪地裡？我們花了該死的一輩子，尋找你現在已經找到的東西，不能在這個時候這樣做。我的意思是……什麼樣的人會耗二十年找黃金，找到的時候卻不想要了，啊？」

「沒有人會這樣。」

沙摩斯的瞪視從沒離開過他的臉。

「好哇。」沙摩斯說，臉上帶著一個突如其來的燦爛微笑，讓卡西迪冷到骨子裡去。

沙摩斯拉著他的手臂，回去起居室。

「海倫，」他吼著，依然拉著卡西迪的手臂，「準備好，妳這頭母牛！**要勇敢**，愛人，」他悄悄說道。「現在該當個勇敢的士兵了。」

卡西迪頷首。

「不然爸爸就得射死你囉。」

他再度點頭。

「不到五分鐘就好了。」海倫從臥室裡喊道。

他們一起把桌子移到房間中央。

「我們需要**證人**，」沙摩斯從廚房裡發言。「我他媽的怎麼能在沒有任何證人的狀況下為歷史催生？」他帶著一塊桌布走出來，一條白色的細斜紋布，這是珊卓拉的部分嫁妝。「天啊，**那些**可以拿來當磨刀石了，我不得不這麼說。」他說，挑剔地看著卡西迪的鞋子，從車站走過來的那一段路讓鞋子磨損了不少。「還有那些亞麻油地氈似的長褲是怎麼回事，見鬼了，**它們**是用來幹麼的？」

「那是騎兵褲，」卡西迪說：「這些褲子是我在這裡能找到最好的了。」

他是在試圖自殺之後買下那些褲子的；其他的被苜蓿草給毀了。

「我希望我們有**完全**得當的衣著。」沙摩斯嘆口氣說。

海倫穿著一套全新的灰色套裝，一件是珊卓拉去年特別為了俱樂部的雞尾酒會在伯恩買的；對於某些人的品味來說有點過時，但還是非常好看，領口綴有一點綠色，有個相配的圍巾遮住她的喉嚨。她姍姍而至，眼睛閃爍著；她剛撲了一些粉在她的瘀傷上，而且帶進來一小把仙客來，那是從廚房裡的盆栽上切下來的。她的嘴緊繃地撐開，那可能是一個微笑。花朵在顫抖，她很緊張。

「那是她對吧？」沙摩斯問道，就好像他突然間瞎了似的。他在窗外做事，背向他們。他的肩膀聳得很高。不管海倫還是卡西迪都看不到他的臉，但他們可以聽到他低聲單調地哼著歌。

36

沙摩斯變色了。

臉色沒有潮紅或泛白，沒有按照中世紀民謠所假定的法則，由白到紅、由紅到白；只是整個人似乎呈現一種配合他火熱情緒的色澤，比較黑暗而狂暴。看著他，卡西迪隱約體認到一件他一直知道、先前卻不曾瞭解的事：沙摩斯沒有身體上的穩定性；沒有形狀或輪廓可以讓人藉此記得他；他就像窗外的天空那樣多變；同樣風起雲湧，同樣平靜，同樣光明或黑暗，同樣移動迅速或同樣靜止；卡西迪私下已經花了太多時間界定他，把他的舞臺風采錯當成一種熟悉親近的表現；卡西迪如果想把這個男人馴服，帶進他自己如魚得水的上流社交界裡，那他也可以愛上一陣風了。他認識沙摩斯，他六呎高、身段柔軟如舞者時的樣子；他蹲坐著、心情狂暴，而且肩膀就像摔角選手一樣鼓起來時的樣子；他認識男性化和女性化的他，做為小孩和男人的他，做為愛人和惡霸的他；但做為單獨的一個男人，他永遠不認識他。那就是他寫作的原因，卡西迪這麼想著，他已經把自己放到屬於過去的位置了；沙摩斯得讓一個人化身成整支軍隊。就是出於這個原因，他會這麼嫉妒上帝：上帝擁有一個王國，而且可以吸收我們全部人，而且上帝享有無數與他相似的人；但沙摩斯卻只有這麼一個身體，必須拖著他自己走遍全世界，假裝自己只是一個人，這就是身為沙摩斯所受的懲罰，永遠不屈從於一個地方和一個女人所受的懲罰。

沙摩斯和那把槍之間也有麻煩。

海倫帶來給他的新黑色晨袍，非常適合他，但腰帶不夠強韌，不足以負荷這麼重的武器。他試著把槍繫在腰際卻不成功，之後他命令海倫幫他把槍綁在肩上。但這把槍不受拘束地晃盪時，卻干擾到他看那本金邊的書，最後他惱火地把槍擲到桌上，置於點燃的蠟燭之間。

「現在坐下來，」他下了命令，手指著沙發。「近一點。握住手，閉上嘴巴，你們兩個都一樣。」

他正要繼續的時候，瞥見海倫那天使般的微笑，然後他就突然發飆了。

「別亂拋媚眼！」他對她大吼，揮舞著那把槍。

「我沒有亂拋媚眼。我是在對你示愛。」

他把槍放回原位，把斜紋桌布披在身上，將比較長的一邊摺起來，然後掛在他的脖子上，於是布的兩端都掛在前面，就像一條長圍巾。

「那見鬼的轟隆亂響聲是什麼啊？」他低聲埋怨道，朝窗戶看去。

「是中央空調系統。它會自動打開和關閉。南風擾亂了溫度調節器的運作。」

「現在注意聽，」沙摩斯說：「我要來定義愛了。」

他讓那本小書在他左手裡闔上，金邊的頁緣朝外。

「愛，」當他們緊張地保持肅靜時，沙摩斯宣布道：「愛是一道橋梁，架在我們所**是**和我們能夠**變成的**東西之間。愛就是，」——他望著海倫——「我們潛能的度量衡。我說不要拋媚眼！」

「這只是緊張罷了，」海倫可憐兮兮地堅持己見。「我就跟**我們**舉行婚禮時完全一樣，你知道的。」

「沙摩斯，」海倫輕柔地說。「沙摩斯。」

他的眼睛看著落地窗，現在因霧氣而一片灰白。雨滴在窗戶上爆開，就像玻璃內部的活動，憑空冒出來、停在那裡，不會流動。

「愛人？」他說著，腦袋仍然沒朝向他們，卻帶有一種盲人的警覺性。

「是。」

「為什麼大衛和約拿單會拆夥？」

「我以為你知道。」

「我告訴過你，」──他還是對著窗戶──「我告訴過你，我從沒讀過那玩意兒。」

「形勢所逼，我想是這樣。他們就是分開了。」

「所得稅的分配問題。」沙摩斯提出看法。

「大致如此。沙摩斯？」

「周遭環境的力量？」

「對。對，我想是這樣。」

「不是因為一個五流情婦這類原因而引起的爭端嗎？」

「沙摩斯，如果你願意的話，我們現在就別再講了吧。不需要有這種儀式。」

「不需要？」

「我的意思只是，不需要搞得這麼正式。我們之中沒有一個人真的很虔誠。」

沙摩斯似乎沒聽到他說什麼，他眼睛仍然盯著霧氣，還有凍結在窗戶上、動也不動的雨滴。

「才沒有什麼見鬼的周遭環境，」他說。「只有人群。**可愛的人群**。」他繼續說著，用一種美國中西部老闆娘的聲音發言：「要是每個人都很可愛，就不會有任何戰爭了，不是嗎，親愛的？我作夢都想不到你做得到這種事，卡西迪，這是真的。我作夢都想不到你有那種想法。我一定是變得憤世嫉俗了。幸好你救了我，愛人；懷恨在心沒有意義。畢竟，這種事我們能碰到幾回呢：真正的、完全的愛？如果我們幸運的話，一輩子會有一次。兩次，如果我們是海倫的話。」

他轉過身，從遠處審視她，但襯著窗戶，他的形影顯得這麼黑，如果卡西迪不是早就知道，他根本沒辦法分辨沙摩斯是不是面對他們。

「耶穌啊，」他以不尋常的平靜說道：「妳那雙眼睛：噁心得要命。妳不能拿片牛排擋著它，或者想點別的辦法？卡西迪的眼睛就很拘謹。」

在這個節骨眼，門鈴響了，三個音符的和弦，與召集禮拜的快樂聲音有幾分相像。

「感謝神，」沙摩斯低聲說道。「佛萊厄提全家終於到了。」

用槍口打開門時——一邊注意著那無可挑剔的扣件、手工鋸的摺葉、車床加工過的鎖——卡西迪看到許多他認識的人，最前面是馬克和雨果，他們做好了獨立旅行的安排，最後面是「捷徑」公司的麥肯尼，還有瑞士警察總長。但眼前是艾德曼全家，實體的，而非想像出來的艾德曼一家人，帶著大包小包，從車站走過來而且一身疲憊，眉毛旁邊都結了冰；這幕景象讓他大吃一驚。

我確定我延後跟他們的約會了，他這麼想。他打過電話：約翰，老友，在緊要關頭出了麻煩，你們有沒有可能下次再去，還是說這樣會讓孩子們心碎？他寫過信：超出我控制之外的狀況，小屋被燒光了，沒有人比我更覺得遺憾。他打過電報：小屋毀於雪崩。然而很明顯的是，他沒做上述任何一件事，因為他們人在門口，全家人都在，穿戴著相稱的羊毛帽，就像一整個足球迷家族，四個小女孩身上沾滿巧克力，父母親帶著行李。他們在屋外光線的照射下站著，充滿期待地微笑，就好像把他當成了個攝影師，所有人的臉都凍得紅通通。

「艾鐸，老友。」約翰．艾德曼說。

「我們看燈光知道你在家，」他太太說，卡西迪再度想不起她的名字。然後她用某種慣用的粗俗表達補上一句，企圖讓她能和男人平起平坐：「所以我們就按了那個乳頭按鈕。」

「他有槍，」其中一個孩子大聲宣布，她看到後面的沙摩斯。「**我們**可以玩嗎，先生？」

他們還在門口，而一位主人有該負起的責任。

「請進。」卡西迪說，刻意表示他的熱心，還幫他們提行李。

在他背後，沙摩斯把頭抬起來，站在樓梯底層，擠進一處角落。當他望著他們的每個動作時，他用左輪手槍緩緩畫出弧線，把他們納入射擊範圍。

「他們是誰？」當他們從冰冷潮濕的空氣中擠進來時，他質問。

「一位醫師和他的家人。」卡西迪說，他因為一時混亂而忘記沙摩斯對醫學界的深仇大恨。「朋友。」然後從那位太太手上接過一些行李。

「**你的**朋友？」

「珊卓拉的。」

「哈囉，」艾德曼太太隔著客廳對他愉快地笑著說：「多**漂亮的**一把槍。要開一場兒童派對嗎？」她也注意到了那件晨袍和斜紋布長圍巾，接著問道：「你看起來就像達賴喇嘛。」並發出一個極為審慎的笑聲。

「滾。」沙摩斯說。

「那是沙摩斯，」卡西迪解釋：「他也要待在這兒。」

然後他讓自己忙著安頓那些綁了繩索的箱子，還有極其普通的行李。

「哈囉，老友。」艾德曼非常開心地說，從那件有帽子的粗呢大衣裡脫身。

艾德曼太太還在瞪沙摩斯，兩個人都沒動。

「現在這個時候我們確實有點擁擠，」卡西迪在一旁充滿信賴地對她丈夫說道。「我有一些訪客。如果你們不介意住進頂樓，就只有今天晚上……那明天我們就可以把一些東西整理出來了。」

艾德曼太太非常理智的聲音把他們的對話給截短了。

「親愛的，」她說道：「那是把真槍，」然後他們全都看著沙摩斯。

「恐怕是。」卡西迪說。

孩子們也注意到這把槍有多真實。她們站在槍旁邊，就像一群仰慕者，最小的那個在玩那只粉撲。沙摩斯用一個充滿厭惡的動作，就把她們全部揮開，然後迅速往樓梯上爬一級。

「他們臭死了，」他低語。「真是太可怕了。」

「喔，我不知道。」卡西迪尷尬地說。

「他們會把我們殺光的，愛人。耶穌啊，愛人，你怎麼能跟他們**說話**？」

「我們在舉行某種婚禮，」卡西迪對他新來的客人解釋：「所以他才會穿這些衣服。」

「一場**婚禮**，」艾德曼太太如回音般複述一遍，以此完全強調出明顯的問題。「在**這裡**辦？在**這種**時間？」就算他有意願回答，在他有機會說任何話之前，她又說了：「胡說八道。誰的婚禮？」

「他的，」沙摩斯指著卡西迪說。「他要和我太太結婚。」

約翰．艾德曼把菸斗從嘴裡拿出來。把他那張稚氣的面孔扭成一張沒有喜色的笑臉。

「但伙伴啊，」他在一陣頗長的沉默之後抗議道：「老卡西迪已經結婚啦，不是嗎，艾鐸？」

「還是和珊卓拉呢，」艾德曼太太說道，面帶責備之意看著沙摩斯。「艾鐸，他沒有挾持你吧，有嗎？我覺得他看起來瘋瘋癲癲的。」

「雨果說他媽咪和爹地**離婚**了，」一個年紀比較大的女孩宣稱，然後遞給卡西迪一顆奶油太妃糖，有一部分已經吃過了。

「安靜。」她媽媽說，作勢要給她一巴掌。

如果沙摩斯知道恐懼為何物，這就是恐懼的本質，這些人就是恐懼的對象。蒼白又小心翼翼，他在樓梯頂端採取極端防禦性的架勢，他蹲在那裡，縮在晨袍中，斜紋桌布纏在他脖子上，就像學院裡圍的長圍巾。他們全都看著他，等他發號施令，但花了好一段時間，他們的全神貫注才終於喚起他的行動。他突然間站起來——晨袍下他的腿光溜溜，就是在海佛當的那雙腿，在陰影裡似乎沒有較白的部分——他草率地朝樓上房間的方向揮了一下槍管。

「好啦，上這裡來，你們全部人。一次一個，手擺在頭上，前進。**你！**」

「**我？**」約翰．艾德曼問，擠出難看的笑容。

「把那該死的菸斗扔到一邊去。在教堂裡不許你抽菸。」

就這樣，在幾秒鐘內沙摩斯趕著他們上樓，父母親、行李和小孩都到了起居室。不只是那把槍為他贏得他們的順從，他似乎完全瞭解他們：要如何命令他們，要如何叫他們安靜，給他們的小孩什麼食物。在幾分鐘內，他們的行李整整齊齊地沿著樓梯間的牆壁堆放好，他們的小孩喝過水、餵了飯又上完廁所。這一家子按照高矮順序在沙發上坐定，正是教堂中面對聖壇的前排座位。

「這完全不像話，」艾德曼太太說，很挑剔地看著海倫。「天啊，她的眼睛怎麼了？約翰——」

「閉嘴，」沙摩斯命令她。「野獸！閉嘴！妳是見證人，不是他媽的裁判！」

約翰．艾德曼坐的位置正對火線，儘管有他妻子的懇求，還是不太願意行使他的天職。

「這真是怪得要命，」這就是他所說的全部，口氣像某個在做人類學研究的人。「這解釋了一**大**

堆事情。」

他把菸斗放到口袋裡去。

這時，獨自被撇下的海倫並沒改變她的姿勢。她坐在他們扔下她的地方，帶著平靜的新嫁娘微笑，就像是要藉著那把還在她手中的枯萎花束，思考未來即將帶給她的激情與甜蜜震撼。她的另一隻手靜靜擱在那裡，而且攤開來，等著她的新郎回來。艾德曼一家人進場時，她曾經心不在焉地起身向他們致意，但她的心情緘默而疏離，和大喜之日的她很相稱。

「喔，對，」她聽到名字以後說：「艾鐸提過你。」

她讓她丈夫去安排座位。只有小孩子讓她的表情有所改變。

「多美好啊，」她對她們的母親們表示。「多麼甜美。」

37

大批群眾出現，對沙摩斯有顯著的影響。在此之前不管他有多少懷疑，不管他手上有多少祕密和困擾，他的敵人——他誓死對抗的大敵——把這一切都驅散了。在此之前，他似乎還在負擔做為牧師的沉重責任。甚至有些時候，他似乎在質疑自己的信仰；但同時，他的行事風格古怪多變，又經常訴諸於手槍，把他的話語衝擊性降低許多。現在就不再如此了。現在，一種行動的狂熱駕馭了他。惡魔就在屋簷下；沙摩斯需要香草，他在廚房的碗櫃裡搜尋，最後找到一盒百里香，他把這些香草隨意地灑在聖壇上。蠟燭，更多的蠟燭；黑暗之主一步步蠶食進犯，沙摩斯需要光線來抵擋他的接近。蠟燭架很快地安置好了，當艾德曼一家人沉著臉，驚訝地在一旁觀看時，一盒普萊斯家用蠟燭（珊卓拉用來對抗停電的應變措施）也很快分發完畢。很快地，這個房間就充滿了蠟油燃燒的味道；晚餐桌成了一道發光的屏障，沙摩斯藏在後頭，避開中產階級平庸的恐怖與感染性質。

「他瘋了。」貝絲．艾德曼說道。

「安靜點，親愛的，」她丈夫緊張地說。「他可能只是工作過勞罷了。」

「制止他們！」沙摩斯尖叫。「你懂得他們的語言，跟他們講講道理！」

「拜託保持安靜，」卡西迪很有禮地說：「這樣會讓他不高興。」

在室外，霧暫時升起了。在漸暗的天空中，天使角露出的山峰閃爍著，就像碩大的鑽石。村莊裡華燈初上；但山峰上還有屬於他們的太陽，正以頗不協調的日光照耀著山谷中閃爍微光的黑暗地帶。

一只手搖鈴鐺單薄的響聲宣布典禮開始。

「在我們**繼續進行**之前，」沙摩斯開口：「我有一、兩件事情要宣布。坐直了，」他對一個小女孩說，槍還告誡似的揮了一下：「給我坐好，不要亂動。」

她母親扯住那個孩子，匆促地安置她，然後再度望向沙摩斯，自己也坐得更直了。

「首先，」他繼續說下去，儼然是位時髦的倫敦西區牧師，滿嘴虛情假意、裝出知識分子的派頭：「讓我表示一下，我是多麼**高興**能夠歡迎**孩子們**來參加儀式。這是宗教永恆力量的一項可喜象徵，父母親，」在此他給艾德曼夫婦一個充滿寵暱的微笑：「應該帶他們的小朋友到**這個地方**來。這對孩子們**以及**父母都很好。」

他瞥一眼手中的紙張。「要宣布的下一件事，是想告訴那些還沒聽到這個悲哀消息的人——關於泰國一帶的一場災難。昨天晚上，因為某個美軍戰略基地的一時失察，四百萬的亞洲人被消滅了。」

他等待著，一手托著餐盤，另一手則是那把槍。

一陣短暫而困惑的沉默，然後艾德曼太太打開她的皮包，把小額零錢分給女孩們，銅板的鏗鏘聲才打破了這片寧靜。

「**任何**貨幣都可以。**謝謝**妳。**謝謝**妳，親愛的。妳**是**個基督徒，我想沒錯吧？」他對艾德曼太太小聲地說，接過她的奉獻。

「事實上我是個**人道主義者**，」她回答。「我丈夫和我認為，我們不可能接受神的存在。」然後她翹起下巴。「這是基於科學**及**心理學的立場。」她補上一句。

「妳顯然是抱著**現代**觀點。」沙摩斯語帶鼓勵地提醒她。

「這個嘛，這樣的觀點顯然不像你的那麼現代。」艾德曼太太振奮地說。

「妳認識新郎多久了？」

「喔——比我願意承認的還久喔，」她招供時還針對自己的年紀開了個緊張兮兮的玩笑，她三十歲了。

「好，好，好，**好**。第三件事宣布，」沙摩斯繼續講下去，對著那對新人說話，「關於你們的旅行安排。有一班從施皮茲來的車，附臥鋪，九點四十分到。所以他媽的最好別錯過。懂吧，卡西迪？」

「是，當然懂。」

「請你們站起來好嗎？」

海倫和卡西迪正一起坐在皮椅上，沙摩斯將那把椅子拉到狹長房間的中央，以便為剛來的人挪出更多空間。海倫坐椅子扶手，卡西迪則坐在椅子上，但他們的高度落差讓溝通變得困難。這種安排對卡西迪不太好。海倫的身體造成的多餘陰影，讓他有機會幻想自己身在別處，使他有種暫時的輕鬆感，然而現在他又回到了現實——海倫的手輕輕拉著他站起身。

「艾鐸。」沙摩斯說。

「是。」

「海倫？」

「是。」

「在結合你們兩人，艾鐸和妳海倫結成神聖的婚姻之前，我覺得我背負著一個神聖的義務，必須大膽提出一、兩項**普遍的**觀察，」他對著艾德曼一家微笑，「與你們即將見證的這個儀式有關。」

運用這樣適於短篇演講的簡潔詞彙，沙摩斯簡單地對客人解釋了社交性的婚姻，也就是艾德曼夫婦的那種婚姻，這是為了包容一般大眾所做的正確設計，還有真正的婚姻之間的差別。真正的婚姻是非常稀有的，與艾德曼夫婦無論如何毫無關係。他告訴他們何謂佛萊厄提還有自訂的神聖性，以及想一起死（新約式婚姻）及想一起活下去（舊約式婚姻）的差別。講完這些以後，他唱了幾句西緬頌❹，然後對掛在火爐上的巴特利版畫鞠躬了無數次。

「全然的激情，」他用很強烈的愛爾蘭口音提出宣言，卡西迪懷疑這是引自佛萊厄提的宣傳小冊：「要求全然的犧牲——」

正要繼續的時候，他被貝絲．艾德曼一句悄悄的「阿門」打斷了，她的許多女兒也跟著順從地細聲複頌，不過聲音大些。

「**閉嘴**，」他抑制著怒氣告訴她。「保持安靜，不然我會殺了妳。天啊，愛人——」

「她沒有惡意。」卡西迪說。

他拾起祈禱書——槍的重量讓這本書保持攤開——他大聲讀出來。

「我請求並命令你們兩人，如同在那可畏的審判之日，所有心靈祕密都會揭露的時刻那樣地回答——實際上就是**現在**，愛人。不是明天，不是再下一天，不是在小男孩羅賓的地盤上，而是現在——好還是不好？」

「好。」海倫說。

「我在跟**他**講話！我知道妳會怎麼說，妳這娼妓，安靜，要不然妳會再挨一頓揍。他，我指的是**他**。卡西迪。我們的愛人。你願不願意娶這個女人做你明媒正娶的妻子，不論她生病、爛醉如泥、殘廢、愚不可及或是到處煙視媚行？你願不願意摒棄所有人，包括跋扈母牛、小蘿蔔頭、賓利汽車，還有，」他放下了祈禱書：「我，愛人，」他非常輕柔地說：「因為就是這麼回事。」

海倫握著卡西迪的手。從他背後，他聽到他那法國母親懶洋洋的持續咳嗽聲，還有迴盪在拱型天花板上的教堂座椅嘎吱聲。那些孩子，他想著，艾德曼家的女人為什麼不**做點**什麼？他們是我的朋友，不是他的。

「愛人。」

「是。」

「這把槍是用來射殺叛逃者的，不是用在愛人身上的。」

---

❹《聖經．路加福音》第二章二十九至三十二節的頌歌；聖靈曾經許諾讓西緬死前得見彌賽亞，所以在西緬終於見到嬰兒耶穌時，他懷抱著救主耶穌吟出這首詩；這首詩有送終、別離的意味。

「我知道。」

「如果你說**不**，我一定會射殺你，因為我相當恨你。那叫做嫉妒，也是一種情緒。對吧？但如果你說是，可是你卻同時不要她，相信我，那**是**……那真的**是**……很不禮貌。」

海倫正看著他，而他知道那種眼神，因為那正是珊卓拉的，籠罩一切，整個同生共死的約定。

「重點在於，愛人，一旦你把她拖回你的洞穴，爹地就不會在那裡幫你了。如果你要她的話，你可以擁有她。但從那一刻起你就得自尋生路。我沒辦法替你多做什麼，你也不能再多替我做什麼。」

「是不能。」

「你這話是什麼意思，**不能**？」海倫放開他的手質問。

「我的意思是他不能再多做什麼了。我同意。」

「你看看，」沙摩斯解釋起來：「雖然她是個傻呼呼的小賤貨，我愛她。她就是因此才這麼厚顏無恥。她擁有我們兩個。所以我給你我所有的全部，我所想要的一切。而當然啦，如果你拒絕了，我會不知所措。但你必須做決定。別讓那個賤貨牽著你的鼻子走。我愛你，愛人。」

「我愛你。」卡西迪自動回答。

同時，沙摩斯從蠟燭之間專注地看著他，汗水從他臉上冒出來，就像彎彎曲曲的淚水布滿他刮過鬍鬚的臉頰，但他的眼睛漆黑而堅定，就好像在他的折磨中，不論是痛苦或高溫都與他的話無關。在卡西迪的左側，海倫耳語、催促、抱怨著，但他只聽見沙摩斯；是沙摩斯扣住了他的注意力，這點再清楚不過。

「說是啊，你這白癡，」貝絲．艾德曼突然間從後面大喊出聲，而沙摩斯揚起槍，如果不是海倫擋著，他就幾乎要射殺她了。倒是沙摩斯繞過聖壇，拉著卡西迪的手臂，領他走到房間最遠處。這裡極為陰暗，幾乎沒人聽得到他們在說什麼。

「小子，她是個大食客，」他低聲咕噥。「會出現大量的食糧帳單。衣服，還有車子，她會要上全部。」

「**卡西迪！**」海倫憤怒地嚷道。

「她可以擁有她想要的一切。」卡西迪忠誠地說。

「為什麼不乾脆給她錢就好：你也不必同時忍受**她**。給她五千塊就夠了。」

迅速又別有陰謀似的瞥了群眾一眼，沙摩斯把卡西迪拉向他，所以他的嘴唇就在卡西迪耳邊，而他的臉頰下半部則貼著卡西迪的太陽穴。沙摩斯突然這麼接近卡西迪，讓他再度聞到巴黎的氣息、酒和街上垃圾的味道，聞到火爐裡的柴煙在他那件晨袍裡縈繞不去的味道，還有他身上總是有的汗水味。而他不知怎麼找到的某種超然淡泊現在不見了，因為這是沙摩斯，他過去一度就是卡西迪的自由；曾經愛著他；曾經需要他、仰賴他；在自己那無望的追尋中，曾經以他為寄託，和他在河畔嬉戲。

「看在老天的分上，愛人，」沙摩斯強調：「為什麼要為了一個女人，把像我們這樣的友誼給搞砸呢？」

他的嘴唇停在那裡，嘴唇間的氣息在他的耳膜邊顫動。沙摩斯的下巴緊貼著他的頭，沙摩斯的手則黏在他脖子上。最後他輕輕把卡西迪推開，以他熟悉的方式仔細打量他，（在卡西迪看來似乎是）當場讀出他生命的全部，讀出其中全部的悖論、推諉，以及無法解決的衝突。有一刻，天空為了卡西迪清澈起來，他看見他們駕駛滑翔翼飛越的山頭。然後他想著：我們回到那裡去吧。從山上我就可以明白一切了。

然後沙摩斯微笑：寬大的、不可靠的贏家所露出的那種笑容。

「怎麼樣？」

「這樣沒道理。」卡西迪說。

「你是什麼意思？**沒道理？**你在這裡，因為有個道理在！該**有個**他媽的道理才對！我擁有**你**，而且我把你給了**她**。我擁有**她**，而且我把她給了**你**！」

「我是說，沒理由要說服我退出，我愛她。」

「那是什麼意思？」沙摩斯很平靜地問。

「我說我愛她。」

「還愛她？」

「對。比你還多。」

「比你對我的愛還多，或者比我愛她還多？」

「都是。」卡西迪反應麻木地說。

「再一遍，再說一遍，」沙摩斯催促著，一邊抓住他。

「我愛她。」

「吼出來！她的名字，還有一切。」

「我愛**海倫**。」

「艾鐸愛海倫！」

「我，艾鐸愛海倫。我艾鐸愛海倫。我艾鐸愛海倫！」

突然間，卡西迪並不明白怎麼回事，這番指示、這些字句的節奏掌握了他。他喊得愈大聲，沙摩斯的微笑就愈燦爛、愈興奮；他喊得愈大聲，這房間就變得愈大、愈是擁擠、愈充滿回音。沙摩斯正往他頭上倒水，像在利普啤酒館那樣倒了一整罐，以少數菁英之名淨化了他。海倫則在親吻他，一邊啜泣一邊問他為什麼拖了這麼久才說。一陣聲音響起；某些孩子在鼓掌，但有個孩子在哭；在卡西迪的想像之眼中，看到他自己濕透的愚蠢軀體在一灘聖水中挺直了，對著訕笑的世界吶喊出他的愛。

「我艾鐸愛海倫！你們聽到了嗎？我艾鐸愛海倫！」

約翰．艾德曼站著，拍著雙手；他太太把她的毛線手套握到下巴處，又哭又笑。

「**這**就是了，」約翰．艾德曼在哭泣。「我的天，這是一流的啊。我從來沒期待會發生這樣的事，從來沒有。」

「要是更多人能看到這一幕就好了。」艾德曼太太說道。

但他們可以的，卡西迪吼道，他們可以。為什麼你不轉過頭來，你這白癡？珊卓拉的家人擠在她背後的長椅上。葛羅特太太穿著上面都是水果和花卉的衣服，由她的幾個姊妹和女性表親護衛著；斯耐普穿著米色的天鵝絨衣，毫無效果地露出她的乳溝。從通道另一頭走過來的，是那個淚眼婆娑、嗆咳著的棄婦，還有老雨果單調的抽泣聲，他站在屬於羅斯的空位旁邊。管風琴旋律響徹整個房間，「與我同在」和「善牧羊群」。

「我艾鐸愛海倫。我艾鐸愛海倫。我艾鐸愛海倫。」

「喔，愛！喔，愛啊！」海倫啜泣著；她用一條擦茶盤的毛巾替他擦乾身體；在妝被淚水洗掉的地方，她的瘀傷更明顯了。「而且他並沒有礙著我們，」她嗚噎著說：「喔，沙摩斯，親愛的。」

「你看，愛人，」沙摩斯解釋道。「你是我的唯一。我的意思是，耶穌擁有十二個門徒，不是嗎，十一個好的，一個壞的。但我只有**你**，所以你必定是對的，不是嗎？」

燈熄滅了。沙摩斯到處傳著一瓶塔力斯可。海倫在卡西迪的臂彎裡，非常驕傲且安靜，她正在接受其他賓客的祝賀。她說，這個嘛，他們實際上是在英國西部地區相遇的；大約一年前；他們從那以後真的一直相愛著，但他們為了沙摩斯的緣故而保密。這些談話都簡短且切中要點，沒有人變得言語乏味或抓不到時機。沙摩斯開懷暢飲，他臉頰的血色上衝，正處於心滿意足的極致：如果他們有孩子，該把他們教養成天主教徒，他說道，這是他定下的唯一條件。

「他是個**作家**，」貝絲・艾德曼對著那些女孩子說，臉上因為母性的驕傲而發紅。「那是非常特別的一種人，就是因此他才瞭解這世界的一**切**。妳們**絕對**不能、不能妥協，妳們知道嗎？莎莉聽好，媽咪剛才說了什麼？」

「我見識過許多這樣的狀況，」約翰．艾德曼叼著他那成熟男子的菸斗說話。「在診所裡該死的每一天，會有三個，也許四個病患，是你看到會大吃一驚的。這麼多一模一樣的狀況，其實是可以**避免**的。」他對沙摩斯說出肺腑之言：「只要他們得到**幫助**就好了。」

「而當然啦，他怎麼能忍受**另一個人**這麼久，」貝絲．艾德曼對在場願意聽的任何人說道：「只有上帝才知道。我是說，**那完全**是場災難。」

38

賓客聚集在門口，孩子們在前，大人殿後。過節用的雪橇好好地擺在那兒，又是馬克的那一輛；約翰．艾德曼和沙摩斯將行李綑在雪橇前面。一陣輕盈、刺骨的風從北方吹過來。霧氣徹底消失，雨變成了雪，一陣下得厲害的細雪已經堆積在窗櫺上。

為了她的啟程，新娘穿上一件尺寸剛好的羊皮外套，是她在珊卓拉的衣櫥裡找到的，還有一頂迷人的白色毛帽，馬克說那是媽咪的兔耳朵。

「這不是很有趣嗎，」她興奮地說：「每樣東西都很適合我，就像這樣？」

她的靴子是海豹皮做的，儘管她不贊成殺害海豹。她大方地親吻女孩們，勸誡她們要善心和藹，長大後做個可愛的妻子。

「妳們會的，我知道，」她說著，掉了些眼淚。「我就是**知道**妳們會。」

對於貝絲．艾德曼，她傳授了一些臨別的家務技巧。油爐系統實在有點難懂，最好的做法就是踢它一腳。

「還有，冰箱裡有一隻冰起來的鴨，多餘的牛奶放在門邊。看在老天的分上，別買合作社牌奶油，**沒有**比較便宜，而且難聞透了。」

「我們認為妳做了正確的事。」貝絲說。

「我們知道是。」她丈夫說。

「別了。」沙摩斯說。

他謙遜地讓自己置於隊伍尾端，在其他人的影子底下；他一手拿著一把火炬，另一手拿著玻璃杯；他光著腳，而他那件晨袍的裙襬可能是借自客廳窗戶上的窗簾。

「你要說的就是這些？」海倫最後說道。「**別了？**」

「注意兔子洞。」

「我樂意吻你一下。」海倫說。

「親吻不持久，」沙摩斯用卡西迪過去從沒聽過的薩摩賽口音說道：「廚藝卻會。」

相當絕望的她轉向約翰．艾德曼。

「別擔心，」偉大的心理學家說。「我們會讓他振作起來的。」

她有點不太雅觀地拉起裙子，看了沙摩斯最後一眼，登上了雪橇，和行李一起穩穩地坐在前面，這樣卡西迪就能控制後排位置。

「你要離婚嗎？」小女孩問道。

「別講話。」貝絲．艾德曼說。

「雨果說他要離婚，」同一個女孩說。

「艾鐸，」貝絲．艾德曼臉上掛著植物和岩石般的微笑。「給我們一通電話。電話簿裡有。」她親了他一下，聞起來有淡淡的乙醚味道。「記得，你不但是病患也是朋友。」她補上這句。

她丈夫給他充滿男子氣概的一握。

「一路順風，艾鐸。別太累了。我們敬佩你。」

該跟沙摩斯說再見了，卡西迪似乎記起了什麼。

「啊，該死，」他說話的口氣完全像個小男孩。「等我一秒鐘。」然後排開人群衝進屋裡。

雨果的房間很冷。他測試了一下電熱器。開著，不過冷冰冰的。一定是暖氣系統堵住了。他的玩具被收到一邊去，只有一件用正合時節的光面材料所做的紅色連帽厚夾克，就像給玩偶穿的衣服，掛在彩色的掛鉤上。

馬克的房間排列著從雜誌剪下來的照片，主要是廣告。最大的是一張跨頁圖片，一家人在把他們的釣具放進休旅車裡時，對著鏡頭微笑。他就是這樣地需要我們，卡西迪想，細看那個父親曬成古銅色、無憂無慮的外表。在河畔運動的英國先生與英國太太。

「掉了東西？」沙摩斯在門口問，把自己的玻璃杯遞給他。他非常放鬆。那把槍，像把霰彈槍一樣地拆開了，若隱若現地掛在他的前臂，他把粉撲放到耳後，就像朵大溪地的花。

「實際上是我的手錶。一定在浴室裡。」他把玻璃杯還回去。杯子空了。

「愛人。」

「是。」

「聽著，呃……我知道你會讓她保持你習慣的某種風格。但是不要，呃……不要讓她碰太多錢。**你**知道的。」

兩間浴室他們都找過，但找不到。

「還有，呃……另一件事情。」

「什麼另一件事？」

「另一件事，你知道啦。」他挺了一下他的骨盆。「我們在巴黎做的事情，**你**知道的。小心她。她會為了懷孕做任何事情，任何事。我們以前在德罕有一間公寓，我們讓那些建築工人進出。她為了微乎其微的希望睡過他們全部的人。油漆工、抹灰工、泥水匠，全部的人。」

「我不相信。」卡西迪說。

他們回到前門。

「可是你沒有揍我，對吧？」

「**你**要做什麼呢？」卡西迪在一陣稍嫌冗長的沉默後說道。「我說現在。」

「大醉一場。跟艾德貝利一家子喝點酒。」

「**快點啦！**」海倫叫道。「看在老天的分上，我們會錯過火車的！」

「妳就是改變不了他，」他們聽到貝絲．艾德曼說。「他一直是一個猶疑不定的人，他永遠會是。他快把珊卓拉逼**瘋**了。」

「所以馬克才會那樣軟趴趴的。」最大的一個女孩說。

「了不起的人，」沙摩斯說。「我愛他們每一個。我說真的，直話直說。可以跟他們玩玩『拉鍊』。教那些小孩玩。」

「那本新書沒問題，對吧？」

「完成了，」沙摩斯說，臉上毫無表情。「實際上，全都在講你。還有不朽。艾鐸・卡西迪的永生不死。」

「很高興我提供了寫作題材。」

「很高興我寫了。」

「**卡西迪！**」海倫非常生氣地大叫。

「我現在得走了，」卡西迪說，他懂海倫的意思：「要不然我們就趕不上火車了。」

「說得好。勇敢點。」

「再見。」

「活跳跳的喔，」沙摩斯用他刻意裝出的娘娘腔聲音說：「向賓利汽車獻上我的愛。呃，愛人。」

「是。」

「別錯過火車，但是，呃，讓我們先談好某件事，可以嗎？在車站餐廳那邊的一個女侍，有大胸脯的那個。」

「瑪麗亞。」卡西迪馬上想起來。

「告訴我們，她好上手嗎，你知不知道？我昨天有個很確切的感覺，我給她咖啡錢的時候，她在偷摸我的手。」

「這個嘛，他們確實說她稍微放蕩了點。」

「要多少？」

「五十法郎。也許更多。」

沙摩斯的手已經伸出來了。

「這是為了讓我自己過下去，你知道吧。我會需要一個分心的目標。」卡西迪給他一百。「多謝。真的非常感謝。我會回報你的，愛人。我發誓。」

「沒關係。」

「還有——呃——關於一個很普通的主題。」

「哪一個？」卡西迪問，確實沒去想搭火車的事，他確實想趕車，但也只是確實而已。或許是關於神的普世性主題？關於靈魂的結合？關於濟慈、死亡、攫取而不給予？關於風箏，或者席勒，或者中國對嬰兒車業的威脅？也許是更私人性質的事？像是一個可愛的靈魂緩慢地萎縮，耗損到非常渺小的地步？

「錢？」沙摩斯說。

起初，卡西迪認不出他的笑容。這屬於其他面孔；直到那時，還沒在他和沙摩斯共同探索的世界裡出現過。因為需求、失敗和依賴而變得軟弱的面孔。這是一張甚至在懇求之際還同時在控訴的臉；

這張臉第一次出現時就糾纏不去，同時傳達出不變的臣服與輕蔑；這是兩方為了同一個經濟競賽而競爭時，由輸家獻給贏家的笑容。艾鐸老友，那張臉說，卡西迪老伙伴。給我一千元就夠了。一個沙堆般靠不住的笑容，與一件袖口磨損的好西裝、一件領口磨損的絲質襯衫一樣穿在身上。不管怎麼說，老友，在你猜中大獎以前，我們曾經是刎頸之交，不是嗎？

「你需要什麼？」卡西迪問。在此之前，他的習慣一直是先確定最小值，然後再減半：「說真的，我們得快一點。」

「幾千塊？」沙摩斯說，口氣就像這對他們兩人來講這真的沒什麼；只是朋友之間的一項安排，隨後就忘了。

「我會給五千。」卡西迪說著，簽給他一張支票，因為火車的關係動作迅速。

他給沙摩斯支票時沒看他，他覺得太羞恥了。他也沒看沙摩斯怎麼處理它，是折起來收好，屬於寇特風格，就像折一條手帕一樣；還是在老雨果的榜樣下讀它一遍，從日期到簽名都看，然後看看背面以防萬一。但他確實聽到他吐出那個字眼，卡西迪曾對天祈禱沙摩斯千萬別這樣說。

「多謝。」

然後他知道了，他已經見到他生平的第一具屍體，這象徵了他將會看到的其他一切；死去的夢、生命告終、毫無意義。

「就來了。」他對海倫喊道。

「有一天我會回報你，愛人。」

「不急。」卡西迪說，雖然實際上眼前是該急，因為瑞士火車很準時。

他爬上雪橇。

「在你手上。」沙摩斯在他背後指著他的手錶喊道。

他不可能看到的，因為卡西迪把他的袖口直拉到底，就像小男孩羅賓那樣。

「你到底打算**怎樣**？」海倫質問他。「我已經坐在這裡好幾個小時，都**凍**僵了。看看我的頭髮。」

其中一個小孩找到一袋米，一把一把地灑向他們。雪持續下著，雪花變得厚重得多。

「我的錶掉了。」卡西迪說。

「我會以為你可以偶爾一次不需要那個東西，」她說：「既然這玩意兒都要讓我們錯過火車了。」

下一刻，一打欣然祝福的手推著他們進入黑暗，孩子們快樂地尖聲嚷嚷著「祝你們好運」，這聲音在他們背後消逝，快樂的一對新人迅速地飛馳下山，因為飛舞雪花的冰冷潮流而目盲。

車站空蕩蕩的，而且非常冷，火車無疑是開走了。留了鬍子的售票員說，下一般會來得很晚，有很多雪正愈堆愈高。

「這裡也有很多雪。」卡西迪打趣地說，他還在撥乾淨自己的身體——也撥掉拖延時間的罪惡感——但售票員顯然對笑話並不感興趣，也不屬於那種可以給小費的階級。他是一個醜陋的大個子，但他毛茸茸的臉正是用來抵擋任何客套寒暄的。

「呃，那就問他會**多晚**。」海倫跟他說。

「多晚？」卡西迪用法文問道。

售票員沒做任何手勢，既沒有回答，也非拒絕回答。但在盯著海倫看了很久之後，他沉默地對他們關上門，從裡面上鎖。

「多晚？」海倫喊著，猛敲那道小門。「**討厭鬼**，你瞧瞧。」

他們下山時翻車不少次；卡西迪記得有五次。第一次他們都覺得好玩；第二次行李箱打開了，卡西迪得像個北極探險家一樣步履蹣跚地走過飄落的雪花，找回珊卓拉的衣服。在那之後，翻車不再有趣。海倫說這是臺爛雪橇，卡西迪則說實在不能怪它爛。海倫說她本來以為他知道怎麼駕馭，要不然她才不會同意坐上來；她寧願走路，至少還可以保持乾燥。她說，真的雪橇是木頭做的，她還小的時候有過一輛。她又猛敲起門來，透過一絲縫隙吼著「混蛋」，因此卡西迪建議他們去喝一杯，幾分鐘以後再來試一次。

「我們總是可以回布里斯托。」他說。

「回**哪裡**？」

「這是個笑話。」卡西迪說。

「你這樣**猶疑不定**啊，」海倫充滿鄙視地說。「如果你**想**跟我一起走，**絕不會**這樣不安。」

但還是一樣。

他們在車站餐廳裡，一群穿著藍條紋套頭衫的英國女士們坐在一張屬於英國人的桌子旁。看到海倫和卡西迪走進來，一個戴著助聽器的美麗苗條女士就向他們招手。

「你這老**惡魔**，」她開心地對卡西迪說話，用她單薄、乾燥的手牽著他的手腕。「你甚至沒告訴我們你要來。你真是個**惡魔**，」她又說了一次，就好像耳聾的人是他，而不是她。「哈囉，珊卓拉，親愛的，妳看起來真是凍壞了。」但她偏愛男人。「親愛的，」她用很親暱的口氣說：「你有**聽說**今年的冠軍賽阿尼打算做什麼嗎？」

盛怒之下，海倫接過一杯熱酒，然後非常慢地喝下去，直盯著時鐘看。

「他想要在穆倫辦一場盛大的滑雪障礙賽；天啊，你能想像嗎？呃，我是說，你知道上次我們去穆倫發生了什麼事……」

終於脫身的時候，卡西迪回到售票亭。票亭還是關著，看不到任何人，雪則下得更厲害了，遮蔽了村莊裡的燈光，也讓整個雪白世界籠罩在一片死寂中。

「他們說大約再半小時。」他這樣告訴海倫，她移到一張空桌去了。告訴她壞消息似乎不太妥當，所以他製造了一點希望。「他們正在拚命趕工，不過現在他們幾乎被打垮了。」

他點了更多熱酒。

「拿到妳的護照了嗎？」他想讓她振作一點，便這麼問道。

「當然沒有。沙摩斯把護照給燒了。」

「喔。」

「你說『喔』是什麼意思？你可以弄到副本。任何領事或者大使館都能出具一份。我們可以去伯恩。等車一來就去——如果說車子真的會來的話。」

「我們明天會弄到一份，」卡西迪對她承諾。

「我還需要更多行李。所有東西都濕透了。」

她開始埋頭哭泣。

「喔，不，」卡西迪悄悄地說。「喔，海倫，拜託。」

「我們要怎麼辦呢，卡西迪，我們要怎麼辦？」

「怎麼辦？」他勇敢地說。「我們會做說好要做的事。我們會去度個美好的假期，然後我會加入政治圈，妳會成為國會議員的妻子，然後……」

從英國人的桌子那裡，美麗的女士充滿同情地旁觀。

「她現在懷孕了嗎？」她愉悅地喊道。「這通常會讓她們變得很古怪。」

卡西迪沒理她。

「這只是一種反應而已，」卡西迪向她保證，握著她的手，一邊努力想逗她笑。「很抱歉現在這樣子……這不是因為妳很難過。」

「不要**道歉**，」海倫跺著腳說。「又不是**你的**錯。」

「呃，從某個角度來說是，」卡西迪堅持己見。「是我讓妳陷進來的。」

「不是啦。愛不是任何人的錯。它就是發生了。而且當愛發生的時候，你就是得對它言聽計從。

其中有贏家，有輸家，就像所有事情一樣。我們是贏家，就是這樣。雖然說我們錯過火車了。」

「我知道，」卡西迪表示同意。「我們非常幸運。」然後把他的手帕塞到她掌心裡。

「這也不是**幸運**。」

「嗯，那到底是什麼？」卡西迪問。

「我怎麼知道？為什麼你耗了那麼久？」

「妳指什麼事？」

「說你**願意**。就跟錯過火車這件事一樣。他們全都在那邊等你，你既是火熱的愛人，還有其他天知道的什麼身分，沙摩斯又這麼幫忙，但是你所做的一切就是在那裡猶疑不定，而我**坐**在那邊，在一位眾人的**醫生**還有他的聰明老婆面前，看起來就像個徹底的白癡。為什麼你非得認識這麼有頭腦的人不可？」

擦乾淚眼，她看到售票員坐在一張靠門口的桌子前面，喝著烈酒和咖啡。

「見鬼了，**他**為什麼在這裡？」她質問道。「他應該在等火車才對。」

下班後，這個售票員完全變了個人。「哈囉，」他一邊喊一邊舉杯。「哈囉。乾杯喔。哈囉。是。早安。」

「乾杯。」卡西迪說。「你說英語啊？很好。太好了。」

「沒火車，」售票員一邊喝酒，一邊很滿足地說道。「雪太大了。」

他又開始喝酒，就好像同樣的東西再多一點點也無傷大雅。他喝酒時朝他們走去，想和他們說話；他逼近的身軀很龐大，人醉得很厲害，而他的眼睛盯著海倫，看也不看卡西迪一眼。所以槍響出現時，幾乎像是一種解脫。

那裡沒有其他的聲音。一點都沒有。完全沒有要從其他不同的聲音中——像是門猛然關上、車子逆火，還是從車站頂上落下的一片屋瓦——分辨出這聲槍響的問題。雪在萬物之上覆蓋了一層毯子；只有手槍得以豁免。而且槍聲很近。不是在車站餐廳裡；但是離此處很近，隨後還有一聲令人毛骨悚然的嚎叫，情緒介於痛苦和憤怒之間；一聲長長的、追逐獵物時的嚎叫——這種聲音照例是出現在荒郊野外的沼澤裡——然後終止。當這嚎叫停止時，帶著一聲哽咽、苦惱的抽噎，然後聲音愈來愈小，終歸於無；這聲嚎叫讓血液都發涼，讓動作到一半的酒醉鐵路職員也注意到了。

「**我的**天啊，」他議論道，所有格的發音帶點口音：「他們射殺了那隻母狗，我想是這樣。」

他還在為自己對美國語言文化的恰當掌握而發笑的時候，卡西迪已經衝過他身邊，直奔車站前面的廣場。

在火車站朝下照射的燈光中，俄國式的大雪瘋狂地打著滾。整條鐵軌都被蓋住了。一條道路、一道小徑、一排圍籬、一棟房屋，都被新的世代給埋沒。我是特洛伊城。*我體內埋了七個該死的古文明，一個比一個更腐臭。*甚至連最近的各個建築都陷落了。書報攤為之屈膝；天使角的旅館封閉起來，而且血流不止；在主要幹道上，不管是每一家店、每一座教堂或者每一間裝滿鏡子的豪華妓院，無情的雪都猛敲著它們的大門、擋住屋頂，在前院裡發動小規模攻擊。卡西迪激動地用手擋著眼睛，到處尋找他。足跡，他想著，該找足跡。但那裡除了他自己的足跡之外，別無其他。

「沙摩斯！」他大喊。「沙摩斯！」再重複一次。

他思考得太慢了，回頭看著餐廳的窗戶，想回憶他們坐在裡面時噪音到底來自哪個方向。海倫裹在羊皮外套裡，搖搖晃晃地走向他。天啊，他想著，在走出來找他之前，她已經穿上外套了。在他背後，不敢造次的售票員從門口張望，酒杯還在手裡。

「過去看看那邊，」卡西迪叫她這麼做，指向一條巷子，那裡有一臺非常舊的吉普車緩緩地陷入地平面下。「找腳印，同時喊他的名字。」

「他做了什麼？」她悄聲地說。「卡西迪，他做了什麼？」

「有什麼不對勁的嗎？」一位英國女士在售票員背後問道。「我認為我聽到砰的一聲。」

「我說啊，」另一個人說道：「你聽到那個噪音了嗎？」

海倫沒有動彈。她用外套包住自己的身體。

「去找他啊！」他對她大吼。

喔，老天啊，她嚇到僵在那邊；因此她穿上了外套，她想要為等待找藉口。他抓住她的肩頭，搖晃著她；她的頭蠢兮兮地往左右甩。

「他在打她。」一個英國女士說。

「可憐的女孩，她懷孕了。」當他們全部往雪裡走時，耳聾的那一位說。

「我們害死他了。」海倫悄聲說。

他把她留在後面，迅速跑下那條巷子，喊著沙摩斯。他現在是直接衝向大雪，得低著頭才能看得見前面。

他衝進一個雪堆裡，雪跑進了他的褲管、脖子，比水還要冷，也比恐懼還要凍，他的腳都麻木了。在雪中跋涉，他發現一堆木材靠著一個鐵皮屋頂，那邊的雪上有某人爬上去的痕跡。一開始他以為那些印記是手印，每個手指都分開來；他眼中有個瘋狂的景象：沙摩斯倒立著，試圖頭下腳上地射殺自己。然後他想起沙摩斯光著腳，他喜歡衝擊和痛苦的處境；接著他看到沙摩斯跨坐在車站屋頂上，抱著那只時鐘，就好像那是他最新交上的朋友，很刻意地瞄準他，幸好這個困難的俯角射擊失手了。

「砰砰。」沙摩斯說。

「砰砰。」卡西迪附和。

「我聽到一聲槍響！另一聲，是第二發！」海倫喊著，推一推他的手臂。「看在老天的分上，卡西迪，找人來幫忙啊！」

「他在上面，」卡西迪解釋著，指指上面：「在對我開槍。」子彈從極近的地方掠過；他感覺到來自子彈的一陣風或是什麼的，但雪讓它顯得相當不真實，他冷極了，而且不太在意。

從餐廳那邊走上前來的售票員拉斯普亭喊著他的母語，法語。射擊車站財產是徹底禁止的行為，他這麼說；外國人尤其禁止如此。

「小心啊，」一名英國女士對他說：「不然他也會開槍殺你的，我看得出來。」

海倫倉促地爬上了木頭堆。

「這邊，我來幫你。」他想都沒想就說了，一邊伸出他的手，但沙摩斯已經下來了。晨袍纏在他的腰際，他就光著屁股滑下來。

英國女士們全部抽身後退。

「抱歉，愛人。我記不得她叫什麼名字，那個有大胸脯的。」

「瑪麗亞。」卡西迪說。

「這就對了，瑪麗亞。我需要一個娼妓，你知道的。」

「我知道。」卡西迪說。

售票員還在咆哮。被惹惱的沙摩斯往他腳邊射了一輪，他便逃進餐廳裡，加入卡西迪那些英國母親們在門邊的位置。

他們三個站在車站的前院裡，沙摩斯在晨袍裡直打顫，而雪下得這麼大，他們現在可能置身於任何地方：巴黎、海佛當——或是此地。

「得要下回再締造歷史了。」沙摩斯說。

「沒錯。」

「你是什麼意思？」海倫逼問道。「你在說什麼？」

卡西迪覺得有責任要解釋。

「沒什麼，海倫。只是主軸是在你們兩個人之間。我只是……」他重新起個話頭。「也許這是在我們兩個之間，他跟我。只是……沙摩斯，」他絕望地說。

「是，愛人？」

「我沒辦法說出來，我不知道怎麼講。你是作家，你告訴她吧。」

「抱歉，愛人。這是你的世界，你來結束它。」

「你是說你不愛我。」海倫說。

「不，」卡西迪說：「不完全是這樣……」

「你愛跛扈母牛。」

「不。不對，這也不是我的選擇。」

「他不愛**我**了，」沙摩斯很簡單地解釋道：「他受夠我了，而只有妳也無法滿足他。」他撕破支票然後將碎片丟到雪地裡。「錢的事情，」他解釋道：「他閉著眼睛徹底揮霍。我可以射殺他，如果妳想要的話。」他很豪氣地對海倫提議。

「我不介意，」卡西迪說：「這全看妳。」

「他不在意。」沙摩斯說。

「卡西迪！」海倫哭喊起來。

「賽事因雨中斷，」沙摩斯說：「所以閉嘴，別再哭哭啼啼了，要不然妳就要挨踢了。我只怪自己，愛人。我真的是要讓你走。我已經把這一切全想透徹了。我要受訓去當個醫生，你看看。艾德貝利醫生說會教我。然後那蠢蛋說這要花上十年。愛人，我沒有十年可以花。我有嗎？」

「不，你沒有。」

「繼續談那隻跛扈母牛，她真是個潑婦。他是最糟糕的，那個艾德貝利，真是個廢物。」

「我以前也很討厭他。」

「而且他太太是個爛女人。我沒辦法忍受大吼大叫的蠢蛋。對啊、對啊、對啊，那些廢話。就像是那些瑞士門僮。」

卡西迪點頭。「在巴黎有個類似的人。」他說。

「這給你，」沙摩斯說著，把手槍交給他。「紀念品。你哪天可能會用到。」

「多謝。」卡西迪說。

沙摩斯往下看他光溜溜的腿，它們沒入雪中。他戴著一頂白色冠冕，一圈白色邊緣落在他黑色的眉毛上。

「天啊，」他小聲地說：「我們離家很遠。」

「是啊，是很遠。」

「抱歉，愛人，」沙摩斯又說了一遍。「你幾乎成功了。妳這娼婦，過來，」他對海倫說，不帶柔情地搖晃著她。「我的腳冷死了。」

「這不是妳的錯，」卡西迪對海倫說：「拜託不要為此難過。問題全在我，不是妳。」

「安靜點，愛人。安靜。上床時間到。」

沙摩斯走上前來吻他最後一次。當這一吻結束，沙摩斯轉身走開。海倫仍抓著他。然後他精神抖擻地出發了，拖著海倫走向他要她去的方向，在她開口說話之前，他們實際上已經開始上坡了。

「有一陣子，」她說話了，而且因為她在哭，所以不得不重新起頭：「有一陣子你**確實**在乎。」

「我當然在乎。一直以來——」

「不是在講我，你這白癡。是你自己。你賦予你自己某種價值。」

「海倫，拜託別哭——」

「閉嘴聽好！你賦予**你自己**某種價值，」她又講了一遍。「那是你以前從來沒做過的事。」沙摩斯拖著她；她跌倒了，不穩地起身。「看在老天的分上，再試一次。」她吼道。「找別的人。別回到那可怕的黑暗裡去。」

「繼續嘗試，愛人，」沙摩斯表示贊同，最後一次向他隨便揮揮手。「永不後悔，永不道歉。」

雪幾乎遮蔽了他們。有時候卡西迪還看得到他們，有時候什麼也看不到，再也無法分辨。有一次，透過一片算是空地的地方，他肯定有兩個直立之物，一個直挺挺，另一個彎腰駝背，那要不是沿著籬笆而立的柱子，就是兩個靠在一起的人，他們在和下得極深的雪搏鬥。但當他們終於消失、遁入虛無之中，在暴風雪的後面，卡西迪認為他聽到了什麼——卻永遠無法肯定——儘管如此，他認為自己聽到她說「再見，卡西迪」，就像一句孤伶伶的耳語，就像她在向舊日時光道別，向一個年代或一個人生道別，到最後他自己的眼睛裡充滿淚水；他低下頭。當他這麼做的時候，他們似乎也跟著他一起往下沉，兩個人一起，就像雨中的兩個行人，置身於他那輛有錢人開的車前方。

尾聲

艾鐸·卡西迪先生，卡西迪通用零件公司的創辦者、董事會主席、總經理及主要持股人，從活躍的商業生涯中退休，此事引起倫敦市內報章雜誌的興趣和某些欽佩之意。他們說，這是個優良典範：一位聰明的年輕生意人在商業界投入了許多，也獲得了許多，現在則退出江湖享受成果。大事業的誘因能夠把他拉回商業界嗎？過去的商業奇才會厭倦田園生活嗎？只有歷史能決定一切。

那些他身邊的人，用溫馨的語氣講到他對鄉間的熱愛。

「一個完美主義者，」一位著名的西區房地產仲介證實了這一點。「我們只給他英國待售房屋中品質最好的物件。」

位於薩摩賽郡的海佛當宅邸是他長期以來的目標，這不只是因為家族上的聯繫：卡西迪先生的一位祖先，曾和克倫威爾的一支騎兵隊一起駐紮在那裡：「我們卡西迪族人一直都是鬥士。」主席在笑聲和掌聲中回憶道，一邊向股東們解釋他的決定；然後眼中含淚地接受漂亮的銀製水壺，那是大家私下募款買的。

公司與捷徑零件有限公司合併的傳聞已久：倫敦的報章編輯們認定，無可避免的人事精簡長期來說對股東是有利的。對於新任主席密爾，大家滿口讚美：他們說，在嚴苛的卡西迪學校裡，他是一名優秀的畢業生，值得拭目以待。

各報的房地產專欄也注意到鮑魚路的宅邸出售。標題是未完成的願景。內行人開出四萬兩千鎊的價格。

珊卓拉和艾鐸，他們如何在剩下的有生之年在那裡生活？婚姻是否幸福？起初，他們極為坦承地敞開來談他們的問題。艾德曼醫師和他的妻子有如無價之寶，經常來訪而且一待就是很久。珊卓拉承認卡西迪經歷了一次精神死亡之苦，但她為了孩子的緣故，打算忽略這件事。

「他永遠不該有錢的，」她以此做結。「如果他一直都窮，就負擔不起外遇的代價。」

為了找人作伴，她請海瑟到海佛當來定居，而海瑟呢，儘管懷疑他們只是故做善心，最後還是同意接受一處空出來的廂房。當珊卓拉做醃泡菜的時候，海瑟也做。當她磨鵝肝醬時，海瑟也跟著一起磨；當她去趕郡內的大拍賣時，海瑟會幫她保持冷靜；而當她去倫敦視察診所的進展時，海瑟和卡西迪會上床，並且討論珊卓拉的極限。珊卓拉沒注意到這個慣例，如果注意到了，她會極端憤怒。

為了找樂子，卡西迪瀏覽地方上的圖書館，年輕女孩們放學後常造訪該地；要不然他會找藉口開車到布里斯托，拜訪一處位於鐵路隧道中的昏暗戲院，那裡會放些火辣辣的片子給有需要的鄉下人看。剛開始，他受到共享快樂的表象影響，有時候還會與已婚夫婦打情罵俏。助理牧師最近才進口了一位來自北方的豐滿新娘；一對伊頓畢業的古董商開了一間商場。但這些示好之舉少有斬獲，隨著時間流逝，他放棄了這些行動。

三個黨都考慮找他加入市議會，卻沒有人特別主動向他提議。

他變成一個素人布道家，但很少有機會應邀講道；然而大家公認他有一副好嗓子，以及使人愉快的虔誠天性。

他們買下帕洛米諾馬了，可是男孩子們並不喜歡，所以有天晚上這些馬又被轉賣給了吉普賽人。

偶爾，卡西迪在圖書室裡無所事事的時候，會嘗試寫作。那時候間諜小說行情正好看漲，他認為他能夠打進那個市場。有一陣子，他甚至有個看來不錯的想法——這個點子與一個處於冬眠狀態的職業殺手有關，還有他如何攻擊一群新世代的領袖——但漸漸地這個點子在他身上擱淺了，他只好將它擺到一旁。對於寫作的整個流程，他也還有其他困擾。他的思緒把他帶到一些讓人不快的方向：比方說，他回溯了某些事件，那是先前他必定已經從有意識的記憶中抹消掉的；或者還有更糟的，他預見到一些應該別去想的可能性。他也領悟到寫作是多麼孤寂的一件事，如此顯而易見，卻又難於掌握到令人生厭。隨後他放下筆、走進廚房，珊卓拉在那邊做果醬。他靜靜地擁抱她，通常是從背後。

「你是怎麼啦！」她會這麼問，就好像他傷風感冒似的。

「沒事，」他說：「我只是想念妳而已。」

珊卓拉睡得很多，通常一晚連睡十二小時。

大家流傳的閒話是，海佛當的建築工作永遠不會休止。在他們進駐之後的幾個月裡，房子被包覆在鮑魚路慣見的鋼鐵緊身衣之下，磚瓦匠也用木板將屋頂蓋上。沒辦法修復的，就必須拆掉並重建才能更耐久。有時候卡西迪夫婦會說，他們對過去有一份責任，有時候則說是對未來；他們倒是沒提到現在。一名造景園藝家從切頓罕前來鑑定土壤，然後宣布此地土壤貧瘠，鼓吹換成肥沃的土壤。第二個卻聲稱土壤肥沃，第三個則建議加石灰肥。還有很多需要耕耘的。

老雨果的葬禮在全套國會議員的尊榮禮遇下舉行；一位浸禮派牧師長篇大論地描述著死者服侍上帝的豐碩一生。但卡西迪不信這套，他聽說老雨果在因佛尼斯路上開了一間新的旅館，稱那個地方為理想之星，由一位藍橋太太打理。

至於卡西迪自己，眾所周知他對雪有一種極端的厭惡。瑞士的房子再也沒人提起；有可能已經賣掉了。

馬克和雨果長得愈大便與他們愈疏離。隨著時光流逝，他們後來都和人家談戀愛了，並變得不太討人喜歡。

卡西迪曾經想過海倫和沙摩斯嗎？具體地想起來、連名帶姓？

起初，他聽說過零零碎碎的新聞，但他從沒去找他們。從原姓莫德蕾的安姬．密爾那裡（他偶爾會假借去看心臟病專家的名義，去找她過夜），他聽說沙摩斯有一齣前衛劇本在皇家宮廷劇場上演；但消息始終沒能得到進一步的證實。那齣戲既沒人評論也沒登廣告。與此同時，一箱香檳被送到海佛當，同時還附上一本名為《三人行》的小說。兩者似乎都是出自沙摩斯之手。他從沒去讀那本小說，而且在聖誕節來臨時，他將香檳送去警察局，做為一種避免遭人迫害的保險措施。

「你認識住在海佛當的年輕人卡西迪嗎？」據說，警察局長這樣問郡裡的人。「了不起的傢伙。在倫敦事業大好，卻全部放棄了，來到這地方，聖誕節還送我們全部人香檳酒……」

冬天，爐火在熟悉的壁爐裡無精打采地燃燒，可能正是晚餐時分，他和珊卓拉與海瑟之間隔著精緻的銀器與烏斯特古董瓷器時，他偶爾會想像站在栗子樹下的海倫，穿著她的安娜．卡列妮娜靴子經過，從樹木之間的小徑往下俯瞰屋裡透著燈光的窗戶。珊卓拉也可能會用鋼琴彈奏貝多芬的曲子——最近她除了它們什麼也不彈——而在他那毫無音樂細胞的耳朵深處，他會想起，第一天早上、她偷偷下樓把早餐帶到沙發上給他的時候，她那件家居長袍口袋裡的收音機聲音。偶爾，在這樣的回顧時刻，夢魘會襲擊他；一把馴獸鞭會抽過他的頭顱；被迫喝下含有高濃度辛烷的汽油。或者是巴黎的街道裂開來，陰間的熱氣從裂隙中噴出。

這樣的幻象他從沒向人提起過，酒精也無法驅散它們。

至於沙摩斯，隨著時間過去，卡西迪完全忘了他。遺忘他，在一開始是一種修煉，後來則成為一項成就。沙摩斯不存在。

甚至在穿越曠野、孤寂地開車回家，而團團霧氣沿著賓利汽車長長的引擎蓋朝他吹襲而來時，他也不存在；甚至郡中仕女們在晚餐桌上直接提及他的名字、假借藝術的名義問卡西迪是否認識沙摩斯、那位生命的享用者與挑戰者，那時候他依然不存在。

因為在這個世界上——不管這世界到底還剩下多少地方可讓人棲息，艾鐸．卡西迪，始終沒有勇氣去記得愛。

勒卡雷 06

天真善感的愛人
The Naïve and Sentimental Lover
（2007年初版，本版為全新修定版）

作者　約翰・勒卡雷（John le Carré）
譯者　吳妍儀
總編輯　陳郁馨
主編　張立雯
企劃　楊詩韻
電腦排版　極翔企業有限公司

社長　郭重興
發行人兼出版總監　曾大福
出版　木馬文化事業股份有限公司
發行　遠足文化事業股份有限公司
地址　231新北市新店區民權路108之3號8樓
電話　02-2218-1417　傳真　02-8667-1891
email: service@bookrep.com.tw
郵撥帳號　19588272 木馬文化事業股份有限公司
客服專線　0800221029
法律顧問　華洋國際專利商標事務所 蘇文生 律師
印刷　成陽印刷股份有限公司
初版　2014年11月
定價　新台幣480元

ISBN　978-986-359-073-6

國家圖書館出版品預行編目(CIP)資料

天真善感的愛人 / 約翰・勒卡雷（John Le Carre）著；吳妍儀譯. -- 二版. -- 新北市：木馬文化出版：遠足文化發行, 2014.11
面；　公分. --（勒卡雷；6）
譯自：The naive and sentimental lover
ISBN 978-986-359-073-6（平裝）

873.57　　103021131